DUMONT

Als junges Mädchen tut Amal etwas Unerhörtes: Sie verprügelt ihren Mitschüler Younes. Ihr Vater verteidigt ihr Verhalten und ermuntert sie, sich in der Welt zu behaupten. Trotzdem wird Amal fortan von allen gemieden. Und dann verlässt der Vater die Familie. Zuflucht findet Amal ausgerechnet bei Younes und seiner Mutter Shahira, die ebenfalls Außenseiter sind. Als sich die Situation Jahre später zuspitzt und der Streit mit der Clique um Raffiq eskaliert, flieht Amal nach Kurdistan und begibt sich auf die Suche nach ihrem Vater.

Karosh Taha, 1987 in Zaxo/Irak geboren, lebt seit 1997 im Ruhrgebiet. Für ihr Werk erhielt sie zahlreiche Preise und Stipendien, darunter den Hohenemser Literaturpreis, das Stipendium des Deutschen Literaturfonds und die Alfred-Döblin-Medaille.

Karosh Taha

IM BAUCH DER KÖNIGIN

Roman

DUMONT

Von Karosh Taha ist bei DuMont außerdem erschienen:
Beschreibung einer Krabbenwanderung

Die Autorin bedankt sich ganz herzlich für die finanzielle Unterstützung
des Romanprojekts bei:
Literarisches Colloquium Berlin
dem Land Niedersachsen und der Stadt Lüneburg
für das Heinrich-Heine Stipendium
Kunststiftung.NRW
Deutscher Literaturfonds e.V.

FSC
www.fsc.org
MIX
Papier aus verantwortungsvollen Quellen
FSC® C083411

Juli 2021
DuMont Buchverlag, Köln

Umschlaggestaltung: Marion Blomeyer/Lowlypaper. München
Satz: Fagott, Ffm
Gesetzt aus der Dante
Druck und Verarbeitung: CPI books GmbH, Leck
Gedruckt auf säurefreiem und chlorfrei gebleichtem Papier
Printed in Germany
ISBN 978-3-8321-6608-3

www.dumont-buchverlag.de

IM BAUCH
DER KÖNIGIN

Diesen Essay nach der Lektüre beider Teile lesen

EIN WORT, DAS FEHLT, IST KEINE FRAU, DIE FEHLT

AUS ALLEN RICHTUNGEN

Beim Betrachten des Gemäldes *La robe de l'aventure* von René Magritte wird mir klar: Das Bild ist aus allen Richtungen lesbar. Die Symbole darin erfahren grundlegende oder geringfügige Deutungsänderungen; je nach Richtung fällt, fliegt oder schwimmt die Frau, in den Himmel, ins Wasser, zum Horizont, durch die Wüste. Unter ihr, neben ihr oder auf ihr ist eine Schildkröte oder eine Fliegerbombe oder ein Felsen. Die Konstellationen, ihre Beziehungen und Bedeutungen ändern sich, indem ich das Bild drehe. Wenn ich die Leserichtungen abschaffe, dann lasse ich alle Deutungen gleichzeitig zu. Die Frau, die in den Himmel fällt oder steigt, ist nicht die gleiche Frau, die ins Wasser fällt, und doch ist es dieselbe Frau, in beiden Fällen stirbt sie – die Chronologie ist bedeutungslos geworden, wichtig ist die Fallrichtung.

Mir wird klar: Eine Geschichte kann aus allen Richtungen geschrieben und gelesen werden oder aus keiner Richtung.

Die Chronologie einer Geschichte synchronisiert nicht mit dem Schreiben; einige Schriftsteller+innen sagen, sie hätten die letzte Seite als Erstes geschrieben. Man stelle sich vor, Lesende würden das Ende zuerst lesen, von dort aus weiterlesen, die Leserichtung ändern. Ich bin mir sicher, ein Text hat wie ein Gemälde viele Leserichtungen und mit jeder Leserichtung verändert sich die Symbolik – wenn ich mich als Schriftstellerin aus dem Korsett einer chronologisch erzählten Geschichte löste, aus dem Zwang einer Ordnung, stattdessen jede andere Reihenfolge auch als sinnvoll erachtete, würde ich Texte anders schreiben und anders denken, anders lesen, anders verstehen.

BUCHKÖRPER

Das Greifen nach einem Buch, das Anschauen, das Lesen der Rückseite, des Klappentextes und das Aufschlagen eines Buches sind bei einem lesenden Menschen unbewusste, konditionierte Handlungen – Automatismen. Ein Buch hat einen Anfang und ein Ende – nicht nur auf konzeptioneller Ebene, auch auf textlicher und auf inhaltlicher Ebene. Das automatische Umgehen mit dem Buchkörper setzt sich fort in der Erwartungshaltung an einen erzählten Text, wenn nicht im Hinblick auf die Chronologie, dann zumindest auf eine logische Abfolge, eine innere Ordnung.

Die Herausforderung ist, den Blick der Leserin zu mutieren, die Gewohnheiten infrage zu stellen, selbst wenn es um so etwas Simples wie das Buchaufschlagen geht. Denn mit dem Aufschlagen des Buches – mit der klaren Aufteilung der Vorder- und Rückseite – ist uns als Lesende die Entscheidung abgenommen, was der Anfang und was das Ende ist, und wir akzeptieren, dass es einen Anfang und ein Ende geben muss. Eine Mutation des klassischen Buchkonzepts kann diese unbewusste, konditionierte Annahme aufbrechen. *Im Bauch der Königin* ist ein Versuch, diese Automatismen herauszufordern; Literatur sollte mit Traditionen brechen. Tradition: das Übersetzen vergangener Situationen in die Gegenwart. Bruch: die Verweigerung dieser Übersetzung, die Vermeidung der Wiederholung. Erziehung arbeitet mit Wiederholung, Manipulation und Hypnose arbeiten mit Wiederholung, Folter arbeitet mit Wiederholung der Wiederholung der Wiederholung. Literatur dagegen muss mit der Wiederholung brechen.

Der Verdacht gegen alles Materielle, Sinnliche und damit auch der christliche Verdacht gegen das Fleischliche setzt sich fort im Verdacht gegen den Buchkörper: Der Drehung wird nicht vertraut, das Wenden nicht als Neubeginn akzeptiert, als sei dieser Akt nur ein Effekt, eine Spielerei und nicht das Hinterfragen des Buchformates und damit der Idee des Erzählens. Ich will sagen: Jede Geschichte kann auf jede andere Art erzählt werden, kann auf jede andere Art gelesen werden.

DAS FEHLEN IN DER SPRACHE

Ein Wort, das fehlt, ist die Unterdrückung einer Wirklichkeit – die Sprache und der Glaube an die Sprache, alles auszudrücken, dient der Verneinung einer Wirklichkeit. Das Bewusstsein, dass nicht die Sprache Grenzen hat, sondern Sprache als Grenze dient, wurde mir durch die Figur Shahira bewusst, nicht beim Schreiben der Figur, nicht beim Nachdenken über das Buch, sondern beim Lesen des fertigen Manuskripts. Wie könnte ich über diese Figur sprechen, ohne sie herabzuwürdigen? Die Sprache, die mir zur Verfügung steht, wertet meine Figur und ihren Lebensstil ab: Femme fatale, Vamp, Maneater – die deutschen Begriffe sind härter: Dorfmatratze, Wanderpokal, Sexbombe. Für den Mann gibt es positiv besetzte oder neutrale Begriffe – die von seinem Anrecht erzählen, wechselnde Sexpartnerinnen haben zu dürfen, ohne gesellschaftlich geächtet zu werden: Frauenheld, Lebemann, Casanova, Schürzenjäger, Don Juan. Wenn am Ende der Erzählung Don Juan zur Strafe für die Konventionsbrüche in den Höllenschlund hinabsteigt, aber sein tradiertes Bild als Liebhaber intakt bleibt, verrät dies, dass selbst die Verdammnis nur eine Variation der Heldenerzählung ist. Frauenfiguren bezahlen für eine einzige Liebesaffäre mit dem Tod, ihr Bild als Ehebrecherin und Antiheldin dient als Warnung: Effi Briest (deutsch), Madame Bovary (französisch), Anna Karenina (russisch), Hester Prynne (amerikanisch). Es gibt keine Tradition, auf die sich Shahira stützen könnte; sie ist vielleicht mit der griechischen Göttin Aphrodite und der Sprache von Anaïs Nin verwandt. Aber für Frauen wie Shahira gibt es keine Begriffe – was nicht bedeutet, dass Frauen wie Shahira nicht existieren. Ein Wort, das fehlt, ist keine Frau, die fehlt. Eine Frau, die in der Sprache fehlt, wird von dieser Sprache negiert oder darf unter bestimmten (vermeintlich positiven, aber im Kern sexistischen) Adjektiven existieren, z. B.

»offenherzig« oder »freizügig«. Es gibt viele Wörter ohne Wirklichkeit, aber es gibt noch mehr Wirklichkeit ohne Wörter.

ERZÄHL ES SO, ALS WÄRE ICH NICHT DA, SAGTE SHAHIRA.

Es wäre eine große Ungerechtigkeit, wenn es nur eine Wahrheit gäbe, sagt Amals Vater; er könnte auch gesagt haben: Es wäre ungerecht, wenn nur eine Geschichte erzählt würde. Er könnte gesagt haben: Es ist ungerecht, eine Geschichte in einer einzigen Sprache zu erzählen.

Im Roman findet die Auseinandersetzung mit dem Erzählen nicht nur durch offensichtliche Referenzen (Shahrasad, das Verschenken von Geschichten, Vater als Vorleser) statt, sondern auch über das Setting des Marktplatzes als Bühne, die Hochhausbewohner+innen auf den Balkonen als Publikum in der Loge. Die Aufzählung der Gegenstände und Geschäfte im Viertel sollten nicht nur als die Begrenztheit des Viertels gelesen werden, sondern auch als eine Beschreibung der Requisiten, deswegen wiederholt Amal ihre Aufzählung. Diese Theatermetapher etabliert Amal einerseits als eine Figur im Stück – da sie beobachtet wird –, aber auch als Regisseurin, die durch die Beschreibung bestimmt, was Lesende sehen dürfen. Eine Doppelrolle erfüllt auch der Erzähler Raffiq (s. u. SHAHIRA)

Amals Mutter, die nicht durch Sprache mit ihrer Tochter kommuniziert, sondern mit Gesten: das Bändigen von Haaren, das Verhüllen des Körpers, die Waschung der wunden Finger mit Rosenwasser, der Ring als Attrappe, das Familienalbum als Chronik, die Mischung der Gewürze als Dechiffrierung eines Codes und natürlich ihre Auseinandersetzung mit dem Koran, einem Buch, das kein Buch ist, sondern eine Rezitation. Die Beschreibung des Gebets ist die Beschreibung einer Pantomime, einer Körpersprache, die mit Gott kommuniziert.

Das Austauschen von Symbolen wie des Rings mit dem Kopftuch sollte verdeutlichen, dass wir ständig von uns erzählen, ohne explizit zu werden: Der Ring verliert seine Bedeutung, nämlich die Bezeugung der Anwesenheit eines Ehemannes, und wird durch das Kopftuch ersetzt, an die Stelle des Ehemannes tritt ein Gott – das Kopftuch wird zu einem Sprachmittel des Körpers; das Kopftuch ist nicht ein Kleidungsstück, sondern wie der Ring ein Zeichen nach außen, eine beantwortete Frage, bevor sie gestellt wird, bevor eine Übergriffigkeit stattfinden kann. Wenn weibliches Sprechen ignoriert wird, greifen manche Frauen versuchsweise auf gesellschaftlich anerkannte Symbole wie Ehering – in diesem Fall Kopftuch – zurück, um Belästigungen abzuwehren.

Es gibt eine Ambiguität des Erzählens. Im Christentum beispielsweise gibt es die Tradition der Beichte: Wer redet, wer gesteht, spricht die Wahrheit – wer schweigt, macht sich verdächtig; das Erzählen wird mit einer Machtposition verbunden, nämlich wer die Zeit, den Raum und die Sprache hat, kann erzählen. Schweigen dagegen wird mit Machtlosigkeit verbunden. Diese Ambiguität vereint die Erzählerin Shahrasad aus *Tausendundeine Nacht* in sich, sie ist gezwungen zu erzählen, deswegen hat Amal auch Angst, dass ihr irgendwann »der Stoff« ausgeht. Das Erzählen macht zwar verwundbar; das Erzählen hat für Amal Konsequenzen (die es für Raffiq nicht gibt) aufgrund ihres Geschlechts. Wenn sie davon erzählt, dass sie den neuen Jungen verprügelt hat, wird sie bestraft – die Strafe richtet sich nicht nur gegen ihre Tat, sondern auch gegen ihre Erzählung, gegen ihre Rolle als Mädchen. Am Ende entscheidet sie sich aus Emanzipationsgründen für das Schweigen. Doch sie weiß zugleich, dass Erzählen auch Existieren bedeutet, sonst würde sie ihre Geschichte nicht erzählen. Welche Gründe gibt es, zu erzählen, zu schreiben? Wir können uns im Schreiben, in einem Text verstecken, vor dem Schmerz, vor der Scham und der Angst fliehen. Oder wie Max Frisch es schrieb: Wir bannen unsere Wünsche und Furcht in die Sprache, so wie man den metaphorischen Teufel an die Wand malt. »Um ihn zu erkennen und zu bannen.«

Ich kann mich in Kassandra verwandeln, ohne verflucht worden zu sein, wenn ich mit der Stimme einer anderen spreche. Wenn ich »Ich« sage und nicht mich meine. Wenn ich schreibe, dann hülle ich das Schlimmste in die Fiktion, in den Bauch eines Buches, so wie Younes im Bauch des Wals vor dem Zorn Gottes geschützt war, der Bauch war nicht nur Strafe. Eine Metapher kann Schutz bieten. Erzählen bedeutet aber auch, sich die Realität anderer Menschen vorzustellen, ohne den Versuch einer Simulation vorzunehmen, es bedeutet, unsere Realität, unsere Sprache in Frage zu stellen. Was sind Figuren, wenn nicht das, was wir von uns stoßen? Deniz Utlu schreibt mir: »Es gibt keine Auslöschung, nur den Versuch der Freiheit. Vielleicht ist es das, was unsere Figuren für uns versuchen. Vielleicht gehört da auch hin, wie Shahira sagt: zu erzählen, um sich selbst zu verzeihen.«

Die Arbeit der Künstlerin Havin Al-Sindy, »Der Stoff/Kras u fistan«, verdeutlicht mir etwas Grundsätzliches, etwas, was ich manchmal vergesse: Kunst ist nicht die Simulation der Wirklichkeit, nicht ihre Nachahmung. Würde man dies versuchen, würde man nur die eigene beschränkte Sicht auf die Wirklichkeit entlarven. Es wäre falsch, zu glauben, die Werke seien Nachahmung der Wirklichkeit, eine profane Darstellung und damit Kopie der Realität. Die Arbeit »Kras u Fistan«, die eine tanzende Frauengruppe zeigt, ist keine Simulation einer Hochzeit, wie man meinen könnte, die Performance ist eine Mimesis, eine Erzählung, eine Interpretation; sie weist über sich hinaus auf etwas anderes. Die Fiktion der Darstellung ist klar erkenntlich.

SHAHIRA

Nach Giovanni Macchia existiert Don Juan nur im Theater; so kann Shahira auch nur in diesem Viertel existieren, das sie als Bühne nutzt.

»Als Younes vierzehn war, wurde er das letzte Mal mit seiner Mutter in der Öffentlichkeit gesehen, auf dem Wochenmarkt. Von einem Stand schlenderten sie zum anderen, und Younes trottete immer einen Schritt hinter seiner Mutter her, die alle Verkäufer mit Namen kannte. […] Die Selbstverständlich-

keit, mit der Shahira sich über den Wochenmarkt bewegte, der nur für sie aufgestellt wurde, nährte die Wut der anderen Frauen. Sie grüßten einander, aber nicht Shahira, wandten sich sogar ab, wenn sie kam. Für Shahira waren die Frauen Komparsen, hingepflanzt, um den Wochenmarkt lebhafter zu gestalten.«

Raffiq war bei der Szene nicht dabei, er erzählt: Younes wurde gesehen. Diese Szene, wie Raffiq sie beschreibt, könnte auch gar nicht so stattgefunden haben, ganz sicher hat sie nicht so stattgefunden. In seiner Erzählung von Shahira erzählt er sie immer so, wie andere auf sie reagiert haben könnten. Raffiq fungiert wie ein Chor, der zwischen Figur und Publikum vermittelt.

In beiden Geschichten ist Shahira der Drehpunkt, eine Sonne, um die sich die Geschichten drehen, um die sich das Buch dreht. Jetzt, beim Schreiben dieses Essays, wird mir bewusst: Diese Figur brauchte dieses Buch mit der Dreh- und Wendebewegung, diesen körperlichen Akt, weil auch sie die Körperlichkeit betont; einen Körper drehen und wenden ist ein erotischer Moment, den Lesende durch das Format mit der Figur teilen.

Auch für Amal und Raffiq ist Shahira faszinierend, weil sie im Gegensatz zu den anderen Erwachsenen ein Urbild darstellt. Raffiq verweigert es, ein Abbild seines Vaters zu werden, indem er ihm nicht nach Kurdistan folgt: Durch die Deutung der Rolle des Vaters versteht er erst sich selbst; indem er sieht, wie sein Vater gesehen wird, blickt er wie in einen Spiegel in die Zukunft. Eine Gesellschaft, die nur durch Nachahmung ihr soziales Überleben schafft, stellt für Raffiq und Amal keine Option dar, ihr eigenes Urbild zu erschaffen: Shahira ist das Versprechen, dass dies möglich ist. Sie ahmt niemanden nach, auch nicht der Idee von einer Frau; »sie ist sich«, wie Amal es beschreibt. Die Eltern erwarten von ihren Kindern, Abbilder ihrer selbst zu werden, die selbst Abbilder ihrer Eltern geworden sind. Shahira dagegen markiert nicht den Bruch, sie ist der Bruch.

In der Realität des Romans mag Shahira eine von der Gesellschaft Geächtete sein, aber in der literarischen Konstruktion des Buches ist sie die Königin – nicht im Sinne einer mächtigen Aristokratin oder als empowernde Geste, sondern als eine literarische Omnipräsenz, als ein Raum, als eine Erzählerin, die nicht zu Lesenden spricht, sondern mit ihrem Sein den Roman strukturiert, so wie die Figur des Hochhauses in *Beschreibung einer Krabbenwanderung*. Wie werden literarische Figuren genannt, die die Struktur eines Textes bestimmen? Zum Beispiel die Hinrichtungsmaschine in Kafkas *In der Strafkolonie*, die Architektur im Film *Der Schacht*. Kann ihre Omnipräsenz mit einem figurativen Begriff zusammengefasst werden? Wie nennt man die Erfindung von Stilmitteln? Neofiguration? In dieser unbenannten Wirklichkeit bewegt sich die Figur der Shahira. Sie spricht nicht, weil sie keine literarische Figur ist, sondern eine rhetorische, das hat Amal verstanden, wenn sie erzählt: »Sie ist allein, sie ist mit sich, sie ist für sich, sie ist sich, sie ist nicht Shahira Shafiq, die Tochter von Anisa und Ramazan, sie ist nicht eine Frau, sie ist nicht ein Mensch, sie ist viel mehr und sie ist nichts […]« Shahira ist die Matrix; die Sprache der Mathematik kann Literatur möglicherweise besser beschreiben als literaturwissenschaftliche Phrasen. Mit Sprache muss ich eine andere Sprache finden, meine Sprache schicke ich auf die Suche nach einer anderen Sprache, auf die Suche nach einer Sprache, die meine ersetzt, die sie auslöscht.

(Nicht, dass wir uns missverstehen: Das Meiste von dem, was ich hier geschrieben habe, dachte ich nicht während des Schreibens. Während des Schreibens habe ich an alles andere gedacht, erst im Nachhinein ist mir das Verständnis für meinen Text gekommen. Auch das Verstehen eines Textes ist nicht mit dem Lesen synchron.)

Und immer fragten sie mich, wie ich es angestellt hatte, den neuen Jungen, der wesentlich größer und stärker war, zu verprügeln, und ich erzählte, weil mir jeder zuhörte und mich glauben ließ, etwas Bedeutendes vollbracht zu haben, und ich erzählte, weil die Männer sich freuten und die Frauen sich ärgerten, weil mein Vater mich auf den Schoß nahm und mich aufforderte, die Geschichte seinen Männerfreunden zu erzählen, als wäre sie eine seiner Anekdoten, als wäre ich seine Handpuppe. Aber es ist meine Geschichte, hätte ich beinahe gesagt, hätte mich beinahe umgedreht zu meinem Vater und ihm gesagt, das ist meine Geschichte. Ich war noch jung genug, Männerrunden zum Lachen zu bringen, aber zu alt, um auf jemandes Schoß zu sitzen, auch wenn er mein Vater war und auch wenn er mich einlud, auf seinem Schoß zu sitzen, weil sie immer fragten, wie ich es angestellt hatte, den neuen Jungen, der wesentlich größer und stärker war, zu verprügeln. Und ich erzählte, manchmal fiel mir ein neues Detail ein, und ich erfand neue Details, weil ich wollte, dass sie mir zuhören, irgendwann sagten auch die Männer: Ihr müsst auf sie achtgeben, und da hörte mein Vater auf, mich wie eine Handpuppe auf seinen Schoß zu setzen, und auch weil meine Mutter ihn abends dafür ausschimpfte. Jede Nacht schrien sie sich an, und Mutter schloss alle Fenster und die Balkontür, und die Hitze beschlug die Fenster, die Hitze rann an den Scheiben hinab, die weinten, weil es sonst niemand tat. Mein Vater öffnete nach dem Streit die Fenster, und die Wohnung konnte wieder atmen, und ich konnte schlafen, um am nächsten Tag den älteren Jungen im Viertel zu erzählen, wie ich den neuen Jungen verprügelt hatte, weil sie mich danach gefragt hatten, einer hielt noch seinen Fußball unter dem Arm, sie unterbrachen ihr Spiel, nur um zu hören, wie ich davon erzählte, den neuen Jungen verprügelt zu haben. Und einer von den Jungen fragte mich, ob ich ihm meinen Bizeps zeigen könne, und ich wusste nicht, was das ist, da schob er den kurzen Ärmel seines Shirts ein wenig hoch und beugte den Arm, strengte sich an, eine Kugel auf dem Arm zu bilden, und ich machte es ihm nach und brachte damit alle zum Lachen, und ein anderer fragte, ob ich ihm meinen Schwanz zeigen könne, und da lachten wieder alle und widmeten sich ihrem Spiel.

Ich erzählte es auch den Lehrerinnen, die danach fragten, und weil sie bestürzt schauten, verkürzte ich die Geschichte, sparte mit Details, vor allem den erfundenen, und sie sagten dann, ich solle keine Freude bei dem Gedanken an diese Tat empfinden. Und ich empfand keine Freude, nur das Gefühl, etwas Bedeutendes vollbracht zu haben. Meine Mutter verbot mir, die Geschichte zu erzählen, aber ich konnte nicht aufhören, weil alle mich danach fragten. Sie war nur verärgert, weil die Mutter des Jungen an einem Nachmittag vor unserer Wohnungstür gestanden und uns ausgeschimpft hatte, Mutter vorwarf, mich nicht unter Kontrolle zu haben: Ein Mädchen, das Jungen verprügle, könne nicht normal sein, ich sei verzogen, und Mutter sei daran schuld, das sagte sie alles. Wie die Tiere, sagte sie und wiederholte den Satz, bis ich das glaubte, und ich wollte ihren Sohn wieder anspringen, der mit gesenktem Kopf neben ihr stand, und dann beugte sich die Mutter zu mir, als hätte sie meinen Gedanken gehört, und drohte, mir die Augen herauszureißen, sollte ich noch einmal ihren Sohn anfassen. Mutter schützte mich mit ihrem Arm vor der anderen Mutter und versuchte, sie mit einer eigenen Drohung zu übertönen, trotzdem hatte ich sie gehört, hatte aber keine Angst und wollte gegen ihr Schienbein treten, da knallte meine Mutter die Wohnungstür zu, als spürte sie die Bewegung in mir, und Mutter drohte mir das Gleiche an wie die fremde Mutter und beendete die Szene mit einer Ohrfeige und der Aufforderung, mich zu schämen. Am Abend schrie sie meinen Vater an, er brüllte zurück und sagte ihr, wenn sie nicht den Mund halte, würde er uns nach Kurdistan zurückbringen, und meine Mutter ließ sich nicht davon beeindrucken und schlug vor, seinen Koffer zu packen, aber Vater ignorierte sie, rauchte seine Zigarette zu Ende, während die Fenster weinten.

Meine Eltern wurden zur Direktorin gerufen, und weil Vater arbeitete, kam Mutter allein zur Schule und hörte sich an, was die Direktorin ihr erzählte. Sie sagte, man würde Maßnahmen ergreifen, im jungen Alter muss man da schon hart durchgreifen, Frau Zaynal, da müssen Sie konsequent bleiben, sagte die Direktorin, probierte viele Sätze aus, um Mutters harte Mimik aufzubrechen, und dann sagte die Direktorin, Sie müssen mit Ihrem Mann an einem Strang ziehen, und in diesem Moment schützte Mutter das Gesicht, das sich entblößte, das uns beschämte, schützte das nackte Gesicht mit beiden Händen: Sie weinte und atmete in kurzen Zügen, weinte, wie sonst Grundschulmädchen weinen, und meine Mutter bat nur um Entschuldigung, sagte, sie habe mich nicht so erzogen, ich würde ja ständig mit Jungen toben, da hätte ich ihr Verhalten angenommen, das müsse doch irgendwie abfärben, und Mutter war wie die anderen Mädchen, die mich bei den Lehrerinnen verpetzten, den Zeigefinger ausgestreckt in meine Richtung und die Augen flehend. Das Gesicht der Direktorin entspannte sich: erleichtert zu sehen, wie Mutter weinte, und die Direktorin stimmte ihr unbedingt zu, unbedingt, sagte sie, und Mutter hörte nicht auf zu weinen, und die Direktorin sorgte dafür, dass sie nicht aufhörte, und sagte, Amal ist wie ein Bursche, völlig außer Kontrolle, und nickte begeistert und sagte, sie habe mich schon länger beobachtet, sie sei froh, dass dieses Verhalten auch meiner Mutter aufgefallen sei, und dann lehnte sie sich zu meiner Mutter vor, die Tischkante schnitt ihr in den Bauch, aber das war der Direktorin egal, und sie sagte, ich sei wie Mogli, der mit den Wölfen aufgewachsen ist, und da heulte meine Mutter heftiger, nannte mich ein Mogli-Mädchen, während sie heulend in das Taschentuch rotzte, das ihr die Direktorin angeboten hatte, um ihr zu bedeuten, dass nicht sie bestraft werde, sondern die Tochter, das Mogli-Mädchen. Es würde ihr guttun, wenn sie mehr Freundinnen hätte, sagte die Direktorin, eine Resozialisierung sozusagen, sagte sie und war sich unsicher, ob meine Mutter sie verstand, und zum ersten Mal schaute die Direktorin mich an, fragte, Amal, hast du Freundinnen und wie viele überhaupt. Ich schwieg.

Amal, das muss dir nicht peinlich sein, sagte sie und wollte mich zum Weinen bringen, wie sie meine Mutter zum Weinen gebracht hatte. Kein Mädchen wollte mit mir befreundet sein, das wusste die Direktorin, weil ich jedes schon mindestens einmal in seinem Leben geärgert hatte, wie es sonst die Jungen taten, und sie erzählten es jedem in der Schule, erzählten einander so gerne, wie sie von mir geärgert worden waren, erzählten, wie sie gelitten hatten, wie ihnen wehgetan worden war. Wenn ich ein Mädchen schubste, dann hatte ich alle geschubst, weil sie es einander sofort erzählten und weil sie einander zuhörten und die Geschichte so weitererzählten, als wäre jede Einzelne betroffen. Und an dem Abend schrien meine Eltern sich wieder an, weil meine Mutter die Demütigung, die sie bei der Direktorin erlitten hatte, so sagte sie es, an meinen Vater weitergab, und wie sehr es sie beschäme, dass er nicht da gewesen sei, als würde er sich nicht für seine Tochter interessieren. Und sie betonte, wie sehr ich doch seine Tochter sei, deine Tochter hat das getan, deine Tochter hat das nicht getan, als wäre ich aus dem Nabel meines Vaters gekrochen. Ihm blieb nichts anderes übrig, als sie aufzufordern, endlich mal das Maul zu halten, und da wurde Mutter noch wütender und schwieg meinen Vater für Wochen an, und weil ich der Grund ihres Streits war, schwieg sie auch mich an. Die ersten Tage genossen mein Vater und ich ihr Schweigen, weil wir in Ruhe essen konnten, Karten spielen, in Ruhe faul sein, alles in Ruhe. Dann wurde es schwierig, weil mein Vater sein Feuerzeug nicht fand und Mutter schwieg oder ich den Bastelkleber und Mutter schwieg, und bald wurde ihr Schweigen so mächtig, dass auch wir schwiegen, dass die Fenster aufhörten zu weinen. Aber mein Vater, der so gern Geschichten erzählte, der gern lachte, entschuldigte sich schließlich bei meiner Mutter, und er musste es gut angestellt haben, weil meine Mutter doch stur ist, weil sie einen Zementblock im Kopf hat. Die Nachbarin fragte sie, wie er das angestellt habe, weil die Nachbarin auch wusste, wie stur meine Mutter sein konnte, und meine Mutter lächelte und schlürfte ihren Chai, schlürfte und hörte nicht mehr auf zu schlürfen, als wäre ihr Chai-Gläschen bodenlos. Nachdem sie den Chai in einem Schluck ausgetrunken hatte, strich sie sich den Schweißbart von der Oberlippe, weil Mutter dort schwitzt, wenn ihr heiß ist, und dann erzählte sie, er habe mit seiner süßesten Zunge gesprochen. Die Nachbarin lachte laut und sagte, ich wette, er hat mit seiner Zunge nicht nur gesprochen, und da stand Mutter unruhig auf und goss sich einen weiteren Chai ein.

Mit Worten konnte ich Mutter nicht versöhnlich stimmen. Mein Vater sprach immer für uns beide, und diesmal hatte er nur für sich gesprochen, und ich fing an, mein Bett herzurichten, meine Klamotten unaufgefordert in den Wäschekorb zu werfen oder meinen Teller abzuräumen, und Mutter schwieg weiter, und irgendwann bot ich ihr an, mein Haar kämmen zu dürfen, ohne Worte, weil ich doch ein Mogli-Mädchen war. Ich ging zu Mutter und reichte ihr ein Haargummi und einen Kamm, damit sie mein Haar, das sie schon immer geärgert hatte, bändigen konnte. Ich setzte mich ihr zu Füßen, und sie konnte auf der Couch mit der Arbeit anfangen. Meine Frisur war danach ordentlich, selbst die Direktorin bemerkte es, und meine Sportlehrerin meinte, ich solle den Zopf nicht so streng binden, sonst bekäme ich Kopfschmerzen, aber selbst dann sprach Mutter nur das Nötigste mit mir. Und wenn die Jungen Fußball spielten und mich nicht mitspielen ließen und mich Rapunzel nannten, dachte ich nur daran, wie sehr es in meinen Schläfen wehtat, der Schmerz erinnerte mich an Mutter, und so tat ich nichts, und so schubste ich keinen Jungen, der mir zu nah kam, und so beschimpfte ich kein Mädchen, das mich auf leise Art beleidigt hatte, und so widersprach ich keiner Lehrerin, die mich mit fremden Wörtern verwirrte. Der Schmerz war da, und ich konnte ihm nicht entfliehen, weil er direkt auf meinem Kopf saß, und dann hielt ich es im Sachunterricht nicht mehr aus und holte mir die Lehrerschere, als die Lehrerin einmal nicht schaute, und schnitt den Zopf ab. Die anderen Schüler schrien, und die Lehrerin wurde auf mich aufmerksam, sie rannte mit Angst im Gesicht auf mich zu und nahm mir die Schere weg, und erst dann wurde sie wütend: Sie vergaß all ihre feinen, fremden Wörter und schrie mit verständlichen. Einige Schüler lachten, andere waren bestürzt, und es war egal, weil der Schmerz seine Krallen aus meiner Kopfhaut zog, er löste sich auf, und das fühlte sich gut an, wie ein Duschstrahl mitten auf dem Kopf, und ich genoss, wie der Schmerz sich in einen Duschstrahl verwandelt hatte, und dann fragten mich alle, warum ich meine Haare mitten im Unterricht abgeschnitten hatte, und sie lachten, wenn ich sagte, der Zopf habe wehgetan, aber danach habe er sich in einen Wasserstrahl verwandelt.

Vater brachte mich zum Friseur, damit er den Rest abschnitt, und auch der Friseur fragte, warum ich meine Haare denn so kurz geschnitten hätte, und er lachte nicht, als ich sagte, der Zopf habe wehgetan, und sagte nur, ich müsse meine Mutter bitten, die Haare nicht zu fest zu binden, und dem Friseur konnte ich nicht erzählen, dass ich nicht wusste, wie ich mit meiner Mutter reden konnte. Meine Mutter weinte, als sie mich mit kurzen Haaren sah, und sprach zu meinem Vater, ganz ruhig, wie es nicht ihre Art war, dass er mich verdorben habe, dass ich nun endgültig verloren sei. Er nahm sie nicht ernst, sooft wie er mir über den Kopf strich, von der Stirn bis zum Nacken, und dort ruhte dann seine Hand.

Mit seiner Hand an meinem Nacken begleitete er mich manchmal von der Schule nach Hause. Wenn er früher von der Arbeit kam, stand er vor dem Schultor und wartete auf mich, und wenn ich gerade aus dem Gebäude rannte mit all den anderen Schülern und er sah, dass mich einer der älteren Jungen schubste, sagte er mir, ich solle zurückschubsen, ich dürfe mir nichts gefallen lassen, gerade als Mädchen dürfe ich mir nichts gefallen lassen, sie dürften nicht wagen, sich mir zu nähern, und wenn meine Muskeln nicht ausreichten, müsse ich beißen, alle Mittel seien recht, wenn man sich verteidige. Einmal wartete Vater mit der Mutter von dem neuen Jungen, und sie rauchten gemeinsam, und Vater bemerkte mich nicht, bis ich vor ihm stand, und die Frau schaute mich an, sie lächelte, wollte mir nicht mehr die Augen ausreißen. Und dann kam auch ihr Sohn, der Younes hieß, und mein Vater sagte, das sei ein schöner Name, aber der Junge bedankte sich nicht, er war nur traurig, und seine Mutter sagte, Younes sei ein schüchterner Junge, und ich dachte, er sei ein Feigling, aber ich sagte das nicht der Frau, weil sie mir nicht mehr die Augen ausreißen wollte. Younes und seine Mutter wohnten ein Haus weiter und schienen freundliche Menschen zu sein, sagte mein Vater, also sollte ich ihn in Ruhe lassen.

An dem Abend schimpfte Mutter mit Vater; nachdem sie die Fenster und die Balkontür geschlossen hatte, schrie sie ihn an, weil eine Nachbarin ihr erzählt hatte, wie Vater mit der Nachbarin, die enge und kurze Röcke trug, nach Hause gelaufen sei, und sie hätten wohl sehr erregt miteinander gesprochen, weil Vater die Nachbarin nicht grüßte, die gerade an ihnen vorbeilief, und er sei ganz vertieft gewesen ins Gespräch mit der anderen Nachbarin, die immer enge und kurze Röcke trägt, als wollte sie Mutter persönlich beleidigen. Sie fühlte sich entehrt, dass Vater mit dieser läufigen Hündin redete, wie sie es sagte, und fragte, ob er sich denn nicht schäme, mit einer Frau zu reden, deren Rock alles von ihr preisgebe, und was jetzt die Nachbarn wohl von ihnen dächten, von meinem Vater und von meiner Mutter und wahrscheinlich von meinem Vater mit der neuen Nachbarin, und Vater rauchte nur seine Zigarette und öffnete das Fenster, als wollte er die lästernde Nachbarin an dem Streit teilhaben lassen, die ihn verursacht hatte. Aber da hielt Mutter auch schon ihren Mund und schwieg, was ganz angenehm war, und Vater kam in mein Zimmer und versprach, mir das Autofahren beizubringen, damit ich irgendwann einfach davonfahren könne, wenn Mutter mich nerve, und wir lachten beide, ich nervös und er nachdenklich. Und ich bat ihn, mir eine Geschichte aus alf leila wa leila zu erzählen, weil er das so gut konnte und damit er auf andere Gedanken kam, und so erzählte er mir Geschichten aus alf leila wa leila, als Frauen noch Königinnen waren und Ifrite aus Meeren aufstiegen, um Menschen das Leben zu erschweren, und ich lauschte ihm, beobachtete seine Mimik, weil er die Geschichte erzählte, als würde Shahrasad auf seiner Zunge sitzen. Shahrasad durfte nicht aufhören zu erzählen, sonst würde sie sterben. Ich hatte Angst, dass ihr keine Geschichte mehr einfiele. Sie würde vom König getötet werden, sollte sie aufhören zu erzählen: Und Shahrasad erzählte.

Und Mutter fragte mich, was ich auf der Straße beobachtet hätte, als Younes' Vater ihn absetzte; alle glotzten, und Younes weinte. Ich schwieg, und Mutter schimpfte, warum ich nicht wie die Töchter anderer Frauen sei, die ihren Müttern immer alles erzählten, und ich wollte wissen, woher sie Younes' Namen kannte. Mutter drängte mich zu erzählen, und ich erzählte ihr davon, wie ich Younes verprügelt hatte, und da wurde sie sauer und befahl mir, aufs Zimmer zu gehen, aber ich ging nach draußen.

Younes' Vater hatte ihn vor der Haustür abgesetzt, hatte ihn aus seinem Auto gezerrt, und Younes wand sich wie unter Bauchschmerzen, und seine Mutter mit ihrem engen Rock trippelte um Younes herum und versuchte, ihn festzuhalten, weil er dem Auto seines Vaters hinterherrennen wollte, und alle glotzten. Seine Mutter drückte ihn an sich, flüsterte ihm Sachen ins Ohr, die niemand hörte, nur Younes; obwohl alle glotzten, widmete die Mutter sich Younes und schaffte es, ihn zu beruhigen, aber er weinte immer noch, und alle glotzten. Die Mutter lief mit Younes ins Haus und schimpfte mit den Leuten, dass sie aufhören sollten zu starren, habt ihr nie einen heulenden Jungen gesehen, schrie sie, und da hörten einige Leute auf zu glotzen. Die Erwachsenen schauten verschämt in eine andere Richtung, schoben ihre Kinder vor sich her und schauten dann noch einmal, wie das Ganze enden würde.

Von dem Tag an setzte sich Younes nach der Schule immer auf den Bordstein und wartete auf seinen Vater, und am Anfang glotzten alle und erzählten einander, was sie an dem Tag beobachtet hatten, als sie glotzten, und dann erzählten sie einander, was sie gedacht hatten, als sie glotzten, und sie schüttelten den Kopf, als hätten sie Mitleid mit Younes, der auf seinen Vater wartete und alle auf der Straße daran erinnerte, dass er auf seinen Vater wartete. Abends holte ihn seine Mutter rein. Er folgte ihr mit gesenktem Kopf, und die Traurigkeit triefte aus seinen Augen, und sie tropfte auf den Asphalt, pralle Wasserkugeln nässten den Weg vom Bordstein bis zur Haustür.

Auch nach Wochen schien Younes seinen Vater nicht vergessen zu haben, und er setzte sich auf den Bordstein, aber die Leute, die geglotzt hatten, glotzten nicht mehr, weil sie wieder Younes' Mutter nachglotzten, die kurze und enge Röcke trug. Und er wartete noch länger, und die Erinnerung nahm nicht ab, die Traurigkeit auch nicht und auch nicht, als seine Mutter ihm einen Basketball mitgab, damit er die Zeit vergaß, und Younes nur lustlos im Sitzen dribbelte. Er stand nie auf, als hätte man ihm die Knie gebrochen. Wenn das Gummi des

Basketballs den Asphalt traf, hallte es im Viertel, und das Dribbeln begleitete die Nachmittage der Bewohner, und alle wussten, dass Younes draußen saß und wartete. Wenn ein Auto in die Straße einbog, drückte er den Ball an die Brust und schaute auf und immer wieder und nirgendwo sein Vater. Bis die Straßenlaternen automatisch angingen, und Younes blieb auf dem Bordstein sitzen und konzentrierte sich auf das Geräusch, das der Asphalt mit dem Basketball machte. Und irgendwann musste seine Mutter ihn nicht mehr reinholen, er ging freiwillig, weil er wusste, dass er morgen weiter warten konnte. Während Younes wartete, dachten die Jungen im Viertel, man könnte Younes' Rücken als Tor nutzen, weil er stillsaß und gebrochene Knie hatte, und es ärgerte sie, dass der Hurensohn nicht aufhörte zu warten, sagten sie, und wir sorgen dafür, dass er nicht mehr wartet, sagte einer. Wer traf, bekam einen Punkt, und nicht alle trafen, sie waren sogar ziemlich schlecht, aber Raffiq traf immer Younes' Rücken, schoss immer mit rasender Härte, und alle hielten für einen Moment den Atem an, hingerissen zwischen Mitleid und Schaulust, warteten darauf, Younes heulend ins Haus rennen zu sehen. Aber Younes bewegte sich nicht, er blieb weiterhin sitzen und atmete schwer und dribbelte und hörte nicht die rasende Wut in Raffiqs Schuss, sondern das stetige Geräusch, dass der Asphalt mit seinem Basketball machte, und es hallte so laut im Viertel, und es hallte so laut in Younes' Körper, sein gekrümmter Rücken zuckte kurz, aber das Geräusch von Younes' Basketball war lauter, das Geräusch war im Treppenhaus zu hören und in der Küche und wenn Vater mir eine Geschichte erzählte, und der Basketball war lauter als Shahrasad.

Ich war wütend, nicht auf die Jungen, sondern auf Younes, der ihnen nicht seinen Basketball gegen den Kopf schmetterte oder aufstand und ging. Es ärgerte mich, dass er den Schmerz aushielt, und es ärgerte mich, dass ich mich freute, wenn er getroffen wurde, weil ich dann glaubte, er würde doch aufstehen und das Warten aufgeben. Einmal kam mein Vater früher von der Arbeit und sah, wie die Jungen Younes' Rücken zum Ziel ihres Spiels gemacht hatten. Er schimpfte mit ihnen und fragte, ob sie sich nicht schämten, einen harmlosen Jungen zu schikanieren, und Raffiq, der immer mit rasender Wut schoss, sagte, Younes spielt mit, Onkel, wir schikanieren ihn nicht, sagte er, gebrauchte ein zu großes Wort für seinen Mund, und der andere Junge, Walid, sagte, Younes sei das Tor, und da brüllte mein Vater, sie sollten sich gefälligst ein anderes Tor suchen. Aber wir hatten kein Tor im Viertel, es wurde immer improvisiert, mit Schulranzen oder Wasserflaschen; es gab einen Spielplatz mit einer einseitig gerissenen Schaukel, weil es im Viertel mehr Kinder als Spielmöglichkeiten gab, und mein Vater wusste das und schimpfte immer darüber, dass die Stadt das Viertel vergessen habe, also schnappte sich Vater den Ball und meinte zu den Jungen, sie sollten ihm folgen. Wir liefen alle meinem Vater hinterher, der auf den großen Marktplatz zusteuerte, wo ein Lidl war, und fragte, ob jemand von den Jungen einen Edding dabeihabe. Sie reichten ihm einen Edding, und mein Vater malte ein großes Rechteck an die Seitenwand des Supermarkts und rief den Jungen zu, hier sei ihr Tor, und die Jungen öffneten die Münder in blödem Staunen, als hätte mein Vater ihnen das Universum gezeigt. Dann fingen sie an zu lachen und meinten, ja, Mann, danke, Onkel, und bevor sie weiterreden konnten, drohte Vater ihnen mit Prügel, wenn sie noch einmal Younes anrührten, und da drehte Raffiq sich zu mir und meinte, Amal, erzähl mal, wie du Younes geschlagen hast, und da schämte ich mich, weil ich meinen Vater blamierte. Mein Vater wendete sich mir erschrocken zu und fragte, ob ich bei ihrem dummen Spiel mitgemacht hätte, und da konnte ich ihn beruhigen. Ich glaubte zu wissen, warum ich Younes nicht mehr verprügeln durfte, damit Vater ihn zukünftig vor anderen beschützen konnte, ohne sich Vorwürfe anhören zu müssen. Auf dem Nachhauseweg erzählte mir Vater, warum Younes dasaß, als wüsste ich das nicht.

Keiner möchte gegen Younes kämpfen. Eigentlich: Keiner könnte gegen Younes kämpfen; sie lauern, streunen um ihn herum, und er steht da und ist groß und mächtig und unberührt, und sie flüstern einander ins Ohr, und im nächsten Moment lachen sie laut auf und kreischen ein unverständliches Wort, sodass ich ihnen gerne meine Faust in den Mund rammen würde, aber ich darf nur auf der Bank sitzen, als Einzige, ich bin ein Mädchen. Es gibt sonst keine Zuschauer, weil es langweilig ist: Und niemand traut sich, mit Younes in den Ring zu steigen. Ich begleite Younes nur, der unbedingt bei der Box-AG mitkämpfen möchte und Angst verbreitet und mich zum Beobachten zwingt, weil ich nicht hier sein darf, denn die Box-AG ist nur für Jungen, sagt der Lehramtsstudent. Younes meinte, ich müsse ihn nicht begleiten, und ich habe ihm nicht gesagt, dass ich Raffiqs Gruppe nicht vertraue, und ich musste das nicht sagen, weil wir uns an das Dribbeln des Basketballs erinnerten. Sie sind hinterhältige Feiglinge, das wissen wir beide, sie sind wie fünf Finger, die nur als Faust stark sind, ansonsten leicht zu brechen. Ich genieße es, wie die Unsicherheit sie umgibt. Wie kleine Hügel sehen sie mit Younes in ihrer Mitte aus. Und Younes verwandelt sie in die Jungen aus der fünften Klasse, die an ihm zerrten: Von hinten kamen sie, immer von hinten die Hände an Younes Rücken, bis ich lernte, was es heißt, jemandem den Rücken freizuhalten, und ich hatte nicht die Muskelkraft, also biss ich zu, und sie zogen an meinem lang gewordenen Haar.

Mutter brachte mich nicht zum Friseur, seit Vater gegangen war. Younes und ich schnitten im Badezimmer die Haare so kurz, als wäre Vater nie gegangen, und wir nahmen die Schere seiner Mutter, schnitten wütend die nachgewachsenen Haare und planten, wie wir Raffiq und seine Freunde schlagen könnten, und die Pläne blieben nur Ideen, weil sie uns überraschten, als sie auf der Treppe zum Klassenraum an Younes' Rucksack zogen, und ich konnte Younes vor einem Sturz retten, aber sie beschimpften ihn als Hurensohn, und ich schubste Raffiq von der Treppe, dass er sich ein Bein brach, und so konnte er nicht mehr Fußball spielen und musste warten, und da wurde die Jungengruppe wilder, verwandelte sich in ein Tier, das uns jagte. Younes verzog keine Miene, als wartete er lediglich darauf, dass sein Vater endlich auftauchte, endlich auftauchte, damit er keine Schläge mehr gegen den Rücken bekam, und wir rannten zu Younes' Mutter, und sie beherbergte uns in ihren Armen. Sie strich mir immer wieder über die kurzen Haare und versprach, den Schnitt zu korrigieren.

Younes steht heute vor diesen kleinen Jungen und fordert sie heraus. Er zeigt auf Raffiq und sagt, du und ich, sagt, wir kämpfen jetzt, und Raffiq schüttelt den Kopf, schüttelt und schaut die anderen an, sagt, er würde lieber von Walid, der auch den Kopf schüttelt, eins auf die Fresse bekommen, als von jemandem wie dir berührt zu werden, sagt er, und Younes steht ruhig da an der Seite des Lehramtsstudenten, der neben Younes verloren wirkt; er kann keinen zwingen, mit Younes zu kämpfen, deswegen klatscht er in die Hände und schlägt vor, jeder solle mit einem Partner sparren, und er weiß, dass Younes keinen Partner hat, und ich darf nur auf der Bank sitzen.

Die Jungen verteilen sich in der Sporthalle, und Younes bleibt mit dem Studenten allein. Er schaut zu mir rüber, und ich lächle ihn an, schneide die Haare, damit ich seinen Rücken freihalten kann, ziehe weite T-Shirts an, laufe seine Schrittgeschwindigkeit, um an Younes' Seite zu bleiben, aber es reicht nicht. Er lächelt zurück, als müsste er mir versichern, dass es ihm gut geht.

Und der Lehramtsstudent wirkt verloren in dieser großen Sporthalle, und seine Worte haben keinen Wert hier, treffen auf niemanden, auch auf Younes nicht, der mit großen Schritten auf Raffiq zuläuft, läuft, und seine Bewegungen geben dem Wind einen Sinn. Die Jungenpaare schauen alle zu Raffiq, der an der Stelle verharrt und dessen Mimik nicht verrät, ob er gerade einen Schlaganfall hat oder einfach nur Angst. Ich schmecke Blut im Mund. Als Younes vor ihm stehen bleibt, zuckt Raffiq kurz zusammen, und sein Zucken dauert lediglich eine

Sekunde, aber es reicht, um Younes zu zeigen, dass er sein Ziel erreicht hat, und in diesem Moment, die Jungen und der Lehramtsstudent sind meine Zeugen, wächst Younes um zehn Zentimeter, einfach so, als hätte Gott beschlossen, kein Geheimnis mehr aus seiner Existenz zu machen und das Wunder vor unseren Augen zu vollführen. Younes grinst Raffiq an, grinst über diesen tollen Scherz, über das Zucken und über Gott, der ihn vor aller Augen wachsen ließ, und verabschiedet sich von Raffiq mit einem tollen Grinsen und schreitet zu mir, befreit die Hände von den Handschuhen, wirft sie auf die Bank und sagt nur: Wollen wir? Eine der schönsten Fragen auf Deutsch: Wollen wir? Und ich darf mir aussuchen, was wir wollen, und denke die Frage im Kopf zu Ende, und ich würde gern Younes' Hand nehmen und aus der Sporthalle stürmen. Zusammen sind Younes und ich unwiderstehlich, sind Titanen, wenn wir wollten, könnten wir Welten bauen, bräuchten dafür nur einen Tag, und ich denke das alles zu Ende, während Younes und ich aus der Sporthalle laufen und den Wind Wind sein und den Lehramtsstudenten weiter verloren wirken lassen.

Draußen fällt Younes in sich zusammen wie ein Zaubertrick; jetzt, da keiner von Raffiqs Jungs ihn sehen kann, brechen wir uns die Knie, weil wir nie Titanen waren, wir sind noch nicht einmal Mann und Frau, wir sind Kinder auf Stelzen.

Wir gehen zur Fahrschule: Wir werden uns anmelden, wir machen das gemeinsam, Younes und ich, und weil sein Vater verschwand und weil mein Vater verschwand, warteten wir gemeinsam auf dem Bordstein auf ein Auto, das in unsere Straße einbiegt, und irgendwann beschlossen wir, selbst das Fahren zu lernen, und Younes sagte, das sei gar nicht so schwer, und ich bestätigte, es sei nicht schwer.

Mein Vater hat nie Jeans getragen, erzähle ich Younes, und er nickt, er weiß das, und er raucht. Er tut es meinem Vater gleich, und Younes hat meinen Vater in besserer Erinnerung als seinen eigenen. Sein Vater bedeutet für Younes Warten und Aushalten, das Warten aushalten.

Er hat immer nur schwarze Stoffhosen getragen und das Hemd locker in der Hose, sage ich zu Younes, er war schlaksig, deswegen flatterte das Hemd an den Seiten, die Klamotten wirkten eine Nummer zu groß für seinen Körper und trotzdem genau richtig an ihm. Kein Aktenkoffer, sondern die Lässigkeit war sein Accessoire, und ich frage mich, wie er sich jetzt kleidet, ob er noch Klamotten trägt, die aus seiner Studentenzeit stammen.

Einmal nahm Vater mich mit zu seiner Arbeit, wo er von allen Kollegen begrüßt wurde, von den Schwarzköpfen auf die Schulter geschlagen wurde und von den Almans nur ein Nicken bekam, und da fiel mir auf, dass alle mit Ausnahme meines Vaters Jeans trugen, fleckige, löchrige, enge oder weite Jeans trugen – nur mein Vater trug schwarze Stoffhosen, und das Hemd war zu weit für seinen Oberkörper, da fiel es mir auf, als ich diese anderen Männer in ihren Arbeitsklamotten sah. Mein Vater zog sich wie alle anderen eine dunkelblaue Weste an und reichte mir eine, weil es drinnen kalt war, um das Obst und Gemüse frisch zu halten.

Bei seiner Arbeit musste Vater immer nur zuhören, reden sollte er nur, wenn er etwas nicht verstanden hatte, sonst hatte er zu nicken und auszuführen, und das machte er, und wir fuhren in einem Gabelstapler, und Vater brachte Paletten mit Obstkisten von einem Ort zum nächsten und witzelte mit seinen Kollegen und verstummte, wenn der Chef auftauchte. Und in der Pause fragte einer seiner Kollegen, warum ich denn so kurze Haare hätte, und Vater antwortete, dass sie sonst beim Fußballspielen störten, und der Chef tauchte auf und fragte, ob ich denn nicht zur Schule müsse, und Vater sagte, dass ich hier bestimmt mehr lernen würde als in der Schule, und der Chef schaute meinen Vater streng an und fragte mich, was ich heute gelernt hätte, aber ich konnte dem Chef nicht erzählen, dass mein Vater ihn nicht mochte, dass mein Vater keine Jeans trug, immer nur schwarze Hosen. Später verstand ich, warum er wutentbrannt die Jeans, die meine Mutter ihm gekauft hatte, aus seinem Kleiderschrank auf den Boden schleuderte, obwohl sie ihm erklärte, dass Jeans bei seiner Arbeit doch sinnvoller seien. Mein Vater verstand sich aber nicht als Obstkistenstapler, sondern immer noch als Architekt, der schwarze Hosen trug und weiße Hemden, das sagte er ihr nicht. Meine Mutter wollte ihn als Obstkistenstapler kleiden, ihn unter die anderen mischen, damit er seinen Beruf endlich vergaß, das sagte sie ihm nicht. Sie glaubte, durch eine Jeans wäre er kein Architekt mehr, und mein Vater glaubte, durch die schwarze Stoffhose wäre er immer noch ein Architekt. Dann besuchte er abends die Schule, anstatt sich mit Mutter zu streiten, die sich auf dem Balkon mit den Nachbarinnen unterhielt, die Geschichten erzählten, über die Nachbarin mit den kurzen, engen Röcken. Und sie nannten sie Shahira, und ich dachte an Shahrasad.

Er ging und hatte vergessen, mir das Autofahren beizubringen; er wollte mir das Autofahren beibringen, sage ich Younes, und Younes lächelt, als müsste er mir versichern, dass es ihm gut geht. Younes lächelt, um mir zu bedeuten, ich dürfe weiter über meinen Vater reden, der mich verließ und vergaß, mir das Autofahren beizubringen, bevor er mich verließ. Nur das Lenken hatte ich gelernt, weil er mich einmal auf seinen Schoß setzte, und ich lenkte das große Auto, er gab die Richtung vor, aber ich durfte lenken, und irgendwann konnte ich sogar richtig abbiegen. Aber das Fahren hat er mir nicht beigebracht, das wird ein fremder Mann machen, der gar nicht weiß, dass mein Vater mir versprochen hatte, mir das Fahren beizubringen, und fast begehe ich den Fehler, Younes zu fragen, ob sein Vater ihm auch das Fahren beibringen wollte, und dann höre ich, wie sein Vater mit rasender Geschwindigkeit wegfuhr, und Younes krümmte sich, als hätte er Seitenstiche, und ich erzählte meiner Mutter nicht, was ich beobachtet hatte.

Ich habe angefangen, Vaters Spuren zu sammeln. Vater hinterließ Abwesenheit, Vater hinterließ Fehlen, Vater hinterließ Scham, Vater hinterließ Ungewissheit. Vater hinterließ Zersplitterung, Vater hinterließ Auflösung.

Und Vater hinterließ Unvollständigkeit.

Im Viertel machen alle ihren Führerschein bei Rolf. Er ist klein und, wie soll es anders sein, auch dick. Bei Rolf im Laden steht Sanye und füllt ein Anmeldeformular aus. Sanye ist groß und, wie soll es anders sein, auch schlank, ihr laufen alle Jungen hinterher, weil sie keinen beachtet. Ihre Haare trägt sie lang und offen und schwarz und glatt, perfekt zum Dranziehen. Ihre Handschrift ist genauso schön wie ihr Gesicht. In der vierten Klasse wurde ich neben sie gesetzt, damit sie mich erzieht, wie sie ihren jüngeren Bruder erzogen hat. Ich hielt es neben dieser kleinen Frau nicht aus und schubste sie und riss an ihren glatten Haaren und zerkratzte ihr hübsches Gesicht, und Mutter musste wieder zur Direktorin. Mutter war nicht überrascht, gerufen zu werden, nur davon, dass es diesmal ein Mädchen getroffen hatte, ein liebes Mädchen, sagte die Direktorin, ein kluges, sagte sie, ein braves, sagte sie, ein harmoniebedürftiges, eine Einser-Schülerin, sagte sie, und Amal schafft gerade einmal, mit ganz viel Mühe, eine Drei, sagte sie, und ich verstand nicht, warum Noten besprochen wurden. Die Direktorin nannte mich emotional gestört, und Mutter strich sich über den Kugelbauch, weil sie im achten Monat schwanger war, und sagte der Direktorin, sie bete zu Gott, es möge ein Junge sein, nicht noch ein Mädchen, ein Mogli-Mädchen. Vater habe mich verzogen, und nun habe er sich verzogen, erzählte sie der Direktorin, und die Direktorin nickte wissend und nahm sich unserer an, indem sie Mutter half, eine Liste an Strafen für mich zu erstellen. Auf dem Weg nach Hause zog sie mich am Arm, weil sie wusste, dass ich abhauen würde. Ich hätte mich leicht von ihr losreißen können, hatte aber Angst, sie könnte umfallen und ihr Bauch könnte platzen, und nur einmal wollte ich verantwortungsvoll sein wie Sanye.

Mit rot lackierten Nägeln streicht sie sich eine Strähne aus dem Blick und sieht uns und grüßt Younes. Younes lächelt zurück und fragt, ob sie jetzt auch mit dem Führerschein anfange, und sie lächelt ein Ja und erzählt Younes, wie aufgeregt sie sei; plötzlich gibt es mich nicht.

Draußen sage ich zu Younes, dass sie ihm gefalle, dass mir das aufgefallen sei, dass es auffalle. Aber er fragt nur, wen ich meine, hält mich für blöd. Sanye mit den schwarzen, glatten Haaren, mit dem schönen Gesicht wie Schönschrift. Amal, du spinnst, sagt er, aber ich spinne nicht, sage ihm, es sei mir aufgefallen, wie er sie angestarrt habe, und dann grinst er wieder und fragt, eifersüchtig? Ich wehre mich mit einem übertrieben ironischen Ton, der mich entlarvt. Und dann sage ich einfach, er solle aufpassen, weil Sanye zu Raffiqs Gruppe gehört. Und Younes lacht, verursacht ein Erdbeben im Viertel, zumindest im Kopf fühlt es sich so an.

Wir gehen immer gemeinsam nach Hause, und manchmal will ich Younes sagen, dass er sich verpissen soll aus dem Viertel. Er hat dafür gesorgt, dass alles auf dem Kopf steht, er und seine Mutter, wie sie das Viertel einfach für sich vereinnahmt haben. Wie seine Mutter es geschafft hat, dass Familien zerbrechen, ja, verpisst euch von hier, und ich höre meinen Vater mir erzählen, ich solle den Jungen in Ruhe lassen. Mein Vater ist nicht da. Seit er verschwunden ist, hat sich das Viertel verändert. Ich verabschiede mich mit einer halben Umarmung von Younes, und ihn kümmert es nicht, er geht. Vor dem Aufzug warten polnische Saisonarbeiter, die wie Sardinen zu zehnt in die Wohnungen gesteckt werden, weil die Wohnungen hier billig sind. Im Aufzug starren sie einen an, deswegen laufe ich lieber die Treppe hoch, und ihr Lachen knallt gegen meinen Rücken, wenn ich vor ihnen weglaufe, als wüssten sie, dass ich vor ihnen weglaufe, und obwohl ich kein Polnisch verstehe, verstehe ich sie. Weil wir nicht die gleiche Sprache sprechen, fällt es ihnen leichter, mir auf den Arsch zu starren, auch wenn ich so alt bin wie ihre Töchter zu Hause, und mir fällt es leichter, sie zu verachten, weil wir nicht die gleiche Sprache sprechen.

In meinem Bett hält mein kleiner Bruder Baran ein Mittagsschläfchen. Wenn Mutter die Bettwäsche wechselt, legt er sich in diesen frischen Duft hinein. Manchmal tickt er wie eine alte Frau, und ich lasse ihn drin schlafen, weil die Bettwäsche dann seinen Geruch annimmt, den Schweißgeruch eines Achtjährigen, und ich kuschele mich von hinten an ihn heran und lege einen Arm um seinen Körper und hoffe, dass er eines Tages so stark wird wie Younes. Baran ist die Erfüllung von Mutters Gebeten. Als Vater ging, erzählte sie mir abends immer, weil sie niemanden hatte, mit dem sie sich streiten konnte, erzählte sie mir abends immer, wie sehr sie hoffe, in ihrem Bauch würde ein Junge heranwachsen. Jungen sind unkompliziert, sagte sie, man braucht sich keine Sorgen zu machen, sie leiden weniger, sagte sie und küsste mich auf die Stirn und wünschte mir eine gute Nacht. Wenn sie aus dem Zimmer ging, wischte ich mit dem Ärmel über meine Stirn.

Am Telefon verpetzte ich Mutter bei Vater und fragte, wann er denn endlich zurückkomme, wann er mir wieder Geschichten aus alf laila wa laila erzählen würde, und er antwortete immer mit einem Wort: bald.

Wenn du nicht bald zurück bist, dann verliere ich meinen Verstand, drohte Mutter und wiegte den kleinen Baran hin und her, der von der Welt abgekapselt in seinem kleinen Babykopf wohnte und nur schlief, und wenn er die Augen aufmachte, dann lachte er. Das Lächeln war nicht aus seinem Gesicht zu kriegen, als erwartete ihn das beste Leben, als wüsste er bereits mit sechs Monaten, dass Gott für ihn das beste Leben reserviert hatte. Mutter hat ihn Baran genannt, Regen, weil Baran getarnt als Regen eigentlich Mutters Tränen symbolisieren soll, ihre Tränen, die sie nicht weint, seit Vater weg ist, weil er zurückkommen wird, ihre Tränen darüber, dass ich ein Mogli-Mädchen bin, ihre Tränen, weil sie eine Frau ist und Frauen etwas mehr leiden als Männer. Baran weiß nichts von all dem, als Baby lachte er ungewöhnlich viel und widersprach damit seinem Namen und machte Mutter glücklich, und sie sagte ständig, schau mal, wie er lacht, Amal. Schau ihn dir an, und ich antwortete, ich würde ihn gerne auffressen, so süß ist er, und küsste ihn auf die Wange, bis die Wange rot wurde, und nein, nein, niemand frisst meinen Sohn auf, sagte Mutter und nahm mir das kleine Bündel aus der Hand, um es fest an sich zu drücken, wie ich es jetzt mit ihm tue. Ich hoffe, er wacht nicht auf und stößt mich nicht weg. Aber das würde er nie tun. Baran ist so brav, als wäre er mit einer glücklichen Mutter und einem fürsorglichen Vater in der Vorstadt aufgewachsen. Das Lächeln ziert immer noch sein Gesicht, dabei gibt es wirklich nichts zu lächeln für ihn. Er hat meinen Vater noch nie gesehen. Denn Vater kam nicht zurück und wird es auch nicht tun.

Er kann endlich schwarze Stoffhosen tragen, weil er in einem Büro arbeitet, weil er eine Frau hat, und diese Frau hat drei Töchter, und jetzt hat auch Vater drei Töchter, ohne etwas dafür getan zu haben, er musste nur nach Kurdistan zurück, und dort wartete auf ihn das Leben, das er gelebt hätte, wenn er nicht in Deutschland gewesen wäre. Das Leben hat einfach auf meinen Vater gewartet, war auf Stand-by geschaltet, und Vater ging und drückte auf Play, und Kurdistan tat so, als wäre Vater nie weggewesen, nein, behandelte ihn sogar besser, um ihn nie wieder zu verlieren, und wenn du Kurdistan einen Sohn entreißt, wird sie dich mit ihren langen Ärmeln strangulieren.

Von Mutter hat er sich nicht scheiden lassen, offiziell sind sie verheiratet, offiziell ist er nur in Kurdistan arbeiten, wie Mutter erzählt, aber die Nachbarn nicken wissend. Wenn ich den schlafenden Baran in meinen Armen halte, ist alles egal. Neuerdings fragt Baran nach Vater, und meine Mutter weicht aus, und ich weiche aus, weil wir beide überfordert sind, nicht wissen, was wir erzählen sollen. Wenn ich mir Barans Zimmer mit all dem Spielzeug anschaue, will ich ihm erzählen, dass ich all das nicht hatte. Vater schenkte mir keine Puppen, keine Autos, keine Malbücher und Buntstifte, er schenkte mir Zeit, wir rauften, wir rannten um die Wette, er rannte immer etwas schneller als ich, weil er mich nicht für dumm hielt. Wenn er mir etwas erklärte, dann tat er das nicht nebenbei, dann erklärte er es mir, als könne ich es verstehen, und er sorgte dafür, dass ich es verstand. Aber Mutter schenkt lieber Gegenstände, damit es Baran an nichts fehlt, damit es auch für jeden ersichtlich ist, dass es ihrem Sohn an nichts mangelt. Keiner im Viertel soll Baran bemitleiden, weil seine Mutter ihn allein erzieht: Unsere Kleiderschränke waren immer voll, die Schuhe immer neu. Wenn ein Kleidungsstück verwaschen aussah, nutzte Mutter es bald als Putzlappen, wir mussten, müssen immer noch aussehen wie an Eïd, immer frisch gewaschene Haare und eingecremte Gesichter, dass die Nasenspitze glänzt. Keinmal durften wir vergessen, unsere Zähne zu putzen. Sie kaufte uns weiße Sneakers und ließ uns nicht aus dem Haus, wenn sie diese nicht inspiziert hatte. Wenn irgendwo Dreck klebte, musste mit einem nassen Putzlappen der Schuh sauber gewischt werden, und da bemerkte ich, dass Mutter mein Lieblingsshirt zu einem Lappen geschnitten hatte. Niemals sollten wir ein Kleidungsstück so lange tragen, dass man dieses Kleidungsstück mit uns assoziierte. Wir sollten aussehen wie Kinder aus Katalogen.

Anfangs fragten alle Mutter, wie es meinem Vater in Kurdistan gehe, wann er zurückkomme, und Mutter wiederholte Vaters Ein-Wort-Antwort: bald. Und bald war bald vorbei, aber Mutter ließ sich nichts anmerken, Mutter schob den Einkaufswagen durch die Supermarktgänge mit erhobenem Haupt, als wäre ihr Mann als Märtyrer an der Seite des Propheten gestorben.

Raffiq erzählte allen in der Schule, mein Vater habe eine andere Familie in Kurdistan, er habe uns verlassen, weil ich eine Missgeburt sei. Mutter riet mir, sie zu ignorieren, aber das konnte ich nicht, und Younes und ich verprügelten Raffiq, als er allein war, und dann wurden wir wieder gejagt, und später nannte Raffiq mich ein Mannweib und stachelte die Mädchen in der Klasse an, zu behaupten, ich hätte einen Penis, ich schlug Raffiqs Nase blutig, und dann forderten die Mädchen die Sportlehrerin auf, mich aus der Sportkabine zu verbannen, weil ich sie belästige, und die Lehrerin versammelte uns und fragte mich, ob das stimme, und alle sagten im Chor, es stimme, und ich schwieg, weil ich sonst geheult hätte, die Lehrerin wandte sich an Sanye, die immer die Wahrheit spricht, weil sie so vernünftig ist, und die Lehrerin fragte die schöne Sanye, aber Sanye schwieg, weil ich ihr in der vierten Klasse das Gesicht zerkratzt hatte, das gut verheilt war, das keine Narben trug, und trotzdem schwieg Sanye, und ich musste nachsitzen und dachte nicht darüber nach, warum die Mädchen mich bestraften, sondern warum ich damals Sanyes Gesicht zerkratzt hatte, und ich ignorierte die Strafarbeit, und die Lehrerin drohte mit weiteren Konsequenzen, und ich sagte ihr, ich würde mich weigern, so einfach sei das, und sie rief meine Mutter an, die mich von da an jeden Tag von der Schule abholen musste, und das war gut, weil Raffiq und seine Gruppe mir nicht auflauern konnten. Das passiere alles, weil Vater gegangen sei, sagte Mutter.

Und weil Vater verschwand, freundete ich mich mit Younes und seiner Mutter an, besuchte sie heimlich, damit Mutter nicht schimpfte. Und weil Vater weg war und Mutter niemanden hatte, mit dem sie reden konnte, fing sie an, mit den Nachbarinnen zu reden, die ihr erzählten, was sie über Vater wussten, was man sich im Viertel erzählte, was ihre Verwandten ihnen aus Kurdistan über meinen Vater erzählten, und Mutter hörte nur zu, und abends saß sie allein im Wohnzimmer und dachte nach, so intensiv wie ich beim Nachsitzen, und trotzdem kam sie zu keinem Ergebnis, und sie musste ihrem Gefühl nachgeben und zündete Zigaretten an, die sie im Wohnzimmer im Aschenbecher ablegte, damit der Zigarettengestank, den Vater immer verursacht und Mutter immer zum Schimpfen gebracht hatte, damit dieser Zigarettengestank im Wohnzimmer aufstieg.

Beim ersten Mal rannte ich aus meinem Zimmer in den Wohnraum und dachte, mein Vater sei da, er würde sich einen Scherz erlauben und wäre ganz leise wie im Traum herangeschlichen und würde sich ganz leise mit meiner Mutter unterhalten, und sie würden mich erst viel zu spät benachrichtigen, dass er da sei, und ich wollte sie im Wohnzimmer überraschen, und dann überraschte mich Mutter in ihrer Einsamkeit, mit einem Gläschen Chai saß sie da und starrte in den ausgeschalteten Fernseher. Sie bemerkte mich nicht, und ich wollte sie nicht beim Nachdenken und Erinnern stören und ging zurück in mein Zimmer und vermisste Vater noch ein bisschen mehr. Als könnte man einen Menschen derartig vermissen, dass man sich mit der bloßen Muskelkraft des Herzens ersticken kann.

Und Mutter erinnerte sich: einen Chai in einer Hand, in der anderen die Zigarette, starrte Vater in den Fernseher, auf Al Jazeera schrien sich Araber an, sie diskutierten über die Lage Iraks. Er meckerte, er würde jetzt lieber eine Zeitung lesen als Hunden dabei zuschauen, wie sie sich anbellen. Und er schlürfte seinen Chai, Mutter meckerte aus der Küche zurück, zumindest könne er in Frieden seinen Chai trinken und die Zigarette rauchen.

In Kurdistan konnte er zwischen den Zeitungen wählen. In Deutschland verstand er nur die Lokalnachrichten. Ich auch.

So viel hatte ich ihm beigebracht. Als er dann die F.A.Z. aufschlug, um zu lesen, und mehr als eine Stunde konzentriert in die Zeitung blickte, war meine Mutter ziemlich glücklich, ihn nicht mehr über die Al-Jazeera-Männer schimpfen zu hören, und ich war stolz, dass mein Vater Texte verstand, die für Erwachsene geschrieben wurden. Dann warf er die Zeitung mit einer Wucht auf den Tisch, als hätte er gelesen, dass es dem Irak nie wieder gut gehen würde. Und er sagte nur: Ich verstehe nichts. Er hatte es versucht, ich hatte es ihm beizubringen versucht, aber es funktionierte nicht. Er bekam die Feinheiten nicht mit, die Lokalnachrichten verstand er, aber er redete von Zusammenhängen, die er nicht begriff, die zwischen den ganzen großen Worten versteckt waren, versteckt wurden, die ihm die deutsche Sprache verwehrte, die deutsche Sprache fühlte sich wie eine Verschwörung gegen meinen Vater an.

Aber man verlässt doch keinen Menschen, nur weil man die Zeitung nicht versteht, denkt Mutter bestimmt. Und Mutter wird jeden Tag aufs Neue verlassen, wenn sie aufsteht und die Bettseite neben sich leer vorfindet. Und sie gibt vor, niemals verlassen worden zu sein, nur Frauen wie Younes' Mutter werden verlassen, aber nicht sie, die aus gutem Hause stammt, die meinem Vater nie Schande gemacht hat, die ihre Karriere für ihren Mann aufgegeben hat; solche Frauen werden doch nicht verlassen, glaubt Mutter, und sie wird jeden Tag aufs Neue verlassen. Aber Baran, ihre fleischgewordenen Tränen, ist der Beweis, dass Vater nicht heute oder gestern oder vor einem Jahr Mutter verlassen hat, sondern vor acht Jahren und zwei Monaten. Was auch immer Mutter und Vater zusammengehalten hat, ob Liebe, Respekt oder einfach nur der Anstand, nichts hat genügt, um Vater zum Zurückkehren zu bewegen, und daran denkt Mutter jeden Tag, und wenn sie mal über ihn spricht, dann immer so, als wäre er gestern gegangen, und tut uns weh. Ich drücke Baran fester an mich, und er wehrt sich erst mit der Kraft eines Schlafenden und gibt dann nach, lässt sich erdrücken und mir keine Möglichkeit, Vater zu vergessen, und immer wieder die gleiche Frage: Warum ist er nicht zurückgekehrt? Wir haben nicht ausgereicht, weder Mutter oder Baran noch ich, und nach dem ersten halben Jahr in Kurdistan und unseren Fragen, wann er denn wiederkomme, schickte er uns Pakete als Bestätigung, dass er uns nicht vergessen hatte, dass er uns immer noch versorgte. Irgendwann erzählte er, er habe mit seinem Bruder ein Architektenbüro gegründet, und forderte Mutter auf, nach Kurdistan zu kommen. Sie schrien sich am Telefon an, und selbst da schloss Mutter die Fenster und die Balkontür, selbst da glaubte sie noch, die Leute aus ihrer Gefühlswelt verbannen zu können, und Mutter tat mir leid in ihrem Bemühen, weil ihr nichts anderes blieb, als die Fenster und die Balkontür zu schließen. Und sie weinte nicht, und Mutter weinte nie wieder, und keiner weinte bei uns, auch als Vaters Pakete ausblieben und mit den Paketen die Gewürze, die es in Deutschland nicht gibt, aber für kurdische Speisen notwendig sind, sonst sind es keine kurdischen Speisen, sondern gewürztes Essen. Als unser Biryani nur noch nach Reis mit Real-Gewürzen schmeckte, verstanden wir, dass er weg war. Mutter verbrachte viel Zeit damit, Gewürze miteinander zu mischen, die richtige Kombination zu finden, den Geschmack des Biryanis, die Essenz zu enträtseln und damit Vaters Abwesenheit zu leugnen, und Biryani schmeckte uns nie wieder. Mutter verzichtete auf Biryani, und ich habe vergessen, wie Biryani schmeckt, und Biryani ist nur noch ein Code.

Mutter unterdrückte ihre Sehnsucht: Die Nachbarn bat sie nicht, ihr Gewürze aus Kurdistan mitzubringen, weil sie damit bestätigt hätte, keinen Kontakt zu ihrem Mann zu haben. Einmal brachte eine Nachbarin uns einen Teller Biryani, wir löffelten den Reis, die Gewürze piksten in der Nasenspitze, und dann, als würden wir in eine andere Zeit versetzt werden, erlaubten wir uns zu weinen, und wir erinnerten uns an Vater, und mir fiel auf, dass ich zuletzt vor einer Woche an ihn gedacht hatte, als hätte ich ihn überwunden. Und immer fragten die Nachbarn meine Mutter, wie es Vater in Kurdistan gehe, wann er zurückkomme, und irgendwann hörten die Leute von Vaters Zweitfrau, und sie fragten Mutter, wann Vater zurückkomme, und warteten, dass sie antwortete, und Mutter ließ sich nichts anmerken. Ich habe angefangen, Vaters Spuren zu sammeln. Vater hinterließ Fehlen.

Ich muss eingeschlafen sein, eine Decke liegt auf mir, Baran ist nicht da. Ich höre seine Stimme und die von Mutter, sie könnten in der Küche oder in Mutters Schlafzimmer sein, sie lässt ihn gern in ihr Zimmer, er hat ganz spät ein eigenes Zimmer bekommen. Ich finde die zwei in der Küche, sie essen Reis mit roter Kartoffelsoße. Meine Mutter sagt, ich hätte lange geschlafen, und fragt, ob in der Schule etwas vorgefallen sei. Ich könnte ihr von der Box-AG erzählen, an der ich nicht teilnehmen darf; ich könnte ihr von Raffiqs Zucken erzählen oder von Sanye und diesem schönen Gesicht, das sie mit sich trägt, und Mutter würde sich nicht an diese Namen erinnern, für sie ist Raffiq nur als eine blutige Jungennase und ein gebrochenes Bein zu fassen, für sie ist Sanye nur als ein zerkratztes Gesicht und ein herausgezogenes Haarknäuel erinnerbar.

Die blutige Jungennase mit dem gebrochenen Bein ist vor Younes zusammengezuckt, endlich, das zerkratzte Gesicht und ein herausgezogenes Haarknäuel haben Younes angelächelt, scheiße. Und Younes erzeugt in Mutter zu viele Erinnerungen, deswegen will sie auch nichts über ihn wissen, da muss Platz für andere Menschen bleiben.

Ich sage, ich habe mich für den Führerschein angemeldet, und sie sagt nichts.

Baran sagt, er möchte auch Auto fahren, und sie sagt, das wirst du.

Ich möchte sie fragen, was sie heute gemacht hat, ob sie bei Jamals Frau war, die ich als verheulte Augen, als einen Mund mit schiefen Zähnen und schlimmen Worten über Jamal für mich zusammenfasse. Und den Namen Jamal habe ich mir nur gemerkt, weil in jedem Satz von Jamals Frau der Name Jamal fällt, und ich kenne Jamal nur von sporadischem Sehen, und eigentlich sehe ich ihn nur durch die verheulten Augen seiner Frau und höre ihre Stimme, die immer kurz davor ist zu reißen.

Ich stelle mir vor, dass Mutter und ich die gleiche Sprache sprechen. Als Vater nach Kurdistan zurückging, wusste meine

Mutter nicht, in welcher Sprache sie mit mir sprechen soll: Deutsch, damit sie es auch lernt, oder Kurdisch, damit ich es nicht verlerne. Und in meiner Vorstellung beschließen wir, beide Sprachen zu sprechen und immer dann zu wechseln, wenn uns die Wörter ausbleiben, und wir träumen in Kurdeutsch, einer Sprache, die so nicht vorgesehen war, die 2587 nach Christus in den ersten offiziellen Dokumenten auftauchen wird, die ihre Präzision durch die Melodie erreicht; in dieser Sprache haben Menschen gedacht, noch bevor sie das erste Wort sprachen, und nur in dieser Sprache kann im All über die Erde gesprochen werden, darüber wie sie von dort aus betrachtet aussieht. Ich stelle mir vor, wie wir einander jetzt beim Essen erzählen können, was wir heute beobachtet haben und was das mit uns gemacht hat. Ich stelle mir vor, wir leben in der gleichen Zeit.

Meinen Teller stelle ich in die Spüle, drehe den Wasserhahn voll auf, wische die Essensreste mit dem Strahl weg, um Mutter nicht zu verärgern. Ich verlasse die Wohnung; Mutter hat längst aufgegeben, mir das zu verbieten, jetzt sagt sie nur noch, ich solle nicht lange draußen bleiben, und weil sie mich nicht mehr kontrollieren kann, wird Baran strenger erzogen. Ich bekomme ein schlechtes Gewissen, weil er mein Fehlverhalten ausbaden muss. Mutter will nicht, dass ich rausgehe, weil es keinen Ort gibt, wo ich mich aufhalten könnte. Es gibt den Marktplatz mit dem Lidl, an dessen Wand mein Vater mit Edding ein Tor gemalt hat, es gibt eine Teestube, es gibt drei Spielcasinos, es gibt zwei türkische Lebensmittelläden, die von einem Kurden und von einem Libanesen betrieben werden, es gibt eine halbseitig gerissene Schaukel, es gibt acht Sitzbänke über das ganze Viertel verteilt, es gibt zwei Bushaltestellen, es gibt drei Kioske, es gibt vier Wettbüros, es gibt eine türkische und eine deutsche Bäckerei, es gibt zwei Kirchen, es gibt am Rand des Viertels eine Moschee – aber keine richtige, nur so ein Haus, aber da drin wird gebetet, also zählt es schon als Moschee –, es gibt eine Eisdiele, es gibt drei Dönerbuden, es gibt einen Schuhladen, der schließen wird, an seinen Platz kommt ein Deichmann, es gibt zwei Internisten, einen Zahnarzt, aber keinen Orthopäden, es gibt viele Menschen, die nicht wissen, wo sie sich aufhalten sollen, wenn sie rausgehen, und viele bleiben auf ihren Balkonen sitzen und schauen runter auf die Menschen, die nicht wissen, wo sie sich aufhalten sollen, wenn sie rausgehen, und deswegen bleiben sie auf ihren Balkonen sitzen und schauen auf den Marktplatz mit dem Lidl, an dessen Wand Vater ein Tor gemalt hat, schauen zur Teestube und zu den drei Spielcasinos und zu den zwei türkischen Lebensmittelläden, die von einem Kurden und von einem Libanesen betrieben werden, schauen auf die halbseitig gerissene Schaukel und dann auf die acht Sitzbänke, die über das ganze Viertel verteilt sind, dann beobachten sie die zwei Bushaltestellen, die drei Kioske, die vier Wettbüros und blicken zur türkischen und zur deutschen Bäckerei, sie hören die zwei Kirchen und sehen und hören nicht die Moschee, wissen aber, es gibt eine am Rand des Viertels – aber keine richtige, nur so ein Haus, aber da drin wird gebetet, also zählt es schon als Moschee –, dann schauen sie zur Eisdiele, zu den drei Dönerbuden, dem Schuhladen, der schließen wird, und danach wird ein Deichmann zu beobachten sein, sie sehen, wer zu welchem Internisten geht, sie sehen, wer beim Zahnarzt war, aber sie sehen keine Menschen zum Orthopäden gehen, ihn gibt es hier nicht, und das ist alles.

Ich schlendere zu dem Libanesen, dort werde ich mir eine große Tüte Kürbiskerne holen, und danach werde ich auf einer der acht Bänke sitzen und versuchen, nicht nachzudenken, ich werde weder in Bildern noch in Worten denken, ich werde an das Nichts denken und mir vorstellen, wie sich ein schwarzer Punkt in meinem Kopf ausbreitet, meinen Kopf verschlingt und die Welt verschlingt, und werde dann doch gedacht haben. Ich gehe zum Libanesen, weil ich nicht mit dem Kurden reden will; der Kurde, Ramsy heißt er, Ramo nenne ich ihn, hat dafür gesorgt, dass meine Mutter seit Jahren ein Kopftuch trägt, nicht aus Überzeugung, es ist eine Attrappe. Der Ring an ihrem Finger hat Ramo nicht davon abgehalten, meine Mutter zu belästigen, ihre Hand an der Kasse zu berühren und beim nächsten Mal sogar länger zu halten und sie zu zwingen, ihm in die Augen zu schauen. Der Ring ist ungültig, weil der Ehemann weg ist, dachte Ramo an der Kasse und fasste nach Mutters Hand, die sie ihm entzog, so schnell entzog wie von der Schlange gebissen, hektisch den Einkauf in Tüten packte, mich vor sich her schubste, nach Hause schubste, als würde die Welt schwarz werden, von einem schwarzen Punkt verschlungen werden. Und sie schloss sich im Bad ein und winselte, und ich wollte ihr Winseln nicht hören, ich steckte mir Kopfhörer in die Ohren und stellte die Musik so laut, dass ich an nichts mehr denken konnte, und das ist gelogen. Am nächsten Tag stand Mutter vor dem Spiegel und band ein Tuch um den Kopf, und ich sagte ihr, dass sie wie eine türkische Oma aussehe, damit sie das Tuch nicht trug, und sie sagte, genau das wolle sie erreichen, und ich schämte mich für das Kopftuch meiner Mutter, weil sie zehn Jahre älter aussah, und das ist nicht gelogen, ich schäme mich immer noch, weil Mutter nicht Stoff trägt, sondern Schlagzeilen – plötzlich ist Mutter unterdrückt, Mutter ist ungebildet, Mutter ist fanatisch, Mutter ist abhängig, Mutter ist schwach, Mutter ist nicht ansprechbar, weil Mutter gebrochen Deutsch spricht, weil sie keine Sprache hat, ist sie keine Frau, sie ist ein Streitfall, sie ist eine Schlagzeile. Sie ist das Kopftuch, und ich schäme mich, versuche in der Öffentlichkeit nicht mit ihr gesehen zu werden, und deswegen kaufe ich beim Libanesen die Kürbiskerne.

Im Laden sehe ich Younes' Mutter Gemüse kaufen. Der Libanese vollführt einen Balztanz um sie, sagt ihren Namen in jedem Satz, Shahira, als würde er alle drei Sekunden den Klang ihres Namens vermissen, und der Name fließt an seinen Gliedern hinab, Shahira lächelt und redet ihn mit Akhouya an, Bruder, und der Libanese freut sich, dass Shahira Arabisch spricht, und Shahira sieht mich, grüßt mich, zeigt sich dankbar für meine Anwesenheit: Ich diene ihr als Attrappe, und meine Klamotten alleine reichen, um den Libanesen abzukühlen. Er nennt mich Junge, weil er nicht versteht, wie ein Mädchen sich gegen langes Haar entscheiden kann, für weite T-Shirts und sich ungeschminkt aus dem Haus traut. Der freche Junge, sagt er, obwohl ich nicht frech bin, vielleicht gefällt ihm der Klang des Wortes »frech« oder die Kombination »frecher Junge«, ich weiß es nicht und erlaube dem Libanesen seine Worte. Shahira bezahlt meine Kürbiskerne mit, und wir verlassen den Laden, und vermutlich schaut der Libanese Shahira auf den

Arsch, aber Shahira bleibt Shahira, sie zieht weiterhin enge Blusen und Jeans an, oft einen kurzen Rock, und wenn der Libanese sie länger berührt und Andeutungen macht, dann lacht Shahira nur, und wenn der Libanese vor ihrer Tür steht mit Tüten voller Lebensmittel in jeder Hand, lässt sie ihn sogar rein, und wenn er sie anfasst, begleitet sie ihn einfach raus und sagt, es sei gerade schlecht, und deswegen hasst Mutter Shahira, weil Shahira mit Selbstverständlichkeit Fehler begeht und mit Unschuld, die Fehler umkehrt.

Sie spricht mit Männern, die verheiratet sind und die am Abend von ihren Frauen für das Gespräch mit der Nachbarin, die kurze, enge Röcke trägt, ausgeschimpft werden. Ich schaffe es nicht, mich daran zu erinnern, worüber Vater und Shahira damals, als sie Younes und mich von der Schule abholten, sprachen, so intensiv sprachen, dass Vater die andere Nachbarin übersah und nicht grüßte. Ich habe sogar Shahira gefragt, worüber sie geredet haben, weil meine Erinnerung an ihr Gespräch mit Vater verschwand. Ich kann mir einfach nicht vorstellen, was ein Kurde und eine Kurdin, die einander fremd sind, austauschen können an Worten. Und weil meine Mutter sich das auch nicht vorstellen konnte, stritten meine Eltern. Und ich will so gerne wissen, ob dieser Streit gerechtfertigt war.

Shahira konnte sich auch nicht erinnern: vielleicht über das Viertel, vielleicht über die Arbeit, vielleicht über Younes' Vater, vielleicht über das Essen, vielleicht über die Deutschen, vielleicht haben sie einander auch nichts gesagt, nur Worte hin- und hergeschoben, weil Schweigen intimer ist. Meinen Vater habe ich nicht gefragt, vielleicht wüsste er es als Einziger, weil er später am Abend deswegen ausgeschimpft wurde. Dafür müsste ich ihn anrufen, und ich habe das seit einer Weile nicht getan, und er ruft auch nicht an, und wir scheinen uns darauf geeinigt zu haben, dass man sich nicht einfach anruft, nur an bestimmten Tagen, zu Eïd und zum Pilgerfest und einmal sogar an meinem Geburtstag, auch wenn es nur ein Zufall war und er mir erst beim Abschied gratulierte, als wäre sein Blick abgeschweift, auf einen Wandkalender mit einer bekannten Zahlenkombination gefallen. Bei dieser Peinlichkeit erwischt, änderte sich der Ton ganz plötzlich.

Die Seltenheit der Anrufe verbietet uns beiden, über Banalitäten zu sprechen, wie Erinnerungen an ein Gespräch mit einer Nachbarin, die kurze, enge Röcke trägt. Mein Vater hat Shahira bestimmt nicht vergessen, Shahira bleibt in allen Köpfen.

Shahira ist keine Nachbarin, sie ist keine Frau, sie ist kein Mensch – sie ist eine Idee, und jeder im Viertel sieht Shahira, in jedem Kopf spielt sich eine Geschichte ab, wenn Shahira vorbeiläuft: Shahira hört nicht mehr auf, in unseren Köpfen zu laufen, und ihre Schuhe sind abgenutzt, so viel muss sie laufen, irgendwo am Straßenrand muss sie ihre Schuhe ausziehen, und sie läuft barfüßig weiter, und wenn ihr die Sohlen schmerzen, setzt sie sich in unseren Köpfen hin, und es eilen fünf Männer herbei, die ihr die Füße und Beine massieren, und Shahira hat mir erzählt, wie sie das Laufen lernte. Sie erzählt mir an meinem Geburtstag immer Geschichten, weil sie keine Geschenke kauft, sie lässt sich beschenken, aber unter Frauen verschenkt man Geschichten, sagte sie, und sie erzählte mir einmal, wie sie das Laufen lernte. Es fing mit dem kurzen Kleid an, ein kurzes Kleid verwandelte eine Frau in Shahira: Nur die Beine habe sie sich im Park bräunen wollen, weil sie keinen Balkon hatten; Younes war noch nicht geboren, er existierte als Blutklumpen im Bauch und hatte die Taille noch nicht gedehnt, diese Mädchentaille, die nach der Geburt verrutschte, und der Körper war nicht mehr an der gleichen Stelle. Shahira wollte sich lediglich die Beine bräunen und lernte zufällig das Laufen, sie zeigte zum ersten Mal Haut, und am Anfang glaubte sie, von jedem angestarrt zu werden, bis sie sich daran erinnerte, dass niemand sie kannte und dass sie doch in der Fremde war, und in der Fremde laufen Frauen mit kurzem Kleid, und Shahira setzt einen Fuß vor den anderen und atmet die Parkluft, die nach nichts riecht, weil dieses fremde Land ein Puppenhaus ist, das keinen Geruch hat. Die Leute starren bestimmt, denkt Shahira, nein, es ist ein Puppenhaus, und dann denkt sie: Schaut auf meine Beine und auf meine Haut, die weiß leuchtet, weil die Sonne sie zum ersten Mal berührt, und Shahira streichelt ehrfürchtig ihre Arme, deren Weiß in den Augen schmerzt, und sie läuft weiter in einem kurzen Kleid, und keiner kennt Shahira, und weil niemand sie kennt, schämt sie sich nicht für ihren Körper, die Dellen in den Armen verlieren an Bedeutung, die wenigen schwarzen Punkte auf den Beinen werden immer kleiner, und Shahira ist ganz allein, obwohl so viele Menschen im Park sind. Sie ist allein, sie ist mit sich, sie ist für sich, sie ist sich, sie ist nicht Shahira Shafiq, die Tochter von Anisa und Ramazan, sie ist nicht eine Frau, sie ist nicht ein Mensch, sie ist viel mehr und sie ist nichts, sie läuft und sie atmet und sie ist da und über ihr steht Gott und sagt, schau dir mein Werk an, bewundere es. Und

Shahira läuft und hört nie wieder auf zu laufen. Und wir verabschieden uns.

Wenn Younes und ich früher Playstation spielten und durstig wurden und ich auf den Balkon rannte, um eine Colaflasche aus dem Sechserpack zu reißen, entdeckte ich im Gardinenspalt Shahira, die sich an den Tag erinnerte, als sie das Laufen lernte. Sie war nackt, und ihre Nacktheit bedeckte den Mann unter ihr wie das Meer, er war kaum sichtbar, ein Ertrinkender in Shahira; Shahira tobte in ihrem Körper, fasste nach ihren hellbraunen Nippeln, nach den weichen Oberschenkeln mit weißen Dehnungsstreifen, nach dem Bauch und immer wieder nach dem Bauch, als verschlinge sie den Ertrinkenden, und sie betrachtete ihre Arme und legte mit ihren hungrigen Händen den verschwitzten Nacken frei, und die hungrigen Hände fassten ihre Brüste an und griffen zwischen ihre Beine, und all ihre Bewegungen verursachten ein Pochen zwischen meinen Beinen. Ich wollte nach Hause gehen und mich im Badezimmer einschließen und den ganzen Tag nichts machen, als an Shahiras Körper zu denken. Ich holte die Colaflasche, und ich schenkte ein, und ich spielte mit Younes *Street Fighter*, und ich verlor, und Younes lachte mich aus, und ich trottete nach Hause, und ich aß, und meine Mutter fragte mich, was los sei, und ich antwortete ihr benommen, was sie beunruhigte, und sie befühlte meine Stirn und meinte, ich würde schwitzen und solle kalt duschen.

Ich fühle mich wieder so benommen, dabei wollte ich keinen Gedanken denken, nur an einen schwarzen Punkt denken, und in diesem Moment tätschelt Younes meine Schulter und sagt, ich solle mal aufrücken, und ich rücke auf, und zwischen uns ist die Tüte mit den Kürbiskernen, Younes nimmt sich eine Handvoll, und wir sitzen da, und er fragt mich, wie es mir geht, und ich antworte nicht, weil ich ihn nicht anlügen möchte, zucke mit den Schultern, und Younes atmet aus. Und atmet so laut, dass die Tauben wegfliegen und dass die Leute auf dem Marktplatz gucken, und von ihren Balkonen schauen sie auch rüber, diese Geier, und können sich an unserem Anblick nicht sattsehen, ich irritiere sie, weil meine Haare so kurz sind wie die von Younes und die Augen so traurig wie die von Younes.

Die Leute denken, ich liebe Younes, aber es ist viel komplizierter, und meine Mutter schämt sich, und das vereinfacht nichts; sie schämt sich, weil ich mit Younes befreundet bin, und sie schämt sich, weil ich ein Mädchen bin, und sie schämt sich, dass ich kein Mädchen bin, und sie ist auch irritiert, als wäre sie so blöd wie die Leute und nicht meine Mutter, und sie sagt immer, ich solle nicht mit Younes Zeit verbringen, als klebte Pech an Younes, nein, sagt sie, seine Mutter ist eine Hure, sagt sie, halt dich von ihnen fern, sagt sie, und ich sage ihr, dass das nicht stimme, aber ich weiß, dass es stimmt, dass Younes ein Hurensohn ist, dass Shahira rumhurt und es anders nennt, aber ich verstehe es nicht und komme mir so blöd vor wie die Leute und fange an, Shahira zu hassen, weil Younes wehgetan wird, um sie zu bestrafen, und ich schäme mich, weil ich verwirrt bin wie die Leute, weil ich blöd bin wie die Leute.

Während wir still unsere Kürbiskerne knacken, sehe ich Sanye, wie sie den Einkaufswagen ihrer Mutter hinter sich herzieht, und ihre Mutter sieht aus wie eine Oma, klein und dick und bebrillt, trägt ein gemustertes Kopftuch. Sanye und ihre Mutter unterhalten sich, als hätten sie ihre eigene Sprache, und Sanye lacht so laut, dass es echt sein könnte, und die Leute auf dem Marktplatz gucken, und von ihren Balkonen schauen sie auch rüber, diese Geier, und können sich an ihrem Anblick nicht sattsehen, Younes und ich glotzen auch. Und dann, vor aller Augen, weht der Wind das Kopftuch lose, und die zwei Frauen bleiben stehen, und Sanye hilft ihrer Mutter, das Kopftuch wieder festzubinden, und dann gehen sie einfach, gehen und gehen. Wir bleiben sitzen, beobachten, wie der Himmel seine Farben ändert, und denken an Sanye und ihre Mutter.

Der Mond taucht auf in der Dunkelheit, und die Sterne, die da sind, sind nicht da, weil zu viele Lichter das Sternenlicht schlucken, und die Sterne, die nur durch das Licht existieren, sterben ohne Zeugen. Ein Mann taucht auf, steht vor Younes und mir, fragt nach Feuer, um sich eine Zigarette anzuzünden. Er fragt Younes, auf Kurdisch fragt er ihn, ob ich seine Freundin sei. Er ist ein Fremder, Younes schweigt und hält sein Feuerzeug hin. Der Mann grinst kopfschüttelnd und zündet seine Zigarette an, und Younes bleibt ruhig. Die Zigarette des Fremden glüht rot in der Dunkelheit, und sein Grinsen bleibt unverändert, der Mann weiß, was wir nicht wissen, und er grinst, muss toll sein, zu wissen, was wir nicht wissen. Younes, sagt er, und der Name ist ihm nicht fremd, geht schnell von der Zunge, er hat den Namen oft gesagt. Ich bin dein Onkel, sagt er, und Younes sagt, ich habe keinen Onkel, und der Mann sagt wieder, Younes, ich bin dein Onkel, Younes aber sagt, nein, ich habe keinen Onkel, und der Mann sagt ein drittes Mal: Younes, ich bin dein Onkel, und Younes schweigt. Der Mann, der ohne Sterne gekommen ist, sagt mir, ich solle aufrücken, und er setzt sich zwischen mich und Younes, sitzt da mit seiner glimmenden Zigarette im Mund, sperrt mich aus Younes' Blickfeld aus und sagt noch einmal, dass er sein Onkel Azad sei, der Bruder seines Vaters. Sein Vater lebe in Frankfurt, sagt er, Frankfurt, das ist doch nebenan, so ungefähr sagt er das, und Younes bleibt still, denn er hat doch so lange gewartet auf den Vater, und der Bordstein und der Basketball und der Vater – drei Wörter, die Younes' Kindheit zusammenfassen. Ich versuche, Younes' Gesicht zu sehen, und ich sehe nur das halbe Gesicht, die andere Seite wird vom Kopf des Onkels verdeckt, aber das halbe Gesicht reicht, um Younes zu sehen, ein Auge, ein Mundwinkel, die Hälfte seiner Stirn, eine Augenbraue, das reicht, um Younes zu verstehen. Aber sein Onkel kennt ihn nicht, und da reicht auch Younes' ganzes Gesicht nicht aus, und deswegen sagt der Onkel, Blut ist dicker als Wasser.

Er sagt, du gehörst zur Familie.

Er sagt, egal, wer deine Mutter ist, du bist zuallererst der Sohn meines Bruders, du bist mein Sohn.

Er sagt, ich habe dich als Baby in meinen Armen gehalten.

Und warum bist du nicht früher gekommen, will ich ihn fragen, und ich muss es nicht, weil Younes ihn fragt.

Und er erzählt, wie verletzt der Vater gewesen sei und dass er sich erst um seine Wunden habe kümmern müssen.

Und meine Wunden waren egal, sagt Younes, und der Onkel versteht es als Frage, und er antwortet auf die Frage, die nie gestellt worden ist. Jeden Tag fühle der Onkel Schmerz in seiner Brust, und mit so viel Schmerz kriegt man bestimmt einen Herzinfarkt, will ich sagen, lasse aber Younes reden: Mein Vater hat mich verlassen, und jetzt tauchst du auf, und dir ist plötzlich Familie wichtig.

Und der Onkel vergisst seine Zigarette für einen Moment, und auch mich vergisst er, und seine Aufmerksamkeit gilt nur Younes: Du hast recht, Younes, ich hätte früher kommen müssen. Das ist nicht zu verzeihen, die Vergangenheit kann ich nicht mehr ändern, Younes, und er sagt nach jedem Satz seinen Namen, Younes, du bist mein Blut, Younes, und erst fängt seine Stimme an zu weinen und dann seine Augen und dann sein ganzer Körper, und er bittet Younes um Verzeihung, das war alles unrecht, sagt er, alles eine große Ungerechtigkeit. Jetzt wendet er sich ab, schaut nur in den dunklen Himmel, wo Sterne sein könnten, und wischt sich mit dem Handballen die Wangen trocken. Younes sitzt da, der Onkel sitzt da, und ich sitze da auf der Bank, und wir starren geradeaus, aber wir sehen nichts, und niemand sieht uns, wir haben kein Licht, das verschluckt werden könnte. Eigentlich sind wir nie da gewesen. Wenn ich jetzt nach Hause gehe, mich ins Bett lege und schlafe, dann ist das nie passiert, denn es gibt keine Zeugen.

Zu Hause sitzt Mutter im Schein des Fernsehers, sie raucht nicht, hat aber eine Zigarette angezündet, in einer Vertiefung des Aschenbechers abgelegt, und Mutter erinnert sich: eine Zigarette in einer Hand, in der anderen einen Chai, starrte

Vater auf den Fernseher, auf Al Jazeera diskutierten Araber die Lage des Irak. Sie bellten sich an, die Männer vom Al Jazeera, Vater meckerte, er würde lieber eine Zeitung lesen, denn in Kurdistan konnte er alles lesen. Und die Männer auf Al Jazeera schrien sich an, dem Irak würde es nie wieder gutgehen. Und Mutter sagte, zumindest könne er in Deutschland in Frieden seinen Chai trinken. Vater las in der F.A.Z. Ich war erleichtert, dass Vater schlauer war als ich, aber die Männer auf Al Jazeera schrien sich an, und Vater warf die Zeitung mit Wucht auf den Tisch, weil die deutsche Sprache eine Verschwörung gegen meinen Vater war. Und Mutter gibt vor, niemals verlassen worden zu sein, und sie wird jeden Tag aufs Neue verlassen. Wenn sie über ihn spricht, dann immer so, als wäre er gestern gegangen, und sie bindet das Kopftuch strenger, damit kein Mann sich in ihr Bett schleicht. Ich stelle mir vor, wir leben in der gleichen Zeit. Ich setze mich zu ihr, und ich streiche über ihr Haar, das zu einem Pferdeschwanz gebunden ist, und ich löse das Gummiband und wühle in ihrem Haar, berühre die warme Stelle am Hinterkopf, wo das Band alles zusammengehalten hat. Und als ich so in ihrem Haar wühle, Shampoo und Mutter rieche, fällt mir auf, dass wir kein Kurdeutsch brauchen, wenn wir doch unsere Hände haben und unsere Körper berühren. Ich drücke die Zigarette im Aschenbecher aus.

So vieles ist nicht passiert, so vieles habe ich Mutter nicht erzählt. Es war einmal ein Mann, der Shahira besuchte, und es war nicht, hebî, nebî çi j xudê û pêxembera mastir nebî, es gab und es gab nichts größer als Gott und die Propheten, es gab einen Mann, der Shahira besuchte, und er sollte Onkel genannt werden, sagte Shahira, und er sah nicht aus, als wäre er aus unserem Viertel. Und dieser Mann, den wir Onkel nennen sollten, war nicht Younes' Onkel, aber das wussten wir nicht.

Wir versteckten uns jedes Mal, wenn Younes und ich ihn sahen, und wir rannten nach Möglichkeit weg, weil wir immer rannten, wenn wir Ärger befürchteten, und den Onkel konnten wir nicht schlagen, höchstens zubeißen, aber das Klügste war, zu rennen oder sich vor ihm zu verstecken, nicht in Shahiras Armen, denn ihre Arme umfassten den Onkel, und in ihren Schoß legte er den Kopf, sie fuhr mit geduldigen Fingern über seine Schläfe.

Wenn ich heute diesen Onkel aus früheren Tagen sähe, würde ich ihn nicht wiedererkennen. An sein Gesicht erinnere ich mich nicht, nur an seine Oberschenkel. Er hatte ein hübsches Gesicht, ohne eine Besonderheit, irgendwie durchsichtig und im Laufe der Zeit entwischte das Gesicht meinem Gedächtnis, aber die Erinnerung an seinen Körper ist geblieben. Breitbeinig saß er auf dem Sofa. Der graue Anzug spannte um die Oberschenkel, und ich starrte seine Oberschenkel an und erinnerte mich an Vaters schwarze Stoffhose, die immer locker saß, nur die Andeutung eines Beins preisgab. Der Onkel ließ die Hände auf seinen Oberschenkeln ruhen, die Finger waren lang und grob, die Nägel gepflegt. Ich würde seine Finger wiedererkennen, heute; wenn ich seine Hände sehe, dann werde ich mich an diese graue Stoffhose erinnern, diese Anzughose, die zu eng um die Oberschenkel saß und dafür sorgte, dass ich mich unwohl fühlte, als wäre sie um meine Beine gebunden. Der Onkel schien meinen Blick bemerkt zu haben und tätschelte die harten Muskeln seiner Oberschenkel, lächelte mich an und sagte: Komm zu mir. Ich erinnere mich nicht an sein Lächeln, aber er muss gelächelt haben, und er sagte, komm zu mir.

Ich zögerte erst, und Younes blieb allein vor dem Fernseher sitzen, zu nah, und er schaute sich *Chip und Chap* an, und ich wollte zu Younes' Onkel, dem falschen Onkel aus vergangenen Tagen. Nach zwei Schritten blieb ich stehen, er hatte sich ungeduldig nach vorn gebeugt und aufgehört zu lächeln. Er bemerkte seinen Fehler und lud mich erneut auf seinen Schoß ein, und meine Neugier, diese Anspannung seiner Beine zu spüren, überstieg meine Angst vor dem fremden Mann. Seine Oberschenkel fühlten sich warm und hart an.

Er fragte, wie ich heiße, während er mit zwei Fingern die Kuhle massierte, die zwischen Hinterkopf und Nacken liegt. Das kitzelte, und ich zuckte lachend zusammen. Er lächelte, zeigte gerade Zähne. Welche Klasse, fragte er, fünfte, antwortete ich, und er erzählte mir von seiner Nichte, die in meinem Alter war, während er mit den Fingern immer wieder durch meine kurzen Haare fuhr. Younes stand auf, kam auf den falschen Onkel zu, aber er bemerkte Younes nicht, weil er mit meinen Haaren beschäftigt war. Younes trat dem Mann fest gegen das Schienbein, der Mann schnellte vor, ich fiel runter, lief Younes nach und hörte den Mann nur laut rufen, du kleiner Hurensohn.

Seit dem Vorfall verließen wir immer die Wohnung, wenn ein Onkel Shahira besuchte. Younes hasste seine Onkel, er wollte keinen kennenlernen, und der Onkel von heute kann nur der echte sein, weil er zu Younes gekommen ist, nicht zu Shahira, nicht in Shahiras Haut wie in türkischen Honig beißen will. Er will niemanden beißen, wenn überhaupt, dann ist er an Younes' Blut interessiert.

Bei Shahira in der Küche ist vieles provisorisch, das Salz ist noch in der Packung: Sie schüttet sich ein Häufchen in die Hand und lässt es über den Salat rieseln, und weil Younes es nicht anders kennt, denkt er, das sei normal. Wenn Mutter das wüsste, hätte sie einen weiteren Grund, Shahira zu hassen. Normalität ist in Shahiras Gegenwart aufgelöst, sie hat als einzige Frau im Viertel nicht gefragt, wann mein Vater komme, und als er nicht kam, hat sie mich nicht gefragt, was er in Kurdistan mache, und als er eine Zweitfrau dort heiratete, fragte sie nicht, was meine Mutter jetzt machen werde, Shahira dachte ihre Shahiragedanken, zu denen niemand Zugang hat, es sei denn, Shahira ist großzügig mit Worten und sät sie im Raum. Ansonsten spricht sie durch Bewegungen und Berührungen, und diese Sprache ist die ehrlichste.

Shahira weiß nichts von Onkel Azad, sonst wäre sie nicht gut gelaunt, sonst würde sie jetzt weinen und Younes' Vater verfluchen und dann für lange Zeit still sein, bis Younes sich wie früher an ihre Brust schmiegen und weinen und sie um Verzeihung bitten würde. Und ganz leise würde sie ihre Verwünschung in Richtung Frankfurt aussprechen und mir dann wie immer erklären, dass ihr Urgroßvater ein Sheikh war, und mich fragen, ob ich wisse, was ein Sheikh ist, und ich würde den Kopf schütteln, damit sie erklärt, was sie erklären möchte, und ein Sheikh ist jemand, der zu Gott eine besondere Bindung hat, weil er so fromm ist, die Menschen im Dorf kommen zu ihm, damit er für sie betet, und ich erinnere Shahira nicht daran, dass wir nicht im Dorf sind und dass Frömmigkeit in ihrem Fall nicht vererbt wurde.

Shahira hat das echteste Rot auf den Lippen, es ist die Definition von Rot, und fängt an zu essen, und ich konzentriere mich darauf, wie das Rot langsam verwischt, verschwindet, verschluckt wird, um nicht an Onkel Azad zu denken, der Younes mitnehmen will. Und Younes ist unsicher, was er machen soll, am liebsten will er auswandern, irgendwohin gehen, wo niemand ihn fragt, wie es seiner Mutter geht. Er will eine andere Sprache sprechen, um nicht an das Viertel zu denken. Younes kennt seine Zukunft hier, und deswegen wird Younes gehen, noch weiß er nicht, wohin, aber er wird gehen, und wenn er irgendwo ankommt und merkt, es ist nicht weit genug, dann geht er weiter, und wenn er am Rand der Welt angekommen ist, wird er einfach auf der anderen Seite weitergehen. Auf Younes' Rücken gehört ein Rucksack, und an Younes' Seite gehöre ich.

Es war immer so: Wir haben im Viertel nach einem Platz für uns gesucht und fanden nichts, kein Versteck für uns, überall war schon jemand oder kam jemand, und bevor er uns schlagen konnte, liefen wir weg, und das beste Versteck war vor aller Augen, auf dem Marktplatz. Wir spielten mit einem

Ball, dann mit Younes' Handy, und jetzt haben wir keine Dinge in den Händen, nur in unserem Mund. Und der Marktplatz ist das beste Versteck, weil vor aller Augen niemand sich traut, uns anzurühren. Aber heute gehen wir nicht raus, wir verstecken uns vor Onkel Azad im Wohnzimmer, mit der Playsi, und wir spielen stumm, und Shahira sagt, wir sollten nicht zu lange vor dem Schirm sitzen, und Shahira verlässt die Wohnung, geht ins Kino, in dem sie arbeitet, und die Viertelbewohner stellen es so dar, als arbeitete sie im Bordell: Im Kino, im Dunkeln kann alles passieren, sagen die Leute. Es stimmt, aber nicht so, wie die Leute das meinen. Im Kino, im Dunkeln, wenn man still ist, wenn man für sich ist, obwohl da noch zweihundert weitere Menschen mit einem in diesem Saal atmen, ist man komplett allein. Und vor den Augen erscheinen Bilder, und sie erzählen manchmal ohne Worte eine Geschichte, und diese Bilder können in den Körper eingehen, und der Körper fühlt die Bilder, und die Leute sagen, das ist schlecht, man soll nicht zu viel fühlen. Und wenn die Bilder ein Zittern verursachen, sagen sie, das ist nur eine Lüge, das ist nicht echt. Die Leute sagen, im Dunkeln stecken Männer ihre Finger in die Löcher der Frauen, als wären diese Löcher unbewacht. Im Dunkeln sind sie unbewacht, wiederholen die Leute, und im Dunkeln kann die Frau nichts machen, und im Dunkeln gefällt es sogar der Frau. Und ich schaue nach draußen, die Sonne ist untergegangen. Die Reflexionen im Fenster werfen die Gegenstände im Zimmer nach draußen, das Sofa, den Fernseher, Younes – ein ganzes Leben da draußen, wie eine Folie auf unsere Wirklichkeit gelegt, und wer kann uns versichern, dass das dort draußen nicht echt ist, dass nicht wir die Reflexion sind, nur eine Folie, gelegt über das eigentliche Bild, und was würde passieren, wenn man die Folie verschieben würde, was würde passieren, wenn Younes, nein, wenn ich aus dem Bild verschwinde?

Das Licht des Fernsehers bestrahlt mein Gesicht blau, das sehe ich in meiner Reflexion im Fenster, und ich erzähle Younes nichts, er ist müde vom Spiel, und er legt sich hin, und nach einigen Atemzügen ist er eingeschlafen. Ich lege eine Hand auf seine Schulter, sie ist warm. Younes ist ein verlassener Wald und die Ruhe in ihm wahr, und die Ruhe wächst in seinen Händen wie das Raue in der Baumrinde, und Younes' Geruch nährt sich von trockener Erde, und Younes ist ein verlassener Wald, wenn er schläft, und seine Beine Bäume, die gebrochen auf der Erde liegen. Seine Schultern zucken, und die Vögel fliegen auf, und die Ruhe erlaubt Rückkehr. Später werden Menschen zu Younes finden und in seinem Schatten anfangen zu glauben. Ich decke ihn zu und gehe nach Hause.

Manchmal, eigentlich: sehr oft, eigentlich: jeden Abend, besucht Jamals Frau meine Mutter, und ihr Besuch zieht sich bis in die Nacht, und die zwei Frauen schauen fern wie zwei kleine Mädchen, und sie reden, und sie werfen achtlos Worte in den Raum, wie sie es mit ihren Pistazienschalen tun, und irgendwann ist der Aschenbecher voll mit den Schalen, und irgendwann ist Jamals Sohn auf unserer Couch eingepennt, den Kopf auf den Schenkel seiner Mutter gelegt, und sie streichelt ihm ab und zu das Haar, und in Shahiras Schoß ruhen die Köpfe der Männer. Baran liegt schlafend auf dem Boden, und Mutter breitet eine Decke über seinem Jungenkörper aus, und die Frauen hören nicht auf zu reden, weil ihnen niemals die Worte ausgehen.

Das kurdische Wort shahrasa klingt wie Shahrasad, der die Worte auch nie ausgingen. Shahrasa bezeichnet jemand Kluges, nicht jemand, der gut rechnen kann, sondern jemanden, der weiß, wie man mit Menschen umgeht: jemand, der weiß, wie man beim Ausländeramt so redet, dass die Aufenthaltsgenehmigung verlängert wird, jemand, der einen blutrünstigen König mit Geschichten stillen kann. Shahrasa – das h in der Mitte wird ausgeatmet. Das s summt in den Ohren, summt das Gegenüber wach.

Mutter sagt, nachdem die Pistazientüte geleert ist, dass sie heute beim Zahnarzt war. Die Zähne würden aufeinanderpassen, als hätte sie durch stetiges Reiben die Zähne glatt gestutzt, erzählt sie; ob sie im Schlaf mit den Zähnen knirsche, fragte der junge, deutsche Arzt, das wisse sie nicht, habe sie ihm geantwortet. Ob dem Ehemann nichts aufgefallen sei, fragte der junge, deutsche Arzt, und da hat Mutter wieder die Zähne so fest zusammengebissen, dass sie mit bloßer Kieferkraft einem Pferd den Nacken hätte brechen können. Das macht Mutter, wenn sie die Worte zurückhalten muss. Ob sie den Mann beauftragen könne, sie im Schlaf zu beobachten, ja, wirklich, das waren seine Worte, den Ehemann beauftragen, sie zu beobachten, erzählt Mutter leicht empört. Jamals Frau lacht, gar nicht bitter, eher so als wäre der junge, deutsche Arzt in seiner Naivität ein putziges Wesen, dessen Unschuld geschützt gehört. Meiner Mutter wurde es jedoch zu viel, und sie klärte den Arzt auf, dass kein Mann da sei, und der junge Arzt entschuldigte sich, als hätte er ihr die Tür nicht aufgehalten und nicht etwa als habe er mit seiner Fragerei in ihrer Bettwäsche gewühlt. Mutter drückte weiterhin das Gebiss aufeinander, und der junge, deutsche Arzt meinte, es kann auch durch exzessives und starkes Aufeinanderdrücken passieren, dass der Zahnschmelz zerrieben wird und die Zähne ihre ursprüngliche Form verlieren. Machen wir einen Kontrolltermin in drei Monaten und schauen dann, ob eine Schiene notwendig ist, und Mutter hatte gar nicht vor, etwas zu sagen, da meinte der junge, deutsche Arzt, das zahle auch die Kasse, und verabschiedete sich mit einem starken Handschlag, der mir die Lunge zusammenpresste, sagt Mutter, nur leicht verärgert. Und Jamals Frau lächelt und schaut am Fernseher vorbei und sagt, ja, das würde der junge, deutsche Arzt machen: dieser starke Handschlag, man könnte auf falsche Gedanken kommen, sagt sie. Mutter schüttelt den Kopf, es gebe zwei Ärzte dort, vielleicht verwechsle sie ihn.

War es der mit der Igelfrisur, fragt Jamals Frau lächelnd.

Ja, bestätigt Mutter.

Mit dem einseitigen Grübchen, fragt sie, nicht um Bestätigung bittend, sondern um Erlaubnis, sich den Mann vorzustellen. Jetzt lächelt auch Mutter und nickt.

War es dieser mit den blauen Augen, fragt Jamals Frau.

Grün, korrigiert Mutter.

Blau, mein Herz, sie sind blau, als dürfte er sich die Farbe wünschen.

Nein, mein Herz, sagt Mutter und imitiert ihren Ton, sie sind grün wie die Meere aus Urlaubskatalogen.

Die Frauen diskutieren noch eine ganze Weile die Augenfarbe des jungen, deutschen Arztes, und Mutter ist so gelöst, dass sie ganz vergisst, die Zähne aufeinanderzubeißen. Und wenn heute Nacht Jamals Frau neben Jamal liegt, denkt sie an die grünblauen Augen des jungen, deutschen Arztes und wie er ihr beim Händeschütteln die Luft aus den Lungen zieht. Und Jamals Frau wird tief und fest schlafen, und ihr Körper wird schwer wiegen, die Matratze wölbt sich nach unten, die Latten verbiegen unter der Last, und Jamal ist verwundert darüber, wie die Schwere des Schlafes in seine schlanke Frau strömt. Und ganz neidisch ist Jamal auf den Schlaf seiner Frau, und ganz eifersüchtig wäre er, wüsste er, warum der Schlaf seine Frau übermannt.

Ich habe Younes ein zweites Mal geschlagen. Und hätte er beim zweiten Mal nicht zurückgeschlagen, wären wir heute nicht miteinander befreundet. Ich schlug ihm ins Gesicht, auf die Nase, wo es am meisten wehtut, beiden. Aus Younes' Nase floss Blut, und er ohrfeigte mich und schlug mir mit der Faust gegen die dreizehnjährigen Brüste, die besonders wehtaten, weil sie zu wachsen anfingen: Younes wusste das nicht. Ich stürzte mich auf ihn, und wir rauften uns, und weil Shahira nicht zu Hause war, dauerte der Kampf ziemlich lange. Keiner von uns heulte, erst als ich nach Hause ging und die Treppen hochstürmte und Jamal anrempelte und er mich als verrücktes Mädchen beschimpfte und ich weiterging und die Tür aufschloss und hinter mir zuknallte, weinte ich. Mutter war mit Baran beschäftigt, den sie aus dem Kindergarten abgeholt hatte, und Mutter drehte sich zu mir um und fragte schreiend, wer mir das angetan habe. Erst da bemerkte ich den zerrissenen Ärmel. Sie beruhigte mich und gab mir zu trinken, und im Bad wusch sie meine Hände, sie wusch mein Gesicht, und da entdeckte sie die Mascara und den Lidschatten, und da wusste sie, das Rot, das echteste Rot, war nicht mein Blut, sondern öliger Lippenstift, rot markiert.

Wer hat dich geschminkt, waren ihre ersten Worte, als sie sich beruhigt hatte und auch mich beruhigt hatte, und sie fragte fast gleichgültig. Und ich versuchte, mit gleicher Kälte zu antworten: Younes' Mutter.

Sie atmete laut aus und sagte, sie habe sich das schon gedacht, und da antwortete ich, warum sie dann frage, wenn sie sich schon alles denken könne. Mutter ignorierte meinen Trotz, erlaubte mir, mich an ihre Schulter zu lehnen, stütze meinen Gang ins Wohnzimmer, wo ich in ihren Armen liegen durfte, bis mein Körper nicht mehr zitterte, bis er in einen tiefen Schlaf hinabgezogen wurde.

Am nächsten Tag schmerzte der Kopf an den Stellen, an denen Younes mir an den Haaren gezogen hatte, und die Oberlippe pulsierte, die Innenwange brannte von meiner eigenen Bisswunde, und nasse Hitze beschwerte meinen Körper. Ich wollte im Spiegel das hässliche Gesicht sehen, das Younes zu hässlichen Worten verleitet hatte. Mutter befragte mich nicht mehr, und sie ahnte, dass Younes der Täter sein musste, dieser Junge, der nur sprach, wenn er gefragt wurde. Und obwohl

Mutter behauptete, sich alles denken zu können, konnte sie sich nicht erklären, warum wir uns geprügelt hatten. Wenn sie Younes nur gekannt hätte, hätte sie den Grund gewusst; und wenn ich ihn ein bisschen besser gekannt hätte, hätten wir uns nicht geschlagen.

Shahira schminkte sich so schön wie die Frauen im Fernsehen. Das sagte ich ihr, sie lachte und freute sich. Und wenn sie lachte, dann klang das wie das Lachen von Schauspielerinnen, vielleicht klang das Lachen der Schauspielerinnen wie das Lachen von Shahira. Ich glaubte, die Schauspielerinnen ahmten Shahira nach: Sie spielten Shahira, während Shahira war. Sie erlaubte mir, an den Tisch zu treten und ihre Schminke zu betrachten.

Das Schminkzeug meiner Mutter passte in einen kleinen Beutel, den sie in einer Schublade verbarg, als müsste man sich dafür schämen. Shahira widmete ihrem Gesicht einen ganzen Schminktisch, und ich wusste nicht, wo ich hinschauen sollte, und es roch nach Puder und Blumen, nach Parfüm und Frauen, und ich wollte, dass sie mich in diesen Duft einlegt und mir erlaubt, neben ihr zu schlafen, während sie mir erzählt, bis ich hundert Jahre alt wäre. Und Shahira erlaubte mir, alles anzufassen, alles in die Hand zu nehmen, es zu befühlen, die Leichtigkeit der Gegenstände, in denen Zauberkraft stecke, sagte sie, und sie bot mir die Döschen, Tuben und Phiolen und die Pinsel und Stifte und die schweren Flakons an, die beim Hinstellen auf die Glasablage einen Klang von sich gaben, der in den Gliedern kitzelte. Ich nahm all die kleinen, runden, glatten Lidschattenbehälter in die Hand, und sie hatten die Farben von Meerestieren. Ich durfte das Rouge mit dem Finger berühren, und der Puder war zart, und ich schaute Shahiras Wangen an, die auch zart waren. Mein Blick blieb an dem roten Lippenstift hängen, den Shahira gern auftrug. Und weil Shahira Gesichter lesen kann, bot sie an, mich zu schminken, und ich willigte ein und wollte so riechen wie Shahira.

Danach musste ich ihr Zimmer verlassen, weil sie verabredet war, und ich ging, und sie schloss das Zimmer ab und schloss den Duft da ein und die Schwere der Flakons und die Sanftheit des Puders, und ein bisschen davon trug sie mit sich und hatte mir auch etwas geschenkt, und ich setzte mich auf das Sofa und wartete auf Younes wie auf ein Auto, das in die Straße einbiegt. Und Younes kam, sah mich, und ich versuchte, die Schminke wie ein glücklich platziertes Muttermal im Gesicht zu präsentieren. Younes starrte mich nur an, und ich lächelte. Und Younes' Augen füllten sich mit Tränen, und ich hörte auf zu lächeln. Und Younes schaute weg, und ich schaute weg. Und Younes sagte dann, du siehst wie eine Nutte aus, und da traf meine Faust seine Nase.

Im Supermarkt gibt es ein Kosmetikregal, ich bleibe davor stehen, während Mutter einen Gang weiter Küchenrollen holt. Es gibt so viele Farben für die Fingernägel – man könnte auf die Idee kommen, es sei wichtig, sich die Fingernägel zu lackieren, oder warum gibt man sich sonst die Mühe, so viele Nagellacke zu produzieren, dass sie im Supermarkt so viel Platz einnehmen, und sie haben Namen wie *thigh high* und *playing koi* und *tickling sand*. Ich sehe das Rot, das Sanye an den Nägeln hatte, und bei ihr sah die Farbe wie mit den Nägeln verwachsen aus, und Sanye strich sich eine schwarze Strähne aus dem Gesicht und lächelte Younes an.

Ich lege ein rotes Fläschchen, *vampire's delicacy*, zwischen die Karotten und Bananen auf dem Kassenband. Meine Mutter greift danach, es ist sanyerot, nicht das echteste Rot, aber diesem sehr ähnlich. Sie lächelt mich an und legt es zurück auf das Band – endlich hinterlässt die Zivilisation Spuren bei dem Mogli-Mädchen, denkt sie. Ich weiß nicht, was meine Mutter denkt, wenn sie lächelt. Früher hat sie mir BHs gekauft, Damenrasierer, Binden und sie wortlos in eine Schublade meines Kleiderschranks gelegt. Wir mussten nicht darüber reden – die Binden benutzte ich, den Damenrasierer nicht –, auch nicht, als alle Mädchen anfingen, über Körperbehaarung zu sprechen wie über grünen Rotz, und in der Sportkabine kicherten sie, deswegen zog ich mich auf der Toilette um. Das war ihre Geheimwaffe: das Kichern und einander etwas ins Ohr zu flüstern – seit der Grundschule hatte sich nicht viel verändert. Ich durfte sie nicht schlagen, nur weil sie kicherten, damals nicht und heute nicht, Kichern reichte nicht aus, um sie schlagen zu dürfen, das wussten sie.

Baran schaut mir beim Lackieren zu und fragt, warum ich das mache. Ich muss mich konzentrieren, nicht über den Nagel zu malen. Ich frage ihn, ob er auch rote Fingerspitzen haben möchte, weil er nicht aufhört, mich anzustarren. Und er fragt, ob das nicht etwas für Mädchen sei, und ich frage ihn, ob Jungs keine Nägel hätten. Da hält er mir die Hände hin, nicht wissend, dass er morgen dafür in der Schule gehänselt werden wird. Und wenn er Pech hat, ist ein Mogli-Mädchen in seiner Klasse und verprügelt ihn, und er wird mit rot verstopfter Nase und zuckenden Schultern vor mir stehen, und er wird sagen, die Jungen hätten ihn geärgert, und er wird von mir eine Umarmung und schwesterliche Worte erwarten. Ich werde ihm sagen, hör auf zu heulen, hör auf, und der Schreck wird seine lächerlich dicken Tränen nur verzögern, für einen Moment, und sie werden selbstverständlich seine Wangen runterrollen, und ich greife nach den Tränen, aber es ist ein Ohrfeigen, du sollst nicht heulen; wenn dich jemand ärgert, dann ärgere zurück, und wenn sie dich schlagen, dann schlag zurück, und ich ohrfeige die andere Wange, und wenn du nicht stark genug bist, dann beiß zu, sagte mein Vater, bis du ihre Haut spuckst, dachte ich weiter. Baran wird aber wegrennen. Er wird nicht zurückschlagen.

Ich sage ihm, er solle jetzt auf seine Nägel pusten, damit sie trocknen, das mache man so.

Mit fünfzehn ohrfeigte Younes Shahira, als ein Mann ihr Schlafzimmer verließ.

Der Mann ohrfeigte Younes, weil er meinte, es gehöre sich nicht, die eigene Mutter zu schlagen.

Shahira ohrfeigte den Mann, weil niemand mein Fleisch und Blut anrührt, schrie sie.

Younes' Wange lief rot an, die Plötzlichkeit und die Härte dieser Männerhand ließen ihn erstarren. Younes, groß gewachsen, aber noch nicht so breit wie heute, nur die Andeutung von Muskeln, wischte sich die Tränen von den Augen, bevor sie das Gesicht bloßstellen konnten. Shahira schrie den Mann aus der Wohnung und umarmte Younes, der sich erst gegen ihre Umarmung wehrte. Und Shahira und Younes standen heulend mitten im Flur, sie hatten einander wehgetan und versuchten, den Schmerz zu lindern: Sie drückten die Körper fest gegeneinander, um eine Kugel zu werden, und scheiterten an der Haut, die sie in ihren Körpern eingrenzte.

Ich hätte mit dem fremden Mann die Wohnung verlassen sollen, man hatte mich aber vergessen, und fasziniert von der Szene stand ich in einer Ecke und war nur noch zwei Augen. Und ich drückte mich gegen die Wand und atmete flach ein und aus, um kein Geräusch zu erzeugen, atmete leise, dass die Lunge schmerzte, ich wollte die zwei sehen: Und diese Situation musste sich einige Male ereignet haben, denn ihre folgenden Bewegungen waren eine Choreografie solcher Momente. Sie nahmen auf der Couch Platz, Younes legte den Kopf in Shahiras Schoß und kämpfte gegen die Tränen an, sie streichelte ihm die Schläfe, strich über die Wange, über den Hals, tröstete ihren Sohn, ihren Propheten. Und wenn ich irgendwann wagte, mich zu ihnen zu setzen, wenn Younes längst eingeschlafen war, brauchte Shahira Trost, und sie erzählte, nicht um zu überleben, sie erzählte, um sich zu verzeihen:

Er verließ mich frühmorgens; manchmal ließ er mich schlafen, und andere Male musste ich aufstehen, Tee kochen, ein Ei kochen, Tahin in eine Schüssel gießen und Fladenbrot warm machen. Ich blieb zu Hause und wusste nicht, wohin er ging.

Und er war draußen und agierte mit Menschen und führte Gespräche, lachte über schlechte Witze, lachte über gute Witze und begegnete Frauen mit verschämten Blicken, handelte mit Männern und war in der Welt und verschwand in die Welt, tauchte ein und auf, vergaß sich und vergaß seinen Körper, seine Gedanken und wurde herausgefordert und änderte seine Meinung, seine Ansicht und seine Einstellung, weitete seinen Blick, und er war draußen.

Und später am Abend kam er zu mir, fütterte mich mit Geschichten, Lügen und Witzen, fütterte mich mit weichen, schwarzen Datteln, so süß wie die Zunge einer Huri. Ich hörte zu, hörte abends zum ersten Mal eine andere Stimme als meine, die ich nicht kannte, weil sie nur in meinem Kopf klang. Und für einen Moment vergaß ich meinen Blick und mein Gesicht, das ich den ganzen Tag über anstarrte, um einen Menschen zu sehen, und ich erkundete meine Beine, meine Oberschenkel, die Waden, die Zehen, legte mich auf das Bett und hob die Beine in die Höhe, stellte mir vor, wie er mich sah, wenn er auf mir lag, und zog mich aus, das Kleid, den BH, die Unterhose, hob die Beine, meine Schamlippen berührten nackte Haut, als ich die Beine übereinanderkreuzte. Ein Zucken durchfuhr meinen Bauch. Ich berührte meine Schamlippen. Ich fragte mich, wie er mich sah. Ob er sich fragte, wie ich ihn sah?

Shahira streichelte Younes, der sich mit dem Kopf in ihrem Schoß in den Schlaf geweint hatte. Manchmal ließ sie mich die Geschichte erzählen.

Euer Haus war umgeben von Walnussbäumen, die Äste dicht bestückt mit Blättern, und wenn du das Fenster auf der zweiten Etage öffnetest, konntest du nach den unreifen Nüssen greifen.

Erzähl es so, als wäre ich nicht da, sagte Shahira.

Und sie steckte die Nägel in die grüne Schale, um sie zu öffnen, und bekam schwarze Finger, sie wollte sich den Saft ins Gesicht schmieren – rîrash, »Schwarzwange« bezeichnet man Frauen, die Schande über sich bringen. Grün ummantelt fallen die Nüsse aus dem Fenster, fallen ihr aus dem Schoß, und würde er fragen, was mit ihren schwarzen Fingern sei, mit den Flecken auf ihrem Kleid? Und sie konnte nach den Ästen greifen, als wohnte sie in einem Baumhaus.

Als wohnten sie in einem Nest, korrigierte Shahira.

Ein Vogeljunge mit weichen, nutzlosen Federn, angewiesen auf den Erhaltungstrieb der Mutter, so öffnete Shahira den Mund, wenn er zu Hause war und saugte alles auf, was er ihr erzählte, aber er fragte nie nach ihren geschwärzten Fingerkuppen, er trug die Welt zu ihr. Wenn er einen unanständigen Witz erzählte, schaute ihr Mann sie an und sagte, er mag es, wie sie errötet, die Unschuld ist rot, sagte er und griff zwischen ihre Beine und legte ihr eine schwarze Dattel in den Mund, damit sie kein Wort von sich gab.

Ich frage Mutter nach dem Album. Sie sagt, sie wisse nicht, wo es sei, und ich würde ihr gern glauben. Und ein Mann ist mir im Traum erschienen, es war Vater, da bin ich mir sicher, und ich wünschte mir, wir könnten ein Körper werden, im Traum schaffen, was Shahira und Younes nicht schafften.

Er sah nicht aus wie Vater, eigentlich erinnere ich mich nicht an sein Gesicht, er war da, das spürte ich, seine Anwesenheit, wie ein Gefühl, ein Geist, den man mit der Haut wahrnimmt, und ich vergesse das Gesicht meines Vaters, er verkommt zu einer Ahnung. Meine Mutter versteckt seine Fotos, sein Gesicht wird uns verwunden. Sie würde zittern, wenn sie ihn auf einem Foto sähe. Ich frage Mutter noch einmal nach dem Album. Sie sagt, sie wisse nicht, wo es sei, und ich würde ihr gern glauben. Baran sagt, er möchte auch Fotos sehen. Sie verspricht, nach dem Album zu suchen, für uns. Sie hofft, wir vergessen diesen Wunsch, für sich. Ich suche in ihrem Kleiderschrank, finde das schwere rote Album unter ihren Wintermänteln vergraben. Vater ist vergessen, verkommen, verstecken, verwunden, versprechen, vergraben.

Und sie ist nicht wütend, als sie mich damit erwischt, sie sagt nur, sie erinnere sich daran, als sie das Album für zwanzig Mark bei Woolworth gekauft haben, sie hätten lange nach einem geeigneten Album geschaut. Andere Alben hätten Papierseiten gehabt, um Fotos einzukleben – sie wollte die Fotos nicht kleben, das kannte sie nicht: Fotos nicht mehr hin und her zu schieben. Die Abfolge der Vergangenheit nicht mehr neu arrangieren, sie an Seiten kleben, damit es nur eine Abfolge gibt, einzig und allein, wie die Wahrheit Gottes. Sie wollte ein Album mit Taschen, sie wollte die Fotos immer wieder neu sortieren – das hat sie aber nie gemacht.

Die Plastikseiten mit den Taschen knistern beim Blättern, über die Jahre hat die Luftfeuchtigkeit die Folien aneinandergeklebt, und beim Auseinanderreißen erzeugen sie ein Geräusch wie beim Entfernen eines Pflasters von der Haut. Und wir schauen, und Mutter hat keine Wunden, keine Narben. Sie lächelt ab und zu. Wenn ich wollte, könne ich die Fotos rausnehmen und daran riechen, die alten von Großmutter und Großvater, den Schwiegereltern meiner Mutter. Sie mochte beide, das kommt selten vor, sagt sie. Ich weiß nicht, wie ich auf diese Information reagieren soll, und blättere weiter. Es gibt nur wenige Bilder von Großmutter, das fällt mir auf, das sage ich meiner Mutter. Sie nickt. Die Großeltern lächeln nicht, die Kamera war für sie kein Auge aus der Zukunft. Ihre Körperhaltung ist gestellt, aber ihre Gesichtsausdrücke wirklich wie sie selbst. Die vielen Fotos von Großvater sind an verschiedenen Orten aufgenommen, nie zu Hause. Großmutter ist auf den Bildern immer zusammen mit einer oder mehreren Personen, als wäre ein Foto nicht wert, an ihre Person verschwendet zu werden. Sie hat kein Foto von sich allein bekommen; damals waren Fotos sehr wertvoll, erzählte Vater, als er die Fotos seiner Eltern in das Album sortierte. Meine Großeltern mütterlicherseits hatten nur ein einziges Bild, sie kamen aus dem Dorf, flüsterte mein Vater, damit Mutter es nicht hörte, als würde es sie verletzen, zu hören, woher ihre Eltern kamen. Ich traue mich, weiterzublättern, zu den farbigen Fotos zu gelangen, und da steht mein Vater als Student auf dem Platz der Freiheit in Bagdad.

Meine Mutter sagt: Das ist euer Vater. Nicht etwa: Da ist euer Vater. Nicht etwa: Hier ist euer Vater. Das ist euer Vater, sagt sie.

Und mein Vater ist nie weg gewesen. Er schaut sich mit mir die Bilder an, und zu jedem Bild gibt es etwas zu erzählen, sagt er, früher schoss man Fotos, um später eine Geschichte zu erzählen, sagt er.

Und diese Geschichte kennt Vater nicht, weil er mich nicht als Geist begleitet, was ich mir früher einbildete, und er hört Nina und Beza nicht im Klassenzimmer kichern, und er wird ihre Blicke nie gesehen haben, er wird das Wort »Nägel« nicht gehört haben, und Vater ist kein Geist, er ist irgendwo. Ich stelle mir vor, was er in diesem Moment macht, und das Kichern von Nina und Beza verklingt. Meine Hände stecke ich in die Hosentaschen, und der Lehrer befiehlt mir mitzuschreiben. Mein Vater ist irgendwo in Kurdistan und hört das Kichern von Nina und Beza nicht, ein Kichern reicht nicht aus, um sie zu schlagen, und in Kurdistan ist es heiß, und Vater trinkt jetzt in diesem Moment eiskaltes Wasser, denkt alhamdulilah, formt das Wort mit den Lippen, als er das Glas abstellt, und tupft sich den Schweiß vom Nacken – es ist heiß in Kurdistan, so heiß, dass die Hitze aus meiner Vorstellung heraustritt und meinen Körper einhüllt.

Nina und Beza schauen wieder zu mir und bedecken das Lachen mit einer Hand. Der rote Lack sieht wie Flecken an meinen Fingern aus. Meine Nägel sind zum Kratzen da, sie haben eine Funktion, aber sie gehören nicht dekoriert, absurd, die rote Farbe betont die klumpigen Fingerspitzen. Ich verstecke sie, lege den Stift wieder weg, stecke meine Hände in die Taschen, und der Lehrer befiehlt mir mitzuschreiben, und ich reagiere nicht, und er kommt näher und warnt mich, das sagt er, ich warne dich, und ich schaue zu ihm hoch, balle die Hände zu Fäusten und bleibe still, und Sanye kichert mit den anderen Mädchen.

Mir bleiben nur Vermutungen, warum mein Vater ging. Ich habe nie mit ihm darüber gesprochen, warum er ging, und ich werde nie mit ihm darüber sprechen, ich habe ihn immer gefragt, wann er kommt, aber nie, warum er ging. Und er hat es uns nie erzählt, dabei erzählt mein Vater so gerne Geschichten, Geschichten bergen Zusammenhänge, Geschichten erzählen vom Sinn, könnte er gesagt haben. Ich glaube nicht, dass er mit Gewissheit sprechen kann. Uns bleiben nur Vermutungen. Ich werde das Younes erzählen, und Younes weiß, warum sein Vater ging, und in Younes' Leben gibt es Sinn, so viel Sinn, dass es nicht auszuhalten ist.

Younes und ich können synchron rauchen, und meine roten Nägel sind nicht zu übersehen. Er greift nach meiner Hand, dreht und wendet sie, und das ergibt wirklich keinen Sinn, sagt er nicht, aber die Hand lässt er fallen, fremd geworden. Er raucht, ohne mich anzublicken. Wir schauen uns immer an, wenn wir rauchen, und Younes, weißt du, warum Vater nach Kurdistan zurückkehrte?

Einer der Gründe, warum Vater nach Kurdistan zurückkehrte: Ich half ihm bei den Hausaufgaben, weil er die Abendschule besuchte, sein Abschluss wurde nicht anerkannt, und damals fand ich es lustig, meinem Vater bei den Hausaufgaben zu helfen, aber jetzt, wenn ich so daran denke – wer hilft denn seinem Vater, die Hausaufgaben zu machen, und kann ihn im nächsten Moment ernst nehmen, wenn er meint, man solle auf sein Zimmer gehen, warum durfte jemand mir sagen, was ich machen oder lassen soll, wenn er nicht verstand, dass es das Mädchen und nicht die Mädchen heißt?

Ich erzähle Younes, es muss traurig gewesen sein, mein Vater zu sein: Es war, als hätte er sein früheres Leben nur geträumt, weißt du. Als hätte er das alles nie geschafft. Aber meine Mutter, wäre sie nicht so, wie sie ist, wäre sie eine andere, dann wäre sie mitgegangen. Oder sie hätte es geschafft, meinen Vater hierzubehalten, bei sich, bei uns, und ihn trotzdem glücklich zu machen. Aber sie hat es nicht geschafft.

Und Younes schaut auf meine Fingernägel.

Glotz nicht so, brülle ich, schlage ihm so hart, wie ich kann, gegen den Arm und renne davon, konzentriere mich auf das Rennen, damit ich nicht heule. Younes ruft mir nicht hinterher. Mein Rucksack springt auf und ab, und Beza und Nina kichern irgendwo, und Younes schaut auf meine Fingernägel.

Und ich nehme die Treppe, weil ich nicht auf den Aufzug warten kann, und renne, dass mir die Oberschenkel wehtun, und der Schmerz tut gut, mein Hals ist ganz trocken und fühlt sich hart an, und ich nehme zwei Stufen auf einmal, bekomme keine Luft und steige höher, und das scheint Stunden zu dauern, obwohl wir auf der dritten Etage wohnen, und die Treppen nehmen kein Ende, und plötzlich sind die Tränen da, und ich wische sie mit dem Arm weg, und sobald ich das Weinen zulasse, verliere ich meine Kraft.

Jamal und sein Sohn stehen vor ihrer Wohnungstür auf der zweiten Etage, und ich bin gleich da, und Jamal grinst mich an, und ich sehe ihn verschwommen, und er fragt: Mädchen, was heulst du schon wieder? Und ich sage: Geht dich einen Scheißdreck an, und er brüllt mir hinterher, ich sei eine verzogene Göre.

Ich schließe die Tür auf, versuche, so schnell wie möglich in mein Zimmer zu gelangen. Meine Mutter steht schon davor und fragt, was los sei, und ich brülle auch sie an, sie solle mich in Ruhe lassen. Auch sie nennt mich unverschämt, und ich renne vor der Scham weg, und ich kann sie nicht hinter mir lassen.

Im Zimmer werfe ich den Rucksack neben mein Bett und lege mich hin und kratze den Lack ab, er ist dünn und haftet am Nagel, aber ich kratze mit meinem rechten Daumen den Lack weg, so fest, dass mir das Nagelbett schmerzt, und ich kratze weiter, und es bleiben rote Flecken übrig, und ich schiebe den Nagel zwischen meine Zähne und habe Lacksplitter im Mund, und ich spucke rot und zerreiße diese dünne, glatte Haut, die jeden Nagel umgibt, fresse die Haut und schmecke Blut, bis der Lack ab ist und ich mit pochenden Fingern daliege und hasse, was ich nicht bin.

Meine Mutter steht hinter der abgeschlossenen Tür, sie bleibt eine Weile dort, sie könnte weinen, sie bleibt stumm, und sie weiß vor allem nicht, welche Worte sie sprechen muss, um die Tür zu öffnen. Astaghfirullah, spricht sie, astaghfirullah. Wenn ich ihr nicht antworte, wendet sie sich an Gott. Ich höre sie ins Wohnzimmer gehen, sie wird sich eindecken und verhüllen und die Haare und die Arme und die Knöchel bedecken, und der Körper wird unwichtig, nur der Mund wird gebraucht und die Zähne und die Zunge, wie sie um sich schlägt und wie sie Worte aus dem heiligen Buch formt, und es klingt wie eine Sprache aus dem All:

lā 'ilāha 'illā llāh muḥammadun rasūlu llāh

Und ich wiederhole ihre Worte, die Shahada, so lange, bis ich nur noch vor mich hinsumme. Shahada, Shahira, Shahrasa, Shahrasad – es gibt keinen Zusammenhang, nur Vermutungen. Du Eingehüllte, du Verhüllte, Mutter zittert vor Angst und vor den Worten, die sie versteht, und Mutter verlässt ihren Körper und Mutters Geist säubert meine Nägel mit einer brennenden Flüssigkeit und Mutter tunkt meine wunden Finger in eine Schale Wasser und Mutter wäscht meine Finger und Mutter salbt meine Hände mit Rosenöl, die Blume Muhammads, und Mutter küsst die Finger so fest, drückt sie an ihre Lippen, dass sie fast im Mund verschwinden, und zwischen ihren Zähnen steckt ein roter Lacksplitter und Mutter legt meine Hand an ihre Stirn und zittert. Mutter bittet Gott um Vergebung, für das, was sie ist und was sie nicht ist. Und Gott spricht nicht.

Mutter und ich haben nur eine gemeinsame Fotografie: Baran ist nicht geboren; ich habe ein Eis in der Hand, das in der Sonne schmilzt, und ich lasse es nicht runtertropfen, so fleißig bin ich, für das Bild darf ich nicht am Eis lecken, muss in die Kamera schauen, Mutter legt eine Hand auf meine Schulter, um jeden späteren Betrachter des Fotos zu täuschen: Wir gehören zusammen. Mein Vater war auch da, er hat die Aufnahme gemacht, seine Abwesenheit im Bild sorgt für die Existenz des Bildes, des Moments, und Vater hält uns gefangen in dieser Haltung, die Hand auf der Schulter muss müde sein, die Gier auf das Eis unermesslich. Und das Bild in meiner Hand ist die Berührung meines Vaters aus der Vergangenheit. Mit wunden Fingern streiche ich über das Bild.

Als Jamal vor vielen Jahren in Kurdistan war und Vater und seine neue Familie sah, fotografierte er sie: Sie sitzen alle am Tisch, irgendwo draußen, in einem Restaurant, hinter ihnen Felsen und ein Wasserfall, und das Foto ist körnig und die Farben matt, und Vater sitzt mit seiner Frau am Tisch, und seine

Frau lächelt in die Kamera, lächelt meine Mutter an, denn sie weiß, dass Jamal unser Nachbar ist und dass Jamals Frau Mutter die Fotografie zeigen wird, und sie lächelt, und sie hat drei Töchter, die schauen neutral in die Kamera, sie schauen, wie sie sich fühlen, und sie wollen nicht lächeln, sie kennen den Betrachter des Fotos nicht, und Fremde soll man nicht anlächeln, aber Vater lächelt. Mein Vater hatte die Dreistigkeit, mit Anfang vierzig eine andere Familie zu gründen; als wäre die erste ein Fehler in seiner Berechnung, und er hat uns durchgestrichen und in einer anderen Zeitzone mit anderen Regeln neu angefangen. Das Foto gehört uns nicht, Jamals Frau nahm es wieder mit.

Und ich habe angefangen, Vaters Spuren zu sammeln. Vater hinterließ Zersplitterung.

Weil Mutter ein Kopftuch trägt, wird sie von anderen Frauen mit religiösen Fragen behelligt, und anfangs kannte Mutter die Antworten nicht, das Kopftuch ist doch eine Attrappe, und die Attrappe wurde irgendwann ein Teil von ihr, und sie wird mit Fragen beschäftigt, die sie nicht interessiert haben, sie kann doch Arabisch, weiß sie denn zufällig, ob es erlaubt ist, sich die Nägel zu schneiden, wenn man fastet, ob das Halal-Etikett an deutschen Fleischprodukten gültig ist, ob während der Menstruation der Beischlaf erlaubt ist. Mutter schämte sich, die Antworten nicht zu kennen, und fing an, den Quran zu studieren und die Hadithe zu lesen und schaute Sendungen mit Mullahs, die ihr nicht gefielen, weil sie immer sagten, was die Frau machen müsse, und sie verbannte die Hadithen und schlug alles im Quran nach und wollte jedes Wort verstehen, und Gott spricht zu den Männern, aber das allererste Wort

Gottes an seinen neuen Gesandten ist: Iqra. Lies. Iqra bi-ismi rabbika. Lies im Namen deines Erschaffers. Und die Worte Gottes fließen in den Körper des Propheten und erschrocken und voller Angst eilt er nach Hause und bittet seine Frau, deck mich zu, mir ist kalt, deck mich zu, damit das Zittern aufhört, und Gott sprach zu Gibril, und Gibril sprach zu Muhammad, und Muhammad sprach zu den Menschen.

Ich beobachte Mutter beim Beten: Im Gebet faltet sie den Köper, sie betet nicht nur mit dem Mund, sie betet mit jedem Muskel, mit jeder Sehne und jedem Organ spricht sie zu Gott: Die Hände übereinandergelegt, auf dem Bauch ruhend, beruhigend, den Oberkörper vorbeugen, nach unten schauen, die Hände auf den Kniescheiben abstützen, für ein Allah u Akbar aufrichten, beide Hände als Zeugen zum Gruß an die Schläfen führen, zusammenbrechen, auf den Beinen sitzen, zu Gott sprechen, ihn um Gnade bitten, sich kleiner machen, mit der Stirn den Boden berühren, die Stirn in den Boden drücken, der Boden ist heilig wie die Hand der Eltern, wie der Quran. Die Hände neben den Kopf legen, sich ergeben, sich vergeben, sich ausliefern: die Augen schließen, zu Gott sprechen, leise, die ganze Zeit leise, dass nur Gott die Worte hört, zum kleinsten Wesen werden, bedeutend und deswegen verwundbar werden, wieder auf den gefalteten Beinen sitzen, die Finger in der Hand versteckt, und wenn die Shahada gesprochen wird, nur den Zeigefinger der rechten Hand aufrichten, denn es gibt nur einen Gott, nein, nicht geben, das ist das falsche Wort, es ist ein Gott, bezeugt ihr Mund, stellt der rechte Zeigefinger dar, nur einer, das Gebet, das Gespräch mit Gott beendet sie, indem sie nach rechts und links schaut, ihre Zeugen für den jüngsten Tag verabschiedet, sie streicht sich mit beiden Händen über das Gesicht, salbt das Gesicht mit Atem, mit Gottes Namen.

Sie setzt sich auf die Couch, nimmt den Quran in den Schoß, liest aber nicht, starrt aus dem Fenster, und da gibt es nur den Himmel mit Wolken zu sehen, und sie sitzt eingehüllt in Stoff im Schneidersitz auf der Couch, nur das Gesicht frei, wie eine Pyramide sitzt sie auf der Couch und schaut jetzt zu mir, und ich setze mich neben sie und erschrecke Mutter mit so viel Nähe, aber sie zittert nicht. Sie fragt mich, was passiert ist, und ich erzähle es ihr, diesmal erzähle ich Mutter alles und fange damit an, den Geist meines Vaters zu beschreiben, und sie sagt, in letzter Zeit würde ich ihn vermissen, ich solle ihn vielleicht anrufen und seine Stimme hören, und eine warme Hand enthüllt sich und greift nach meiner Wange, und ich erzähle von Nina und Beza und dem Kichern und von Younes und wie er auf meine roten Fingernägel starrte, und sie spricht: Du bist nicht Younes' Problem, und sie sagt, du bist niemandes Problem, du bist gar kein Problem, sagt sie, und dann sagt sie für lange Zeit nichts, und ich sage auch nichts, und wir sitzen auf der Couch, sie eingehüllt in Stoff und ich mit pochenden Fingern, und zum ersten Mal haben wir zueinander gesprochen. Mutter sagt, sie habe auch in letzter Zeit sehr oft an Vater gedacht, wahrscheinlich, weil ich bald mein Abitur machen und das Haus verlassen würde, und dann blieben nur sie und Baran, und da habe sie an meinen Vater gedacht. Ihm fehlte die Hingabe für ihre Ehe, sagt sie, und dann korrigiert sie sich, sie fehlte ihm nicht, dass würde bedeuten, er hätte nichts machen können, nein, er wollte nicht, sein Beruf war ihm wichtiger, und dass ich mich für ein Leben mit ihm entschieden habe, hier, dass ich ihm Kinder geboren, ihn ernährt und mein Leben an ihn gebunden habe, reichte nicht aus, ihn hierzubehalten.

Und warum lässt sie sich nicht von ihm scheiden, ist stattdessen als verlassene Frau hiergeblieben, verlassen wie Shahira, aber da schaut sie zu mir, wütend über den Vergleich, und ich bereue, es ausgesprochen zu haben. Mutter sagt nur, Vater habe keinen Respekt vor dieser Ehe gehabt, warum solle sie ihm den Gefallen tun, eine Scheidung einzureichen und diese Ehe als etwas Reales zu behandeln.

Dann bist du frei, sage ich.

Ich bin frei, sagt sie, und sie schreit fast, Mutter sagt, er ging, nicht: Er verließ uns, sondern er ging, und wir blieben hier und wir bleiben hier. Das ist ein Unterschied, verstehst du: Er ging und er kam nicht zurück, und wir blieben hier und wir bleiben hier, ob ich den verdammten Unterschied verstehe, sagt sie, und ich sage einfach, ja, ich verstehe. Mutter küsst den Quran, berührt ihn mit der Stirn und legt ihn auf den Tisch.

Ich beobachte Younes vom Balkon aus, der am Marktplatz auf unserer Bank sitzt und einfach nichts macht, sich nur ein bisschen umschaut, und dann winkt er mir zu, unschuldig, und das bricht mir fast das Herz. Nicht ich bin das Problem, das sehe ich jetzt erst, und ich schaue mir Younes einfach nur an, wie er da sitzt und nichts macht, und er braucht niemanden; jetzt wie er gerade dasitzt und nichts macht, braucht er niemanden, er genügt sich selbst, und er weiß das wahrscheinlich, und er holt sich eine Zigarette raus und raucht sie und schaut wieder zu mir und winkt mich zu sich, aber ich schüttele den Kopf, weil ich ihn nur beobachten will, von Weitem beobachten will, wie er da sitzt und nichts macht, und ich wette, er lächelt jetzt, er zieht an seiner Zigarette und winkt noch einmal, und ich hebe bloß die Hand, kein Winken, nur ein Versichern, ihn zu sehen. Ich stelle mir vor, ein Junge zu sein. Meine Mutter hätte weniger Sorgen, oder ich würde bei meinem Vater leben. Ich weiß nicht, ob Younes der Gleiche wäre, wenn ich nicht ich wäre. Ich bin ein Junge und gehe durch die Straßen und kann im Dunkeln nach Hause laufen, und die Frauen fragen mich nicht, wie es meiner Mutter geht, und sie sagen mir nicht, als großes Mädchen helfe ich meiner Mutter bestimmt im Haushalt, und Männer ignorieren mich, und ich kann einfach durch die Straßen gehen.

Und dann sehe ich, und das sieht Younes nicht, weil er nicht von oben auf das Geschehen schaut, sondern weil er das Geschehen ist, er sieht nicht, wie sein Onkel Azad auf ihn zuläuft. Und ich kann das nicht verhindern, ich bin zu weit weg, und Onkel Azad ist bei Younes angekommen, und Younes macht ihm Platz auf der Bank, und Younes schaut nicht mehr zu mir rüber. Die zwei sitzen jetzt da, und der Onkel raucht auch eine mit Younes, und ich sehe nicht, ob sich ihre Lippen bewegen, sie sind zu klein von hier aus, aber sein Onkel schaut immer wieder zu Younes, als erzähle einer von ihnen eine Geschichte. Jetzt fällt mir auf, dass Younes beim Reden die Hände nicht bewegt oder den Kopf, er konzentriert sich auf die Worte, die er spricht. Und sein Onkel bewegt sich auch nicht, er führt immer nur seine Zigarette zum Mund, und wenn er den Rauch ausatmet, dann legt er den Kopf in den Nacken, um Younes nicht mit dem Rauch zu belästigen, und ich hasse es, wenn Leute das machen, und bei dem Onkel hasse ich das noch mehr, weil Younes doch selbst raucht, und der Onkel glaubt, ihn davor zu schützen, aber ich sehe, das ist eine Macke des Onkels, er scheint das immer zu machen. Und dann holen beide ihre Handys raus und tippen, tauschen wahrscheinlich die Nummern aus, weil Younes sein Handy wieder einsteckt, aber der Onkel zeigt Younes noch etwas auf seinem Handy, wahrscheinlich ein Bild des Vaters, der in Frankfurt wohnt, und Frankfurt, das ist doch nebenan, an einem Wochenende könnte man doch den Vater besuchen, der sich auf Younes freut, der alles wiedergutmachen möchte. Und Younes nimmt das Handy des Onkels in die Hand und schaut aufs Display, und das dauert vielleicht eine halbe Stunde, die Ewigkeit dauert eine halbe Stunde, Younes ist wie erstarrt, er schaut sich ein Bild eine ganze halbe Stunde an, was kann das für ein Bild sein, ein Bild schaut man höchstens eine Minute an, und dann hat man alles gesehen. Der Onkel klickt mit dem Finger zu einem anderen Bild, und auch dieses Bild schaut Younes eine Ewigkeit an, bevor er ihm das Handy zurückgibt. Der Onkel steckt das Telefon in die Hosentasche und wendet sich mit dem Körper Younes zu und legt ihm eine Hand auf den Nacken, und Younes wehrt sich nicht gegen die Hand des Onkels auf seinem Nacken, Younes starrt nur auf den Boden, hat die Hände zusammengefaltet, das ist seine Sitzhaltung, wenn er zuhört, den Kopf gesenkt, die Finger wie ein alter Mann ineinanderverschränkt, und er hört, was man zu sagen hat, und der Onkel tätschelt Younes' Nacken, fährt ihm manchmal über den Hinterkopf, wie man das bei Kindern macht, und tätschelt dann wieder den Nacken. Ich kann mich kaum von der Szene losreißen, aber ich muss Shahira erzählen, was auf dem Marktplatz passiert, ich werde ihr erzählen, wer der Mann ist, und wie gut, dass ich weiß, wie er heißt, und weil wir wissen, wie er heißt, wird Younes ihr nicht weggerissen.

Ich renne die Treppen runter, und es dauert wieder eine Ewigkeit, bis ich unten bin und zum anderen Gebäude sprinte, und die Leute gucken gar nicht mehr, weil sie es so gewohnt sind, mich rennen zu sehen, und ich renne die Treppe hoch und bin ganz außer Atem, als ich vor Shahiras Wohnungstür ankomme, und im Gang sitzt Jamals Sohn, mit dem Rücken gegen die Wand, und er spielt mit seinen Fingern, legt den linken Daumen an den rechten Zeigefinger und dann den rechten Daumen an den linken Zeigefinger, überkreuzt, und das wiederholt er in immer schnellerer Geschwindigkeit, und dann bemerkt er mich und hört auf, mit seinen Fingern zu spielen, und schaut nur auf und wartet, was ich mache, und ich frage, was er hier macht, und er antwortet nicht, und ich wiederhole meine Frage, diesmal etwas lauter, und er sagt nur, er warte auf seinen Vater, und ich frage, wo sein Vater sei, und er antwortet wieder nicht, und er regt mich wirklich auf, wie er da sitzt und mich einfach nur anguckt, und dann presst er die Lippen aufeinander. Ich gehe auf ihn zu, und er zuckt zusammen, und ich sage ihm, ich würde ihn nicht schlagen, er solle mir nur sagen, wo sein Vater ist und warum er ihn hier warten lässt. Er sagt, er dürfe es mir nicht sagen. Ich sage ihm, falls sich in den Tüten Joghurt oder so etwas befinde, dann werde der schlecht und er kriege Ärger mit seiner Mutter, und der Junge schaut mich weiter stumm an, und eigentlich sollte es mir egal sein, das ist nun wirklich nicht mein Problem, ob er Ärger mit seiner Mutter bekommt, weil der Joghurt schlecht geworden ist. Und ich will ihn fragen, wie lange er schon wartet, und dann lasse ich es doch, er wird mir eh nicht antworten, und vielleicht ist es besser so, vielleicht sollte ich das nicht wissen. Ich springe über seine Tüten, weil er den Durchgang mit seinen Tüten versperrt, und ich klingele bei Shahira, lasse meinen Finger auf den Knopf gepresst, damit sie weiß, wie dringend es ist. Heute ist ihr freier Tag, ich weiß das, aber sie öffnet nicht die Tür, und dann sehe ich, dass sie durch den Spion schaut. Ich rufe ihr zu, ich müsste ihr etwas sehr Wichtiges mitteilen, es geht um Younes, und ich weiß, dass sie sofort öffnet, wenn es Younes betrifft, und ich behalte recht, sie schließt die Tür auf und überfällt mich mit Fragen. Ich trete ein, sie geht kaum zurück, und ich stehe vor ihr, unsere Nasen könnten sich berühren, ich nehme einen fremden Geruch an ihr wahr, die Lippen ein verwaschenes Rot, kein echtes mehr, und geschwollen, dass es wehtun muss. Ich sage ihr, wir sollten uns mal hinsetzen, und dann sehe ich Jamal in der Küche, er trinkt Chai, und dann sieht er mich, er sieht mich wie jeden anderen Gegenstand in der Wohnung an, und er trinkt den Rest seines Chais in einem Schluck aus, steht auf, fragt, warum ich so glotze, und sagt zu Shahira, falls sie etwas brauche, dann solle sie ihn einfach anrufen, und seine Lippen sind geschwollen, die Hand warm, die er mir in den Nacken legt, als er mir noch einmal sagt, ich solle nicht so glotzen, sonst könnten mir die Augen herausfallen, und er geht. Shahira, ungeduldig und genervt von meinem Schweigen, drängt mich zu erzählen, fragt, was mit Younes sei, geht zum Fenster und schaut raus, sieht Younes, der mit einem Fremden auf einer Bank sitzt, und sie fragt wieder, was los sei. Shahira ist geschwollen, so rot und so geschwollen, ich öffne die Tür, damit die Hitze flieht. Jamal legt seinem Sohn die warme Hand in den Nacken und sie gehen, seine warme Hand ließ Shahira rot anschwellen.

Du musst den Mund halten, sagt Shahira, diesen Mund, sie drückt mir auf die Lippen, diesem Mund darf keine Erzählung entschlüpfen, wir müssen ihn zunähen, und ein säuerlicher Geruch geht von ihr aus, ihre Hand drückt meine Lippen gegen die Zähne, fest, damit sie anschwellen, damit sie rot werden, und vielleicht schlägt sie mich noch, nichts dürfte ich erzählen, nicht meiner Mutter, nicht Younes. In Shahira ertrinken Männer, und ihr Körper erstickt Worte, so nahe kommt sie mir und nimmt die Hand weg. Warum Jamal, frage ich sie. Seine Frau besucht uns jeden Abend, ich höre sie immer schlecht über Jamal reden. Warum Jamal, der einen Sohn hat, dessen Schweigen wie ein Vorwurf klingt. Aber Shahira sagt nur, du musst schweigen, und ich schweige, und sie fragt, was ich über Younes erzählen wollte, und ich gehe, ich laufe die Treppe runter, und ich laufe die Treppe hoch, ich renne nicht, ich schweige nur und gehe wieder auf den Balkon und will Younes und seinen Onkel beobachten, und sie sitzen immer noch da und quatschen. Vielleicht sollte er zu seinem Vater gehen, und dann fällt von irgendwo dieser Gedanke in meinen Kopf, ein Gedanke wie ein fetter Regentropfen fällt mir auf den Kopf, und ich fasse mir an den Kopf, und der Gedanke breitet sich richtig darin aus, dass ich ihn einfach nicht loswerde: Was ist, wenn Vater nach Kurdistan gegangen ist, weil er eine Affäre mit Shahira hatte, und er und Mutter sich ihretwegen getrennt haben. Und der Gedanke verwandelt sich in ein Gefühl.

Und ich habe angefangen, Vaters Spuren zu sammeln. Vater hinterließ Ungewissheit.

Sein Beruf war ihm wichtiger, sagte Mutter. Sie könnte lügen, eine Lüge half ihr, ihn zu vergessen, wenn er seinem Beruf nachging und nicht der Nachbarin. Wenn ich nur wüsste, worüber sie damals sprachen, als sie Younes und mich von der Schule abholten, so intensiv miteinander sprachen, dass ich erst vor ihm stehen musste, bis er mich bemerkte, so intensiv miteinander sprachen, dass Vater eine andere Nachbarin übersah und nicht grüßte.

Vater ging, und wir blieben hier, und er sollte eigentlich wiederkommen, und er hat uns immer wieder angerufen, ich erinnere mich, er rief uns an, und irgendwann bat er Mutter auch, zu kommen, nach Kurdistan zu kommen, um dort zu leben, weil er es hier nicht aushielt. Mutter schrie, ich erinnere mich, sie schrie, er solle kommen, und beide haben auf den anderen gewartet, und keiner von ihnen ist aufgetaucht, weil sie keinen Ort verabreden konnten, und dann hat Vater als Erster das Warten aufgegeben.

Ich gehe zu Mutter und frage sie, warum sie damals nicht zu Vater zurückgegangen sei, und sie sagt nur, sie ertrage es nicht, sich weiter mit ihm zu beschäftigen, und ich frage sie, was sie aufgehalten habe, aber sie schüttelt nur den Kopf, und ich sage, sie hätte noch nicht einmal eine ordentliche Arbeit hier, ständig sei sie auf der Suche, und nach einem halben Jahr muss sie gehen und wieder suchen, die Hornhaut an ihren Füßen ist aufgeplatzt, ihre Hände ausgetrocknet, und Vater ist in Kurdistan Architekt und sie Lehrerin, wie kann sie es nur hier aushalten. Und dann weint sie und sagt, ich solle sie in Ruhe lassen. Ich will das jetzt wissen, sage ich zu Mutter und drehe sie an der Schulter herum, damit sie mich ansieht, und packe sie an der Schulter und zwinge sie, sich umzudrehen, wie viele Bandscheiben mussten reißen, und schau mich doch an, Mutter, und sie sagt, sie wollte nicht, dass ich dort aufwachse.

Jetzt gibst du mir die Schuld, sage ich, und sie missversteht das als Frage; dass Leute auch immer Aussagen als Frage missverstehen, macht mich fertig. Es gehe nicht um Schuld, meint sie, ich wollte nicht, dass du dort lebst, du warst damals neun oder zehn, dein Vater verstand das nicht, aber ich weiß, was einem Mädchen danach bevorsteht. Dein Vater verstand das einfach nicht. Oder er wollte es nicht verstehen.

Du weißt gar nichts, sage ich ihr. Du warst keine Hilfe hier.

Lass uns hier abhauen, sage ich zu Younes, vor Onkel Azad, vor meiner Mutter und vor deiner Mutter, lass uns nach Kurdistan, sage ich zu Younes.

Zu deinem Vater oder zu meinem Vater, nach Zaxo oder Frankfurt, fragt er und grinst, weil er an einen Scherz glaubt.

Komm, Younes, lass uns nach Kurdistan reisen, sage ich, komm, bevor du zu deinem Vater gehst. Wir könnten zum Fluss laufen, und unsere Haare und unsere Haut werden brennen, aber wir werden strahlen, und Younes' Haut – in Deutschland grau – wird von der Sonne zum Leben erweckt, seine Haut wird braun, und die Luft trägt Sand aus Basra in unser Haar. Lass uns über die Stadt fliegen, wie eine Taube, über Zaxo, wie in diesem Lied von Erdewan Zaxoyî.

Lass uns schwimmen gehen, sagt er, an den See.

Ich kann nicht schwimmen, sage ich ihm.

Es ist warm, meint Younes und schaut zum Himmel, als traue er seiner Haut nicht, als müsse er den Himmel sehen. Oder hast du Angst, dass dein Nagellack absplittert, sagt er vorwurfsvoll.

Ich habe meine Tage, ich will nicht schwimmen, sage ich ihm, erinnere ihn daran, dass ich einen anderen Körper habe, fordere ihn auf, an mir herunterzuschauen.

Ich schwimme, sagt er, geht und dreht sich um, und du guckst zu, sagt er. Ich laufe ihm nach. Wenn er das noch einmal macht, dieses Vorgehen, sich Umdrehen und mir Sagen, was ich zu tun habe, dann schlage ich ihn wieder, und es ist mir egal, ob er zurückschlagen wird oder nicht, mir die Nase bricht oder meine Lippen zum Platzen bringt. Younes, du kannst nicht so mit mir reden, sage ich ihm. Er legt einen Arm um meinen Nacken. Sollte meine Mutter uns so sehen, wird sie mich heute Abend dafür ausschimpfen, und ich werde die Fenster nicht schließen.

Am See hören wir bekannte Stimmen, und ich sage zu Younes, wir sollten den anderen Weg nehmen, aber er steuert auf die Stimmen zu, taub für meine Worte, steuert er auf die Geräusche zu: Musik, dazwischen ein Kreischen, Lachen, Rufen – bekannte Namen: Raffiq, Sanye, Walid, Jenny. Sie haben einen Grill aufgestellt, hören Musik, tanzen. Raffiq greift nach den

Kniekehlen der Mädchen, die an ihm vorbeilaufen, jedes von ihnen berührt er, als würden sie ihm Glück bringen. Sie lachen, fordern ihn zum Tanzen auf, aber er will nur sitzen bleiben und trinken.

Sanye sieht uns beide, winkt Younes zu der Gruppe hin, ich bin sein Schatten, ich verstecke mich hinter Younes, der so tut, als hätte er Raffiq nicht zusammenzucken lassen, und der sich direkt vor ihn hinstellt und vor Sanye, die ihm ein Bier anbietet, aber Younes trinkt nicht, fragt nach zwei Cola, und Sanye gibt ihm nur eine Flasche, und Younes nimmt einen Schluck und gibt mir die Flasche, sagt bahr û brati, brüderlich teilen, Sanye lacht und versteht kein Kurdisch, aber sie lacht und fragt Younes, ob er gegrillten Fisch essen möchte. Ich will Younes sagen, das ist eine Falle, das Lachen hat sie entlarvt, lass uns verschwinden, sie werden sich für Raffiqs Zucken rächen. Und die ganze Zeit redet Sanye mit Younes, und Younes antwortet ihr, und sie gehen schwimmen, und ich sitze am Ufer, schaue zu ihnen rüber, und die Cola verätzt meine Zähne, und Sanye und Younes strecken alle Glieder aus, bis ihre Körper auf der Wasseroberfläche schweben, das Wasser, das schwarz ist, und die zwei schauen in den verräterisch blauen Himmel, ihre Körper zwei gefallene Sterne im dunklen See, unheimlich, wie er sein kann, und sie gleiten. Ich möchte ihn rufen, ihn warnen, komm aus dem Wasser, es wird etwas passieren, das spüre ich in den Sohlen. Der Boden sinkt ins Wasser, der See ist ein Maul, Younes schwimmt in der Falle, und Sanye ist ein Köder. Der Himmel ist blau, verschwenderisch blau, keine Wolken, erdrückend, wie einsam dieses Blau ist, es wird sich rächen und auf uns fallen. Komm, Younes, komm da raus.

Walid setzt sich neben mich, reicht mir ein Glas mit kalter Cola, es schmeckt widerlich, und ich spucke aus, und Walid lacht und trinkt sein Getränk, als enthielte es keinen Alkohol. Ich liebe Alkohol, sagt er, vor allem wenn andere ihn trinken, ich trinke ihn nicht, aber ich liebe Alkohol, weil für die Leute Alkohol ein Mittel ist, um mein Verhalten zu erklären und sogar zu entschuldigen, sagt er und starrt mich an, und ich will ihn ignorieren und schauen, was Younes und Sanye treiben, und Walid legt sich auf die Seite, stützt sich mit dem Ellbogen ab und sagt, du könntest süß sein, wenn du nicht immer dieses genervte Gesicht machen würdest.

Was hast du denn vor, warum musst du entschuldigt werden, frage ich ihn. Ich nippe an der Cola, die Walid mir gegeben hat. Er sagt, das ist Wodka Cola, das verändert dein Denken und dein Verhalten.

Ich weiß das doch, sage ich ihm. Und er bietet mir sein Getränk an, und ich lehne ab, nein, wirklich, sagt er, trink, und ich trinke, und es ist süß, schmeckt nur nach Cola, und er sagt, er spielt gerne betrunken, weil er dann eine Entschuldigung für sein Verhalten hat, aber er will bei klarem Verstand genießen, betrunken fühlt sich betäubt an, er will den Körper spüren, sagt er und streicht mir über das Bein. An meinen Oberarmen bekomme ich eine Gänsehaut, und er sieht das und lacht und sagt, ich wusste, dass du keine Lesbe bist. In diesem Moment sehe ich Younes' und Sanyes Körper im See ineinander verhakt, ineinander übergehen, die Münder aneinandergepresst, und die Köpfe ahmen die Wellen nach, die sich von ihnen wegbewegen oder zu ihnen hinbewegen, und ich sehe Younes' Hände in ihrem langen, nassen, schwarzen Haar, das die Farbe des Sees annimmt, und der See ist nur die Verlängerung von Sanyes Haar, und Younes schwimmt in ihrem Haar, und Sanyes Finger mit rotem Lack an den Nägeln spielen mit Younes' Hinterkopf, und ich schaue auf meine Nägel, auf meine wunden Finger. *Vampire's delicacy.*

Dieser Hurensohn, sage ich, weil mir nichts anderes übrig bleibt als die Worte der Leute, und Walid lacht, und wir sehen Raffiq zum Ufer torkeln und Younes rufen. Younes und Sanye, einander noch umarmend, als wäre es das erste Mal, als wäre es das letzte Mal, schauen in unsere Richtung und beschließen, endlich zurück zum Ufer zu schwimmen, und Raffiq stürzt sich auf Younes. Ich bleibe sitzen, obwohl alle schreien, manche aus Freude und Sanye aus Angst. Auch wenn sie Angst hat, sie ist trotzdem der Köder gewesen, und Younes schlägt Raffiq mit der Faust auf die Nase, schlägt so lange, bis er das Dribbeln des Basketballs nicht mehr hört. Walid und ein paar andere Jungs greifen Younes von hinten an. Jeder, der einmal einen Ball gegen Younes' Rücken geschossen hat, tritt gegen diesen Riesen, der sich am Boden krümmt, und ihm bleiben nur die Hände, um seinen Kopf zu schützen. Und Vater sagte, jedes Mittel sei recht, um sich zu verteidigen, und ich schnappe mir eine Bierflasche und schlage damit auf Walids Kopf, er blutet, und alle rennen zu Walid, der stürzt. Ich lege mich auf Younes und warte auf Schläge. Sanye ruft die Polizei, sie wird dafür von Raffiq und den anderen ausgeschimpft, aber Sanye ist vernünftig, und sie legt sich auf die andere Seite von Younes, und unsere Körper schützen ihn, und bevor Raffiq und die anderen gehen, treten sie mir in den Rücken.

Nach einer halben Stunde kommt die Polizei, nachdem wir

alle um Jahre gealtert sind, nachdem wir für immer im Mai gefangen bleiben werden, kommt die Polizei und nimmt unsere Aussagen auf. Wir erzählen, was passiert ist, und verschweigen, was uns passierte.

Ich habe Vaters Nummer nicht, Mutter hat sie in ein kleines Telefonbuch geschrieben, die Zahlen und die Schrift sind arabisch, ich kenne die Zahlen, aber nicht die Buchstaben. Vater hat mir die Zahlen beigebracht. Die Wörter sehen wie verwickelte Kabel aus. Das Telefonbuch ist eigentlich ein Terminplaner von 2002, aber Mutter hat nie Termine, nicht so viele, dass man sie vergessen könnte, und Mutter hat ein sehr gutes Gedächtnis. Wenn ich das Büchlein aufschlage, dann bleibt es auf der ersten Seite offen liegen, der Rücken des Terminplaners ist gebrochen, weil sie die erste Seite so oft aufgeschlagen hat. Ich blättere weiter. Eine dieser Nummern gehört Vater – nicht am Anfang des Buches, in der Mitte steht seine Nummer, weil er sie mittendrin verlassen hat. Zwei unterschiedliche Handschriften, wie eigenartig, dass man Handschriften auch in einer Fremdsprache unterscheiden kann – sie sind wie gemalte Stimmen. Mutters Handschrift sieht aus, als fände sie das Schreiben lästig. Vater dagegen hat sich für den Schwung und die Rundungen mancher Buchstaben viel Zeit genommen, hat sie über die Linie geschrieben, weil er Linien, die er nicht gezeichnet hat, ignoriert.

Ich rufe ihn an, und ich möchte wieder auflegen, aber er nimmt schon beim zweiten Klingeln ab, und er klingt überrascht, als hätte er unsere Nummer gelöscht. Dann sagt er meinen Namen, nicht den Namen meiner Mutter, nicht Baran, sondern Amal, und er wiederholt ihn und fragt: cawani?, fragt in mein Schweigen rein, dann atmet er hörbar aus, nicht genervt, er hat nur zu schnell zu viel eingeatmet. Er sagt, cawani, Amal, keca mn. Er sagt noch einmal: keca mn. E?, fragt er. Meine Tochter, und? Er sagt nicht: cye?, was ist? Er sagt: e, das und, das man mitten in einer Unterhaltung benutzt oder als ein: und dann? Als wären wir acht Jahre lang mitten in der Unterhaltung unterbrochen worden.

E ce ne, sag ich, und nichts. Das sind die ersten Worte seit langer Zeit, die ich an meinen Vater richte: und nichts. Und Vater hinterließ Auflösung.

Tu ct ki, fragt er, und ich sage ihm, nichts, ich wollte nur deine Stimme hören, sage ich und merke, wie die Scham mich bei diesem Geständnis überrollt. Ich wollte nur deine Stimme hören, sage ich noch einmal, und dann auf Deutsch: Ich wollte nur deine Stimme hören, und ich sage das oft, damit es seine Bedeutung verliert, die Scham zieht sich zurück, und ich wollte deine Stimme hören, und sage es noch einmal, damit er mich hört. Ich sage ihm, ich käme ihn besuchen, direkt nach meiner letzten Prüfung käme ich ihn besuchen, ich komme alleine, sage ich, ich bleibe eine Weile da, sage ich, bis zur Zeugnisausgabe, und vielleicht komme ich dann wieder, und vielleicht bleibe ich da, sage ich, aber ich weiß das noch nicht so genau, aber ich käme ihn besuchen, meine Prüfung ist in einer Woche und dann komme ich, der Flug ist schon gebucht, ich komme in Erbil an, er müsse mich abholen, sage ich ihm, und er sagt, bla keca mn, ja, meine Tochter, und ich lege auf.

In Erbil ist die Luft trocken und warm und irgendwie herb wie in einem Kohleofen. Mutter hat mich zum Flughafen gefahren. Baran saß hinten, ich auf dem Beifahrersitz, den Kopf gegen die Scheibe gedrückt, weil ich ihn nicht halten konnte. Der Himmel stach blau in den Augen. Das Ruhrgebiet atmete Wolken aus, gleichgültig über meinen Weggang.

Als ich meine Koffer aufgab, drückte mich Mutter an ihren Körper, küsste mich auf die Stirn, Baran küsste meine Wange und ich seinen Hals, es kitzelte ihn, er zuckte zusammen, und ich habe nicht geweint, erst im Flugzeug, und eine Frau fragte mich auf Kurdisch, warum ich weinte, und nannte mich dabei ihre Tochter – das ist das Deutsche: ob es mir gut gehe. Ich sagte ihr auf Kurdisch, nichts Wichtiges, das ist das Deutsche: ja, danke.

Ich tröstete mich mit der Vorstellung, meinen Vater in vier Stunden in den Armen zu halten und mit ihm zu sprechen. Ich stellte mir vor, was ich ihm alles erzählen würde, und war gespannt, was er zu erzählen hatte, und mein Vater ist ein großer Erzähler, er hat Shahrasad im Mund. Ich werde ihm nicht erzählen, was ich zu meiner Verteidigung gebrauchte: meine Fäuste, meine Zähne und meinen Rücken für Younes.

Ich steige aus dem Flugzeug, habe geschwitzt, und die Luft ist trocken und warm und irgendwie herb wie in einem Kohleofen. Ich werde nicht weinen, ich bin nur nervös, laufe den Menschen hinterher, sie quetschen sich in einen Bus, und wir werden zur Flughafenhalle gebracht. Die Halle ist kalt, und wir frieren alle, fahren uns über die Arme, und wir laufen gemeinsam zur Gepäckausgabe, ab hier achte ich nur noch auf das Englische: *baggage claim*. Ich warte auf meinen Koffer, und er ist einer der ersten. Ich frage jemanden, wo ich jetzt hinmuss. Er schaut mich verwirrt an und sagt: Kurdî baxve: Sprich Kurdisch. Ich habe vergessen, dass auch Kurden aus anderen Ländern hier sind.

Ich schaue auf die Schilder – und entdecke zwischen den Schlangenbuchstaben das Wort *exit* in kursiv und laufe in die Pfeilrichtung, die neben *exit* in kursiv steht.

Ich komme in eine andere Halle, in der einige Besucher mich anschauen und enttäuscht sind, dass ich es bin. Ich schaue jeden Einzelnen an und entdecke Vater nicht unter ihnen. Draußen kehrt ein dunkelhäutiger Mann die Straße, ein anderer fragt mich in einem seltsamen Kurdisch, ob ich ein Taxi bräuchte. Sopas, sage ich und schüttele den Kopf. Es sind keine Kurden, sie kommen aus anderen Ländern und übernehmen für die Kurden die Jobs, die die Kurden in Deutschland für die Deutschen übernehmen. Mein Vater ist nirgendwo zu entdecken, aber die Wärme fühlt sich gut an, diese trockne Wärme. Ich warte hier, will nicht in die klimatisierte Halle, will hier auf meinem Koffer sitzen. Mein Vater raucht bestimmt irgendwo in einer Ecke und kommt gleich. Die ersten Reisenden verlassen mit ihren Verwandten den Flughafen, und ich habe noch nie so viel Kurdisch wie heute gehört. Ich lockere meinen Kiefer, die Zunge, die Lippen, damit mein Kurdisch fließt. Ich stelle mich an den Rand, um niemandem im Weg zu sein.

Die ersten Taxis fahren ab: Ich starre den Leuten hinterher. Mein Vater ist immer noch nicht aufgetaucht. Ich überlege, eine Zigarette anzuzünden, weiß aber nicht, ob es hier erlaubt ist. Es ist draußen, es ist heiß, es ist Kurdistan, bestimmt ist es erlaubt, und wenn nicht, entschuldige ich mich und werde sie austreten.

Am Straßenrand liegt ein toter Vogel mit bunten Federn, er ist platt gefahren, sein Kopf ist nicht mehr zu identifizieren. Ich frage mich, ob alle Vögel hier so ein buntes Federkleid haben oder ob das ein exotischer Vogel ist, der von weit hergeflogen ist, hier eine Zwischenstation eingelegt hat und platt gefahren wurde. Wer hätte gedacht, dass eine Zwischenstation tödlich sein kann.

Und nach meiner ersten Zigarette kommt mir der Gedanke, Vater könne meine Ankunft vergessen haben, er könne die Uhrzeit vergessen haben und er fahre vielleicht jetzt los. Nach der zweiten Zigarette denke ich, er könne im Krankenhaus liegen, auf dem Weg von Zaxo nach Erbil könne er einen Unfall gehabt haben, und da liegt er und vermisst mich schmerzlich. Und nach meiner dritten Zigarette gehen mir die Erklärungen aus, aber ich weine nicht. Ein junger Mann bleibt vor der Glastür der Halle stehen, er wollte eigentlich reingehen, und dann starrt er mich an, aber ich weine nicht. Und er lächelt, und ich schaue zur anderen Seite, Mutter hat mir geraten, keine Männer anzulächeln, dort bedeuten diese Kleinigkeiten etwas, hat sie gesagt. Er fragt, ob ich Amal sei. Ich will ihn anlügen, aber ich nicke nur.

Ich bin Ayaz, sagt er, dein Cousin. Er hört auf zu lächeln.

Wo ist mein Vater, frage ich ihn.

Er hatte einen wichtigen Termin, ich soll dich abholen.

Ich werde nicht weinen.

Wo ist dein Koffer, fragt er.

Ich stehe auf und nehme den Koffer, er habe ihn nicht gesehen, sagt er und geht und sagt, komm, und ich folge dem Fremden, der behauptet, mein Cousin zu sein. Warum habe ich noch nie was von einem Ayaz gehört, der mein Cousin sein soll. Er fragt, ob Deutschland schön sei. Ich weiß es nicht, sage ich.

Du rauchst, sagt er, nimmt den Koffer, ohne zu fragen, und deponiert ihn im Kofferraum seines Autos. Onkel hat erzählt, dass du dir mal als Kind die Haare wie ein Junge geschnitten hast, sind die nicht mehr nachgewachsen? Ich fahre mir automatisch über den Kopf und bereue, mich verraten zu haben, ihm gezeigt zu haben, dass ich ihn höre, dass seine Worte mich provozieren.

Ich werde nicht weinen. Er hat mich nicht abgeholt, sein Termin war wichtig, er konnte ihn nicht verschieben, mein Kommen war kurzfristig gewesen.

Ayaz fährt, und manchmal, ich spüre es, schaut er zu mir rüber. Ich will ihn fragen, wie lange die Fahrt dauert, und weiß einfach nicht, was Fahrt auf Kurdisch heißt, stattdessen frage ich, wann wir ankommen.

In vier Stunden, sagt er. Ich kann nicht einschätzen, ob er scherzt, ich hätte nachschauen sollen, wie lange es dauert. Ich dachte, Vater holt mich ab, da hat mich die Fahrtdauer nicht interessiert. Die Straße ist eine schwarze Linie auf beiger Erde. Erst nach einer Weile fällt mir auf, dass es hier keine Bäume oder Büsche gibt. Hier und da taucht ein Laden auf, ein oder zwei Jungen sitzen davor und verkaufen Wassermelonen oder bunten Süßkram. Ich werde nicht weinen.

Nach einer Stunde sagt er, gut, dass du Kurdisch kannst, sonst wäre das eine sehr langweilige Fahrt geworden.

Ich frage ihn, was für ein Termin es gewesen ist.

Dein Vater ist ein sehr wichtiger Mann, sagt er. Ich antworte ihm auf Deutsch, dass das meine Frage nicht beantwortet.

Was, fragt er. War das Deutsch?

Er drosselt die Geschwindigkeit, blinkt und lenkt nach rechts zu einer Tankstelle. Ob ich durstig sei, fragt er, und hungrig? Wir holen uns kalte Cokes, er kauft ein paar Chipstüten und reicht dem Verkäufer Zehntausender-Scheine – was ist das für eine absurde Zahl. Der Verkäufer starrt mich an, als er Ayaz das Rückgeld gibt.

Er habe wahrscheinlich noch nie ein Mädchen mit so kurzen Haaren gesehen, sagt mein Cousin, entschuldigt den Mann. Wir essen Chips, die nach nichts schmecken, die Finger orange färben. Ich frage ihn, ob ich in seinem Auto rauchen dürfe.

Mädchen sollten lieber nicht rauchen.

Warum nicht, frage ich ihn.

Das sieht unanständig aus, sagt er, und ich ergänze: so ein Ding im Mund zu haben, daran zu saugen und zu pusten, die Lippen zu kräuseln und den weißen, formlosen Rauch auszuhauchen.

Er sagt, das machen bestimmte Frauen. Ne-sakini, sagt er. Eine ungehaltene, eine ungeduldige, eine nicht wartende Frau. Wenn ich rauche, bin ich eine Frau, die man nicht halten kann.

Du kennst mich nicht, sage ich und zünde mir eine Zigarette an. Niemand kennt mich hier, hier kann ich alles sein. Ohne Younes und Shahira und meine Mutter und Baran kann ich sein, wer ich bin, auch wenn ich noch nicht weiß, wie ich bin, fasziniert mich der Gedanke an die Möglichkeit. Ich öffne das Fenster einen Spalt, und warmer Wind schlägt gegen mein Ohr, aber es ist nicht unangenehm, ich höre ihm lieber zu, ich verstehe ihn besser als Ayaz.

Wie lange noch, frage ich ihn. Wann kann ich meinen Vater endlich sehen, will ich ihn fragen.

Nur noch dreißig Minuten, sagt er, er hat mich schon länger nicht mehr angeschaut. Die Ewigkeit dauert dreißig Minuten, sagt der Wind, vielleicht werden wir Freunde, der Wind, die Erde, die Sonne, die Straße, sie werden nicht sagen, Mädchen sollten nicht rauchen.

Irgendwann, nach der ewigen halben Stunde, zeigt Ayaz nach rechts und sagt, da sei die große Brücke, Onkel würde direkt in dieser Straße wohnen, es könnten sich nicht viele Leute diese Straße leisten, direkt neben dem Fluss und mitten in der Stadt, er ist ein wichtiger Mann, sagt er wieder, er bekommt viele Aufträge von der Regierung.

Er ist mein Vater, natürlich ist er ein wichtiger Mann, will ich ihm sagen, und Ayaz sagt: Damit du das auch verstehst, er ist hier wichtig. Als könnte ein Ort einen Menschen wichtiger machen als ein anderer Ort. Wir leben an einem falschen Ort. Diese Unterhaltung hat nie stattgefunden.

Ayaz hält vor einem Haus an, auf dieser Straße sind alle Häuser groß und imposant, und ich stehe davor, und Ayaz holt meinen Koffer aus dem Auto und kommt und macht einfach das Tor auf, ohne zu klingeln. Wir steigen die Treppe hoch, und ich denke, das ist kein Haus, das ist eine Villa, und wir stehen vor einer Glastür, die schwarz-bronzefarben glänzt, die blickdicht ist. Ayaz zieht seine Schuhe aus, und ich tue es ihm gleich.

Wir stehen in einem großen Raum mit hohen Decken. Eine fremde Frau dreht sich um, sie stand am Herd und kochte etwas in den Töpfen, es muss die Küche sein, und jetzt kommt die Fremde auf mich zu, und ich werde nicht wegrennen, und sie lächelt und umarmt mich einfach, sagt, sie sei meine Mutter, nicht Stiefmutter, sie sagt, sie sei meine Mutter – als hätte ich in einem Paralleluniversum gelebt und jetzt wäre ich im Richtigen gelandet. Sie heißt mich willkommen und hält dabei meine Schultern fest. Ayaz fragt die Frau, die sich einfach als meine Mutter ausgibt, ob sie was brauche, er habe nämlich noch was zu erledigen, und Ayaz geht, und ich stehe mit der Frau allein in dieser riesigen Küche, und für einen Moment habe ich meinen Vater vergessen, und die Frau sagt, sie führe mich in mein Zimmer, und ich werde nicht weinen, und das Haus ist mit glänzenden Steinen gefliest, und mitten im Haus ist eine große Wendeltreppe, die nach oben führt, und oben an der Decke hängt ein Kronleuchter, groß wie ein Elefantenkopf.

Ich erkenne Vater nicht in diesen Gegenständen – sie müssen dieser fremden Frau gehören, die glaubt, meine Mutter zu sein. Im Schlafzimmer steht ein Doppelbett. Das sei Shermins Zimmer, sie teile es gerne mit mir; ihre Töchter seien in der Schule und Uni, sehr bald kämen sie nach Hause. Die Frau geht und sagt, ich solle mich ausruhen, und dann könne ich nach unten kommen. Ich will sie fragen, wo mein Vater ist, aber da verschwindet sie.

Ich lege mich auf das Bett, das nicht so weich ist, wie es aussieht, und plötzlich ist mir kalt, und ich ziehe meine Knie hoch, und mein Vater hat die Dreistigkeit gehabt, mit Anfang vierzig mit einer anderen Familie neu anzufangen; als wäre die erste ein Fehler in seiner Berechnung, und er hat uns durchgestrichen und in einer anderen Zeitzone, mit anderen Regeln neu angefangen.

Ich muss eingeschlafen sein; auf der Bettkante sitzt ein Mann und lächelt, und ich weiß, er ist mein Vater, aber es ist nicht der Vater, der gegangen ist. Er ist so sehr mein Vater, wie die Frau meine Mutter ist. Und er streicht über meine Wange, fährt mit der Hand über mein Haar und lächelt, und Tränen fließen ihm aus den faltenumsäumten Augen, über das erdige Gesicht, und ich weine nicht, und er umarmt mich, ich traue mich nicht, diesen fremden Mann anzufassen, das Haar ist spärlich, an seinen Fingern sind Härchen, und er riecht nicht wie mein Vater riechen sollte. Man hat mich verwechselt, es muss noch eine Amal geben, die aus Deutschland kommt und ihren Vater in Kurdistan besucht.

Wie groß ich sei, sind die ersten Worte, aber das Gesicht ist immer noch so unschuldig, sagt er. Und zum ersten Mal nennt mich jemand unschuldig – er irrt, will ich ihm sagen. Ich bin aus Deutschland geflohen, ich bin vor meiner Mutter, vor Shahira und Younes geflohen, ich bin vor den Spuren meines Vaters geflohen, und ich bin hier angekommen und nicht von meinem Vater empfangen worden. Mein Vater hat nur einen Schatten hinterlassen, mein Vater lebt nicht hier. Und das scheint ihm jetzt auch bewusst zu werden, und er starrt vor sich hin. Ich ziehe die Decke höher, bedecke meinen Körper, und die acht Jahre liegen nicht zwischen uns, sie sind in unseren Körpern mitgewachsen, haben uns verformt, und wir schauen einander nicht an.

Ich nenne die Frau meines Vaters Tante, ich nenne sie xalat, nicht mate, xalat wie die Schwester meiner Mutter und mate wie die Schwester meines Vaters, und Vater kann nicht seine Schwester heiraten, deswegen auch nicht mate, und ich muss sie xalat nennen, und ich darf diese Worte nicht durcheinanderbringen, denke ich und laufe die Wendeltreppe runter und betrachte diesen Kronleuchter, dessen weißes Licht bläulich schimmert. Und xalat, also die Schwester meiner Mutter, die mit meinem Vater verheiratet ist, hat sehr viel gekocht, hat den gesamten Tisch eingedeckt, und dann stehen da drei junge Frauen und schauen mich an, und mein Vater sagt ihre Namen: Shermin, Hawa und Newroz. Sie küssen meine Wangen, fremde Lippen an meinem Gesicht, so nah an meinem Mund, an meiner Nase, und ich rieche sie, und die Älteste ist es, die mir eine Hand in den Nacken legt und sagt, wie hübsch ich aussähe. Kommt nach ihrem Vater, sagt Vater, und alle lachen und setzen sich an den Tisch. Vater und die Frau sitzen an den Enden des Tisches, und die Jüngste ist es, die sagt, jetzt hätten sie endlich einen Bruder, und sie lachen, und mein Vater lacht auch, er schaut mich an, und alle schauen mich an und lachen, und ich könnte ihnen die Schüssel mit der heißen Soße über den Kopf schütten, ich fühle bloß meine Lippen sich spannen – nur eine höfliche Geste –, und die Mutter ist so freundlich zu mir, achtet darauf, dass ich viel bekomme, behandelt mich wie den wichtigsten Gast, den sie je in ihrem Leben bewirten wird, und da wird mir klar, dass ich tatsächlich nur ein Gast bin. Selbst wenn ich wollte, könnte ich meinen Vater niemals mit zurück nach Deutschland nehmen, und ich schaue diesen Mann an und will ihr sagen, ich will ihn nicht, das ist ja gar nicht mein Vater, mein Vater hatte auch schwarze Stoffhosen an und ein weißes Hemd, aber sie haben nicht um seine Arme und Beine herum gespannt. Und Vater fragt mich, wie der Flug gewesen sei und ob Ayaz sich gut um mich gekümmert habe. Es war alles in Ordnung. Wie lange fliegt man, fragt Shermin, und hattest du keine Angst, fragt Hawa. Mädchen, lasst Amal in Ruhe essen, sagt ihre Mutter. Und Vater erkundigt sich bei allen, wie ihr Tag war, und sie erzählen, was sie erlebt haben, und erzählen von Menschen, die ich nicht kenne, und sie lachen, und ich verstehe sie einfach nicht, und dann erzählen sie weiter und fragen einander Sachen, die mich nicht interessieren, und sie hören einander zu, und dann wird mir klar, ich bin kein Gast, ich bin ein Eindringling, bin in dieses Haus eingebrochen, sitze trotzdem mit den Menschen am Tisch und esse mit ihnen Kutilk und höre mir ihre Privatgespräche an. Ich habe sie nicht nach Erlaubnis gefragt, habe die Frechheit gehabt zu kommen.

Im Wohnzimmer fragen mich die Töchter, ob es in Europa so ist, wie man es im Fernsehen sieht, und ich sage, ich weiß nicht, was man bei ihnen im Fernsehen zeigt.

Stimmt es, dass man nackt über die Straße laufen kann, und es juckt keinen? Shermin.

Stimmt nicht.

Stimmt es, dass Männer und Frauen miteinander – auf der Straße – knutschen, und es juckt keinen? Shermin wieder.

Stimmt.

Stimmt es, dass Deutsche hochnäsig sind? Hawa.

Viele, ja. Vater.

Stimmt es, dass die Amerikaner gewalttätig sind? Hawa.

Sie kommt aus Deutschland, Herrgott. Newroz.

Jetzt lasst sie in Ruhe, sie muss sich ausruhen. Vater.

Shermin hat ein eigenes Bad im Zimmer, sie duscht, und bevor sie kommt, lege ich das Kissen auf das Bettende, um nicht morgen früh das fremde Gesicht zu sehen. Shermin sagt, sie überlege, sich die Haare so kurz zu schneiden wie ich, andererseits mögen die Jungen in Kurdistan Mädchen mit langen Haaren, und ob das in Deutschland anders sei, ich antworte ihr nicht, und sie stellt sich vor mein Gesicht und fragt, warum ich verkehrt herum liege, ob man das in Deutschland so mache, und ich sage, dass wir so viel mehr Platz hätten. Sie schaut mich an, und dann lacht sie, legt eine feuchtwarme Hand an meine Wange und sagt, wie süß ich doch sei, vor allem wenn ich spreche. Sie möchte Schulter an Schulter mit mir liegen, sagt sie, sonst könnte ich ja auch auf den Boden schlafen, und sie frottiert das lange, schwarze Haar mit dem Handtuch, und ich muss an Sanye denken, aber Shermin ist fülliger, und sie hat diese großen Augen, und ihr Braun ist so warm wie der Nachmittag in Erbil, und ich kann nicht anders, ich mag sie. Wir decken uns zu, und weil sie redet, hindert sie mich daran, ihr den Rücken zuzuwenden, und sie streicht mir langsam über den Kopf, fragt, warum ich die Haare so kurz schneide, wartet auf eine Antwort, und dann sagt sie, ich würde irgendwie aufregend aussehen, wie ein Junge, und sie lacht und sagt, heute Nacht schläft sie mit einem Jungen im Bett, und bedeckt ihre Augen und lacht und greift nach ihrer Stirn und schaut mich an, und sie sagt noch einmal, ich würde wunderschön aussehen, und dann sagt sie, wie gut es tut, dass du nicht sprichst, dass du anders sprichst, dein Kurdisch klingt so unschuldig, als würdest du im Ton ständig um Verzeihung bitten, dein Kurdisch hat einen anderen Klang, als hättest du Kurdisch unter Wasser gelernt. Ich sage ihr, ich habe dem Wind zugehört, und sie lacht und sagt, es fühle sich an, als würde sie gerade träumen. Sie sieht aus wie ihre Mutter, und ich verstehe, warum mein Vater diese Frau geheiratet hat, und wenn die Mutter so redet und sich so an die Stirn greift und einen anlächelt und so Sachen sagt, man habe Kurdisch unter Wasser gelernt, dann verliebt man sich, und ich muss an meine Mutter denken, daran ob sie auch so etwas sagen könnte und wie falsch es klänge, wenn sie so etwas sagen würde.

Es ist Freitag, und die Männer gehen nicht arbeiten, sie gehen in die Moschee, und Vater bringt danach frisches Brot mit, und wir frühstücken, und er fragt, wie meine erste Nacht in Kurdistan gewesen sei. Ich verstehe nicht, was diese ganzen Vergleiche sollen, ich habe geschlafen, sage ich ihm, ich habe nicht mitbekommen, wie die Nacht in Kurdistan ist, sage ich ihm, und Newroz lacht. Wir könnten heute Abend nach Duhok fahren, fragt er oder sagt er, er schaut in die Runde, und seine kurdischen Töchter nicken, und er sagt, wir könnten Fisch essen, und er wird immer fremder, während er redet, und ich erinnere ihn, dass er Fisch hasst, und er sagt, der kurdische Fisch würde ihm schmecken, so sagt er das, der kurdische Fisch ist frisch, der kurdische Fisch ist wild, ist nicht verdorben, ist nicht mit Plastik und Chemie verseucht, und ich sage, wahrscheinlich täuscht der Gedanke an den wilden kurdischen Fisch den Geschmack vor, nein, das sage ich nicht, das denke ich, und ich blicke zu dem Mann, der Fisch hasste, der alle Fenster öffnete, wenn Mutter Fisch frittierte, und der Mutter verbieten wollte, Fisch zu kaufen. Und die Mutter dieser Familie sagt, Shermin könne uns nach Duhok fahren, jetzt, da sie ihren Führerschein habe, und ich schaue Shermin an, und sie sagt zu mir, dein Vater ist ein guter Lehrer, und ich will ihr sagen, aber er hat vergessen, mir das Autofahren beizubringen, das macht jetzt Rolf, und mein Vater sagt, ich habe Amal das Fahren beigebracht, und ich will mich zu ihm hindrehen und sagen: Rolf wird mir das Fahren beibringen, du bist gegangen, du hast mir das Lenken beigebracht, Vater, und dann bist du gegangen und hast Spuren hinterlassen, und ich will ihn nicht einen Lügner nennen, deswegen sage ich, dass ich nur lenken kann, und alle schauen mich an und lachen wieder. Ich wusste nicht, dass ich lustig bin, oder sie verstehen mich nicht. Vater sagt, wir könnten gleich das Fahren üben, bevor es Mittag wird, bevor die Hitze uns alle erschlägt.

Das Auto ist gepudert mit Wüstenstaub. Wir steigen ein, die Sitze sind heiß, und Vater und ich fahren los, synchron klappen wir die Sonnenblende herunter, auf der rechten Seite befindet sich Pira Delal, sagt er, die Schöne Brücke, sagt er, oder auch Pira Mezin, die Große Brücke, sie besteht aus beigen Blocksteinen, später könnten wir dahin, gegen Abend, bevor wir nach Duhok fahren, jetzt sei es zu warm, die Regierung hat die Brücke restauriert, sagt er, oben die rauen Steine, unten die geschliffenen. Wir fahren durch die Stadt, die Verkehrsregeln sind hier etwas anders, sagt er, und ich schaue aus dem Fenster die Menschen an, die mit dünnen Plastiktüten umherflitzen, und die Frauen tragen schwarze aba und die Männer tragen weiße Hemden, als hätten sie alle Bewerbungsgespräche, wir fahren an den Rand der Stadt, wo die Straße aufgebrochen ist, und Vater sagt fast entschuldigend, die Regierung investiere viel in die Infrastruktur, aber noch sei man nicht fertig. Irgendwann wird Kurdistan so feste Straßen haben wie Deutschland, sagt er. Und ich frage ihn, ob er noch Deutsch verstehe, und er sagt auf Deutsch: natürlich. Und das ü spricht er als u aus, und er weiß das und fragt, ob ich ihm das vorsagen könne, und ich kräusele die Lippen, um ein sauberes ü zu erzeugen, und er sagt, ich solle das nicht so oft machen, sonst bekäme ich im Alter Falten um den Mund herum, und ich sage, okay, und er fragt, ob ich meine gute Laune in Deutschland vergessen habe. Ob ich Shermin und ihre Schwestern möge, fragt er, und ich bin verwirrt von dem Themenwechsel. Du lachst nicht mit ihnen, deswegen frage ich, sagt er, und ich sage, ich verstehe sie manchmal nicht.

Wir fahren auf ein unbebautes Gelände, er drosselt das Tempo und fährt auf einem unbefestigten Weg, und ich erschrecke, als Steinchen vereinzelt gegen den Unterboden des Autos schlagen. Er legt eine Hand auf meine Schulter, sagt, es ist nichts. Meine Schulter ist taub, weil seine Hand in den letzten Jahren gefehlt hat. Ich rede mir ein, sie sei warm und schwer. Fast hätte ich meinen Kopf auf die Hand gelegt, aber er nimmt sie weg, und ich kann mich nicht an sie gewöhnen, er nimmt sie weg.

Und dann sehe ich sie, diese Bewegung meines Vaters, wie er nur mit dem Handballen das Lenkrad schwingt, mühelos und schwungvoll, und diese Bewegung ist es, die mir Tränen in die Augen schießen lässt, und ich weine leise wie in den letzten Jahren, und mein Vater hält an und sagt nichts, und dann nimmt er mich in die Arme und sagt, wie sehr er mich vermisst habe, und unsere Gesichtshälften liegen aneinander, und ich weiß nicht, ob es der Schweiß ist oder ob er auch weint, seine Wange fühlt sich nass an, und ich sage ihm, in dieser Bewegung steckt mein Vater, aber er sagt nichts. Und ich weine in sein Gesicht, und er hält meinen Kopf in seinen Händen, und ich vertraue mich seinen Händen an, die diese Bewegung in sich bargen, und sie zeigten mir meinen Vater, und sie weckten die Erinnerungen, als ich neun war und auf dem Beifahrersitz saß, obwohl ich das nicht durfte, und wir ins Auto sprangen und Runden drehten. Ich habe jeden Tag an dich gedacht, sage ich ihm, ich habe es nicht geschafft, dein Fehlen zu überwinden. Er versteht mich nicht, sagt nur, ere, keca mn, ere.

Die Klimaanlage trocknet die Tränen, noch bevor ich sie wegwischen kann. Und dann erklärt er mir alles, den ersten Gang zum Anfahren, den Fuß vom Bremspedal nehmen, die Kupplung geschmeidig kommen lassen, während ich mit dem rechten Fuß langsam aufs Gaspedal trete, und ich fahre, und der Motor darf nicht heulen, sagt Vater, die Kupplung betätigen und schalten, schalten, schalten, sagt Vater, in den zweiten Gang, sagt Vater, und ich schalte und lasse die Kupplung zu schnell los, wir werden durchgerüttelt, bevor ich den Motor abwürge.

Wir verpassen das Mittagessen, weil ich nur langsam lerne und Vater viel Geduld aufbringen muss, und er ist geduldig, und wir hören erst auf, als mein Magen anfängt zu knurren. Morgen können wir weitermachen, keca mn, sagt er. Und immer keca mn, nach jedem Satz, vor jedem Satz ein keca mn wie ein Satzzeichen, wie eine Bestätigung, dass ich seine Tochter bin, und hier bin nur ich seine Tochter, niemandes sonst, keca mn.

Seine Frau serviert uns das Essen, fragt, warum wir uns verspätet haben; als Vater es ihr erzählt, interessiert es sie dann doch nicht, weil sie dann nur fragt, ob wir Chai wollen. Mein Vater sagt, lass uns erst essen. Vater lässt sich nicht hetzen. Ich sitze allein mit ihm am Tisch, und wir können uns beobachten.

Der halbe Löffel verschwindet in Vaters Mund; wenn er den Löffel aus dem Mund zieht, bleibt seine Spucke an dem Metall, ganz feine Linien bleiben am Löffel zurück, fein wie die Falten an seinen Lippen, ich will seine Spuren verwischen, ich will die Wärme seiner Mundhöhle an den Fingerspitzen spüren, warm von seiner Spucke, von seiner Zunge, dem Bogen seines Gaumens, warm wie die Milch einer Frau, die erzählt, auf der Zunge sitzt und Worte ein- und ausatmet.

Er lächelt mich an, und das Lächeln verschwindet allmählich, ein Sonnenuntergang, er fragt nach meiner Mutter, er sagt, wie geht es deiner Mutter. Ihr Name darf hier nicht ausgesprochen werden. Ich muss überlegen, wie ich die letzten Jahre zusammenfassen kann. Ich brauche Zeit, um zu antworten, will ich ihm sagen, und dann spricht aber etwas aus mir: Sie liest den Quran, sie trägt ein Kopftuch.

Und auch er braucht lange, um darauf zu antworten. Er isst

das eingelegte Gemüse in einem kleinen Schälchen auf, trinkt Wasser, und schön für sie, sagt er.

Wir können nur zögernd miteinander sprechen. Unsere Unterhaltung ähnelt dem Autofahren, denke ich, eine falsche Bewegung ist ein falsches Wort, das die Unterhaltung abwürgt.

Warum fragst du nicht nach Baran?

Das wollte ich gerade machen, sagt er, und das Essen klebt an seinem Gaumen, und die ganze Spucke klebt am Löffel, und sein Mund ist trocken, und er schluckt schwer. Wir schauen uns an, lange, und nur langsam lösen wir den Blick voneinander, lösen vorsichtig unsere Worte voneinander, wie man heiße Tomaten schält, das Fleisch nicht verwunden, die Haut mit einem Messer abreißen, vorsichtig, weil die Haut das Fleisch mitreißen könnte. Ich schiebe das Essen hin und her, der Löffel viel zu schwer, um zum Mund geführt zu werden. Wir reden nicht mehr, essen leise.

Am späten Nachmittag laufen wir zum Pira Delal, und die Luft ist wie in einem Kohleofen, die Hitze dringt ein in die Haut, in die Muskeln und wärmt die Knochen. Shermin sagt, ich würde auffallen, ich sehe anders aus, bewege mich anders, kleide mich anders, ich falle auf. Und man starrt mich an. Sie hakt sich bei mir unter, wie Mädchen das so machen, und ich sehe einige Jungs auf der Brücke das auch machen, und ich starre sie an, bin erstaunt, und sie starren zurück, und Shermin fragt, ob sie mir gefallen. Ich schüttele den Kopf, und sie fragt: Wie sind die deutschen Jungs? Man erzählt sich, sie seien weich. Werden sie an den richtigen Stellen hart, fragt sie.

Ich löse mich von ihr und laufe zu meinem Vater, er erzählt, die Brücke sei über tausend Jahre alt, ich schaue runter zum

Fluss, vorsichtig, weil die Brücke kein Geländer hat. Manchmal springen übermütige Jungen von der Brücke, erzählt er weiter. Entkommen nur knapp dem Tod, erzählt er, deutet auf die Felsen im Wasser, und manchmal unterschätzen sie, wie flach es ist. Wenn es im Frühling keinen Regen gab, gibt es Tote. Springen und sterben. Wenn Younes und ich hier aufgewachsen wären, wären wir auch gesprungen, und jedes Mal: Inshallah überleben wir, und wenn Raffiq uns hinterhergesprungen wäre: Inshallah stirbt er.

Wir laufen runter zu den Felsen auf der anderen Seite, die drei Mädchen posieren auf einem Steinbrocken und wollen fotografiert werden. Mein Vater sagt, ich solle mich dazustellen, und Shermin, Newroz und Hawa nehmen mich in ihre Mitte, zwängen mich zwischen ihre Körper, ihre Hände halten mich fest, ich könnte verschwinden, und Newroz ist es, die mir sagt, es sei erlaubt zu lächeln. Mein Vater drückt den Auslöser, es blitzt kurz, ich mache die Augen zu und bin festgehalten. Ich möchte zum Fluss, laufe zwischen den Steinen und zwischen den gelben Grasbüscheln zum Fluss hin und schaue in das Wasser, das geduldig ist, und ich schaue mir in die unklaren Augen, das Gesicht verschwommen, jede Welle trägt ein Gesicht davon, bis der Fluss voll ist mit meinen Gesichtern, und sie werden nicht sterben, auch wenn sie gegen die Felsen schlagen, sie werden verdunsten und zu Wolken werden, und sie werden versinken und zu Steinen werden, und sie werden schwimmen, und am Ufer sitzen kleine Jungen in Badehosen, die Gesichter aus dem Fluss fischen und die tote Springer zwischen spitze Finger nehmen, anschauen und in den Fluss werfen, wer kann am weitesten werfen?

Mein Vater und die drei Mädchen stehen hinter mir und fragen mich, warum ich mich so anstarre und ob ich mich noch nie zuvor gesehen habe, und ich antworte: nicht so.

Vater sitzt als Beifahrer neben Shermin, durch den Rückspiegel sehe ich das weiche Gesicht, das weich bleibt, wenn sie ernst schaut. Die anderen zwei Mädchen fahren mit Ayaz hinter uns her. Die Frau meines Vaters sitzt neben mir und fragt, ob man in Deutschland frischen Fisch bekomme. Ich schaue sie ungläubig an. Mein Vater lacht.

Wie essen die Deutschen ihren Fisch, fragt sie dann am Tisch, als drei Riesenkarpfen vor uns abgesetzt werden. Der Fisch ist als solcher nicht zu erkennen, aufgeschlitzt, sodass er niemanden in sich beherbergen kann, und der Fisch ist ein aufgeschlagenes Buch, mein Vater nennt es Mesguf, so isst man den Fisch im Irak, und die zwei Teile, die zwei Seiten, aufgeschlagen wie ein Buch, enthalten keine Worte. Alles, was einmal in dem Fisch war, ist ihm geraubt worden, und alles, was er einmal geschluckt hat, das Wasser, einen Stein, ein Gesicht, wurde verworfen, und der Fisch kann uns nicht einmal geben, wonach er schmeckt. Sein Körper braun gegrillt, das Fleisch rot gewürzt, und wir bilden uns ein, Fisch zu essen. Shermin, Hawa und Newroz pulen an dem Fischkörper, führen ihre Finger zu den Mündern und schauen zufrieden. Gegrillte Tomaten, Zwiebeln und Spitzpaprika garnieren den Fisch in den Farben Kurdistans. Ich schaue zu Shermin, die leise stöhnt, während sie glaubt, ein Fisch befinde sich in ihrem Bauch. Ich schaue auf den Bauch, der sich leicht gewölbt hat. Breitbeinig sitzt sie da, und unter ihrem Rock bewegt sich etwas, und unter der Tischdecke versteckt sich Ayaz Arm, der neben Shermin sitzt und sie mit spitzen Fingern zwischen den Beinen kitzelt. Sie schaukelt zur Seite und nach vorne, man könnte glauben, sie würde unbequem sitzen. Mein Vater und ihre Mutter bekommen es nicht mit, verführt vom Fisch, die Münder rot von den Gewürzen, die Finger glänzend vom Fett, Ayaz' Finger glänzend vom Saft, und er leckt an ihnen und sagt, wie gut es schmecke, und Shermin lacht, und ihre Finger, lang und wohlgeformt, bieten mir weißes Fleisch an. Ich greife nach einer Gabel und bediene mich vom Fisch auf dem anderen Teller. Schmeckt man überhaupt etwas mit der Gabel, fragt Hawa, mit dem kalten Metall im Mund, während sie an ihren Fingern leckt, ihre Lippen von der Schärfe aufgequollen, von der Wildheit des Fisches. Der wilde Fisch in Kurdistan. Und der ist wild.

Die Schwestern sitzen in der Hollywoodschaukel, und wir genießen den kühlen Nachmittag. Newroz befühlt mit den Fußsohlen das frisch gemähte Gras. Sie mag es, in die Haut gepikst zu werden, vermute ich. Ich sitze auf der Treppe, die zum Haus führt, die Garten und Garage trennt. Unter der Treppe wächst ein Efeu-Vorhang, wächst hoch und windet sich um das Treppengeländer. Hawa befiehlt mir, mich neben sie zu setzen, auf die Schaukel, wir fressen dich nicht auf, auch wenn du aus Deutschland kommst. Und wir sitzen gemeinsam auf der Schaukel im Garten, eng nebeneinander. Ihre Körperwärme strömt zu mir. Shermin legt ihren Arm an meinen, sagt, wie weiß ich sei. Die anderen vergleichen auch ihre Arme, wir haben vier verschiedene Hauttöne: Shermin ist die Dunkelste, ich bin die Hellste, Hawa hat die dunkelsten Haare, aber nur, weil sie so eine helle Haut habe, rechtfertigt sie sich, und das ist unfair, Shermin habe ihre gewachst, und Newroz streichelt über meinen Arm und sagt, ich sei so weiß, weil ich in Deutschland aufgewachsen bin, du bist zu einer halben Deutschen geworden. Wir haben dort nicht so viel Sonne, sage ich. Shermin meint, Hawa sei adoptiert, deswegen sei sie behaart, ihre echten Eltern hätten sie wegen ihrer Körperbehaarung zu Adoption freigegeben, und nach ein paar weiteren Sprüchen jagt Hawa Shermin durch den Garten, und sie kreischen und rennen die Treppe rauf und verschwinden in die Küche, und wir hören ihr Geschrei und Shermins Lachen, und es ist noch der wilde Fisch in ihrem Bauch und dann ein Scheppern. Hawa muss mit einem Gegenstand nach ihr geworfen haben. Endlich ist es still.

Newroz ist die Erste, die sich traut, mich zu fragen, warum ich hier sei, warum jetzt, und ich erzähle ihr davon, wie ich den neuen Jungen in der Schule verprügelt hatte, und ich erzähle ihr vom Mogli-Mädchen, und ich glaube, es gibt in allen Vierteln ein Mogli-Mädchen oder in jeder Stadt eins oder in jedem Land eins, es muss sie geben, sage ich ihr, und sie nickt mir zu, und als sie mir zunickt, kann ich weiterreden, und irgendwann, erzähle ich ihr, durchkreuzen sich unsere Wege, und wir werden uns erzählen von den Mogli-Mädchen, die wir wurden, die wir waren. Und warum bist du hier, Mogli-Mädchen, du Verwirrte, denkt sie, jemand müsste dich zudecken, du zitterst.

Wenn man sich nicht ordentlich verabschiedet, sage ich ihr, dann bedeutet es, man kommt wieder. Mein Vater hat uns mitten im Leben zurückgelassen, es fühlte sich alles unverrichtet an, es muss doch etwas passieren, dachten wir, warten wir noch bisschen, und die Zeit lief uns davon, und er hat sich nicht verabschiedet.

Das ist ein Abschied?

Von irgendwas wird es ein Abschied sein müssen.

Dein Vater ist jetzt anders, weißt du das? Er ist sonst sehr schweigsam, aber jetzt lacht er viel, und er wirkt erleichtert. Du tust ihm gut.

Newroz ist höchstens fünfzehn, ich beneide sie um ihre erwachsene Art – ich hätte sie wahrscheinlich in der Grundschule verprügelt, und vielleicht hat ein Mogli-Mädchen sie einmal verprügelt, aber Newroz verzeiht das, weil sie das Mädchen versteht und ihr Mogli-Sein.

Die Sonne sinkt, aber es wird nicht kälter – der Wind hat es nicht eilig hier, er wartet mit den Menschen, er ist still und spricht nicht mehr. Newroz sagt, wir sollten reingehen, sonst denken die Nachbarn falsch von uns, sie steht auf und gibt mir eine Hand, will mir helfen aufzustehen. Ich sage ihr, ich bleibe noch ein wenig. Aber sie besteht darauf, dass ich reinkommen solle, als hätte sie Angst vor der Dunkelheit.

Ich bleibe, sage ich ihr.

Am Hauseingang und auf der Treppe gehen irgendwann Lichter an, und Mücken, die vom Fluss kommen, sammeln sich im Licht, verbrennen sich am Licht, sterben durch Licht.

Mein Vater kommt mit schwarzen Plastiktüten nach Hause, die nicht reißfest aussehen, die nur einmal zu gebrauchen sind, die überall auf Straßen liegen und Kanalisationen verstopfen. Auf der Treppe bleibt er stehen, fragt mich, ob alles in Ordnung sei. Ich frage mich, wie er mich im Dunkeln erkannt hat. Komm rein, sagt er, ich habe Süßgebäck gekauft, er hebt eine Tüte hoch.

Ich sage ihm, ich bleibe noch eine Weile hier, allein, ich brauche das, sage ich, die Nachbarn sind mir egal. Er gibt ein Geräusch von sich, das ein kurzes Lachen sein könnte oder ein genervtes Ausatmen, und er steigt die Stufen hoch, und ich beobachte ihn, jede Bewegung, er bleibt an der Tür stehen, stellt die Tüten nicht ab, sie sind wahrscheinlich leicht, schneiden ihm nicht in die Finger, er zieht die engen Lederschuhe aus, ein Kribbeln muss durch seine Füße gehen, ein kurzes Aufatmen, die Socken sind leicht feucht vom Schweiß, er drückt mit dem Ellenbogen die Klinke und stößt mit der Schulter gegen die Tür, schaut kurz zurück, aber nicht lange und verschwindet.

Ich schaue zum Himmel und warte auf die Sterne, es sind nicht mehr Sterne als in Deutschland. Meine Mutter hat immer vom kurdischen Himmel erzählt, als hätte der Himmel Grenzen, aber der kurdische Himmel ist enttäuschend dunkel, weil auch hier die Stadt von einem Lichtnebel eingehüllt ist, der die Sterne daran hindert zu kommen. Auch hier sterben sie ohne Zeugen.

Die Frau meines Vaters öffnet die Tür, stellt sich ans Geländer und sagt, ich solle reinkommen, es gebe Abendessen. Ich sage ihr, ich hätte keinen Hunger, sie könnten ruhig essen. Sie geht wieder rein, was untypisch ist für eine kurdische Mutter. Mein Vater kommt raus, seine Stimme ist etwas lauter, auch er kümmert sich nicht um die Nachbarn, und er nennt mich wieder keca mn, komm rein, wir essen.

Ich habe keinen Hunger, sage ich. Er kommt runter, legt eine Hand an meine Wange und fragt, ob es mir gut gehe. Hat jemand etwas Blödes zu dir gesagt, fragt er. Da erscheinen Newroz, Hawa und ihre Mutter in der Küchentür, nur ihre Umrisse sind zu sehen, weil das Küchenlicht sie von hinten bestrahlt.

Nein, alle sind sehr nett. Ich möchte nur kurz allein sein, sage ich.

Okay, aber nicht lange. Die Mädchen und Nermin sorgen sich um dich. Er lügt für sie. Ich weiß, dass sie sich keine Sorgen machen, sondern nicht wissen, warum ich hier allein sein möchte. Sie sind bloß verwirrt, weil sie nur Leute sind. Du kommst gleich rein, okay? Versprich mir das, ja, sagt er, und er geht schon die Treppe hoch, und ich will ihm sagen, wir versprechen einander nichts, das ist nicht unsere Art, wir halten uns doch gar nicht daran – wir versprechen uns höchstens. Kennst du den kurdischen Himmel, von dem Mutter immer redet, und Vater verschwindet wieder, hat Hunger, muss was essen. Er wird immer verschwinden.

Ich bin nicht hungrig; eigenartig, ich habe heute nicht viel gegessen, aber ich verspüre keinen Hunger, ich ernähre mich vom Gesehenen, vorerst. Der Mond ist eine Sichel, strahlt weiß, fast künstlich, als hätte ihn jemand aufgehängt.

Und in der Dunkelheit wird die Haustür leise geöffnet, zwischen den Efeublättern sehe ich zwei Gestalten in der Garage an Vaters Auto gelehnt, eine Frau und einen Mann, ich höre Lippenschmatzen und ein Flüstern, ein Stöhnen, ein Stoßen, ich sehe Ayaz an Shermins weißen Brüsten saugen, ich sehe ihre Finger um seinen Nacken verkrampft. Sanye wühlte mit roten Nägeln in Younes' nassem Haar. Die Berührung am Hinterkopf ist es, die sie wild macht.

Ich renne die Treppe hoch, schrecke beide unabsichtlich auf und renne ins Haus. Der Tisch ist abgeräumt, niemand ist in der Küche, ich laufe die Wendeltreppe hoch, vorbei an dem Elefantenkopfkronleuchter, der künstlich weiß strahlt, eine Sichel, die man an den Himmel hängt, die Brüste beleuchtet. Ich laufe schneller, die Wendeltreppe dreht sich einige Male um sich selbst, verwirrt mich. In Shermins Zimmer lege ich mich ins Bett und warte auf den Schlaf.

Shermin stürmt ins Zimmer, setzt sich fast auf meine Brust, ihr Atem riecht nach Schweiß, und das Gesicht ist ganz warm, ihre Lippen rot geschwollen, und ihre Hände an meinem Gesicht sind klebrig, und sie sagt: Niemand darf davon wissen. Hast du das verstanden? Ja, sage ich, ich weiß, dass niemand das wissen darf. Das ist immer so, sage ich ihr. Wir müssen uns verstecken, vor den Worten, die andere Leute aussprechen.

Wir müssen uns vor ihren Worten verstecken, ja, das trifft es, sagt sie, sitzt noch zu nah. Ich beobachte sie, aber sie schaut mich nicht an, nicht aus Scham, auch wenn sie Shermin heißt, gedankenversunken blickt sie vor sich hin, dann fängt sie an, mit dem Zeigefinger über mein Schlüsselbein zu fahren.

Warum machst du das, frage ich.

Was, fragt sie.

Mit Ayaz.

Sie schaltet die Nachttischlampe an, zieht sich das Shirt über den Kopf aus, trägt keinen BH, dunkelbraune Nippel ragen zwischen den langen, schwarzen Strähnen hervor, sie führt das Haar hinten zusammen. Mit dem Zeige- und Mittelfinger fährt sie sich über alte Bisswunden auf ihrer Brust, Ellipsen auf ihrer Haut, die Brüste blau befleckt. Sie lehnt die linke Schulter nach vorne, sagt, fass an, sie meint den frischen Abdruck zweier Zahnreihen, nishan, sagt sie, ein Mal. Ayaz bemalt ihren Körper: mit seiner Zunge und den Lippen, mit den Zähnen hinterlässt er Kränze auf ihrer Haut, ich fühle jeden einzelnen Zahnabdruck, eine Wiederholung, jeder Zahn eine Bestätigung. Ich lege meine Finger in seinen Mund, und er kann nicht zubeißen, auf ihrer Schulter bleibt sein Mund immer offen.

Alle sagen, dass es wehtut, wenn der Mann in die Frau eindringt, aber das muss er gar nicht.

Liebst du ihn?

Nein. Ich will ihn nur. Aber ich kann ihn nicht haben.

Warum nicht?

Weil's haram ist, sagt sie und wirft die Decke über mein Gesicht, verschwindet ins Badezimmer, greift mit Daumen und Zeigefinger in die Augen, holt die Kontaktlinsen heraus, reibt sie in ihrer Handinnenfläche in Kochsalzlösung, weich wie das Innere einer Frau, Shermin steigt unter die Dusche, schaut sich vermutlich ihre Wunden an, tastet die Markierungen ab, die auf ihrem Körper verschwimmen, ohne Kontaktlinsen sieht alles harmlos aus, und sie drückt zu fest, und ein Schrei entflieht ihrem weichen Mund.

Sie kämmt ihr nasses Haar im Bett, es tropft auf das Laken, das in der Nacht nicht trocknet, ich berühre die nassen Stellen immer wieder und finde Shermins Hand, die so weich ist, dass sie sich nicht wie eine Hand anfühlt.

Am nächsten Morgen werden wir auf meinem Kissen liegen, und in den Falten meines Körpers werden lange, schwarze Haare kleben. Unsere Bewegungen im Schlaf werden die ausgefallenen Haare flechten, zu zerbrechlichen schwarzen Spinnen flechten, auf dem Laken werden wir sie sehen, wie zwei Mädchenbeine ineinander verhakt, die ineinander übergehen, die Bewegungen der Beine imitieren die Wellen am Fluss, und die Gesichter schwimmen nicht davon, Shermin verhindert es, in der Dunkelheit stellt sie sicher, dass ich wach bleibe, und ihr Bauch ist warm, wie Milch es sein sollte.

Shermin reicht mir in der Nacht ein halbvolles Glas: Das Wasser schmeckt süß von den Kinderhänden, die im Wasser nach Frühlingsleichen fischen.

Kann ich dir etwas erzählen, frage ich sie, nachdem ich ausgetrunken habe, und sie wiederholt meine Frage, als sei es ein Witz, sie sagt, im Kurdischen sagt man nicht: Kann ich dir etwas erzählen, man sagt: Ich werde dir etwas erzählen.

Aber ich werde es auf Deutsch erzählen.

Ich stelle mir vor, ich werde es verstehen, sagt sie.

Auf einem Jahrmarkt habe ich als Kind ein Pferd geritten. Meine Mutter sagte, es gehöre sich nicht, dass ein Mädchen ein Pferd reitet, und immer wenn sie das sagte, wusste ich, es hat was mit dem zu tun, was zwischen meinen Beinen ist, und heute und auch damals hatte ich kein Wort dafür, nur das Bild war da, und das Bild ließ mich verstummen. Ich quengelte, aber meine Mutter ließ es nicht zu, das würde unanständig aussehen, außerdem würde ich mir die neue Jeans dreckig machen. Sie wandte sich meinem kleinen Bruder zu, er war drei, saß im Kinderwagen und aß hellblaue Zuckerwatte, die klebrigen Finger versuchte er an seinem T-Shirt sauber zu wischen. Während Mutter mit Baran beschäftigt war, betrachtete ich die Pferde in einer Art Manege im Kreis schreiten und Kinder tragen, die von den Erwachsenen fotografiert wurden. Es gab keinen Kontakt zwischen den Pferden und den Kindern, weil sie auf Sätteln saßen, die Zügel in den Händen, und in die Kamera grinsten. Mein Pferd würde sattellos sein und zügellos sein, mein Pferd hätte ungeflochtenes Haar, und ich striche dem Pferd immer wieder durch die Mähne und legte meine Finger an seinen Hals und auf seinen Rücken, hart und warm, spürte ich, dass es atmet. Und meine Beine baumelten an seinem Bauch, der pulsiert. Und das Pferd, das reitet davon. Und die vier Beine sind es, die den Rhythmus vorgeben, der sich in Wellenbewegungen in unseren Körpern wiederholt und wiederholt wie ein Rhythmus mit vier Beinen, die ineinander verhakt sind, und das Pulsieren im Bauch. Shermin schläft. Im Traum versteht sie Deutsch.

Xalat, nicht mate, fragt mich, wohin ich gehe – sie nähert sich mir, nicht neugierig, sondern ängstlich darüber, was ich machen werde. Ich sage ihr, ich gehe raus.

Du kannst nicht einfach raus.

Doch, sage ich ihr, ich mache einfach die Tür auf, sage ich ihr und laufe raus.

Und wohin willst du?

Einfach raus.

Und dann?

Und dann laufe ich durch die Gegend.

Gehst du auf die Suche nach deinem Verstand?

Ich habe keine Lust, ihr auseinanderzusetzen, warum ich jetzt unbedingt raus muss und unbedingt laufen muss, und vermutlich suche ich etwas, da hat sie schon recht, auch wenn sie es ironisch meint.

Sie sagt, setz dich hin, wir Frauen müssen uns zurückhalten, um die Männer zu zügeln, nur ungeduldige, nur ne-sakini würden ziellos durch die Gegend laufen: Ein kurzes Kleid verwandelte eine Frau in Shahira. Ich öffne die Tür.

Bleib im Haus. Mach uns keine Schande, sagt xalat, mach uns keine Schande, solange du hier bist. Solange du hier bist. Ich verlasse das Haus, ich laufe die Straße entlang, und auf den Straßen sind nur Kinder und Jugendliche, und an manchen Ecken sitzen zwei Nachbarinnen in ihren Hauskleidern und essen Wassermelonenkerne, haben sich zum zehnminütigen Tratsch getroffen und schweigen, als ich an ihnen vorbeilaufe, und schauen mir vermutlich nach. Ein älterer Mann mit rot-weißem Peshmerga-Turban steht mit Wasserschlauch vor der Haustür und spritzt den Boden sauber. Auch er schaut, und ich gehe auf die andere Seite, damit meine Sneakers nicht nass werden.

Ich werde so lange laufen, bis ich an einem Marktplatz ankomme, wo ich mich kurz hinsetzen kann, auf eine Bank vielleicht, und dann können die Leute aus dem Hochhaus blöd gucken, und Younes könnte sich neben mich setzen, und zusammen könnten wir schweigen. Vermutlich ist er bei seinem Vater, und Younes dachte wirklich, sein Vater würde ihn bei sich haben wollen, sein Onkel Azad, dieser falsche Bote, hat ihn nach Frankfurt gelockt. Wenn Younes' Vater ihn sieht, dann wird er nur Shahira sehen, denn Shahira hat Younes jedes väterliche Merkmal aus dem Gesicht gewaschen. Vermutlich ist Younes zurückgekehrt zu seiner Mutter, vermutlich sitzt er jetzt schon auf der Bank, und er wartet, aber nicht auf mich, er wünscht sich, er hätte das Warten nie aufgegeben. Ich könnte meinen Spaziergang mehr genießen, wenn mich die Leute hier nicht angaffen würden, wenn ich für sie kein Ereignis wäre. Shermin meinte, alles an mir sei es, was sie anstarrten: meinen Gang, meine Klamotten, meinen Körper, ganz fremd bin ich nicht, sie erkennen ihre Tochter, ihre Schwester, ihre Cousine in mir, wie eine Vorstellung sehe ich aus, glaube ich. Ich frage eine Frau mit vollgepackten Tüten, wo der sîq ist, und laufe in die Richtung, in die ihr Finger zeigt. Sie schaut mir nach, ich weiß das, weil ich zurückschaue, weil ich wissen will, ob sie mir hinterherschaut. Da steht sie mit ihren vollgepackten Tüten, ihrem angestrengtem Gesichtsausdruck und schaut mir nach, ich sagte ja, wie eine Vorstellung sehe ich aus.

Im sîq stehen die Verkäufer an den Ladentüren, manchmal zu zweit, manchmal mit Gebetskette, manchmal mit unbeschäftigten Händen, manchmal sitzend und manchmal in den Türrahmen gelehnt, aber immer mit diesem Blick, der mich begleitet, den sie mir hinterherwerfen, und in einem Laden läuft Erdewan Zaxoyî, der von Zaxo singt, und ich verstehe:

Warum wecktest du mich, ich habe von Zaxo geträumt,
es ist Frühling, Zaxo ist die Braut.
In Zaxo steckt ein Seufzen, ach.
Zaxo ist fern, ich erreiche sie nicht.

Ich denke in letzter Zeit viel auf Kurdisch, auf Deutsch denke ich es zu Ende, aber auf Kurdisch fange ich an. Ich sehe Kurdisch, ich denke Deutsch, ich spreche manche Sätze in beiden Sprachen aus, ganz leise, dass nur Gott es hören könnte, wenn Gott keine Frage wäre. Wenn ein kurdisches Wort in einem deutschen Satz auftaucht, verformt es meinen Mund, und das nachfolgende, deutsche Wort bekommt einen kurdischen Klang, und so gehen die Sprachen ineinander über in meinem Mund. Wenn ein deutsches Wort in einem kurdischen Satz auftaucht, hat es keine Auswirkung auf die kurdische Aussprache, ich weiß nicht, wieso, wahrscheinlich, weil das Deutsche und das Kurdische noch keine Aussprache hatten, kein Kur-Deutsch, das geheilte Deutsch.

Ich frage einen Mann nach dem Architekturbüro meines Vaters, und ich wähle die kurdische Strategie: Ich nenne seinen Vornamen und den Vornamen seines Vaters und den Vornamen von dessen Vater. Der Verkäufer ruft einen anderen Verkäufer, und der Mann neben dem zweiten Verkäufer antwortet, er wisse, wo es ist. Er winkt mich zu sich, lächelt mich erst nicht an, erst als ich vor ihm stehe. Das Gesicht ist hübsch und ohne eine Besonderheit, in einer halben Stunde werde ich das Gesicht nicht mehr beschreiben können und doch kommt er mir bekannt vor, breitbeinig steht er da, sein Anzug grau, die Hose spannt an den Oberschenkeln. Mit langen, groben Fingern weist er mir den Weg, die Nägel sind gepflegt, an diese Finger werde ich mich erinnern.

Hast du mich verstanden, fragt er.

Aber ja, sage ich, warum nicht?

Du siehst nicht so aus, als wärst du von hier.

Ich muss doch nicht von hier sein, um dich zu verstehen, Onkel.

Er lacht. Du erinnerst mich an meine Nichte, sie ist in deinem Alter. Wie heißt du, fragt er.

Ich verabschiede mich, sage, muss los, sage, danke, muss aber los.

Er lächelt und zeigt gerade Zähne, und ich drehe mich nicht um, und er schaut mir nach, und ich drehe mich nicht um, sein Kopf könnte in Shahiras Schoß gelegen haben, ein falscher Onkel.

Vaters Gebäude ist ein gläserner Monolith; am Empfang sitzt eine junge Frau mit schläfrigem Blick und langen, roten Fingernägeln. Ich sage ihr meinen Namen und dass mein Vater hier arbeitet, sie lächelt, und ihr Blick bleibt schläfrig, sie zeigt auf den Aufzug und meint, es sei die siebte Etage. Die siebte Etage ist ein großer Raum, in dem die Tische verstreut stehen, alle sehen beschäftigt aus. Ein Mann kommt auf mich zu und fragt, wer ich sei und was ich hier wolle. Ich will zu meinem Vater, sage ich, laufe an ihm vorbei zu meinem Vater hin, der neben einer Gruppe von jungen Männern steht und einem von ihnen zuhört.

Vater ist überrascht und umarmt mich, als wäre ich jetzt erst in Kurdistan angekommen, er stellt mich allen vor, sagt jedes Mal ich sei seine Tochter aus Deutschland, und man fragt, ob ich auch Architektin werden möchte, und man fragt, wie es mir hier gefällt, aber ich kann nicht antworten, weil Vater mich schon dem Nächsten vorstellt, und dann führt er mich in sein Büro, die Wände sind aus Glas, und ich sage ihm, so kann jeder dich sehen, und so kann ich jeden sehen, sagt er. Du bist der Chef hier, sage ich, und er sagt: Ich bin der Chef hier. Er ist mein Echo, eine Wiederholung, eine Bestätigung.

Wir schauen einander an, und er kann meine Gedanken lesen, weil er antwortet: Amal, ich wollte, dass ihr hierherkommt. Ich wollte, dass wir zusammen hier leben. Schau dich doch mal um. Er streckt die Arme aus, zeigt auf das alles, auf die Glaswände, auf die silbernen Stehlampen, die schwarzen Bürostühle mit dickem Sitzpolster, die dunklen Massivholztische, auf seine Angestellten mit frisch rasierten Wangen und Lackschuhen, scharf gezogenen Eyelinern und glänzenden Feinstrumpfhosen zeigt er. Siehst du das alles, Amal.

Ich sehe es, Vater, aber sie sind wie der Mann mit dem grauen Anzug im sîq. In einer halben Stunde werde ich vergessen, was ich gesehen habe. Ich frage Vater, ob er sich an Younes erinnert, diesen Jungen mit Tränen wie Wasserkugeln, und ob er sich an Shahira erinnert, und worüber haben sie eigentlich damals gesprochen, damals, als sie die Nachbarin übersahen, an ihr vorbeiliefen und er am Abend dafür von Mutter ausgeschimpft wurde.

Deine Mutter schimpfte über alles.

Ich frage ihn, ob er sich erinnert, wie er an dem Abend zu mir kam, lange auf meiner Bettkante saß und mir erzählte, wie er mir das Autofahren beibringen wolle, und dann brachte er mir das Lenken bei, weißt du noch, als ich auf deinem Schoß saß, frage ich, er lächelt, und er will erzählen, dass er mir über den Kopf gestreichelt hat, weil meine Haare so kurz waren. Das ist meine Erzählung, sage ich ihm, Vater, lass mich das mal kurz erzählen. Du hast mich auf deine Arbeit mitgenommen und dein Chef – das habe ich sofort gesehen, wie du ihn gehasst hast, und weil du ihn gehasst hast und die Zeitung und Al Jazeera gehasst hast, bist du gegangen, und du kamst nicht wieder, und Mutter hat gewartet, und ich wusste, dass du kommen wirst, ich wusste es, und nach Jahren dachte ich, du kommst, und irgendwann verstand ich, dass ich es falsch wusste und dass du niemals zurückkehren würdest, weil du hier lebtest, man kann nicht an zwei Orten leben, sage ich ihm, gebe ihm recht, man kann nicht zwei Familien haben, und er schaut mich an, lächelt, als hätte er mich als Shahrasad entlarvt.

Und er sagt: Es wäre eine große Ungerechtigkeit, wenn es nur eine Wahrheit gäbe.

Wieso klingt alles aus deinem Mund so kompliziert, frage ich ihn. Es gibt eine Wahrheit: Du bist gegangen, du hast uns dort gelassen, du hast mich alleingelassen, du hast Baran nie gesehen.

Deine Mutter hat mir ein Bild von ihm geschickt.

Ist er dein Sohn, wenn du ihn nie berührt hast?

Deine Mutter hat sich geweigert, mit mir zu kommen.

Du hättest dableiben müssen.

Ich hatte da nichts zu tun. Der erste Fehler meines Lebens war es, nach Deutschland auszuwandern. Ich habe alles versucht, Amal, glaub mir, aber ich konnte nicht anders. Ich konnte auch deine Mutter nicht zu einer Rückkehr zwingen. Ich dachte, sie wird irgendwann nachkommen, dass sie es als Frau alleine mit den Kindern nicht aushalten kann. Aber sie konnte. Deine Mutter hat mehr Ausdauer als ich. Und hier konnte ich nicht ewig alleine leben. Ich brauchte Menschen um mich. Ich habe euch gebraucht, aber ihr seid nicht gekommen.

Was hätten wir hier tun sollen? Ich darf ja nicht einmal allein spazieren gehen. Mutter hatte recht. Hier ist es doch scheiße.

Halt deinen Mund. Er brüllt mir ins Gesicht und ist überrascht, dass ich nicht zurückschrecke, dass ich zurückbrülle: Du bist ein scheiß Egoist.

Wenn du dich verteidigen willst, ist alles erlaubt, und wenn du sie nicht schlagen kannst, dann beiß zu. Er hebt den Arm, holt zum Schlag aus, ich halte beide Hände vor das Gesicht, aber er schlägt mich nicht. Er wollte mich schlagen, in letzter Sekunde hielt ihn etwas zurück, aber wir wissen beide, er wollte mich schlagen, in Gedanken hat er mich geschlagen, in meiner Vorstellung schlug er mir ins Gesicht, mein Herzrasen findet nicht in meinen Gedanken statt, ich zittere. Ich werde nicht weinen.

Geh mir aus den Augen, sagt er, setzt sich auf seinen Chefsessel mit extradickem Sitzpolster und holt sich eine Zigarette aus der Schachtel. Achte darauf, wie du mit deinem Vater sprichst, sagt er, ich schaue auf seine Hände, sie zittern nicht. Er ist ruhig.

Seine Angestellten starren uns an, wie Schaufensterpuppen stehen sie da, entsetzte Blicke.

Als ihr früher gestritten habt, du und Mutter, da hat Mutter immer die Fenster geschlossen, damit die Nachbarn euch nicht hören, erzähle ich ihm.

Was willst du hier, Amal, was willst du von mir?

Ich wollte wissen, was du hier machst, warum du nicht dort bist. Jetzt habe ich dich gesehen. Jetzt kann ich gehen. Die Worte bröckeln aus meinem Mund wie Zähne in einem Traum. Ich werde nicht weinen.

Ayaz holt mich ab, bringt mich zu dem Haus, in dem mein Vater für immer leben wird. Ich setze mich in die Hollywoodschaukel, mein Rücken ist durchgeschwitzt, aber ich bleibe sitzen, und xalat sagt, ich solle reinkommen, sonst würde ich mir einen Sonnenstich holen, aber das Dach der Schaukel schützt mich, und nach einer Stunde bringt sie mir einen Teller mit Wassermelone und einen Wasserkrug, sie sagt, sie habe keine Lust, sich um mich zu kümmern, wenn ich krank werde. Ich esse die Wassermelone, die kalt ist, und ich spucke die schwarzen, glitschigen Kerne in den Garten, und vielleicht wächst der Garten zu, und Shermin und Ayaz können sich hinter riesigen Wassermelonen verstecken.

Seit Tagen ist mir, als müsste ich weinen, die Hände zittern. Ich trinke Wasser aus dem Krug. Und die Stiefmutter kommt wieder raus und fragt, ob ich ihr nicht mit dem Essen helfen könne, und ich sage, nein, tut mir leid, ich möchte lieber hierbleiben, sie schüttelt den Kopf und findet mich wahrscheinlich unverschämt, aber das ist mir egal, will ich ihr sagen, heute hat Vater mir wehgetan, als er mir in Gedanken ins Gesicht schlug.

Vater kommt, als die Nacht unheimlich ist, wie ein See es sein kann.

Er kommt auf mich zu, und auch die Dunkelheit schützt mich nicht vor seinen Händen, und Vater setzt sich neben mich, und er sagt, ich hätte genug Ärger für heute gemacht und solle jetzt einfach reingehen.

Nermin hat es mir erzählt, sagt er, und auch hier erzählt man einander so gern, wie man von mir geärgert wurde, erzählt man, wie man gelitten hat, wie einem wehgetan wurde.

Am Freitag fliegst du, sagt Vater. An einem Donnerstag kam ich, an einem Freitag gehe ich. Du hast mich nur acht Tage ausgehalten. Er greift nach meinem Handgelenk, aber ich befreie mich aus seinem Griff, und er geht.

Ich werde meinem Vater nie erzählen, wie meine Mutter den kurdischen Sternenhimmel gesehen hat. In dieser Nacht setze ich meinen Vater von meinem Rücken ab. Ich erzähle ihm das nicht, es gibt keinen Grund mehr zu erzählen.

Am Straßenrand sehe ich die platt gefahrene Vogelleiche wieder, die nur noch die Hälfte von dem ist, was sie vor einer Woche war, und bald wird nichts mehr da sein, und bald wird es den Vogel nicht gegeben haben, und es wird egal sein, was der Vogel gesehen hat, und es wird egal sein, wie der Vogel sein Ende gefunden hat. Und wenn etwas anfängt, dann hat etwas geendet, und das, was geendet hat, hatte einen Anfang, der etwas beendet hat, und deswegen gibt es keinen Anfang und kein Ende, sondern nur ein und. Und mein Vater kehrte nach Kurdistan zurück und meine Mutter blieb in Deutschland und mein Vater gründete eine neue Familie und wir hörten nicht auf, seine Familie zu sein, und ich weinte und er kam nicht zurück und ich weinte und er kam nicht zurück und nach acht Jahren reiste ich ihm hinterher und ich sah, was er machte. Und ich kehrte nach Deutschland zurück und Mutter und Baran holen mich ab, und Baran fragt, ob ich ihm was mitgebracht habe, ich sage ihm, dort sei alles hässlich gewesen. Ich sage Mutter, es sei wirklich alles schrecklich hässlich gewesen, und diese Hitze und dieser Gestank der offenen Kanalisation, und die Leute haben gegafft. Ich sage ihr, es tut mir leid, dass ich gegangen bin. Ich sage das nicht, aber Mutter sieht, dass ich das gerne sagen würde, und Mutter streicht mir über die kurzen Haare und lächelt in die Vergangenheit und schaut zu mir, mit Erbarmen in den Augen, und du hast das schon richtig gemacht, Amal, von uns allen hast du es richtig gemacht. Das sagt sie nicht, aber das würde sie so sagen, wenn sie sagen würde, was sie meint.

Und Mutter entscheidet jeden Tag aufs Neue zu bleiben, nicht dem Mann zu folgen; wenn sie aufsteht und die Bettseite neben sich leer vorfindet, bleibt sie weiterhin auf ihrer Seite, weil es ihre Seite ist. Und mit jedem Schritt im Viertel entscheidet sie sich gegen das Gehen und für das Bleiben und bestätigt allen im Viertel mit ihrer Präsenz, dass sie bleiben wird, und jeden Tag, jedes Mal, wenn sie gefragt wird, wann ihr Mann kommt, und eigentlich wollen sie fragen, wann gehst du endlich, dann antwortet sie, er werde bald kommen, denn sie wird bleiben, jeden Tag muss sie sich entscheiden, und jeden Tag entscheidet sie sich zu bleiben.

Wir nehmen die Bahn, dann den Bus und steigen wieder um, und die Wege und Straßen werden so vertraut, dass es wehtut. Mein Fortgang, meine Zwischenstation, hat ewig gedauert, hat einen Vogel das Leben gekostet, und jeden Tag werde ich diese Bahn nehmen und umsteigen und diesen Bus nehmen, und die Gesichter und Stimmen werden mir so vertraut vorkommen, dass es wehtut, und dann werde ich im alten Viertel sein, und ich werde an einem Waschsalon vorbeilaufen, aus dem vergitterten Abluftschacht strömt Dampf in die Luft, deckt

DUMONT

Raffiqs Freund Younes steht ungewollt im Zentrum der Aufmerksamkeit ihres Viertels. Der Grund ist seine Mutter Shahira, die durch ihre Freizügigkeit alle Regeln bricht. Auch Raffiqs Gedanken kreisen ständig um Shahira: Er ist gleichermaßen fasziniert wie abgestoßen. Als Younes die Situation nicht mehr aushält, plant er abzuhauen. Für Raffiq, dessen Freundin Amal ebenfalls wegziehen möchte, bricht eine Welt zusammen. Er versucht, ihre Pläne zu sabotieren. Und es stellt sich die Frage, was er mit seinem Leben eigentlich anfangen will.

Karosh Taha debütierte 2018 mit ihrem Roman ›Beschreibung einer Krabbenwanderung‹, zahlreiche Essays von ihr erschienen in Literaturmagazinen. Für ihren zweiten Roman ›Im Bauch der Königin‹ hat sie mehrere Auszeichnungen erhalten. Karosh Taha lebt in Essen.

Karosh Taha

IM BAUCH DER KÖNIGIN

Roman

DUMONT

Von Karosh Taha ist bei DuMont außerdem erschienen:
Beschreibung einer Krabbenwanderung

Das Zitat auf S. 89 stammt aus: William Langewische, Der Überfall, übersetzt von Herwig Engelmann, in: Lettre International, Nr. 122/2018, S. 20.

FSC
www.fsc.org
MIX
Papier aus verantwortungsvollen Quellen
FSC® C083411

Juli 2021
DuMont Buchverlag, Köln

Umschlaggestaltung: Marion Blomeyer/Lowlypaper. München
Satz: Fagott, Ffm
Gesetzt aus der Dante
Druck und Verarbeitung: CPI books GmbH, Leck
Gedruckt auf säurefreiem und chlorfrei gebleichtem Papier
Printed in Germany
ISBN 978-3-8321-6608-3

www.dumont-buchverlag.de

IM BAUCH
DER KÖNIGIN

Keiner möchte gegen Younes kämpfen. Wenn er einen an der Schläfe trifft, schlägt er etwas aus dem Körper, man ist nur noch ein Schatten, der Körper ist taub für Berührungen, das Essen schmeckt salzig, man rennt ins Bad und übergibt sich, und die Angst vor Younes wächst. Auf Younes' Rücken könnte man eine Weltkarte ausbreiten, und da wäre noch Platz für ein zweites Asien. Wenn ich direkt hinter ihm stehe, dann versperren mir seine Schultern die Sicht. Ich setze mich zu den anderen auf den Boden, in einer Reihe sitzen sie da und sehen Younes nicht an, sie betrachten ihn. Er weiß das alles nicht, vielleicht spürt er es, und das macht ihn einsam. Ich melde mich freiwillig, stehe auf, versuche, so groß wie möglich zu wirken. Der Mundschutz schmeckt sauer, weil ich vergessen habe, ihn zu waschen. Er ist zu groß für meinen Mund. Ich fühle mich ausgeliefert, weil er meine Lippen so nach außen

kehrt, als hätte ich bereits Younes' Faust im Mund. Nach einer Weile wird mein Kiefer schmerzen.

Walid ruft: »Jetzt hält er wenigstens die Fresse.«

Die anderen lachen, der tschechische Lehramtsstudent unterdrückt ein Grinsen. Seit einigen Monaten trainiert er unsere AG, und die Jungs mögen ihn, weil er früher Türsteher und Amateurboxer war, aber heute Muslim ist. Das behauptet er jedenfalls.

Er sagt: Die Tattoos an seinen Unterarmen seien seine Zeugen.

Er sagt: Fehler dürfe man nicht wegradieren.

Er sagt: Sie führten dir vor Augen, wer du hättest werden können.

Die Jungs nicken bedächtig, wenn der Lehramtsstudent uns Philosophie für die siebte Klasse auftischt. Er nervt mich mit seinem Getue, aber er ist breit, und wenn er sich aufrichtet, kriegt man Angst vor ihm. Younes denkt nicht an den Tschechen, sein Blick ist auf mich gerichtet, nicht streng, sondern dankbar, weil ich ihn davor gerettet habe, allein im Ring zu stehen. Wir kämpfen gegeneinander, Younes, nicht zusammen, will ich ihn erinnern. Wir sind nicht mehr in der fünften Klasse, als ich jedem in den Bauch boxte, der Younes beschimpft hatte. Das brauche ich nicht mehr, weil Younes zu einem Berg herangewachsen ist.

Younes' halbes Gesicht verschwindet hinter der Deckung aus roten Handschuhen; trotz seiner Körpermasse ist er vorsichtig, hat früher zu viele Schläge kassiert. Die Angst ist in seinen Knochen mitgewachsen, deswegen ist jede Bewegung wohlüberlegt. Wenn er zuschlägt, schnellt er nach vorn, ver-

nachlässigt nicht die Beinarbeit: Sein Körper bildet eine Einheit. Meine Schläge prasseln an seinen Handschuhen ab. Wenn ich Younes treffen will, muss ich mit dem Körper durch seine Deckung durch.

»Mach dich klein!«, ruft der Tscheche.

»Biete ihm keine Angriffsfläche!«, meint der Tscheche.

Younes hat sein ganzes Leben darum gekämpft, keine Angriffsfläche zu bieten, und irgendwie ist er immer daran gescheitert, weil wir alle den Weg kennen, Younes zu treffen. Aber der Tscheche meint natürlich mich.

Angriffsfläche – man muss das Wort nicht kennen, um zu wissen, was es bedeutet, so genau ist das Wort, wie eine gerade geschnittene Gartenhecke. Beim Boxen geht es ums Risiko, will ich zurückrufen, aber da knallt Younes' Faust gegen meinen Kiefer, und ich bin dankbar, dass er Handschuhe trägt.

Nach der ersten Runde meint der Tscheche, mir einen Ratschlag geben zu müssen, sagt, ich hätte zu viel Wut im Bauch, müsse mit einem kühlen Kopf an den Kampf rangehen, es gehe um Strategie, nicht um Straßenkampf.

»Sehr weise«, sage ich. Er ignoriert das und wendet sich Younes zu, lobt ihn. Younes jubelt innerlich, ich sehe, wie sehr er sich anstrengt, jegliche Freude in seinem Gesicht zu verbergen. Es soll niemand auf die Idee kommen, Younes würde sich so sehr nach dem Lob eines erwachsenen Mannes sehnen, dass er wie ein Hund mit dem Schwanz wedelt, weil sich jemand erbarmt, ihm über den Kopf zu streicheln. Younes ist an einen Punkt gelangt, an dem er sich gleichermaßen gegen Lob wie gegen Schläge wehrt. Keiner soll denken, Younes sei irgendwie vernachlässigt worden, Younes sei auf der Suche nach

Bestätigung. Younes steht da wie ein Denkmal. Ich will mich umdrehen und die Jungs auffordern, für die Nachwelt ein Foto von ihm zu machen.

In der zweiten Runde bin ich vorsichtiger, halte Abstand, und der Berg kommt auf mich zu. Ich zwinge mich, nicht wegzulaufen. Und die Jungs hätten was zu lachen, wenn ich wegliefe. Davon würden sie definitiv ein Foto für die Nachwelt schießen. In dem Moment, als würden meine Gedanken vor Younes ausgebreitet, schlägt er mit voller Absicht daneben. Sein Handschuh streift mein linkes Ohr, die Reibung brennt nach. Mit der Schlaghand trifft Younes all seine Ziele, das weiß ich. Zwei Sekunden lang schaut er mir in die Augen, sagt mir, er wisse, was ich gedacht habe, kenne meine Gedankenkette, würde mir niemals wehtun, ich sei sein einzig wahrer Freund, sagt er mir in diesen zwei Sekunden, sagt, ich zähle auf dich, sagt noch viel mehr in diesen zwei Sekunden und bietet mir zwei weitere Sekunden ohne Deckung, ein Fehler, damit ich ihn schlagen kann, damit ich als Sieger dastehe, der Younes getroffen hat. Den Gefallen tue ich ihm nicht, sich gut zu fühlen, weil er mich wie ein Kind gewinnen lässt. Wer zwei Asien auf dem Rücken tragen kann, den besiegt man nicht, den berührt man höchstens, so leicht wie die Kaaba. Selbst ein erfolgreicher Schlag ist unglaubwürdig, die Jungs würden denken, Younes habe ihn mir aus reiner Freundschaft gewährt. Die einzig ehrbare Möglichkeit, aus dem Ring zu steigen, ist, in die Defensive zu gehen. Ein langweiliger Kampf, nichts für die Nachwelt, nur für einen Donnerstagnachmittag. Der Tscheche fordert uns auf, einander nach dem Kampf die Hand zu geben, als sorge er für den Frieden in der Welt. Ich biete You-

nes ein High-five, weil Händeschütteln was für Menschen ist, die sich aus Zwang respektieren.

Der Tscheche will den Kampf analysieren, fragt die Jungs, ob Younes und ich Fehler gemacht hätten, auf die wir beim nächsten Mal achten könnten. Die Jungs starren uns nur mit ihren Fischaugen an, öffnen ihre Münder, aber es kommt nur Luft raus. Walid meint dann doch: »Raffiq muss noch bisschen wachsen.«

Die Jungs lachen, und der Tscheche unterdrückt wieder sein scheiß Grinsen, als würde er mich nicht beleidigen wollen, und weiß nicht, dass er mich damit tatsächlich beleidigt.

»Ab und zu hast du deine Deckung vernachlässigt, Younes«, sagt er.

Während des freien Trainings dürfen wir mit einem Sparringspartner üben. Wir schwärmen in der Halle aus, aber einige Türken versammeln sich um den Tschechen, freuen sich einen ab, dass ein Christ jetzt Muslim ist, als würde das den Islam aufwerten. Sie hören ihm zu, wenn er Hadithe zitiert, um seine Ansichten zu rechtfertigen. Younes und ich versuchen, uns nicht von seiner Konvertierung beeindrucken zu lassen, halten uns von ihm fern. Aber heute will ich ihm das Leben schwer machen, deswegen nähere ich mich der Gruppe und höre den Tschechen über Frauen labern. Wie er schon anfängt: »Unser Prophet Muhammad –«

»Dein Prophet ist Jesus, Mann!«, rufe ich ihm zu. Die Türken schauen mich genervt an, Younes lacht, und der Tscheche fährt fort: »Unser Prophet Muhammad, ṣallallāhu ʾalayhi wa sallam, hat gesagt, dass das Paradies unter den Füßen der Mütter liegt und deswegen –«

»Was ist, wenn die Mutter eine Hure ist?«, fragt Younes, und weil der Berg selten spricht, schaut ihn niemand genervt an. Hätte ein anderer die Frage gestellt, würden sich alle auf ihn stürzen, ihn unter Lachen und Grölen begraben, aber wie gesagt, Younes ist Younes, wer traut sich, genervt zu stöhnen? Ich genieße die Anspannung, die in der Luft liegt, und die Passivität, in die Younes alle gezwungen hat. Gleich explodiert der Kopf des Tschechen. Aber er löst sich als Erster aus der Starre und fragt: »Wie bitte?« Seine Augen verlieren an Blau.

»Was sagt der Prophet dazu, wie man eine Mutter behandeln sollte, die eine Hure ist?«

»Es ist ziemlich respektlos, so über eine Mutter zu sprechen, Younes.«

»Wenn es so ist.« Younes besteht darauf, dass es Mütter gibt, die Huren sind. Die anderen Jungen erwarten vom Tschechen eine Antwort.

»Trotzdem ist es respektlos.«

»Du hast keine Ahnung, oder? Außerdem will ich wissen, was der Prophet gesagt hat, nicht irgendein Türsteher.«

Der Tscheche, der früher Türsteher und Boxer war und immer noch Boxer ist, aber jetzt Muslim, hat viel Geduld mit Younes. Seine Brust hebt sich, als er zu einer Antwort ansetzt und anfängt, von früher zu erzählen, von einem Typen auf dem Sterbebett: Das ganze Dorf versammelte sich um den Mann, der zitterte und schwitzte, der Schmerzen hatte; selbst der Arzt wusste nicht, was zu tun ist. Die Leute waren ratlos, weil dieser Sterbende ein frommer Muslim war, er hatte weder gelogen noch betrogen oder unzüchtiges Verhalten gezeigt, warum ließ Allah ihn leiden? Seine Frau und Kinder weinten um

ihn und beteten, dass er endlich seinen Frieden finden solle. Da betrat der Sheikh das Zimmer, und als er den Sterbenden sah, wusste er sofort um seine Leiden. Er befahl ein paar Dorfjungen, die Mutter zu benachrichtigen, denn nur seine Mutter könne ihn aus diesen elenden Schmerzen befreien, indem sie dem Sohn die Verirrungen verzeihe. Als die Mutter ihren Sohn entschuldigte, starb er friedlich in seinem Bett.

Der Gong ertönt wie ein Zeichen Gottes für die Wahrheit in dieser Geschichte. Younes löst sich als Erster aus der Erstarrung, und wir folgen ihm in die Sportkabine. Younes packt ruhig seinen Rucksack, die Jungs reden mittlerweile über die Vor-Abi-Klausuren, aber Younes ist in einer anderen Welt, und sein Schweigen zwingt mich, mit ihm abzutauchen.

Wir wohnen in der gleichen Straße, deswegen gehen wir immer zusammen nach Hause, war früher so, und das wird auch so bleiben. Younes hasst das Viertel, weil er immer mit gesenktem Kopf und hängenden Schultern durch die Straßen läuft. Egal, wie groß und breit er sich trainiert, ein flüchtiger Blick oder ein vielsagendes Grinsen drücken ihn zu Boden. Younes raucht, damit er nicht reden muss. Ich laufe neben ihm her und fühle, wie er seine Last mit mir teilt. Ich will ihm sagen, dass jeder es im Leben schwer hat, aber ich würde dann wie der Tscheche klingen und schweige lieber. Ein Tscheche, der mir und Younes den Islam beibringen will, der sein Wissen aus irgendwelchen gebrauchten Büchern bezieht, die er online für fünf Euro erstanden hat. Der Tscheche kennt Younes nicht, er kennt Shahira nicht, die angeblich Younes' Frieden in ihrer Hand hält. Und weil die gleichen Gedanken Younes verfolgen, zündet er sich eine weitere Zigarette an, scheißt da-

rauf, dass ihm die Lungen beim nächsten Training wehtun werden. Er zieht mit aller Kraft an der Kippe. Vor dem Hauseingang verabschieden wir uns. Ich schaue Younes nach, schaue diesem Riesen mit gebrochenem Rücken nach, bis er im Haus verschwunden ist. Er tut mir wieder ein bisschen leid. Ich kann mir beim besten Willen nicht vorstellen, dass Younes gequält wird, weil das Einverständnis zum Sterben in den Händen seiner Nuttenmutter liegt. Der Tscheche redet zu viel, er kennt Younes nicht, er weiß nicht, was früher passiert ist, deswegen weiß er auch nicht, was jetzt passiert, wer Younes ist, wer seine Mutter ist. Der Tscheche kann nur labern und aus alten Büchern zitieren, was er tun sollte oder was andere Leute tun sollten. Ich muss zu Herrn Schandt gehen und ihm vom Tschechen erzählen, der Younes nicht kennt und auch nicht seine Mutter und vom Islam erzählt, als wäre der Islam eine Salbe, die jede Entzündung lindert.

Das Nervige an Jamals Frau ist nicht nur, dass sie Jamals Frau ist, sondern dass ihre Mimik und Gestik wie eine Zweitstimme ihr Reden begleiten. Es gibt nicht viel an meiner Mutter zu bewundern, aber mit welcher Aufmerksamkeit sie Jamals Frau zuhört, verlangt einem dann doch Respekt ab. Jamals Sohn sitzt neben seiner Mutter, er kann nicht älter als acht sein, aber sein Blick mit den trägen Lidern strahlt so eine Altersweisheit aus. Ich könnte meine Hand dafür ins Feuer legen, dass der Junge gerade keinen einzigen Gedanken denkt. In seinem Alter dachte ich darüber nach, wie ich langweiligen

Situationen entfliehen kann, aber er hier scheint sie herbeizusehnen, weil er über irdische Freuden erhaben ist; er verdient wirklich einen Klatscher. Mit welcher Gleichgültigkeit er da sitzt, als könnte er genauso gut woanders sein, und wie er den Orangensaft aus dem Glas trinkt, nicht schlürft, er ist zu weise, um Geräusche beim Trinken zu machen, so ganz anders als seine Mutter. Die Augen hat er von seinem Vater, der die Gleichgültigkeit wie einen Rucksack mit sich trägt. Meine Mutter fragt Jamals Sohn, ob er nicht zu Newroz, meiner Schwester, ins Zimmer gehen möchte. Sie sind in der gleichen Klasse, das ist auch so ziemlich ihre einzige Gemeinsamkeit.

Als Jamals Frau anfängt, über Younes' Mutter zu reden, höre ich ihr dann doch zu. Sie erzählt, sie habe gesehen, wie diese dêhlik, diese Hündin, im Gemüseladen die Hand des Kassierers Ramsy länger berührte, als sie musste. Sie drückte ihm die Münzen einzeln in die Hand, bei jeder Münze sei das Kichern der beiden lauter geworden, und bei der letzten Münze habe Ramsy, der Kassierer, nach den Fingern von dieser dêhlik gegriffen, die sie ihm spielerisch entzog. Dabei seien all die Münzen auf den Boden gefallen, die Kunden im Laden hätten nicht mehr verstohlen geschaut, sondern alle hätten sie angestarrt und gewusst. Ramsy habe mit hochrotem Kopf und einem dämlichen Grinsen die Münzen aufgehoben, die Hündin den Laden mit einem Schwung ihres dicken Hinterns verlassen. In jedem Satz steckt nicht nur Hohn für Younes' Mutter, sondern auch Übertreibung, als würde die Wahrheit nicht ausreichen, um sie zu verachten. Jamals Frau nimmt den Namen Shahira nicht in den Mund. Ich weiß nicht, wie er aus ihrem Mund klingen und welche Mimik sie dabei machen würde.

Wahrscheinlich bleibt der Name in ihrem schiefen Hals stecken, deswegen vermeidet sie seine Erwähnung.

Shahira breitet sich bei mir im Mund aus wie Öl. Wenn ich von ihr als Shahira denke, muss ich mich zusammenreißen. Nur wenn ich von ihr als Younes' Mutter denke, kann ich über sie reden.

Und ich hasse Younes' Mutter noch ein bisschen mehr, obwohl ich jedes Mal denke, noch mehr könnte ich die Frau nicht hassen. Aber ich tue es. Ich tue es schon seit der Grundschule, seit ich Younes das erste Mal gesehen habe und er sich hinter seiner Mutter versteckte und sich am liebsten an ihrem Rockzipfel festgehalten hätte, wenn der Rock nicht so kurz und eng gewesen wäre. Deswegen verschwand Younes hinter ihren Beinen, hielt sich mit einer Hand an einem Oberschenkel fest, hinter dem Melonenarsch versteckte er sein Gesicht. Sie kreischte: »Younes, nimm deine Hand da weg, du zerreißt mir noch die Strumpfhose.« Sie lieferte ihn am Eingang der Schule ab, winkte kurz der Lehrerin zu und stöckelte davon. Younes schaute ihr nach und blieb stumm am Eingang stehen; die anderen rempelten ihn an, und ich ärgerte mich, weil er nicht vom Eingang wegging. Er musste doch merken, dass er im Weg stand, oder war er blöd? Auch in der Klasse musste Frau Blinder ihn jeden Morgen darauf hinweisen, er solle sich doch bitte schön hinsetzen. Wenn es eine neue Sitzordnung gab, wählte Younes immer den Platz am Ausgang.

Als ich Younes verprügelte, stand am Nachmittag seine Mutter vor unserer Tür. Meine Mutter bat sie nicht rein und fragte nur, was denn los sei.

»Dein Sohn hat meinen Younes verprügelt.«

»Das glaube ich nicht«, sagte Mutter. »Raffiq, komm mal her.«

Es fühlte sich an, als hätte ich das Gehen verlernt, so langsam lief ich zur Tür. Younes' Mutter keifte sofort los, als sie mich sah. Wie eine Kobra streckte sie den Hals, beugte sich vor und schrie: »Warum hast du Younes verprügelt?« Sie zog sein T-Shirt über den Rücken, wo ein blauroter Fleck prangte.

»Was ist das nur für ein Verhalten? Du bist doch kein Tier!« Sie wedelte mit dem Zeigefinger vor Mutters Gesicht. »Wenn dein Sohn noch einmal meinen Younes anfasst, dann Gnade ihm Gott.«

»Du solltest den Mund nicht so vollnehmen, Mädchen«, sagte meine Mutter, dabei war Younes' Mutter alles andere als ein Mädchen.

»Dein Sohn hat dieses Verhalten von dir und deinem Mann gelernt. Ein Verhalten wie vom Tier, wie die Tiere!«, schrie sie weiter.

Beide Frauen schrien sich die Hälse wund, und wir schauten sie nur an. Die Nachbarn guckten raus, schlossen schnell wieder ab und lauschten hinter den Wohnungstüren weiter. Als Younes' Mutter davonstöckelte, blieb niemand anderes zum Anschreien da, weshalb Mutter sich mir zuwandte und mich mit kalter Hand ohrfeigte.

»Schäm dich!«, sagte sie, schickte mich aufs Zimmer und drohte mir noch mit Vaters Prügel. Aber er schlug mich nicht, kam nur in mein Zimmer, und ich wimmerte schon.

»Warum hast du den Jungen geschlagen?«

Weil er immer an der Tür stehen blieb. Weil er auf keine Frage antwortete. Weil er immer traurig war und nie Ball spie-

len wollte. Ich weiß es nicht, sagte ich meinem Vater. Er setzte sich auf die Bettkante und erzählte mir von Younes' Familie, und ich verstand nicht, was das mit mir zu tun hatte. Vater beendete seine Erzählung mit der Aufforderung, ich solle den Jungen nie wieder anrühren. Aber das war nicht der Grund, warum ich Younes nicht mehr verprügelte.

In der vierten Klasse organisierte Frau Blinder ein gemeinsames Frühstück mit den Eltern, kurz vor den Weihnachtsferien. Manche Eltern backten Plätzchen, andere brachten Brötchen, Käse, Marmelade mit. Es gab Kakao für die Kinder und viel Kaffee für die Almans, für unsere Eltern sogar Chai, und wir saßen gemeinsam an unseren Gruppentischen und aßen mit den Eltern.

Irgendwann rief ein Mädchen so laut in die Klasse, dass alle erstarrten: »Frau Blinder, der Younes weint.«

Und dann waren alle Augen auf Younes gerichtet, der mit einer deutschen Familie an einem Tisch saß, ein Brötchen lag unberührt in seinem Schoß. Younes winselte in seine Hände. Frau Blinder kniete sich hin, strich ihm immer wieder über den dünnen Rücken und sagte, dass alles gut werde. Die anderen Eltern fragten nur, was denn los sei, wieso der Junge denn heule. Meine Mutter schaute Vater an und sagte auf Kurdisch: »Was hat diese Frau ihrer Familie nur angetan.«

Und eine türkische Mutter tuschelte zu einer polnischen: »Seine Mutter ist nicht gekommen.«

Von da an ließ ich Younes in Ruhe.

Meine Eltern kamen zu allen Elternsprechtagen und Elternabenden, manchmal schickte meine Mutter Vater vor, weil sie

im Gespräch zu sehr darüber nachdachte, was sie wie sagen wollte, sodass sie nur halb zuhörte. Mein Vater fragte sie dann, was die Lehrerin gesagt habe, und sie sagte, sie habe es vergessen, und rührte schnell im Topf oder holte den Staubsauger. Irgendwann begriff mein Vater, dass sie nicht vergessen hatte, sondern gar nicht zuhörte. Aber Jamals Frau kann sie gut zuhören und wartet auf eine Gesprächspause, damit sie in die Küche kommen und ihre Soße umrühren kann. Sie räumt meinen Teller ab, einfach so. Amal würde sich jetzt in ihrer Meinung bestätigt fühlen, dass man mir ständig hinterherräumt und ich deswegen niemals ein selbstständiger Mann werde. Aber Amal glaubt auch, das menschliche Verhalten sei eine Rechenaufgabe – dieses Verhalten des Vaters plus jenes Verhalten der Mutter multipliziert mit den Erwartungen der Gesellschaft ergibt die Eigenschaft des Kindes. Und weil wir seit ein paar Monaten so etwas wie Freund und Freundin sind, glaubt sie, mir die Welt erklären zu können, und ich gebe vor, nicht interessiert zu sein, auch wenn sie viel schlauer ist als ich, aber das weiß sie nicht.

Meine Mutter rührt in ihrer Soße und dann leckt sie den Löffel ab, bevor sie ihn in die Spüle legt. Ich ekle mich und will ihr sagen, ob sie das nicht mal sein lassen könne. Aber ich halte mich zurück, weil sie mir sonst meine ganze Erziehung vorhalten wird: Ach, meinst du, es war nicht eklig, als ich mitten in der Nacht deinen Hintern von Scheiße sauber wischte oder wenn du mir Milch auf die Brust gekotzt hast. Mutter schaut mich an, fragt, was los sei, und widmet sich gleichzeitig dem Essen; sie glaubt, mit ihrer Frage in mir rühren zu können, aber das kann sie nicht, dafür müsste sie mich länger anschau-

en, mir mindestens so viel Aufmerksamkeit schenken wie Jamals Frau. Ich stehe auf und verlasse die Wohnung.

Ich möchte, dass Shahira ihren Kochlöffel ableckt, ich will ihre Zunge in Bewegung sehen. Aber sie tut das nie, und sie freut sich immer, wenn ich da bin.

»Komm doch rein, Raffiq.« Sie schlendert barfuß in die Küche. Sie trägt Leggings wie die Mädchen in unserem Jahrgang, nur verdeckt bei ihr das Shirt den Hintern; trotzdem ist jede Rundung zu sehen. Wenn sie keine High Heels trägt, ist sie so groß wie Amal, und ich könnte locker meinen Arm um sie legen. Die dunklen Haare fallen ihr in Wellen über Schultern und Brüste. Manchmal steckt sie die Haare mit einer Spange hoch, und man kann den Nacken sehen, der brauner ist als der Rest ihres Körpers. Ich weiß nicht, wie ihr Bauch aussieht oder die Falten unter dem Arsch, die bei Amal weiß sind, weil sie auf die Sonnenbank geht. Shahira bräunt sich manchmal in der Nachmittagssonne, nicht zu viel, das mache hässliche Falten und Flecken, sagt sie. Früher saß sie mit Sommerkleidchen auf dem Balkon und ließ die Sonne für eine halbe Stunde auf die glänzenden Beine strahlen. Sie fächerte mit den Händen Wind in ihren Nacken, und wenn ein Windstoß das Kleidchen aufbauschte, spreizte sie leicht die Beine und lüftete ihre Muschi.

Obwohl Younes neben mir saß, sah er nur seine Mutter, und ich sah Shahira. Sie lächelte uns zu, und heute lächelt sie auch, aber heute weiß sie, dass ich sie sehe.

»Wie war's in der Schule?«, fragt sie, deutet mit dem Holzlöffel hinter sich, dahin, wo Younes' Zimmer ist, und sagt: »Er erzählt mir nichts mehr.«

»Unser Boxtrainer hat heute erzählt, dass im Islam die Mutter an der höchsten Stelle steht.«

»Ach ja?«

»Ja, und dass die Mutter dafür sorgen kann, ob das Kind in die Hölle oder in den Himmel kommt.«

»Nicht Gott?«

»Zumindest ist die Mutter der Schlüssel.«

»Und was glaubst du, Raffiq?«

Sie spricht meinen Namen richtig aus, nicht wie in der Schule: Einmal kam das Wort »rar« in einem Text vor, und jemand fragte, was das denn bedeute. Der Lehrer erklärte: »Selten. Wenig.« So etwas in der Richtung, und Walid meinte: »So wie ›Rafick‹?« Und die Klasse lag unter den Tischen. Der Lehrer schmunzelte auch, der Wichser, und das nur, weil sie den Namen nicht aussprechen können.

Shahira rollt das R und verschluckt das Q, das sich auf der Zunge breitmacht und in der Kehle knistert.

»Raffiq, du Träumer, ich habe dich etwas gefragt«, sagt sie.

»Ich weiß es nicht«, sage ich.

»Es ist auch keine Frage von Wissen, sondern Glauben.«

»Glauben ist nichts anderes als Wünschen«, sage ich, wahrscheinlich habe ich den Satz von irgendwoher, aber ich bringe sie zum Nachdenken.

Younes kommt aus dem Bad, die Haare sind noch nass. Er kämmt sie nicht, und Shahira schimpft, neckt ihn eher, als würde sie das Muttersein nur spielen, und fährt mit den Fingern,

mit diesen langen, rot lackierten Nägeln durch Younes' schwarze Haare und ist stolz, weil er viel größer ist als sie und größer als ich und größer als alle im Viertel. Er hört nicht auf zu wachsen.

Wir helfen Shahira, den Tisch zu decken, das Essen anzurichten, und sitzen dann gemeinsam da, essen; obwohl ich schon gegessen habe, esse ich auch mit Younes und Shahira. Sie fragt Younes, was heute in der Schule passiert ist, aber er zuckt nur mit den Schultern, nichts Besonderes. Sie schaut zu mir, erklärt mit dem Blick: Hab's dir doch gesagt. Und ich würde ihr gern mit dem Blick antworten: Jetzt interessierst du dich für seine Schulgeschichten?

Younes passt gut darauf auf, nicht mit seiner Mutter in der Öffentlichkeit gesehen zu werden. Shahira ist ein Geist, der Younes umspielt und ständig mit uns ist, ohne dabei zu sein, als wären wir gefangen in ihrem Bauch. Irgendwann wird Younes ihrem Bauch entwachsen, und keiner weiß, was dann passiert, und das macht uns alle nervös.

Als Younes vierzehn war, wurde er das letzte Mal mit seiner Mutter in der Öffentlichkeit gesehen, auf dem Wochenmarkt. Von einem Stand schlenderten sie zum anderen, und Younes trottete immer einen Schritt hinter seiner Mutter her, die alle Verkäufer mit Namen kannte. Der Türke bot ihr die Sachen zum halben Preis an, packte das Obst und Gemüse sicherheitshalber in zwei Tüten, nicht dass etwas reißt, sagte er und lachte, glotzte auf Shahiras Dekolleté, fragte sogar, ob nicht die Aushilfe ihren Einkauf zur Wohnung bringen solle. Shahira lehnte ab, während sie noch eine Traube kostete, und zeigte auf ihren Sohn. Für die anderen Frauen gab es diesen Service nicht.

»Ich bin eine Stammkundin«, sagte Shahira und bestätigte damit Younes' Vermutung, dass dieser Austausch an Blicken und Angeboten nicht üblich war. Die Selbstverständlichkeit, mit der Shahira sich über den Wochenmarkt bewegte, der nur für sie aufgestellt wurde, nährte die Wut der anderen Frauen. Sie grüßten einander, aber nicht Shahira, wandten sich sogar ab, wenn sie kam. Für Shahira waren die Frauen Komparsen, hingepflanzt, um den Wochenmarkt lebhafter zu gestalten.

Der kurdische Gemüsehändler schenkte ihr eine halbe Wassermelone, obwohl Shahira dankend ablehnte. Aber der Kurde bestand darauf und akzeptierte keine Widerworte. Sie schleppten die Tüten nach Hause, und auf Younes' Schultern lasteten die Worte und Blicke dieser fremden Männer und der Abscheu der anderen Frauen, dass er tagelang nichts essen konnte.

Auf dem Marktplatz spielen einige Jungs Fußball, auf einer Bank unterhalten sich ältere Herren, während sie mit ihren Gebetsketten hantieren. Ich sehe Jamal aus der Spielothek kommen, mit einer Cola in der Hand, als würde er dort nur reingehen, um sich eine kalte Cola zu kaufen. Er grüßt uns beide, ist immer höflich zu Younes, und mir glaubt er befehlen zu können, ihn Onkel zu nennen, xalu Jamal. Er glaubt, weil er mit meinem Vater arbeitet und mein Vater ihm Ratschläge gibt, dass er mein Onkel ist, spielt sich immer auf. Aber jetzt ist er ganz lieb, als hätte ich eine Bulldogge neben mir, und fragt, ob wir auch Cola wollten. Er sagt, nur in der Spielothek würden sie die Cola in der Glasflasche verkaufen, deswegen

holt er seine immer von da und quasselt sich einen ab, sagt, die Cola schmecke im Glas viel besser als aus der Dose oder der Plastikflasche. Er besteht darauf, uns zwei Cola-Flaschen zu holen, richtig klein macht er sich. Fast bin ich geneigt, ihn zu beruhigen, ihm zu versichern, dass ich ihn nicht bei meinem Vater verpetze.

»Ja, hol uns mal zwei Cola«, sage ich, und Jamal mustert mich mit seinem trägen Blick, erwägt in seinem kleinen Kopf, ob er mir nicht doch eine auf die Fresse geben sollte, aber ihm bleibt nichts anderes übrig, als sie zu holen.

Ich erinnere mich nicht an den Tag, als die erste Spielothek im Viertel eröffnet wurde, vielleicht war sie schon immer da gewesen, und weil sie nie Teil unseres Lebens war, Teil unserer Gespräche, war sie eine Leerstelle im Viertel. Irgendwann hieß es an unserem Esstisch, der und der hätten ihr Geld verzockt, die Frau von dem und dem hätte kein Geld für Babywindeln. Meine Mutter verfluchte diese Männer, und Vater verbot mir, diese Läden zu betreten, und erst da tauchten sie überall auf, wie bei der Erfindung einer neuen Farbe. Irgendjemand musste über Nacht Spielotheken im Viertel errichtet haben, anders konnte ich mir ihr plötzliches Auftauchen nicht erklären. Younes darf in diese Läden rein, er hat auch keinen Vater, aber Younes ist vernünftig genug, es nicht zu tun. Walid geht da manchmal rein und kommt sich erwachsen vor und erzählt, was er verloren habe und dass diese Automaten getürkt seien, und hält einfach nicht seine Fresse, weil er genau weiß, dass ich nicht reindarf. Ich konnte Younes überzeugen, einmal reinzugehen und mir zu erzählen, was da drin los ist, und er kam wieder raus und zuckte mit den Schultern.

Die Männer stehen in Trance vor den Automaten und spielen eine Art *Bubble Shooter*, sie haben Beton in den Beinen, anders konnte er sich ihre Ausdauer nicht erklären.

Wir nehmen die Cola entgegen, Younes bedankt sich sogar, und Jamal klopft ihm auf die Schulter, sagt, er solle sich bei ihm melden, wenn er was brauche. Younes würde lieber ertrinken, als um Hilfe zu bitten, aber Jamal weiß das nicht, und keiner kennt Younes so, wie ich ihn kenne.

Die Cola schmeckt tatsächlich besser als aus der Dose. Wir holen uns noch eine Schale Erdbeeren aus dem Gemüseladen, und während Younes nach makellosen Erdbeeren schaut, beobachte ich Ramsy und kann mir nicht vorstellen, dass Shahira irgendetwas mit dieser Bohnenstange angefangen hat. Andererseits weiß ich nicht, was Shahira will.

Sei vorsichtig mit den Frauen, sagte mein Vater grinsend, als er eine Geschichte aus *Tausendundeine Nacht* zu Ende erzählt hatte. Früher erzählte er mir aus alf leila wa leila. Manchmal saß er mit der arabischen Version in der Hand vor mir und übersetzte. An einigen Stellen wurde er ganz still.

»Erzähl doch bitte.«

Er sagte immer: »Sie fordert ihn auf, dreckige Dinge mit ihr zu machen.«

»Was sind dreckige Dinge?«

»Wenn fremde Frauen und Männer zusammen sind und sich näherkommen, dann sind das dreckige Dinge. Dann machen sie sich schuldig«, erklärte er.

Als ich in der neunten Klasse von der deutschen Übersetzung von *Tausendundeine Nacht* erfuhr, bestellte ich sie mir im

Internet. Ich las diese Geschichte, die mir von allen am meisten im Gedächtnis blieb, weil so viel getötet und gefickt wird – direkt am Anfang. Es geht um einen König, dessen Königin ihn mit den Sklaven betrügt. Es sind keine Affären, die sie hat; die Königin feiert Orgien, Gang Bangs, Blowjobs, Bukakke. Die Konkubinen in Begleitung der Königin wandern mit ihren seidenen Kleidchen im Garten umher und reißen sie sich vom Körper. Es stellt sich heraus, dass die Hälfte von ihnen verkleidete Männer sind, die die Königin sich hält. Sie besitzt aber noch einen großen, schwarzen Sklaven, der über die Palastmauer zu ihr gelangt, sobald sie nach ihm ruft.

Einmal ist der Bruder des Königs zu Besuch; die Männer wollen auf die Jagd, doch der Bruder fühlt sich krank, und so wird der König nur von seinen Gefolgsleuten begleitet. Als die Königin sich unbeobachtet fühlt, ruft sie ihren großen, schwarzen Sklaven. Im Garten des Palasts ficken sie so lange, bis alle kommen. Der Bruder traut seinen Augen nicht, als er von seinem Zimmerfenster aus diese fickende Menge im Garten sieht und mittendrin die Königin mit weit gespreizten Beinen. Wie eine gewöhnliche Nutte lässt sie sich von einem Sklaven besteigen, direkt neben dem Rosenbusch. Als der König von der Jagd zurück ist, benachrichtigt der Bruder ihn. Daraufhin bringt der König die Königin und alle anderen Frauen im Palast um, und ich glaube auch die Sklaven, ein regelrechtes Blutbad richtet er an. Ein Amoklauf im Palast. Die zwei Brüder reiten aus dem Reich und wollen schauen, ob nur die Königin eine Nutte ist oder alle Frauen so sind. Sie fangen bei dem Bruder an, der auch irgendwo König ist. Es stellt sich heraus, dass auch seine Frau mit all den Palastmenschen schläft. Erneutes Blutbad. Sie

machen einen Roadtrip, aber mit Kamelen und in der Wüste. Als sie sich am Toten Meer ausruhen wollen, wirbelt das Wasser, und ein Ifrit erhebt sich aus dem Meer, so groß, wie das Meer tief ist. Die zwei Könige verstecken sich vor diesem wahsh auf einem Baum. Der Riese setzt sich genau unter diesen Baum, auf dem Kopf trägt er eine gläserne Kiste, und aus dieser Kiste fischt er das schönste Wesen heraus, das die zwei Brüder je gesehen haben. Der Ifrit schläft mit seinem Kopf auf dem Schoß der Frau ein, sie schaut gelangweilt in der Gegend herum und sieht die zwei Männer auf dem Baum. Sie schlägt den Brüdern einen Dreier vor, um sich an dem Riesen zu rächen, der sie als Lustsklavin in einer Kiste gefangen hält. Die zwei sind entsetzt und haben Schiss, dass der Riese aufwacht. Außerdem sind sie gute Muslime, und da fickt man keine fremde Frau, also verneinen sie erst. Sie droht, den Riesen zu wecken. Und so ficken die zwei Könige gezwungenermaßen die schönste Frau der Welt und haben eine Wut auf alle Frauen, dass sie jede einzelne abschlachten wollen. Der ältere von den beiden sagt so etwas wie: »Selbst dieser furchterregende Riese, der im tiefsten Ozean wohnt und seine Geliebte in eine Kiste gesperrt hat, wird betrogen.« Also kehren sie zurück und beschließen, jede Frau zu heiraten, zu ficken und sie am selben Abend noch zu töten.

Ramsy gibt Younes das Wechselgeld, und seine Hände zittern, vielleicht aus Angst oder weil Ramsy einfach zittrige Hände hat. Ich schaue ihn lange an und grinse, einfach so, um ihn zu verunsichern, und er kratzt an seinem Hals rum und wünscht uns einen schönen Tag und fragt, ob wir an den See gehen, aber wir antworten nicht: Younes, weil er ein schweigsamer Typ ist, und ich, weil ich ihn irritieren will.

»Was sind das für Vögel, die hier rumlaufen?«, frage ich Younes.

»Wieso?«

»Der eine holt sich Cola aus der Spielothek, der andere verkauft Erdbeeren, richtige Verlierer sind das.«

»Können halt nicht alle so schlau sein wie du, Raffiq.«

»Halt's Maul.«

Soll sich mal jemand trauen, Younes das Maul zu verbieten.

Wir gehen zu den Jungs, die vor dem Eingang der Teestube stehen, da, wo ihre Väter sich treffen. Ich kenne hier jeden: ihre Eltern und manchmal sogar ihre Großeltern, ich weiß, ob sie eine Aufenthaltsgenehmigung haben oder eine Duldung, ich weiß, aus welcher Stadt sie gekommen sind und warum sie in Deutschland sind, ich weiß, wie sie in der Grundschule aussahen und später auf der weiterführenden Schule, ich weiß, wie ihre Mütter sie nennen, ich weiß, wie ihre Väter sie nennen, ich weiß, wie sie auf der Straße genannt werden, weil ich sie taufe, ich weiß, wovor sie Angst haben und was sie lieben, ich weiß, was sie später machen wollen und was sie machen werden. Manche wissen, dass ich das weiß, andere ahnen es: Halit kriecht Khalil, der Krähe, in den Arsch, weil er dessen Schwester liebt, Majit glaubt, er wird Rapper, und Maher Fußballer, die MaMa-Brüder werden später bei ihrem Vater im Gemüseladen arbeiten. Kemal und Mammut verticken seit Jahren Marihuana, weil sie an die Zukunft des Marihuanas glauben. Walid ist der Einzige aus der Gruppe, der mit uns sein Abi macht und trotzdem den Clown spielt. Tobi ist der Alman.

Wir grüßen die Jungs, und jeder fragt Younes, ob er noch breiter geworden ist seit dem letzten Treffen vor zwei Tagen.

»Wir sollten Younes die Maschine nennen«, schlägt Walid vor, aber keiner geht darauf ein. Ich frage Majit, ob er sein Rap-Video schon hochgeladen hat. Er verneint und meint, sein Vater wolle nicht, dass er diese Musik macht, er solle sich auf die Schule konzentrieren. Dabei wissen wir alle, wie hohl Majit ist, aus ihm wird kein Ingenieur oder Anwalt.

»Dann trag doch einfach eine Maske«, sage ich.

»Wie Sido, oder was?«

»So eine Ski-Maske, sieht dann auch nicht so aufgesetzt aus wie bei Sido«, sage ich.

»Skimaske. Skimaskeskimaskeskimaske«, wiederholt er und grinst sein dummes Grinsen und sagt: »Passt, Mann«, und umarmt mich halb. Majit klaut nämlich, zieht jeden ab, den er nicht mag, und erzählt uns, wie er es angestellt hat. Es ist ihm wichtig, dass wir später, falls er ein großer Gangsterrapper wird, als seine ehemalige Crew den Journalisten bestätigen, dass er schon immer kriminelle Energie in sich barg und seine Lyrics nur ein Ausdruck dessen sind. Wie gesagt, Majit ist hohl.

»Du musst online auf dich aufmerksam machen, wenn du was reißen willst, Majit«, sage ich.

Er nickt nur. »Du hast recht, Mann. Dieses Myspace und so, hab aber keine Ahnung, wie ich das machen soll.«

»Ey, wenn du willst, kann ich dir helfen, musst nur Bescheid geben.«

Und während wir über Majits Rap-Karriere reden, läuft Sanye mit ihrer Mutter an uns vorbei. Sanye ist im Kopf schon eine erwachsene Frau, schon als Elfjährige war sie so unerträglich erwachsen, hat sich um ihren Bruder gekümmert,

ihn von der Schule abgeholt, seinen Schulranzen getragen, wahrscheinlich die Tasche daraufhin kontrolliert, ob er sein Pausenbrot aufgegessen hat. Sanyes Mutter kann kein Deutsch, deswegen begleitet sie die Mutter zu allen möglichen Terminen und macht das mit Engelsgeduld, übersetzt selbst bei Elternsprechtagen wahrheitsgemäß, auch auf die Gefahr hin, sich selbst zu belasten. Sanye bekommt seit Jahren zehn Punkte von den Jungs, weil sie auch den perfekten Arsch hat – weder zu groß noch zu klein, fest, aber trotzdem weich, glaube ich zumindest, denn Sanye lässt niemanden an sich ran, und das macht sie nur noch krasser. Wenn sie vorbeiläuft, dann haben alle zu schweigen und dürfen höchstens nicken.

»Amen, Brüder«, sage ich und beende damit das Schweigen. Die Jungs lachen.

»Gut, dass die keinen Bruder hat«, sagt Tobi, weil er ausspricht, was wir denken. Er darf das, er ist ein Deutscher.

»Sie ist ihr eigener Bruder«, sage ich.

»Ja, vielleicht ist sie eine Shemale«, sagt Walid und bringt Unruhe in die Gruppe, das kann Walid gut; er wird von Khalil, der Krähe, beschimpft, weil Khalil Schwule eklig findet. Er droht Walid mit Prügel, wenn er noch einmal irgendein hübsches Mädchen beleidigen sollte.

»Liebst du sie oder was, beruhige dich, Mann.«

»Das hat nix mit Liebe zu tun, du bist einfach ein Spasti«, sagt Khalil. »Du kannst Jenny beleidigen, aber nicht die Hübschen.« Khalil ist Jenny noch nie begegnet, aber er kennt sie aus unseren Erzählungen. Jenny ist seit der siebten Klasse unverändert auf dem letzten Platz; seit der siebten Klasse hat sich an Jennys Figur nichts getan, sie wird nur größer, als würde

man Backsteine aufeinanderstapeln. Wenn die Jungs was zu lachen haben wollen, dann drängen sie mich, von Jenny zu erzählen.

Selbst Younes kann sein Lachen nicht unterdrücken, obwohl er sich bei diesen Unterhaltungen unwohl fühlt, als wüsste er, dass auch seine Mutter in unseren Gedanken Platz hat, aber außer Konkurrenz läuft, weil sie einfach aus einer anderen Dimension ist. Wir verabschieden uns von den Jungs, wir können nicht zu lange bei ihnen bleiben, aber ohne sie können wir auch nicht. Im Nordpark warten die Mädchen bereits auf uns.

»Du genießt das richtig, oder?«, fragt Younes, und zum ersten Mal habe ich keine Ahnung, was er meint.

»Was denn?«

»Wie sie dir zuhören, über deine Witze lachen, nach deiner Meinung fragen.«

»Klingt ja fast nach einem Vorwurf, Mann.«

»Nein, kein Vorwurf, ich habe das nur bemerkt. Du passt hier gut rein.«

»Ich weiß jetzt nicht, ob ich beleidigt sein soll.«

»Nein, Raffiq, du weißt, dass das keine Beleidigung war«, sagt er, die ganze Zeit ein allwissendes Lächeln im Gesicht. Manchmal erlaubt er sich solche Aussagen, und die bleiben für ihn ohne Konsequenzen, einfach, weil er Younes ist. Manche denken, Younes schweigt, weil er nicht reden will, aber ich weiß, dass Younes schweigt, weil er denken will. Er seziert die Situationen und die Menschen, und manchmal, wenn man Glück hat, wie jetzt, dann teilt er einem mit, was er gedacht hat.

Was niemand wirklich zu schätzen weiß, ist Jennys Loyalität. So unattraktiv sie auch ist, so ehrlich ist sie. Ich weiß nicht, ob ihre Freundinnen merken, dass sie immer zu Jenny laufen, wenn sie ein Problem haben, dass Jenny immer die richtigen Worte findet, dass Jenny ihre Interessen vor die eigenen Bedürfnisse stellt, dass Jenny nie mit Hintergedanken agiert, sondern immer mit dem Anspruch, eine gute Freundin sein zu wollen. Jenny hat Prinzipien; keine Titten, aber Prinzipien, und Jenny weiß nicht, dass ich das weiß und zu schätzen weiß. Jenny hasst mich, weil ich dafür sorge, dass sie gut bleibt. Denn je abstoßender die Jungs sie finden, desto mehr Mühe gibt sie sich, von den Mädchen geliebt zu werden. Ich mache Jenny für die Mädchen unentbehrlich, und Jenny weiß das nicht, und sie weiß auch nicht, dass ich sie zu Amals bester Freundin erkoren habe, dass ich ihr einen Platz in dieser Gruppe ermöglicht habe. Jenny raucht gerade und freut sich hauptsächlich, Younes zu sehen. Alle Mädchen freuen sich, ihn zu sehen.

Younes ist ein melancholischer Hurensohn, die Mädchen finden ihn noch attraktiver, je mehr er leidet und man ihm das im Gesicht ansieht. Sein Schmerz, glauben sie, sei nur durch ihr Verstehen und Lieben zu heilen. Wenn Younes nur genug geliebt wird, dann wird er irgendwann die Trauer ablegen, und jede von ihnen glaubt, sie sei die Auserwählte und in ihren Armen würde Younes heilen. Younes nutzt das unter keinen Umständen aus, und deswegen ist er kein melancholischer Hurensohn, sondern ein bemitleidenswerter. Er flirtet nicht mit den

Mädchen, und wenn, dann unabsichtlich, es rutscht ihm raus. Er hatte noch nie eine Freundin, dabei könnte er jede haben, wahrscheinlich könnte er sogar Sanye haben. Er müsste es nur wollen. Aber Younes will nicht. Er will anständig sein, nicht auf religiöse Art, sondern auf kurdisch-moralische Art. Er hat Angst, dass man sagt, der Apfel falle nicht weit vom Stamm. Ich habe lange gebraucht, bis ich das verstanden habe. Er hat es auch nie erklärt, ich habe eins und eins zusammengezählt, habe Amals Methode angewandt. Erst dachte ich, Younes sei schüchtern, aber er ist nicht schüchtern, sondern konsequent. Wenn die Mädels nicht gucken, wenn Younes sich unbeobachtet fühlt, dann wagt er einen Blick auf die Hintern der Mädels oder auf ihre Nacken und stellt sich vor, wie es wäre, seine Finger über den Nacken wandern zu lassen. In so einem Moment greife ich nach Amal und ziehe sie zu mir. Younes setzt dann seinen abwesenden Blick auf, denkt, wie es wäre, wenn er nicht er wäre. Dann wäre er nur ein Spast wie wir alle.

Younes hat nicht verstanden, wie viel Macht er damit seiner Mutter gibt. Jede Bewegung, jeder Blick, jede Eigenschaft ist wohlüberlegt, aber immer nur in die entgegengesetzte Richtung zu seiner Mutter. Er verbietet sich Sachen, die er unter anderen Umständen getan hätte. Dafür hasse ich Shahira, dass sie so viel Macht über Younes hat, indem sie einfach nur so ist, wie sie ist, und dafür sorgt, dass Younes nicht sein kann, wie er gern wäre. Die Ehe war das erste Opfer ihres Verhaltens, Younes ist das zweite. Irgendwann werde ich Younes das erzählen, aber nicht bald. Er wird es komisch finden, dass ich darüber nachdenke, dass er so ist, wie er ist, weil seine Mutter Shahira ist. Wenn Younes eines Tages zu mir kommt und sagt,

übrigens, Raffiq, du bist so und so, weil deine Mutter mal dieses und jenes gemacht hat – ich glaube, dann würde ich ihn für gestört halten. Macht man nicht. Es sei denn, der andere bettelt darum. Younes ist kein Typ, der bettelt.

Im Nordpark bietet jedes Mädchen Younes eine Zigarette an, obwohl sie wissen, dass er ablehnen wird, selbst Jenny versucht es, sie hat ja nichts zu verlieren. Um ihn versammeln sich die Mädchen. Das passiert nur berühmten oder schwulen Männern, aber nicht den gewöhnlichen. Younes wird verehrt, weil er kein böses Wort verliert, nie über ein Mädchen redet, als wären sie alle seine Schwestern. Er könnte eine Sekte anführen, wäre aber miserabel darin, weil er eben keinen Nutzen daraus ziehen würde. Wenn sie ihm ihre Plastikfingernägel zeigen und fragen, wie er sie findet, sagt er nur, natürlich sähen sie schöner aus, und zu Hause reißen sie das Plastik von den Nägeln, weil Younes das gesagt hat. Sie färben ihre Haare nicht mehr, manchmal ziehen sie sogar weite Shirts an, um Younes zu gefallen, und ich könnte ihm eine klatschen, weil er die Mädchen zu Nonnen erzieht. Nur Amal scheint gewappnet zu sein gegen Younes' Melancholie, vielleicht auch, weil sie sich auf mich konzentriert und mit ihren langen, roten Fingernägeln jetzt an ihrer Zigarette zieht.

»Habibi, kannst du bitte die Nägel nicht so rot lackieren«, sage ich und denke, dass sie dabei wie eine Nutte aussieht, und da kneift sie mir in den Bauch, als hätte ich den Gedanken ausgesprochen.

»Erstens heißt das Habibti, und zweitens liebe ich Rot.«

Ich erkläre ihr, dass mit roten Nägeln Pornodarstellerinnen

assoziiert werden, und sie als kleine Frauenrechtlerin wolle doch nicht damit in Verbindung gebracht werden.

Bevor sie den Mund aufmacht und anfängt, mich mit auswendig gelernten Argumenten zu bombardieren, drücke ich meine Lippen auf ihre. Denn an Amal ist alles weich, ihre Lippen, ihre Brüste, ihr Bauch, sie fühlt sich an wie Shahira, dürfte ich Shahira berühren.

Früher durfte ich das, früher, als Younes von den Jungs geärgert wurde. Shahira nahm den weinenden Younes in die Arme. Er tauchte ab in ihrem weichen Fleisch, das sein Heulen erstickte. Sein Rücken zitterte unter Schluchzern, die seit Wochen in Younes geschlummert hatten. Ich blickte gebannt auf die Hände, die in Wellenbewegungen über Younes' Rücken strichen.

Shahiras Hände waren gesalbt, gecremt, gepudert, gewärmt. Ich wollte in diesem Moment unbedingt von Shahira getröstet werden, dass ich es schaffte, auch traurig auszusehen und ihr keine andere Wahl zu lassen, als mich wie einen zweiten Sohn zu behandeln. Ich nahm neben Younes Platz, unter der linken Brust Shahiras, wo ich ihr Herz hörte, das laut und langsam schlug. Ich roch an Shahira, ihren Schweiß, unter den Armen, sie roch nach Salz und Brot.

Am liebsten hätte ich den ganzen Tag mein Gesicht an ihre Brust gelegt, meine Nase in ihre Achselhöhle, meine Finger in ihren weichen Bauch gedrückt. Die Weichheit von Shahira hält Younes davon ab, sie zu verlassen, ein Wohnheim aufzusuchen, um allein zu leben.

Amal und ich liegen auf der Wiese, ich darf meinen Kopf auf ihren Schoß legen, und manchmal rieche ich zwischen ih-

ren Beinen und bringe sie zum Lachen, aber das Schönste an diesem Moment ist der Moment: Wir sind gefangen, wie auf einer Insel, keiner kann entkommen, keiner will entkommen, und ich bin der Einzige, der das zu schätzen weiß.

»Raffiq, was machst du nach dem Abi?«, fragt sie, fragt schon seit Wochen, obwohl sie die Antwort kennt. Ich antworte einfach nicht, ist auch eine Antwort. Amal sagt immer, es sei wichtig, herauszufinden, was man von seinem Leben will; Erwartungen zu formulieren und sie mit den Zielen abzugleichen, um keine Enttäuschungen zu erfahren. Wer denkt mit siebzehn so? »Hast du zu viel mit Sanye geredet?«, fragte ich; irgendetwas muss in der Vergangenheit zwischen Sanye und Amal vorgefallen sein, anders kann ich mir ihre latente Abneigung nicht erklären.

Amal empfahl mir, eine Tabelle zu zeichnen mit Lebenszielen und Erwartungen. In dem Moment lachte ich sie aus, aber zu Hause erstellte ich diese Tabelle und dachte lange nach, trotzdem blieb meine Tabelle wochenlang leer, weil ich nicht imstande bin, Erwartungen an das Leben zu formulieren.

»Was wirst du studieren?«, fragt mein Vater immer. Es gibt zu viele Möglichkeiten, denke ich.

»Raffiq, du wirst doch nicht weit wegziehen«, sagt meine Mutter daraufhin. Ich hatte gar nicht an eine eigene Wohnung gedacht, denke ich.

»Was wirst du nach dem Abi machen?«, fragt auch Shahira. Ich soll studieren, sagen sie, deswegen mache ich doch mein Abi.

»Welche Pläne hast du nach dem Abi?«, fragt Herr Schandt ständig. Und wenn ich keinen einzigen Plan habe, denke ich.

»Raffiq«, ruft Amal, ruft so laut, als wäre ich nicht bei ihr. »Raffiq«, sagt sie diesmal leiser, überlegt und streicht mir durch das Haar, das ich für sie nicht mehr gele, damit sie mit den Haaren spielen kann. »Ich mache ein Au-pair-Jahr in den Staaten«, sagt sie.

»Wo genau?«, frage ich, als wäre das wichtig.

»Chicago.«

»Cool«, sage ich, weil ich nichts über Chicago weiß, und bin den Rest des Nachmittags wie betäubt. So betäubt, dass ich den Streit zwischen Walid und Jenny nicht verhindern kann und Jenny heulend den Park verlässt und alle Mädchen ihr hinterherrennen, um sie zu trösten, und wir allein im Park bleiben und Walid zur Strafe nicht mehr anschauen. So betäubt, dass ich auch zu Hause die Missstimmung zwischen meinen Eltern nicht bemerke, bis einer von ihnen anfängt zu schreien. Sie streiten sich wegen des Essens, es schmeckt meinem Vater nicht, ihr Biryani habe keinen Geschmack, ob sie das Kochen verlernt habe. Die irakischen Gewürze seien ihr ausgegangen, da habe sie die deutschen benutzt.

»Die sind doch importiert«, sage ich, aber das hören sie nicht.

»Ich schufte den ganzen Tag, und dann bekomme ich so einen Fraß vorgesetzt?«

»Astaghfirullah. Wie kannst du so undankbar sein?«

»Ich bin undankbar?« Das ist der einleitende Satz zu Vaters Monolog darüber, wie dankbar wir sein sollten, dass er seinen Beruf geopfert habe: Als Architekt im Irak war er ein angesehener Mann, hier ist er ein gewöhnlicher Arbeiter bei einer Speditionsfirma. Meine Schwester Newroz schaut irritiert von Vater zu Mutter.

»Seit zwanzig Jahren halte ich es aus«, sagt er.

»Seit zwanzig Jahren hältst du mir das vor, es reicht«, antwortet meine Mutter.

»Es reicht? Dann pack doch deine Sachen.« Und jedes Mal wollen sie ihre Koffer packen und nach Kurdistan zurückkehren, bis sie wieder zur Besinnung kommen. Bevor es so weit kommt, lege ich meine Hand auf Newroz' Nacken, und wir verlassen den Esstisch. In meinem Zimmer fragt sie, warum sie sich streiten.

»Manchmal streitet man sich, das ist so. Streitest du dich nie mit deinen Freundinnen?« Ich versuche, meine Eltern zu übertönen.

»Schon«, sagt sie. »Aber wir haben immer einen Grund.«

»Und Erwachsene streiten sich grundlos, weil sie frustriert sind, weil sie sauer auf sich sind, und dann schreien sie andere stellvertretend an.«

»Das verstehe ich nicht.«

»Ich auch nicht.«

»Wann hören sie auf?«, fragt sie.

Und bevor ich wieder mit den Achseln zucke, frage ich sie, ob sie weiß, wo Chicago liegt.

»Nein.«

»Das ist eine Stadt in den Staaten. USA. Nordamerika, verstehst du, und das ist richtig weit weg.«

Das interessiert sie nicht.

»Na ja, vielleicht mache ich mal ein Auslandsjahr in Chicago, nach dem Abi.«

Sie runzelt die Stirn.

»Vielleicht. Ich weiß es nicht.« Ich schaue auf das Blatt mit

der leeren Tabelle, wo meine Ziele formuliert sein sollten. Meine Erwartungen an das Leben sind selbst mir unbekannt. Warum muss ich Erwartungen haben?

Ich drehe mich zum PC und tippe.

Chicago ist 6794 Kilometer von hier entfernt, und das ist nur die Luftlinie. Die Zeitverschiebung beträgt sieben Stunden, aber vermutlich weiß Amal das alles, und es ist ihr egal.

Am nächsten Tag treffe ich Herrn Schandt in der Mensa und sehe, wie er in seine Bockwurst beißt. »Unser Boxtrainer hat uns erklärt, warum Schweinefleisch im Islam verboten ist. Das macht die Männer unehrenhaft und die Frauen zu Schlampen.«

»Wie bitte?«

»Ja, da ist ein Wurm im Fleisch, der lässt die Menschen Sünden begehen.«

»Rafick, erzähl nicht so einen Quatsch, du bist doch viel zu intelligent, um das zu glauben.«

»Nein, wirklich, unser Boxtrainer kann das wissenschaftlich belegen. Er hat uns ein paar Koranstellen gezeigt, die Aussagen des Propheten mit Zitaten von Wissenschaftlern verglichen, das deckt sich alles.«

»Boxt ihr da auch, oder erzählt ihr euch nur Blödsinn?«, fragt er und lässt seine Wurst erst mal liegen.

»Wir boxen auch ab und zu. Aber Abu Hamza erzählt uns auch viel über das Leben unseres Propheten Muhammad, ṣallallāhu ʾalayhi wa sallam.«

»Abu Hamza? Ich dachte, er heißt Herr Dvorak.«

»Wir dürfen ihn Abu Hamza nennen.«

»Hmm«, macht er und beißt nachdenklich in seine Wurst. Wenn nur alle Menschen so durchschaubar wären wie Herr Schandt.

Weil unsere Schulmensa nichts Anständiges zu bieten hat, gehen wir Döner essen, und auf dem Weg kommt Amal zu mir; während ich mich mit Younes unterhalte, funkt sie einfach dazwischen und fragt, ob ich sie ignoriere.

»Nein«, sage ich und mache mit Younes Pläne für den Abend.

»Ich wusste, dass du wegen Chicago sauer wirst. Ich hätte dir das nicht erzählen sollen.«

»Ich bin nicht sauer.«

Sie verlangsamt ihren Schritt und läuft neben Jenny her, die sie trösten wird, sie vielleicht überzeugen kann, hierzubleiben. Ich muss mit Jenny reden.

Die Mädchen bestellen alle Pommes, weil sie glauben, hässlich auszusehen, wenn sie Döner essen. Das hat Walid mal zu irgendeiner gesagt: »Du siehst wie ein Trüffelschwein aus, wenn du Döner isst.« Seitdem isst kein Mädchen mehr Döner, jedenfalls nicht vor uns. Sie stochern mit ihren winzigen bunten Plastikgabeln in den harten Pommes und tunken sie in Mayo und Ketchup ein. Ihr Pech ist, dass sie einfach zu eitel sind und nur gucken, ob die anderen gucken. Beim Döneressen geht es nicht um Tischmanieren, da geht es um den Döner. Die meisten Leute essen den Döner falsch, richtigerweise muss man den Döner stillhalten und ihn mit dem Kopf umgarnen. Der Döner wird nicht zum Mund geführt, der Mund muss zum Döner. Wenn alle Zähne im Mund gut sichtbar sind, hat

man den Mund weit genug geöffnet, um einen anständigen Bissen zu nehmen.

Die Mädchen und allen voran Amal glotzen auf unsere vor Fett triefenden Döner, während wir mit den dünnen Servietten Tsatsiki und Cocktailsoße von unseren Mundwinkeln wischen. Und dann fängt Amal an, mit Jenny zu tuscheln, und das können sie gut. Jenny grinst und guckt verschwörerisch in die Runde, während Amal ihr weiter ins Ohr flüstert. Das können die mal wirklich gut, diese scheiß Geheimnisse, alles hinter vorgehaltener Hand, allwissend gucken und schief lächeln. Was hat die jetzt gesagt, erzählt sie von uns, erzählt sie von mir, oder flüstern sie sich nur interessant?

Ein Mann, so alt wie mein Vater, betritt den Laden und mustert uns, und das ärgert mich schon wieder, dass er sich einfach herausnimmt, uns anzustarren, so als suchte er einen Verdächtigen. Er ist Kurde, das sehe ich, aber er ist nicht von hier, das wüsste ich.

»Younes?«, ruft er, und Younes dreht sich um, mit dem Döner in der Hand, und Younes schaut den Mann an und kaut langsamer, versucht, sich zu erinnern, wer er ist.

»Ich bin's, Azad.«

Und wir starren alle Younes an, und wir finden keine Anhaltspunkte in seinem Gesicht, die darauf deuten, dass Younes Azad kennt.

»Dein Onkel«, sagt er auf Kurdisch, mam, nicht xal, der Onkel väterlicherseits, der Bruder seines Vaters. Der Vater, auf den Younes seit mehr als zehn Jahren wartet, und jetzt steht da der Onkel und lächelt, so gutmütig wie seine Mimik es ihm erlaubt. Younes trinkt seinen Ayran in einem Schluck, will auf-

stehen, und alle rücken mit ihren Stühlen zurück, um für Younes Platz zu machen, und die Metallbeine der Stühle kratzen den Boden. Obwohl niemand ein Wort fallen lässt, wird es laut im Laden, und das nur, weil Younes sich bewegt.

Sein Onkel breitet die Arme aus und lässt Younes keine andere Wahl, als ihn mit einer Umarmung zu begrüßen. Younes steht da und ist wieder der kleine Junge, der sich hinter Shahiras Arsch verstecken will. Sein Onkel fragt ihn, ob er kurz Zeit habe, Younes habe doch zehn Jahre gewartet, will er ihm sagen. Dann greift er nach seiner Jacke, geht mit diesem Mann, der sich Azad nennt, der sich als seines Vaters Bruder ausgibt und Younes mitnimmt. Seine Schultasche hat er unter dem Tisch vergessen.

Wir schauen, wie sie in einen Audi einsteigen und davonfahren.

»Der Typ ist reich«, sagt jemand, und das bleibt der einzige Satz, der am Tisch gesprochen wird. Wir essen unsere Döner still, still laufen wir zur Schule zurück, ohne Younes, der keine Lücke in der Gruppe hinterlässt, sondern Leere, und jeder Einzelne von uns stellt sich vor, was Younes gerade tut. Stumm sitzen wir im Unterricht und hören Herrn Schandt verkünden, dass die Box-AG bis auf Weiteres nicht mehr stattfinden wird. Die Türken regen sich auf, fragen nach dem Grund, aber Herr Schandt will unterrichten. Die Türken boykottieren seinen Unterricht mit Schweigen, und wir schweigen, weil Younes nicht da ist, aber sein Fehlen fällt nicht auf, weil Younes sich kaum meldet. Die Stille ist verdächtig, deswegen will Herr Schandt auf der Stelle wissen, auf der Stelle, sagt er, was hier los sei, warum niemand spreche, was vorgefallen sei. Aber das

kann niemand ihm erklären, ich könnte es und würde damit Herrn Schandts Geschichtsstunde füllen, aber das wäre nicht abiturrelevant, würde Herr Schandt sagen. Younes' Geschichte sollte abiturrelevant werden, weil sie uns alle trifft.

Ich war manchmal dabei, wenn Younes Shahira fragte, wo sein Vater wohne, damit er ihn besuchen könne. Shahira wurde wütend. Nur Wut verwüstet Shahiras Gesicht, und ich habe es gehasst, wenn Younes Shahira erzürnte. Sie sagte ihm, sie wisse nicht, wo sein Vater wohne, und er solle aufhören, sie danach zu fragen, weil sich ihre Antwort nicht ändern werde, denn sie würde alles daransetzen, diesen Menschen aus ihrem Leben fernzuhalten.

»Er wollte dich nicht, er wollte dich nicht!«, wiederholte Shahira wie ein Gebet, wenn Younes heulend nach seinem Vater fragte, damit er bei ihm leben konnte, damit er das Gerede und die Blicke im Viertel nicht mehr ertragen musste. Ich will hier weg, schrie er, und das war sein Gebet, und irgendwann willigte Shahira ein, sagte, er solle seine Sachen packen, sie würden umziehen.

Und da erkannte Younes, dass er das Viertel nicht verlassen konnte, weil er auf seinen Vater warten musste, weil er wissen musste, ob sein Vater auftauchen und ihn bei sich aufnehmen würde. Und so entschied sich Younes dafür, weiterhin der Hurensohn im Viertel zu bleiben.

»Verstehen Sie sein Dilemma, Herr Schandt? Dann erklären Sie bitte Younes' Dilemma.« Und Herr Schandt müsste sich Notizen machen und vielleicht ein Referat halten, und in der zweiten Stunde würde ich erzählen, was ich über Younes' Onkel weiß.

Younes hatte viele Onkel, fange ich an, und sie schliefen alle mit seiner Mutter.

Auch als Kind verbrachte ich meine Nachmittage bei Younes. Während Younes und ich Playstation spielten, die er von einem Onkel geschenkt bekommen hatte, bekam seine Mutter immer Besuch. Es klingelte, und Shahira trippelte aufgeregt zur Tür, und da stand dann ein Mann mit Tüten voller Obst, Gemüse, Chips und Cola. Younes' Mutter goss zwei Gläser Cola ein, riss eine Chipstüte auf und befahl uns, sie nicht zu stören. Sie verschwanden ins Schlafzimmer.

»Wer ist der Mann?«

»Mein Onkel«, sagte Younes, ohne den Fernseher aus den Augen zu lassen.

Ich dachte nur, was für ein Arsch mein Onkel war, der uns nie Tüten voll mit Knabberzeug brachte. Monate später tauchte ein anderer Mann auf, viel jünger als der letzte, ein anderer Onkel, dachte ich, und er warf Younes einen Plastikball zu. Younes' Mutter strich dem Mann über den Arm und führte ihn ins Schlafzimmer, während sie uns sagte: »Spielt mit dem Ball, Jungs.« Meine Mutter erlaubte mir nie, drinnen Ball zu spielen, und ich freute mich darüber, dass der Mann gekommen war, der Shahira dazu veranlasste, uns zu erlauben, drinnen Ball zu spielen.

»Wieso gehen sie immer ins Schlafzimmer?«, fragte ich Younes.

»Keine Ahnung.«

»Lass uns zu ihnen gehen«, schlug ich ihm vor.

»Geht nicht, Mama schließt ab.«

Beim Essen verplapperte ich mich und erzählte, Younes

habe von seinem Onkel einen Ball bekommen und warum Onkel Baran mir keinen Ball schenke.

»Sein Onkel?«, fragte Vater.

»Ja, der hat sie heute besucht.«

»Du warst bei ihnen zu Hause?«, schrie Mutter.

»Nein.«

»Lüg nicht, Raffiq.« Mutters aufgerissene Augen versprachen Ärger und ließen mir keine andere Wahl, als zu lügen.

»Ich habe ihn am Eingang gesehen, als wir gespielt haben.«

»Du darfst mit Younes spielen, aber besuch sie niemals zu Hause. Seine Mutter gehört zu den verdorbenen Frauen«, sagte sie, und ich erinnerte mich daran, was Vater mir aus *Tausendundeine Nacht* über Frauen erzählt hatte, die mit Männern dreckige Dinge taten, und plötzlich ergab alles einen Sinn.

Nach der Unterrichtsstunde fliehen alle aus der Klasse, und fast hätte ich mich umgedreht und Younes angeschaut, bis mir bewusst wird, dass sein Onkel ihn mitgenommen hat. Ich hätte Younes nichts Bestimmtes gesagt, mich nur kurz umgedreht und geschaut, ob er noch da ist, und er wäre da gewesen, weil er auch an anderen Tagen da ist, nie krank ist, immer da ist, aber ich drehe mich trotzdem jedes Mal zu Younes um und versichere mich seiner Gegenwart. Und Younes schaut zurück, sagt nichts, schaut nur zurück, und wir wissen beide, wir sind da. Jetzt gibt es niemanden, mit dem ich nach Hause laufen kann, und so laufe ich alleine und denke für mich alleine, denke aber nicht über mich nach, denke an Shahira, die bald ihren Sohn verlieren wird. Und dann denke ich an Amal, die nach Chicago auswandert. Sie weiß es vielleicht nicht, vielleicht

auch doch, aber in Chicago wird sie von Schwarzen und Latinos flachgelegt, denn Amal hat diese Karamellhaut, und wenn man in ihre Augen schaut, dann schmeckt man Kakao. Ich muss unbedingt mit Jenny reden.

Shahira berührt ihren Hals, berührt die Haut leicht, und sie hat vielleicht den schönsten Hals, lang und zierlich mit einer Kuhle, aus der man Wasser trinken möchte. Und beim Sprechen fasst sie sich immer wie zufällig an den Hals, und ihre Finger reiben die Haut, manchmal wandern sie unter das Ohr, dahin, wo die Schlagader ist, und sie befühlt ihren Puls, um sicherzustellen, dass sie noch lebt. Und wenn sie lacht, dann entblößt sie die senkrechten Linien am Hals, diesen leicht verschwitzten Hals, ganz schamlos. Sie könnte auch ihre Brüste zeigen, so auffordernd lacht sie und macht auf diesen Hals aufmerksam, an den man gerne die Nase halten möchte. Shahira weiß nichts von Azad, sonst würde sie nicht ungehemmt über irgendwelche Charaktere aus einer arabischen Serie lachen. Sie übersetzt die Witze, aber ich kann ihr kaum zuhören, und auch sonst kann ich wenig mit arabischem Humor anfangen.

»Younes!«, rufe ich, er kommt mit nassen Haaren aus der Dusche. Dass der Junge immer nach der Schule duschen muss, als würde ihn das Wissen dreckig machen, verstehe ich nicht.

Du musst hierbleiben, Younes, möchte ich ihm sagen, hierbleiben, um auf deine Mutter aufzupassen, die ihren Hals einfach jedem zeigt.

Wir laufen zum Marktplatz, holen uns eine kalte Cola und

beobachten die kleinen Jungs aus der Nachbarschaft, wie sie mit einem Plastikball von Kik gegen eine Mauer von Lidl schießen. Irgendjemand hat mit einem Edding ein Tor gemalt; das Tor existierte schon zu meiner Zeit, als ich mit Younes' Plastikball gegen diese Mauer schoss. Irgendwie bekomme ich Lust, auch mal wieder Bälle in das Edding-Tor zu kicken, wieder elf zu sein, als Younes und ich nichts wussten. Jamals Sohn ist unter den Kindern, er sieht immer noch wie ein Klon von seinem Wichser-Vater aus.

»Ey, Bilal, spiel mal zu mir.« Der Junge zögert und glaubt, ich würde ihm den Ball nicht wiedergeben, wenn ich ihn einmal habe. Wenn Kinder manchmal eins und eins nicht zusammenzählen, möchte ich sie wegklatschen. »Ja, abspielen, Junge, nicht glotzen. Komm schon.«

»Das ist nicht mein Ball«, sagt er.

»Dann spiel ab!«, rufe ich.

»Nico, darf er mitspielen?«

Was soll das denn? Seit wann bestimmen in diesem Viertel die Nicos, wer mitspielen darf? Younes sagt, wir sollten uns auf die Bank setzen, aber ich will heute auf jeden Fall ein Tor schießen, ob Nico will oder nicht. Der Ball rollt langsam auf mich zu. Ich hole aus und trete kräftig dagegen. Er fliegt in hohem Bogen in Richtung Tor, nicht wie bei Beckham, kommt dem aber schon sehr nahe, und weil es nur ein Plastikball von Kik ist, trifft er auch den Edding-Pfosten.

»Ist das Jamals Sohn?«, fragt Younes und schiebt sich eine Zigarette in den Mund.

»Ja. Abartig die Ähnlichkeit, oder? Als hätte er seine Schwester geheiratet.«

Er blickt auf den Jungen, ohne Hass, Wut oder sonst was. Da ist Younes anders als ich.

»Was wollte dein Onkel?«, frage ich.

»Er hat erzählt, wie sehr er mich vermisst.«

Wir lachen.

»Und hat er sich geärgert, dass du ihn nicht wiedererkannt hast?«

»Ich habe ihn schon wiedererkannt, ich war mir nur unsicher. Ich wollte mich nicht blamieren. Verstehst du?«, fragt er, und ich verstehe. Ich bin doch immer dabei gewesen, will ich ihn erinnern, immer dabei, aber nie mitgelitten. Nicht so richtig; die Verletzungen hat er davongetragen, ich habe nur Schürfwunden abbekommen.

»Mein Onkel hat sie damals erwischt«, erzählt er. »Er tickt ein bisschen anders als mein Vater«, sagt er, als würde er seinen Vater kennen.

»Mein Vater war auf der Arbeit, und mein Onkel ist die Woche bei uns geblieben. Dann hat er ein paar Mal gesehen, wie Typen unsere Wohnung verlassen haben, und hat das Getuschel der Leute mitbekommen. Ich hab damals gar nix gecheckt, sie hat mich immer in mein Zimmer eingesperrt und meinte, ich soll spielen. Mein Onkel hat meinem Vater erzählt, was er beobachtet hat, was er vermutet, was die Leute sich so erzählen.«

Zum ersten Mal redet er darüber, und so abwesend, wie er schaut, scheint es ihn kaum zu berühren, denn es ist zu einer Geschichte verkommen, die man ständig erzählt und von der man jede Wendung kennt, und die Figuren haben nur Grundgefühle wie Wut, Hass und Liebe wie bei einem Märchen.

»Ich weiß nicht, wie ich reagiert hätte, aber mein Vater ist ruhig geblieben, kein Geschrei, keine Schläge.« Er lächelt. »Er hat sie einfach betrachtet und fand es erstaunlich, wie sie ihm in die Augen schauen konnte und die banalsten Dinge erzählte, als wäre sie die langweiligste Hausfrau der Welt. Irgendwann meinte Vater dann, dass wir meine Großeltern in Kurdistan besuchen. Ich erinnere mich. Wir waren in den Osterferien im Irak. Mutter besuchte für ein Wochenende ihre Eltern in Duhok, mein Vater hat frühmorgens unsere Koffer gepackt, ihren Reisepass, ihren Ausweis, ihr Ticket, hat all ihre Papiere mitgenommen. Nur die AOK-Karte hat er vergessen. Wir haben uns in den Flieger gesetzt und sind nach Deutschland zurückgeflogen, er sagte mir, dass Mutter nachkommen würde. Erst als wir in Deutschland waren, hat er mir erzählt, dass sie ihn betrogen hat, dass sie mit Männern geschlafen hat, dass sie uns beide nicht liebt, aber ich hab es ihm nicht geglaubt. Ich hab geflennt, ich wollte unbedingt zu meiner Mutter und habe ihn einen Lügner genannt, wenn er über meine Mutter redete.«

»Und dann?«

»Sie wurde von ihrem Cousin in die Türkei geschmuggelt, weil sie anders den Irak nicht verlassen konnte. Sie sind nach Ankara gefahren, in die deutsche Botschaft. Sie hat den Leuten da erzählt, ihr Mann hätte sie in den Irak gelockt und den kleinen Sohn nach Deutschland entführt. Und wer weiß, welche anderen kriminellen Dinge er noch anstellen würde. Die Botschaft hat ihr geholfen, wieder nach Deutschland zu kommen. Als sie hier war, hat sie meinen Vater wegen Entführung angezeigt und dafür gesorgt, dass er mich nicht besuchen durfte. Wenn ich nach ihm gefragt habe, hat sie mir die Geschichte

immer wieder erzählt, wie er versucht hat, unsere Familie kaputt zu machen, wie er sie im Irak verrotten lassen wollte. Und manchmal hat sie es erzählt, wenn ich nur traurig geguckt habe, als wüsste sie, dass ich an meinen Vater denke.«

»Ich erinnere mich«, sage ich und biete ihm eine weitere Zigarette an. »Hast du deiner Mutter von deinem Onkel erzählt?«

»Nein, und sie darf auch nichts erfahren, Raffiq.«

»Aber sie muss –«

»Nein, Raffiq. Wehe, du erzählst ihr irgendetwas!«

»Nein, Mann, mach ich nicht.«

Er schnalzt mit der Zunge und schaut wieder zu den Blagen rüber. »Eine scheiß AOK-Karte.«

Ich rufe Jamals Sohn, hole zwei Euro aus meinem Portemonnaie und sage ihm, er solle uns eine Tüte gesalzene Kürbiskerne holen. Als er sich weigert, drohe ich, seinen Plastikball zu zerstechen.

»Du bist ein Psycho, weißt du das?«, sagt Younes und lacht.

»Der Junge geht mir voll auf den Sack.«

»Er ist gerade mal acht oder neun, Raffiq.«

»Umso schlimmer, dass er mir jetzt schon auf den Sack geht. Und was wollte dein Onkel von dir?«

»Ich weiß es nicht. Ich kann ihn nicht einschätzen. Er hat davon gelabert, dass Blut dicker ist als Wasser und er es nicht mehr ausgehalten hat, zu wissen, dass ich hier alleine bin und keinen habe, der auf mich aufpasst.«

Was für ein Wichser, denke ich und hoffe, Younes denkt ähnlich.

»Und wo ist dein Vater?«

»Er wohnt in Frankfurt. Hat eine Familie. Zwei Kinder. Ich habe einen Halbbruder und eine Halbschwester.«

»Warum ist er nicht selbst gekommen?«

Younes überlegt und sagt schließlich: »Er hier? Kannst du dir das vorstellen?«

Jamals Sohn kommt angerannt, gibt mir eine kleine Tüte mit Kürbiskernen und siebzig Cent. »Ich hatte dir gesagt, du sollst die große Tüte holen, du Vogel.« Die siebzig Cent gebe ich ihm als Bakschisch.

Wir essen die Kürbiskerne, bis wir durstig werden und die Zunge ganz rau ist.

Younes kennt seinen Vater nur aus der Erinnerung. Und in seiner Erinnerung ist er ein ruhiger, besonnener Typ, großzügig: nicht mit Geld, sondern mit Menschlichkeit. Wäre er nicht so ein großzügiger Mensch, dann hätte er seiner Frau ein Messer an die Kehle gehalten und sie wie ein Schaf geschlachtet. Weil Younes' Vater Younes' Mutter leben ließ, konnte er nur ein großzügiger Mensch sein, dachte Younes, und heute weiß er nicht, was er von seinem Vater denken soll, und mich irritiert er auch.

»Ich werde dann wohl nach Frankfurt ziehen«, sagt er.

»Und deine Mutter?«

»Was ist mit ihr?«

»Sie ist dann allein.« Ich hätte das nicht sagen sollen.

Er schaut sich auf dem Marktplatz um, sieht eine Frau aus dem Gemüseladen kommen, sieht die Kinder Fußball spielen, sieht zwei Männer vor der Teestube rauchen, sich unterhalten – vielleicht über seine Mutter.

»Sie sollte auch hier weg«, sagt er und spuckt die Hülsen aus.

Wenn Shahira das Viertel verlässt, ist es nicht mehr das Viertel.

Zwischen meinen Eltern hat sich etwas verschoben, vielleicht auch eingeschoben; ich habe nicht mitgekriegt, wann und wie. Meine kleine Schwester wird es auch nicht wissen, aber ich beobachte sie trotzdem, konzentriere mich darauf, wie sie isst. Eigentlich redet immer einer am Küchentisch, jeder hat eine Geschichte zu erzählen. Meistens fängt meine Mutter an, und dann versucht mein Vater anzuknüpfen, und ich erzähle auch etwas, und wenn nichts passiert ist, denke ich mir etwas aus, eine Geschichte mit Pointe, und alle lachen, und dann erzählt Newroz etwas, und das, was sie erzählt, kann man nicht als Geschichte bezeichnen, es gibt Nebengeschichten, und sie erzählt in keiner bestimmten Reihenfolge, alles ist gleich wichtig. Jedes Mal bin ich erstaunt, was sie als erzählenswert erachtet, und vielleicht denkt sie das Gleiche über mein Erzähltes. Heute hören wir das Besteck gegen die Teller schlagen, den Salat knacken, das Blubbern des eingeschenkten Wassers ins Glas, das Trinken – ein Konzert aus alltäglichen Geräuschen. Man müsste sich wundern über die Unordnung der Geräusche, die Gegenstände stumm schalten und mit melodischen Tönen unterlegen.

Mein Vater knallt den Salzstreuer auf den Glastisch und erschreckt uns, schreckt uns auf aus unserer Sprachlosigkeit.

»Wieso hat der Salzstreuer nur drei Löcher?«, fragt er, und ich verstehe nicht, was er meint, ob das ein Witz sein soll, so

wie: »Wieso hat die Spinne sechs Beine? Weil ihr zwei ausgerissen worden sind.«

»Wie soll da das scheiß Salz raus?«, fragt er. Er meint keinen generellen Salzstreuer, sondern den in seiner Hand, den er bei jedem Wort auf den Tisch knallt.

Meine Mutter schlägt ihm vor, etwas länger zu streuen, dann würde er die gewünschte Menge bekommen.

»Soll ich essen oder streuen?«, fragt er, und wir alle wissen, dass er keine Antwort darauf haben will, aber Mutter antwortet trotzdem: »Das Essen ist gut gesalzen, warum musst du überhaupt noch etwas darauf streuen?« Und ihr Streit scheint aus lauter Fragen zu bestehen, denn mein Vater fragt, ob es zu viel verlangt sei, dass er sein scheiß Essen mit dem scheiß Salz nachwürzen darf, und sie antwortet etwas, worauf er schreit, dann schreit sie, und ich wünschte, das Konzert aus Unordnung könnte wieder spielen.

Ich verlasse die Wohnung, ich will Younes erzählen, dass Frankfurt am Main 252 Kilometer entfernt ist, doch dann laufe ich nicht zu Younes nach Hause, ich laufe einfach weiter, genieße die Dunkelheit und den Wind, überlege, was meinen Vater in letzter Zeit bedrückt, ob einer von uns etwas falsch gemacht oder nicht gemacht hat. Ich komme einfach nicht drauf, habe mich zu sehr auf andere konzentriert und nicht mehr gesehen, was neben mir passiert. Habe versucht, mir Gründe zu überlegen, warum Amal nicht nach Chicago ziehen sollte, habe mir überlegt, wie ich Jenny überreden kann, ihre Freundin umzustimmen, hierzubleiben. Ich habe wieder lange auf das Blatt mit der leeren Tabelle geschaut, lange nachgedacht, was meine Ziele im Leben sind, was meine Erwartungen sind. Das kann

gar nicht so schwer sein. Vielleicht sind das auch die falschen Fragen, von Amal gestellt, nicht von mir. Aber dann müsste ich mir auch noch eigene überlegen, und dabei kenne ich noch nicht einmal die Antwort auf die simplen Fragen der anderen.

Auf dem Marktplatz sitzt Younes auf einer Bank und raucht. Ich wollte allein sein, den Wind und die Dunkelheit für mich haben. Ich muss sie mit Younes teilen.

»Hast du schon Hausaufgaben gemacht?«, frage ich, als ich mich neben ihn setze.

»Ich werde sie vergessen haben. Du?« Er bietet mir eine Zigarette an. Ich nehme die Zigarette, ohne sie anzustecken, spiele damit rum.

»Es sind die letzten Monate«, sage ich.

»Nein, sind es nicht. Dann fängt was anderes an, und dann zählst du wieder runter.« Ich zähle nichts runter. Manchmal glaubt Younes, mich besser zu kennen als ich mich selbst.

»Frankfurt ist 252 Kilometer von hier entfernt.«

Er überlegt lange, was er darauf antworten soll. »Erreicht man zu Fuß in ein paar Tagen«, sagt er. Seine Stimme ist so mächtig wie Younes; Younes hat plötzlich verstanden, dass er im Viertel das Sagen haben könnte, er hat verstanden, dass jeder Angst vor ihm haben könnte. Younes klingt furchtlos, irgendjemand hat ihm erzählt, der Tod sei ein Scherz. Dass nach dem Leben noch eins auf ihn wartet und noch eins und er so lange leben darf, wie er will, ihm müsste nur alles egal sein.

»Du gehst also wirklich.«

»Welche Wahl habe ich?«, fragt er.

»Hier studieren, bei deiner Mutter bleiben.«

Younes zündet sich eine weitere Zigarette an, inhaliert so tief, dass beim Ausatmen nur eine Ahnung von Rauch aufsteigt.

»Du hast die Männer hier als Verlierer bezeichnet. Wie kannst du denken, ich würde hierbleiben wollen.«

»Sie sind keine Verlierer, weil sie hier sind, sondern weil sie so sind, wie sie sind.« Es klingt nicht überzeugend.

Er atmet laut ein, schließt die Augen, erinnert sich an etwas oder träumt vielleicht von etwas, vom Meer oder davon, nicht hier zu sein, in Frankfurt zu sein oder in Berlin, in Hamburg, in München, aber nicht hier.

»Meine Eltern streiten sich die ganze Zeit, ich weiß nicht, was los ist.«

»Das ist mir erspart geblieben«, sagt er wieder in diesem Ton der völligen Gleichgültigkeit.

»Es ist merkwürdig. Ich meine, sie haben sich auch in der Vergangenheit gestritten, aber da ging es immer um etwas Konkretes, und jetzt streiten sie sich, aber eigentlich geht es um etwas anderes, und ich glaube, sie wissen selber nicht, worum es geht.« Ich schaue ihn an, mein Blick ist bittend, und ich bin lächerlich, aber ich erzähle weiter und bekomme doch noch seine Aufmerksamkeit.

»Mein Vater sucht nach Streit, er hat sich heute wegen fehlender Löcher im Salzstreuer aufgeregt. Die haben sich wegen eines beschissenen Salzstreuers gestritten, kannst du dir das vorstellen?«

Younes grunzt, schaut halb fasziniert, halb entsetzt, fast freut es ihn zu hören, dass meine Eltern sich streiten. Und dann erlaubt er sich, noch dreister zu sein, klopft mir väterlich auf die Schulter, so ein falsches Trösten, keine Ernsthaftigkeit. Dum-

mer Hurensohn, bringt mich dazu, die Zigarette anzuzünden, meine Lungen zusammenzuziehen.

»Komm mit nach Frankfurt«, sagt er.

»Was soll ich da?«

»Wir gründen eine WG. Dann bist du deine Eltern los.«

»So funktioniert das nicht, Mann.«

»Wie dann?«

»Ich muss doch erst … Ich weiß nicht, ich muss … So funktioniert das einfach nicht, Younes, du kannst nicht einfach irgendwohin gehen und ein neues Leben anfangen und so tun, als wäre vorher nichts gewesen. Wir gehören hierher, hier ist unser Zuhause.«

Er lacht. »Du hast Angst.«

»So läuft das nicht.«

»Doch, genauso läuft es. Ich wiederhole mich nicht; entweder du kommst mit oder nicht. Und hörst dir an, was für ein krasser Rapper Majit werden könnte, wenn er nicht Schiss vor seinem Vater hätte.«

»Wir könnten doch hier eine WG gründen.«

Younes schüttelt den Kopf. »Raffiq, du hast was grundsätzlich nicht verstanden.« Er drückt seinen Zigarettenstummel gegen die Bank aus, drückt so richtig die Zigarette platt, damit er ja kein Feuer entfacht, damit ja niemand verletzt wird. Noch bevor ich mich gegen seinen Vorwurf wehren kann, fängt er an zu erzählen: »Einmal waren Walid und ich bei euch zu Hause. Deine Mutter hatte diesen Auberginenauflauf gemacht, und wir saßen da und haben alles weggefressen. Sie musste noch einen Auflauf machen.«

Ich muss lachen. »Ich erinnere mich, war ein guter Tag.«

»Da fragte deine Mutter Walid, wie es seiner Mutter geht.« Jetzt schaut er mich an, die Pupillen groß und schwarz, um Welten zu verschlucken.

»Ja, und?«, frage ich, weil er eine Schlussfolgerung von mir erwartet, die ich nicht leisten kann.

»Walid hat geantwortet, und dann hat sie mich angeguckt, als wollte sie mich auch fragen, und sie hat sich erinnert, wessen Sohn ich bin.«

»Mann, das bildest du dir sicher ein«, sage ich und bereue es direkt, ihn wie einen Anfänger zu belügen.

»Raffiq, du kennst deine Mutter. Sie ist der Moralapostel des Viertels. Was glaubst du, was sie von meiner Mutter hält?«

Ich schüttele den Kopf, sage ihm nicht, was sie von seiner Mutter hält. Younes steht auf, gibt mir die Hand. »Frankfurt. Ja oder nein?«

Ich kann ihm keine Antwort geben und schweige. Für Younes bedeutet jeder Fremde die Möglichkeit, jemand zu werden, der er in dem Moment sein möchte. Es bedeutet, er kann hundert Mal Younes sein, ohne ein einziges Mal der Younes zu sein, den ich kenne. Er geht. Ich bleibe eine Weile auf der Bank sitzen, schaue, wie Younes in die Dunkelheit abtaucht und an der nächsten Laterne wieder sichtbar wird und wieder unsichtbar, ein Zaubertrick.

Und wie ein Zaubertrick ist es morgen, die Sonne hat die Welt erhellt und wärmt die Menschen, gibt sich Mühe, tut uns gut, und dann stehen wir auf, sind trotzdem schlecht gelaunt und haben Mundgeruch und verletzen uns, schlafen und wachen auf, und die Sonne ist wieder so gnädig zu scheinen.

Meine Mutter gibt mir in der Küche das Pausenbrot und sagt, mein Vater habe angerufen, er habe sein Handy vergessen, ich müsse es ihm bringen. »Kann er nicht ein paar Stunden ohne Handy?«, frage ich.

»Bring ihm sein Handy, er ist so schon schlecht gelaunt, gib ihm nicht noch einen weiteren Grund.«

»Was ist eigentlich los mit euch?«, frage ich. Morgens ist der Kopf noch frisch, da kann man Fragen so plump stellen.

»Wieso ich? Dein Vater dreht durch.«

»Und warum?«

Sie zuckt nur mit den Achseln, beschäftigt sich mit Newroz' Pausenbrot und ignoriert mich.

Vor der Haustür steht Jamal, raucht und schaut durch die Gegend. Ich könnte ihm das Handy mitgeben, aber dann würde er es wie einen Gefallen wirken lassen. Ich gehe an ihm vorbei, ohne ihn zu grüßen, lasse ihn glauben, ich hätte ihn von hinten nicht erkannt. Ich weiß, dass er mich dabei beobachtet, wie ich mein Fahrrad aufschließe.

»Bist du nicht zu alt für das Ding?«, fragt er.

»Nein«, antworte ich, nur nein, kein Spruch, kein Genervtsein. Und die einfache Antwort scheint ihn zu provozieren. »In deinem Alter hatte ich schon mein erstes Auto«, sagt er, glaubt, er könne mich bloßstellen. Und in deinem Alter werde ich einen Benz der S-Klasse fahren.

Vor unseren Augen läuft Shahira in ihrem engsten Kleid vorbei, ihr Parfüm folgt ihr als Schatten, sie setzt einen Fuß vor den anderen, niemand läuft wie Shahira. Shahiras Absätze klacken auf den Bordstein, beschwichtigen Jamal. Wir bei-

de schauen ihr nach, beobachten, wie die Arschbacken bei jedem Schritt hüpfen.

Jamal will ihr am liebsten hinterherrennen. Sie ist ein Planet und wir zwei Monde, die überall mit ihr hinziehen würden, wenn sie ihre Runden dreht.

»Diese Schenkel«, sagt Jamal. »Im Winter braucht man keine Heizung, wenn man neben ihr liegt.«

Ich schaue ihr nach und denke, wie recht er hat, bereite mich vor, loszufahren, sage aber vorher: »Hey Younes, wie geht's?« Ich sehe die Entspannung aus Jamals Körper fliehen, er schaut sich panisch um und findet keinen Younes vor, begreift meinen Streich, will mich ohrfeigen, aber er trifft mich nicht, ich bin viel zu schnell für ihn. Du bist nicht schlauer, du bist nur älter, will ich ihm zurufen, fahre ihm davon, fahre an Shahira vorbei, errieche ihren Geruch, überdeckt vom vielen Parfüm, bis heute Abend wird sie nach Popcorn riechen. Dass Männer ihren Eigengeruch unter Parfüm ersticken, verstehe ich, bei Frauen verstehe ich es nicht. Ich werde Shahira fragen, warum Frauen das machen. Vielleicht besuche ich sie im Kino, wo sie arbeitet. Sie wurde erst fürs Putzen eingestellt, jetzt darf sie Tickets und Popcorn verkaufen. Die Beförderung muss sie aus Mitleid von der Chefin bekommen haben, Shahira hat ihr ein wenig aus ihrem Leben erzählt. Ich stelle mir vor, die zwei Frauen rauchten draußen eine Zigarette und kamen ins Gespräch. Shahira findet im Gegensatz zu Younes schnell ein Gesprächsthema, ich muss sie fragen, wie sie das anstellt. Ich muss sie so viel fragen. Ihre Chefin erkannte Shahira als gute Verkäuferin und platzierte sie hinter der Theke. Stolz trägt sie ihr Namensschildchen an der Brust, und manch-

mal vergisst sie absichtlich, es abzunehmen, und ist zu Hause und wirkt offiziell. Younes erinnert sie daran, nicht weil es ihn nervt; sie beide vergewissern sich einfach ihrer Stellung und genießen diesen Moment. Younes und ich nutzen das aus und gehen hin, um Popcorn zu futtern – der einzige Nachteil ist, dass es ein Programmkino ist und die Filme scheiße sind. Ganz selten läuft ein guter Film; das weiß man, wenn man draußen ist und nicht reden will, man den Film noch einmal in Gedanken durchspielt, Younes und ich schauen einander dann an und lassen einander in Ruhe, wir werden reden, aber später.

In der Mittagspause springe ich aufs Fahrrad, erzähle jedem, der Fragen stellt, ich hätte etwas Wichtiges zu tun. Und einige glauben es. Keiner muss wissen, dass mein Vater mich in meiner Mittagspause als Boten bestellen kann. Sogar Sanye fragt mich, und weil niemand Sanye anlügen kann, wie man Gott nicht anlügen, nur ausweichen kann, winde ich mich um eine konkrete Antwort, verspreche ihr, später würde ich ihr alles erzählen.

Sein Chef, Herr Bauer, führt mich zu ihm, sagt, dass mein Vater einer seiner besten Arbeiter ist. In der Lagerhalle sehe ich Vater in einem Gabelstapler Paletten aufeinanderstellen. Er stapelt sie ordentlich deutsch, ich frage mich, warum er nicht so ordentlich Deutsch spricht, wo er doch seit mehr als zehn Jahren unter deutschen Kollegen ist, er könnte wenigstens mal die scheiß Verben konjugieren, so viel Mühe muss man sich machen. Herr Bauer ruft nach meinem Vater, wedelt ihn mit

der Hand her. Wenn er das noch einmal macht, klatsche ich ihm eine. »Herr Khalid! Kommen! Sohn da.«

Ich schaue zu Herrn Bauer, der plötzlich angefangen hat, wie ein Spacko zu reden.

Vater kommt lächelnd auf uns zu, klopft mir auf die Schulter: »Raffiq, mein großer Sohn.«

»Sohn werden später fleißig wie Herr Khalid«, meint der Chef. Alter, Sohn boxen Ihnen gleich in den Sack. Er erlaubt meinem Vater eine zehnminütige Pause, ist großzügig. »Ohne Herrn Khalid läuft der Laden nicht«, sagt er zu mir, aber so laut, dass es nicht ernst gemeint sein kann.

Vater führt mich rum, ist gut gelaunt, nicht wie zu Hause, ist wie früher, stellt mich seinen Kollegen vor, die meisten jünger als er, erzählt, dass ich Abitur mache. Ich muss an Ramsy und Jamal im Viertel denken, wenn ich meinen Vater so sehe.

»Bist du der Älteste hier?«, frage ich.

»Die Alten werden entlassen. Das ist keine Arbeit für die Ewigkeit. Es gibt keine Aufstiegsmöglichkeiten für mich. Nur für Leute, die hier eine Ausbildung gemacht haben«, sagt er.

Meine Eltern besuchten diese komischen Integrationskurse und bekamen irgendwann die deutsche Staatsbürgerschaft. Vater besuchte später das Abendgymnasium, um an der Uni seinen deutschen Abschluss in Architektur zu machen, denn in Deutschland war Vaters Vergangenheit wie ausradiert, so ungültig wie ein abgelaufener Pass, als könnte man die eigenen Fähigkeiten verlieren, wenn man eine Landesgrenze überschreitet. Er versuchte es und scheiterte, ob an der Disziplin, der Motivation oder der Überforderung, kann niemand so genau sagen. Meine Mutter erzählte, als Vater mit der Schule auf-

hörte, sperrte er sich eine Woche lang im Schlafzimmer ein; meine Mutter brachte ihm Essen ans Bett, sie durfte nicht mit ihm reden, zu groß war sein Versagen, um es mit alltäglichen Worten zu kaschieren. Er bestrafte sich regelrecht, indem er in dieser Situation verharrte. Er brauchte eine Woche Rückzug, um sich von seiner Vorstellung, in Deutschland ein Architekt werden zu können, zu verabschieden.

»Meinst du, es interessiert den Esel dort, dass ich im Irak Architekt war?«, fragt er und blickt zu Herrn Bauer. Ich weiß nicht, wie lange man braucht, um sich von der Vergangenheit zu lösen. In der kleinen Mitarbeiterkantine schnappt er sich einen Apfel, Pink Lady, seine Lieblingssorte, reibt ihn erst an seiner Weste sauber, als wäre der Apfel frisch vom Baum gepflückt, und reicht ihn mir. Ich beiße rein, und ein gutes Stück knackt ab, füllt mir den Mund. Der Saft rinnt mir aus den Mundwinkeln.

»Ein Studienkollege hat in Duhok ein vierstöckiges Architektenbüro eröffnet«, erzählt mein Vater. »Er baut das Land auf. Und was mache ich? Staple hier Obstkisten aufeinander wie ein Kind, das mit Lego spielt.«

»Willst du wieder aufs Abendgymnasium?«, frage ich, nachdem ich das Apfelstück zerkleinert habe.

Er schüttelt den Kopf. »Kurdistan befindet sich im Aufbau, die ganze Infrastruktur wird erneuert, die Regierung vergibt Millionenaufträge –«

»Du willst in den Irak zurück?«

»Wir müssen«, sagt er.

»Wir müssen mitkommen? Wie soll das gehen? Ich mache gerade mein Abi.«

»Du kannst dort Architektur studieren und für mich arbeiten. Irgendwann leitest du unser Büro.« Er setzt sich hin, zeigt mit der ausgestreckten Hand auf einen Platz, wie zwei Geschäftsleute sitzen wir uns gegenüber. Ich schaue auf den Apfel, bis die abgebissene Stelle sich braun verfärbt.

»Babu, ich kann das nicht.«

»Das lernst du.«

»Nein, ich meine, in Kurdistan zu leben. Ich kann noch nicht mal Kurdisch.«

»Das lernst du.«

»Das ist peinlich, mit siebzehn die eigene Muttersprache zu lernen.«

»Ich bin mit dreißig hier zur Schule gegangen. Bildung muss dir nicht peinlich sein, Raffiq. Stell dir einfach vor, du wohnst in diesem Land, das gerade geboren ist, wo alles möglich ist, wo du etwas aufbauen kannst, das bleibt, du läufst durch die Straßen, stehst vor Gebäuden, die du entworfen hast, die als Gedanken nur in deinem Kopf existierten, und dann steht dieser Gedanke als Gebäude da, und du kannst reingehen, und Menschen können darin leben oder arbeiten, dein Werk bewundern.«

»Das kann ich auch hier.«

Er schüttelt den Kopf, schaut auf den Apfel. »Schmeckt's nicht?« Der Apfel ist ganz braun, ein gutes Zeichen, behauptet meine Chemielehrerin, aber er sieht vergammelt aus. Mein Vater hat bis jetzt nicht nach seinem Handy gefragt, es ist immer noch in meinem Rucksack, und es wird auch dort bleiben. Er hat es absichtlich vergessen. Ich verabschiede mich, sage, dass meine Pause bald endet. Beim Rausgehen werfe ich den angebissenen Apfel in den Mülleimer.

Den Irak und Vaters Kurdistan kenne ich nur aus dem Fernsehen, und selbst da interessiert es mich nicht. Es ist ein Begriff ohne Körper, und alles in mir wehrt sich, dort zu leben. Ich fahre nicht zur Schule, ich radele ziellos durch die Stadt. Vielleicht sollte ich nie wieder zur Schule, kein Abi machen, um Vaters Pläne zu boykottieren. Seine Rückkehr hätte er sich früher überlegen sollen, vor meiner Geburt, er kann nicht einfach sein Leben umkrempeln und damit unseres durcheinanderbringen, weil ihm der Ausgang nicht gefällt. Er soll sich weiterhin über dreilöchrige Salzstreuer und Herrn Bauer aufregen. Ich fahre Straßen entlang, versuche, in Nebenstraßen einzubiegen, die fremde Namen tragen, aber ich kenne sie, mindestens einen Laden. Ich weiß, welcher Mitschüler in dieser Straße oder in jener Allee wohnt, es ist alles vertraut, die Stadt projiziert ihren Plan auf mein Hirn, dahin, wo Orte ein Teil der geistigen DNA werden. Wenn man mir die Augen verbinden würde, käme ich an meinem Ziel an, weil mein Körper die Stadt kennt, und auch wenn ich mir vornehme, ziellos durch die Gegend zu fahren, komme ich an meinem Ziel an, und ich lande vor Shahiras Programmkino, denn alle Wege führen zu Shahira.

Das Kino befindet sich im ersten Obergeschoss, unten ist ein kleines Café. Ich laufe hoch, sehe Shahira hinter der Theke in einem Magazin blättern, sie liest sehr langsam, ihr Blick ist angestrengt.

»Hallo«, sage ich so neutral wie möglich, um sie nicht zu erschrecken.

»Raffiq? Was machst du hier?« Sie steht zu schnell auf, ich habe sie doch erschreckt.

»Weiß nicht.«

»Was ist passiert? Geht es Younes gut? Wo ist er?« Sie verlässt ihren Platz und kommt auf mich zu, mit ihr die Sorgen.

»In der Schule wahrscheinlich.«

Shahira entspannt sich, aber ihr Blick ist immer noch angestrengt, versucht, mich zu lesen. Immer wenn ich vor ihr stehe, fällt mir auf, dass sie nur unwesentlich kleiner ist als ich, es überrascht mich immer wieder: die Wiederholung des Gedankens und ihre Größe. Wir setzen uns an einen kleinen Tisch in der Ecke.

Sie wechselt ins Kurdische, sagt, ich solle ihr alles erzählen. Aber alles erzählen kann ich nur mit deutschen Sätzen. Mit Shahira spreche ich kein Kurdisch, weil ich den Wortschatz und die Grammatik eines Fünfjährigen habe. Selbst mein Schulenglisch ist besser als mein Kurdisch. Meine Englischlehrerin würde mir nicht glauben, dass mein verkrüppeltes Englisch besser ist als meine Muttersprache. Ich sage ihr das nicht, ich sage das niemandem. Ich spreche mit Shahira Deutsch, weil ihr Deutsch gebrochen ist, zwar nicht so wie das meiner Mutter, aber es hat Ausreißer. Sie ist sich der Fehler bewusst, kann sie aber nicht korrigieren, weil sie nicht die Mittel hat. Ich habe sie, enthalte ihr diese jedoch vor, weil ich dann endlich mit ihr auf Augenhöhe bin; nur wenn sie sich zu mir bückt, kann ich ihr in die Augen schauen. Meistens redet sie Kurdisch, und wenn sie das tut, dann versteht man erst richtig, warum alle Männer ihr verfallen: Die Welt versteckt sich in Shahiras Mund. Doch heute hört sie mir zu, es ist unangenehm, wie konzentriert sie mir zuhört. So viel Aufmerksamkeit gönnt sie sonst nur Younes, wenn er traurig ist.

»Bestimmt ist das eine gute Möglichkeit für deinen Vater«, sagt sie schließlich. »Für dich wahrscheinlich auch, du bist der Sohn deines Vaters. Ich könnte dort nicht leben, und ich würde auch nicht wollen, dass Younes dort lebt.«

»Warum nicht?«, frage ich.

»Als junges Mädchen wollte ich so gern Fahrrad fahren, aber ich durfte nicht.« Ich will mir Shahira nicht als Kind vorstellen, das kann es gar nicht gegeben haben, will ich ihr sagen, du als Kind.

Aber sie erzählt weiter. »Mein älterer Bruder hatte es mir auf dem Hinterhof beigebracht. Als ich dann mit dem Fahrrad rausging, pfiffen mir die Jungs nach. Ich war erst zehn, ich habe nicht verstanden, warum diese kleinen Jungen es nicht ertrugen, mich auf dem Fahrrad zu sehen.«

»Weißt du es jetzt?«

»Kannst du dir das nicht denken? Raffiq, du musst hierbleiben«, sagt sie. Für einen Moment glaube ich, sie würde mich gegen ihren Sohn tauschen wollen, ihn nach Frankfurt schicken, damit ich in seinem Zimmer leben kann, damit ich bei ihr sein kann. Aber sie weiß nichts von Younes' Plänen.

»Hier hast du alle Möglichkeiten. Dort herrscht Einschränkung«, sagt sie.

»Für dich vielleicht.«

»Glaubst du, du könntest dort mit deiner Freundin wie hier rausgehen und Quatsch machen?«

»Das ist nicht der Grund, warum ich nicht dahin will.«

»Was ist dann der Grund?«

»Ich kann kein Kurdisch.«

»Das lernst du. Ich habe ja auch Deutsch gelernt.« So wie

du Deutsch sprichst, möchte ich nicht Kurdisch sprechen, aber das sage ich ihr nicht.

»Es ist nicht perfekt«, sagt sie, »aber ich brauche auch nur eine Sprache, um zu denken.«

»Es ist nicht nur die Sprache. Was soll ich da machen? Ich weiß ja noch nicht mal, was ich hier machen soll.«

»Dort hast du nicht den Luxus, nicht zu wissen, was du machen sollst. Du machst das, was dir angeboten wird. Du bist jung, intelligent, du bist ein Mann. Dir stehen hier und dort alle Möglichkeiten offen. Niemand hindert dich.«

»Das ist das Problem. Ich habe so viele Möglichkeiten, dass ich nicht weiß, was der richtige Weg ist. Wenn man etwas Konkretes hat, dann kann man daran arbeiten; wenn du mir sagst, rechne diese Aufgabe aus, dann kann ich das machen.«

»Du musst dir eine Aufgabe überlegen. Das ist Freiheit, Raffiq.«

Vielleicht kann ich einfach nicht mit Freiheit umgehen.

Es stimmt, dass man im Winter keine Heizung braucht, wenn Shahira sich um einen kümmert. Younes hat nie gefroren, weil Shahira ihn in mehrere beigefarbene Wolldecken einrollte, und mich rollte sie auch ein und lachte, sagte, wir würden wie Lämmer ausschauen, und wir blökten, und zum Spaß sagten wir, wie sehr wir froren, und Shahira warf noch weitere Decken auf uns, dass unsere Gesichter verschwanden und wir verstummten und der Schweiß auf unsere Stirn trat, den Shahira im Schlaf wegwischte, und sie nannte uns die Eingehüllten, die Verhüllten, die Zitternden, und sie wurde immer leiser, und ich hörte nur noch ein Berühren ihrer Lippen, und ein Gespenst wohnte in Shahiras Körper, das etwas Fremdes

sprach: ein Gedicht oder eine Geschichte, einen Gedanken oder eine Sure, und wir schliefen in dichter Finsternis.

Abends scheint Vater gelöst, er sagt nur das Nötigste am Esstisch, zumindest fängt er keinen Streit an. Meine Mutter weiß nichts von seinen Plänen oder vielleicht doch. Vielleicht war das mit dem Handy ihre Idee, vielleicht bilde ich mir das alles auch nur ein, vielleicht nehme ich mich wichtiger, als ich bin.

»Ich habe heute mit Anwar telefoniert«, sagt Vater. Anwar ist sein jüngerer Bruder in Zaxo. »Er will sein eigenes Büro aufmachen und möchte, dass ich dabei bin.« Jetzt erst erzählt er es meiner Mutter – so wie ich heute Nachmittag ahnungslos war, so kann ich an ihrem Gesichtsausdruck ablesen, wie die Idee ihre Gefühle freilegt.

»Wie sollst du dabei sein, wenn du hier arbeitest? Bekommst du frei?«

»Nein. Er will, dass ich mit ihm dort arbeite. Ich werde wieder als Architekt arbeiten, in Kurdistan, meinen Beruf ausüben.«

Mutter isst langsamer, sie trinkt, und ihre Mimik ist für mich nicht zu deuten. Glücklich sieht sie nicht aus. Ich bin plötzlich ein Autist, nicht imstande, die Zwischentöne in ihrem Gespräch zu erkennen, die aufgerissenen Augen meiner Mutter, ihr beständiges Nicken, ihre wild wandernden Pupillen zu interpretieren.

»Ich komme nicht mit«, sage ich, lenke die Aufmerksamkeit auf mich. Ich will Mutter nicht mehr ins Gesicht schauen.

»Ich komme mit!«, ruft Newroz, weil sie glaubt, es sei ein Ausflug in einen Vergnügungspark.

»Wir gehen alle zusammen, Kleines«, sagt Vater. »Dein Bruder ist nur durcheinander.«

»Newroz, du darfst da nicht Fahrrad fahren«, sage ich, versuche, ihr die Tragweite klarzumachen, denn sie hat gerade ihre Fahrradprüfung bestanden und ist ganz stolz.

»Warum nicht?«, fragt sie. Verwirrt schaut sie meinen Vater an.

»Weil du ein Mädchen bist!«, sage ich.

Mein Vater schüttelt den Kopf. »Er nimmt dich nur auf den Arm. Du darfst da so viel Fahrrad fahren, wie du möchtest.«

»Bis die nächste Autobombe in die Luft geht. Dann ist es vorbei.«

»Das reicht!«, brüllt mein Vater. Jetzt schreit auch meine Mutter mich an, noch vor zwei Minuten war sie unentschieden. Newroz steht auf, rennt weg und heult. »Ich bleibe hier!«

Meine Mutter wirft mir ihre Vorwürfe schweigend zu, keine Worte, noch ist alles unklar, sie schwebt plötzlich, mein Vater hat sie in einen Heißluftballon verwandelt. Sie geht Newroz trösten.

»Es ist entschieden, Raffiq.«

»Du kannst nicht für uns entscheiden. Wir haben nicht darüber geredet.«

»Worüber willst du reden? Seit Jahren frage ich dich, was du hier machen möchtest. In deinem Alter musste ich bereits Entscheidungen für mein Leben treffen.«

»Und ich muss auch eigene Entscheidungen treffen.«

»Du kannst nicht alleine hierbleiben.«

»Ich gründe mit Younes eine WG. Wir studieren in Frankfurt. Wir haben schon eine Wohnung gefunden.«

»Du wirst nicht alleine hierbleiben. Erst recht nicht mit diesem Jungen, der dich verderben wird.« Ich weiß, dass er Younes mag, aber plötzlich ist er dieser Junge, der einen verderben wird, weil seine geschiedene Mutter mit Männern schläft.

»Mich verderben?«

»Dein Verhalten. Zwei Jungs alleine in Frankfurt, ohne Eltern, das ist der Anfang eines nichtsnutzigen Lebens.«

»Sein Vater lebt dort.«

»Kein Wort mehr darüber. Du kommst mit deiner Familie.«

»Du kannst mich nicht zwingen. Ich werde nicht für dich arbeiten, ich will kein scheiß Architekt werden.«

Er brüllt zurück: »Wir haben viel zu lange hier gelebt. Du bist schon verdorben!«

Wir essen nichts mehr, starren auf unsere vollen Teller mit Reis und Soße, die an den Rändern schon angetrocknet ist. Vater hat sich beruhigt und versucht nun, auf mich einzureden, aber ich stehe auf und gehe.

Von hier nach Zaxo sind es 3215 Kilometer Luftlinie.

Ich treffe mich mit Jenny bei Amca, der sein gesamtes Geschäft dem Verkauf von einem Gericht widmet. Almanesen nennen es »türkische Pizza« – alle anderen sagen Lahmacun. Es ist sinnlos, jetzt mit Jenny zu reden, um Amal hierzubehalten. Ich müsste jemanden finden, der den gleichen Einfluss auf meinen Vater hat wie Jenny auf Amal. Jenny sitzt bereits mit ei-

nem dampfenden Lahmacun da, ich geselle mich mit meinem zu ihr.

»Wie kann ich dir helfen?«, fragt sie.

Ich werde kein Wort über Amal verlieren.

»Wie kommst du darauf, dass ich deine Hilfe brauche?«

»Weil Jungs sich nicht einfach so mit mir verabreden.«

»Doch, wir können einfach hier sitzen. Essen. Quatschen.«

»Also ist das hier ein Date.« Sie lächelt. Es ist kaum wahrzunehmen, wenn man Jenny nicht kennt.

»Ja, also, nicht so eins, nicht mit der Betonung«, sage ich.

»Wie kann ich dir helfen, Raffick?«

»Kannst du dir vorstellen, auszuwandern?«

Sie seufzt. »Amal wird auf jeden Fall nach Chicago gehen.«

»Es geht jetzt nicht um Amal. Ich habe dich gefragt, ob du dir vorstellen kannst, in einem anderen Land zu leben?«

»Wenn das Land sonnig ist. Ich werde irgendwann nach Spanien auswandern, dort ein Café aufmachen und die besten Leckereien anbieten.« Sie erzählt es so, als wäre sie der erste Mensch, der auf diese Idee gekommen ist. Jenny, ein Pionier.

»Stell dir vor, deine Eltern wandern irgendwohin aus und du musst mit.«

Jetzt schaut sie mich mit aufgerissenen Augen an. Der Mund zwei Winkel, die nach unten zeigen. Sie schluckt schwer. »Raffick, musst du zurück?«

»Zurück? Jenny, ich bin hier geboren.«

»Ja, du weißt, was ich meine.«

»Ich bin kein scheiß Fisch, der ins Wasser muss.«

»Raffick, musst du zurück?«

»Zurückzurück! Was soll der Scheiß? Du klingst ja wie mein Vater! Genauso behindert klingst du, Jenny.«

»Hey, nicht so laut!«, ruft Amca von der Theke aus. »Du störst die anderen Gäste.«

Die *anderen Gäste* ist ein schwarzer Junge, der von seinem Handy hypnotisiert wird.

»Hey du!«, rufe ich den Jungen. Er schaut auf. »Ja, dich mein ich!« Er will keinen Stress, das sehe ich in seinem Blick, aber er ist auch bereit, mir eins auf die Fresse zu geben, wenn es sein muss. Aber das muss ja nicht sein.

»Gehst du irgendwann nach Afrika zurück?«

»Was?«

»Gehst du irgendwann nach Afrika zurück?«

»Ich verstehe dich nicht, Mann.«

»Bist wohl ein bisschen schwerhörig? Ich habe gefragt, ob du irgendwann nach Afrika zurückgehst.«

»Nein, Mann. Was soll der Scheiß?«

»Du fliegst gleich, Junge!«, ruft Amca.

»Ist gut, Raffick, ich hab dich verstanden.« Jenny legt eine Hand auf meine, sie ist warm und weich. Ich würde gerne meinen Kopf auf ihre Schulter legen, Jenny kann bestimmt gut trösten.

Den Appetit habe ich ihr nicht verdorben, sie isst trotzdem weiter. Ich rolle mein Lahmacun ein und beiße ein Stück ab.

»Was machst du nach dem Abi, Jenny?«

Sie redet mit vollem Mund. Meine Mutter würde sie mit einem Blick zum Schweigen bringen; erst kauen, dann sprechen.

»Ich mach auch Au-pair.«

»War das deine Idee?«

»Willst du nicht wissen, wo?«

»Wo?«

»In Chicago.«

»Ihr macht das zusammen.« Jetzt verstehe ich Amals Selbstsicherheit, sie heißt Jenny.

»Ich habe schon bisschen Schiss, Raffick.« Sie beißt ein großes Stück von ihrem Lahmacun ab, schaut nach draußen, als hätte sie Angst vor dieser Welt.

»Ich habe mir die Kriminalitätsrate von Chicago angeschaut. Die Stadt wird auch von einigen Leuten Chiraq genannt.«

»Was heißt das?«

Peinlich berührt erklärt sie es mir. »Chicago und Irak. Wegen des Irakkriegs.« Sie isst etwas schneller, stopft sich den Mund voll, dass sie nicht mehr reden kann.

»Und da wollt ihr hin?«

Sie zuckt mit den Schultern, würgt das Gekaute herunter, um etwas zu sagen.

»Ich wollte nach Texas«, ruft sie und merkt, wie bescheuert das klingt. Wahrscheinlich hat Jenny als kleines Mädchen davon geträumt, auf einem Pferd ihr Lasso zu schwingen.

»Ein Cowgirl.«

Sie grinst.

»Gefällt mir«, sage ich.

Sie grinst.

Jennys Wunsch, der nach einem Kindheitstraum klingt, so rein und naiv, erfüllt mich seltsamerweise mit Zufriedenheit.

»Da solltest du hin, Jenny, da ist es auch sonnig.«

Sanye ist eine Konstante. Seit ich sie kenne, hat sie sich nicht verändert. Nicht wie Jenny, sondern auf eine gesunde Art nicht verändert, so wie ein Baum wächst, beständig wächst, aber trotzdem an der gleichen Stelle bleibt, und je weiter er wächst, desto schöner wird dieser Baum, und je weiter er wächst, desto stärker wird der Baum, und aus den Ästen sprießen weitere Äste, und das Blattwerk rauscht im Wind, und du weißt, der Baum ist da, und das Blattwerk bietet Schatten in der Hitze, und das Blattwerk atmet Sauerstoff aus, und der Baum ist ein Baum. Sanye bleibt bei ihrer Mutter, sie wird nicht wie die meisten Mädchen aus der Stufe ein Auslandsjahr machen, sondern hierbleiben und hier wachsen. Sie ist der beste Beweis dafür, dass Amal falschliegt. Die Welt ist überall gleich, das beweist Sanye: Überall gibt es Bäume, gibt es Wasser und Wolken, die sich verschieben – mehr muss man über die Welt nicht wissen. Amal will die Menschen kennenlernen, wenn sie von Orten spricht. Dabei sind Menschen die einzige Unzuverlässigkeit an einem Ort, das Einzige, was den Ort nicht ausmacht. Wenn Younes nach Frankfurt zieht, dann bleibt er Younes, weil es immer noch Shahira gibt, weil das, was passiert ist, passiert ist. In Younes steckt seine Vergangenheit, sie hat Younes zu dem gemacht, was er heute ist. In Frankfurt kann er das vor anderen verstecken, aber abends im Bett wird die Vergangenheit ihm schwer auf der Brust liegen und jede Nacht ein bisschen mehr die Lunge zusammendrücken, bis Younes auch Frankfurt verlässt.

Und wenn Vater glaubt, er könnte in Kurdistan als Architekt irgendetwas bauen, was von Bestand ist, dann irrt er sich. Denn

über Kurdistan könnte nächste Woche schon ein Krieg hereinbrechen und seine Gebäude zermalmen – was aber bleibt, sind die Bäume, das Wasser und die Wolken. Was bleibt, ist Sanye.

Sanye plant eine Vor-Abi-Party am See, es gibt da eine Strandhütte, die zur Miete für solche Ereignisse frei steht. Sanye trägt die Leute in eine Liste ein, die mitfeiern wollen, es kostet zwanzig Euro. Niemand fragt sie, wofür das Geld ausgegeben wird, alle vertrauen Sanye. Ich schaue zu ihr rüber, während sie Namen einfügt, andere abhakt. Sanye hat außerdem die schönste Schrift, seit der Grundschule schon, da hält niemand mit.

Amal kommt auf mich zugestürmt. »Warum machst du Sachen kaputt, die dich nichts angehen?« Sie zündet sich eine Zigarette an und fuchtelt mit den roten Nägeln vor meiner Nase herum. Obwohl es kalt ist, trägt sie schwarze Leggings; an bestimmten Stellen schimmert die Haut durch.

»Ist dir nicht kalt?«

»Warum hast du das gemacht, Raffiq?«

Ich weiß nicht, wovon sie redet. In einigen Monaten ist sie in Chiraq, und ich bin vielleicht im echten Irak. Ich muss rausfinden, wie viele Kilometer uns trennen, wie viele Zeitzonen sich zwischen uns schieben und ob wir uns je wiedersehen werden. Ihr Shirt verdeckt kaum den Arsch, und Walid schaut ihr beim Vorbeilaufen auf den Hintern. Ich könnte jetzt ausrasten, oder ich nehme mir eine Handvoll Arsch, flüstere ihr was zu und lasse sie glauben, alles sei in Ordnung zwischen mir und ihr. Schließlich laufen alle Mädchen so rum, als wäre das die neue Schuluniform, dazu noch diese roten Lippen, die Menge an Wimperntusche, als hätten sich Fliegen darin verfangen, die Haare glatt gebügelt wie Gardinen.

»Du hältst es nicht aus, wenn man dich nicht braucht«, sagt sie. »Wenn man ohne dich Pläne macht. Du willst, dass alle wie Sanye mit einer Liste rumlaufen und dich fragen, ob sie dich in ihre Tabelle einfügen dürfen.«

»Ich habe keine Ahnung, wovon du sprichst«, sage ich ihr und greife nach ihrer Hand, will sie an mich drücken, ihr muss doch kalt sein.

»Du hast Jenny Chicago ausgeredet.«

Das war ja einfach.

»Sie will nach Texas. Nach scheiß Texas!«, schreit sie und schubst sich aus meiner Umarmung frei. »Weißt du, was in Texas los ist?«

»Nein, was denn?«, frage ich.

»Keine Ahnung. Interessiert doch keinen Arsch.«

»Jenny interessiert es.«

»Jenny weiß nicht, was sie will.«

»Und du weißt es für sie?«, frage ich. »Hast du überhaupt mit ihr geredet, ihr zugehört?«

»Seit wann interessiert es dich, was andere wollen?«

»Schon immer.«

Amal meidet mich für den Rest des Tages, beim Sportunterricht wählt sie Jenny in ihr Team, zieht es sogar vor zu verlieren, anstatt mich an ihrer Seite zu haben, dabei ist Amal eine schlechte Verliererin. Und weil Amal nicht in unserem Team ist, traut sich Walid, die Mädchenkörper zu kommentieren. Er sagt, dass Jenny eine Verschwendung von Körper sei, so sagt er das, »Verschwendung von Körper«, wenn es nach ihm ginge, müsste man den Körper neu zusammensetzen, um etwas Besseres daraus zu machen, etwas Fleisch von den Ober-

schenkeln an den Hintern packen und Weichheit des Bauches in die Brust fließen lassen, die Armhaare an die Wimpern kleben.

»Du bist ein scheiß Psycho«, sage ich ihm.

»Das bist du, Walid«, sagt auch Younes. Wir ekeln uns vor Walid und sind uns einig, dass er bei der Party am See auf keinen Fall dabei sein darf.

»Ein potenzieller Serienkiller, dieser Spast«, sage ich zu Younes. Aber Younes hat keine Lust, über Walid zu sprechen, und fragt mich, ob ich über seinen Vorschlag nachgedacht habe.

»Wie finanzieren wir das?«, frage ich.

»Wir arbeiten. Wir bekommen Bafög.« Er hat sich informiert. »Es gibt so viele Möglichkeiten.« Wenn er von Möglichkeiten spricht, klingt er wie seine Mutter.

»Ich muss das wissen, Raffiq, bist du dabei oder nicht?«

»Mein Vater will, dass ich im Irak studiere.«

»Willst du das auch?«

»Nein, Mann«, sage ich und vermeide seinen Blick. »Weiß deine Mutter jetzt von deinen Plänen?«

»Das geht sie nichts an.«

»Willst du einfach abhauen?«

»Raffiq, das ist nicht die Entscheidung unserer Eltern. Zum ersten Mal dürfen wir entscheiden. Wieso verstehst du das nicht?«

»Frankfurt ist nicht deine Entscheidung, dein Vater lebt dort.«

»Raffiq, wir lernen neue Leute kennen, neue Orte, wir reisen in den Semesterferien nach Italien, wir arbeiten, wir treffen andere Menschen.«

»Das hast du schon gesagt.«

»Ja oder nein, Raffiq?«

In diesem Moment wird mir klar, dass Younes mich braucht, so wie Amal Jenny in Chicago braucht, so braucht er mich. In Frankfurt kennt er niemanden, selbst den eigenen Vater nicht, und zwischen diesen fremden Blicken muss er sich zurechtfinden.

»Ich komme mit, Mann.«

In der Küche füllen Mutter und Jamals Frau Weinblätter und falten sie zu kleinen, dicken Rollen. Ihre Stimmen sind gedämpft, Mutter erzählt von Vaters Plänen, und Jamals Frau hört ihr zu, das Gesicht wirkt weich wie geschlagene Sahne.

»Mach dir ein Sandwich, bis das Essen fertig ist«, sagt Mutter zu mir.

»Ich habe keinen Hunger.« Jamals Frau schaut mich mitleidig an, denkt, in einigen Monaten sei ich in Kurdistan, verzeiht mir, dass ich sie nicht gegrüßt habe. Als ich auf mein Zimmer gehe, fängt meine Mutter wieder an zu flüstern. Newroz sitzt an meinem Schreibtisch und malt etwas. Sie weiß, dass sie sich nicht allein in meinem Zimmer aufhalten darf, trotzdem ignoriert sie mich, als wären alle Regeln seit Vaters Ankündigung außer Kraft gesetzt. Gäste werden nicht mehr begrüßt, Privatsphären nicht mehr respektiert, und am Esstisch lasse ich Autobomben explodieren.

»Geh raus.«

Ohne Protest verlässt sie das Zimmer, tut immer noch, was man ihr sagt. So sind wir erzogen, wir tun, was man uns sagt. Wir tun, was Vater und Mutter uns befehlen. Und Vater kann

sogar Mutter überstimmen, das Gegenteil ist selten der Fall. Im Grunde müsste ich es schaffen, Mutter und Newroz auf meine Seite zu kriegen. Wir müssten uns gegen Vater stellen. Er kann allein in sein Kurdistan. Ich schaue auf Newroz' Zeichnung. Sie hat einfach auf meine Tabelle gemalt, die Worte »Lebensziel« und »Erwartungen« schweben über der Zeichnung: eine Familie vor einem Haus. Newroz hat all ihre Erwartungen und Ziele in einem simplen Bild zusammengefasst. Sie kann gut zeichnen, muss das von Vater haben. Vielleicht kann sie für ihn in Kurdistan Architektin werden, auch wenn sie dann nicht mehr Fahrrad fahren darf. Ein bisschen Ungerechtigkeit in der Kindheit könnte ihr zur Inspiration dienen.

Irgendwann wird die Welt stillstehen, wenn Shahira es nur will. Sie wird mir verraten können, warum Mutter und Newroz nicht in Kurdistan leben wollen sollten, auch wenn sie es noch nicht wissen. Mit Hilfe von Shahira habe ich gelernt, Menschen zu lesen. Ich kann Younes auswendig, Amal versucht, mir Schwierigkeiten zu bereiten, aber auch sie ist verständlich. Meinen Vater habe ich unterschätzt; ich habe nämlich die allererste Regel ignoriert, die Shahira mir beigebracht hat: darauf zu achten, wie jemand nach Hause kommt, was er von draußen mitbringt.

Wenn ich traurig nach Hause komme, passiert nichts. Ich weiß das, ich habe es schon ausprobiert. Meine Mutter bemerkt das nicht, sie fordert mich auf, den Müll rauszubringen oder Oliven für den Salat kaufen zu gehen, als wäre es egal,

ob ich traurig bin. Shahira liest die Menschen, meine Mutter liest nur Jamals Frau. Ich erinnere mich nicht, ob sie mich je umarmt hat, weil ich traurig war. Aber ich möchte auch nicht von ihr angefasst werden, ihre Hände sind immer nass, weil sie ständig was spült. In Kurdistan wird sie sich mit einer anderen Frau anfreunden, die vielleicht mit einem Mann verheiratet ist, der Jamal heißt. Aber in Kurdistan gibt es keinen Younes, keine Shahira, sie können nur hier existieren, sie sind nur hier möglich.

Ich klingele einige Male, bis Younes mir die Tür öffnet. Als er mich sieht, befiehlt er mir reinzukommen und rennt wieder ins Wohnzimmer, von dort aus auf den Balkon. Ich folge ihm, da steht auch Shahira am Geländer, und beide schauen auf den Marktplatz, wo es offenbar eine Rangelei gibt.

»Was ist da los?«

»Jamal und Ramsy prügeln sich«, sagt Younes.

Shahira schaut entsetzt hinunter zum Geschehen: zwei Körper, die aufeinander einschlagen, unpräzise, aber hart. Wir hören nicht, wie Fäuste auf das Fleisch treffen, die Haut am Gesicht aufreißt – wir spüren bloß unsere Gedärme sich winden. Shahira zuckt bei jedem Schlag zusammen. Sie fürchtet, ihr Liebhaber Ramsy könnte nach dem Kampf entstellt sein.

Sie schwitzen, sie bluten, sie spucken, werden zu einer Einheit. Einige Männer trauen sich, Jamal aus dem Kampf zu ziehen, aber da schimpft Ramsy ihn auch schon einen dreckigen Hund, und Jamal, also der dreckige Hund, nutzt seine letzten Kräfte, um sich erneut auf Ramsy zu stürzen, dessen Nasenblut die untere Hälfte seines Gesichts rot maskiert hat. Ramsy geht zu Boden, er ist viel zu dünn, um sich gegen Jamals Ge-

wicht zu stemmen, obwohl Jamal nicht wesentlich breiter ist, er scheint trotzdem stärker als Ramsy zu sein, hat mehr Energie, bewegt sich schneller. Jetzt greifen aber fünf oder sechs Leute ein und versuchen, die zwei auseinanderzubringen. Kinder schwärmen um die Szenerie. Manche lachen, verstehen nicht, was da passiert. Jamals Sohn steht verwirrt neben seinen Freunden, und der Junge ist mir wirklich egal, aber plötzlich hoffe ich, dass dem Esel Jamal nichts passiert. Ob Jamals Frau mit ansieht, wie ihr Mann sich auf dem Marktplatz mit dem Kassierer Ramsy prügelt? Ich schaue wieder zu Shahira, die mit erstarrtem Blick die Menschen beobachtet.

»Ich frage mich, weswegen sie sich streiten.«

Shahira guckt mich an, die Stirn gerunzelt. »Ist das wichtig?«, fragt sie.

»Das ist das Wichtigste.«

»Wahrscheinlich wegen eines dummen Kartenspiels«, sagt Younes, die Aufmerksamkeit immer noch auf Ramsy und Jamal gerichtet. In der Ferne hören wir Polizeisirenen, sie werden sich Zeit lassen, bis sie hier sind. Schließlich sind die zwei Körper voneinander getrennt, beide können sich kaum auf den Beinen halten, laufen orientierungslos im Kreis, zum Abhauen ist es zu spät. Die Polizei ist eingetroffen und rennt auf die Männer zu, nimmt die zwei fest, Ramsy fällt zu Boden und steht nicht mehr auf. Zwei Polizisten leisten Erste Hilfe. Jamal torkelt im Griff eines Polizisten auf das grün gestreifte Auto zu, brüllt Schimpfwörter in Ramsys Richtung, nur dass es nicht Ramsys Richtung ist, aber alle wissen, wem die Worte gelten, und nehmen es ihm nicht übel. Am Abend wird das Blut schwarz angetrocknet sein, ein paar Jungs werden daste-

hen und sich gegenseitig erzählen, wer was gesehen hat. Sie werden den Kampf zwischen Jamal und Ramsy parodieren, einander zum Spaß wehtun, einer wird zu laut schreien, und die Polizei wird wieder gerufen werden, die die Jungs nach ihren Ausweisen fragt, sie schließlich nach Hause schickt.

Wir gehen rein, sitzen schweigend auf dem Sofa und rauchen. Shahira zittert, sie versucht, das durch schnelles Ziehen und Aschen zu vertuschen, aber sie hat in der Zeit schon zwei Zigaretten geraucht.

»Was ist los?«, fragt Younes, auch er hat ihr Verhalten bemerkt und hält es nicht mehr aus. »Was ist mir dir?«, fragt er wieder, weil sie ihn offenbar beim ersten Mal nicht gehört hat.

»Nichts, mein Herz, der Kampf hat mich nur aufgewühlt. Zu sehen, wie zwei Menschen so aufeinander losgehen, wie sie einander wehtun können. Macht dir das keine Angst?«

Younes gibt sich mit dieser Antwort zufrieden, aber er weiß auch nichts von Shahiras Affäre mit Ramsy. Ich verstehe einfach nicht, wie so ein Ramsy es schafft, mit Shahira zu schlafen. Sein dürrer Körper stellt eine Respektlosigkeit dar, mit seinen knochigen Fingern entweiht er sie, an Jamals Stelle hätte ich fester zugeschlagen.

Shahiras Oberschenkel sind zum Anfassen geformt, rund und weich, ohne zu wabbeln, man will sie berühren, zwischen ihre Beine greifen, sie zum Kichern und Zittern bringen, aber dann könnte sie über dich herfallen und dich verschlucken. So viele Kurven, die alle bedacht werden wollen. Ich kann mir keinen Mann vorstellen, der es schafft, sie so zu nehmen, zu begehren, dass sie nie wieder aufsteht, um anderen Männern hinterherzuhecheln. Ich glaube Shahira sucht den Mann, der

fünfzig Augen und drei Schwänze hat, um sie zu begehren und zu befriedigen. Solange dieser Mann nicht auftaucht, hurt sie rum. Wir nennen es so lange Rumhuren, bis wir verstanden haben, dass Shahira eine andere Spezies ist; ein neuartiges Wesen, ein Mutant vielleicht, durstig, der nur von einem dreischwänzigen Mann mit zehn Litern Sperma gestillt werden kann, aber nicht von einem Kassierer namens Ramsy.

Shahira geht früh ins Bett; zerstreut, wie der Kampf sie hinterlassen hat, ist keine Unterhaltung mit ihr möglich.

»Kannst du dir vorstellen, wie es sich anfühlt, jemanden so blutig zu schlagen?«, fragt Younes. Der Fernseher beleuchtet Younes' Haut blau, bestrahlt die Muskeln, die nur in Kämpfen unter Anleitung arbeiten. Denn Younes kann sich nicht erlauben, auszurasten.

Ich nicke, ja, ich kann mir vorstellen, jemanden blutig zu schlagen. »Gehen wir raus?«, frage ich.

»Heute nicht.«

Ich liebe das Viertel im Frühling; wenn die Sonne länger scheint, die Tage nicht enden, wenn die Straßen vom Aprilregen schwarz glänzen, abends das orange Licht der Laternen in den Asphaltpfützen reflektiert wird, die Bremslichter, die Kiosklichter, die Leuchtreklamen der Wettbüros spiegeln sich auf der nassen Straße – dann verwandelt sich das Viertel in eine Galaxie. Die Cafés arrangieren weiße Plastiktische auf dem Gehweg, beim Überqueren der Straße liegt ein leichter Kebabduft in der Luft, die Hitze des Holzkohlegrills weht herüber, wenn Gäste den Laden verlassen, vor dem Waschsalon strömt Dampf aus dem vergitterten Abluftschacht und deckt einen mit Waschmittel-

geruch ein. In einer Shisha-Bar lachen ein paar Freunde laut, und der türkische Bäcker verkauft die letzten Baklava. Irgendwo sitzen auf einer Bank zwei Penner, die Bier und einen warmen Lahmacun in den Händen halten und froh sind, den Winter überstanden zu haben.

Ich gehe zu den Jungs in die Shisha-Bar und frage, ob sie den Grund für den Kampf kennen.

»Es gibt nur Gerüchte«, sagt Majit.

»Das sind keine Gerüchte, Mann«, sagt sein Bruder Maher. »Mein Vater hat gesagt, dass Ramsy mit Shahira geflirtet hat. Ramsy ist nicht zu gebrauchen, wenn sie bei uns im Laden ist.« Mit einer Zange klopft Maher den Kohlewürfel von Asche frei. »Jamal hat's irgendwie mitbekommen und ist ausgerastet, der hat wohl auch was mit ihr am Laufen, wollte ihre Ehre retten, als könnte man die Ehre einer Qahba retten.«

»Die Ehre einer Qahba. Guter Songtitel«, sagt Majit und tippt es in sein Handy ein.

»Jamal?« Aber er ist doch verheiratet, hätte ich beinahe gesagt, als spielte das eine Rolle. Aber er ist doch ein Verlierer, ein Spieler, ein nerviger Nachbar, gibt dumme Kommentare von sich, er ist doch Jamal – ich verstehe Shahira mit jedem Tag etwas weniger. Bevor der Zigarettengeruch und der Shisha-Dampf in meine Kleidung dringen, verabschiede ich mich von den Jungs und gehe nach Hause.

Jamals Frau sitzt gekrümmt auf unserem Sofa und heult in ein Taschentuch, während Mutter ihr über den Rücken streicht. Ihr Sohn Bilal sitzt wie ein Fremder am Ende des Sofas, schaut merkwürdig schuldbewusst auf seine Fingernägel, unter de-

nen dreckige Linien verlaufen. Mit dem Daumennagel ritzt er die Nägel vom Dreck sauber; ich will ihm sagen, es sei nicht seine Schuld, dass Jamal sein Vater ist. Mein Vater sitzt etwas weiter weg von den Frauen, aber er hat die Ellbogen auf die Knie gestützt und redet auf Jamals Frau ein. Sie solle den Gerüchten keinen Glauben schenken, Jamal sei ein guter Mann. Und sie widerlegt Vaters Verteidigung, indem sie verrät, wie spät Jamal an Wochenenden nach Hause komme, manchmal sogar gar nicht, er räume das Konto leer und gebe ihr kein Geld, sie müsse ihn anbetteln.

»Das ist kein Leben.« Sie wiederholt den Satz, bis wir vergessen, was er bedeuten soll.

»Ich habe schon immer geahnt, dass er was mit dieser Frau hat.«

Und dagegen kann mein Vater nichts sagen.

Jamals Frau vergisst ihre Gestik und Mimik, sie weint nur und hört nicht mehr auf, egal, wie oft meine Mutter mit der Hand über ihren Rücken geht, die Frau weint ihr Gesicht völlig nass, und auch als sie ihr Gesicht mit den Händen trocknet und Vater ihr frische Taschentücher reicht, wirkt das Gesicht noch nass. Bilal verkrampft die Lippen, und seine Augenlider sind nicht mehr träge, er ist wach und drückt sich in die Couch. Ich lege eine Hand auf seine Schulter und sage ihm, er solle mitkommen, er schüttelt den Kopf. Ich verarsche ihn mit dem uralten Trick, dass ich in meinem Zimmer was für ihn hätte. Wir gehen in mein Zimmer, und ich schaue mich um, was man einem Zehnjährigen zum Spielen geben könnte. Ich schalte meinen PC ein und mache *Fifa* an. Er sitzt völlig verloren vor dem Bildschirm, und dann schaut er mich an.

»Ich will nicht spielen«, sagt er. »Das ist was für Kinder.«

»Du bist ein Kind.«

Er scheint darüber nachzudenken, aber er rührt die Maus nicht an.

»Willst du vielleicht einen Film schauen oder so? Oder guckst du irgendeine Serie?«

Er schüttelt den Kopf.

»Jeder schaut irgendwas. Was guckst du im Fernsehen?«

Er zuckt mit den Schultern.

»Okay, dann zeige ich dir, was ich früher gern geguckt habe.« Ich tippe auf YouTube *Chip und Chap* ein und erzähle ihm von der Rettungstruppe: Es sind zwei Streifenhörnchen, eins seriös, das andere trottelig, ich wollte immer Chip sein – das war der Coole, er hatte so einen Filzhut auf und eine braune Jacke an. »Aber Chap fand ich lustiger, und ich glaube, ich bin Chap geworden.« Bilal lacht nicht und schaut nur auf den Boden, deswegen labere ich einfach weiter: »Ihr Haustier, also die Hausfliege, heißt Summi. Die Rettungsgruppe klärt Fälle auf, das sind Detektive. Ich wollte auch ein Detektiv werden. Sie retten Menschen und manchmal sogar die ganze Welt.«

»Kommt mein Vater ins Gefängnis?«, fragt er.

Das weiß ich nicht, aber ich antworte einfach: »Nein, die Polizei stellt ihm nur ein paar Fragen, und dann kann er wieder gehen.«

»Seine Nase hat geblutet.«

Der Krampf löst sich aus seinem Körper, und der Junge weint, faltet die Arme auf dem Tisch ineinander und versteckt das Gesicht. Er erinnert mich an den jungen Younes, als er beim Weihnachtsfrühstück weinte, auch leise und mit der gleichen

Schwere auf dem dünnen Rücken. Die Körperhaltung, das Weinen, das verzögerte Atmen ist eine zeitlose Choreografie: das erste Mal Weinen verursacht durch den Schmerz, den sich Erwachsene gegenseitig beibringen. Schmerz beibringen, so eine eigenartige Bezeichnung, um sich von den Wunden des anderen zu distanzieren. Ich gehe ans Fenster, schaue raus, weil das Weinen nicht aufhört, wenn jemand zuschaut. Younes konnte erst aufhören zu weinen, als die Lehrerin ihn nach draußen gebracht hat.

Mein Vater ist ein asozialer Bastard, er redet von Kurdistan, als Jamals Frau und sein Sohn nach Hause gegangen sind, er sagt, hier verderben die Menschen, es gebe keinen Anstand, selbst erwachsene Männer könnten sich nicht beherrschen, sagt er und schaut mich dabei an.

Mutter sagt, wenn auch abwesend – wahrscheinlich ist die Vernunft in sie eingedrungen –, in Kurdistan seien die Menschen nicht anders. »Streit und Schmerz gibt es überall.«

»Du möchtest, dass Raffiq hierbleibt und keiner auf ihn aufpasst, keiner ihn erzieht, ihm zeigt, was richtig und falsch ist?«

»Ich weiß, was richtig und falsch ist.«

»Du bist ein Kind.«

»Wieso sprichst du so, als würden wir Raffiq hierlassen?«, fragt Mutter. »Wir haben uns noch nicht entschieden, ob wir diesen Schritt gehen wollen.«

»Ich dachte, das hätten wir«, sagt Vater.

Mutter schüttelt den Kopf. »Ich habe dir gesagt, ich werde darüber nachdenken.«

Schließlich leert Vater sein Chai-Gläschen in einem Schluck, sagt: »Ich werde gehen, ob du mitkommst oder nicht.« Er steht auf und verlässt das Wohnzimmer.

Meine Mutter sagt nichts.

»Ich bin bald achtzehn.«

»Du bleibst weiterhin unser Kind.«

»Euer Sohn, nicht euer Kind.«

»Raffiq, vergiss nicht, wir sind keine Deutschen, wir lassen unser Kind nicht wegen einer Zahl alleine.«

»Das ist nicht einfach nur eine Zahl. Das ist die Zeit. Das sind achtzehn Jahre.«

»Ich höre nur: acht und zehn.«

»Er wird schon nachgeben. Du darfst jetzt nur nicht schwach werden.«

Mutter schaut mich vorwurfsvoll an, das kann sie so gut: Sie schaut einen für fünf Sekunden stumm ins Gesicht, ganz starr wird sie, und dann schließt sie die Augen und dreht den Kopf zur Seite und blickt niemanden mehr an, jedes Wort wird von ihrem Schweigen verschluckt – man hört sich, aber bei ihrem Anblick klingen die Worte banal, sie ist ein schwarzes Loch, und man muss aufpassen, nicht zu lange in ihrer Gegenwart zu bleiben. Als ich gerade gehen will, sagt sie, ich würde es darauf anlegen, sie zu einer verlassenen Frau zu machen, zu einer Shahira. Sie sagt: ne-sakini – eine Ungehaltene, eine Ungeduldige, eine Nicht-Wartende. Shahira ist eine Nicht-Wartende, eine Frau, die man nicht halten kann. Und sie spricht von Scheidung und sagt: ber-dan – jemanden freilassen, jemanden nicht mehr festhalten. Wenn ich die Wörter übersetze, verlieren sie ihre Bedeutung.

Ich schaue mir auf YouTube eine Folge *Chip und Chap* an, die Folge, die der Kleine verpasst hat. Wer weiß, wie viele Dinge er verpassen wird, weil Jamal sein Vater ist, wie viele Möglichkeiten ihm entgehen, wie viel er nicht wissen wird. Letztens bei Schulschluss holte ein Vater seinen Sohn ab, der Kleine war vielleicht in der sechsten Klasse, und der Vater war mit seinem Fahrrad gekommen, sie liefen vor mir, und ich hörte sie wie zwei Erwachsene miteinander sprechen, ging ihnen eine Weile nach, weil ich ihr Gespräch interessant fand: Der Vater erklärte seinem Sohn den Unterschied zwischen einem Requiem und einer Symphonie, und sie unterhielten sich über Mozart und darüber, dass der Junge seine Musiklehrerin nicht mag, und der Vater meinte zu ihm, er solle nicht Mozarts Requiem hassen, weil er seine Lehrerin nicht mag. Das fand ich ganz vernünftig vom Vater, so etwas seinem Sohn zu sagen.

Neben dem Video werden andere als Vorschläge aufgelistet, und da ist eine Dokumentation über die Bomben der USA – *Little Boy und andere Albträume Made in USA*.

Ein Bombenexperte mit grauem Haar erklärt, wie die teuerste Bombe der USA funktioniert – sie kommt kaum zum Einsatz, aber wenn, dann schlägt sie mit teuflischer Präzision ein. So sagt er das: teuflische Präzision. *»Jeder der 250-Kilo-Sprengsätze ist so eingestellt, dass er unmittelbar über dem Ziel zündet und so seine tödlichste Wirkung entfaltet, die mehr vom Überdruck als vom Zerfetzen des Opfers ausgeht. Das bei der Explosion entstehende Vakuum saugt die Luft aus der Lunge, während die Schockwelle Knochen zermalmt und die inneren Organe jedes Menschen im Umkreis von 50 Metern zerreißt oder zerschmilzt.«*

Dieser Bombenexperte mit den grauen Haaren nickt am

Ende seiner Beschreibung, guckt ganz bedrückt an der Kamera vorbei, zu dem Reporter vermutlich, und nickt, als wären seine Halswirbel locker. Ich scrolle nach unten, lese die Kommentare, und die meisten von ihnen sind von Almans, die witzig sein wollen.

Was spielen Kinder im Irak?, fragt einer und gibt auch die Antwort: *Verstecken mit Anschlag.* 122 Likes.

Alman zwei kommentiert: *Wer sucht, der findet. Wer drauftritt, der verschwindet.* Nur 36 Likes.

Alman drei kommentiert: *Was ist der Unterschied zwischen einer pakistanischen Schule und einer Basis der Taliban? Keine Ahnung, ich fliege ja nur die Drohne.* 72 Likes.

Ibo kommentiert: *Ihr Hurensöhne Kinder sterben das ist nicht witzig.* Nur fünf Likes. Ich gebe ihm einen Like.

»Was jetzt, zerreißt oder zerschmilzt? Das sind zwei sehr unterschiedliche Arten von Zerstören, oder?«, frage ich Walid am nächsten Tag.

»Eine Bombe zerreißt dich. Schmelzen klingt harmlos, klingt nach Schokolade.«

»Stimmt, wenn der Magen zerschmilzt, dann tut das bestimmt nicht weh, so langsam vor sich hinschmilzt«, sage ich. Aber die Ironie hört Walid gar nicht.

»Nein, nein, schmelzen ist etwas anderes als zerschmelzen. Zerschmelzen passiert schneller. Wenn etwas zerschmilzt, ist nichts mehr da, und wenn etwas schmilzt, dann ist noch was übrig, aber in einer anderen Form. Chemie, achte Klasse«, sagt er. Ich hasse es, wenn Leute das machen. Einen Fakt nennen und die Schulklasse, als würde sich alle Welt merken, was man in der achten Klasse an Quatsch gelernt hat.

»Ob der Magen zerschmilzt oder schmilzt, ist doch scheißegal.«

»Nein, eben nicht.«

»Ein Unterschied ist, ob der Magen zerreißt oder zerschmilzt. Das sind zwei Arten von Schmerzen.«

»Da bist du schon längst tot, du bekommst das gar nicht mehr mit«, sagt er. »Jetzt hör auf, Mann, du deprimierst mich.« Ich erzähle ihm nicht von den Witzen. Younes kommt auf uns zu.

Ich bin heute zu spät zur Schule gekommen, damit ich nicht mit ihm laufen oder auf den Unterricht warten musste. Im Kurs habe ich mich kein einziges Mal nach hinten gedreht. In der Pause lief ich auf die Toilette, hab ihm nur kurz zugenickt. Jetzt grüßt er uns beide, und Walid meint, er müsse noch schnell ins Sekretariat.

»Was ist los mit dir, gehst du mir aus dem Weg?«, fragt Younes. Die meisten Menschen verstehen einen auch dann nicht, wenn man vor ihnen den eigenen Körper seziert. Younes reichen ein paar Blicke oder Nicht-Blicke, ein Wort, das nicht gesprochen wird, ein Handschlag, der am Morgen fehlt. »Hast du wegen Frankfurt Bedenken?«

»Ich weiß nicht, ob ich mit nach Frankfurt will«, sage ich.

»Mann, was soll das? Ich habe schon meinem Onkel Bescheid gesagt, dass wir kommen. Du kannst nicht jeden Tag deine Meinung ändern.«

»Ich kann doch nicht meine Entscheidung von deinem Onkel abhängig machen.«

»Ich verstehe dich nicht«, sagt Younes und sein Gesicht, dieser Ausdruck, als hätte ich ihn verraten.

»Mein Vater gibt keine Ruhe.« Und deine Mutter macht es nicht einfacher.

Meine Eltern sitzen im Wohnzimmer, sitzen genauso da wie gestern Abend, meine Mutter hat geweint. Die Falten in Vaters Gesicht sind tiefer, und sie werden bleiben, sie werden mich zukünftig daran erinnern, wie meine Eltern im Wohnzimmer saßen, als hätten sie schon seit Stunden dort gesessen, ab und zu einen Gedanken geteilt, wieder geschwiegen, geweint, die Hände verkrampft, bis der Schmerz in den Fingern die Haut betäubt.

Mein Vater schaut zu mir und sagt mit belegter Stimme, ich solle mich mal zu ihnen setzen.

Er fragt, was er mir bieten könne, damit ich mit nach Kurdistan komme.

»Nichts. Ich will, dass wir hierbleiben«, sage ich, schaue zu meiner Mutter, die zurückschaut. Mein Vater nickt, aber nicht so wie der Bombenexperte, sein Nicken nimmt allmählich ab und geht in ein Nachdenken über. Es ist still, ich höre mich selber atmen.

»Was willst du?«, fragt er.

»Ich habe es doch gerade gesagt, ich will hierbleiben.«

»Ich habe dich nicht gefragt, was du hier willst, sondern was du willst, unabhängig von allen Orten dieser Welt.«

Ich denke an alles Mögliche, aber keine Antwort wird ihn zufriedenstellen. Ich denke zum Beispiel an Amals Tabelle mit Newroz' Zeichnung, ich denke an das Programmkino, ich könnte Shahira dort helfen, ich denke, ich könnte Leuten helfen, ihren Herzenswünschen nachzugehen, wie Jenny mit Texas oder Majit mit seiner Rap-Karriere. Ich bin gut darin. Ich

könnte Manager werden oder Coach. Und weil ich das alles nicht meinem Vater erklären kann, lüge ich ihm was vor: »Ich möchte neue Leute kennenlernen, ich möchte in den Semesterferien nach Italien reisen, ich möchte hier arbeiten.« Ich wiederhole einfach Younes' Aussage.

»Das klingt nicht nach dir, Raffiq«, sagt Vater schließlich.

»Babu, wenn ich hier studiere, habe ich einen deutschen Abschluss und kann überall auf der Welt arbeiten. Auch in Kurdistan.«

»Das wirst du aber nicht, du wirst dann hierbleiben. Wenn du in Kurdistan deinen Abschluss machst, wirst du auch dort arbeiten wollen.«

»Aber ich bitte dich, du kannst doch keinen deutschen Abschluss mit einem kurdischen vergleichen.«

Er lacht kraftlos, ein verzweifeltes Geräusch. Diesen Satz hat er oft genug von Behörden gehört, wenn er erzählt hatte, er sei Architekt. Vaters Augen sind auf einen fernen Punkt gerichtet, auf seine Vergangenheit, auf die Woche, die er im Schlafzimmer verbracht hat, als er endgültig den Gedanken aufgegeben hat, in Deutschland ein Architekt werden zu können. Diese Woche ist es, was meinen Vater fertiggemacht hat, und jetzt erst verstehe ich, warum ich nicht dahin will, der Gedanke wiederholt sich in meinem Kopf wie eine Idee, die vor uns allen schon existierte, aber mir jetzt einleuchtet.

»In Kurdistan werde ich das, was du hier bist.«

Mehr sage ich nicht, ich rede nicht vom Scheitern; mein Vater weiß, was an diesem Satz hängt, und der Satz liegt wie eine Leiche in unserem Wohnzimmer, wir starren alle auf sie, und meine Mutter ist es, die ein Geräusch von sich gibt, ich

schaue sie an, und sie lächelt – es ist das kleinste Lächeln der Welt, ein Hauch von einem Lächeln, aber das reicht mir.

Wir nennen es Strandparty, aber eigentlich sind wir nur am See, und die Stadt hat ein bisschen Sand am Ufer abgeladen, fühlt sich an wie falscher Rasen, und dann dieser kleine See, so klein wie unsere Welt, aber wir nennen es trotzdem Strandparty. Alle wollen in der Nähe des Sees sein, in der ersten Reihe stehen und ins Wasser starren, fordernd, als wollten wir uns zurückentwickeln, um im Wasser zu leben, weil dort Worte ungehört bleiben. Alle Abiprüfungen sind geschrieben, wir verkürzen das Warten auf die Ergebnisse mit Partys: Die Jungs kümmern sich um das Grillfeuer, die Mädchen kümmern sich ums Essen, allen voran Sanye, sie hat Sardinen gekauft, die wir auf das Grillgitter legen wie Soldaten, schön akkurat, und dann träufelt Sanye Zitronensaft darüber, sie presst eine halbe Zitrone in ihrer Hand aus, siebt mit den Fingern den Saft, die Kerne bleiben in ihrer Hand, der Saft fließt zwischen ihren Fingern auf unsere Sardinen, und fein gehackte Petersilie rieselt auf das Grillgut – ich rieche auch Dill und Minze –, und Sanye drückt Wasabitränen aus der Tube, und wir kriegen nicht genug vom Fisch, und jemand sagt, so müssen die Finger einer Meerjungfrau schmecken, und Sanye lacht, und Sanye gibt uns Brot, sagt, das würde unseren Hunger stillen, aber wir bleiben hungrig. Jemand schaltet Musik ein, und wir setzen unsere Sonnenbrillen auf, Jenny tanzt mit Amal, die Sonne streichelt unsere Schultern, es ist unanständig heiß für ei-

nen Maitag, und der Mai sollte nie enden, und dann fangen wir an zu lügen: Wir sollten mal auf ein Jay-Z-Konzert gehen, und einer erzählt, er sei gerade in Berlin, und dann könnten wir in Kreuzberg Shisha rauchen, und den Sommer sollten wir in Havanna verbringen – mich schaudert es vor so viel Glück. Jenny hat eine Shisha mitgebracht, die wir rauchen, und niemand kann uns was, wir sind hier, und wir sind laut und essen Sardinen mit Zitrone und Petersilie und Wasabi, der in der Nase brennt, zwischen die Augen sticht, und Sanye fängt auch noch an zu tanzen. Younes ist gelöst, taucht die Zehen immer wieder in den Sand, Häufchen bleiben auf seinem Fußrücken und den Zehen liegen, kleine Pyramiden, der Sand muss ihn bestimmt kitzeln, und ich berühre mit den Fingern den Sand, der warm und weich ist. Auf diesem Sand könnte man schlafen.

Irgendwann tanzen Sanye und Younes miteinander, eng umschlungen, und man will stehen bleiben und sie betrachten, wie im Museum, man will es unbedingt verstehen. Um sie herum tanzen alle anderen wie Gespenster, durchsichtig sind ihre Körper geworden, weil Younes sich mit Sanye bewegt.

Ich konzentriere mich auf die Beine der Mädchen. Mit kurzen Kleidern weihen sie den Sommer ein, und vom Tanzen haben sie ganz verschwitzte Kniekehlen – sie wissen gar nicht, wie schön ihre Kniekehlen sind, dieser Übergang von der Wade zum Oberschenkel, wahrscheinlich schauen die meisten Jungs den Mädchen auf den Arsch, ja, der ist auch wichtig, aber die Kniekehlen haben etwas ganz Intimes, sie sehen fast zerbrechlich aus, wenn sie knicken, und die meisten Mädchen

sind kitzlig an der Stelle. Jede Hautstelle, die das Mädchen zum Lachen bringt, ist interessanter als der Arsch, der sich in den Händen gut anfühlt, aber ich glaube, die meisten Mädchen spüren auf den Backen nichts, sie reagieren nämlich überhaupt nicht darauf.

Wenn Shahira in kurzem Kleid bäuchlings auf der Couch schläft, entblößt sie ihre dicken, weißen Waden, sie sind nicht fest, sehen weich aus wie Brüste, und einmal berührte ich mit den Fingerspitzen die Kniekehlen, und sie wachte davon auf, schaute mich irritiert an, und ich entschuldigte mich bei ihr. Sie murmelte, ich solle sie nicht anfassen, wenn sie schlafe.

Ich trinke erst, als die Sonne untergegangen ist – der Alkohol hält warm, sagt ein Tobi, und ich weiß das, will ich ihm sagen. Jemand macht ein Feuer, und jetzt sucht man nach Feuerholz und will das Lagerfeuer größer machen, und jemand sagt, lasst den Scheiß, es darf nicht zu groß werden, aber die Mädchen lachen und werfen Äste rein. Ich schleiche mich an Amal heran und umarme sie von hinten, sie ist ganz warm vom Tanzen und vom Feuer. Sie kichert, ist gut gelaunt, bald bist du in Chicago, sage ich ihr, und sie umarmt mich. Amal und ich passen so gut zueinander, dass man einen Schlüssel braucht, um uns aus unserer Umklammerung aufzuschließen. Am See hat niemand solch einen Schlüssel, und Amal erlaubt mir, sie überall anzufassen, und als es dunkel wird, suchen wir uns ein Plätzchen abseits der angetrunkenen und lachenden Meute, wir legen uns irgendwo auf die Wiese, und meine Hände sind unsichtbar, und ich darf sie berühren.

»Es ist fast traurig, dass wir uns trennen, wir passen so gut zueinander«, sagt sie.

»Wir wissen nicht, ob wir auch in fünf Jahren zusammenpassen werden«, sage ich.

Sie schaut überrascht, aber zufrieden. »Mein Gott, Raffiq, du klingst ja ganz erwachsen.« Ich stecke die Nase zwischen ihr Haar, und dann rieche ich an ihrem Hals, küsse sie, und meine Hände streicheln jede Kurve, sie sollen sich erinnern, wenn Amal nicht da ist, und dieser Moment dauert ewig, und sie kichert nicht mehr, hat viel getrunken, ich habe viel getrunken, und was Amal am besten kann, ist, mit der Zunge meinen Hals zu lecken, wenn sie ausatmet, streichelt der Atem über die feuchte Stelle an meinem Hals, und ich spüre meine Haut an den Armen und Beinen, Amal ist der Wind, der einen in eine andere Stadt tragen kann. Wir blenden aus, dass die anderen den Grill längst ausgemacht haben und gegangen sind, wir blenden aus, dass das Feuer nur noch rot glüht und dass die Sonne den Mond in Gelb tunkt, dass die Wiese kalt und widerspenstig ist, dass Ifrite aus dem See steigen und wieder abtauchen, als sie uns sehen, es kümmert uns nicht, dass Menschen sterben und andere geboren werden. Ich liebe Amal in diesem Moment nicht als Amal, sondern als einen Menschen, als eine Geste Gottes.

Wir schlafen ein.

Am nächsten Morgen werden wir von Obdachlosen geweckt, die samstagmorgens die Pfandflaschen der Freitagspartys sammeln. Ihr Lachen ist ein Warnen, uns schnell anzuziehen: Ich diene Amal als Schutz, damit die hungrigen Mäuler sich nicht an ihren Körper satt fressen.

»Guckt euch mal den kleinen Schwanz an! Mädchen, wenn du ordentlich gefickt werden willst, dann …« Er vollendet den

Satz nicht, die Pointe ist sein schwingender Schlappschwanz mit Vorhaut. Seine Kumpels lachen.

Ich begleite Amal nach Hause, ich kann das, weil Amal nur einen kleinen Bruder hat. Ihr Vater ist die meiste Zeit des Jahres in Kurdistan, Amal redet nicht über ihn, ihn gibt es nicht, nur mich und meine Mutter, sagt sie, und sie akzeptiert keine Nachfragen, da bleibt sie strikt. An der Tür verwehrt sie mir einen letzten Kuss, ob es wegen meines oder ihres Atems ist, kann ich nicht beurteilen. Ich will ihr sagen, dass ich sie liebe, weiß aber nicht, ob es stimmt, ich weiß nur, dass ich das gerne sagen möchte.

Sie läuft die Treppen hoch, ganz sachte, auch ihr Körper muss wehtun vom harten Liegen, vom vielen Tanzen, vom Alkohol. Ich will sie noch einmal rufen, damit sie sich umdreht, lasse es dann aber, und sie schaut nicht zurück.

Ich würde mein Handy gern ignorieren, aber ich muss wissen, wie sauer meine Eltern sind, und das erkenne ich an der Anzahl ihrer Anrufe. Sie haben sieben Mal versucht, mich anzurufen. Das letzte Mal um zwei Uhr morgens.

Zu Hause sitzen sie mit Newroz am Küchentisch und frühstücken. Die Sonne scheint durch das Fenster, vergoldet die Luft und täuscht Frieden vor.

Für einen Moment hören sie auf zu essen und schauen zu mir rüber.

»Wo warst du?«, fragt meine Mutter.

»Vor-Abi-Party.«

»Was ist das?«, fragt sie.

»Offensichtlich eine Feier, bei dem sie sich das Hirn weggesoffen haben«, sagt mein Vater und widmet sich dem Essen.

Ich setze mich zu ihnen, und Newroz ekelt sich, sagt, ich würde stinken; ich hauche sie an, sie kreischt, und ich küsse ihre Wange.

»Lass sie in Ruhe«, sagt Vater, toleriert keine Albernheiten am Frühstückstisch.

Samstags gehen Younes und ich ins Fitnesscenter, aber er meldet sich nicht, erholt sich wahrscheinlich von letzter Nacht, obwohl er überhaupt nicht trinkt. Er sagt, er behalte gerne die Kontrolle. Wenn mein Vater das hören würde, könnte er mich Younes anvertrauen.

Ich packe eine Unterhose und Socken in meine Sporttasche, Duschgel, Boxhandschuhe und Turnschuhe sind schon drin, meine Bandagen stinken, müssten mal wieder gewaschen werden. Draußen sehe ich Jamal eine rauchen, und wir nicken einander zu, kein Wort. Ein blauer Fleck ziert das linke Auge, die Nase ist bisschen dicker als sonst. Ich schließe mein Fahrrad auf.

»Hast immer noch keinen Führerschein?« Er lacht. Keine Ahnung, was Shahira an ihm findet, ehrlich. Ich drehe mich um, sehe ihn mir genau an, die Wangen frisch rasiert, das Haar voll, das muss man ihm lassen, aber die Schultern nicht breiter als meine, die Brust flach, die Hände fast jungenhaft, an den Fingern sind die Hautabschürfungen verkrustet. Wahrscheinlich ist er ein gut aussehender Mann.

»Was glotzt du?«

»Warum hast du Ramsy geschlagen?«

»Geht dich 'nen Scheiß an.« Er lässt die Zigarettenkippe fallen, tritt sachte darauf und geht ins Haus. Das wird er jetzt öfter gefragt; er hätte schon einmal eine Antwort üben können. Aber Jamal ist ein Lügner, jedem wird er eine andere Geschichte erzählen, und in einer Woche ist der Vorfall vergessen, weil etwas anderes passieren wird, worüber die Leute sich das Maul zerreißen. Jamal wird es aber nicht mehr loslassen: Ich werde mir immer Shahira dazu denken, wenn ich ihn sehe. Shahira hat ihn verschluckt, und auch er ist dazu verdammt, in ihrem Bauch zu verharren – wir alle werden sie niemals vergessen, ihr huldigen und jede Frau neben sie stellen und schauen und erkennen: Shahira ist kein Mensch. Sie gehört niemanden, wir sollten dankbar sein für ihre Anwesenheit.

Der Boxsack krümmt sich, wenn Younes mit der Rechten draufschlägt, und wenn er einen bestimmten Zustand erreichen will, hämmert er pausenlos auf den Boxsack ein. Eine Jungsgruppe steht um ihn herum. Man kann nicht vorbeilaufen, ohne kurz stehen bleiben und gucken zu wollen, wie Younes den Boxsack in Bewegung hält. Wenn Younes trainiert, definiert er, was unser Ziel ist. Ein Lied läuft im Hintergrund, aus Ecken dringen Gesprächsfetzen oder ein Stöhnen, aber was den Raum wirklich beherrscht, ist das Quietschen seiner Schuhe auf dem Boden. Er hat mir einmal verraten, er denke am besten, wenn er boxt, wenn jeder Muskel zuckt, wenn dieser große Körper dazu gebracht wird, sich zu bewegen, und er einfach nicht weiß, was es ist, was diesen Körper in Bewegung versetzt – wie ein Tier, sagte er, ein Tier ist in meinem Körper, und dieses Tier

mag es, wenn der Wind seine schweißnasse Haut berührt und ihn jede Hautfaser spüren lässt. Younes will einen Schwebezustand erreichen, sich von jedem Muskel verabschieden, seinen Körper verlassen, in Trance geraten. Aber für diesen Zustand braucht er einen ebenbürtigen Gegner, sagte er, diesen Gegner habe er nicht, sagte er. Bis dahin wird er durch die eigenen Körperbewegungen versuchen, diesen Zustand zu erreichen.

Ich laufe zu ihm hin, stelle mich hinter den Boxsack und halte ihn fest. Er nickt mir ein Danke zu, ich muss das Leder in meinen Händen zu greifen bekommen, sonst rutscht es weg. Ich lehne mit dem halben Körper dagegen und spüre die gedämpften Schläge. Die Kette klirrt.

»Wann wart ihr gestern weg?«, frage ich. Ich hole ihn in die Wirklichkeit zurück. Er überlegt.

»Gegen zehn Uhr.«

»So früh?«

»Sanye wurde angerufen. Ich habe sie nach Hause begleitet.« Er wird langsamer, bis er aufhört. Er zieht die Handschuhe aus und fragt, ob ich bisschen draufschlagen möchte.

»Ich wollte mich erst warm machen.«

Wir springen auf das Laufband, im Laufen bin ich besser als Younes, aber das stört ihn nicht. Er versucht nicht, mich zu schlagen. Für ihn bin ich wahrscheinlich gar kein Maß. Ich konzentriere mich so sehr auf das Laufen, dass ich glaube, gleich hinzufallen. So etwas stelle ich mir manchmal vor; in den unmöglichsten Situationen spielt sich eine Szene ab, an deren Ende ich sterbe oder mich so sehr verletze, dass ich sterben möchte.

Nach dem Sport laufen wir gemeinsam nach Hause, und wir werden immer zusammen laufen, auch wenn ich nicht mehr da bin oder Younes verschwindet, auch wenn wir uns an unterschiedlichen Orten befinden werden, wenn wir nach Hause laufen, dann läuft der andere wie ein Phantom mit. Die Muskeln sind aufgepumpt, wir schweben über den Straßen, und wenn wir mit den Füßen stampfen, könnten wir Risse im Asphalt hinterlassen.

Er fragt, ob ich Jamal gesehen habe.

»Ja, er sieht nicht übel aus«, sage ich.

»Ich glaube, Ramsy hat mehr abbekommen.«

»Hoffentlich. Sie sollen uns nicht umsonst stressen.«

»Sie haben dich unterhalten, Raffiq.«

Fast hätte ich von Jamals Frau und Sohn erzählt, die bei uns im Wohnzimmer saßen und weinten, weil Jamal eine Affäre mit Shahira hat, von der nun alle wissen. Von Jamals Sohn hätte ich beinahe erzählt, der keine Cartoons schauen konnte, weil er zu große Angst um seinen Vater hatte. Aber ich lasse Younes in dem Glauben, die Prügelei hätte mich unterhalten.

»Ich habe Durst, lass uns was holen«, sagt er und zeigt auf den Gemüseladen der MaMa-Brüder, wo Ramsy an der Kasse arbeitet. Diese Sensationslust bei Younes ist neu. Vielleicht weil er glaubt, er sei in keiner Weise involviert.

»Du willst Ramsy sehen«, sage ich.

Er schüttelt den Kopf. »Nein, ich will mir nur eine Cola holen.«

Ich glaube ihm nicht, aber ich gehe mit, weil nur eine kalte Cola meinen Durst stillen kann. An der Kasse steht diese fragile Gestalt, seine Venen grüne und blaue Drähte unter

der Haut, das Gesicht ölig, die Augen schwarz und groß, die Unterlippe angeschwollen und aufgeplatzt, die Nase eingegipst. Ramsy starrt abwesend auf den Boden, mit der rechten Hüfte lehnt er sich gegen die Kasse. Er bemerkt uns erst, als wir mit zwei kalten Cokes vor ihm stehen. Auf dem schwarzen Band bleiben zwei Wasserringe zurück, als er sie nimmt, und dann starrt er auf die Flaschen, als würde er das Getränk zum ersten Mal sehen, stellt eine Flasche auf die Ablage neben der Kasse. »Ein Euro zwanzig«, sagt er und schaut nur mich an.

»Ich zahle die zweite mit«, sage ich und reiche ihm fünf Euro.

»Ich bediene ihn nicht«, sagt Ramsy. Wir wissen, dass er Younes meint. »Warum?«, frage ich. Younes schaut Ramsy verwirrt an.

»Frag die Leute«, sagt er. Seine Lippe ist so dick und straff, dass sie sich beim Reden nicht bewegt. Trotzdem hat er keine Angst vor Younes, er würde sogar eher noch einmal Schläge riskieren, als ihn zu bedienen.

»Ich bediene weder dich noch deine Mutter. Verschwindet von hier.« An Ramsys Mundwinkel rinnt Spucke hinab, weil er nicht gleichzeitig sprechen und schlucken kann. Younes sieht die Bestimmtheit in Ramsys Blick. Wir verlassen den Laden, ich biete ihm die Cola an, er winkt ab, es steht ihm nicht zu, die Cola zu trinken, sie wurde nicht an ihn verkauft, und Younes beschleunigt seinen Schritt. Ich öffne die Flasche, nehme einen Schluck, richte dann den Flaschenhals nach unten. Die Cola schäumt und sprudelt aus der Öffnung, sie wird den Weg zeichnen, den wir laufen.

Jeder weiß, wann Younes zum ersten Mal zurückschlug. Es war in der siebten Klasse, der andere Typ war in der neunten; Younes holte aus, und in diesem Moment beschloss der Wind, Younes zu Hilfe zu eilen, und Younes' Faust traf das Kinn des Jungen, er fiel auf seinen Arsch und schaute nur überrascht, seine Handinnenflächen blutig aufgeschürft, weil er den Sturz abfangen wollte. Seine Kumpels lachten, halfen ihm nicht, es ging schließlich um einen Siebtklässler, meine Fresse, sagten sie, und der Neuntklässler stand auf und stürmte auf Younes zu, aber Younes blieb an seinem Platz und schlug dem Jungen noch einmal ins Gesicht, um ihm und uns allen zu beweisen, dass der erste Schlag kein Zufall war. Jeder Junge im Viertel erinnert sich daran, als Younes das erste Mal zurückschlug und danach nie wieder einen Kampf verlor, egal, wer ihn herausforderte.

Majit radelt auf uns zu, das Fahrrad eindeutig zu klein für ihn, muss seiner kleinen Schwester gehören. Er fragt, ob wir heute Abend zur Shisha-Bar kommen. Younes läuft weiter, scheißt auf Majit und die Shisha-Bar. Ich bleibe stehen, und Majit fragt nur: »Was denn mit dem los?«

»Ramsy wollte ihn nicht bedienen.« Meine Flasche ist leer, und wir beide schauen auf die braunen Blasen, die in Sekunden verpuffen.

»Seine Duldung ist nicht verlängert worden. Er wird jetzt abgeschoben.« Majit sitzt auf dem Fahrrad wie auf einem Hocker, die Knie kommen fast an den Lenker. Meine Eltern haben immer davon gesprochen, wessen Aufenthalt nicht genehmigt wurde und wer deswegen zurückmuss, sie erzählten sich das immer in einem Ton, als hätten die Betroffenen eine Krank-

heit, Krebs, und alhamdulillah haben wir das nicht, immer so ein Ton, dass es uns auch treffen könnte, und ich frage Majit: »Was jetzt?« Obwohl ich doch weiß, was jetzt ist.

»Jetzt macht er sich unbeliebt. War gestern auch bisschen frech zu meinem Vater, aber mein Vater versteht ihn, hat nix gesagt.« Er schnalzt mit der Zunge und schüttelt den Kopf. »Als wäre es das Ende der Welt, wenn man zurückmuss.«

»Du hast doch keine Ahnung, Mann«, sage ich und gehe, vielleicht erwische ich Younes noch.

Jamals Sohn sitzt auf einem dieser großen Deko-Steine vor dem Gebäude, in dem Younes wohnt. Drei Einkaufstüten liegen an den Stein gelehnt, er schaut gelangweilt. Ich frage mich, ob die Leute meinen Vater sehen, wenn sie mich sehen. Bilal nickt nur, als ich ihn grüße, kein Hallo, kein Winken, nur ein Nicken wie ein Siebzigjähriger. Und dann schaut er einfach weg, als wäre ich nicht da. Ich frage ihn, was er hier mache und warum er seine Einkaufstüten nicht nach Hause bringe. Die Tüten sind vollgepackt, müssen ziemlich schwer wiegen, er kann sie gar nicht allein tragen.

»Komm, ich helfe dir«, sage ich und greife nach zwei Tüten.

»Nein, ich muss hier warten«, sagt er; er ist plötzlich aufgewacht und schaut mich an.

»Wer sagt das?«

»Ich soll einfach nur hier warten.«

»Warum das denn?«

Er schaut auf seine Füße, befürchtet, ich könnte von seinen Augen ablesen, was er denkt.

»Deine Mutter wird ziemlich sauer sein, wenn die Sachen in den Tüten schlecht werden.«

Aber er regt sich nicht. »Wartest du auf deine Mutter?« Der Junge bleibt still. »Oder auf deinen Vater? Mann, ich kann dir nicht helfen, wenn du nicht redest.«

»Ich soll warten.«

»Okay, dann warte ich mit.«

Manche Kinder können geduldig sein, sie werden zum Warten erzogen. Ich gehöre nicht zu der Sorte, ich sage ihm das, aber das interessiert ihn nicht.

Ich schaue hoch; das Haus schwingt nach unten, wenn man zu lange nach oben schaut. Auch das sage ich ihm, und da schaut er nach oben, schaut ziemlich lange hoch, sodass es in seinem Nacken wehtun muss. Komischer Junge, wirklich.

Ich schaue wieder hoch, und erst da wird mir klar, auf wen er wartet.

In dem Haus leben keine anderen Kurden, keine Freunde von Jamal oder seiner Frau, nur Shahira und Younes. Ich rase die Treppe hoch, mit dem Aufzug wird es dauern.

Ich klingele an der Tür, lasse meinen Finger darauf, schlage gegen die Tür, rufe Younes. Shahira macht mir mit verheultem Gesicht die Tür auf und zerrt mich rein, sagt, ich solle ihn aufhalten. Younes und Jamal sind im Wohnzimmer, die Sofagarnitur und der Tisch bilden eine Insel zwischen ihnen. Jamal redet auf Younes ein, während er sich die Hemdsknöpfe mit zittrigen Fingern zuknibbelt, nennt ihn seinen Sohn, da rennt Younes auf ihn los, und Jamal dreht eine Runde, läuft vor Younes weg.

»Younes! Lass das, Mann, das ist es nicht wert.«

Ich weiß nicht, ob Younes mich wahrnimmt, er ist nur auf Jamal fokussiert.

Ich traue mich nicht, zwischen sie zu gehen. Shahira weint und sagt, ich solle was tun.

»Younes, bitte, Mann. Lass uns raus.«

»Halt's Maul, Raffiq.« Und ich halte das Maul.

So sieht es aus, wenn in Younes' Körper die Kontrolle ausfällt.

»Younes, bitte, komm zu Besinnung«, sagt seine Mutter.

»Halt die Fresse.«

Shahira öffnet die Wohnungstür, damit Jamal fliehen kann. Younes' einziger Schwachpunkt ist seine Langsamkeit, aber er hat den Plan seiner Mutter durchschaut, geht zur Wohnungstür, schließt sie ab, nimmt den Schlüssel und wirft ihn auf den Tisch vor Jamal.

»Hol ihn dir, wenn ich dein Sohn bin«, sagt er zu Jamal.

»Younes, bitte, ich möchte deine Mutter heiraten, wir machen hier nichts Falsches.«

»Ich breche dir alle Knochen, ob heute oder morgen«, sagt er schwer atmend. Plötzlich ist Jamal der Grund für all die Ungerechtigkeit, die Younes widerfahren ist, wir verstehen alle Younes' Wut, wir sind alle dafür verantwortlich, aber keiner möchte ihr nahekommen.

»Ich krieg dich, du Wichser«, droht Younes erneut.

»Es reicht«, schreit Shahira immer wieder. Aber so läuft das nicht.

Ich will nach Hause und nicht mehr sehen, wie das Ganze endet, bin aber gezwungen, es mir anzuschauen. Jamal sagt wieder etwas, was Younes provoziert, ihm hinterherzurennen. Der Kleine auf dem Stein wartet darauf, mit seinem Vater nach Hause zu gehen, und er ahnt nur, was hier oben passiert, sein

Nacken schmerzt, aber er ignoriert die Schmerzen, und seine dünnen Beine hängen taub vom Stein herunter, und die Füße berühren beinahe den Boden. Ich laufe zum Tisch, nehme den Schlüssel, um die Wohnungstür aufzuschließen. Shahira sieht das und holt tief Luft, bereitet sich auf ihren nächsten Schritt vor.

»Mach das nicht, Raffiq«, brüllt Younes. Ich schließe die Tür auf, öffne sie sperrangelweit, damit Jamal wie eine gehetzte Ratte davonlaufen kann. Younes, egal, wie unbesiegbar er auch ist, kann immer wieder verraten werden. Seine Mutter stellt sich ihm in den Weg, und beide knallen gegen einander, Jamal rast die Treppen runter, vielleicht wird er hinfallen und sich ein Bein brechen, aber er ist für heute davongekommen. Younes steht vor mir, holt aus und schlägt mir ins Gesicht.

Ich konnte nicht mehr aufhören zu weinen, selbst wenn ich es gewollt hätte. Es ist wie Lachen, man kann nicht einfach aufhören. Meine Eltern fragten, was passiert sei, und ich konnte nichts erzählen, immer wenn ich es versuchte, redete ich von der Cola und wie lange Bilal auf dem Stein verharrte und wie Younes gegen Shahira knallte und sie zu Boden fiel und wie Younes mir ins Gesicht schlug, und sein Schlag brennt bis heute nach. Meine Nase kribbelt unter der Schiene, ich will sie kratzen, und meine Mutter hält meine Hand fest, ich dürfe es nicht anfassen, sagt sie. Ich helfe ihnen, die Koffer zum Check-in zu rollen. Es ist kein Urlaub, sie treffen Vorbereitungen für ihre Rückkehr, sagen sie, wiederholen sich, es ist eine Formel, die ihnen hilft zu verstehen, was sie machen. Sie

werden nicht dortbleiben, nicht für immer, ich weiß das. Kümmere dich um die Wohnung, kümmere dich um dich, iss anständig, sei anständig, nur weil wir in Kurdistan sind, bedeutet es nicht, dass uns die Schande nicht erreicht, glaub nicht, dass wir taub werden, kümmere dich um ein Studium, das ist das Wichtigste, sagen sie, immer wieder, als müsste ich es auswendig lernen. Ich höre nicht mehr hin, sehe in der Schlange vor dem Check-in Ramsy, dessen Nase nicht mehr in einer Schiene steckt, dafür meine. Er kommt auf uns zu, grüßt meinen Vater.

»Ich geh nach Hause«, erzählt er. Wir stellen uns unwissend, weil er unbedingt reden will. »Sie haben gesagt, sie geben mir noch eine Chance. Mein Anwalt meinte, ich würde wahrscheinlich in ein paar Monaten einen Aufenthaltstitel bekommen, aber nein, nein, nicht mit mir. Ich habe ihnen gesagt, ich habe keinen Bock mehr auf euch und euer Deutschland. Ich gratuliere euch zu eurem Land, aber ich will nach Hause, habe ich dem Ausländeramt gesagt, dieser dicken Kuh auf ihrem Stuhl. Mein Vater hat ein Hotel in Duhok«, erzählt er. Wenn Ramsy wenigstens gut lügen könnte, würde man Shahira ihre Affäre mit ihm verzeihen. Mein Vater nickt nur, klopft ihm auf die Schulter, will ihn nicht bloßstellen, er kennt die Wahrheit, wir erlauben Ramsy seine Erzählung. Ramsy fragt mich nicht, was mit meiner Nase passiert ist – es scheint ihn an seine zu erinnern, deswegen verweigert er den Kontakt mit mir. Ich erinnere ihn an alles, was er hinter sich lässt.

Im Bus sitze ich immer hinten, dann fühle ich mich nicht gedrängt aufzustehen, wenn eine alte Frau einsteigt, ich muss

auch keine kurdischen Frauen grüßen und ihre Fragen beantworten. Der Busfahrer fährt zu hektisch, ich steige eine Haltestelle früher aus und laufe den Rest, laufe die Straße entlang, und vielleicht bilde ich es mir ein, aber die Häuser ducken sich, verängstigt sitzen sie da, machen sich klein, die Straße ist enger geworden als vor zwei Stunden noch, und ich kenne jede Ecke, ich weiß, wie viele Laternen es gibt und welche Sticker an ihren Masten kleben, und ich weiß, welches Auto wem gehört, das Viertel ist ein auswendig gelerntes Gedicht, und in diesen kleinen Straßen mit ihren geduckten Häusern fährt irgendwo Majit auf einem kleinen Fahrrad und träumt davon, Rapper zu werden.

Meine Eltern verbieten mir, mich bei Shahira nach Younes zu erkundigen. Ich stehe vor ihrer Tür, habe eine Wassermelonenhälfte in einer Tüte. Die Nase fängt wieder an zu kribbeln, aber ich weiß, ich darf nicht an der Schiene nesteln, mit dem Daumennagel kratze ich leicht an meiner Nasenspitze. Die Haut ist noch taub. Shahira schaut durch den Spion, wer vor ihrer Tür steht, und es dauert keine zwei Sekunden, bis sie öffnet, meinen Namen ruft und mich in ihre Arme schließt, drückt und festhält.

»Ich freue mich so, dich zu sehen, mein Herz.«

»Ich wäre früher gekommen«, sage ich und behalte den Rest für mich. Shahira ahnt, warum ich sie nicht besuchen konnte. Sie bittet mich herein und geht in die Küche, ich folge ihr. Das Haar hat sie nach hinten zu einem Dutt gebunden, sie trägt ein ärmelloses Kleid, das die Kniekehlen kaum bedeckt. Ich sehe, dass sie auch ohne Schminke schön ist, schöner sogar, weil es intim aussieht, als erlaubte sie nur bestimm-

ten Menschen, sie ohne Maske zu sehen, irgendwie nackt und klar. Wir haben einen heißen Juni, und ich erinnere mich daran, wie sie früher auf dem Balkon die Beine spreizte, und da wusste ich, dass sie zwischen den Oberschenkeln geschwitzt haben musste, dass die Haut aneinanderklebte. Ich stelle die Wassermelone auf dem Küchentisch ab, sie holt ein Messer und zwei Teller, schneidet die Melone in halbmondförmige Scheiben.

Sie fragt, wie es meinen Eltern geht.

»Ich habe sie vorhin zum Flughafen begleitet.«

Ihr Lächeln kann ich nicht einordnen, und sie schneidet Würfel aus dem roten Fleisch. Wenn sie die Arme bewegt, sehe ich ihre rasierten Achselhöhlen, sie sind gräulich, an einer Stelle sieht man die Stoppeln nach unten wachsen, und ein einzelnes schwarzes Haar ist der Klinge entwischt, ihre Achselhöhle erinnert an eine Muschi.

Sie fragt nach Amal.

»Sie will nach Chicago.«

»Und du?«

»Ich will nicht nach Chicago.«

»Liebst du sie?«

»Ich will sie bei mir haben. Wenn das Liebe ist …«

»Eine Form der Liebe.« Sie lächelt wieder. »Die romantischste Liebe ist die unerfüllte. Dieser Schmerz, den man spürt, er sitzt auch nach zehn Jahren in deinem Körper, der Liebeskummer wächst in dein Fleisch hinein, wusstest du das?«

»Wir haben uns einvernehmlich getrennt.«

»Wie romantisch.« Sie schiebt mir einen mit Wassermelonenwürfeln gefüllten Teller zu und setzt sich mir gegenüber.

»Du hast Nerven, ausgerechnet du meinst, mir etwas über Liebe zu erzählen.«

Sie greift nach einem roten Würfel und beißt rein. Ihre Hände, makellos, wie gepudert, führen die Frucht zu ihrem Mund, und wie sie die Ellbogen auf den Tisch abstützt, eine Hand aufgerichtet wie ein Strauß Blumen, die Fingernägel rot lackiert, man könnte glauben, dass diese Hände auf den Tisch drapiert wurden, dort ruhen werden, nur um Essen zum Mund zu führen, bis in Ewigkeit. Die Nägel, zu lang für Mutterfinger, könnten das Babyfleisch verletzen. Als Kind hatte ich Angst vor diesen Nägeln, die kratzen könnten, und bestimmt haben sie Younes als kleinen Jungen verletzt, wenn sie ihn eincremte oder seine Kleidung wechselte, und er schrie auf, wahrscheinlich, sie küsste ihn nur an der Stelle, und er war still, und mit diesen Händen und diesen Fingern mit den langen Nägeln sagte sie: Du kümmerst mich nicht.

»Hat Younes sich gemeldet?«

Sie schüttelt den Kopf.

»Du scheinst nicht besorgt.«

»Ich weiß, dass er bei seinem Vater ist.«

»In Frankfurt.«

»Kann sein.«

»Es tut dir nicht weh, dass du ihn verloren hast?«

»Ich habe ihn nicht verloren. Er wird seinen Vater verlieren, wenn er ihn kennengelernt hat. Das tut mir weh.«

»Wie meinst du das?«

Sie schaut mich an, kaut langsamer, denkt darüber nach, was sie mir erzählen kann. Ihr Blick ist abschätzig, er bleibt an meiner Schiene hängen.

»Ich hatte keine andere Wahl«, sage ich. »Der kleine Sohn hat unten auf seinen Vater gewartet. Ich musste die Tür aufschließen.« Younes weiß es nicht, aber ich habe ihn nicht verraten. »Du hast mir doch gesagt, ich soll was tun.«

Sie sagt nichts, sie denkt nur: Aber du hättest es nicht tun sollen. Du hättest die Situation aushalten sollen, wie Younes es all die Jahre ausgehalten hat. Bevor das Heulen wieder anfängt, stehe ich auf.

»Ich weiß das doch, Raffiq«, sagt sie, und dann begleitet sie mich zur Tür, streichelt mir mit beiden Händen über den Kopf, über das Gesicht, die Nägel verletzen mich nicht, und sie sagt: »Du hast nicht Schuld, okay?«

Ich nicke.

»Wie heißt Younes' Vater?«

»Salman. Warum? Du wirst doch nicht nach Frankfurt fahren.«

»Salman was?«

»Zaxoy.«

»Was denn sonst.«

Ich gebe seinen Namen und »restaurant frankfurt« im Internet ein. Mir werden Restaurants in Frankfurt empfohlen, aber der Name Salman Zaxoy ist immer durchgestrichen. Ich gebe »salman zaxoy kurdisches restaurant frankfurt« ein, und es werden nur Dönerbuden und Kebabläden aufgelistet. Einer hat sein Restaurant »Gundi« genannt, auf keinen Fall ist das ein Kurde aus dem Irak. Einige der Dönerläden haben sogar coole Namen: Dönerstan, Dönerium, Dönerstag, Main Döner.

Ich sollte dort anrufen und fragen, ob sie Salman Zaxoy kennen, vielleicht kennen die Dönerverkäufer einander, vielleicht existiert so etwas wie ein Dönernetzwerk.

Ich wähle die Nummer, und das Telefon klingelt sehr lange, bis jemand drangeht. Der Mann ist genervt und fragt: »Hallo?« Keine Vorstellung, noch nicht einmal der Name des Restaurants, es könnte auch ein Schuhladen sein.

»Hallo, kann ich mit Salman sprechen?«

»Salman? Hier gibt's keinen Salman.«

»Salman Zaxoy, er ist Kurde aus dem Irak.«

»Er arbeitet nicht hier, Kollege, noch was?«

»Bitte. Kennen Sie ihn zufällig, wissen Sie, wo er arbeiten könnte? Er hat auch einen Dönerladen in Frankfurt. Oder vielleicht ein Restaurant.«

Der Dönermann lacht. »Denkst du, alle Dönerverkäufer kennen sich?«

»Nein, mir ist schon klar, dass es kein Dönernetzwerk gibt, ich dachte nur, vielleicht kennen Sie Ihre Konkurrenz.«

»Bei uns schmeckt der Döner am besten.«

»Ich will gar keinen Döner.«

»Was willst du dann von einem Dönerladen?«

»Ich suche einen Freund.«

»Dann such weiter«, sagt er. »In Frankfurt gibt es mehr als hundert Dönerbuden.« Er legt auf. Unfreundlicher Bastard. Ich rufe noch einen Laden an und noch einen, und keiner kennt Salman Zaxoy. Ich überlege, wie mein Dönerladen heißen könnte, wenn ich Besitzer wäre. Döniversum. Döner im Glück, Die Rückkehr der Dönerritter, Das Schweigen der Kälber.

»Restaurant Anatolien Kebab.«

»Hallo, kann ich mit Salman Zaxoy sprechen?«

»Hier ist Salman Zaxoy. Wer ist da?« Ich war so sehr mit dem Ausdenken von Namen beschäftigt, dass ich vergesse, was ich sagen wollte.

»Hier ist Raffiq. Ich bin ein Freund von Younes.«

Keine Reaktion, als wüsste er nicht, wer Younes ist oder als hätte Younes ihm von meinem Verrat berichtet.

»Ich wollte wissen, wie es Younes geht, und kurz mit ihm sprechen.«

Er schweigt, überlegt anscheinend, was er antworten soll. Was gibt es da zu überlegen, will ich ihn fragen.

»Kann ich bitte mit Younes sprechen?« Da muss er nicht lange nachdenken und sagt: »Das geht gerade nicht.«

»Wann würde es gehen?«

»Wenn du ein guter Freund von Younes bist, wieso rufst du ihn nicht auf seinem Handy an?« Ganz dumm ist sein Vater nicht, aber das bin ich ja auch nicht. Younes antwortet nicht auf meine Nachrichten.

»Mein Handy ist kaputt, ich habe alle Nummern verloren.«

»Und wer hat dir meinen Namen verraten?«

Ist er jetzt Detektiv oder Dönerverkäufer, was sollen diese Fragen, was ist er so misstrauisch, was glaubt er, wer ich eigentlich bin, er nervt.

»Younes hat mir Ihren Namen verraten. Könnten Sie ihm bitte ausrichten, dass ich angerufen habe. Er soll mich zurückrufen, ist wichtig, es geht um sein Abi.« Ich lege auf, keine Lust auf weitere Fragen. Ich schaue auf die Adresse des Ladens, es ist ziemlich nah am Hauptbahnhof.

Ich habe lange gewartet, auf eine kurze Nachricht, auf einen Anruf, ich habe gehofft, es gehe ihm nicht gut und mich als seinen guten Freund, vielleicht als ehemaligen guten Freund würde er anrufen. Frankfurt ist groß, und Younes als schweigsamer Typ findet nicht so schnell Leute, mit denen er quatschen kann. Ich weiß aber auch, dass Younes es lange aushält, nicht zu reden, es auch lange aushält, allein zu sein, Younes ist von uns allen am besten darauf vorbereitet, eine Ewigkeit auf die Erlösung zu warten.

Ich habe zum ersten Mal in meinem Leben ein ICE-Ticket gekauft, zum ersten Mal fahre ich allein irgendwohin, allein an einen Ort, der mehr als hundert Kilometer entfernt liegt. Im Zug sitzt eine Mutter mit zwei kleinen Kindern, und sie liest ihnen eine Geschichte vor. Das Mädchen schaut immer wieder zu mir rüber, als störe es sie, dass ich auf das Buchcover starre, als würde ich Teil ihrer Erinnerung werden, weil ich mithöre, weil ich weiß, worum es in der Geschichte geht, die auf einem Bauernhof spielt.

Mein Vater brauchte meist kein Buch, um mir eine Geschichte zu erzählen, der Text war Teil seiner Gedanken, und er erzählte mir von einem Geschäftsmann, der einen exotischen Vogel besaß. Der Vogel konnte sprechen, und als der Geschäftsmann wieder eine Reise antrat, fragte er seinen Vogel: »Möchtest du, dass ich dir etwas von dort mitbringe?«, denn er reiste in das Land, in dem er den Vogel gekauft hatte. Der Vogel beschrieb ihm ganz genau, wo seine Familie und Freunde leb-

ten, beschrieb den Weg, wie der Mann dahin kommen konnte, und er sagte dem Mann, er solle nach dem Wohlbefinden seiner Artgenossen fragen. Da der Mann seinen Vogel sehr liebte, wollte er ihm diesen Gefallen tun. Er reiste also an den Ort, aus dem sein Vogel stammte, und begab sich auf den Weg, den ihm der Vogel haargenau beschrieben hatte, und der Mann wunderte sich, wie genau die Beschreibungen seines Vogels zutrafen. An einer Lichtung angekommen, fand er Abertausende Vögel, die seinem ähnelten, und sie sangen und spielten miteinander. Der Mann rief sie zusammen und erzählte ihnen von seinem Vogel, und die Vögel hörten ihm zu, und als der Mann sie fragte, ob sie etwas hätten, was sie dem Vogel zu Hause mitteilen wollten, wurde es ganz still auf der Lichtung. Plötzlich fiel ein Vogel vom Ast, knallte auf den Boden und blieb steif dort liegen. Noch bevor der Mann zu dem Vogel eilen konnte, fiel der zweite tot um und der dritte und nach und nach immer weitere, bis kein Vogel mehr auf den Baumästen saß, der Boden war übersät mit bunten Vogelleichen. Erschüttert kehrte der Mann von seiner Reise zurück, und der Vogel fragte ihn, ob er bei seinen Freunden gewesen sei. Voller Trauer erzählte der Mann, was er beobachtet hatte. Als der Vogel das hörte, versteifte sich sein kleiner Körper, und er kippte in seinem Käfig tot um. Der Mann bereute, ihm diese Nachricht überbracht zu haben, trug sein totes Tier in den Garten, wo er ihn begraben wollte. Als er den Vogel in das gebuddelte Loch legte, flog der Vogel plötzlich auf einen Baum, bedankte sich beim Geschäftsmann für die Überbringung der Nachricht und flog davon.

»Was passierte danach? Fliegt der Vogel zu seinen Freunden? Besucht der Geschäftsmann ihn?«

»Ja«, sagte mein Vater, damit ich schlief, aber ich stellte mir vor, wie dieser kleine, bunte Vogel lange flog, um an den Ort zu gelangen, wo all seine Freunde waren, und manchmal kam er dort an, und sie waren wirklich tot, sie hatten nicht nur so getan, das war nicht nur eine Nachricht an den Vogel im Käfig, die Nachricht, dass der Vogel im Käfig war, tötete sie.

Ich wollte so sehr, dass mein Vater weitererzählte, wie der Vogel seine Freunde erreichte, mir versicherte, dass sie ihren Tod vorgetäuscht hatten, nur in seiner Erzählung konnten sie weiterleben.

Aber er sagte nur: »Die Geschichte endet hier.«

Ich fahre Younes hinterher, ich muss Younes sehen.

Younes sitzt auf dem Bordstein vor dem Restaurant seines Vaters: einen Basketball zwischen seinen Füßen eingeklemmt, starrt er auf die andere Straßenseite und raucht. Auf seinem weißen Shirt ist die Aufschrift »Anatolien Kebab«. Ein kleiner Junge, vielleicht so alt wie Jamals Sohn, kommt aus dem Laden gerannt, steht vor Younes und will offenbar seinen Basketball. Younes reicht ihm den Ball, deutet auf seine Zigarette. Der Kleine versucht zu dribbeln, ihm fehlt Kraft, so bleibt der Ball nach einem Sprung auf dem Boden und rollt weg. Ich laufe in ihre Richtung. Younes runzelt die Stirn, als er mich sieht, bleibt sitzen, ist nicht überrascht; als hätte er von mir erwartet, hierherzukommen.

»Was machst du hier?«

»Ich dachte, du meldest dich nicht, damit ich hierherkomme.«

Der Kleine stellt sich neben Younes, mit dem Ball unter

dem Arm. So wie er guckt, geht er mir jetzt schon auf die Nerven. »Younes, wer ist das?«

»Das ist Raffiq, ein Freund.« Er deutet mit einer knappen Kopfbewegung auf den Jungen. »Das ist Ayaz, mein kleiner Bruder.« Dann korrigiert er sich. »Halbbruder.« Der Junge legt den freien Arm auf Younes' Schulter und erzählt mir, dass Younes ihn tragen kann. Es gibt keine Ähnlichkeit zwischen ihnen, nicht das Aussehen, nicht die Bewegungen, nicht die Sprache, aber der Junge bringt Younes Vertrauen entgegen, so wie er sich an ihn klammert: und Younes lässt die Berührungen des Kleinen zu, nur ein Halbbruder.

»Ayaz, geh rein und hol uns zwei Cola.« Der Junge geht, guckt mich aber immer noch an, den Mund offen, die Unterlippe träge und nass von seinem Sabber. Ich setze mich neben Younes und frage ihn, wie ihm Frankfurt gefällt.

»Hab noch nicht so viel gesehen.«

Ein kleiner, bulliger Mann kommt aus dem Laden auf uns zu, stellt sich neben Younes, zwei Cola in der Hand, und fragt auf Kurdisch, ob wir nicht reinkommen wollen. Das könnte sein Vater sein, weil der Kleine ihm ähnelt, und auch mit ihm hat Younes keine Ähnlichkeit, egal, wie lange man starrt und versucht, ein Detail zu finden, wie winzig das Detail auch sein mag, aber im Gesicht hat Younes kein einziges Merkmal, das er von seinem Vater geerbt hat, weder die Nase noch den Mund, alles ist von der Mutter, sie hat ihr Gesicht an ihn vererbt, um zu verkünden, dass Younes nur ihr gehört, ein Stück Fleisch aus ihrem Körper ist. In seinem Gesicht suchte ich manchmal nach irgendeinem fremden Merkmal, um es als das seines Vaters zu identifizieren, aber ich fand nichts. Als hätte Gott seine

Mutter so schön gefunden und beschlossen, eine Kopie von ihr zu schaffen.

Younes nimmt ihm die Cola ab, den Blick immer noch auf die Straße gerichtet, und er verneint, sagt, dass es drinnen zu heiß sei. Nicht einmal die Hände, die sie verbinden könnten, gleichen sich. Es gibt keine Berührung.

»Bist du Raffiq?«, fragt der Mann.

Ich stehe auf, gebe ihm die Hand, versuche zu lächeln, und Younes' Vater scheint weiter zu schrumpfen. Das ist der Mann, auf den Younes so lange gewartet hat, das ist der Mann, mit dem Shahira zehn Jahre lang verheiratet war, den sie betrogen hat, das ist der Mann, der sie in den Irak lockte, das ist der Mann, der Younes bei seiner Mutter ablieferte und nie wiederkam. Er lächelt nicht, er hat keine Falten, weder um die Augen noch auf der Stirn, sein Gesicht ist ohne Ausdruck. Der Mann ist so fremd, dass mir ganz kalt wird. Als er in den Laden zurückgeht, setze ich mich wieder neben Younes, und wir schweigen. Ich kann ihm nichts sagen, wir rauchen zusammen, dann noch eine, wir leeren die Zigarettenpackung und mit geteerten Lungenflügeln stehen wir auf, hinterlassen den Bordstein warm und laufen die Straße entlang, und Younes redet nicht.

»Es tut mir leid. Ich hätte die Tür nicht aufmachen dürfen. Es tut mir echt leid.«

Wir laufen zum Hauptbahnhof, eigentlich laufe ich Younes hinterher, er gibt die Geschwindigkeit und die Richtung vor.

»Ich muss hier weg.« Und ich denke auch, dass er hier weg-muss, dass er diesen Mann ohne Gesichtsausdruck vergessen sollte.

»Sie hat mir gesagt, ich soll verschwinden«, erzählt er.

»Wer hat das gesagt?«

»Seine Frau. Sie will mich nicht sehen.«

»Sie ist doch scheißegal, Mann, Hauptsache, du bist bei deinem Vater.«

Er schüttelt den Kopf.

Was ist passiert, Younes, was hast du die letzten Wochen ohne mich erlebt, will ich ihn fragen, aber sein Schweigen, sein ausweichender Blick hindern mich. Younes schämt sich, und seine Scham wird größer, weil ich hier bin und sehe, wie er sich schämt, dass er auch bei seinem Vater nicht leben kann, noch weniger als bei seiner Mutter. Younes geht in einen asiatischen Laden, sagt, ihm würde schlecht werden, wenn er noch einmal Zwiebeln und Kalb riecht.

Wir setzen uns in das abgedunkelte Restaurant, bestellen gebratene Nudeln mit Hähnchenstreifen.

Am ersten Abend kam Younes' Stiefmutter zu ihm, mit kaltem Blick und steifer Lippe. Sie fragte ihn, ob er eine Ahnung hätte, was sein Vater wegen seiner Mutter ertragen musste. Younes wurde überfallen von so viel Direktheit, er sagte nichts, weil sie das von ihm erwartete, er sollte nur zuhören, und Younes hörte zu. Er war sogar gespannt, endlich die andere Seite zu kennen, er malte sich aus, wie sein Vater, dieser bullige Typ, spät in der Nacht im Bett zittert und das Heulen und den Schmerz unterdrückt. Seine Frischvermählte liegt neben ihm, kann nur ahnen, was seine Exfrau ihm angetan haben muss. Sie traut sich lange nicht, ihn darauf anzusprechen.

Younes wartete also, den Mund leicht geöffnet, aufgeregt, weil er gleich die Geschichte von seinem Vater hören würde; ge-

bannt, damit er sich endlich – zumindest im Leid – mit seinem Vater verbunden fühlt: Sie haben beide wegen einer Frau gelitten, lange Zeit, aber jetzt sind sie frei.

Die Stiefmutter schaute in Younes' Gesicht, und für sie war alles fremd, sie wusste in dem Moment, dass Younes' Gesichtszüge der Frau gehören, die ihr Mann über die Jahre zu vergessen versucht hatte. Jetzt tauchte sie wieder auf, hatte ihr Gesicht ins Gesicht dieses Jungen geschmiert, hier ist mein Gesicht, geh ein paar Wunden aufreißen.

»Du musst verschwinden. Geh zu deiner Mutter zurück, und lass uns in Ruhe. Du darfst nie wieder hierherkommen.« Sie wartete keine Antwort ab. Wenn ich in dem Moment bei Younes gewesen wäre, hätte ich eine Hand um ihren Hals gelegt, bis sie kein Wort mehr hätte sagen können.

Younes verstand, dass nicht ihm, sondern seiner Mutter der Hass galt, und er wollte seine Stiefmutter gern aufklären, sie trösten, dass sie ihn verwechselte, dass er nichts mit dem erlittenen Schmerz seines Vaters zu tun hatte, aber sie schüttelte den Kopf, weinte und sagte, er solle den Mund halten und zu seiner Mutter zurückkehren.

In den nächsten Tagen schlug ihm der Onkel vor, bei ihm zu wohnen.

»Es ist zu eng bei uns«, sagte der Vater, das war keine Erklärung, keine Entschuldigung, er wollte keine Beschwerde hören, und er sagte das, während er Tomaten in Scheiben schnitt, er schaute Younes nicht an, einen Blick, ein von Angesicht zu Angesicht war es ihm nicht wert, nur einen Satz: Es ist zu eng bei uns. Younes verstand. Er hatte seinen Vater in eine schwierige Situation gebracht und wollte es ihm einfach machen.

Das ist gar kein Problem, sagte er seinem Vater, wirklich, ich kann bei Onkel Azad wohnen.

Tagsüber durfte er im Laden aushelfen – so musste die Stiefmutter seinen Anblick nicht ertragen.

Einmal setzte er sich mit seinem Vater und seinem Onkel hin und aß mit ihnen zu Mittag. Sie unterhielten sich, und Younes erzählte vom Abi und was er für die Zukunft plane. Das Gesicht des Vaters blieb unverändert, und er fragte Younes über seine Mutter aus, was sie mache und ob sie immer noch eine Nutte sei. Younes kaute sein Brot, bis es keinen Geschmack mehr hatte, nur noch Matsch im Mund war. Der Onkel versuchte, das Thema zu wechseln, aber der Vater bestand darauf, eine Antwort zu hören. Younes schaute seinen Vater an und nickte, der Vater wandte sich angewidert von Younes ab.

»Ich hasse ihn«, sagt Younes. Zum ersten Mal höre ich ihn diesen Satz sagen. »Ich wünschte, es hätte ihn nicht gegeben.« Younes spricht diesen Satz aus und ist erleichtert. Er setzt seinen Vater von seinem Rücken ab und wir gehen weiter. Es gibt seinen Vater nicht, nicht jetzt, nicht damals, nicht in Younes' Gesicht. Shahira hat Younes erschaffen. Sie musste nur alle glauben lassen, sie hätte einen Mann gebraucht, aber er wuchs in ihrem Bauch auf, weil sie sich so sehr einen Sohn wünschte, und sie nannte ihn Younes.

Younes und ich stehen vor dem Rathaus, ein siebenstöckiges Gebäude mit großen, schwarz getönten Fenstern, und wir lau-

fen rein, schauen auf eine Tafel, die alle Ämter im Haus anzeigt: Standesamt, Ausländeramt, Bürgerservice. Das Einwohnermeldeamt ist auf der dritten Etage, wir nehmen den Aufzug, den Mietvertrag hat Younes eingerollt in seiner Linken. Ich schimpfe mit ihm, dass der Vertrag so unprofessionell aussieht: Er breitet ihn in seinen Händen aus, und wir schauen auf den Text, vergewissern uns erneut, dass unsere Namen darauf stehen: Unter dem Wort »Mietparteien« lesen wir die Namen. Beide Vornamen sind falsch geschrieben, bei mir fehlt ein F und bei Younes ein U, aber egal, sagt Younes, unsere Nachnamen sind richtig geschrieben, und das wird den Sachbearbeiter nicht interessieren, Hauptsache, wir haben eine Wohnung, sagt er. Ich finde das unprofessionell, aber Younes sagt nur, ich soll mich entspannen. Wir kommen in einen Raum, in dem viele Leute mit ihren Mietverträgen warten, und wir setzen uns auch hin und warten. Ein Wartender sagt uns, wir sollten eine Nummer ziehen, er zeigt auf eine Digitalanzeige mit neongelben Zahlen. Wir ziehen die Nummer vierundneunzig, bedanken uns bei dem aufmerksamen Mann fürs Bescheid geben und müssen sehr lange warten. Es macht uns nichts aus.

Ich erzähle Younes die Geschichte von dem Geschäftsmann und seinem Vogel, und ich erzähle ihm, wie mich das Ende immer aufgewühlt hat, weil man nicht weiß, ob die Vögel nicht doch gestorben sind. Younes nickt, sagt, stimmt, es ist keine angenehme Geschichte.

»Vor allem: Wird der Vogel es bis zu seinen Freunden schaffen? Es ist eine lange Reise.«

»Ja, vielleicht passiert ihm auf dem Weg dahin was.«

»Eine Flugzeugturbine erwischt ihn.«

»Er wird von einem Raubvogel gefressen.«

»Es gibt ein Ende«, sagt Younes, »aber das, was dein Vater dir erzählt hat, das ist nicht das Ende.«

Die Anzeigetafel schaltet auf Nummer vierundneunzig, und wir stehen auf.

mich mit Waschmittelgeruch ein, und die Leute, sie bleiben stehen, sie erinnern sich an mich, das ist doch das Mogli-Mädchen, das ist doch Amal, sie hing immer mit Younes ab, dem Sohn von Shahira, Shahira, der Hure. Und sie bleiben stehen, die Leute, und immer fragen sie mich, wie es bei meinem Vater in Kurdistan war, als hätten sie meine Antwort vergessen, und immer wieder werden sie fragen, als hätten sie vergessen, dass sie gefragt haben, und immer wieder fragen sie mich, wie es bei meinem Vater in Kurdistan war, und ich bleibe stehen, und ich erzähle nichts.

QUAND LES LOUPS RÔDENT

DU MÊME AUTEUR

Dans la gueule du loup, tome II, JC Lattès (réédition Succès du livre, 2008)
Le Camp des loups, tome III, Jean-Claude Gawsewitch, 2006 (réédition Succès du livre, 2008)
L'Enfant qui voulait voir l'Afrique, éditions de l'Archipel, 2001 (réédition Succès du livre, 2008)
Sœur Charité, 2006, Plon (réédition Succès du livre, 2008)
La Diablesse, Ramsay, 2009
Petite sœur charité, Presses de la Cité, 2010

Johan Bourret

QUAND LES LOUPS RÔDENT

Roman

Préface de Lucie Aubrac

Trésors de France

PRESSES DE LA CITÉ

Ce roman a paru en 2010 aux éditions De Borée.

ISBN 978-2-258-13672-4

Presses de la Cité un département **place des éditeurs**

place des éditeurs

Préface

Voici le roman d'un jeune écrivain. Avec les souvenirs et les confidences glanés autour de lui, avec son imagination, ses lectures et sa sensibilité, il a écrit une œuvre de fiction. Je l'ai lue d'une traite.

J'ai retrouvé dans son texte, comme « en accéléré », la vie quotidienne, les problèmes, les drames, les courages, mais aussi les moments de bonheur pendant ces quatre années que j'ai vécues sous l'occupation nazie et la collaboration de Vichy, de 1940 à 1944.

Johan Bourret est assez jeune pour avoir compris et bien décrit l'insouciance, l'imprudence, les actes spontanés des adolescents face à l'oppression étrangère. Sa sensibilité n'a pas oublié la désespérance, le dégoût de vivre de certains de ces jeunes brisés par la découverte d'un malheur, de la souffrance et de la mort injuste et brutale.

Il est assez mûr pour comprendre et relater ce qui déterminera chez les adultes la réflexion et le combat. A travers des exemples émouvants, il évoque le racisme, le fascisme, la brutalité, la délation, tous les courages et tous les sacrifices.

Ses personnages sont des hommes et des femmes sortis de la banalité d'une société ordinaire : paysans, enseignants, artistes et ouvriers deviennent des héros, alors que quelques autres, d'origines tout aussi diverses, sont des lâches et des traîtres.

Certes, ce livre est une fiction, un « roman à suspense » dont on a hâte de connaître la fin. Mais j'aime aussi ce livre pour une raison supplémentaire ; c'est une tentative réussie pour faire comprendre ce qui caractérise la Résistance :

— *l'engagement* volontaire de personnes de milieux socioprofessionnels différents, unies pour se battre contre l'oppression et retrouver les valeurs d'une vie libre ;

— *la désobéissance* aux ordres déshonorants de l'occupant et de la collaboration ;

— *la solidarité* entre les membres de cette société clandestine où chacun est comptable de la liberté et de la vie de l'autre, où chacun est prêt à aider les victimes et les exclus de la société officielle ;

— *la certitude* dans la légitimité d'un combat qui mènera à la victoire.

Lucie AUBRAC
Grand officier de la Légion d'honneur
au titre de la Résistance

La Gloire est le soleil des morts.
Honoré de Balzac

A ceux qui font de la liberté
un rêve accessible…

Prologue

Même sourire, je n'y arrive plus.

Voilà une semaine que j'ai soufflé mes soixante-dix bougies. Ma femme Marie, mon unique enfant Matthieu, son épouse et leurs deux filles étaient de la fête. Anniversaire Polaroid au décor de pacotille : champagne qui pétille, cadeaux sans surprise, nappe en papier, gâteau surfait... Tous s'amusaient et riaient avec naturel, sauf moi, devenu au fil du temps un spécialiste du faux-semblant.

A défaut d'être heureux, j'ai le devoir d'offrir à ma famille l'image positive d'un homme bien portant. Espoirs abandonnés, rêves cassés, illusions perdues : toute mon existence, pourtant, se conjugue au passé. Ne pas crier, ne pas pleurer. Plus jamais. Contenir cette rage cultivée dès l'enfance et qui, aujourd'hui, fait de moi un vieux con. Litanie d'un frustré malheureux d'être là, attendant de déchoir du haut des falaises de sa vie, quand la lumière des bougies s'envolera vers le ciel.

Ces idées noires me tourmentent alors que je m'étire, toussote et m'enfonce davantage dans ce fauteuil. Je jette un coup d'œil sur le feu dans la cheminée, puis regarde ma montre : 7 h 10 du matin. Mon fils Matthieu m'a fait sortir en toute hâte de mon lit. Sa voix, au téléphone, m'a paru singulière.

« Papa, il faut que je vienne vous voir, toi et maman. C'est important. Je pars de Paris dans une heure. Ce que j'ai à vous dire est… primordial. Je serai là vers 10 heures. »

Il n'a pas voulu en dire davantage. Je n'ai pas insisté. Matthieu est un garçon sérieux et réfléchi. Sa profession de commissaire de police lui a appris à agir sans emportement. Je comprends donc qu'il a vraiment besoin de me rencontrer.

La nuit est fraîche en ce mercredi d'octobre 1998. Quelques gouttes de pluie s'écrasent contre la baie vitrée. Dans le parc, les arbres oscillent en paix. Les années ont passé, le calme est revenu. Ce qui devrait être un instant de quiétude n'est pourtant qu'un moment d'angoisse et de doute. La grisaille de l'aurore me rappelle soudain l'aube d'un automne 1942. Il faisait froid comme aujourd'hui, des écharpes de brume flottaient sur la Loire. Les arbres étaient nus, les pavés mouillés. Dans le silence, un parfum de peur, de misère et de faim baignait les rues désertes. Ils étaient là, les bourreaux en uniforme. Leur drapeau rouge sang et noir comme la mort trônait, triomphant, sur le toit de la Kommandantur. C'était en octobre, à peu près à cette heure-ci. Nous habitions, mes parents, ma petite sœur Bernadette et moi, dans une maison entourée de vignes, aux abords de la ville. Tout était si différent avant les souffrances de la guerre. Culotte courte et grande casquette, sourire aux allures d'éternité, je mordais dans le fruit odorant et doré du monde, regardant avec insouciance défiler les couleurs des saisons. J'avais quatorze ans.

Puis il y eut ce matin.

Et le policier allemand, une fois de plus, frappa mon père au visage…

Première partie

1

« Où sont les armes, monsieur Arnoux, où sont-elles ? La voix devint paisible, presque caressante. Vous verrez, vous finirez par me répondre… »

L'homme de la Gestapo tourna le dos à mon père. Détendu, il fit quelques pas dans la cuisine, faisant sauter dans sa main un bâton mince et noueux dont le léger renflement, à son extrémité, offrait des aspérités pénétrantes. Des soldats fouillaient la maison. J'entendais, à l'étage, leurs bottes claquer sur le plancher. Mon père était affalé sur une chaise, entouré par trois hommes vêtus de gabardines noires. Son esprit voguait ailleurs, entre rêve et réalité. Inertes, ensanglantés, ses avant-bras reposaient sur la table de la cuisine. Sa lourde tête s'inclinait vers l'avant, les yeux mi-clos, le visage cramoisi, déformé par les coups qu'il recevait depuis une heure. Le lobe de son oreille droite était presque arraché, un filet de sang s'écoulait du coin de sa bouche. La nappe d'un blanc immaculé se colorait progressivement de mouchetures rouges, semblables aux taches laissées par le vin après un repas.

J'étais assis avec ma petite sœur de six ans sur un coffre à jouets. Gardés par un homme au visage terne, nous portions encore nos pyjamas. Bernadette avait enfoui sa tête contre mon épaule. Je l'avais enlacée de mon bras droit, comme pour la protéger. Son corps grelottait de peur. Elle pleurait. Debout à l'autre bout de la pièce, à côté de la cheminée où les bûches flambaient, ma mère sanglotait dans un mouchoir. Ses mains tremblaient. Un *Feldgendarm* l'empêchait de venir à nous.

L'homme qui avait frappé mon père se lança dans une inspection des lieux. Il fit quelques pas à travers la pièce, s'arrêta un instant pour examiner un objet, reprit calmement sa marche, s'arrêta de nouveau pour étudier un vase, une courge d'ornement, un livre... Il observait calmement chaque chose, même la plus insignifiante, comme pour en faire l'inventaire. Cessant soudain de marcher, il se baissa, ramassa une poupée de chiffon que Bernadette avait dû oublier : une poupée malicieuse qui s'entêtait à sourire. Il la posa en évidence sur la table, bien en vue de papa. Quelques secondes, puis un revers de main à la tête, si violent que mon père tomba de sa chaise et s'écroula sur le sol. Un Allemand le releva aussitôt, l'obligea à se rasseoir.

« Vous ne voulez pas me répondre ? » beugla le policier.

Malgré ses lèvres boursouflées et le sang qui emplissait sa bouche, mon père bredouilla :

« Pas d'armes... comprends pas... ce que vous voulez...

— Ah ! vous ne comprenez pas. »

L'homme marcha promptement vers le buffet et se pencha sur Patate, mon chat de gouttière terré derrière le meuble. Terrorisé, acculé contre le mur, pris au piège, l'animal se laissa attraper par la peau du cou. L'homme le pressa contre lui. Avec un sourire presque tendre, il murmura, tout en lui lissant le poil :

« Bonjour le chat, ça va le chat ? Tu sais où sont les armes, toi ? Non, tu ne veux pas parler, tu ne veux pas me dire où sont cachées les armes. Tu n'es pas un gentil chat. Tu n'es qu'un vilain chat, un très vilain chat. Tu sais ce que je leur fais, moi, aux vilains chats ? »

Il l'empoigna par le cou et serra fort, très fort. L'animal se tortilla, donna des coups de patte, battit vigoureusement de la queue et poussa un miaulement guttural. Le policier prit son temps pour se rapprocher de la cheminée. Patate se débattait comme un forcené. Il reçut un coup de poing à la gueule, si fort que son maxillaire inférieur se décrocha. Il s'immobilisa. L'homme nous regarda en souriant, exhibant le corps inerte de notre Patate. Puis il le jeta dans la cheminée.

La chaleur des flammes tira le chat de son engourdissement. Il n'était pas mort, mais simplement inconscient. Ce fut insoutenable. L'animal en feu traversa la cuisine, sautant comme un cabri. Le policier éclata de rire, et ses semblables en firent autant. Quant à moi, en larmes, je sentis quelque chose de tiède et déplaisant couler entre mes jambes.

Le policier se tut brusquement, comme hébété par une joie mauvaise. Il rajusta ses gants, donna un ordre à l'homme qui nous surveillait, ma sœur et moi.

« Emmenez-les ! »

On nous obligea à nous lever. Bernadette lança un cri de terreur, s'agrippa à moi. Eclata alors cet autre cri, qui me hante encore.

« Non, laissez-les ! Ce sont des enfants ! »

Cette plainte de ma mère, je ne l'oublierai jamais. Elle repoussa le policier, se précipita vers nous. Bernadette se cramponna à elle et hurla :

« Maman ! »

Je hurlai à mon tour. Le policier chassa rudement ma mère. Elle se rua sur lui, le bourra de coups. Une détonation l'arrêta net. Elle resta figée une seconde, les yeux écarquillés, la bouche grande ouverte. Bernadette cessa de pleurer. Il y eut dans la maison une accalmie bizarre, irréelle. Je vis ma mère chavirer lentement en arrière. Ses cheveux s'élevèrent vers le ciel, comme si son existence s'échappait par le haut. Elle s'écroula sur le plancher.

« Maman, maman… »

Je m'étais agenouillé à côté d'elle, pendant que l'assassin rangeait placidement le pistolet encore fumant dans son étui.

Je levai les yeux pour le regarder. Ma vue se fit plus nette lorsque je parvins à chasser les larmes qui me gênaient. Je ressentis une impression étrange, que je découvrais pour la première fois : un sentiment inconnu jusqu'à ce jour. Une force terrible, insurmontable. Un besoin de crier, de frapper, de tuer… c'était peut-être ça, ce sentiment redoutable et dévastateur qu'on appelle la haine…

L'homme de la Gestapo était calme, silencieux. La tête entre les mains, mon père sanglotait. Bernadette s'était couchée sur le corps de maman. Elle la serrait très fort et la berçait, croyant qu'il suffisait de consoler pour redonner vie.

Et puis plus rien.

Je n'entendis même pas les vitres se casser autour de moi, les coups de feu dans la cuisine, les Allemands qui tombaient. Quelqu'un me prit dans ses bras, un homme fort et résolu. Ensuite, il y eut cette voix grave, bienveillante :

« Viens, petit, viens… »

2

Ce fut le vide, l'angoisse des nuits. Le ciel venait de perdre ses couleurs.

Adieu, le baiser du soir que notre mère nous faisait avant d'éteindre la lumière. Adieu, les pique-niques du printemps qui s'achevaient sous la pluie.

C'en était fini des bagarres entre copains, de la confiture sur les lèvres, des Noëls en famille. De tout cela, rien ne subsisterait : pas même l'album de photographies brûlé par les Allemands avec notre maison et le corps de notre mère que nul, jamais, ne retrouverait. Clandestins chétifs et vulnérables, Bernadette et moi allions affronter une existence bien différente : un quotidien chargé d'angoisse, où survivre deviendrait un combat de tous les instants, fait de ruses, de terreurs. Notre vie, pour toujours, en serait changée. Mais nous ne nous en doutions pas encore.

Je ne garde aucun souvenir des circonstances de notre fuite de la ferme des Hautes Vignes. Je me réveillai sur un grabat, à côté de Bernadette qui dormait encore. Je me levai d'un bond. Hagard, affublé de vêtements trop larges mais rognés à bonne longueur, je découvris un endroit humide et sombre. Comme dans un de ces cauchemars d'enfant dont j'étais coutumier, je me crus tout d'abord prisonnier dans l'estomac d'une immense baleine. Très vite, le feu dans la cheminée et les lampes à carbure fixées dans la roche rousse me ramenèrent à une réalité plus rassurante. Je reconnus une habitation troglodytique, un de ces curieux abris creusés dans des falaises de tuf, nombreux au cœur de la vallée de la Loire, souvent vides et abandonnés depuis longtemps. Il s'agissait d'une excavation haute, large et voûtée, où l'on accédait par trois galeries.

Les flammes de l'âtre projetaient mon ombre sur les parois inégales de la roche. Je m'avançai doucement. Quatre hommes me tournaient le dos, discutant à voix basse. Mon pas les fit sursauter. Ils se turent, pivotèrent, me découvrirent avec surprise. L'un d'entre eux finit par me sourire. Je le regardai fixement, comme pour l'interroger. Il murmura :

« Ne t'inquiète pas, t'es en sécurité, ici. »

Il s'approcha de moi avec prudence, pour ne pas m'effrayer. Je n'avais plus peur. Son visage, comme celui des autres, m'était familier. A la tombée de la nuit, une fois le couvre-feu passé, les hommes qui se trouvaient là venaient à la maison pour discuter longuement avec papa. Même si ces conciliabules m'étaient rigoureusement interdits, il m'arrivait parfois d'en discerner quelques bribes. Il était question d'armes, de maquis, de Londres, d'Hitler... Il y avait Maurice, le maréchal-ferrant, Raymond, le boulanger, Léon, l'ouvrier du garage, et Marcel, un vigneron de Souzay.

« Comment s'appelle-t-il, déjà ? demanda Maurice.

— Je ne sais pas, répondit Raymond. Demande-le-lui. »

Derrière moi, une voix douce, enfantine, appela :

« Maman... maman... »

Bernadette venait de s'éveiller. Je courus vers elle, m'assis à son côté. Elle avait les joues pâles, les cheveux défaits. Je dégageai les mèches collées sur son front.

« C'est moi, Bernadette, c'est Jacques. Je suis là. »

Ses yeux rougis par les larmes plongèrent quelques secondes dans les miens. Enfin, ses paupières cillèrent, ses sourcils se détendirent. Je compris que ma présence la rassurait. Elle chuchota :

« Où est papa ?

— Je ne sais pas.

— Il est à côté, lança Raymond. Il va bien. La mère Vintard le soigne. Vous voulez le voir ?

Nous passâmes à côté, dans une pièce aussi ronde que la précédente, mais beaucoup plus petite, baignant dans une douce clarté, une chaleur diffuse. Cette chambre à coucher était meublée d'un lit rouleau en bois de hêtre au-dessus duquel trônait l'imposante croix du Christ. A proximité, une petite table de chevet où l'on avait posé une cruche et une cuvette de faïence. Papa reposait, immobile et muet, la tête enfoncée dans un coussin immaculé, les yeux ouverts. Ses bras nus s'étalaient sur le rebord du drap. Une vieille femme achevait de les recouvrir de fleurs de sureau aux propriétés curatives prétendument surprenantes, censées faciliter la cicatrisation des plaies.

« Avec ça, une bonne soupe, du sommeil, et tu te sentiras comme avant », lui déclara-t-elle sans la moindre tendresse.

Elle effrayait Bernadette, qui s'était blottie contre moi. Il faut dire que ses haillons noirs de crasse, presque raides, la rendaient disgracieuse et inquiétante. Sorcière au visage sale et buriné, à la chevelure grisâtre, ébouriffée, au regard lointain et triste, elle sentait le vin, la litière souillée, l'aigre et le bois de chauffage. Elle devait vivre dans la forêt, seule et depuis longtemps. Même si ses remèdes de bonne femme relevaient de la pure chimère, elle faisait preuve, en s'occupant de mon père, d'une dextérité étonnante, quoique dénuée de toute compassion. Elle avait déjà dû soigner de nombreux hommes avec cette indifférence redoutable des êtres que la souffrance n'émeut plus. Pourtant, son regard vif et dur comme l'acier, sa silhouette robuste, ses gestes précis m'inspiraient confiance. J'espérais qu'elle redonnerait à l'homme alité une vigueur comparable à la sienne.

Elle pencha la tête du blessé vers l'avant, lui fit boire le contenu d'un bol qu'elle reposa sur la table de chevet. Mon père, alors, s'adressa à nous.

« Jacques, Bernadette, approchez. »

Je pris la main de ma sœur et nous nous avançâmes près du lit. La vieille femme s'éclipsa, nous laissant seuls avec notre père.

« Ici, rien ne vous arrivera. Tous ces gens sont des amis. Dès demain, je pourrai marcher et…

— Est-ce qu'on va mourir ? demanda Bernadette.

— Non, murmura mon père en ébauchant un sourire, bien sûr que non. Tu ne dois pas avoir peur, Bernadette. Je sais que tu aimerais être avec ta maman, mais les choses sont ainsi : désormais, nous devrons nous débrouiller sans elle, tous les trois… »

Il me fixa droit dans les yeux. Son regard, jusque-là doux et réconfortant, devint plus grave.

« Jacques, tu t'occuperas de ta sœur. Vous ne quitterez pas cet endroit sans y avoir été autorisés. Les Allemands nous recherchent. Ils ne doivent jamais nous trouver. Jamais. »

J'acquiesçai énergiquement pour lui montrer que j'avais compris.

« On va rester ici combien de temps ? »

Il hésita, puis soupira :

« Je ne sais pas. Il va falloir trouver une solution : changer de nom, peut-être, obtenir de faux papiers et fuir vers la zone libre. On verra… »

C'était la première fois qu'il me parlait ainsi. Je l'avais toujours connu austère, secret, pondéré. Jamais, avant la nuit précédente, au moment où maman s'était écroulée, je ne l'avais vu pleurer. Il avait fallu beaucoup de courage, de patience et d'amour à notre mère pour endurer cet homme buté, intransigeant, ses colères froides, intenses et redoutées de tous. Il n'avait pas besoin de crier pour se faire entendre : sa fermeté suffisait. Je regrette d'autant plus ces merveilleux moments d'affection qu'il distillait avec une extrême parcimonie. Il s'abandonnait si rarement ! Que craignait-il ? Avait-il peur, hanté par ses responsabilités de chef de famille, de ne pas voir ses enfants grandir libres et sans crainte ?

Je ne suis pas près d'oublier ce jour de juin 1940, où il avait entendu à la radio l'appel d'un obscur général français exhortant ses compatriotes à poursuivre le combat. A voir l'expression de mon père, ses traits figés comme dans du marbre, j'avais su tout de suite qu'il serait de ceux-là.

3

Installé dans son fastueux bureau Napoléon III, à la Kommandantur, l'*Oberst* Karl Schmittbauer achevait la lecture de son courrier de l'après-midi lorsque son secrétaire frappa et entra dans la pièce, un dossier à la main.

« *Herr Oberst,* l'*Untersturmführer* Hechler est arrivé.

— Déjà ? s'exclama le colonel en saisissant le dossier que lui tendait son subordonné.

— Dois-je le faire entrer ? »

Il hocha la tête. Le secrétaire quitta la pièce, maintenant la porte ouverte.

L'officier apparut soudainement, traversa le bureau en longues enjambées, se posta face au colonel, fit claquer ses talons et leva énergiquement son bras droit dans un retentissant : « *Heil Hitler !* »

« Vous n'êtes pas en retard ! » attaqua le colonel.

Le jeune officier SS ne releva pas l'ironie acerbe de la remarque. L'air contrarié, le colonel ouvrit le dossier à sangle marqué de l'aigle du Reich, en extirpa les différentes pièces qui le composaient – ordre de mission, états de service, diverses photographies – avant de s'arrêter sur un détail qui l'intriguait :

« Quel âge avez-vous, *Untersturmführer* ?

— Vingt-sept ans, *Herr Oberst.*

— Hum, vingt-sept ans… »

Schmittbauer prit le temps d'étudier son visiteur, figé devant lui dans son rutilant uniforme noir des SS, orné au bras gauche de l'incontournable svastika. C'était un homme grand et sec, à l'allure altière et soignée. Il tenait sa casquette à tête de mort coincée sous le bras gauche et maintenait ses mains immobiles le long du corps. Ses cheveux blonds coupés court mettaient en valeur un visage clair, presque blême, marqué d'un menton aigu, imberbe, scindé de lèvres fines et pincées. Serrés à la racine d'un nez aquilin, de petits yeux sombres et froids regardaient droit devant lui. Le colonel, qui avait plus de quarante-deux ans et une expérience d'homme de terrain, ne s'y trompa pas. Connaissant la réputation des SS, il ne savait s'il devait les admirer ou les craindre. Celui-là, mieux valait s'en méfier.

Il s'absorba quelques minutes dans la lecture silencieuse des documents. Puis, relevant brusquement la tête, il demanda :

« Votre père est toujours *Oberst* à Paris ?

— On vient de le nommer général. Il a été muté à Dunkerque la semaine dernière.

— Vous lui ressemblez. Je l'ai rencontré une fois à Nantes. Un officier d'exception… »

Le colonel crut voir son interlocuteur sourire. Pure illusion : en fait, aucune réaction ne troubla le visage fermé du jeune homme.

L'*Untersturmführer* Hechler appartenait à l'élite. Son père et lui avaient rejoint le parti national-socialiste, à Vienne, au début des années 30. Leurs ambitions n'étant pas les mêmes, ils avaient, très vite, pris des chemins différents. Le fils était déjà membre des forces de sécurité lorsque la République autrichienne avait interdit le Parti en 1933, alors qu'il venait à peine de fêter ses dix-huit ans. Après une longue période de clandestinité, il était réapparu dans les rues de Vienne en grand uniforme de sous-officier SS au moment de l'Anschluss de 1938. Promu *Oberscharführer* en 1940, il avait accédé, en 1941, au statut d'officier, beaucoup plus difficile à obtenir chez les SS que dans la Wehrmacht. A l'issue d'un stage tactique dans l'infanterie, le Haut Commandement lui avait confié, avec le grade d'*Untersturmführer,* des missions de lutte contre les actions de terrorisme. Ses résultats, joints à son dévouement au Führer et au grand Reich, en faisaient un élément particulièrement apprécié par les dignitaires nazis. Himmler en personne s'intéressait à lui.

Impressionné par cet étalage de compétences, le colonel n'en laissa rien paraître. L'arrivée sur les bords de la Loire de ce petit prodige ne lui disait rien de bon.

« L'affectation à Saumur d'un SS de votre rang me semble plutôt... étonnante.

— Pourquoi, *Herr Oberst* ?

— On fait habituellement appel aux gens de votre valeur dans des cas très difficiles. Ici, il ne s'agit pas d'anéantir de puissants réseaux terroristes, comme vous avez pu le faire dans le Nord, mais de neutraliser une dizaine de réfractaires. Je pense que votre présence serait bien plus profitable ailleurs.

— Je vais où l'on m'ordonne d'aller, *Herr Oberst.*

— En l'occurrence, je n'en crois pas un mot. J'ai fait ce matin une demande au Haut Commandement afin qu'on renforce le district de Saumur, en raison de certaines difficultés, d'éléments supplémentaires. Et que fait ce même Haut Commandement ? Il m'expédie le SS le plus qualifié dans la lutte contre le terrorisme...

— Vous pensez peut-être qu'on m'a envoyé ici pour vous espionner, *Herr Oberst* ?

— Non plus. »

Le colonel quitta son siège, croisa ses mains dans le dos et se rapprocha sans hâte de la fenêtre qui donnait sur un vaste jardin.

« Rappelez-moi votre nom, *Untersturmführer* ?

— Hechler.

— Comment s'appelait le commissaire de la Gestapo qui a été tué dans la ferme des Hautes Vignes ? »

Le jeune homme hésita.

« Allons, insista le colonel, vous le connaissiez… N'est-ce pas que vous le connaissiez, *Untersturmführer* ?

— Oui, *Herr Oberst*…

— Et ?

— C'était mon frère.

— Bien. Avec vos relations, vous n'avez donc eu aucun mal à obtenir cette mission…

— *Herr Oberst*, je suis au service du Reich et du Führer. »

A ces mots, le colonel détourna brusquement les yeux du jardin d'agrément et dévisagea le jeune SS. Avec une placidité feinte, il rétorqua :

« Je suis très heureux de vous l'entendre dire. »

Il se tut un instant, se laissa de nouveau séduire par la beauté du parc. Enfin, il ajouta :

« Il s'agit d'un réseau appelé "Combattants volontaires". Nous connaissons ses membres depuis un certain temps. Ils ont effectué quelques actes de sabotage. Ils forment un groupe isolé, mal organisé, ne recevant d'ordres de personne. Or, cette nuit, ils ont tué cinq Allemands et en ont blessé deux autres au cours d'une perquisition chez un dénommé Paul Arnoux. J'ai, en représailles, ordonné l'exécution d'une vingtaine de prisonniers civils. On a dû les fusiller ce matin.

— Qui a informé les terroristes de cette perquisition ?

— Peut-être quelqu'un d'ici…

Un Allemand ? »

Le colonel eut une moue dubitative :

« Je ne pense pas. Mon secrétaire vous transmettra un dossier avec des noms qui vous permettront peut-être d'en savoir davantage. Tenez-moi au courant et détruisez rapidement ce réseau. Je ne veux pas que d'autres terroristes s'imaginent qu'on peut impunément défier notre autorité !

— A vos ordres, *Herr Oberst !* »

Les deux hommes se séparèrent en exécutant un salut nazi. Le SS se coiffa de sa casquette, recula d'un un pas, fit volte-face et quitta le bureau.

4

Quoi de plus apaisant que la nature ? Je resterais des heures à la contempler, silencieux et ravi, laissant le vent d'automne baigner ma tête nue. C'est l'heure choisie entre toutes, où flotte à travers la campagne l'odeur de vanille qu'exhale la poussière humide des routes. Il doit être 9 heures du matin. Le soleil moite et somnolent n'est plus qu'un chasseur entre les landes de nuages. Je constate, mélancolique, que les saisons sont plus fortes que les hommes. Aucune armée ne les empêchera de changer de robes.

Debout au milieu de la forêt surplombant la « troglodyte » d'où l'on aperçoit, en bas, la route de Gennes, je me sens en sécurité dans cet endroit magique et secret, peuplé de chênes et de châtaigniers dont les feuilles rousses recouvrent abondamment un sol léger et frais. Quelques kilomètres à peine me séparent de ma maison ; je reconnais, parallèles à la route, les méandres d'une rivière familière : le Thouet.

Au milieu de la forêt, entourée de buissons, la ferme de la mère Vintard se fond dans les couleurs du paysage. Bâtie en moellons de tuffeau, une étable aux stalles vides et aux poutres fleuries de toiles d'araignées permet à quelques poules frileuses de se protéger du vent. Collée à elle, la bergerie abrite trois moutons d'un âge vénérable. En face, séparées par une petite cour au sol de terre battue, les pénates de la mère Vintard se distinguent par l'éclairage artificiel et leurs rideaux déchirés sur des fenêtres crasseuses. C'est son coin à elle, son refuge, où jamais personne n'est entré. Entre la ferme et le bas du talus tombe une pente abrupte embarrassée de plantes vigoureuses, hérissée de broussailles impénétrables qui décourageraient le plus audacieux des curieux. Pour accéder à la ferme, il n'y a pas de raidillon à gravir. Il faut passer par la troglodyte, dont on a soigneusement dissimulé l'entrée avec des arbres abattus, des fougères et toutes sortes de végétaux inextricables. A l'intérieur, il faut emprunter un escalier taillé dans la roche, au sommet duquel une trappe débouche dans l'étable.

L'automne est une saison propice à la réflexion et au recueillement. Je marche, heureux de humer l'air et la terre, comme pour me rappeler qu'il faut croire en la vie. Je m'arrête pour caresser le chevreau que nourrit Bernadette. Une main lourde et rassurante se pose sur mon épaule. Je me retourne. Papa me sourit.

« Tu vois, Jacques, me dit-il, c'est ici que tu pourras jouer. Ça te plaît ?

— Oui, papa. Regarde là-bas. On voit le Thouet, les barques, des pêcheurs... »

Devinant où je veux en venir, il réplique aussitôt :

« Ne compte pas aller à la pêche. Il y a beaucoup de monde au bord du Thouet, c'est trop dangereux.

— Papa, on n'a jamais vu d'Allemands là-bas !

— Peut-être : jusqu'à aujourd'hui, en tout cas. Mais il y a toujours les contrôles de la police française, à cause du marché noir. En outre, un pêcheur pourrait te reconnaître et te dénoncer à la Gestapo. Non, Jacques, tu ne dois pas y aller. »

Je baisse la tête, résigné et déçu à l'idée de renoncer à ce plaisir essentiel pour moi : la pêche. Le Thouet est une rivière généreuse. Tôt le matin, de nombreux pêcheurs passionnés y passent tranquillement quelques heures. L'été, au plus fort de la chaleur, c'était avec bonheur que nous venions, mon père et moi, fouler l'herbe des berges. Nous allions mouiller nos lignes tout près de l'écluse, à l'abri d'une mer de branchages. Les saules n'étaient pas que chagrin. Leurs rameaux souples versaient leur ombre sur nous, effleurant la surface muette de la rivière. Des nénuphars jaunes servaient de refuge à de petites bêtes bondissantes, des araignées d'eau griffaient de leurs longues pattes le miroir nébuleux avant de disparaître sous des herbes folles ou dans l'estomac d'une grenouille goulue. Ici, presque toute l'année, plus de deux cents barques se laissent doucement bercer par le clapotis chantant du bas Thouet. L'eau est porteuse de rêves. Le bras fluide et doux de la rivière accueille les corps anonymes et les âmes ordinaires. Devant tant de mélancolie, la bête qui est en nous se retire et se laisse emporter par le courant.

Je suis sûr que rien ne peut m'arriver au bord du Thouet.

« C'est bien clair, répète mon père, tu ne dois pas y aller. Nous sommes d'accord ?

— Oui, oui, papa. »

Il me dévisage une dernière fois avec sévérité. Puis il tourne les talons et gagne l'étable, afin de descendre dans la troglodyte.

Nous nous retrouvâmes à midi dans l'habitation souterraine, assis autour d'une table, attendant le repas préparé par la mère Vintard. Derrière moi, les flammes de la cheminée caressaient le fond d'une grosse marmite d'où montait une bonne odeur d'ail et de graisse d'oie. Sur la table, trois miches de pain apportées par Raymond furent, avec parcimonie, coupées en tranches fines. Marcel déboucha les quatre bouteilles de champigny. La mère Vintard posa enfin la marmite au milieu de la table. Le repas commença, dans un silence à peine troublé par le bruit des fourchettes et des couteaux. Ce calme ne dura pas.

« Mais comment tu sais ça, toi, Raymond ? s'écria Marcel.

— Tout le monde en parle à Saumur. Tu penses bien que les Chleuhs allaient se venger, après ce qu'on a fait chez Paul.

— Bon sang ! grommela Marcel, vingt innocents… Vingt tués, comme ça ! »

Il rompit son pain, en croqua promptement un morceau.

« Je vais vous dire, lança Maurice avec véhémence, Paul a été dénoncé !

— Mais par qui ?

— Par son voisin ! Hein ! Paul ? C'est lui ! Il avait dû nous repérer le soir, quand on venait chez toi. Et il a tout raconté aux Boches, pour se venger !

— Se venger de quoi ? demanda papa. Il est vieux, presque sourd. Il a fait la guerre de 14 et déteste les Allemands. »

Il soupira, avala un peu de vin.

« Heureusement que vous êtes arrivés. Ils allaient nous emmener à la Kommandantur. »

Il y eut un silence et Raymond expliqua :

« J'étais venu pour te dire de faire attention. Ton nom circulait dans la Kommandantur. L'autre matin, en livrant mon pain là-bas, j'ai surpris une conversation entre deux Français au service de la Wehrmacht. Il était question d'effectuer une perquisition chez toi. Je n'ai pas pu savoir quand elle aurait lieu. A l'aube, en rentrant à la boulangerie, j'ai donc fait un détour par Saint-Hilaire pour te prévenir. Lorsque j'ai vu les deux Traction garées devant ta ferme, j'ai compris que c'était la Gestapo. J'ai couru comme un fou pour aller chercher les gars. Mais le temps de traverser Saumur, de revenir, d'éviter les Boches, la gendarmerie française..., nous avons fait aussi vite que possible. Si j'avais pu arriver plus tôt... »

Il baissa la tête et chuchota :

« Pauvre Léontine... »

Assise en face de moi, Bernadette n'avait pratiquement pas touché à son assiette. Elle me regardait sans me voir, avec ses yeux clairs et fragiles, comme plongée dans un rêve interminable. Qu'était donc devenue la petite fille douce et rayonnante dont les mots coulaient comme l'eau vive d'une fontaine ? Comment aurait-elle pu comprendre que la liberté s'achète au prix du sang et que notre mère en avait payé le lourd tribut ? Je regardai, un à un, ces hommes au visage sobre : Maurice, Raymond, Léon, Marcel et mon père, cette armée dérisoire qui s'attaquait à l'Allemagne toute-puissante. Ils étaient notre seul espoir. Je pensai aux vingt innocents qui avaient payé de leur vie la liberté hypothétique de deux gamins et d'un combattant improvisé. Je me consolai en me rappelant que c'étaient des paysans armés de fourches et de courage qui avaient autrefois mis le feu aux poudres et déclenché la Révolution.

Un liquide noir et fumant se voulant du café fut versé dans les tasses. La mère Vintard acheva de débarrasser la table avec son mutisme coutumier. Bernadette quitta la troglodyte pour aller jouer dans le sous-bois.

Debout contre le mur, Léon et mon père sirotèrent, songeurs, leur exécrable *ersatz*. Raymond, Maurice et Marcel étaient restés assis tout près de moi. Je jouais, la tête posée sur la table, avec une petite voiture fabriquée avec une pomme de pin et un bouchon de liège.

« Il va falloir que vous soyez très prudents, lança mon père. Je ne pense pas que la Gestapo vous recherche. Elle serait déjà allée perquisitionner chez vous. Mais mieux vaut prendre des précautions. Ne vous faites pas remarquer et évitez autant que possible de venir ici.

— Il est certain qu'ils n'en resteront pas là, renchérit Léon. Il est même probable qu'ils fusilleront d'autres otages. »

Il but une gorgée du breuvage amer et, malgré l'habitude, ne put s'empêcher de faire la grimace. Il se battait aussi pour cela : avoir du vrai café.

« Et les munitions ? » demanda papa.

Léon posa sa tasse sur la table et alla ouvrir une grosse malle placée à côté d'une commode. Il en sortit des fusils enveloppés dans des linges blancs, les déposa les uns à côté des autres en face de moi. Papa retira les linges, examina les armes avec soin.

« Deux mitraillettes Sten, un fusil de chasse, deux 6-35, une grenade américaine, et… vous avez réussi à leur prendre un P-38 ?

— Oui, c'est tout ce qu'on a pu leur piquer. Le chargeur est plein, mais il n'y en a pas d'autre.

— Combien de boîtes de munitions pour les mitraillettes ?

— Deux », répondit Léon en les montrant.

Papa parut contrarié. Il se gratta le menton d'un air perplexe et ajouta :

« Il faudrait que les Anglais nous en parachutent d'autres.

— Tu parles ! s'exclama Raymond avec un rire qui sonnait faux. Après ce qu'on vient de faire aux Chleuhs, personne ne prendra le risque d'envoyer un télégramme en Angleterre pour nous. Nous sommes seuls. Et pour longtemps.

— Allons, Raymond, fit papa tout en vérifiant le contenu des boîtes, ne sois pas si pessimiste. On demandera à Pierrot le gendarme de nous trouver un télégraphiste. »

Maurice sortit brusquement de sa torpeur, se leva et lança avec ironie :

« Un lance-pierre, deux pétoires, une grenade qui ne pétera peut-être jamais. Bon Dieu, les gars, on ne fait pas la guerre à mains nues ! »

La remarque s'adressait à tous, mais semblait davantage destinée à mon père. Il ne se décontenança pas et répondit avec flegme :

« Comment as-tu fait, l'autre nuit ? A toi tout seul, tu as descendu au moins trois Frisés, dont cette ordure de Hechler. Et avec ces armes-là. Alors, d'accord, ce n'est pas grand-chose, mais sans elles, vous ne m'auriez pas sauvé. Et à l'heure qu'il est, nous serions peut-être tous à la Kommandantur !

— Dis pas de conneries, lui répondit calmement Maurice. Même si tu avais été emmené là-bas, on sait bien que tu ne nous aurais jamais dénoncés. »

Ses camarades approuvèrent dans un murmure. Papa recouvrit les armes de linges, rangea méticuleusement le tout dans la malle et dit :

« Tu as vu mes bras, Raymond ? Si la Gestapo m'avait interrogé pendant des heures dans les caves de la Kommandantur, tu sais combien de temps j'aurais pu tenir ? »

Il ferma la malle et ajouta :

« Moi non plus, je ne le sais pas. »

D'une démarche lourde, Maurice se rapprocha de la cheminée, présenta ses paumes larges et puissantes aux flammes qui s'endormaient. Il dut s'agenouiller et se courber pour tisonner le tout, tant son corps était grand et robuste, mit une grosse bûche au centre de l'âtre. Il se redressa, fourra ses mains dans les poches de son pantalon, contempla, méditatif, la bûche qui s'embrasait et déclara d'une voix neutre :

« Il faut trouver des armes, d'autres armes, absolument. A Longue, à Allonnes, à Beaufort, ils ont les mêmes difficultés. En leur fournissant de quoi se battre, on agrandirait notre réseau. »

Il tourna la tête vers mon père.

« Tu sais très bien, Paul, qu'il sera difficile d'envoyer un télégramme en Angleterre. Même si on y arrive, au bout de combien de temps recevrons-nous ce que nous aurons demandé ? »

Papa ne répondant pas, il continua :

« Tu sais aussi que les Allemands ne se contenteront pas de fusiller des otages. Ils voudront mettre la main sur nous. La Gestapo va faire des rafles, questionner tes voisins, torturer tes amis... Tôt ou tard, les Allemands attraperont quelqu'un qui parlera... Nous avons deux solutions, Paul : attendre ou nous préparer. »

5

Papa et moi avions employé une partie de la matinée à couper du bois. Il ne s'agissait pas d'assurer une réserve pour la cheminée, mais de construire une petite tourelle d'observation que nous avions l'intention de fixer au sommet du plus grand chêne. L'utilité de ce dispositif ne me paraissait pas évidente. Je crois plutôt que mon père cherchait à tromper le temps en fabriquant toutes sortes de choses qu'il prétendait indispensables. Comme il souffrait encore un peu de ses blessures aux bras, le plus souvent l'exécution des tâches physiques me revenait. Papa décidait de tout et ne laissait rien au hasard. Quant à moi, je m'efforçais de suivre ses directives du mieux possible.

A l'aide d'une échelle de meunier, je grimpai sans peine en haut de l'arbre et fixai solidement les morceaux de bois aux branches robustes. Nous avions peu d'outils : un marteau, une scie, quelques clous. L'installation ne traîna pas. Une fois la tourelle terminée, je la dissimulai sous des rameaux. J'en profitai pour admirer la vue splendide que j'avais sur le Thouet. A quelques mètres de nous, parallèle à la rivière, la route goudronnée s'offrait davantage : il serait aisé de voir arriver quelqu'un de loin. A gauche, elle rejoignait Chênehutte et Gennes ; à droite, elle traversait Saint-Hilaire-Saint-Florent, puis bifurquait vers Saumur et Bagneux.

Les grands espaces me tendaient les bras. Que n'aurais-je pas donné pour une course au bord de l'eau, une balade à Saumur, un verre de limonade, un de ces plaisirs simples désormais interdits ? Mon cœur se serra, les larmes me montèrent aux yeux. Où es-tu maman ? Nous voilà tous les trois captifs au creux d'un lopin de terre, prisonniers d'une troglodyte sombre entourée d'une forêt silencieuse. Comme des lapins au temps des crues, blottis sur une île de liberté, nous assistons, résignés et impuissants, à l'inéluctable montée des eaux. Je sais, guidé par mes idéaux d'enfant, que la liberté n'a pas de prix. Pourtant, même gigantesque, une île paraît bien petite quand vous saisit l'envie d'embrasser le monde.

Papa cherchait bien à nous divertir, mais le cœur n'y était pas et les activités de bricolage devenaient vite lassantes. Alors, nous ramassions des châtaignes, cueillions des champignons, faisions main basse sur une poignée d'œufs, espérant toujours plus la prochaine fois… Nous apercevions parfois la mère Vintard qui, tel un fantôme, apparaissait puis disparaissait sans dire un mot. Elle nous quittait pour se rendre à pied jusqu'à Saumur. Nous ignorions tout du motif de ses excursions. A vrai dire, nous ne nous en souciions pas, car elle n'était nullement inquiétée par les Allemands. Nous la retrouvions chaque midi et chaque soir, aux heures des repas. Elle faisait preuve d'une ponctualité étonnante. Elle nous apportait les plats avec des gestes hiératiques, en silence et sans nous regarder. Elle attendait debout, immobile, que nous ayons terminé, puis allait chercher, en traînant la savate, une platée de châtaignes. De temps en temps, mon père lui parlait. Elle répondait en grommelant un « oui » ou un « non ». A la fin du repas, elle s'éclipsait dans sa tanière. Il en était ainsi chaque jour.

Une semaine passa. L'ennui gagnait du terrain. De plus, l'état de santé de Bernadette m'inquiétait. Malgré l'amorce de sourire qui se dessinait plus fréquemment sur ses lèvres, elle ne me semblait guère vaillante. Peut-être était-ce dû à la nourriture, peu variée. Le jardin potager nous offrait ses légumes de saison : poireaux, salades, choux, endives… Heureusement, Raymond nous avait laissé un peu de farine. Papa, chaque jour, nous préparait du pain qu'il cuisait dans le four enclavé dans la cheminée. Le printemps précédent, la mère Vintard avait eu l'idée de stériliser quelques bocaux, qu'elle espérait garder pour elle. C'était sans compter sur la venue de trois exilés. En certaines occasions, nous coupions de fines tranches du jambon suspendu dans le cellier. Nous consommions chaque denrée avec parcimonie. La disette ne nous guettait pas, mais la situation – combien de temps durerait-elle ? – nous forçait à nous restreindre.

Il fallait à Bernadette une nourriture plus riche. Je me souvins de ce que maman nous vantait souvent les bienfaits du poisson pour la santé. A l'école, au cours d'une leçon sur les vertébrés, le maître nous avait, lui aussi, affirmé que les poissons possédaient une richesse nutritive très bénéfique à l'homme. Il avait même employé un nom savant à la prononciation périlleuse : les protéines, je crois.

Un matin, après une nuit de tempête, je fis une trouvaille des plus surprenantes. Particulièrement exposée aux intempéries, l'étable avait subi de sérieux dommages. Le fenil, chargé de paille et soutenu par une poutre effritée, n'avait pas résisté au déchaînement du vent. J'aidai mon père à tout réparer. Il me demanda ensuite de remettre seul la paille en place. Je m'employai à la tâche et grimpai en haut du fenil. Là, je découvris un petit grenier invisible d'en bas. A l'intérieur, caché dans la pénombre, se dessinait un large objet de métal à la silhouette curieuse :

une bicyclette ; rouge, peut-être un peu haute pour moi, mais en parfait état. Elle appartenait sûrement à la propriétaire. Pourquoi la vieille femme ne s'en servait-elle pas ? Pourquoi allait-elle jusqu'à Saumur à pied ? En fin de compte, peu importait. Cette bicyclette était un don du ciel. Grâce à elle, mon projet, jusque-là chimérique, se réaliserait. J'irais à la pêche. Et j'irais cette nuit même…

A l'insu de tous, je cachai « ma » bicyclette dans le couloir le plus sombre de la troglodyte, qui débouchait directement sur l'extérieur. Seule la mère Vintard l'empruntait parfois pour se rendre à Saumur : je pris donc la précaution de dissimuler soigneusement mon trésor dans l'angle d'un contrefort aussi noir que la nuit.

Le soir, au souper, mon père m'interrogea.

« Tu as remis toute la paille sur le fenil ?

— Oui, papa, j'ai terminé. »

Nous bavardâmes en trempant nos cuillères dans une soupe bien chaude composée de chou et de pain. Debout, nous tournant le dos, la mère Vintard jetait des déchets au fond d'une poubelle. A brûle-pourpoint, je lui demandai :

« Pourquoi ne vas-tu pas à Saumur à vélo ? »

Mon père s'esclaffa. La vieille ne prit même pas la peine de se retourner.

« Tu vois bien qu'elle boite, rétorqua papa en souriant. Elle a de l'arthrose depuis des années. En plus, je ne sais même pas si elle sait faire du vélo ! »

Il termina sa phrase par un bref ricanement, avala une cuillerée de soupe.

Alors, à qui était-elle, cette bicyclette ? Comment le savoir ? Je ne pouvais pas poser la question sans me trahir.

Je terminai silencieusement mon potage qui refroidissait, convaincu que la nuit serait belle et étoilée.

6

Le ciel est dégagé. Les fleurs des eaux ont refermé leurs corolles, la lune joue sur les flots. Indécis, l'automne hésite encore à s'abandonner à la morte saison. Il ne fait pas froid. Les arbres tressaillent, comme si leurs cimes communiaient avec le vent. Pas un bruit, hormis cet air en mouvement et le flot serein de la rivière.

J'ai marché d'un pas prudent sur l'arbre renversé qui coupe provisoirement le courant du Thouet : la crue, comme chaque année, l'emportera. La pêche au bois ballant est strictement interdite. Mais la nuit protège le braconnier, lui offre cette extraordinaire impression que la liberté lui est acquise. Je fixe le morceau de bois autour d'une branche solide, déploie le fil qui l'entoure, plonge dans l'eau l'hameçon pourvu d'un vif. Des dizaines de cercles se creusent soudainement, le bouchon flotte et danse, il me faut attendre.

Un frêne vigoureux, énorme, domine la berge. L'été, mon père et moi venions pêcher à son pied ; il nous portait chance. Je décide d'y grimper, comme j'avais l'habitude de le faire avant la guerre. J'escalade l'arbre consentant, m'installe à califourchon sur une branche, pose ma tête sur le tronc. Tout mon corps ressent alors mille petits frissons qui courent à travers ma chair. La branche, haute, surplombe la rivière. J'observe avec mélancolie la lune morose au visage blanc. Et je me laisse doucement aller, m'abandonnant à la force qui se développe en moi. Alors apparaît, flottant devant mes yeux, un visage à la douceur rassurante, au sourire bienveillant et calme. L'image de ma mère m'accompagne en cet instant de piété et sa voix, légère comme une prière, me dit qu'il faut espérer. Car celui qui fait confiance à la nature, qui accepte de se fondre en elle, y découvrira un jour l'univers entier.

Mon regard erre sur ce paysage de paix, éclairé par des milliers d'étoiles. Tout est beau, et fort, comme la puissance sans hargne que distillent les arbres et qui, petit à petit, me délivre de mon angoisse.

Tout d'un coup, le chant d'une dame blanche, complice de ma solitude, me signale une présence étrangère. J'aperçois sur le sol un point oscillant aux couleurs lumineuses passant du rouge au jaune, puis du jaune à l'orange : le feu. Quelqu'un est là, de l'autre côté de la rivière, et se repaît d'un peu de chaleur.

D'instinct, je retire la lampe torche coincée dans mon ceinturon. Appuyant sur l'interrupteur, je balaie l'étendue de la berge voisine. Mais le feu est trop loin : le faisceau de lumière se perd dans la nuit et ne servira qu'à me faire repérer.

Impossible de savoir qui se trouve sur l'autre rive. Je peux tout imaginer : un braconnier, des gendarmes ou, pis encore, des Allemands ! Mieux vaut éteindre ma torche au plus vite.

La chance est avec moi. J'entends l'eau s'agiter à l'endroit où repose mon bois ballant. Je descends promptement de l'arbre, saute sur la berge, cours et retourne sur le tronc renversé. Je dégage énergiquement le fil de la surface. La force qu'exige cette tâche me ravit : elle promet une pêche excellente. La bête gigote comme un beau diable. La lune ravive les flancs verdâtres qui, tachés de jaune, se fondent en stries sur la robe d'écailles. Les dents fortes et acérées restent accrochées à l'hameçon. C'est un brochet d'une soixantaine de centimètres. Je l'admire avec fierté et enthousiasme, puis cours vers le seau déjà rempli d'eau afin d'y plonger, non sans mal, l'énorme carnassier. J'attache le seau au porte-bagages, enfourche sans tarder ma bicyclette puis regagne à toute vitesse, tourmenté mais heureux, la ferme de la mère Vintard.

Le lendemain matin, vers 11 h 30, la troglodyte embaumait l'échalote. Le poisson rosissait à la flamme, au-dessus d'une lèchefrite. La mère Vintard avait su tirer profit de ce cadeau inattendu, devinant au passage qu'il venait de moi.

A midi, nous passâmes à table. Mon père s'assit en face de Bernadette, tournant ainsi le dos à la mère Vintard, debout selon son habitude. Lorsqu'elle posa le poisson doré en face de lui, il n'eut pas l'air surpris. Mais, après avoir apprécié quelques bouchées du brochet, il lança à la vieille femme :

« Dis donc, il est délicieux, ton poisson ! J'ignorais que tu savais pêcher. »

Les yeux de la mère Vintard se braquèrent aussitôt dans ma direction, comme pour me reprocher de ne pas avoir informé mon père de mon expédition nocturne. Pour lui éviter une réplique aux conséquences désastreuses, je me hâtai de répliquer :

« C'est drôlement bon, le brochet ! Maintenant, on en mangera toutes les semaines ! »

Rassurée, la vieille s'abstint de tout commentaire, pensant sans doute qu'elle s'était trompée et que mon père était bien au courant de mon escapade.

Je soupirai intérieurement. Bernadette, qui avait une sorte de don pour comprendre les situations inextricables, m'adressa un sourire de connivence. Je lui répondis, à la dérobée, par un clin d'œil espiègle.

A la fin du repas, Raymond le boulanger débarqua dans la troglodyte, le sourire aux lèvres et un sac à l'épaule. Il était essoufflé et paraissait d'excellente humeur.

« Je vous ai rapporté de la farine et des vêtements !

— Assieds-toi, Raymond, proposa mon père. Tu veux boire quelque chose ? »

Refusant d'un geste, le boulanger s'installa à côté de moi.

« J'ai de bonnes nouvelles, Paul, de très bonnes nouvelles !

— Je t'écoute.

— Les Allemands ont l'intention de transférer des armes. Oh ! pas grand-chose : une cinquantaine de mitraillettes, avec certainement de l'équipement léger. C'est la Kommandantur de Préban, à côté de Chênehutte, qui ravitaille les garnisons de Rou-Marson. Le convoi passera obligatoirement devant chez toi, Paul... Devant chez toi ! »

Mon père ne réagit pas. Quand il ouvrit la bouche, ce fut pour dire avec froideur :

« C'est un piège... »

Raymond se figea brusquement. Son sourire s'effaça.

C'est un piège. Il faut se méfier, Raymond. Les Allemands sont capables de tout !

« Les autres sont d'accord, Paul. Ce sera un coup facile : un camion accompagné de deux side-cars. A nous tous, on arrivera à le stopper ! »

Papa croisa les bras et se secoua la tête.

« Ecoute, insista Raymond, le renseignement est sûr. Des transferts d'armes entre casernes allemandes, il y en a toutes les semaines. Le plus dur est de connaître le jour et l'heure ! »

Constatant la vanité de ses efforts, il poursuivit :

« Je sais que cet après-midi, à 3 heures, un camion militaire va passer devant la troglodyte. Ce qu'il transportera, des armes ou autre chose, je l'ignore. Mais à 3 heures, il passera sur la route de Gennes ! »

Nous nous retrouvâmes tous les trois sur la tourelle. Mon père observa soigneusement la route déserte, avec une paire de jumelles dont j'ignorais l'existence. Il était à peine 3 heures. La campagne demeurait calme, silencieuse.

« Attends un peu, murmura Raymond. Ils partent de Chênehutte ; le temps d'arriver ici... »

3 h 30 : toujours rien en vue. Papa s'apprêtait à renoncer. Soudain, un side-car s'annonça par son vrombissement particulier, suivi d'un camion à bâche, puis d'un second side-car.

Le boulanger jubila :

« Tu vois, Paul, c'était un transport d'armes. Des armes !

— Qui t'a donné ce renseignement ? »

Raymond prit un peu de temps avant de répondre, trop content de nous faire part de son exceptionnelle découverte.

« J'assure la distribution de pain aux prisonniers, dans la cave de la Kommandantur. J'ai rencontré le vieux libraire de Saumur... Comment s'appelle-t-il, déjà ?

— Lefranc ?

— Oui. C'est un patriote, tu le sais bien. Il a été arrêté pour avoir vendu un livre sur le bolchevisme. C'est son beau-frère qui lui a expliqué que des transferts d'armes et de munitions se faisaient chaque semaine et que...

— Il sait qui tu es ?

— Lefranc ?

— Oui. »

Raymond hésita puis admit, un peu gêné :

« Oui, il sait. » Papa soupira :

« Tu prends des risques énormes, Raymond ; des risques que nous pourrions tous payer très cher !

— Il faut parfois en prendre, Paul, rétorqua le boulanger en commençant à redescendre de la tourelle. Je suis sûr qu'il s'agit d'un renseignement valable. Lefranc sera libéré dans quelques jours et son beau-frère lui révélera les dates des prochains transferts. »

Une fois que nous fûmes arrivés tous les trois en bas, Raymond chercha de nouveau à rassurer mon père.

« Le beau-frère de Lefranc travaille à la recette principale de Saumur. Il gère des livres de comptes. On lui demande chaque semaine de consigner des codes et des références dont il ne connaît pas la signification. Un jour, il a découvert par hasard à quoi cela correspondait. Il s'agissait d'armes, classées par catégories, avec leurs quantités, les munitions, les dates, les horaires et les lieux des transferts. »

Papa passa une main dans ses cheveux, s'écarta un peu de nous et fit quelques pas d'un air soucieux.

« Je ne sais pas, finit-il par avouer. Il faudrait que nous nous réunissions pour prendre une décision commune et mettre au point un plan d'action. Quand Lefranc sera-t-il relâché ?

— Avant un mois, c'est sûr !

— Dis aux autres de venir demain soir à 11 heures.

— Bien, je vais les prévenir... »

Ils échangèrent ensuite des propos anodins et se séparèrent sur une chaleureuse poignée de main.

L'après-midi, le soleil illumina généreusement la campagne, cadeau d'un automne clément qui nous accordait un peu de répit avant l'irruption de l'hiver. La mère Vintard en profita pour aller à Saumur. Mon père chercha à oublier ses préoccupations en travaillant à rendre plus confortable l'intérieur de la troglodyte. Quand ce besoin de solitude l'envahissait, je savais qu'il ne fallait pas le déranger.

Nous jouions, Bernadette et moi, assis sur un bac en ciment, dans la cour de la ferme. En face de nous, toute proche, l'antre de la mère Vintard était vide. Je ressentis soudain le besoin irrésistible de m'introduire dans ce lieu interdit. La légèreté, l'inconséquence naturelles à mon âge l'emportèrent. J'avais enfin l'occasion de satisfaire ma curiosité, de trouver des réponses aux questions qui me taraudaient.

La porte s'ouvrit dans un miaulement interminable. Je m'avançai avec circonspection au milieu d'un couloir au carrelage de terre cuite, aux murs jaunis et nus. Au-dessus de l'entrée, une lucarne happait les rayons du soleil. Une porte entrebâillée sur la droite me poussa à jeter un regard à l'intérieur d'une pièce chargée de mille senteurs. Je découvris une cuisine sobre d'une superficie modeste, dont les murs encombrés d'ustensiles hétéroclites me rappelèrent que la mère Vintard était une cuisinière hors pair. Je ne pris pas la peine d'entrer. Je fis quelques pas vers la porte de gauche, qui s'ouvrit aisément. La chambre à coucher était à l'image de sa propriétaire : austère, sombre et sans vie, triste, presque impersonnelle ; de quoi satisfaire humblement une vieille femme minée par la solitude.

Je rabattis la porte et me hâtai d'aller ouvrir la dernière, située à droite, au fond du couloir. La poignée tourna mais la porte resta bloquée. J'insistai. Peine perdue : elle était fermée à clé.

La mère Vintard était toujours habillée de la même façon. Elle n'avait pas de poches à ses vêtements, pas de clé non plus en sautoir. La clé se trouvait donc nécessairement dans cette maison.

Je retournai dans la chambre, tirai le tiroir de la table de nuit. Il renfermait une montre cassée, quelques pièces de monnaie, un pot en céramique, une photographie que je pris le temps de contempler. Une enfant heureuse, d'une douzaine d'années, souriait au soleil en plissant les paupières, ses mèches blondes renversées sur de frêles épaules. Son visage délicat, comme éclairé par des millions d'étoiles, me rappela une autre personne. A côté d'elle, une femme au regard clair souriait elle aussi. J'eus du mal à reconnaître la mère Vintard en cette adulte aux traits apaisés, maquillée avec soin, fière de ses boucles d'oreilles, de son collier de perles et de l'ensemble d'été qui mettait en valeur ses cheveux lisses coiffés en chignon. Elle et l'enfant se ressemblaient. Aucun doute n'était possible : j'avais affaire à la mère et à la fille. La vieille Vintard n'avait donc pas connu que la solitude… Mais où était l'enfant ? Je ne l'avais jamais vue. Mon père lui-même ne m'en avait jamais parlé. Je notai une date au dos de la photo : 12 juillet 1941.

Le petit pot en céramique contenait une clé. Je m'empressai de retourner dans le couloir afin de percer le mystère de la dernière porte. La clé s'enfonça facilement dans la serrure. Deux tours à droite : le mécanisme se déverrouilla. Ma main actionna la poignée et la porte s'ouvrit.

Je pénétrai dans une seconde chambre à coucher, très différente des autres pièces : une chambre d'enfant, en ordre, avec des jouets, des peluches, des poupées. Les volets étaient ouverts, le lit fait. Je m'approchai doucement d'une commode recouverte de petits objets amusants que j'observai un à un comme pour deviner des secrets. Ouvrant un pan de l'armoire qui grinça, je découvris et trouvai des vêtements entassés avec méthode, au-dessus d'une penderie garnie de robes.

Toutes les réponses à mes questions se trouvaient là, dans cette chambre.

L'enfant était morte. Le vide, le chagrin avaient à jamais vieilli la mère Vintard, la plongeant dans le mutisme et une détresse qu'elle s'efforçait de nous cacher. Quant au vélo abandonné dans le grenier, je savais, à présent, à qui il avait appartenu.

Peu de temps avant de passer à table, mon père et moi étions seuls à l'intérieur de la troglodyte, plus exactement dans la pièce où je passais mes nuits. Ayant transformé mon grabat en une couchette plus confortable, il insista pour que je lui donne mon avis.

« C'est chouette !

— J'en ferai une autre demain pour ta sœur. »

Il acheva de ranger les quelques matériaux épars. Je profitai de ce silence pour lui demander :

« Papa, la mère Vintard, elle a déjà été mariée ?

— Oui, bien sûr.

— Elle a eu des enfants ?

— Une fille, Amandine.

— Tu l'as connue ? »

Il me dévisagea quelques secondes.

« Elle est morte, dit-il enfin. C'est arrivé l'année dernière, au mois d'août. Elle était partie pêcher avec son père. On a retrouvé leur barque vide. Les corps, eux, ont disparu. »

Il changea subitement de ton, intrigué par mes questions.

« Mais pourquoi me demandes-tu tout ça ? »

Je me tus. Sa voix s'apaisa, devint presque douce.

« Tu trouves peut-être la mère Vintard un peu bizarre. Il ne faut pas que tu t'inquiètes. Depuis ce drame, elle a beaucoup changé, tu comprends ? »

Il posa sa main sur mon épaule.

« Oui, papa, je comprends. »

Nous regagnâmes la cuisine de la troglodyte, où nous attendait une soupe chaude aux herbes sauvages. A présent, tout me paraissait clair : la tristesse de la mère Vintard, son austérité ne me surprenaient plus. Je me sentais presque prêt à lui pardonner la perfidie qui, de façon sourde, couvait en elle, le mépris qu'elle nous témoignait. Une fois à table, je levai les yeux vers elle. Alors me vint une idée absurde. Je pensai à la nuit précédente, à ce feu de l'autre côté de la rivière. On n'avait jamais retrouvé les corps. Et s'il s'agissait d'eux, du père et de la fille, de cette enfant blonde aux prunelles remplies d'étoiles ? Si ce bivouac était leur foyer, leur refuge ?

Excité par ce nouveau mystère, je décidai de retourner la nuit même au bord du Thouet.

7

Les mains agrippées aux poignées de mon vélo, je traversai la route de Gennes pour atteindre au plus vite les rives du Thouet. A cette heure de la nuit, un épais brouillard pesait sur la campagne ; l'horizon se dérobait derrière une épaisse bande de brume. La brise paraissait fixée au nord-ouest.

Je posai mon vélo contre le tronc d'un saule pleureur et parcourus promptement le chemin de halage, m'éclairant avec une lampe torche.

C'était une nuit étrange, plongée dans un silence glacial. La lune souriait comme une morte, le moindre bruit devenait une menace. Un craquement de branches, une belette effarouchée, un oiseau de nuit prenant son envol suffisaient à me faire sursauter. Les vapeurs accumulées à la surface de la rivière m'empêchèrent de déceler le moindre feu. Je décidai donc de grimper de nouveau en haut du frêne où je m'étais posté la nuit précédente.

J'escaladai sans mal l'arbre familier et m'installai, comme la veille, à califourchon sur la grosse branche qui surplombait la rivière. Scrutant l'horizon, je crus voir un point lumineux un peu plus en aval, sur l'autre rive. La paire de jumelles de mon père me fut d'un précieux secours. Après un réglage précis, je distinguai nettement un foyer aménagé entre deux pierres. Parfois, la lumière disparaissait pour renaître aussitôt. Je compris que quelqu'un passait fréquemment devant les flammes : une ombre, une vague silhouette, impossible à identifier.

Un bruit sec résonna parmi les arbres, comme si l'on avait posé le pied sur une branche morte. Je tendis l'oreille, tournai la tête. Il n'y avait personne. Pourtant, un second craquement se fit entendre : plus violent, celui-ci, et plus près de moi. Avant que j'eusse le temps de comprendre ce qui se passait, la branche sur laquelle je pesais de tout mon poids céda. Je me sentis tout d'un coup attiré vers le bas. Poussant un cri étouffé, je tombai bruyamment dans l'eau glacée de la rivière.

Bras levés, la bouche pleine de bulles en furie, les tympans bourdonnants, j'eus, quoique piètre nageur, le réflexe de m'agiter pour tenter de remonter à la surface. Un flux favorable me ramena vers l'extérieur, me permettant de sortir un bref instant la tête de l'eau. Mais je ne parvins pas à lutter contre la force du courant, qui m'entraîna irrésistiblement en aval. La rivière était plus profonde que je le croyais, plus véhémente aussi. Je tentai de me jeter sur la gauche, avec l'espoir d'atteindre la rive ; peine perdue. La tête maintenue par miracle hors de l'eau, je continuai à descendre la rivière, emporté par le courant, engourdi peu à peu par la fatigue et le froid.

A demi étouffé, j'aperçus alors une silhouette qui courait le long de la berge. Elle m'accompagna un long moment avant de prendre de la vitesse et de disparaître en aval. Je n'avais plus la force de crier. Les maigres gestes que j'effectuais devenaient insignifiants. D'interminables secondes plus tard, une voix clama au milieu de la rivière :

« Par ici ! Par ici ! Viens ! »

Par ici, mais où ? Comment me repérer dans ce noir ?

« Par ici ! »

La voix se rapprochait. Je descendais donc vers elle. Je fis l'effort de regarder, mais l'eau qui entrait dans mes yeux m'aveuglait. Il me sembla enfin distinguer quelque chose à une dizaine de mètres devant moi. Se dressant au milieu d'une barque, la silhouette agitait les bras avec véhémence.

« Eh ! par là, par là ! »

Le courant me poussait toujours vers la gauche, risquant de me déporter à un mètre au moins de l'embarcation.

« Rapproche-toi ! »

J'allais croiser la barque, la dépasser. Mon sauveteur eut alors le réflexe de se coucher sur le bordage de bâbord, afin de me tendre une rame. J'allongeai le bras, mais mes doigts humides glissèrent sur l'extrémité plate du support. La silhouette se baissa davantage. Me suivant dans ma course, la barque pencha dangereusement. Cette fois, mes doigts parvinrent à saisir la rame. Mon autre main ne tarda pas à agripper l'embout. J'étais immobile au milieu de l'eau. Mon sauveteur tira de toutes ses forces pour me faire venir à lui, luttant contre mon poids et la force du courant. Quelques mouvements de pieds lui facilitèrent la tâche. Je me rapprochai de la barque. Empoigné par les vêtements, je pris appui sur le bordage. Enfin, mon corps bascula et s'affala sur le bois sec du bateau.

8

Recroquevillé près du feu que j'avais repéré du haut de mon arbre, encore tout tremblant de peur et de froid, je m'emplissais doucement de la chaleur du foyer, retrouvant peu à peu mes esprits.

Les vêtements de mon comparse étaient secs. Sa vigueur ne s'était pas amoindrie. Après avoir nourri le feu, il s'assit à mon côté, sur une grosse pierre ronde, et déclara sans brusquerie :

« Je m'appelle Benoît, et toi ? »

Je murmurai en claquant des dents :

« Jacques, Jacques Arnoux.

— T'es du coin ?

— De Saint-Hilaire-Saint-Florent.

— T'as vraiment eu du bol que je t'aie entendu tomber dans la flotte.

— Comme tu dis. »

Nous avions à peu près le même âge. Peut-être était-il un peu plus jeune que moi. Son allure chétive lui donnait un air enfantin. Son visage pâle, osseux, trahissait des carences de toutes sortes. Il ne devait se nourrir que de façon frugale.

« Mais toi, qu'est-ce que tu fais la nuit au bord du Thouet ? »

Il baissa la tête.

« J'attends.

— Tu attends quoi ?

— Que mes parents reviennent… »

Sa voix était triste, son regard chargé de mélancolie.

« Pourquoi ? Ils sont où, tes parents ?

— Quelque part, ici, en France ou à l'étranger. Mon père est chef d'orchestre ; il est très célèbre, il fait le tour du monde. Il dirige un orchestre philharmonique ; de la grande musique. C'est très beau. Ma mère l'accompagne presque toujours… »

Il y eut un silence que je m'empressai d'écourter :

« Mais alors, qui s'occupe de toi ?

— Personne. Enfin, il y avait bien Mme Loisel, mais du jour au lendemain elle a cessé de venir, comme ça, sans prévenir, je n'ai jamais su pourquoi. Ensuite, la propriétaire de notre appartement m'a demandé de partir. Mon père avait certainement oublié de lui expédier son mandat. Il voyage tellement. J'ai insisté, je lui ai dit d'attendre, qu'il allait lui envoyer quelque chose. Elle n'a rien voulu savoir. J'ai récupéré mes affaires, mon vélo, et je suis parti le jour même. Depuis, j'habite dans une cabane. Je ne me glisse au bord du Thouet que la nuit, pour pêcher. On ne peut pas dire que ça morde beaucoup. Et toi, tes parents, ils sont où ?

— Ma mère est morte. Je vis avec mon père et ma sœur dans une troglodyte, pas très loin d'ici.

— Vous avez de quoi manger ?

— Ça va, pour l'instant. »

Il soupira.

« Tu pourrais me refiler des tickets de pain ? »

J'hésitai.

« Des tickets, non. Mais du pain, peut-être. Pour la pêche, tu appâtes avec quoi ?

— Avec rien.

— Si tu veux, je pourrai t'apprendre à pêcher au bois ballant. Tu connais ?

— Non.

— C'est interdit, mais très efficace. Je t'apprendrai, demain.

— Et des vêtements, tu pourrais m'apporter des vêtements ? Il fait de plus en plus froid. La nuit, ça devient insupportable.

— Je t'apporterai des vêtements et tout ce dont tu as besoin pour vivre.

— Merci.

— Et avec l'hiver qui approche, les crues, le froid, qu'est-ce que tu vas faire ? Ce n'est pas prudent.

— Je n'ai nulle part où aller.

— Je t'aiderai. Je ne sais pas encore comment, mais je t'aiderai. »

Un sourire, le premier, se dessina sur ses lèvres.

« Toi aussi, t'es un fuyard ! » me lança-t-il.

La remarque me surprit. C'était donc si flagrant !

« Oui, c'est vrai. Mon père est résistant. Il est recherché par la Gestapo.

— Qu'est-ce qu'il a fait ?

— A vrai dire, je n'en sais rien. Une nuit, ils sont venus à la maison pour le questionner. Ils étaient cinq ou six. Ils ont tué ma mère. Heureusement, les copains de mon père sont arrivés et tous les Chleuhs se sont fait descendre. »

Il eut l'air stupéfait.

« Ben, merde alors ! Tous les Boches de Saumur sont donc à tes trousses ? T'as de la chance que ton père te laisse sortir la nuit, malgré tout ça !

— Oh ! non, s'il apprend que je viens ici, il me flanquera une dérouillée phénoménale !

— Je m'en doute. D'ailleurs, tu es venu l'autre nuit, je t'ai vu. »

Il prit un air malicieux.

« On pêche le jour quand on n'est pas recherché ! »

Je me mis à rire et il m'imita.

« Ecoute, Benoît, je ne peux pas rester. Je reviendrai demain dans la soirée…

— Avec du pain ?

— Du pain ou autre chose. Je t'enseignerai surtout la pêche au bois ballant. Tu verras, tu pourras attraper des perches ou des brochets ! »

Je me levai et il fit de même. Mes vêtements avaient un peu séché.

« A quelle heure reviendras-tu demain ?

— Je n'en sais rien, ça dépend de certaines choses. Mais je serai là. Je sais où te trouver, maintenant !

— Alors, à demain.

— A demain. »

Benoît, le cœur réchauffé, rejoignit sa cabane isolée. Je restai seul quelques instants, contemplant le foyer à demi éteint qui, dans l'ombre, jetait sa lueur mourante, en attendant la nuit du lendemain qui le verrait renaître.

9

« Jacques, où sont mes jumelles ?

— Je ne sais pas, papa. »

Le jour venait de poindre. Mon père faisait les cent pas dans la cuisine de la troglodyte et je jouais à côté, près de la chambre.

« Bon sang, je suis sûr de les avoir rangées dans le coffre. Je me revois encore les mettre à l'intérieur ! »

Il grommela quelques jurons. Je l'écoutai avec anxiété déplacer à la hâte divers objets. Trouver ces fameuses jumelles aurait relevé du miracle : elles étaient au fond du Thouet, avec la lampe torche.

Exaspéré, il fit irruption dans l'étroit couloir où je jouais.

« Je les ai rangées dans le coffre. Tu es sûr de ne pas les avoir vues ? Peut-être les as-tu prises pour t'amuser ?

— Non papa, je ne sais pas où elles sont… »

Je m'étais exprimé d'une voix neutre, indifférente. Mais j'entendais, au fond de moi, mon cœur battre. Mon père grogna et tourna les talons. J'avais de la chance : il perdait souvent la mémoire. Il ne tarderait pas à se calmer, à se persuader qu'il avait oublié ses jumelles quelque part et les retrouverait par hasard, au moment où il s'y attendrait le moins. Je préférai quand même m'éclipser discrètement par l'escalier qui, creusé dans la pierre, montait vers la cour de la ferme.

Dehors, sous un ciel pluvieux, le vent d'automne balayait la terre. Malgré les vêtements chauds que portait Bernadette, je lui recommandai de ne pas tarder à regagner la troglodyte. Tout d'un coup, la porte des pénates de la mère Vintard s'ouvrit avec violence. La vieille femme en jaillit comme un diable et, les cheveux en désordre, traversa la cour. Elle s'arrêta devant moi, ses prunelles noires braquées sur les miennes. Une lueur fauve dansait dans son regard. Son bras se leva, s'abattit. Sa main calleuse s'écrasa contre ma joue. Le choc me fit perdre l'équilibre. Je m'attendais à recevoir d'autres coups. Mais la vieille femme resta immobile, impassible, me toisant sans un mot, les yeux vitreux et fixes, comme détachés du monde. Enfin, elle parla.

« Espèce de petit fumier, ne t'avise plus de remettre les pieds chez moi ! »

Elle me dévisagea encore quelques secondes avec mépris, fit demi-tour et regagna sa tanière.

Je restai debout au milieu de la cour, hébété, face à Bernadette que la surprise avait rendue muette. Soudain, la voix de mon père résonna, impérieuse, sans indulgence.

« Jacques, viens ici ! »

Décidément, le sort s'acharnait. Je partis à grands pas vers la troglodyte où papa m'attendait, les bras croisés.

« Où est passée ma lampe torche ?

— Heu… j'en sais rien… »

Il soupira.

« Tu n'en sais rien ? C'est curieux, tout de même… Mes jumelles et ma lampe ont disparu et tu ne sais rien, absolument rien ! »

Il avait retrouvé un ton posé, presque placide. Même furieux, il se contenait toujours. Seule sa respiration plus rapide, plus bruyante qu'à l'accoutumée, trahissait ce qu'il ressentait. J'avais appris, au fil des années, à reconnaître ce signe qui, chaque fois, me pétrifiait.

« Dis-moi où sont mes jumelles, Jacques. Je vais en avoir besoin ! Tu les as prises pour jouer ? C'est ça ? Et tu les as perdues ! Il faut me le dire, Jacques ! »

La peur me paralysait. Impossible d'avouer : reconnaître que les jumelles et la lampe avaient disparu pour toujours au fond de la rivière m'aurait privé à jamais de mes escapades au bord du Thouet, de mes parties de pêche, de mon amitié nouvelle pour Benoît, de toute cette liberté à laquelle je n'aurais renoncé pour rien au monde.

Mon père me regardait toujours, décidé à obtenir une réponse. Imaginait-il, au-delà de mes secrets d'enfant, l'existence d'un danger réel qui nous aurait tous mis en péril ? Je tremblais, mes yeux se gonflaient de larmes. Toutes ces émotions, l'angoisse liée à la guerre, l'aigreur d'une vieille folle, tout cela faillit avoir raison de mon entêtement. Mais l'expression de mon père, soudain, se radoucit. Il prit mon menton dans sa main, me fit lentement tourner la tête, observa ma joue encore rougie par la gifle. Son attitude était devenue celle d'un homme disposé à écouter et à comprendre. Je me jetais dans ses bras en pleurant. Il me serra très fort contre lui et chuchota :

« C'est la mère Vintard qui t'a fait ça ? »

Je ne pris pas la peine de répondre. Il m'étreignit encore, puis se détacha doucement de moi et quitta la pièce.

Je devinai qu'il était parti voir la mère Vintard. Le soir à table, je compris, en observant le visage hostile de la vieille femme, que leur entretien n'avait pas dû être très amical. Rien ne filtra de leur conversation, pas même la plus petite réflexion. La mère Vintard se comporta comme si je n'existais plus. Même lorsqu'elle posait les yeux sur moi, je sentais qu'elle ne me voyait pas, qu'elle ne voulait pas me voir. J'étais pourtant prêt à oublier, à pardonner, car au fond il n'y avait rien de vraiment grave dans cette histoire. Mais elle n'exprima aucun regret, n'eut pas un geste de réconciliation.

A la fin du repas, je n'eus qu'une idée en tête : partir, courir, crier, respirer. Je devais m'amuser, vivre d'insouciance, rester un enfant, pour toujours, toute ma vie et, surtout, ne jamais grandir. Jamais…

10

Au bord du Thouet, cette nuit-là, l'hameçon en main, j'initiai Benoît à l'art de pêcher au bois ballant. Il m'écoutait avec l'attention particulière et l'enthousiasme de ceux dont le poignet, pour la première fois, frissonne sous le poids d'une ligne. Peu de temps auparavant, il n'avait fait qu'une bouchée du morceau de pain et des tranches de lard que je lui avais apportés. Quant aux vêtements chauds confiés par Raymond, il était dit qu'ils serviraient à quelqu'un de plus nécessiteux que moi. Le pantalon bleu marine et le chandail à grosses mailles lui allaient bien. Il me remercia vivement et voulut, en contrepartie, m'offrir quelque chose. Je refusai tout net : les risques qu'il avait pris pour me sauver la vie suffisaient largement.

« Maintenant, il faut attendre », lui dis-je à voix basse.

J'avais fixé le morceau de bois autour d'une racine de saule pleureur. Le bouchon de liège se laissa bercer par des vagues dociles. Derrière nous, le feu caressé par le vent ondulait doucement. Nous nous assîmes à proximité pour profiter de sa chaleur et bavarder un peu, en guettant notre poisson. Benoît me demanda :

« Tu n'as pas peur que les Allemands finissent un jour par découvrir votre cachette ?

— Personne ne connaît cet endroit. Même avant, mon père ne m'en avait jamais parlé.

— C'est fou ! Tu vas rester enfermé dans cette troglodyte pendant toute la guerre ? Dieu sait combien de temps cela va durer !

— Et toi, tu es bien obligé de vivre ici. Tu ne sors que la nuit pour pêcher. Tu n'as personne à qui parler, rien à manger, pas grand-chose à faire. Bientôt, l'hiver ou les crues te chasseront. En fin de compte, ta situation est pire que la mienne.

— Tu te trompes. Il m'arrive de m'en aller. Je vais de temps en temps à Saumur avec mon vélo. Généralement je m'y rends la nuit, c'est mieux. Mais, quand j'ai besoin de nourriture, je pars toute la journée. Je vole ce que je peux. »

Sa voix devint plus exaltée :

« Tiens, la dernière fois, j'ai réussi à piquer ça à un Allemand ! »

Il farfouilla à l'intérieur d'un sac crasseux, en sortit un objet long et chromé qui, sous la lune, s'anima de reflets argentés : un poignard. Intrigué et surpris, je le pris avec précaution. On distinguait, incrusté au centre de son manche en ivoire finement ciselé de minuscules écailles, un médaillon en couleurs. Il représentait une croix gammée cerclée de rouge au-dessus de laquelle figuraient deux petites lettres dorées en écriture bâtonnée : SS.

« Il te plaît ? me demanda Benoît. Si tu veux, il est à toi. »

Un sourire indécis flotta sur mes lèvres.

« Non, tu es complètement fou, je ne peux pas le…

— Garde-le, puisqu'il te plaît. Moi, j'en volerai un autre. »

J'hésitai. La forfanterie de mon nouvel ami me rappelait les crâneurs au verbe haut qui, à l'école, pendant les récréations, s'inventaient des aventures fantastiques ne valorisant que leur imagination. Benoît, pourtant, avait l'air sincère. Cela ne faisait qu'augmenter ma gêne. Si son histoire était vraie, s'il avait réellement eu le culot de voler ce poignard, alors de quoi aurais-je l'air ? Pour mettre un terme à mon embarras, je m'écriai :

« Je te crois pas, t'as pas pu le piquer à un Chleuh, c'est impossible ! »

Il resta calme :

« Pourquoi ne serait-ce pas possible ? Tu sais, c'est con, un Boche, c'est même très con. Les Allemands ont peut-être gagné la guerre, mais ça prouve quoi ? Rien du tout. Mon père m'a expliqué qu'ils finissaient toujours par perdre, comme ils l'ont fait il y a vingt ans. Alors, tu vois ! »

Il termina sa phrase par un haussement d'épaules, puis tisonna le feu à l'aide d'un morceau de bois.

« Tout de même… Rien ne prouve que tu vas réellement à Saumur !

— Tu penses que je suis un menteur, c'est ça ? Et ce couteau, alors, il est tombé du ciel ?

— Tu as pu le trouver quelque part, ici, ou dans la forêt.

— Ici ? Tu as déjà vu un Allemand ici ? Et dans la forêt, je n'y vais jamais. »

L'air agacé, il eut un mouvement vif de la main, comme pour balayer mes propos, et ajouta :

« Ecoute, si tu as peur de le garder, tu n'as qu'à me le rendre ! »

Sa paume s'ouvrit toute grande. Je la contemplai d'un œil stupide. Enfin, d'un geste décidé, je plongeai le poignard dans la poche intérieure de mon manteau.

« Tu me l'as donné, je le garde !

— D'accord, il est à toi. Mais ça ne change rien du tout à ton point de vue. Tu es persuadé que je l'ai trouvé, et que j'ai la frousse d'aller à Saumur. Tu me prends pour un menteur et un lâche. C'est ce que tu crois ? Hein, tu crois ça ? Si c'est le cas, alors viens avec moi ! »

Il se releva brusquement.

« Euh… non, non, tu n'es pas un lâche, mais…

— Alors, viens avec moi. Allons ensemble à Saumur. Prenons nos vélos et filons là-bas !

— Oui, mais…

— Quoi, tu as peur ?

— Non, bien sûr que non, mais mon père, s'il apprenait…

— Il n'en saura rien. Ce n'est qu'une balade. Nous serons rentrés dans une heure.

— Tu es fou ! »

Il croisa posément les bras.

« Si tu refuses, c'est toi le lâche. »

Le sang me monta aux joues. Je me levai d'un bond, fixai Benoît droit dans les yeux.

« Je ne suis pas un lâche !

— Prouve-le !

— Tu crois vraiment que je vais tomber dans ton piège ? Tu me prends pour un imbécile ! Je ne sais pas pourquoi tu veux que j'aille à Saumur, mais tu as certainement une idée derrière la tête.

— Je veux seulement te prouver que tu te trompes !

— Sur quoi ?

— Sur les Allemands, pardi ! Tu penses qu'ils sont invincibles, que rien ne peut les arrêter. Eh bien ! je suis prêt à te démontrer le contraire. »

J'éclatai de rire.

« Tu as une pomme de pin à la place du cerveau, mon pauvre vieux.

— En tous les cas, je n'ai pas peur des Allemands. Toi, tu es comme ton père : un résistant planqué qui pète de trouille. »

Mes yeux s'écarquillèrent. Je serrai les poings, prêt à frapper. Le silence qui suivit dura presque une minute. Enfin, maîtrisant mal ma rancœur, je murmurai :

« Et tu comptes faire quoi, à Saumur ?

— Leur en faire baver, tu verras bien.

— Alors, prenons la barque et remontons la rivière.

On évitera les contrôles.

— Tu as raison, dit-il, soudain ravi. C'est une meilleure idée. »

11

Le temps était avec nous. Quelques nuages, assez épais, couraient dans un ciel sans étoiles, une douce brise vagabonde balayait nos cheveux.

Installé dans la barque, les rames en main, Benoît, malgré l'obscurité, paraissait à son aise. Des voiles de brume effilés s'alanguissaient à la surface de l'eau. Le mouvement des rames s'effectuait sans hâte, à une cadence régulière. La nuit était paisible. Nous remontions en silence le courant du Thouet, évitant de parler pour ne pas éveiller l'attention d'un rôdeur éventuel. Sur notre passage, des oiseaux de nuit nous saluaient, avant de quitter leur branche dans un brusque mouvement d'ailes.

Il ne nous fallut pas plus d'un quart d'heure pour arriver au pont Fouchard, où Bagneulais et Saumurois venaient, le soir, échanger quelques propos avant le couvre-feu. Benoît fit pivoter la barque vers la gauche afin d'atteindre la berge qui se trouvait sous le pont. Là, nous n'avions aucune chance d'être vus. La précision de ses gestes prouvait que mon ami ne m'avait pas menti : tout m'indiquait qu'il s'aventurait régulièrement à Saumur. D'ailleurs, en dépit de mes sarcasmes, je n'en avais jamais douté.

Il s'aida d'une rame pour se rapprocher de la berge. Je gardai un pied dans l'embarcation et, posant l'autre sur une grosse pierre, je forçai le bordage à se stabiliser. Benoît parvint à descendre. Je le rejoignis et l'aidai à tirer l'avant du bateau pour le ramener sur la terre ferme.

« C'est bon, il ne bougera pas, me dit-il à voix basse.

— Alors, où on va ? »

Il jeta un regard circulaire pour s'assurer que nous étions bien seuls.

« On peut aller jeter des cailloux sur les vitres de la Kommandantur. Je l'ai déjà fait. On peut aussi taper dans les lampadaires avec un bâton. Une fois, j'ai réussi à affoler tous les chiens du quartier. T'aurais dû voir ce raffut, c'était terrible !

— T'as pas mieux ?

— Je vois… Monsieur veut de la sensation ; la grande vie, le luxe. Dans ce cas, on peut aller au *Café de la Ville*, si tu veux. Y paraît qu'il y a des putes, là-bas.

— Des putes ?

— Ouais. Des filles qui te font l'amour pour de l'argent : ça te dit ?

— Tu as déjà été les voir ?

— Euh… Oui, bien sûr ! »

Je ne me sentais pas très téméraire, mais je n'en laissai rien paraître.

« C'est une idée. Allons-y…

— C'est parti ! »

Protégés par les lourds nuages qui s'amoncelaient devant la lune, nous escaladâmes une pente herbeuse en prenant garde à ne pas tomber. Une fois à hauteur de la route, nous restâmes un instant aux aguets. La voie était libre. A l'heure du couvre-feu, la vie semblait comme suspendue, prisonnière du temps, repliée sur elle-même et dévorée par ses craintes. Dans les ruelles humides, une vague lueur éclairait les maisons aux volets clos. Tout était triste, noir, silencieux.

« C'est bon », murmura Benoît.

Nous sortîmes en même temps de notre cachette et effectuâmes quelques pas sur la route. Pas un seul soldat à l'horizon ; pas même un lointain bruit de bottes. Nous étions seuls.

« Tu veux passer par la rue de Bordeaux ? me demanda mon compagnon.

— Pourquoi ? Qu'est-ce qu'il y a, rue de Bordeaux ?

— La Kommandantur. Tu n'as pas envie de la voir ?

— Non, non. Evitons les Allemands. »

Il eut un rire moqueur qui m'agaça.

« Bon… N'y allons pas. »

Abandonnant la route, nous empruntâmes une ruelle que nous quittâmes presque aussitôt pour une voie sinueuse et abrupte. Nous remontâmes ensuite à pas rapides une allée de pavés qui débouchait sur une autre rue, étroite et perpendiculaire. Nous marchâmes dix minutes. Un chat au regard affolé bondit entre nos pieds et s'éclipsa dans un miaulement qui souleva la colère d'un chien à quelques pâtés de maisons. Nous traversâmes la ville par ses ruelles secrètes et en contournâmes le centre afin de remonter vers la Loire et le théâtre. Parvenus près de la large route qui longeait le fleuve, nous ralentîmes. Ici, le passage des véhicules allemands était fréquent. Sur cette portion de nationale, nous risquions de nous retrouver à découvert. Si une patrouille motorisée nous croisait, faire demi-tour, même discrètement, aurait éveillé l'attention et donné l'alerte.

Il n'y avait personne. Pas la moindre trace de vie, hormis le mouvement des peupliers aux ramures défaites, dont les feuilles rousses arrachées par la dernière tempête couraient par centaines sur de larges trottoirs. Nous n'entendions que le souffle du vent. C'était un vent frais et libéré, comme celui qui, vous faisant plisser les yeux, vous pousse à sortir une casquette ou à fermer le bouton du col d'un paletot à grosses mailles.

Le dos et la tête appuyés contre le mur d'une maison en tuffeau, j'attendis, presque ravi, que Benoît eût fini son inspection des lieux. Il annonça enfin :

« Pas de Chleuh en vue. On y va ! »

Il nous fallait parcourir une cinquantaine de mètres avant de tourner dans une rue à droite où nous tomberions presque aussitôt sur le *Café de la Ville*. Je connaissais cet endroit, sans y être jamais allé. Au cours d'une promenade en famille, un dimanche après-midi, nous étions passés devant le théâtre municipal. En face, un établissement animé d'où s'échappait de la musique. On y dansait la rumba, le fox-trot et le tango. Entre les morceaux, une main vive faisait précipitamment tourner la manivelle d'un phonographe : les voix de Maurice Chevalier, de Lys Gauty et de Rina Ketty couvraient à peine celles des clients aux chants dévastateurs. C'était le fracas des rires et des verres agités, l'effervescence des beaux jours, c'était avant la guerre.

Un bruit de moteur brisa soudain le silence.

« Merde, qu'est-ce que c'est ? lança Benoît en s'arrêtant subitement.

— Non... Ecoute... Elle ne vient pas vers nous. »

Le vrombissement pourtant proche s'atténua rapidement, avant de se perdre dans le lointain. Nous nous remîmes à marcher, avec moins d'entrain. Nous dépassâmes le cinéma *Le Palace* pour atteindre le point de croisement.

Avant de bifurquer, je pris la peine de lancer un dernier regard derrière nous. Au début, je crus m'être trompé sur ce que je venais d'apercevoir. Et puis non : il s'agissait bien de deux points lumineux qui sautillaient l'un à côté de l'autre. La panique me figea sur place. D'une voix éraillée, je parvins à bredouiller :

« Les hirondelles ! »

Benoît se retourna et découvrit les silhouettes des deux agents de la maréchaussée circulant à bicyclette. Un coup de sifflet retentit, les lumières s'agitèrent avec frénésie.

« Ils nous ont vus ! souffla Benoît.

— Vite ! »

Devant nous, deux autres points identiques apparurent à une cinquantaine de mètres. L'un des agents joua lui aussi de son sifflet.

« Merde ! » grommela Benoît.

Nous étions faits. Impossible de fuir. Mon ami se jeta brusquement dans le renfoncement d'une porte. Je le rejoignis aussitôt.

« Ils arrivent ! » murmurai-je.

Benoît tourna la poignée de la vieille porte en bois qui, prise par l'humidité, résista un court instant avant de céder. Me précipitant le premier à l'intérieur, j'entendis trop tard la voix de Benoît :

« Fais gaffe !... »

Je dévalai l'escalier en tuffeau dans une longue roulade douloureuse qui n'épargna pas mon genou. Benoît descendit les marches en courant. Affolé, il se pencha sur moi.

« Rien de cassé ?

— Je crois que non... »

Dans ma chute, j'avais renversé une pile de caisses pleines de bouteilles qui s'étaient fracassées dans un grand bruit de verre pilé.

En contre-jour, dans l'encadrement de la porte de bois, apparut la silhouette d'un homme en képi. La porte s'ouvrit brusquement. Commettant la même imprudence que moi, l'agent s'avança sans se méfier. Le vide lui arracha un cri de surprise. Il s'effondra dans l'escalier. Ses collègues arrivèrent. Une lampe à la main, l'un d'eux appela :

« Roger ? Roger ?

— Ouais, balbutia le policier. Bon Dieu, j'ai mal ! »

A notre grande surprise à tous, une autre porte s'ouvrit. La lumière inonda la pièce. Cinq soldats allemands, mitraillette en main, firent irruption dans la cave.

« Qu'est-ce qui se passe ! hurla le plus grand d'une voix hystérique. Ne bougez pas ! »

En un rien de temps, nous nous retrouvâmes encadrés. Les policiers français eurent beau bredouiller de vagues justifications, le soldat allemand ne les écouta pas.

« Schnell ! Schnell ! »

Une main brutale me saisit par l'épaule. Je me sentis bousculé, entraîné avec une brusquerie presque animale dans un escalier en marbre qui longeait les latrines. Bruits de bottes, invectives. Pour nous et les malheureuses hirondelles, l'angoisse, le silence.

Tout alla très vite. Nous arrivâmes face à une porte capitonnée qu'un soldat poussa avec précaution. On nous fit entrer dans une salle bondée faiblement éclairée par des appliques. Au milieu d'une estrade révélée par le halo d'un projecteur, un pianiste jouait, les yeux fermés. Une soprano l'accompagnait. Il y avait dans leur musique une harmonie si calme, si « heureuse », que j'en oubliai un instant Benoît, les hirondelles, les Allemands, le monde entier. Je ne tardai pas à revenir à la réalité. Un spectateur, exaspéré par notre intrusion, se tourna vers nous. Nous comprîmes que nous ne devions en aucun cas troubler le plaisir des convives – des officiers allemands pour la plupart. Assis sur des sièges de velours ou de moleskine, fumant des cigares et sirotant dans la pénombre notre saumur brut, tous ces hommes paraissaient hypnotisés par la cantatrice. Ils admiraient la forme de ses bras, la grâce de ses gestes arrondis, son teint, ses traits sages, la profondeur de ses yeux verts. C'était une brune aux cheveux dénoués, à la silhouette fine, vêtue d'une longue robe de damas dont le bustier soulignait une poitrine forte et bien tenue. La qualité de son chant était digne de sa beauté. Sa voix renaissait à l'approche d'un crescendo, si puissante, si enivrante qu'elle semblait sortir d'une rivière vive ou émaner d'un vin doux.

Nous étions enfin arrivés, sans le vouloir, au fameux *Café de la Ville*. A quelques mètres de nous se dressait un comptoir en marbre muni de trois colonnes à pression. Des garçons aux cheveux gominés, avec nœud papillon, gilet rouge et tablier gris s'arrêtant au bas du genou, s'affairaient autour des tables rondes, apportant des verres et des bouteilles.

Mon cœur battait à tout rompre. Je scrutai nerveusement la salle, espérant découvrir une présence amie qui m'aurait rassuré. Benoît, l'œil égaré, avait perdu sa superbe. Il avait, tout comme moi, de bonnes raisons de s'affoler. Je vis un peu plus loin, derrière les spectateurs, un des soldats raconter à un jeune officier l'arrestation qu'il venait d'effectuer. Je compris que notre situation, déjà préoccupante, prenait une tournure plus que menaçante. Grand, blond, le visage tiré, le regard ténébreux, le corps tendu comme une trique, les mollets serrés dans de longues bottes en cuir, l'homme se tenait debout, sanglé dans un uniforme noir qu'il était le seul à arborer, l'air distrait, indifférent, en apparence, au charme de la belle cantatrice. Il nous toisa avec dédain, comme offusqué par notre aspect penaud et l'allure peu glorieuse des hirondelles, ce menu fretin indigne de lui. D'un geste désinvolte du bras, il nous fit signe de venir. Les gardes nous poussèrent énergiquement et nous avançâmes l'un à côté de l'autre, d'une démarche hésitante, suivis à petits pas par la maréchaussée.

L'officier allemand nous considéra, Benoît et moi, de toute sa hauteur. Enfin, ses yeux s'arrêtèrent sur les miens.

« Tu es juif ?

— Non ! cria Benoît.

— Tais-toi ! »

J'interrogeais du regard mon jeune comparse, espérant une aide. Mais ses yeux restèrent obstinément fixés au sol. Alors, les jambes flageolantes, je levai le menton vers l'officier et demandai d'une petite voix :

« C'est quoi, juif ? »

Pas un sourire sur ses lèvres, pas une lueur sur son visage.

« Qu'est-ce que vous faisiez dans la cave ? Répondez ! »

Un policier français prit la parole. Je me surpris à le détester.

« On les a interceptés dehors. Ils cherchaient à s'enfuir. Ils sont venus se réfugier ici. »

Le jeune officier fit un signe de tête, que les soldats interprétèrent sans peine : les hirondelles pouvaient partir. Trois gardes les raccompagnèrent.

« Vous êtes juifs, reprit l'officier.

— Non, nous ne sommes pas juifs », bégaya Benoît.

L'Allemand eut une moue dubitative. Convaincu de notre mensonge, il fit comprendre à ses hommes, d'un nouveau geste de la main, que l'affaire était entendue. Les soldats nous empoignèrent. L'officier se détourna avec une lassitude affectée. Mais il sursauta violemment en entendant Benoît claironner :

« On n'est pas juif ! »

La musique s'arrêta brusquement, la cantatrice se tut. Certains convives se levèrent. Il y eut des interjections, des bruits de vaisselle, puis ce fut le silence. Un frisson me passa sur l'échine. Je me sentis pâlir de peur. Furieux, se sentant ridicule et insulté, l'Allemand gifla Benoît, qui tomba à la renverse.

Un autre officier, plus âgé et en uniforme gris, se leva à son tour. L'œil courroucé, il vint à notre rencontre.

« Que se passe-t-il ? »

La salle entière écoutait. Le jeune officier répliqua :

« Ces deux enfants juifs se sont introduits dans la cave, *Herr Oberst !*

— Mais nous ne sommes pas juifs ! » criai-je, ne comprenant toujours pas le sens du mot.

Le jeune Allemand me jeta un regard furibond. D'instinct, il porta la main à l'étui de son revolver. Il en défit la sangle avec dextérité, saisit la crosse de l'arme. Il s'apprêtait à la sortir, quand une voix souveraine, une voix de femme, l'arrêta :

« Non ! »

Toutes les têtes se tournèrent vers celle qui venait de parler. C'était la cantatrice. Elle descendit de l'estrade en prenant soin de relever sa robe jusqu'aux chevilles et s'avança vers nous d'un pas assuré. Elle n'avait rien perdu de sa grâce, mais la colère déformait son visage.

« *Herr Oberst,* cela est inacceptable ! »

Une telle audace aurait dû lui valoir les pires représailles. Pourtant, le vieil officier ne s'en offusqua pas. Avec la déférence propre aux hommes bien nés lorsqu'ils s'adressent à une dame, il répondit :

« Ce sont des juifs, Mathilde. Ils doivent être arrêtés.

— Des juifs ? Ces enfants, des juifs ? Voilà une drôle de façon de traiter des chrétiens qui ont fait leur communion solennelle et vont à l'église tous les dimanches !

— Vous connaissez ces gamins ?

— *Herr Oberst,* vous osez me demander si je les connais ? Ils font partie de ma famille. Votre lieutenant vient de frapper mon neveu ! »

Je redressai brusquement la tête. Benoît se remit sur ses pieds, abasourdi, autant par la gifle qui marquait encore sa joue que par l'invraisemblance de cette déclaration. Le jeune officier, lui, n'en croyait pas un mot ; il riposta sur un ton acerbe qui dissimulait mal sa rancœur :

« Ils sont juifs, madame. Vous le savez.

— Jeune homme, je sais mieux que vous qui sont ces enfants. Ce sont mes neveux. Ils m'accompagnent dans chacune de mes tournées depuis la nuit où un bombardement les a privés de leurs parents.

— Vos neveux ? Dans ce cas, ils doivent avoir des papiers. Où sont-ils ?

— Brûlés, dans leur maison. Aujourd'hui, ils n'ont plus rien, à part moi. »

L'officier âgé ne parut guère convaincu.

« Vous ne m'aviez jamais parlé de ces neveux, Mathilde. Pourquoi avoir gardé leur existence secrète ? »

Elle baissa la tête, comme prise en faute. Enfin, elle releva les yeux vers l'officier et avoua d'un air désolé :

« Je vous en réservais la surprise, colonel. »

Elle désigna Benoît.

« Pierre est pianiste. Diplômé du conservatoire de Hambourg, il a été l'accompagnateur du ténor italien Placido Zannini lors de sa dernière tournée en Europe. Il joue à merveille l'air de Chopin que vous préférez. Son répertoire est varié : Schubert, Schumann, Brahms. Quant à Jean-Baptiste, son frère, il débute à l'opéra. Je pensais vous les faire écouter samedi prochain, au cours de votre soirée d'anniversaire.

— Ah, je vois... »

Pendant un instant, nous crûmes la partie gagnée. Mais l'officier en uniforme gris hésitait encore. Le jeune SS en profita.

« Je sais reconnaître un juif quand j'en vois un, madame ! Puisque ces enfants sont si doués, et que vous vous prétendez de leur famille, j'aimerais que nous puissions tous apprécier leur talent... »

Prise au dépourvu, la jeune femme blêmit, esquissa un sourire maladroit. Elle se ressaisit aussitôt.

« Ils ne sont pas prêts, dit-elle sèchement. Il faudra qu'ils répètent encore un peu. Ensuite…

— Nous serons indulgents, madame. Nous comprenons la difficulté de maîtriser, comme vous, un art aussi profond. »

Le SS s'inclina avec une galanterie forcée. Le vieil officier hocha la tête et déclara :

« Nous sommes prêts à les écouter. »

Le silence se fit ; pesant, interminable. Benoît était tétanisé. Il avança malgré tout vers l'estrade, où je le rejoignis d'une démarche rétive et traînante.

Il monta les marches, s'approcha lentement du piano, tira le tabouret recouvert de velours rouge, puis s'assit. Il fixa la partition ouverte, plaça au hasard ses doigts sur le clavier. Debout à deux mètres de lui, incapable de maîtriser le tremblement de mes genoux, je fermai les yeux, murmurant à part moi : « Mon Dieu, faites qu'il ait quelques notions de solfège. Pour le reste, s'il joue mal, on pourra toujours mettre sa maladresse sur le compte du trac. »

Comme s'il m'avait entendu, mon ami respira un grand coup. Il allait commencer à jouer lorsque le jeune Allemand l'arrêta net dans son élan.

« Ce n'est pas la bonne partition ! Nous venons d'entendre *Auf dem Wasser zu singen*, de Schubert. Maintenant, nous souhaitons écouter un *Nocturne* de Chopin. »

Quelques ricanements épars retentirent dans la salle. Benoît, plus mort que vif, ferma la partition. La jeune chanteuse sauta sur l'occasion pour affirmer :

« Pierre est incapable de jouer sans partition ! Il lui en faut une ! »

Personne ne réagit. Mon ami n'avait plus qu'à plonger. Il prit de nouveau une profonde inspiration. Son corps s'infléchit, ses doigts s'agitèrent. Ses accords discordants, insupportables, me donnèrent la chair de poule. Dans la salle montèrent des rires francs et joyeux, suivis de cris, de sifflements. Benoît leva les mains, renversa la tête, comme inspiré. Ses doigts, encore une fois, s'écrasèrent sur le clavier. Ce fut un désastre. A l'exception de la cantatrice, qui se mordait les lèvres, tous les spectateurs s'esclaffèrent. Benoît se laissa gagner par une colère rageuse. On ne sut plus, dès lors, quelle cacophonie était la plus abominable : celle que faisait naître son jeu ou l'hilarité de l'assistance. Cette fois, il capitula. Le front ruisselant, les paupières mi-closes et les paumes étalées sur les cuisses, il attendit.

« Ces enfants sont des juifs en fuite ! » vociféra le jeune soldat.

Il se contint, afficha un sourire en coin. L'officier âgé accabla du regard la chanteuse, qui détourna la tête.

Des gardes entourèrent l'estrade. Pour éviter la catastrophe, il ne restait qu'une issue : que je plonge à mon tour, en prenant tous les risques. Une chanson dont ma mère m'avait appris les paroles me revint en mémoire : un air entraînant, que nous fredonnions en famille. Au risque de me faire huer, je me lançai, sans trop réfléchir, dans le premier couplet de *L'Hymne à la joie.*

Que la paix qui nous appelle nous accueille en sa clarté.
Que s'éveillent sous son aile l'allégresse et la beauté !

Les mots filaient doucement. Le public, à la fois intrigué et goguenard, s'immobilisa pour écouter. Je laissai ma voix monter, descendre, jouer avec les échos, caresser des aiguës et des graves. Il n'y eut aucun toussotement, pas un bruit. Le public tendait l'oreille, espérant surprendre une fausse note qui n'arriva pas. Rassuré, je m'abandonnai complètement à la mélodie. Mes bras esquissèrent quelques mouvements d'accompagnement, mon regard erra à la rencontre de ces yeux glauques braqués sur moi comme autant de fusils. L'attitude de l'assistance se modifia peu à peu. On m'écoutait plus attentivement, de façon presque sereine. La partie n'était pas gagnée pour autant. J'entamai donc un autre couplet, en y mettant l'audace et l'exaltation de l'artiste aguerri. Soudain, le piano se mêla à ma voix, en une harmonie parfaite. Tout en continuant à chanter, je tournai discrètement la tête vers l'estrade. Assis sur son tabouret, le visage fermé, Benoît jouait avec une ferveur qui me fit oublier mes craintes. La chanson continua librement et se termina en apothéose.

Quelques applaudissements, puis le silence. Le colonel, l'officier en uniforme noir et la jeune cantatrice avaient pris place autour d'une table. Il me fut impossible de déceler une expression dans leurs regards. Découragé, je descendis mollement les marches de l'estrade. A peine avais-je posé le pied sur le carrelage que les cordes du piano se mirent à vibrer. Je me retournai et vis Benoît s'élancer avec fougue dans un morceau au rythme haletant. Ses mains volèrent, ses doigts sautèrent sur les touches, en une course entrecoupée de courtes pauses précipitant des reprises exaltées. Le morceau ne dura que très peu de temps. Benoît entama un ultime déluge de notes, s'apaisa, caressa quelques touches. Fin du morceau. Nouveau silence.

Soudain, quelqu'un frappa dans ses mains. C'était le colonel. Debout, il applaudissait. D'autres officiers, se levant à leur tour, l'imitèrent, suivis par l'ensemble des convives. On entendit dans la salle comme un bruit d'orage. Benoît resta un instant figé comme une statue de glace. Il se redressa enfin, salua l'assistance et abandonna l'estrade pour venir me rejoindre. Nous nous dirigeâmes vers la jeune femme, dont le sourire éclatant nous rassura pour de bon. Contrairement à son subordonné, toujours aussi crispé, le colonel paraissait détendu. Je pris alors les mains de la cantatrice, « notre tante », qui me regarda avec tendresse et dit :

« Bravo, les enfants, c'était magnifique ! »

Je lui répondis d'une voix timide :

« Merci, tante Mathilde. »

Le public nous avait oubliés, pour retourner à ses rires.

« Quelle aisance ! dit le vieil officier à Benoît. Pourtant, ce n'est pas la plus facile des études de Chopin. »

Le jeune SS, lui, resta inflexible.

« Ce sont des juifs !

— Allons, *Untersturmfübrer* Hechler, s'il vous plaît !

— J'en suis certain. Ce sont des juifs ! Il n'y a qu'un seul moyen de le savoir !

— Ça suffit ! s'exclama Mathilde. Colonel, cette mascarade a assez duré. Ces enfants sont mes neveux ! Je ne permettrai à personne d'y toucher. Voulez-vous me forcer à quitter cette ville sur-le-champ ? Un tel acharnement est intolérable !

— Vous mentez ! cria le jeune officier.

— Je vous en prie ! »

Humilié par cette réplique cinglante du colonel, le jeune SS se mit au garde-à-vous, salua son supérieur avec amertume, pivota et disparut.

« Vous me voyez désolé de cet incident, confia le vieil officier à la chanteuse.

— Quelle horrible méprise, répondit-elle. Ces enfants ont déjà beaucoup souffert. Ils ne méritent pas d'être traités ainsi.

— Tout de même, s'ils avaient eu leurs papiers, un tel malentendu n'aurait pas eu lieu. Je ferai le nécessaire pour que cela ne se reproduise plus.

— Ils n'ont pas de laissez-passer pour la nuit. Vous comprenez, notre métier nous oblige aussi à vivre la nuit… »

Il soupira.

« Bon, là aussi je ferai le nécessaire… »

Il changea de conversation.

J'ai bien mérité votre présence à la Kommandantur, vendredi prochain. Votre voix fera merveille dans mon salon.

« Vendredi ? N'était-il pas question de samedi ? Vendredi, je dois chanter au théâtre de Saumur pour…

— Je regrette, Mathilde. Une mission importante m'oblige à avancer cette soirée. Je compte sur vous à 8 heures, vendredi soir. Mon chauffeur passera vous prendre à votre hôtel. Ne le faites pas attendre. »

Il allait la saluer mais, après un rapide coup d'œil vers nous, il ajouta :

« La participation de vos neveux si doués me paraît indispensable ! C'est ce que vous aviez prévu, n'est-ce pas ? »

Question insidieuse, ironique. Mathilde ne la releva pas. Le colonel s'inclina, lui baisa la main. Il claqua les talons, héla un serveur. On lui apporta un manteau, qu'il fit tomber sur ses épaules avant d'enfiler ses gants. La casquette assurée sur sa tête, il sortit du café par la porte principale, accompagné d'une dizaine de soldats.

Mathilde attrapa une chaise et s'écroula, en poussant un énorme soupir.

12

Mon vélo retrouva sa cachette au cœur de la troglodyte. Je retirai ma casquette, la fourrai au fond de la poche de mon manteau. Je devais, pour gagner ma chambre, emprunter un couloir qui longeait la cuisine, dont la porte était entrouverte. Je marchai sur la pointe des pieds, guidé dans l'obscurité par la lueur vacillante des flammes de la haute cheminée. Passant devant la pièce, j'y jetai un coup d'œil machinal. Et je me figeai sur place. Assis autour de la table, Maurice, Raymond, Marcel, Léon et mon père me fixaient en silence, les traits crispés par l'inquiétude d'une trop longue attente. Je perçus un raclement de chaise à côté du buffet. Quelqu'un sortit de l'ombre. C'était la mère Vintard. Elle ronchonna, traîna la savate avec nonchalance.

« P'tit con », dit-elle.

Elle quitta la troglodyte et regagna son antre. Mon père se leva. Ses mouvements étaient lents, d'une tranquillité trompeuse. J'avais oublié : c'était aujourd'hui qu'il recevait les résistants. Il fit un pas vers moi, s'arrêta, me regarda de toute sa hauteur et m'interrogea d'une voix blanche :

« Où étais-tu ? »

D'une torsion du bras, j'achevai d'enlever mon manteau. Le couteau allemand traversa ma poche intérieure, tomba bruyamment et fit une vrille sur le sol. Toutes les têtes se penchèrent. L'objet s'arrêta de tourner. Mon père se baissa et le ramassa, les sourcils froncés.

« Merde !...

— Qu'est-ce que c'est ? demanda Raymond.

— Tiens, regarde ! »

Les yeux écarquillés, Raymond fit tourner le couteau entre ses doigts.

« Oh ! bon sang, c'est pas possible ! Où l'as-tu trouvé ? »

Je balbutiai :

« C'est pas à moi ! C'est à un Allemand, enfin non, à Benoît.

— Qui ça ? demanda papa.

— Benoît. C'est un musicien. Il vit au bord du Thouet. Il mange rien, il a froid, alors on est allé voir les putes, mais les Allemands nous ont traités de juifs. C'est à cause des flics, ils nous ont poursuivis et les bouteilles se sont cassées quand je suis tombé ! Heureusement qu'il y avait Mathilde au *Café de la Ville*, mais on doit revenir vendredi pour chanter. »

Mon père me considéra d'un air étrange, comme on regarde quelqu'un qui a perdu la raison. Je me mis à crier :

« Il le faut papa, tu comprends, il le faut !

— Tais-toi, ta sœur dort... »

D'une voix calme, il me demanda une nouvelle fois :

« Où étais-tu cette nuit ? »

Après une profonde inspiration, je commençai mon récit. Mes sorties nocturnes, ma rencontre avec Benoît, notre escapade à Saumur, je ne passai rien sous silence. J'en arrivai au moment où nous avions été pris à partie par les Allemands. Les compagnons de mon père m'écoutaient avec passion. Parfois, l'un d'eux exigeait une précision sur un point de détail qui me paraissait pourtant dénué d'intérêt. Leurs questions devenaient de plus en plus incisives dès qu'il s'agissait de l'officier en uniforme noir. Raymond insista.

« Tu ne te souviens vraiment plus de son nom ?

— Non. L'officier âgé ne l'a prononcé qu'une fois.

— Et alors ?

— Euh... Je ne sais plus, vraiment. Il me semble que cela ressemblait à...

— Oui ?

— Chlair... Méchlair, je crois. »

Les traits de mon père se rembrunirent. Il allait dire quelque chose, mais Raymond le boulanger le coupa net.

« Ça ne me dit rien du tout. Et puis un SS, ici à Saumur, je n'en ai jamais vu. Ce serait bien le premier !

— Dis-moi, reprit papa, il ne s'appellerait pas plutôt... Hechler ? »

Ce nom les fit tous tressaillir, comme un mauvais souvenir presque oublié et ramené brusquement à la mémoire.

« Je ne sais plus, peut-être bien.

— Comment était-il ? Décris-le-moi. »

Je mis de l'ordre dans ma tête. Les détails ne manquaient pas.

« Il était grand, blond, maigre, avec des yeux bleus, tout petits.

— Où veux-tu en venir ? demanda Marcel à mon père. Tu crois que...

— C'est possible, pourquoi pas ?

— Si c'est son frère, ajouta Raymond, ou un membre de sa famille, il n'y a pas longtemps qu'il est ici. En tout cas, il n'était pas là avant la nuit où on a buté son frangin. »

La colère de mon père avait disparu. Il alla s'asseoir et se frotta les yeux du bout des doigts, comme chaque fois qu'il réfléchissait. Soudain, il releva la tête :

« Raymond, quand tu iras livrer ton pain à la Kommandantur, tâche de savoir. Un SS, ça se remarque. Il ressemble peut-être à son frère.

— Peut-être. Mais même si ce n'était pas son frère, ça ne change rien. Tu penses qu'il est là pour nous ?

— Possible.

— Il faudrait annuler l'opération de samedi, proposa Léon. On ne sait jamais. Du coup, Paul n'a pas tort. Vaudrait mieux se méfier. Si c'était un piège ?

— Ah non ! s'exclama Raymond. Ce plan tient la route. Une occasion comme ça, il faut la saisir : un convoi d'armes, il n'y en aura peut-être pas avant deux mois. Et encore, ce n'est pas certain ! »

Papa resta silencieux. Raymond poursuivit :

« Lefranc, c'est un gars sérieux. Je le connais depuis la communale. Il n'y a pas plus honnête que lui. Jamais je ne l'ai vu dénoncer quelqu'un et…

— Voyons, dit Marcel d'une voix forte, l'école, c'est autre chose ! Les Allemands lui ont peut-être proposé un marché pour sa libération. Ou alors, ils détiennent sa femme et ses enfants en otages. Qui sait ? Ils sont capables de tout ! »

Raymond haussa les épaules :

« Il a toujours vécu seul avec sa mère dans leur librairie de la rue des Violettes. La vieille est morte il y a trois ans. Je ne lui ai jamais connu d'autre femme !

— Raymond n'a pas tort, trancha mon père d'une voix calme. Si on ne peut plus faire confiance à un compatriote… »

Il changea de ton.

« En attendant, l'arrivée de ce SS ne me dit rien de bon. »

Il y eut un moment de silence. Je me sentis ridicule, debout à l'entrée de la cuisine. Apercevant une chaise inoccupée au bout de la table, j'allai m'y asseoir.

Marcel se dirigea vers la cheminée. Il prit le tisonnier, excita les braises qui s'éveillèrent, ajouta une bûche de chêne ; le bois se mit à crépiter. La lumière s'éleva, projetant des ombres sur la roche en tuffeau. Les compagnons de mon père s'observèrent un instant. Ils avaient le teint blafard, les yeux rougis par la fatigue.

« Il nous faut ces armes, insista Marcel. Il nous les faut… »

Des pas se firent entendre dans le couloir : des savates que l'on traînait d'une démarche lente, engourdie. Bernadette apparut dans l'encadrement de la porte, les cheveux en bataille, des crayons de couleurs à la main. Ses yeux, lointains et rêveurs, s'arrêtèrent sur chaque visage. Quand elle me vit, elle sourit, vint vers moi, ouvrit les bras et m'étreignit. Je la pris avec douceur, l'installai sur mes genoux. Je murmurai :

« Eh bien, tu ne dors pas ? »

Elle me regarda fixement, posa ses crayons sur la table puis se pelotonna davantage. Elle avait l'air si fragile, si faible que j'eus envie de la garder ainsi toute la nuit, pour la protéger.

Papa soupira :

« Il est tard. Si personne n'a de question, on maintient le plan de samedi.

— Et pour vendredi soir, demandai-je, qu'est-ce que je fais ? »

La question le contraria. Cette histoire semblait lui être complètement sortie de la tête.

« Vendredi soir…

— Qu'il y aille, lança Raymond. Il apprendra peut-être quelque chose. »

Mon père eut une moue.

« Ça m'étonnerait. J'imagine mal un SS faire des confidences à un gamin. L'important, ce sont les papiers qu'on lui a promis. S'il m'arrivait quelque chose, Jacques aurait une nouvelle identité. Ça pourrait l'aider.

— Pas faux, approuva Raymond. Et puis, d'un autre côté, s'il n'y va pas, la Gestapo pourrait mener une enquête. Il faut à tout prix éviter cela. Quant à l'autre gosse, euh… Benoît, tu ne crois pas qu'il devrait venir ici ?

— J'y pensais. Habiter dans une cabane, ce n'est pas sérieux. L'inconvénient, c'est la nourriture : une bouche de plus à nourrir… Et puis surtout, si les Allemands le capturaient, il parlerait. C'est un risque.

— Le plus étrange, dit Marcel, c'est l'histoire de ses parents. Des parents qui ne donnent plus de leurs nouvelles, ça n'est pas courant ! »

Les yeux de mon père s'étaient mis à errer dans la pièce. Machinalement, il répéta :

« Pas courant… »

La chose n'avait pas été clairement dite, mais elle semblait bien décidée : Benoît ne s'installerait pas chez nous. Pourtant, malgré cette décision souveraine, je pris la résolution de les faire changer d'avis.

« Il va bientôt faire très froid, papa. Déjà, le temps a changé. Il pleut souvent, la période des crues s'annonce et le Thouet, quand il sort de son lit… Benoît est honnête, on peut lui faire confiance.

— Et toi, rétorqua-t-il aussitôt, on peut te faire confiance ? »

J'avalai ma salive.

« Je croyais que tu vivais avec nous, que tu dormais ici. En fait, tu sors la nuit, tu vas à Saumur… Crois-tu que les Allemands s'amusent ? Tu les as vus à l'œuvre, ils ne reculent devant rien ! Nous sommes recherchés, Jacques, tu comprends ça ? Nous sommes recherchés !

— Euh… oui… je…

— Samedi soir, nous allons attaquer un convoi d'armes. Tu resteras ici avec ta sœur. Les gars ont eu une idée. Moi, je n'étais pas d'accord, alors on a voté et... finalement, c'est décidé, tu auras pour tâche de surveiller la route. Tu monteras dans la tourelle que nous avons fabriquée ensemble, en haut du chêne. Nous, on sera cachés le long de la route, dans les fossés et les taillis. Le convoi passera vers 19 h 15. Il fera nuit. Alors, quand tu verras les engins allemands, tu allumeras deux fois la lampe. On comprendra. »

Il fit une pause. J'en profitai pour demander :

« Et s'il y avait quelque chose, je veux dire quelque chose d'anormal, comment vous prévenir ? »

Il réfléchit un instant, puis répondit :

« Tu allumeras la lampe trois fois. Ce sera clair. »

Il consulta ses compagnons de combat. Aucun n'intervint. Le plan avait été bien préparé et tous l'approuvaient.

« Demain, ajouta mon père, c'est jeudi. Chacun reste chez soi, personne ne change rien à ses habitudes. Soyez prudents. Si quelque chose vous paraît anormal, faites-le-moi savoir. L'opération sera annulée. »

Il plongea les mains dans les poches de son pantalon. Les résistants se levèrent. La réunion était terminée. Il y eut des poignées de main, de nouveaux commentaires, puis la voix de Léon :

« J'espère que, cette nuit, on ne sera pas emmerdés par les contrôles. »

Papa répliqua :

« Mon fils a bien réussi à leur échapper ! »

Léon baissa la tête, un peu vexé. Les résistants quittèrent la cuisine, regagnèrent la sortie. Je restai seul avec mon père et Bernadette, qui s'était endormie. Il croisa les bras, me dévisagea sans un mot. Le crépitement du bois sous les flammes rendit l'atmosphère entre nous plus lourde encore.

« Tu es fou, murmura-t-il enfin. Quand je pense… S'il m'arrivait quelque chose, ce serait à toi de t'occuper de Bernadette. Alors, ne joue pas avec ta vie. Elle a aussi besoin de son frère. »

Il se rapprocha d'elle, la prit doucement dans ses bras, abandonnant les crayons de couleurs sur la table. Il me fit signe d'aller me coucher. Il emmena le petit corps aux bras renversés, le déposa dans son lit. Ensuite, il quitta notre chambre, ferma la porte avec précaution. La lumière rassurante du feu cessa brusquement de m'éclairer.

13

Une fine pluie tombait depuis le début de la matinée. Bernadette avait relevé sa capuche et s'amusait à tracer des traits et des courbes dans la terre humide avec une baguette de châtaignier.

« Tu vois, c'est un soleil, me dit-elle, et à côté, c'est notre chat Patate. »

Je distinguai également une forme ovale, des cheveux, un visage, un sourire tordu, des paupières closes : l'image d'une femme morte.

Le dessin avait été à demi effacé, entrecoupé de stries qui en déchiraient partiellement les lignes. Surprise par ma venue, Bernadette s'était dépêchée de faire disparaître le visage de notre mère. Peut-être voulait-elle me cacher l'angoisse qui dévorait son esprit de petite fille. Je ne fis donc aucune remarque susceptible de la troubler.

« Tu as vu ? A côté de la grange, il y a des champignons.

— C'est quoi, comme champignons ?

— Des coulemelles.

— J'aime pas les coulemelles !

— Tu peux au moins m'aider à les ramasser, on les préparera pour midi. »

Elle se baissa et balaya rapidement ses dessins avec son bâton, pour ne laisser aucune trace. Elle me tendit la main. La tristesse de sa frimousse mouillée par la pluie me frappa. Sa peau était d'une pâleur maladive et ses yeux n'avaient rien de ce feu qui égaie les pupilles d'un enfant.

Je lui demandai :

« Qu'est-ce qu'il y a ?

— Rien.

— T'es sûre ?

— Oui. »

Elle s'inventa un sourire, une joie mensongère.

« Tu as peur que je meure ? lui dis-je. Ne t'inquiète pas, Bernadette, je ne t'abandonnerai pas. »

Elle s'appuya contre moi, releva la tête. Son sourire eut soudain la fraîcheur du temps. D'un air entendu, presque libérés, nous allâmes tranquillement cueillir nos champignons.

L'après-midi fut ennuyeux et morne. Une pluie abondante s'était installée depuis la fin du déjeuner. Cela n'avait pas empêché la mère Vintard de quitter la troglodyte pour se rendre à Saumur. Papa ne s'était pas montré très bavard et je comprenais pourquoi.

Je m'étais posté devant la fenêtre crasseuse de la cuisine, celle qui donnait sur la cour. Je regardai, d'un air absent, les arbres danser et les feuilles mortes tourbillonner, emportées par le vent. Je songeai à l'été, à la paix, quand nous irions avec papa et Bernadette pêcher au bord du Thouet. « Maman nous manquera, pensai-je. Pour calmer notre peine, nous lui chanterons une chanson, un air qu'elle aimait. »

L'après-midi se déroula ainsi, dans une solitude étouffante. Le soir, au dîner, tout le monde semblait triste, sans que l'on sût pourquoi. On mangeait et buvait sans entrain, réduisant la conversation au strict minimum. Cela ressemblait à la mort. La mère Vintard me paraissait nerveuse et inquiète. Papa mangeait sa soupe d'un air austère et taciturne. Bernadette, rêveuse, se promenait dans une histoire de fées.

Je finis ma soupe le premier. Papa leva les yeux vers moi, la cuillère au bord des lèvres.

« C'est demain que tu y vas ?

— Oui. »

Question de pure forme, car il n'avait pas oublié. Il avala le contenu de sa cuillère et ajouta :

« Sois prudent. »

La mère Vintard redressa aussitôt la tête. Elle me fixa avec surprise et insistance, semblant tout ignorer de cette soirée. Je me gardai bien de lui parler. Elle me détestait toujours et j'en avais pris mon parti. Je finis mon morceau de pain sans en perdre une miette, fixant le fond de mon assiette pour éviter le regard de la vieille. Le repas se termina comme il avait commencé : dans un mutisme grave, alourdi par la peur du lendemain. Nous allâmes nous coucher, laissant dehors battre la pluie et le vent.

J'eus un sommeil agité. Je vis des images sombres, des visages de brume emportés par la mort. Il y avait des lueurs froides, inquiétantes, des paroles qui se perdaient dans la nuit, des plaintes. Je vis le feu, des corps basculés ; je reconnus Bernadette, émergeant d'une fumée noire. Elle courait vers moi, les yeux emplis d'effroi. Elle hurlait.

Le lendemain matin, à mon réveil, le temps était toujours aussi gris. La pluie avait cessé. Je n'avais pas bonne mine et papa me le fit remarquer. Vers midi, la mère Vintard me servit une soupe au goût affreux, mais qui redonna très rapidement des couleurs à mon visage endormi.

Un peu avant 5 heures du soir, je quittai la troglodyte pour me rendre à pied jusqu'à la place des Jasmins qui longeait la route de Gennes, à un kilomètre de là. On y croisait peu de monde : elle était trop éloignée du bourg pour que les anciens puissent venir y faire un brin de conversation. C'est là que nous nous étions donné rendez-vous. Benoît arriva quelques minutes après moi, la mine réjouie, mais visiblement fatigué. Lui aussi, dans sa cabane humide et sans confort, avait passé une nuit pénible. Il me serra chaleureusement la main et dit :

« Alors ?

— Alors, quoi ?

— T'es sûr que tu veux y aller ?

— Oui, mon père est d'accord. »

Il eut l'air stupéfait.

« Quoi ? Ton père est d'accord ?

— Il m'attendait quand je suis rentré cette nuit. Il sait tout.

— Merde ! Tu t'es fait engueuler ?

— Pas vraiment, même s'il n'en pensait pas moins. Mais il y a les papiers que l'on nous a promis. Il dit que c'est bien, que ça peut être utile. »

Je le regardai des pieds à la tête.

« Qu'est-ce qu'il y a ? me demanda-t-il.

— Tes vêtements ; ils sont dégueulasses !

— Je sais. »

Nous entendîmes un bruit de moteur. Une grosse voiture apparut, ralentit, cahota sur le trottoir et se rangea tout près de nous. C'était un véhicule civil, avec un chauffeur à casquette. Il descendit, nous gratifia d'un signe de tête, se décoiffa et alla ouvrir la porte arrière. Nous nous installâmes sur la banquette de cuir. Le chauffeur fit claquer la portière, s'installa au volant. Une manœuvre bien engagée et il emprunta la route de Gennes en direction de Saumur.

« Mlle Mathilde vous attend », dit-il avec un accent parisien.

Benoît et moi échangeâmes un regard impressionné. C'était la deuxième fois de ma vie que je montais dans une automobile à essence ; et je n'en avais jamais vu d'aussi spacieuse, d'aussi confortable que celle-là. Après avoir traversé Saint-Hilaire-Saint-Florent par le pont qui surplombait le Thouet, nous ne tardâmes pas à entrer dans Saumur. Quelques personnes se promenaient, le sourire aux lèvres, le visage détaché du monde. Les maisons et les allées de la ville donnaient un reflet d'éternité à toutes choses. Cela aurait presque été une image de paix, sans ces uniformes vert-de-gris au hasard des rues. Nous ne croisâmes aucune autre voiture, simplement quelques bicyclettes.

Nous arrivâmes devant le théâtre, en face du *Café de la Ville*, au-dessus duquel l'hôtel *Budan* recevait une clientèle très élégante.

« Nous y sommes », précisa le chauffeur avec ce même accent.

Il se gara, nous ouvrit de nouveau la portière. Un homme au gilet rayé noir et jaune nous accueillit sur le perron.

« Mlle Mathilde vous attend. »

Avec une onctuosité qui nous fit sourire, il nous guida jusqu'à l'hôtel. Dans le hall, une vague brûlante me submergea : la salle était surchauffée. Le faste s'étalait du sol au plafond : riches dorures, colonnes, glaces, guéridons fleuris, serveurs empressés… Il y avait des civils en habit de flanelle, mêlés à la cohue bigarrée des livrées du personnel et des uniformes allemands. D'instinct, je reculai devant ces hommes aux yeux froids.

« Où est tante Mathilde ? demanda Benoît.

— Suite Napoléon III, répondit notre guide avec une amabilité toute professionnelle. Je vous y accompagne. »

Il nous fit pénétrer dans une étrange cabine avec une multitude d'ampoules au plafond. L'ascenseur s'éleva, puis, après quelques secondes, s'immobilisa. Notre guide tira la grille. Le couloir était long, parcouru d'appliques et de moquette. Nous arrivâmes à la porte du fond. L'homme frappa.

« Oui ?

— Vos invités, mademoiselle Mathilde. Ils sont là.

— Ah ! »

La porte s'ouvrit et Mathilde nous reçut avec un sourire. Elle mit quelque chose dans la main du guide qui la remercia avant de s'incliner et de prendre congé.

« Entrez ! » dit la jeune femme.

Elle était belle, élégante. Son visage était frais, apaisé. Nous nous avançâmes avec prudence, intimidés par la richesse des lieux.

« N'ayez pas peur ! s'écria-t-elle amusée. Ici, c'est un peu comme chez moi, et vous y êtes chez vous. Asseyez-vous sur le canapé. Je vous ai fait apporter quelque chose. Vous avez faim ? »

Dans le vaste salon planait une délicieuse odeur de chocolat chaud. Sur une table en marbre, on avait posé un plateau argenté contenant des tasses et trois petites assiettes remplies de biscuits.

« Allez, allez, prenez, c'est pour vous ! »

Elle s'assit dans un fauteuil, en face de nous. Benoît, d'abord hésitant, n'éprouva vite aucune gêne à se servir. Mathilde l'observa avec une expression curieuse, faite de plaisir et de compassion. Il dévorait les biscuits et buvait son chocolat avec une avidité qui me mit mal à l'aise…

« Mangez, insista la jeune femme. C'est fait pour ça… »

Elle nous contempla en silence, le sourire aux lèvres.

Elle semblait nous dire des choses avec ses yeux. Une fois Benoît rassasié, elle s'enfonça davantage dans son fauteuil et je compris qu'elle allait nous parler.

« Je ne m'appelle pas Mathilde. C'est le prénom qui figure sur mes papiers, mais ils sont faux. Mon véritable nom est Magda Dabrowska. Je suis née le 14 septembre 1910 à Varsovie, en Pologne. Ma mère est française. Elle a vécu à Paris une grande partie de sa vie. Elle a rencontré mon père, un musicien polonais, lors d'une réception officielle à Kiev, en Ukraine. Il était juif. Juif, c'est comme chrétien, catholique ou musulman, sauf que c'est "juif". Mon père a toujours eu le pressentiment du danger qui pèserait un jour sur lui et sa famille. Il savait, depuis très longtemps, qu'il ne devrait jamais dévoiler ses origines. Ainsi, sur ses papiers d'état civil, la mention "juif" n'apparaissait pas. Juif, pourtant, il était fier de l'être. Mais je n'ai pas souvenir qu'il m'ait laissée un jour mettre les pieds dans une synagogue. Il me l'interdisait. Nous ne célébrions notre religion que dans l'enceinte même de notre demeure… Aux yeux des autres, nous n'étions pas juifs. C'était notre secret : un secret qui deviendrait de plus en plus lourd à porter. Mon père, hélas, avait raison. »

Elle poursuivit son monologue, évoqua les tensions raciales qui empoisonnèrent la Pologne dès le début des années 30. Lorsque la Grande Dépression eut atteint le pays et que les prix agricoles se mirent à chuter, le gouvernement polonais encouragea les groupes antisémites à transformer les juifs en boucs émissaires. Sanacja, le parti de la pureté morale du maréchal Pilsudski, conclut, après la mort du vieillard, une alliance avec le camp de l'unité nationale, un groupe de droite résolument antijuif. Le premier pogrom contre la population juive eut lieu à Grodno en 1935. D'autres suivirent. Des légistes se mirent au travail. On promulgua de nouvelles lois qui étranglèrent les industries juives. Les facultés cédèrent à la pression du groupe de l'unité nationale, qui exigeait qu'un coin spécial, au fond des salles de lecture, fût attribué aux juifs. Il n'était pas rare que, à la sortie des cours, les filles de juifs haut placés, aussi brillantes que belles, eussent le visage tailladé d'un coup de rasoir par un de ces jeunes aux idées courtes du camp de l'unité nationale.

« Mon père est mort accidentellement, reprit Mathilde. J'avais quatorze ans. C'était un homme merveilleux. Il adorait le théâtre, la musique classique. Je le suivais dans ses nombreux déplacements à travers l'Europe, ce qui me permit d'assister à des concerts exceptionnels dans des salles grandioses. J'ai rencontré de grands artistes, entendu les plus belles voix du monde. Très vite, je me suis sentie attirée par les arts, le chant en particulier. J'ai fréquenté le Conservatoire national de Varsovie pendant quelques années, et je suis devenue chanteuse d'opéra.

« Un matin, la radio officielle nous a appris une nouvelle terrifiante. Les Allemands avaient franchi notre frontière. L'armée polonaise fut écrasée en un rien de temps. Nos cavaliers, des milliers d'hommes, contre autant de chars… Ce fut un désastre. Un ami attaché culturel à Berlin m'a informé de ce que projetait Hitler envers les juifs. J'ai eu très peur. Pourtant, je n'avais rien à craindre : bien des années plus tôt, avant la guerre, mon père, je vous l'ai dit, avait fait ce qu'il fallait. Officiellement, je n'étais pas juive. Les Allemands ne se doutèrent de rien et nous ne fûmes jamais inquiétés. Au mois de novembre 1939, on obligea tous les juifs de Pologne à porter un brassard blanc avec une étoile de David bleue. Leurs cartes d'identité portèrent la mention : “juif”. Je ne m'étais pas imaginé que notre communauté subirait autant de brimades. Les choses s'aggravèrent très vite. Quelques mois plus tard, les Allemands ouvrirent un ghetto à Varsovie. Tous les juifs furent contraints de quitter leur domicile, dans la hâte et la confusion, en abandonnant la plupart de leurs biens. C'était terrifiant. J'ai vu des milliers de gens parcourir les rues en un flot sans fin, poussant ou tirant des carrioles, des femmes charriant parfois sur leur dos tout ce qui leur appartenait. Les juifs affluaient de tous les secteurs de la ville, poussés vers un petit quartier clôturé par un mur en brique. Un ghetto trop petit pour cette foule immense ! A l'intérieur, le chaos était indescriptible. Des enfants déambulaient, perdus, en pleurs, des parents couraient de tous côtés à leur recherche, dans un vacarme assourdissant qui étouffait leurs cris. »

Mathilde prit la théière sur le plateau, remplit une tasse de porcelaine, y trempa ses lèvres.

« Nous avions entendu dire qu'une unité spéciale de SS allait régler le sort des juifs qui avaient échappé à tout cela. J'ai compris qu'il était temps de quitter la Pologne. Nous avons réussi à passer la frontière et nous nous sommes installées, ma mère et moi, à Paris. J'ai changé d'identité, établi un contact avec un ami directeur d'opéra, soudoyé quelques fonctionnaires influents. J'ai organisé des tournées en France, invité d'importants officiers allemands à venir apprécier mes concerts. Très rapidement, je me suis fait une réputation et des relations importantes. Je me sens forte. J'occupe une position privilégiée, je bénéficie de protections efficaces. Mais je déteste les Allemands, et j'espère qu'un jour ils paieront pour tout ça. »

Elle avala un peu de thé. Ses doigts tremblaient sur l'anse de la tasse.

« Aujourd'hui, je suis devenue Mathilde Lemercier, cantatrice catholique et amie de l'armée du Reich… »

Elle déposa sa tasse sur le plateau.

« Avec la complicité d'amis polonais, j'ai participé à la *szmugiel*, une contrebande de vivres organisée pour les enfants du ghetto. Mais peu de nourriture arrive aux affamés. La plus grande partie est découverte et confisquée par les policiers de la Kripo. Tous ces gens, parqués, enfermés comme des bêtes, c'est dur pour eux, très dur… »

Nous la regardâmes avec gravité, immobiles et silencieux, s'interrogeant sur la vraisemblance de son récit. Elle eut un petit rire et s'écria :

« Eh bien, vous êtes devenus muets ?

— Euh, non, fis-je, d'une voix hésitante, mais pourquoi vous…

— Comment t'appelles-tu ?

— Jacques.

— Tu sais, Jacques, les Allemands veulent exterminer les juifs, tous les juifs. Quand je vous ai vus au *Café de la Ville* avec ce jeune SS, j'ai pensé que vos vies…

— Mais nous ne sommes pas juifs ! »

Elle reprit posément sa tasse et dit :

« Toi, peut-être… »

Son ton me dérouta. Mes pupilles se braquèrent sur Benoît.

« Il y a des visages qu'on n'oublie pas. J'ai côtoyé de nombreux chefs d'orchestre : le compositeur Théodore Levinson, notamment, que j'ai rencontré à Genève un samedi soir après un concert exceptionnel. Je me souviens d'un gamin, âgé de huit ans tout au plus, qui l'accompagnait. Un virtuose du piano, un musicien extraordinaire malgré son jeune âge. C'était son fils. »

Elle fixa Benoît droit dans les yeux.

« Tu n'as pas beaucoup changé… »

Benoît resta stoïque. Il se contenta de plonger sa main au fond de la poche intérieure de son pardessus. Il en sortit quelque chose de fin, plié entre ses doigts. Sa paume s'ouvrit. Nous découvrîmes une étoile plus belle que le soleil avec, au centre, un mot cousu de fil noir : « juif ».

« Je suis au courant pour tes parents, chuchota doucement Mathilde. Ils ont été arrêtés à Saumur par la Gestapo au mois de juillet. »

Toutes ces nouvelles me stupéfiaient. Benoît m'avait donc menti sur une partie de son histoire ! Soudain, il prit la parole :

« J'étais parti pêcher au bord du Thouet. Quand je suis revenu chez moi, mes parents venaient d'être emmenés. Une voisine m'a expliqué. Elle m'a dit de fuir, que les Allemands arrêtaient tous les juifs… »

Il avait les larmes aux yeux. Sa phrase s'acheva dans un sanglot.

« Vous devez vous sentir bien seuls », murmura Mathilde.

Elle se leva, se dirigea vers un buffet appuyé contre le mur, ouvrit un petit coffret en bois placé sur le meuble. Elle y prit quelque chose et revint vers nous. Elle nous tendit des papiers :

« Voilà pour Jacques ; et voilà pour Benoît. »

C'étaient des cartes d'identité, avec des laissez-passer dûment estampillés par l'autorité allemande. La mienne était au nom de Jean-Baptiste Leroy. Celle de Benoît indiquait : Pierre Leroy. Par la force des choses, la vie venait de faire de nous des frères.

« Ils sont vrais, s'écria Mathilde en souriant. On me les a donnés ce matin. Je pense que le colonel Schmittbauer se doute de quelque chose, mais je crois aussi que je lui plais beaucoup… »

Elle me regarda avec insistance :

« Et toi, Jacques, d'où viens-tu ?

— De Saint-Hilaire-Saint-Florent. Mon père est résistant. La Gestapo le recherche.

— Hum, je vois. Il serait plus prudent pour toi de quitter la région et de filer en zone libre.

— Il m'en a déjà parlé. Grâce à ces papiers, ce sera sans doute plus facile. Mais il y a ma petite sœur, et je ne vois pas comment… enfin, je ne peux pas la laisser, c'est impossible.

— Nous en reparlerons. »

Elle passa dans une autre pièce. Benoît se précipita frénétiquement sur l'assiette de biscuits. Il en prit par poignées et en mit autant qu'il put dans ses poches. Il s'arrêta dès que Mathilde fut revenue, portant des cintres qui supportaient deux costumes identiques.

« Ils sont pour vous. Vous êtes frères et vous serez habillés de la même façon. Auparavant, vous prendrez un bain. Un coiffeur viendra dans une demi-heure. Vous allez vous produire devant des personnalités importantes de l'armée allemande. Je comprends qu'il n'y a rien de plaisant à cela, mais tout devra être parfait. Benoît, tu joueras une œuvre de Franz Schubert, un *Impromptu.* Tu connais ? »

Il acquiesça.

« Quant à toi, Jacques, tu chanteras de nouveau *L'Hymne à la joie.* Ce sera suffisant. »

Elle allait retourner dans l'autre pièce. Je la retins. Je ressentais une envie folle de lui poser la question qui me hantait. C'était plus fort que moi, il fallait que je sache :

« Mais... qu'est-ce qu'ils deviennent ? Je veux dire après, tous les gens du ghetto, qu'est-ce qui leur arrive ? »

Elle blêmit et baissa la tête avec tristesse, évitant mon regard.

« On raconte depuis plusieurs semaines que des milliers d'entre eux auraient été déportés vers un camp situé à Treblinka. Ce qui se passe là-bas, je l'ignore. On sait peu de chose. Mais certains disent que l'on n'en revient pas... »

Elle resta muette quelques secondes, emportée par ses songes. Enfin, un sourire effleura ses lèvres. Emue, se parlant à elle-même, elle s'exclama :

« En Pologne, nous avons une chanson merveilleuse, un cantique, une mélodie nostalgique très douce que l'on chante à plusieurs voix. »

Ses paupières cillèrent, ses yeux se portèrent vers le ciel. Elle se mit à chanter, d'une voix tendre, plus légère qu'une brise de mai. Je ne comprenais pas les paroles, mais il me semblait entendre une prière. C'était doux, profond, comme un poème.

A voix basse, Benoît fredonnait la mélodie. Sur sa joue droite, je crus voir briller une larme.

14

Nous prîmes place tous les trois sur la banquette arrière de l'automobile allemande, une Mercedes décapotable dont on avait déplié la bâche en prévision de l'averse qui s'annonçait. Après avoir refermé la portière, le soldat s'installa au volant. Benoît et moi avions revêtu nos costumes bleu marine, ornés d'un liséré rouge à l'emplacement des coutures. Nos cheveux étaient coupés court, à la bidasse. Nous dégagions l'odeur suave et délicate d'un parfum parisien.

Coupant par le centre-ville, la voiture atteignit rapidement la rue de Bordeaux. Devant le portail de la Kommandantur, une sentinelle se mit au garde-à-vous. La Mercedes tourna, entra dans la cour. Le chauffeur descendit, nous ouvrit la portière.

Il y avait une allée de gravier, quelques marches à monter, une sentinelle près de la porte extérieure. C'était une grande maison ancienne, parfaitement entretenue, pourvue d'un portique supportant un balcon à balustres où pendait le drapeau rouge à croix gammée.

On nous fit pénétrer dans une petite pièce au sol carrelé. Assis derrière une table en bois, un secrétaire qui consignait des notes sur un registre nous fixa par-dessus ses lunettes.

« *Ja ?*

— Mathilde Lemercier. Je suis attendue, ainsi que mes neveux, à la réception de l'*Oberst* Schmittbauer. »

L'homme rechercha avec méthode l'information dans son registre, regarda de nouveau par-dessus ses besicles.

« L'*Oberst* est en entretien. Ce n'était pas prévu, mais il n'en a pas pour très longtemps. Si vous voulez bien vous asseoir. »

Il désigna des sièges. Mathilde en profita pour mettre une ultime fois de l'ordre dans ses cheveux, pourtant parfaitement coiffés. Elle semblait à l'aise, détendue. Nous étions seuls avec le secrétaire. De l'étage nous parvenaient des bruits de pas, le cliquetis de machines à écrire, des sonneries de téléphone et, parfois, des bribes de conversations en allemand et en français.

La porte qui se trouvait derrière le secrétaire s'ouvrit brusquement. L'homme se redressa aussitôt, se mit au garde-à-vous. Le colonel fit un pas. Gardant la main posée sur la poignée, il dit à Mathilde :

« Excusez-moi, chère amie. Un petit contretemps m'oblige à vous faire attendre.

— Ne vous excusez pas, colonel.

— Je vous propose de gagner tout de suite le salon de compagnie. La majorité des invités est déjà là. Je vous rejoindrai dans quelques minutes. »

Mathilde se leva et nous en fîmes autant.

« Avec plaisir », répondit-elle.

Le colonel s'écarta, nous laissant passer. Au milieu du couloir, mes yeux s'égarèrent vers la porte de son bureau, restée entrouverte. A l'intérieur, une personne attendait, immobile, tassée sur une chaise. Il me fut impossible de distinguer son visage : la lumière du jour noyait sa silhouette, qui nous tournait le dos. Mais, un bref instant, un détail, quelque chose de familier activa ma mémoire : une odeur âcre, tenace, liée à une hygiène douteuse. Je n'eus pas le temps de l'identifier. On me poussa par l'épaule et on me fit entrer dans le salon.

Des hommes en uniforme et des femmes en robe de soirée, tout sourire, se tournèrent vers nous. Des applaudissements éclatèrent. Ils s'adressaient, bien sûr, à Mathilde, qui répondit à son public en inclinant le buste, lançant d'une voix forte :

« Merci, merci à tous pour votre accueil. »

Au moment où les applaudissements cessèrent, un officier corpulent prit la parole :

« Mademoiselle Mathilde, quel bonheur ! »

Il lui baisa la main. Mathilde eut un petit rire plein de charme.

« *Oberst* von Söhre, il y a si longtemps ! Mais je vous croyais à Berlin…

— Ah ! délicieuse mademoiselle, lorsque l'*Oberst* Schmittbauer m'a fait part de votre venue… j'ai renoncé à l'Allemagne pour me précipiter jusqu'à vous. »

La réplique eut un franc succès. L'ambiance se détendit un peu plus. Il s'agissait d'un comité restreint, d'une poignée d'officiers et de leurs épouses, privilégiés et fiers de l'être. La plupart se tenaient debout à proximité d'une table dressée d'une nappe blanche où rayonnaient cristal et argenterie. On y voyait un alignement de plats en argent, chargés de canapés au foie gras, au jambon, au saumon, de barquettes aux fruits, de petits fours, de choux à la crème. De grands tableaux sombres représentant des femmes nues aux poses lascives ornaient les murs. Un serveur en civil circulait parmi les convives, un plateau à la main, sollicitant les buveurs au verre vide. Benoît me donna un coup de coude.

« Tu vois la table ?

— Oui, et alors ? »

Il chuchotait : précaution bien inutile, car nul ne s'intéressait à nous.

« Essayons de piquer un peu de bouffe.

— Tu es fou !

— Regarde. On peut faire ce qu'on veut. L'essentiel c'est de n'avoir l'air de rien, tu vois, de faire comme ceci... »

Il se rapprocha de la table avec une décontraction un peu trop appuyée. Parvenu à hauteur des plats, il regarda aux alentours, puis saisit une tranche de jambon cru qu'il glissa aussitôt dans sa poche. Il observa de nouveau les invités. Comme personne ne l'avait vu, il en attrapa une autre.

La porte du salon s'ouvrit si brusquement que mon ami sursauta. Sa tranche de jambon glissa de sa main au moment où le colonel entrait.

« Excusez-moi pour ce petit contretemps, dit-il. Une visite inattendue... J'espère qu'on vous a servis. Ah ! je vois que... »

Il s'interrompit, comme surpris par une présence qu'il n'avait pas prévue. Il parvint à retrouver son naturel et s'adressa de nouveau à ses hôtes.

« Chers amis, votre visite me fait le plus grand plaisir. J'espère que vous apprécierez cette soirée et qu'elle vous fera un instant oublier les contraintes tragiques de la guerre. »

Il prit la flûte de saumur brut que lui tendait le serveur, la leva et s'écria :

« A l'Allemagne ! »

L'auditoire reprit en chœur :

« A l'Allemagne ! »

Un pianiste entama une musique de salon de thé, très vite étouffée par les brouhahas des mondanités d'usage.

« *Oberst* von Söhre ! s'exclama, l'air heureux, le colonel Schmittbauer, vous avez réussi à venir ? »

Les deux hommes échangèrent une vive poignée de main.

« *Ja.* Le *Generalfeldmarschall* Göring m'a donné l'ordre de me rendre à Paris. J'ai trouvé le temps de descendre à Saumur.

— Vous m'en voyez ravi ! Vous n'avez pas changé. La coupe de cheveux, peut-être…

— Ne soyez pas mesquin, rétorqua von Söhre avec humour. J'ai pris douze kilos en deux mois. Après ça, oserai-je critiquer la gastronomie allemande ? »

Il éclata de rire. Le colonel Schmittbauer enchaîna :

« Et à Westhausen ? Ma femme, Emma, comment vont-elles ?

— Votre famille se porte bien. Emma a grandi et vous ressemble de plus en plus. Elle me parle souvent de vous, de vos balades au bord du Danube. Vous lui manquez beaucoup. Votre femme se plaint d'ailleurs de recevoir rarement de vos nouvelles. Elle aimerait que vous lui écriviez plus souvent. »

Le colonel Schmittbauer eut l'air mélancolique et attristé. Sa voix devint basse, lointaine :

« Elles me manquent tellement… »

L'officier obèse détourna la conversation :

« On prétend, colonel, que vous vous heurtez à de légères difficultés avec les terroristes locaux. Des rumeurs, peut-être ?

— L'Abwehr d'Angers m'a confié un SS, l'*Untersturmführer* Hechler, pour éliminer ce petit groupe de réfractaires. Simple question de temps.

— Je vois. En Allemagne aussi, nous rencontrons quelques opposants. Mais ils n'ont rien à voir avec vos vulgaires voyous français. Ce sont des officiers allemands, de hauts dignitaires, des serviteurs du Reich ! »

Il haussa le ton, le poing serré, le visage empourpré par la colère et continua :

« Heureusement, notre Führer châtie comme ils le méritent les traîtres qui osent s'opposer à lui. Deux capitaines de la Wehrmacht et un commandant de la Luftwaffe ont été envoyés en *Sonderbehandlung*[1].

— Aaaah ! rugit Schmittbauer en grimaçant, parlons d'autre chose. Votre fils, le petit dernier, comment va-t-il ?

— Klaus ? Il vient d'intégrer l'école des cadets de Karlsruhe. Comme son frère aîné, il poursuivra ses études à l'école d'officiers de Lichterfeld. Il nous fera honneur !

— L'ambition de notre jeunesse, voilà la force de l'Allemagne ! »

Von Söhre approuva énergiquement de la tête.

« Et vous, *Herr* Schmittbauer, que ferez-vous après la guerre ? »

Le colonel prit une profonde inspiration.

« Je ne sais pas. A vrai dire, je n'y ai pas réfléchi. »

Il avala un peu de saumur brut avant de murmurer :

« Je pense que le conflit va durer. Alors, je ne me pose pas la question. »

Mathilde arriva et interrompit les deux hommes.

« Colonel Schmittbauer, quand souhaitez-vous m'entendre ? »

Un sourire illumina le visage du vieux militaire.

« Mais quand vous voudrez. Pourquoi pas maintenant ?

— Bien. »

Elle fit demi-tour, son voile de mousseline flottant sur son épaule nue. Sa tenue suggestive à l'étoffe chatoyante contrastait avec les strictes robes de soirée, noires ou grises, des autres femmes. Elle m'effleura en passant, m'enrobant de son parfum. Je fermai un instant les yeux. Benoît, sans ménagement, m'arracha à mon trouble.

---

1. Traitement spécial.

« T'as écouté ce qu'ils ont dit ? souffla-t-il si bas que je dus me pencher pour l'entendre.

— L'allemand, j'y pige rien. Pourquoi, tu as compris ?

— Un peu. Ils ont parlé des résistants.

— Et alors ?

— Le colonel, pas le gros, l'autre, a affirmé qu'on allait les coffrer. Un SS s'en occupe. Ce doit être celui qui était au *Café de la Ville*. »

Les bras m'en tombèrent. Voilà un renseignement qui n'en resterait pas là. Tout d'un coup, l'assistance s'anima. Il y eut du bruit dans la salle, un mouvement de foule, des murmures respectueux. Le public se passait le mot : Mathilde Lemercier allait chanter. Le silence se fit et le pianiste commença à jouer. Lorsque Mathilde lança la première note, tout le monde se tut, écoutant jusqu'au bout, avec ferveur, les accords mélodieux qui s'écoulaient de sa bouche.

Vint ensuite le tour de Benoît. On l'applaudit mollement, non par dédain, mais parce que les convives, de toute évidence, restaient sous le charme de la voix de « notre tante ». Il ne se démonta pas et, je dois l'avouer, joua comme un maître. Les bravos qui s'élevèrent à la fin du morceau auraient dû lui faire savourer son triomphe. Or, il ne s'en laissa pas conter. Le parterre allemand devant lequel il s'inclina avec une fausse modestie, il le méprisait. Et il le salua avec un sourire si mensonger que je crus discerner dans ce rictus une sorte de provocation.

La chance me permit de ne pas accabler l'assistance de mes talents incertains. En effet, le pianiste, qui avait repris possession de son tabouret de velours, se perdit tout de suite dans une mélodie sucrée, omettant, sans le vouloir, de me laisser chanter : oubli miraculeux que je me gardai bien de relever.

« J'ai eu la trouille, me confia Benoît en me rejoignant.

— Tu t'es drôlement bien débrouillé. C'était pas évident. »

Mathilde s'approcha de nous, le regard pétillant. Une voix puissante émergea alors de derrière son dos. C'était le colonel von Söhre :

« Bravo, mademoiselle Mathilde ! Votre voix, quelle beauté… C'était magnifique. Et ce jeune homme… »

Il tourna la tête vers Benoît d'un air interrogateur. Mathilde lui répondit :

« Mon neveu.

— Votre neveu… Quel musicien ! C'était parfait. »

Elle n'eut pas le temps de le remercier. Levant les bras pour attirer l'attention des convives, il s'écria :

« Vos applaudissements pour cet instant de bonheur ! »

Le public ne se fit pas prier. Benoît eut de nouveau son sourire de commande. Pour ne pas être en reste, Mathilde s'inclina très bas. Les invités se regroupèrent autour de nous. Je devinai que les questions ne tarderaient pas. Le colonel von Söhre ouvrit le bal.

« Jeune homme, dit-il à Benoît, c'est curieux… J'ai l'impression de vous avoir déjà vu quelque part. N'était-ce pas à Berlin, lors de la soirée du *Generalfeldmarschall* Göring ?

— Euh…

— Impossible, intervint Mathilde, Pierre n'est jamais allé à Berlin. Vous confondez avec le jeune Autrichien.

— Pourtant, je me souviens d'un enfant, un Polonais qui jouait à merveille. Et il me semble que…

— Ah ! le petit Levinson ? »

Il hésita :

« Peut-être.

— Oui, c'est un enfant très doué. On prétend qu'il aurait cessé de jouer, à cause de sa mère. Elle est devenue folle.

— Folle ?

— C'est ce qu'on raconte. »

Elle prit un air attristé, trop vrai pour être honnête.

« La musique est une folie, ajouta l'officier. Les artistes ne ressemblent en rien aux gens ordinaires. J'ai connu un violoniste autrefois, un juif. Un virtuose. Fou, mais très doué... »

Silence, bientôt brisé par une voix fluette. Les têtes se tournèrent vers Benoît.

« Et qu'est-ce qu'il est devenu ? »

Mathilde eut une violente quinte de toux. Quant à von Söhre, il rougit violemment. Son regard devint sombre.

« L'Allemagne l'a guéri de son mal. »

Un spectateur s'esclaffa. Un autre l'imita. Dans l'assemblée, l'hilarité se propagea comme une volée de feuilles. Presque tout le monde éclata de rire, sauf Mathilde, Benoît et moi, peu sensibles à l'humour germanique.

A cet instant précis, la porte du salon s'ouvrit. Deux serveurs entrèrent en poussant une sorte de chariot sur lequel trônait un gâteau rectangulaire recouvert de pâte d'amande, orné de bougies allumées autour de deux initiales en lettres brunes : KS, qu'on avait fichées au-dessus d'un dessin grossier représentant l'emblème du Reich. Les serveurs disposèrent le gâteau bien en évidence devant le colonel Schmittbauer, ébahi et ravi. Je le trouvai bête et ridicule à sourire ainsi comme un demeuré. Il allait souffler les bougies lorsque quelqu'un s'écria :

« Un vœu colonel, un vœu !

— Ah ! oui, c'est la tradition... »

Il rêvassa quelques secondes puis, avec force, éteignit les flammèches. Des cris de joie saluèrent sa performance. Un serveur lui confia un couteau avec lequel il n'eut aucune difficulté à trancher le moelleux de la pâte.

Mathilde s'approcha discrètement de lui. Je l'entendis lui glisser à l'oreille :

« Puis-je vous demander quel a été votre vœu, colonel ? »

Il eut un ricanement :

« Mademoiselle Mathilde, quelle question… »

Conscient du côté graveleux de sa réponse, il se ravisa.

« J'ai reçu l'ordre de mater la résistance locale. Si je ne réussis pas, mes supérieurs me confieront d'autres responsabilités.

— Je vois. »

Il déposa une part de gâteau dans l'assiette que lui présentait un des deux serveurs.

« Il faut que je réussisse. Sinon… Mais je suis d'un tempérament optimiste, et l'*Untersturmführer* Hechler, que vous avez vu l'autre soir, est un spécialiste du terrorisme. Je crois en lui.

— Au fait, où est-il ? Vous ne l'avez pas invité ?

— Justement, il est en mission à ce sujet. On vient de m'apprendre qu'il a découvert une piste sérieuse. J'ai donné l'ordre d'agir immédiatement. »

Les traits de Mathilde se figèrent, tout comme les miens.

« Où est-il allé ? »

Il la regarda droit dans les yeux, surpris par cette curiosité inattendue.

« Qu'est-ce que cela peut bien vous faire ?

— Euh… Je trouve ça excitant. J'espère que vous me raconterez tout. »

Il répliqua sèchement :

« Peut-être ! »

Il continua à mettre des parts de gâteau dans des assiettes. Passant à côté de moi, Mathilde me prit discrètement le bras et m'entraîna vers un coin plus calme.

« Tu as entendu ?

— Oui.

— Je crois que ta famille est en danger.

— Il faut les prévenir !

— Pas tout de suite. Il comprendrait. Vers la fin de la soirée, je trouverai un prétexte et nous partirons. »

Benoît se faufila vers nous.

« Qu'est-ce qui se passe ?

— Les Boches. Apparemment, ils sont sur les traces de mon père. On nous a sûrement dénoncés.

— Merde !

— Il n'y a rien de sûr, dit Mathilde. Il s'agit peut-être d'autre chose. Mais il vaudrait mieux les prévenir, au cas où… »

Elle nous fit signe de nous mêler de nouveau à la foule. Le salon était petit : un conciliabule, même discret, se serait vite fait remarquer. Nous retournâmes profiter du buffet, échangeant des sourires mielleux avec les femmes des bourreaux. Inquiet, très mal à l'aise, j'avais envie de partir sans tarder, de me précipiter à la troglodyte pour prévenir mon père.

Benoît tenta de me rassurer :

« T'énerve pas. Mathilde a dit que ce n'était pas sûr…

— A mon avis, c'est certain. Ils recherchent mon père et les autres. »

Il soupira. Quels arguments aurait-il pu trouver pour atténuer mon angoisse ? Je dus patienter une heure, interminable. Enfin, un couple ensommeillé salua le maître de maison et s'en alla. Quelques minutes plus tard, Mathilde aborda, en notre présence, le colonel Schmittbauer.

« Colonel, Jean-Baptiste, mon neveu, est souffrant. Nous devons regagner notre hôtel. J'ai passé une soirée exceptionnelle. Vraiment, je…

— Mais Mathilde, c'est impossible. J'ai une surprise pour vous. Vous ne pouvez pas partir maintenant. »

Elle ne prit même pas la peine de dissimuler sa contrariété.

« Jean-Baptiste est très fragile. Il a besoin de repos. Il est impératif que nous rentrions maintenant.

— Je regrette, chère amie. J'ai fait venir un artiste allemand spécialement pour vous entendre chanter avec lui. Je comptais sur votre présence, ainsi que sur celle de votre jeune pianiste. Si vous le souhaitez, mon chauffeur peut ramener le petit Jean-Baptiste à son hôtel. Mais vous devez rester ! »

Elle demeura muette une seconde avant de répondre d'une voix neutre :

« C'est une bonne idée. »

Schmittbauer donna des ordres à un soldat, qui se présenta à moi. Je compris qu'il me fallait le suivre. Mathilde s'empressa de me chuchoter :

« A l'hôtel, réveille mon chauffeur : chambre 212. Tu lui diras de t'emmener. »

J'acquiesçai et suivis le soldat qui marchait à grands pas. Nous quittâmes le salon, puis l'hôtel particulier, surpris, sur le perron, par le vent frais de la nuit. Dans le jardin et le long des allées, des hommes patrouillaient dans le sillage de leurs chiens, qui dressèrent les oreilles à notre approche. Nous montâmes dans la Mercedes et quittâmes la propriété. Le chauffeur ne ménagea pas sa vitesse, pressé peut-être de terminer son service et de regagner son détachement. Il me déposa en face de l'hôtel, sans me dire un mot, incapable, de toute évidence, de débiter deux phrases en français. A l'accueil, le réceptionniste m'arrêta :

« Jeune homme ?

— Le chauffeur de Mathilde Lemercier est dans sa chambre ? Faudrait le réveiller. »

L'homme me considéra de toute sa hauteur :

« Il est tard…

— C'est très important.

— Quelle chambre, déjà ?

— La 215, euh… non, la 212 ! »

Il décrocha le combiné d'un téléphone, composa un numéro interne, me surveilla d'une prunelle méfiante en attendant que quelqu'un décroche. Plusieurs sonneries se firent entendre avant qu'il ne bafouille :

« Monsieur… la réception, monsieur… au sujet d'un enfant… oui, il veut vous voir. Non monsieur, je ne le connais pas.

— Je viens de la part de Mathilde Lemercier, dites-lui !

— Il vient de la part de Mlle Lemercier, enfin, c'est ce qu'il affirme. Bien, monsieur, comme vous voudrez. »

Il raccrocha, me fixa du même air soupçonneux.

« Monsieur le chauffeur de Mlle Mathilde va descendre. Sans daigner le remercier, je lui tournai le dos pour faire quelques pas dans le hall désert, pestant contre tout ce temps perdu. Au moins dix minutes s'écoulèrent avant que ne s'ouvre la porte de l'ascenseur. Affolé, les paupières gonflées par le sommeil, le chauffeur franchit d'une traite les quelques mètres qui nous séparaient.

— Qu'est-ce qui se passe ?

— Il faut me ramener place des Jasmins. Ordre de Mlle Mathilde.

— A cette heure-ci ?

— Oui ! »

Il parut ahuri, mais comprit qu'il n'avait pas le choix.

« Bon, allons-y. »

La voiture stationnait dehors, sur un parking dépourvu d'éclairage à cause du couvre-feu. Nous nous installâmes, il tourna la clé de contact et le moteur se mit à rugir. Nous nous éloignâmes du centre-ville, empruntant les rues sombres et désertes qui menaient à Saint-Hilaire-Saint-Florent. Le chauffeur me jetait des coups d'œil dans le rétroviseur. En dépit de sa curiosité, qui n'avait rien d'hostile, je m'abstins de lui parler. Nous arrivâmes place des Jasmins, que la nuit rendait triste et inquiétante. Il s'était mis à pleuvoir. Je sortis de la voiture à la hâte, gratifiant le chauffeur d'un vague remerciement, le laissant seul avec son hébétude et ses questions sans réponse. Je courus en direction de la troglodyte. Le ronflement de la voiture s'éloigna et disparut dans l'épaisseur de la nuit. Je n'entendis plus que la pluie sur le goudron. Personne aux alentours. Je courus plus vite, le souffle court, les vêtements mouillés par ces trombes qui semblaient ne plus vouloir s'arrêter.

J'arrivai enfin à la troglodyte. J'entrai, franchis le couloir qui conduisait à la cuisine et ne fus pas surpris de découvrir mon père assis sur une chaise, bricolant je ne sais quoi. Il semblait attendre le retour de son fils. Il se leva d'un bond et vint vers moi, le regard empli d'anxiété.

« Alors ? »

Je secouai la tête. Des gouttes d'eau tombèrent de mes cheveux. Il s'empressa de déboutonner ma veste, me tendit son gilet.

« Papa, lui dis-je, encore hors d'haleine, nous avons été dénoncés. Les Allemands seront ici d'une minute à l'autre.

— Comment le sais-tu ?

— C'est l'officier. Il l'a dit à Mathilde. Elle pense qu'il parlait peut-être d'un autre groupe : il n'a pas prononcé de nom, mais pour moi il n'y a aucun doute. C'est nous qu'ils veulent arrêter. »

Il eut l'air abasourdi, comme quelqu'un qui reçoit une gifle sans s'y attendre. Il se gratta la nuque, perplexe, nerveux, et se mit à réfléchir à haute voix :

« Non, ils devraient déjà être ici. Elle a raison : il ne s'agit peut-être pas de nous. Il y a d'autres résistants à Saumur !

— Papa, je suis sûr ! L'officier s'appelle Hechler. C'est lui qui doit venir !

— Merde !

— Faut pas prendre de risques, papa. T'as peut-être raison, mais si tu te trompes, imagine ! »

Ma réflexion le laissa indécis. Il cligna des paupières, se frotta les joues.

« Il faudrait prévenir les gars et se tirer. Mais, à cette heure, je ne vois pas comment !

— Je peux y aller. En vélo, ce sera vite fait !

— Non, c'est trop dangereux. Je vais réveiller la mère Vintard. Elle ira prévenir Raymond le boulanger, le seul d'entre nous à posséder une voiture. Ensuite, ils avertiront les autres.

— Mais tu m'as dit qu'elle ne savait pas monter à bicyclette !

— Eh bien ! elle ira à pied.

— C'est à douze kilomètres ! En plus, elle n'a pas de papiers pour circuler la nuit. Elle se fera arrêter avant même d'entrer à Saumur. Mais moi, regarde ! »

Je sortis de la poche de mon pantalon la carte remise par Mathilde et la tendis à mon père.

« Je ne m'appelle plus Jacques Arnoux, mais Jean-Baptiste Leroy. J'ai le droit de circuler la nuit, j'accompagne une chanteuse. En cas de contrôle je suis protégé. »

Il secoua la tête.

« C'est de la folie ! »

Je le dévisageai, attendant sa réponse. Il baissa les yeux. Enfin, il soupira :

« Dépêche-toi. »

Je quittai aussitôt la cuisine pour le couloir où m'attendait mon vélo. Mon père me suivit, m'apporta une écharpe qu'il enroula autour de mon cou. Il m'embrassa furtivement, prit mes joues entre ses paumes. Je vis dans ses yeux toute la tristesse du monde, mais aussi toute sa foi en la vie. Brève image d'un adieu. Sa voix trembla.

« Si je suis arrêté, oublie-moi et essaie de filer en zone libre. Avec tes papiers, ce sera possible.

— Et Bernadette ?

— Il faudra l'emmener. Elle n'aura personne d'autre que toi. »

Je restai un instant à le regarder, sans pouvoir lui dire les mots que je regretterais tant, plus tard, de ne pas avoir prononcés. Je sortis de la troglodyte comme un fou, sans penser à me retourner. Sur la route, j'oubliai mes regrets, obsédé par un seul objectif : arriver le plus vite possible chez Raymond.

15

La pluie et le vent me cinglaient le visage. Je pédalais péniblement, le dos rond, les yeux plissés, essayant de résister aux bourrasques qui me déséquilibraient. L'eau me glaçait les os. Mes doigts nus supportaient le froid tranchant du vent, mes chaussures absorbaient les flaques à chaque coup de pédale. La lumière de mon vélo vacillait comme une vieille bougie. Le long de la route lisse, les arbres aux ramures échevelées dodelinaient telles des marionnettes folles, me criaient qu'il valait mieux rebrousser chemin. Mais je ne renoncerais pas. Il fallait, le plus rapidement possible, alerter Raymond, afin de prévenir nos compagnons de guerre du danger qui les guettait. Je montais les côtes à la force de mes mollets, jouissais de la rapidité des descentes, glissais dans les virages, tentais de prendre de la vitesse dans des chemins infestés de cailloux. Le bras de la tempête m'étreignait comme une mauvaise mère.

Il n'avait pas voulu faire comme tout le monde, ce brave Raymond. Sa boulangerie se trouvait dans le centre-ville, à l'angle de la rue des Mésanges, à cinq kilomètres de là. Mais, pour sa famille et lui-même, il avait préféré cette joie du silence qu'on ne trouve qu'au milieu des champs. Il habitait à la campagne. Sa maison n'était desservie que par une route tortueuse, presque impraticable. Je posai un pied par terre pour reprendre mon souffle, essuyai mes joues trempées d'un revers de manche. J'entendis alors un bruit sourd, une sorte de grondement déformé par les trombes. Des points lumineux éclairèrent l'horizon, se rapprochèrent. Des véhicules arrivaient dans un tintamarre qui défiait la nuit. Je pris mon vélo sous le bras, courus me réfugier sur le bas-côté. Un obstacle invisible et glissant me fit perdre l'équilibre. Je tombai avec ma bicyclette dans un fossé plein d'eau. Deux camions, une voiture et un side-car passèrent tout près de moi, dans un tourbillon de vent et de pluie. Ils fonçaient droit devant en rugissant, crachant leur furie par leurs pots d'échappement.

La nuit ne tarda pas à les engloutir.

Je sortis de ma cachette, l'air penaud, les cheveux hirsutes et le regard inquiet. Les Allemands avaient disparu. J'enfourchai mon vélo, continuai ma route en direction de cette maison où j'étais sûr de ne plus trouver Raymond.

Peut-être y rencontrerais-je quelqu'un capable de me dire quoi faire, où aller et où les Allemands comptaient se rendre. Je multipliai les coups de pédale. Soudain, mon pédalier se bloqua. Mon plongeon dans le fossé avait dû tordre une pièce quelconque. Un coup de frein au bon moment et j'évitai la chute. Je descendis, m'accroupis pour mesurer l'ampleur des dégâts. Impossible d'y voir quoi que ce soit. Je sentis la colère monter en moi, brûlante et ravageuse comme un feu de forêt. Empoignant le vélo à deux mains, une sous la selle, l'autre au guidon, je me mis à le secouer, avant de le jeter avec furie.

J'étais là, sur cette route perdue, les poings crispés, la respiration haletante, le regard noyé par cette pluie qui ne cessait de me harceler. Je toussai, crachai. Ma gorge me brûlait.

Après avoir retrouvé mes esprits, je distinguai, à une dizaine de mètres, une descente en pente douce : c'était toujours mieux que rien. Je récupérai mon vélo, courus à côté de lui pour prendre de l'élan, les mains accrochées au guidon, avant de sauter brusquement en selle. Je n'essayai pas de pédaler : je craignais que les roues ne se bloquent de nouveau. Il y eut un claquement sec, suivi d'un cliquetis. La conduite devint subitement plus facile. Le mécanisme s'était peut-être débloqué. Je me risquai à poser les pieds sur les pédales, à donner quelques à-coups. Et, miracle, le mouvement régulier de mes jambes imposa sa cadence à la chaîne.

La maison se dressa enfin devant moi, austère, misérablement éclairée par le halo d'une lampe à pétrole tremblant derrière une fenêtre aux volets défaits et battus par la bourrasque. Aucune autre habitation alentour. Je posai mon vélo en lisière de la route et marchai avec prudence vers l'escalier de pierre qui menait à la porte d'entrée. Arrivé sur le palier, je frappai avec violence. Au bout de quelques secondes, la porte s'entrouvrit. Une femme chancela dans la lumière, au faîte des marches. D'une voix faible, craintive, elle demanda :

« Qu'est-ce que c'est ?

— C'est Jacques, le fils de Paul Arnoux. »

Elle tenta de refermer la porte, mais je fis barrage avec mon épaule.

« Où est Raymond ?

— Les Allemands l'ont emmené. Lefranc vous a trahis ! Va-t'en !

— Où sont-ils allés ?

— Certainement à la Kommandantur ! »

Elle essaya de nouveau de repousser la porte. Je l'en empêchai.

« Dites-moi que faire. Je ne sais plus où aller. Ils vont certainement filer à la troglodyte pour arrêter mon père.

— Il est coriace, mon Raymond... Parlera pas !

— Pas sûr, aidez-moi ! »

Elle fit un pas, et ses traits s'éclaircirent. Elle avait les yeux humides, bordés de rouge. Elle me regarda avec une intensité troublante, puis, peut-être prise de remords, adoucit le son de sa voix :

« Tu peux aller chez Maurice. Son voisin est médecin ; il possède une voiture. Continue par la route. Ensuite, prends le sentier qui descend à gauche. A ta droite, tu verras une petite chapelle abandonnée. La maison est à côté. Maintenant, file !

— C'est loin d'ici ? »

Elle fit claquer la porte et je me retrouvai de nouveau seul, livré à la nuit. Je descendis les escaliers en courbant l'échine sous l'interminable déluge, allai vite ramasser mon vélo. Et je repartis.

Le trajet fut exténuant. J'avais l'impression de vivre le calvaire d'un forçat condamné à parcourir une route sans fin. Pourtant, le sentier n'était pas loin, tout juste à une cinquantaine de mètres de la maison. Il descendait à pic. Je dus freiner sur la terre limoneuse, zigzaguer dans la boue. Le parcours fut long, très long : le temps de tuer mille hommes, d'incendier des villages, d'exterminer des innocents. La chapelle apparut enfin, plantée sur un piton calcaire. La maison, très vieille, était tout à côté. Je laissai mon vélo le long de la barrière, avançai vers la porte haute et robuste.

Je frappai et attendis. Pas de réponse. Je frappai de nouveau : sans résultat. Je me mis alors à tambouriner d'un poing résolu et fiévreux. La porte resta obstinément fermée. J'attendis encore, au bord du désespoir, admettant finalement que la maison était vide et que tous mes efforts n'avaient servi à rien.

Une main lourde s'abattit sur mon épaule. Je sursautai, reculai d'un bond, tournai la tête. Je vis un fichu noir, des yeux luisants, d'un vert mouillé. Ce regard, je le reconnus : c'était celui de Maurice.

Il ouvrit la porte sans dire un mot, me poussa doucement dans un couloir. Il était aussi trempé que moi, mais ses gestes étaient vifs, précis. Il enleva rapidement son fichu, défit mon gilet d'une main qui ne tremblait pas.

« Viens, petit. »

Dans la cuisine, une cheminée aux flammes généreuses distillait une chaleur intense. Nous nous rapprochâmes. Il me tendit une serviette et je m'effondrai sur une chaise.

« J'étais à l'écurie, me dit-il. T'as de la chance. Pour un peu, je ne rentrais pas. » Il se tut, me fixa.

« Raymond vient d'être arrêté, lui dis-je en claquant des dents. Lefranc nous a trahis. »

Une expression d'angoisse crispa son visage. Il se ressaisit vite et lança avec assurance :

« Il faut partir, aller chercher les gars et quitter la région.

— Papa le pense aussi.

— On va prendre la voiture du voisin. Les clés sont dessus.

— Il ne faut pas perdre de temps. »

Il attrapa sur une chaise un maillot de calicot et me le tendit. D'un pas élastique, il alla ouvrir une armoire, en sortit un pull qu'il me jeta. Je retirai mes habits trempés pour enfiler ces vêtements secs. Puis nous quittâmes la maison.

La voiture était en face, cachée par des sapins et une rangée de haies. Maurice s'installa au volant et je pris place à son côté. Il mit le contact, fit ronfler le moteur, s'élança sur le chemin. Les balais d'essuie-glaces s'activèrent. Maurice courba le dos, fronça les sourcils :

« Comment sais-tu que Raymond a été arrêté ?

— J'ai foncé chez lui pour le prévenir. J'ai vu sa femme. Elle m'a dit que les Allemands étaient passés. Je venais d'ailleurs de les croiser sur la route.

— Bordel ! T'as fait tout ce chemin à vélo ? Par ce temps ? »

Il prit une route à droite et accéléra.

« J'avais pas le choix. Tu crois que les Allemands vont aller jusqu'à la troglodyte ?

— Possible, ça dépend de Raymond. S'il ne parle pas tout de suite, on aura le temps de fuir, mais…

— Et Lefranc ? Il a peut-être dit aux Boches où nous trouver ? »

Il hésita.

« J'en sais rien. »

Il conduisait de façon nerveuse et rapide. La voiture cahotait dans les chemins bosselés, les roues tranchaient des flaques immenses.

« Il manquerait plus qu'on se fasse arrêter à un contrôle. Ici, il n'y a pas grand-chose à craindre, c'est la campagne. Mais à Saumur, je couperai par les hauteurs. Ce sera un peu plus long. On arrivera directement sur la route de Gennes. »

Il freina pile, donna un brusque coup de volant. La voiture dérapa, se redressa et s'engagea sur une seconde route.

Il me jeta un regard de côté :

« Je file sur Souzay. Par là, c'est plus court. »

Mon père et ma sœur m'attendaient, leurs vies dépendaient de moi, et voilà que l'on perdait du temps en empruntant une petite route vicinale !

« C'est loin d'ici ?

— Non, à quelques kilomètres : cinq ou six. »

Les rafales de vent nous bousculaient, la voiture tanguait comme un bateau. Je m'accrochais à la poignée en évitant de heurter ma tête contre la vitre. Maurice freina une nouvelle fois, donna un coup de volant et évita de peu un marcassin effarouché qui décampa et disparut dans la futaie. Une pression sur l'accélérateur et la voiture retrouva très vite sa vitesse initiale.

« Tu trembles. T'as froid ?

— Non, ça va. »

J'étais glacé, mon pantalon était mouillé, mes doigts de pied me brûlaient sans que je puisse les bouger.

« Plus vite, Maurice ! »

Il grommela :

« On est à fond. »

Il fixa la route droite et large, puis reposa un instant ses yeux sur moi. L'expression de son visage avait changé. Ses traits paraissaient moins tirés, délivrés du poids de l'anxiété. Ses doigts sur le volant s'étaient dénoués.

« J'ai pas de gosse, me dit-il. J'aurai aimé en avoir, au moins deux, peut-être trois… »

Il souriait en me parlant. Ou peut-être se parlait-il à lui-même. Je crus qu'il en resterait là, mais il continua :

« Je n'ai pas de femme non plus. Il y a bien eu Jeanine. Elle est partie, c'est bête. C'est pas croyable ce qu'elle aimait la vie, ma Jeanine. Quand elle criait, c'était pour mon bien, toujours pour mon bien. Elle voulait que je reste auprès d'elle, surtout pas que j'aille avec les copains, à cause de l'alcool. La maison, c'était son domaine. Elle décidait de tout. Et du goût, elle en avait : un petit objet sur la cheminée, un vase sur la table et des fleurs… beaucoup de fleurs au printemps. Elle était belle, ma Jeanine. »

Je le regardai d'un air surpris, sans comprendre. Il se laissa emporter, prolongea son monologue :

« J'aurais pas cru qu'elle partirait comme ça. Elle était d'accord, on aurait des enfants, j'aurais réparé le grenier pour en faire une chambre, mais voilà... elle est partie, la Jeanine. »

Et il se tut.

Je n'osai pas le questionner sur ce qui avait dû être son grand amour. Chaque homme a son histoire, un secret qui l'emprisonne et le hante tout au long de son existence. Le sien, Maurice le garderait jusqu'à la fin. Je ne pouvais rien pour lui.

La voiture continua sur sa lancée jusqu'à un croisement. Maurice braqua à gauche, roula un kilomètre, ralentit, freina et se glissa dans une allée de gravier. Il avança au pas sur quelques mètres, s'arrêta en contrebas d'une maison isolée.

« C'est là qu'il habite, le gars Marcel. »

Je m'apprêtais à sortir. Il m'arrêta :

« Vaut mieux que tu m'attendes. Si les Boches sont dans la maison, tu pourras t'enfuir. Si je ne suis pas là dans dix minutes, c'est ce que tu feras. »

Il descendit sans faire de bruit et s'engagea dans une allée de peupliers, en prenant soin de surveiller les environs. Il me semble qu'il contourna la maison, préférant une porte dérobée à l'entrée principale. Je l'attendis. Il réapparut après un court instant, entouré de Marcel et Léon, qui s'installèrent sur la banquette arrière.

« On a de la chance, fit Maurice en reprenant le volant, Léon était là.

— Je viens tous les vendredis, précisa Léon, pour le marché noir. »

Maurice démarra et alla faire demi-tour un peu plus loin.

« On se tire chez Paul ! s'écria-t-il.

— T'es armé ? demanda Léon.

— Non. Toutes les armes sont chez Paul, tu le sais bien. »

Le parcours fut sensiblement le même sur quelques kilomètres. Puis, le paysage changea. Les habitations, des fermes pour la plupart, se firent plus nombreuses.

« Pourvu que les Allemands ne soient pas là-bas, soupira Marcel.

— Si c'est le cas, répondit Léon, faudra… »

Il préféra ne pas finir sa phrase. Tout le reste du chemin se déroula dans le silence, sous la pluie et le vent qui battaient la voiture.

Nous arrivâmes au carrefour de la route de Gennes. A droite, elle filait vers Saint-Hilaire et Saumur ; à gauche, elle rejoignait Chênehutte, puis Gennes. Maurice tourna à gauche, en prenant soin de ne pas faire crisser les pneus.

La longue route se perdait dans la nuit. Les Allemands pouvaient être n'importe où, cachés dans les fossés, invisibles parmi les arbres. Dans l'habitacle, la moiteur de nos corps fit brusquement monter une âpre senteur de transpiration. Maurice arrêta la voiture au milieu de la chaussée, mais ne coupa pas le contact. Nous n'entendions que le ronronnement du moteur au point mort. Maurice tourna alors un commutateur du tableau de bord, éteignant les phares ; il passa sans hâte une vitesse, appuya doucement sur l'accélérateur. L'auto avança avec lenteur ; la distance qui nous séparait de la troglodyte s'amenuisa peu à peu. Maurice, alors, arrêta le moteur. Le véhicule continua à glisser avant de s'immobiliser.

Nous prîmes le temps d'observer les alentours. Aucun uniforme vert à l'horizon.

« On y va », chuchota Maurice.

D'un geste vif, il m'exhorta à rester. Les trois hommes descendirent. Je les vis courir vers la troglodyte avant de disparaître entre les arbres.

Toujours la pluie, le vent. Et le froid, qui envahissait l'habitacle. Après de longues minutes, une silhouette se dessina enfin derrière la vitre, côté portière. Je poussai un soupir de soulagement.

« Maurice... »

Je n'eus pas le temps d'en dire davantage. La portière s'ouvrit. Une main brutale m'attrapa brusquement par l'épaule, m'extirpa de l'habitacle. Une autre me bâillonna, des bras me soulevèrent. Je me débattis, donnai des coups de pied. Sur la route que nous avions crue déserte, une dizaine de soldats couraient, une mitraillette à la main. Il y avait deux chiens tenus en laisse. Du geste ou en faisant claquer ses doigts, un officier allemand coordonnait le dispositif. Je le reconnus : c'était le lieutenant Hechler.

On me jeta à l'arrière d'un camion. Un garde resta dehors en faction, pour m'empêcher de m'enfuir. Apeuré, totalement désarçonné par la rapidité des événements, je me retrouvai captif, sans pouvoir prévenir personne. Soulevant un pan de la bâche, je vis des soldats orienter des projecteurs vers la troglodyte. L'un d'eux alluma un moteur à combustion et les lumières crues éblouirent l'entrée. Les chiens aboyèrent, s'agitèrent au bout de leur laisse. Des soldats s'adossèrent aux parois de la troglodyte, d'autres enlevèrent l'amas de branches qui barrait le passage. Sur un signe de tête de l'officier, un soldat jeta une grenade dans le couloir de l'excavation. Une déflagration ébranla la roche ; un nuage de poussière monta depuis l'entrée, glissa le long de la paroi, se dispersa au gré du vent. Deux soldats se mirent en position et tirèrent plusieurs rafales de mitraillette. Le camp des résistants resta muet. Je priais pour eux, terrifié par la volonté inflexible des assaillants. Les deux hommes s'approchèrent de l'entrée. Soudain, un objet gros comme une pierre roula entre leurs pieds.

Une voix cria :

« Handgranate ! »

L'explosion emporta les deux corps. L'onde de choc fit voler un casque et une mitraillette à plusieurs mètres des dépouilles déchiquetées. L'officier allemand hurla un ordre au soldat qui tenait les chiens. Encouragés par leur maître, les deux bergers bondirent dans la troglodyte. Le silence qui suivit se prolongea. On entendit ensuite un glapissement. Le silence retomba. Le soldat savait bien que ses chiens venaient de mourir. Il les rappela quand même, d'une voix presque plaintive.

Furieux, l'officier vociféra un nouvel ordre en tapant du pied.

Un soldat sauta d'un camion avec un curieux appareil accroché dans son dos : une sorte de pulvérisateur relié par un tuyau à un embout métallique, à l'extrémité duquel se tordait une flammèche bleue. Il ajusta un masque qui agrandit ses yeux, les rendit globuleux, puis s'élança en courant, suivi par d'autres hommes au visage recouvert. Ils s'arrêtèrent devant l'entrée. L'homme au pulvérisateur actionna une manette et la flammèche se transforma en une flamme gigantesque. La chaleur monta brusquement, l'incandescence trancha l'obscurité comme un grand coup de hache.

Les soldats avancèrent pas à pas dans le sillage de la flamme monstrueuse et s'engouffrèrent dans la troglodyte, protégés par ce bouclier de feu. L'homme au pulvérisateur abaissa la manette, disparut avec les autres dans la fumée ardente. Une odeur de combustible et de chair brûlée jaillit de la troglodyte. Ces effluves me soulevèrent le cœur, une violente quinte de toux me plia en deux. J'imaginai avec horreur ce que pouvaient ressentir mon père, ma sœur Bernadette et nos amis. J'avais envie de hurler, de sauter du camion afin d'aller les rejoindre pour leur porter secours. Mais la sentinelle était toujours là, à son poste. Les mitraillettes, à ce moment-là, entrèrent en action. En dépit des projecteurs, l'épaisseur de la fumée obscurcissait ma vue. Mais j'entendais distinctement les rafales, les balles qui ricochaient, les clameurs des victimes. Et enfin, de nouveau, ce fut le silence.

Quelques minutes plus tard, les Allemands sortirent de la troglodyte, jurant et molestant des blessés. Un seul des leurs avait été touché. Poussé sans ménagement, Maurice apparut le premier. Je faillis ne pas le reconnaître, tant son visage avait changé. Puis vint Marcel, traîné par les jambes, la poitrine pleine de sang et se laissant glisser sur les cailloux. Ce fut ensuite le tour de Léon, boiteux et chancelant, ses cheveux hérissés dévorés par les flammes. Mon père le suivait, tenant péniblement sur ses jambes, s'efforçant de rester droit, de garder la tête bien haute. Je fus à la fois soulagé et étonné de les voir vivants. Pourtant, quelqu'un manquait : Bernadette, ma petite sœur. Je la cherchai du regard : en vain.

Le lieutenant Hechler souriait. Son arme de poing à la main, il marcha à grands pas vers les résistants. Il aboya en direction des soldats qui forcèrent aussitôt les prisonniers à se mettre à genoux, les bras derrière la tête. Malgré leur acharnement, ils ne parvinrent pas à faire bouger Marcel : il souffrait trop. L'officier pivota vers lui, leva le bras et appuya froidement sur la détente.

Il revint vers les hommes agenouillés, les observa avec attention avant de tourner autour d'eux.

« Voilà, monsieur Arnoux, dit-il sur un ton compatissant. Maintenant, vous ne ferez plus parler de vous. Vous avez tué cinq Allemands. C'est beaucoup, d'autant que vos vies ne valent rien à côté des leurs. »

Il tritura son pistolet :

« Vous comprendrez qu'il est insensé de… »

Il fit claquer la culasse :

« De défier l'autorité du Reich. D'ailleurs, c'est… stupide ! »

Il braqua le canon sur le front de Maurice, qui tremblait et suffoquait.

« Il est dommage que vous ne l'ayez pas compris plus tôt car… »

Il appuya sur la détente. Maurice bascula en arrière.

« Cela vous aurait évité toute cette tristesse. »

Il contourna le corps, alla se poster derrière Léon, inclina l'arme sur le haut de sa tête.

« Cette histoire vous servira peut-être de leçon. Enfin, ailleurs… »

L'impact emporta un fragment de crâne. Léon s'écroula.

« A ce propos, j'oubliais… Votre ami Raymond est mort. »

Il fit de nouveau claquer la culasse.

« Maintenant, à vous. »

Il tira une balle dans la jambe de mon père, qui se rua sur le sol en poussant un cri.

« Tout cela est extrêmement désagréable », murmura Hechler.

Puis il hurla :

« Mais vous avez tué mon frère ! »

Il appuya encore une fois sur la détente et une balle traversa l'autre jambe. Un cri étranglé gonfla la gorge de mon père. Les larmes coulèrent sur mes joues.

« Avant de vous voir mourir, sachez que votre fils est avec nous… »

Je l'entendis gémir. Je crois qu'il pleurait.

« Son avenir est entre mes mains, dit Hechler en braquant le canon sur sa nuque. Au revoir, monsieur Arnoux. »

Un claquement sec, comme ceux qui effraient les oiseaux. Le tonnerre éclata dans ma poitrine. Ma tête se mit à tourner. Les sanglots gonflèrent mes poumons, une douleur d'une violence inouïe me laboura le ventre. Dans un élan soudain, je sautai du camion. Je me mis à courir comme un dément. Des ombres tentèrent de m'engloutir, des mains essayèrent de me retenir. J'entendis des cris, des sons déformés, des sifflements. Je courus, courus, courus encore, jusqu'à ce que la nuit m'absorbe tout entier.

16

Ce fut le vide, le noir. Seuls la pluie et le vent me rappelaient que mon cœur continuait à battre. J'errai sur la route comme un mort-vivant, le long des grands labours bordés d'arbres semblables à des soldats à la parade, droits et nets, piétinant en cadence un sol recouvert de brume. Le reste, je l'ai oublié. Je sais simplement que la pluie diminua peu à peu. Dans la campagne somnolente, le calme revint. Et, sans même m'en rendre compte, je me retrouvai devant la troglodyte.

Les corps étaient encore là, inertes, grimaçants. Rassemblant tout le courage qui me restait, je transportai les dépouilles une à une, pour les installer dans un recoin secret de la troglodyte. J'admirai leurs visages immobiles, ces regards vitreux détachés du monde. Membres raides et tordus, c'était la chair des morts sanglantes. La figure tachée de suie, transpirant sous l'effort, j'alignai les cadavres les uns à côté des autres : ils devaient prolonger ailleurs l'amitié qu'ils avaient connue. L'odeur des viscères et du sang imprégnait ma peau. Je parvins à allumer une lampe à carbure qui avait survécu à l'incendie, éclairant autour de moi la violence du désordre. Ce que je cherchais, je le savais : une trace de vie sous les décombres encore brûlants, la fraîcheur d'une paume, le souffle de Bernadette. Je ne récupérai qu'une boîte de crayons de couleurs cabossée et noircie, un morceau de poupée, un lambeau de tissu. J'espérais une voix, un appel. Mais je ne percevais que le bruit de mes pas, le frottement de mes mains pleines de sang tâtant fébrilement des objets sans forme, comme un aveugle perdu très loin de ses repères.

Dans la cuisine, tout n'était que fouillis. La chambre, elle, avait moins souffert. Je n'y découvris personne. Les restes d'une poutre calcinée obstruaient l'escalier de pierre qui menait à l'étable. Elle se pulvérisa en tombant et la poussière me fit tousser. Je montai les marches, atteignis l'étable que j'abandonnai pour traverser la cour, guidé par le tremblement d'une lumière étrange derrière la vitre de l'antre de la mère Vintard. Cette lueur ne me surprit pas. D'ailleurs, rien ne pouvait plus me surprendre.

J'ouvris doucement la porte, entrai sans bruit. J'entendis un murmure, ou plutôt des sanglots. La mère Vintard était assise sur une chaise, le visage et les bras écroulés sur sa table de cuisine, le corps secoué de sanglots et de spasmes. C'était la première fois que je la voyais pleurer. Sa tête à la longue chevelure blanche étalée sur ses épaules se leva lentement vers moi. Elle avait le visage rouge, les yeux dévastés. Ses lèvres tremblaient autant que ses mains. Elle me jeta un regard éploré. Elle non plus ne paraissait nullement surprise de me voir.

Elle resta ainsi quelques instants, me fixant et gémissant. Je sentis qu'elle cherchait ses mots ; ou peut-être avait-elle un mal fou à me les dire. Enfin, elle murmura :

« Pardon… »

Elle s'effondra, submergée par les larmes. Puis, tête basse, elle parla avec dans la voix une tristesse qui me bouleversa.

« Elle s'appelait Isabelle. A son propos, j'ai menti. J'ai tout inventé : sa noyade, son accident avec son père. »

Elle ricana, haussa les épaules.

« Son père... Il était parti un mois plus tôt avec une fille de Rou-Marson. Je ne l'ai jamais revu. Il est peut-être mort... Isabelle a été capturée par la Gestapo l'année dernière, au mois de juillet. Elle faisait du marché noir pour des familles de Saint-Hilaire. Ils l'ont arrêtée sur la route, à un barrage. Ils fouillaient tout le monde. Elle transportait du jambon et des cigarettes. Ils l'ont conduite à la Kommandantur. J'ai tout fait pour la sortir de là. Je suis allée voir un officier. Il m'a dit qu'il était impossible de la libérer, qu'on l'enverrait bientôt à la prison du Pré-Pigeon, à Angers. Je n'ai pas voulu m'y résoudre. Il y avait forcément une solution. Pendant des mois, j'ai fait le pied de grue à Saumur pour tenter de la faire sortir. Les Allemands en ont eu assez. Ils ont fini par refuser de me recevoir. Je n'ai même pas eu le droit de rendre visite à Isabelle à Angers. Tout cela était dur. Je ne savais plus quoi faire, c'était terrible. Et puis vous êtes arrivés. Et c'est là que... »

Elle marqua un temps d'arrêt, respira bruyamment et renifla.

« J'ai demandé à voir le colonel. Il m'a reçue. Je lui ai proposé... »

Elle hésita encore.

« Je lui ai proposé de libérer ma fille en échange de votre dénonciation. »

Elle fondit de nouveau en larmes. Je la regardais, impassible, lointain, comme dans un songe. De nouveau, elle balbutia :

« Pardon... »

Tout devint limpide : le mutisme de cette vieille femme à la solitude obstinée et au caractère irascible, son comportement équivoque. Je me remémorai ses départs pour Saumur, ses longues absences. Et surtout, je me souvins de cette silhouette à l'odeur désagréable qui attendait dans le bureau du colonel : c'était elle. Elle continua à pleurer, la tête posée sur son bras. Je la contemplai en silence, désarmé, vidé de toute rancœur, incapable d'exprimer mon désarroi. Enfin, peut-être pour rompre un silence qui s'éternisait, je bredouillai :

« Bernadette, où est-elle ? »

Cette fois, elle ne releva pas la tête.

« Dans la chambre d'Isabelle. »

Je fis un pas en arrière, puis deux, la laissant seule. Je traversai le couloir en courant, poussai la porte de la chambre avec fracas. Un bref regard sur le lit, un autre près de l'armoire, puis à côté de l'étagère. Personne. Avec violence, j'écartai les battants de la penderie entrouverte. Le frêle visage de Bernadette apparut dans l'ombre. Elle était accroupie, frémissante de peur. Je la sortis de là, heureux, bouleversé par ces retrouvailles que je n'espérais plus. J'en oubliai la puanteur de mes vêtements, la suie et le sang qui maculaient mes joues. Je la serrai contre moi, l'embrassai. Elle pleura. Je crois lui avoir parlé. Je ne sais plus très bien ce que j'ai dit, mais ce furent des mots tendres, des paroles de paix.

Je la pris par la main et nous sortîmes de la chambre. En passant devant la cuisine, je constatai que la vieille ne s'y trouvait plus. Nous quittâmes la maison, traversâmes la cour. J'aperçus le rai lumineux d'une lampe à pétrole qui encadrait la porte de l'étable. Je fis signe à Bernadette de m'attendre et me dirigeai d'un pas prudent vers l'épouvantable baraque en bardeaux. A l'intérieur, je butai sur une chaise renversée. Au-dessus, suspendus dans le vide, des pieds tournaient mollement sur eux-mêmes, en balançant légèrement. Immobile, les yeux révulsés, la figure cramoisie, boursouflée par l'étreinte de la corde, la mère Vintard ne respirait plus. Je me jetai sur la chaise, la replaçai sur ses pieds, montai dessus et tentai de défaire rapidement le nœud qui entourait la poutre. J'eus du mal. La corde finit quand même par glisser et le corps tomba. Sautant de la chaise, je m'accroupis près du visage encore gonflé de sang. Je le giflai aussi fort que je pus. Les yeux tournèrent nerveusement, comme des insectes affolés. Ensuite, les pupilles retrouvèrent leur place et la mère Vintard toussa. Je me remis debout, la regardant reprendre vie, hagarde et pantelante. Je fis demi-tour pour aller retrouver Bernadette.

Nous ne revîmes jamais la vieille femme. Des années plus tard, j'appris qu'elle s'était laissée mourir et qu'on n'avait retrouvé son corps que très longtemps après sa mort.

Il s'était remis à pleuvoir. Bernadette avait blotti sa main dans la mienne. Nous allions au hasard, sur la route de Gennes. Nous marchions sans hâte, comme deux égarés cheminant vers une destinée inconnue. Nous étions répugnants, trempés, couverts de sang, exténués, transis de froid.

Les phares de la voiture nous éblouirent, nous forçant à baisser les yeux. Nous ne partîmes pas en courant. Il n'en était pas question. Au contraire, nous poursuivîmes notre marche, guidés par un rêve, ou une lune morose. Nous n'avions pas peur. L'auto s'arrêta à quelques mètres de nous, le moteur au ralenti. J'entendis des pas, des claquements secs, qui se rapprochaient. Nous marchions toujours. La silhouette se dessina plus nettement. Alors je m'arrêtai, foudroyé par la surprise. Mes jambes flageolèrent. Et puis je m'élançai. La main de Bernadette lâcha la mienne. Mes bras s'ouvrirent, la silhouette se pencha sur moi. Un corps chaud m'étreignit. Je l'étreignis à mon tour, de toutes mes forces. Une main tendre passa dans mes cheveux et le sourire de Mathilde brilla dans la pâleur de l'aube.

Seconde partie

17

Les fantômes ont conquis mon esprit.

Ils y errent en groupes étouffants, avancent d'un pas lent, mécanique, comme une population en marche vers un lieu qu'elle ignore. Je les entends rire, je croise leurs regards plus rouges que l'enfer. Ils ne me parlent pas ; ils ne peuvent pas, ne savent pas. Ils passent, me frôlent en grimaçant, m'enrobent de leur odeur. Des silhouettes se penchent sur moi, s'éloignent, reviennent. Leurs traits ne sont que des reflets dans une rivière, imprécis, fugitifs. Parfois, des sons bourdonnent dans ma tête : voix monocordes, floues, impossibles à comprendre. Il m'arrive de m'échapper : une brèche dans l'univers. Mes yeux s'ouvrent, je vomis, je tousse et me rendors, les joues moites. Alors, ce n'est plus un fantôme qui se penche sur moi, mais un ange ; sa main affectueuse éponge mon front. Sur mon corps, ses mots doux glissent comme une caresse. Je tremble, j'ai froid. Je ne peux pas parler. De nouveau le vide, le retour des têtes sans visage, des âmes égarées.

Il en fut ainsi pendant trois jours. On me lava, me fit boire et manger. Un matin, mes yeux s'ouvrirent. Les couleurs retrouvèrent leurs places, les images redevinrent nettes.

A mon chevet, tassée sur une chaise, une femme que je ne connaissais pas se concentrait sur son crochet. Me soulevant sur mes oreillers, j'articulai avec peine :

« Où est Bernadette ? »

La femme sursauta, son ouvrage tomba. Elle se leva d'un bond et cria :

« Madame ! Madame, venez ! »

J'entendis des pas précipités et Mathilde fit irruption dans la pièce. Elle s'immobilisa quelques secondes, figée par la surprise et l'émotion, porta une main à sa bouche.

« Jacques ! »

Elle se rapprocha.

« Jacques, tu m'entends ?

— Oui.

— Tu me reconnais ? C'est moi, Mathilde !

— Oui.

— Tu te sens bien ?

— Bernadette ?

— Ne t'inquiète pas. Elle n'est pas ici. Elle est chez les sœurs Jeanne Delanoue, à Saint-Hilaire. Tu aimerais boire, manger quelque chose ? »

Je fis signe que non.

« Je veux voir Bernadette.

— Jacques, je te promets qu'elle est en bonne santé. Tu la reverras très vite, mais il faut attendre un peu. »

Je me tournai vers la fenêtre fermée. La femme que je ne connaissais pas en était tout près. Du regard, Mathilde lui demanda de l'ouvrir. Dehors, il faisait beau. Un vrai jour de printemps en plein cœur de l'automne. Une fois les battants tirés, un vent vif, d'une fraîcheur bienfaisante, s'engouffra dans la chambre.

« Jacques… Autant te le dire maintenant mais… »

Je redressai la tête.

« Après ce qui s'est passé, Bernadette n'a plus parlé. Rien. Elle n'a pas dit un mot. Sa santé est bonne ; elle entend bien, se nourrit, mais elle ne parle plus. La mère supérieure m'a dit que cela pouvait durer un certain temps, à cause du choc. »

Je me sentais trop las pour réagir. Une seule chose importait : Bernadette était vivante.

« Benoît ?

— Il est au théâtre, il répète. Il va être content de te voir. Tu sais, nous avons vraiment été très inquiets. »

Je baissai les yeux et mon esprit s'évada un instant. Mathilde quitta la pièce. La femme referma la fenêtre, sortit à son tour. Je reconnus le style chargé des décors de l'hôtel *Budan*. Je m'endormis. A mon réveil, les ombres sur les murs avaient changé de place. Le loquet de la porte claqua doucement. Mathilde entra à pas feutrés, suivie d'un homme au visage sérieux tenant une sacoche à la main.

« Le voilà, docteur. »

Il s'approcha de moi en souriant, posa sa sacoche à côté de la table de nuit et s'assit sur le lit.

« Comment te sens-tu ?

— Ça va.

— Bon. As-tu mal quelque part ?

— Non, je ne crois pas. »

Il souleva mes paupières.

« Tu n'as pas de problèmes pour respirer ? Pas de vertiges ?

— Non.

— Ouvre la bouche. »

Je m'exécutai.

« Maintenant, tire la langue. Bien. »

Il se dirigea vers sa sacoche, en sortit un stéthoscope. Il plaça les embouts dans ses oreilles, écarta les pans de mon pyjama et colla la rondelle métallique sur ma poitrine.

Il fronça les sourcils, fit une moue, déplaça la rondelle, écouta encore, la déplaça de nouveau, attendit et finit par conclure :

« Visiblement, cela va mieux. »

Il retira son stéthoscope, se leva et s'adressa à Mathilde.

« Je vais vous donner des fortifiants.

— Bien, docteur. Mais si les crises recommencent ?

— Elles ne reviendront pas. Je vais vous dire ce qu'il faut faire. »

Il la prit par le bras, l'entraîna à l'autre bout du petit séjour. Il s'efforça de baisser le ton, mais sa voix lourde et caverneuse parvint quand même jusqu'à moi.

« Il a besoin de repos. Il faut absolument qu'il pense à autre chose. C'est capital. Qu'il ne quitte pas cette chambre. Surtout, faites en sorte qu'il ne voie pas un Allemand.

— Bien. Je lui ai dit pour sa sœur.

— C'est peut-être mieux.

— Qu'est-ce que je peux faire d'autre ?

— Je ne sais pas. Essayez de l'entourer des choses qu'il apprécie.

— Il aime la musique, il sait chanter.

— C'est une idée. »

Il lui tendit la main et elle la serra.

« Au revoir, Mathilde.

— Au revoir, docteur. »

Il rangea son stéthoscope, déposa trois boîtes sur la table. Il referma sa sacoche, me regarda, sourit et leva la main.

« Salut, Jacques. A bientôt.

— Au revoir. »

Mathilde et lui quittèrent la pièce.

Le soir, à l'heure du dîner, on m'apporta de la soupe. Il y avait des pommes de terre, des carottes, des navets, des poireaux. J'appris que la femme qui s'occupait de moi s'appelait Simone. Elle était petite, ronde, avait les joues grasses et le regard joyeux. Elle me fit manger, en y mettant toute la patience, l'attention maternelle qu'il fallait. Parfois, je saisissais la cuillère, malgré mes mains qui tremblaient. Je remarquai les pansements bruns au bout de mes doigts, les marques, brunes elles aussi, sur mes poignets. Je n'avais rien oublié de ce qui s'était passé. Les images étaient gravées dans mon esprit et le resteraient longtemps.

Benoît vint me voir. Je le sentis heureux et soulagé. Amical et pudique, il évita de me poser des questions douloureuses. Il se montra particulièrement sensible à mon état d'esprit, à mon bien-être. Les jours s'écoulèrent sans hâte, dans une paix inhabituelle. Dans la journée, Mathilde me faisait travailler mes vocalises, étudier la musicologie. Je découvris grâce à elle des compositeurs merveilleux. La musique romantique fut pour moi une source salutaire, le printemps à elle seule. Il me semblait entendre la mer, la force libre du vent. Brève accalmie : une fois la nuit tombée, tout recommençait. Les cauchemars m'attendaient, comme la mort guettant un voyageur sans méfiance sur un chemin désert. Je pleurais en silence, à l'insu de tous. Mais le lendemain, dès le retour du soleil, plus rien ne paraissait.

Mathilde avait fait installer un piano dans le grand salon de sa suite. C'était un Erard noir avec des touches en ivoire et des emblèmes dorés sur les côtés. Benoît m'enseigna les rudiments du solfège. Nous jouions des airs simples à quatre mains et Mathilde improvisait un chant, une ballade entraînante qui ne manquait jamais d'humour. Nous eûmes de vifs éclats de rire, des moments de joie réelle. Mon état de santé s'améliorait, même si les rêves, la nuit, continuaient de me harceler. Un matin, Mathilde revint d'une sortie en ville. Je devinai à son visage fermé et à son pas nerveux que quelque chose n'allait pas. Je l'interrogeai aussitôt.

« C'est Bernadette ? Elle va mal ?

— Non, c'est autre chose. Les Américains ont débarqué avant-hier en Afrique du Nord. Hitler a envoyé ses troupes dans le Sud. Toute la France est occupée. »

Elle sortit en claquant la porte, excédée, ne souhaitant pas poursuivre la conversation. Elle avait préparé une fuite en zone libre. Cette nouvelle inattendue anéantissait ses projets.

« Elle avait prévu de nous envoyer chez un ami à côté de Carcassonne, me dit Benoît. Maintenant, ce n'est plus possible. »

Le comportement de la jeune femme changea. Elle disparaissait des journées entières, ne rentrait qu'à l'heure du couvre-feu. Lors de ses rares apparitions en milieu de journée, elle nous paraissait toujours très pressée, soucieuse, profondément absorbée. Tout juste si elle nous adressait la parole. J'appris par Benoît qu'elle avait annulé un concert à Angers et un autre à Tours. Elle préférait se consacrer à des rencontres anonymes dont elle ne nous révélait rien. Je pensai un instant à des entrevues galantes. J'écartais très vite cette hypothèse : elle n'arborait pas, c'était le moins que l'on puisse dire, le sourire béat des amoureux. Je crois simplement qu'elle cherchait désespérément un moyen de nous sortir de là.

Une semaine passa. Un après-midi, Mathilde nous demanda de la rejoindre dans le salon. Elle nous attendait, debout dans le contre-jour d'une fenêtre fermée, les yeux rivés sur une Loire majestueuse. Nous nous assîmes. Elle émergea doucement de la lumière, vint s'asseoir en face de nous. Elle croisa les jambes et me demanda d'une voix claire :

« Jacques, l'officier allemand qui dirigeait les soldats le soir où ils sont venus à la troglodyte, c'était le lieutenant Hechler, n'est-ce pas ?

— Oui.

— Il t'a vu ? Crois-tu qu'il t'ait reconnu ?

— Je n'en sais rien. Peut-être.

— Je pense que je suis surveillée par la Gestapo. A mon avis, il y est pour quelque chose. Grâce au colonel, je vais essayer de calmer les Allemands, de gagner du temps. Ce ne sera pas facile. »

Sa voix devint plus solennelle.

« Jacques, Benoît, j'ai pris une décision. Vous quitterez Saumur dans trois jours. Je vous ai inscrits au pensionnat des Chevreuils, à Nantes.

— A Nantes ? répéta Benoît, effaré.

— Oui. Vous y resterez jusqu'au jour où vous recevrez des papiers. Ensuite, vous irez dans un hôtel, sur la côte, où sont organisés des départs clandestins pour l'Angleterre.

— L'Angleterre ! reprit Benoît.

— Je ne suis pas encore sûre pour cet hôtel. Je dois me renseigner. Quant au directeur du pensionnat, c'est un ami, un homme de confiance. Il est au courant. En ce qui me concerne, je partirai pour Londres le lendemain de votre arrivée au pensionnat.

— Et Bernadette ? demandai-je.

— Elle vient avec moi.

— Avec toi ?

— Oui, c'est absolument nécessaire. De toute façon, je n'ai pas le choix : le pensionnat des Chevreuils est réservé aux garçons. Je ne sais pas où l'envoyer. Surtout, il existe à Londres un institut médical qui traite les enfants victimes de traumatismes psychologiques. Les médecins y ont une grande réputation. »

Nous la regardâmes sans rien dire, attendant une nouvelle supplémentaire qui nous surprendrait encore plus. Mais elle n'ajouta rien.

Trois jours plus tard, un mardi, nos bagages étaient prêts. Mathilde ne nous emmena pas à la gare. Son chauffeur s'en chargea. Elle se contenta de descendre avec nous dans le grand hall de l'hôtel, accompagnée d'un bagagiste. Au moment de passer la porte, je la sentis gênée, hésitante. Ses yeux s'embuaient. Elle prit nos mains et les serra très fort, pour que nous mesurions bien ce qu'elle allait nous dire.

« Vous serez bien reçus au pensionnat. Vous verrez : ce sera mieux que ce que vous avez pu connaître. Il y a du chauffage partout et de la viande le midi. J'ai même entendu dire que, le dimanche, ils organisent des balades. Il faudra vous remettre au français et aux mathématiques. Ce sera dur, mais vous y arriverez. Je sais que vous êtes capables de beaucoup ; la vie vous en a déjà demandé pas mal. J'ai confiance. Vous réussirez. »

Le chauffeur entra, fit un signe de tête et s'empara de nos valises. Il sortit aussitôt.

« Jacques, Benoît, je ne sais pas dans combien de temps nous nous reverrons. Mais soyez sans crainte, je ne vous abandonnerai pas. Nous nous retrouverons bientôt tous les quatre en Angleterre. Là-bas, il pleut souvent, il fait froid. Mais, au moins, on y vit libre.

— Nous t'attendrons, murmura Benoît. Merci, Mathilde, merci pour tout. »

On a parfois tant de choses à se dire que les mots, trop nombreux, ou qui ne nous paraissent pas assez forts pour exprimer ce que nous ressentons, s'entremêlent et s'embrouillent, nous laissant balbutiants et stupides. Je me contentai d'un regard, d'une étreinte, d'un bref « merci ».

Mathilde plongea dans les miens ses yeux dont l'éclat me plaisait tant, m'étreignit elle aussi en silence. Puis elle dévisagea Benoît avec une tendresse infinie et nous laissa franchir le seuil de la porte qu'un groom maintenait ouverte. La voiture était là. La main sur la portière, le chauffeur nous invita à prendre place.

La silhouette aux lignes parfaites de Mathilde s'étiola peu à peu, s'obscurcit jusqu'à devenir une ombre qui se dissipa à mesure que l'auto s'éloignait. Etait-ce une image d'au revoir ou un signe d'adieu ?

18

Le train est une machine merveilleuse, une bête puissante qui, conduite par une main de violoniste, fonce droit devant sans se poser de question. Elle est libre. Ses entrailles bougent, se plaignent, grondent et rugissent, les freins crient dans les virages, les mécanismes se bloquent et se débloquent dans un tumulte effarant. Dehors, les paysages défilent à la vitesse d'un rêve. Le temps est maussade. Il ne pleut pas. L'air léger caresse les feuilles au sommet des bocages, la campagne grisonnante semble vide et morose.

Benoît est assis à ma gauche. En face de lui, une vieille femme aux allures aristocratiques parcourt en silence une œuvre de Baudelaire. A côté d'elle, son mari, vieux bonhomme au visage bienveillant, regarde par la fenêtre d'un air mélancolique. Montés en même temps que nous à la gare, ils ne nous ont pas dit un mot. Je prends un gros morceau de pain bourré de saucisson et de cornichons.

« Tu en veux ?

— Quelle heure est-il ?

— Presque midi. On peut manger, si tu as faim. »

Benoît saisit le morceau, l'examine et le croque à pleines dents.

Nous ne savons pas grand-chose sur l'institut des Chevreuils. Mathilde nous a seulement précisé que les frais de scolarité ont été réglés et qu'il s'agit d'un établissement de renom, fréquenté par des enfants issus de milieux riches. Il compte plus de deux cents élèves. On y porte l'uniforme tous les jours. L'éveil musical, l'étude du solfège et du chant occupent une grande place dans les programmes. Je suis inscrit à la chorale, Benoît dans la section piano. C'est la première fois que je vais fréquenter un collège aussi important. A l'école des Hautes Vignes, nous n'étions que soixante, petites sections comprises. Tout le monde se connaissait, ce qui représentait à la fois un avantage et un inconvénient.

« Tu crois qu'on sera dans la même classe ?

— En principe, oui, répond Benoît.

— Mathilde t'a dit autre chose sur cet institut ?

— Non, pas plus qu'à toi.

— Et Nantes, tu connais ?

— J'y suis allé une journée avec mon père. C'est grand. Pas autant que Paris ou Varsovie, mais cela n'a rien à voir avec Saumur. »

Je tourne la tête vers la fenêtre. En face de moi, le vieux monsieur continue à sourire, accaparé par mille mystères. Lui aussi vit une histoire, un parcours de rêves et de désillusions. Je pense à ma mère qui, en cet instant, serre mon père dans ses bras. Je pense à Bernadette, réfugiée dans un hôpital pour cinglés.

A notre descente du train, en gare de Nantes, nous découvrîmes un quai bondé de civils et de militaires. Sous les structures métalliques, des haut-parleurs psalmodiaient toutes sortes d'informations. La voix était agressive, nasillarde.

« *Achtung, Achtung...* »

Les gens se bousculaient ; certains montaient dans les trains, d'autres en descendaient. Des familles, des personnes seules attendaient, cherchant l'ami ou le parent auquel elles avaient donné rendez-vous. Des mains se serraient, des corps s'étreignaient.

Un type en casquette et à l'allure campagnarde nous fit un signe de la main. Il avait la figure rouge, une grosse moustache et la silhouette de ceux qui abusent trop souvent des plaisirs de la table. Il prit nos valises, nous sourit. Il lui manquait des dents.

« Alors, les jeunes ? Z'avez fait bon voyage ?

— Oui, répondis-je.

— Bon, en route. C'est pas terminé. »

Nous traversâmes le quai, puis le hall. Notre guide se dirigea vers une vieille automobile garée le long d'un trottoir.

« C'est la voiture de l'institut ! »

Je m'installai à côté du bonhomme. Benoît s'assit derrière. La guimbarde s'engagea péniblement dans une avenue où se croisaient des voitures à chevaux. Le moteur grippé de la vieille bagnole effraya les bêtes. La boîte de vitesses craquait, les freins couinaient à la moindre pression sur la pédale. Le rougeaud semblait pourtant très à l'aise et sûr de son engin. D'un air détaché, il engagea la conversation.

« J'm'appelle René. Ça fait vingt ans que j'travaille à l'institut. Je suis content de voir des nouveaux. Ça fait plaisir. Cette guerre, c'est une saloperie. Alors, quand on voit de la vie, ça rappelle qu'on n'est pas mort... Vous verrez, l'institut, c'est comme une famille. Moi, depuis le temps que j'y travaille, je peux vous le dire : c'est comme une famille ! Mais attention, ne croyez pas qu'on me garde pour mes beaux yeux, y faut en donner de sa sueur, et pas qu'un peu. Mais y disent aussi que si j'partais, ce serait une catastrophe. A cause qu'ils auraient du mal à trouver un autre gars capable de faire autant de choses que moi. »

Son haleine trahissait ses faiblesses pour le vin. Ses grands gestes rendaient sa conduite périlleuse. A un carrefour, il sourit à un *Feldgendarm* qui réglait la circulation.

« Je le connais, c'est pas un mauvais bougre. Y sont pas tous fous, les Allemands, y en a des biens. Au fait, qu'est-ce que je disais ? Ah oui ! un gars sérieux aujourd'hui, c'est pas facile à trouver. D'abord, faut pas qu'il soit fainéant, parce que ça, chez les Maillet, on n'est pas des fainéants. Et surtout, faut pas qu'il boive, car ça, des gars qui boivent, y en a beaucoup. Avant moi, c'était mon père qui bossait à l'institut. C'était un sacré salopard, il avait la main dure, mais, Bon Dieu, c'était pas un fainéant ! Même qu'il disait : vas-tu bosser, René ? Remue ton cul, René ! Ah ! ah ! je m'en souviens comme si c'était hier. Bougre de fumier de salopard, mais c'était pas un fainéant ! Vrai de vrai. »

Il ricana.

« Alors, vous êtes en quelle classe ?

— On ne sait pas, répondis-je.

— Vous ne savez pas ? M. Lamartine vous le dira, c'est le directeur. »

Au deuxième carrefour, il prit une route à gauche.

« L'institut, c'est à douze kilomètres de Nantes, en pleine campagne. Des élèves, j'en ai vu, y en a même qui sont devenus ministres, vrai de vrai, et ça, on n'en est pas peu fiers à l'institut. Pensez donc, ministre, ça peut pas sortir de n'importe où ! »

Il prit un air professoral et ajouta :

« Moi aussi, j'y suis pour quelque chose. Si tout ça c'est bien, j'y suis pour quelque chose. Et vous savez pourquoi ? »

Il ne nous laissa pas le temps d'ouvrir la bouche.

« Eh bien ! parce que le gars René… il donne l'exemple ! »

La voiture déboucha sur une allée de peupliers soigneusement taillés. Des jardiniers qui ratissaient les berges relevèrent la tête à l'approche de l'automobile. René les salua.

« On arrive », dit-il.

Au bout de l'allée se dressait une porte cochère ornée d'une pancarte : « Institut des Chevreuils ». Au-delà, une imposante demeure en forme de U dominait une cour de gravier, au centre occupé par une statue d'Apollon dont le socle de pierre émergeait d'un petit bassin. Nous en fîmes le tour. Les lieux étaient déserts : les élèves devaient être en classe. La voiture s'arrêta devant une porte et nous descendîmes tous les trois.

Nous pénétrâmes en silence dans le bâtiment, empruntant un long couloir. René avait perdu ce sourire et cette hilarité qu'il avait si généreusement répandus depuis notre rencontre. Il s'arrêta d'un air grave devant une porte où on lisait : « Surveillant général ». Il frappa timidement, attendit qu'on lui réponde.

« Entrez ! s'exclama une voix de femme qui ne frissonnait pas.

— C'est Madame le surveillant général », chuchota-t-il. La pièce, obscure, sentait l'humidité et la naphtaline.

Un visage sévère et ridé nous accueillit sans l'ombre d'un sourire. La femme, assise, s'écarta brusquement de son bureau.

« Ah ! vous voilà. »

Son ton était sec, tranchant.

« Vous apprendrez que la ponctualité est une vertu indispensable dans notre institut. On arrive à l'heure en cours, aux réunions, au moment des repas. Bref, c'est la rigueur, la vraie ! Un retard entraîne un avertissement ; deux retards, une retenue ; trois retards, deux jours d'exclusion. Est-ce clair ?

— Oui, madame, répondis-je.

— Oui, madame, répondit Benoît.

— Non ! C'est : "Oui, madame le surveillant général !" »

Nous rectifiâmes. Elle fit une moue, s'adressa à René.

« Montez leurs affaires au dortoir. Je les accompagnerai moi-même. »

Elle attendit qu'il eût quitté la pièce et reprit :

« Vous êtes dans un établissement de deux cents élèves. Sévérité et discipline nous ont permis d'obtenir une réputation dont nous nous montrons particulièrement fiers. Autant vous dire que tout manquement à ce règlement sera puni. Me suis-je bien fait comprendre ?

— Oui, madame le surveillant général !

— Vous êtes en classe EMC1, Etude musicale et Chant, première année. Votre année scolaire a été payée, ainsi que la deuxième. Vos frais de livres et d'intendance ont eux aussi été réglés. Il est prévu que vous rencontriez M. Lamartine cet après-midi. A vous de faire bonne impression. »

Elle nous détailla des pieds à la tête.

« Vous mettrez votre uniforme. C'est obligatoire. Avez-vous des questions ? »

Nous fîmes signe que non.

« Bien, suivez-moi. Je vais vous montrer les dortoirs. »

Elle nous fit sortir du bureau et monter un escalier en marbre. La voix des professeurs résonnait à travers les portes closes des salles de classe. Parfois, quelques bribes nous indiquaient qu'il s'agissait de mathématiques ; d'autres fois, il était question de français ou de musique.

« Les cours de chant et de solfège ont lieu dans l'aile sud du bâtiment, expliqua notre guide. Les dortoirs sont au premier étage. »

Il y eut encore une longue série de marches. Nous arrivâmes, un peu essoufflés, dans une pièce où s'alignaient des lits métalliques. La literie était impeccable : pas un faux pli ; toutes les armoires étaient fermées et le sol étincelait. Cette propreté méticuleuse, triomphante, me mit mal à l'aise.

Le rougeaud avait posé nos valises au pied de nos lits.

« Vous partagerez cette armoire, dit la femme. Vous y trouverez vos uniformes, votre nécessaire de toilette, du linge de maison et des vêtements de corps. Vous en êtes responsables. Prenez garde à ne rien perdre. »

Nous ne lui répondîmes pas, ce qui eut l'air de l'agacer.

« Exceptionnellement, vous mettrez vos tenues après avoir déjeuné. Vous avez perdu assez de temps comme ça. Je vais vous accompagner en classe. »

Nous redescendîmes les marches, traversâmes un couloir qu'une femme balayait. Un autre escalier nous mena dans un second couloir. La surveillante s'arrêta devant une porte et ne prit pas la peine de frapper. Nous la suivîmes timidement. Les élèves se levèrent aussitôt dans un effroyable bruit de chaises. Nous étions impressionnés, embarrassés par ces visages figés, tous ces yeux braqués sur nous. La surveillante salua le professeur et prit la parole.

« Voici deux nouveaux élèves : Jean-Baptiste et Pierre Leroy. Je compte sur vous pour en faire de bons camarades et leur apprendre les contraintes de notre établissement. »

Elle salua de nouveau le professeur, quitta la pièce sans nous regarder. Nous nous retrouvâmes seuls devant toutes ces têtes dressées, ces garçons immobiles qui nous scrutaient comme des êtres venus du ciel. Le professeur leur ordonna de se rasseoir et nous indiqua nos places. Il y avait une table pour deux à l'avant-dernier rang, côté fenêtre. Nous allâmes nous y installer. Les yeux ne nous quittèrent pas.

« Salut, les paysans ! »

La réflexion venait du fond de la classe. Les élèves éclatèrent de rire. Le professeur hurla :

« Silence ! »

Il y eut encore quelques rires étouffés, des chuchotements, puis ce fut le calme. Le professeur nous apporta une pile impressionnante de livres, les déposa sur la table.

« Tous les manuels dont vous aurez besoin cette année. Je suis M. Legrand. Lequel est Jean-Baptiste, lequel est Pierre ?

— Je suis Jean-Baptiste, monsieur.

— Et moi, c'est Pierre, monsieur.

— Bien. Soyez les bienvenus à l'institut des Chevreuils. »

Il se tourna vers les autres et, feignant de s'adresser à nous, déclara d'une voix forte :

« Vos camarades s'efforceront de vous donner l'exemple ! »

Contrairement à ce qu'on nous avait annoncé, nous ne rencontrâmes pas le directeur. « Un empêchement de dernière minute », prétexta la surveillante générale. Le temps passa. Le directeur, sans doute, nous oublia, ce qui m'arrangeait : je me sentais de plus en plus réticent à toute forme d'autorité, même civile.

Les cours duraient une heure. Une sonnerie retentissait à la fin de chacun d'entre eux pour nous annoncer le changement de classe et de matière. Il y avait un monde fou dans les couloirs ; on s'y croisait dans l'indifférence et le bruit. J'avais l'impression de débarquer dans un autre monde. Je me sentais très différent des autres, si sûrs d'eux, si confiants… A croire que la guerre et l'horreur n'avaient jamais existé, que j'avais fait un mauvais rêve. Dans la cour, les élèves se rassemblaient par petits groupes. Je les entendais échanger une boutade, rire, relancer une plaisanterie, s'esclaffer de nouveau. Je les enviais. Mais ils appartenaient à un autre milieu. Je savais que ma condition n'était pas la leur et qu'ils ne m'accepteraient pas.

Heureusement, il y avait Benoît. Nous ne nous séparions que pour aller, lui en classe de solfège, moi en cours de chant. Bien plus sociable que moi, il n'aurait eu aucun mal à se mêler aux autres, à les séduire. Mais il s'était aperçu de ma fragilité et de mes angoisses. Il avait donc choisi de rester à mon côté.

La plupart des professeurs, des hommes uniquement, se montrèrent indifférents à notre présence, pourtant insolite en cours d'année. Les élèves, en revanche, nous témoignèrent un intérêt dont nous nous serions bien passés. Ils chuchotaient lorsque nous les croisions, ricanaient, nous lançaient des propos insultants. Parfois, en classe, l'un d'eux s'amusait à me prendre pour cible. Je recevais des morceaux de gomme, j'entendais les rires derrière moi. Je me retournais pour adresser à l'agresseur un regard furibond et menaçant. Retentissait alors la voix souveraine de l'enseignant :

« Leroy, c'est devant que ça se passe ! »

J'obéissais en soupirant. Benoît tentait d'apaiser ma rancune.

« T'inquiète pas, ça se réglera en temps voulu. »

J'ignore pourquoi ils s'en prenaient à nous, à moi en particulier. Ma fragilité et mon anxiété étaient-elles si visibles ? J'appris qu'il valait mieux éviter de trop s'exposer aux autres, qu'il était risqué de montrer sa vraie nature, son vrai visage. S'afficher, c'est prendre le risque de ne pas être aimé. Mais je ne supporte pas les faux-semblants. Mentir, c'est perdre un peu de liberté. La vie me forcerait pourtant à m'adapter à cette règle et à en souffrir longtemps.

J'étais impressionné par ce nouvel univers, par tous ces regards qui ne me voyaient pas. Cela n'avait rien à voir avec ce que j'avais pu connaître. Benoît avait eu une bien meilleure approche de la situation. Il s'était accroché au maigre espoir de croire que ses parents étaient quelque part, encore en vie. Il répondait avec aisance aux questions des professeurs, ce qui lui valait une certaine considération de leur part et des commentaires élogieux. Il ne se faisait pas pour autant des amis au sein de la classe, bien au contraire. Rival des meilleurs, il s'attirait la foudre des chefs. Le soir, dans le dortoir, entre deux passages d'un surveillant, il arrivait que quelqu'un, dans l'obscurité, vienne nous assener un coup de polochon. L'hilarité gagnait toute la chambrée. Je bondissais de mon lit, prêt à frapper. Le surveillant entrait, faisait jaillir la lumière.

« Leroy, qu'est-ce que vous faites debout ?

— Rien, monsieur, je...

— Recouchez-vous immédiatement et arrêtez ce raffut, c'est clair ?

— Oui, monsieur le surveillant. »

Dès que la porte se refermait derrière lui, les petites phrases assassines reprenaient sur le ton de la chansonnette.

« Leroy, roi des cons, Leroy, roi des cons... »

Je m'endormais très tard, plongeant, épuisé, dans un sommeil agité. Benoît me fit part un matin d'un fait que j'ignorais totalement. Je le sentis gêné.

« Jacques, euh... je voulais te dire, fais gaffe. La nuit, tu réveilles tout le monde.

— Je réveille tout le monde ?

— Ouais, tu cries. Des cauchemars, c'est sûr. Mais ça indispose les autres. Je sais que certains élèves sont allés se plaindre à la surveillante. »

Je baissai la tête sans dire un mot et suivis le troupeau de garçons dans le couloir sombre de la prison des Chevreuils. Je rentrai en salle de classe, la mine défaite, le regard triste.

Je ne faisais aucun effort pour me concentrer sur ce que disaient les professeurs. A vrai dire, je me moquais de tout, sauf des cours de chant où j'excellais. En classe, je dessinais, rêvais à toutes sortes de choses qui m'éloignaient de ce bâtiment triste et froid comme un décor lunaire. Je m'absorbais dans la contemplation des particularités du pupitre. Avec son rebord blanc et sa cavité centrale pleine d'un liquide noir, l'encrier de porcelaine, logé dans le bois sombre de la planche, était comme un œil à la pupille dilatée dont le regard immobile m'hypnotisait. Je pensais sans cesse à Bernadette. J'attendais de ses nouvelles, une lettre, un petit mot. Mais à l'heure de la distribution du courrier, on ne citait jamais nos noms. Je me consolais en me disant que Mathilde avait certainement choisi de rester discrète, par précaution. Bernadette me manquait terriblement. J'avais promis à mon père de la surveiller, d'être toujours auprès d'elle. Le destin en avait décidé autrement.

Un jour à la cantine, un élève me fit un croche-pied. Je perdis l'équilibre. Mon corps roula sur une table, des verres et des assiettes se fracassèrent en tombant. Eclats de rire, cris de joie, applaudissements. Ce fut un tumulte effroyable. Je me relevai, constatant que mon uniforme immaculé était couvert de purée. La rage au ventre, je ceinturai l'assaillant, toujours hilare. Il était gros, laid et faisait bien une tête de plus que moi ; mais la colère était si forte que mon coup de poing flanqué au menton le fit basculer en arrière, et s'écrouler.

« Ça t'apprendra, gros porc ! » hurlai-je.

Les rires et les cris des autres alertèrent trois surveillants, qui se précipitèrent vers moi.

« Leroy, mais vous êtes devenu fou ! me dit l'un d'eux.

— Oui, monsieur, je suis devenu fou ! »

Il resta figé une seconde, dérouté par l'audace de ma réponse. Il balbutia quelques syllabes. Très vite, sa voix se raffermit.

« Au bureau de Madame le surveillant général ! »

Je quittai le réfectoire sous l'œil des élèves, ravis du spectacle. Le gros se relevait péniblement avec l'aide de quelques complices. Je croisai, au milieu de toutes ces têtes, le regard étonné de Benoît. Le surveillant m'accompagna jusqu'au bureau de la surveillante. J'eus l'impression, en traversant les couloirs, d'être le coupable que l'on conduit à l'échafaud. La surveillante était assise, comme d'habitude, derrière son bureau. Son subalterne lui fit un rapport complet de la situation :

« Un comportement inadmissible, madame le surveillant général ! Frapper un camarade en plein réfectoire ! »

Elle grogna comme un vieil ours dérangé dans son sommeil. Puis, retrouvant son aspect sévère :

« Vous nous donnez quelques soucis, monsieur Leroy. C'est le moins qu'on puisse dire ! Dès votre arrivée dans cette école, j'ai eu le sentiment que vous nous causeriez des problèmes. Je ne me suis pas trompée… »

Elle soupira.

« Vous admettrez que votre attitude est des plus critiquables. En plus, dans de nombreuses matières, vos résultats sont médiocres. Vos professeurs s'en plaignent. Qu'avez-vous à répondre ?

— Rien, madame.

— Rien ? Vous voilà bien en peine de trouver des arguments. On vous dit rêveur, étranger à tout ce qui se passe autour de vous. Je m'attendais, de la part du philosophe que vous êtes, à une réplique un peu plus imaginative. Et voilà que je me sens forcée d'accepter ce "rien". Vous me surprenez, Leroy. »

Elle me fixa avec dédain.

« "Rien" : c'est ce que vous êtes ; et c'est ce que vous faites. »

Elle frappa violemment son bureau du plat des deux mains. Un pot de crayons se renversa.

« Vous êtes entré dans cet établissement grâce à vos relations, Leroy. Vos résultats n'y sont pour rien. Je ne trouve pas cela très glorieux. J'apprécierais donc de votre part autant de discrétion que possible ! Les professeurs se plaignent de vous, les surveillants se plaignent de vous, vos camarades se plaignent de vous ! Cela commence à faire beaucoup… Regardez votre frère. Il a été accepté sur les mêmes recommandations que vous mais lui, au moins, se conforme en tous points à ce que nous attendons de lui. »

Sa voix tonna, comme pour me rappeler à l'ordre.

« J'attends une réponse, Leroy ! »

Devant mon silence et ma désinvolture, sa colère monta.

« Mais défendez-vous, que diable ! »

Je me contentai de la regarder avec toute la froideur et le calme qu'exigeait la situation. Nous nous fixions droit dans les yeux, sans battre d'un cil. Je ne sais lequel de nous deux exprimait envers l'autre le plus grand mépris.

« Non, dit-elle enfin sur un ton plus posé. Finalement, vous n'êtes pas ce que je croyais. Vous manquez de courage. C'est déjà quelque chose : c'est de la lâcheté. »

Elle ricana, hocha la tête.

« Vous serez renvoyé trois jours. Pendant ces trois jours, vous ne devrez pas quitter le dortoir, excepté pour prendre vos repas. Je vous ai assez vu. Sortez de ce bureau. »

Le pion s'apprêtait à quitter la pièce. Je restai devant la surveillante pour la défier. Soudain, je pris la parole. Je constatai, à l'expression de ses traits, qu'elle ne s'y attendait pas.

« La lâcheté, madame le surveillant général, c'est ce qui germe dans l'esprit des gens persuadés de posséder de la culture et de l'autorité. Ces petits esprits se gargarisent de leur sentiment de puissance, se délectent du pouvoir qu'ils croient exercer. Ils n'ont même pas conscience de leur erreur. En réalité, leur culture n'est qu'un mensonge.

Quant à l'autorité qu'on leur a confiée, elle ne sert qu'à les motiver. C'est ainsi qu'on les manipule. Tout cela serait très drôle s'ils n'étaient pas aussi dangereux... »

Sagement, je laissai passer le vent. A cet instant précis, il me fut impossible de deviner ce qu'elle ressentait, mais, à la vue de son grand visage sec et tiraillé, je compris qu'il valait mieux en rester là.

« Au revoir, madame le surveillant général. »

Je suivis le surveillant, toujours avec cette impression du coupable qu'on mène à l'échafaud.

L'application de la punition fut immédiate. Le surveillant m'accompagna jusqu'au dortoir. Avant de quitter la pièce, il prit la peine d'ajouter :

« Mettez-vous à la lecture. Imprégnez-vous de textes qui apaisent, ça vous calmera l'esprit. »

Son ironie me laissa de marbre. Cependant, je ne trouvai pas l'idée mauvaise. J'avais emprunté la semaine précédente un livre à la bibliothèque. Il s'agissait de l'œuvre que dévorait la vieille dame dans le train : *Les Fleurs du mal.* Une heure plus tard, alors que, allongé sur mon lit, j'étais plongé dans les poèmes de Baudelaire, la porte s'ouvrit et Benoît apparut. Je me redressai à demi sur mon séant.

« Qu'est-ce que tu viens faire ici ?

— Je ne vais pas rester longtemps : la récréation ne dure que dix minutes. Je voulais simplement savoir comment tu allais.

— Elle m'a flanqué trois jours d'exclusion. Je suis obligé de rester ici.

— Merde !

— Non, penses-tu... Maintenant, je vais pouvoir lire. La prison, c'est déjà la liberté de penser.

Ouais, si on veut. »

Il s'assit sur le lit à côté du mien et dit :

« Tout ça, c'est pas terrible. Je ne sais pas ce que tu as, mais la violence…

— Quoi ? Pourquoi tu me parles de la violence ? Parce que j'ai frappé le gros tout à l'heure ? Qu'est-ce que tu y connais toi, à la violence ? »

Il hésita.

« C'est vrai, je n'ai pas vu mon père et ma mère mourir sous mes yeux. Mais ma situation n'a rien d'enviable non plus. Mes parents, je ne sais pas où ils sont, alors je peux tout imaginer.

— Ne t'imagine rien. Tes parents, ils sont morts !

— Qu'est-ce que tu en sais ? Comment peux-tu être aussi catégorique ? Il faut y croire quand même un peu. »

Nous laissâmes planer un silence. Ma réponse fut acerbe.

« T'as raison. Espère !

— Je sais que tu n'y crois pas. Pour toi, tout est fini. Mais qu'est-ce que je dois faire ? Arrêter de vivre ?

— Ce que je crois, c'est que les Allemands font la guerre aux juifs ! Et ça, ce n'est pas un rêve. C'est la réalité ! Ça m'agace de te voir ainsi. Tu t'appliques sur tout, tu participes en classe, parfois je te vois rire, tu as presque l'air heureux. Mais tu fais simplement semblant de croire en quelque chose. La vérité, tu ne veux pas la voir. »

Il baissa la tête, plaqua ses mains sur son visage. Je l'entendis pleurer.

Je me sentis triste. Il était ridicule de se houspiller de la sorte. Je cherchai des mots apaisants, qui me feraient pardonner. Au moment où j'allais ouvrir la bouche, on poussa brusquement la porte. Je reconnus, parmi le petit groupe de garçons qui se plantèrent devant moi, le gros type que j'avais frappé à la cantine. Je compris qu'il allait se passer quelque chose, qu'ils n'étaient pas venus là pour une partie de cartes. Le gros nous fixa avec un air de défi :

« Alors les p'tits juifs, c'est l'heure de la prière ? »

Benoît et moi nous nous levâmes, et la horde de loups nous entoura.

« Vous avez quelque chose à vous faire pardonner ? poursuivit le gros. Nous, on n'aime pas les juifs. On croit pas à toutes leurs salades. C'est à cause de vous, cette putain de guerre. Alors, vous allez nous faire des excuses.

— Vous n'êtes qu'une bande de lâches ! »

Je tentai de lui assener un coup de poing. Une main solide retint mon poignet. Je reçus un coup sec dans l'estomac, un autre au menton. Benoît tenta de s'interposer. Le gros type lui décrocha un uppercut sur le nez et il fit trois pas en arrière en chancelant, du sang plein les narines. J'essayai de me débattre, de me débarrasser de ceux qui me maintenaient les bras. En vain. Trois malabars se jetèrent sur Benoît. Il se retrouva très vite à terre, martelé de coups de pied. A la vue de leur supériorité, les agresseurs devinrent hystériques. Ils riaient, beuglaient, cognaient de plus belle.

— Alors, me fit le gros type, vous allez vous excuser ? »

Il n'arrêtait pas de frapper : un déluge de coups.

Benoît n'en pouvait plus.

« Oui, je m'excuse, répondis-je.

— Bien, tu es un gentil petit juif ! »

Le passage à tabac cessa. Benoît se mit à geindre. La bande se regroupa autour du chef ; tous se rapprochèrent de moi.

« Tu n'es qu'un pouilleux de juif ! »

Il me cracha au visage. Les autres s'esclaffèrent. Il me flanqua un coup de poing dans le ventre et un autre en pleine figure. Les coups tombèrent comme une pluie de grêlons. On m'agrippa, on me jeta au sol. Des pieds me martelèrent les jambes, l'abdomen et les flancs.

« Pouilleux de juifs ! »

La douleur gagnait tout mon corps. Si j'avais pu parler, bredouiller une phrase, je les aurais suppliés d'arrêter.

« Nom de Dieu ! »

C'était une voix d'adulte, ferme, masculine, chargée de colère. René était entré, alerté par le bruit et les cris. De ses mains puissantes, il attrapa les deux types qui cognaient le plus fort et les envoya valser contre un mur. Le gros essaya de riposter, tenta de lui flanquer un coup. René l'évita. D'une paume calleuse, il le gifla avec une telle violence que le gros type en perdit l'équilibre et faillit tomber. Dérouté par cette raclée inattendue, la horde de loups quitta brusquement les lieux. René se radoucit, se pencha sur nous. Il nous prit tour à tour dans ses bras et nous porta jusqu'à nos lits. D'un grand pas élastique, il quitta aussitôt la pièce.

19

Le visage du lieutenant Hechler émergea d'un nuage brun, chargé et menaçant comme un soir de tempête. Les contours de son corps tremblotaient, vacillaient tel un reflet dans une rivière tourmentée. Immobile, entouré d'une fumée noire, il me fixait sans me voir. Dans l'air frais du matin flottait une odeur affreuse qui me collait à la peau. Un mouchoir sur le nez, je me tournai vers un bâtiment gris, aux lignes froides et inquiétantes. Je vis deux files de gens. D'un côté, des femmes et des enfants, de l'autre des hommes. Ils étaient nus. Ils se dirigeaient lentement vers le bâtiment. Levant la tête, j'aperçus sur le toit de la sinistre bâtisse une longue cheminée à la gueule pleine et vomissante. La fumée pestilentielle obscurcissait le ciel. Les relents de peau en décomposition, de chair brûlée, de cheveux roussis me donnaient la nausée. Je reconnus dans une des files la silhouette efflanquée de Mathilde. Elle marchait au milieu des autres, derrière Bernadette, les mains posées sur ses petites épaules. Aucune des deux ne pleurait. Elles avançaient doucement, l'esprit déjà tourné vers un autre monde. Leur image, nette et précise, se dégageait du groupe. Enfin, les bâtiments engloutirent les corps. Le lieutenant Hechler referma soigneusement les portes derrière eux.

Les cris. Des mains crispées martelèrent les hublots.

La cheminée s'affola. Un voile dissimula le soleil, l'odeur devint insoutenable.

Le lieutenant Hechler attendit, posément, l'air confiant. Les cris s'apaisèrent, le silence s'installa. Hechler me fixa de nouveau, les yeux enivrés par le plaisir de celui qui vient d'accomplir un acte de justice politique, raciale et morale.

L'émotion m'arracha un cri.

« Ta gueule ! » vociféra une voix dans le noir.

Je sursautai. Benoît insista.

« Bon sang ! j'aimerais dormir.

— Pardon… »

Les lueurs de la lune filtraient à travers les interstices des volets. Nous étions seuls dans l'infirmerie. Je fis un mouvement au creux de mon lit ; la douleur me transperça le dos.

« Benoît ! »

Il ronchonna.

« Quoi ?

— Tu dors ?

— Non, mais j'aimerais bien. Tu as encore fait ce cauchemar ?

Quel cauchemar ? »

Il se tourna dans son lit :

« Oh… j'ai mal au dos.

— Moi aussi. T'as peut-être quelque chose de cassé ?

— Non, tu sais bien que l'infirmière a dit qu'on n'avait rien.

— Quelle dérouillée ils nous ont mise !

— A qui le dis-tu…

— Benoît !

— Quoi ?

— Euh… Excuse-moi pour ce que je t'ai dit ce matin. »

Il attendit avant de répondre :

« C'est rien, je ne peux pas t'en vouloir.

— Tu sais, je crois que tu as raison : il faut toujours espérer. »

Il bougea de nouveau et son visage apparut dans la lueur laiteuse de la lune.

« S'il n'y a plus d'espoir, alors il n'y a plus rien.

— Et la mort ? Elle te fait peur, la mort ?

— Comme tout le monde. Tu y penses, toi ?

— Tout le temps. Difficile de faire autrement. A vrai dire, je pense surtout à celle de ma mère et de mon père. Et puis j'ai peur qu'il arrive quelque chose à Bernadette.

— Tes parents, ils sont certainement au paradis. Si tu crois en Dieu, tu peux être certain qu'il les a envoyés là-bas.

— Je ne sais pas si Dieu existe, mais s'il y a un paradis, c'est sûr que mes parents y sont. »

Il eut l'air de réfléchir. Je sentis qu'il hésitait à me dire quelque chose. Finalement, il se décida.

« Jacques ?

— Ouais !

— Tu sais, il y a des trucs pour éviter d'être triste.

— Comme quoi ? »

Il se redressa un peu, s'appuya sur son bras.

« Comme de penser à autre chose. Enfin je veux dire, penser à quelque chose d'agréable. »

Il comprit à mon silence que je ne voyais pas où il voulait en venir. Il expliqua :

« Tu vois, à l'école où j'étais, en France, il y avait une fille qui s'appelait Natacha.

— Et ?

— J'avais jamais rencontré quelqu'un comme elle. C'était bizarre. Comme un dessert, un truc qu'on adore, sauf que là, c'était plus fort.

— Tu veux dire l'amour ?

— Sûrement. C'était tellement bizarre... Il n'y avait plus rien autour, tout était insignifiant, je ne pensais plus qu'à elle. Ça te l'a déjà fait ?

— Ouais, une fois. Un jour, je suis allé rendre un truc qu'on avait emprunté à nos voisins, les Thibaud. Je ne connaissais pas très bien leur maison. Je n'y allais jamais parce que le père était froid comme un mort. Quand je le croisais dans la rue, il me flanquait toujours une trouille du diable. Mais ce jour-là, fallait bien que quelqu'un y aille. Maman était malade, papa était parti aider un gars pour une mise en bouteilles. J'ai fait le tour de la maison. Il faisait très beau, une chaleur à crever. Et là, qu'est-ce que je vois derrière, au milieu de la cour ?... Tu le croiras jamais : une fille à poil ! »

Il remua brusquement dans son lit, oubliant curieusement son mal de dos.

« Une fille à poil ?

— Parfaitement. Elle était debout dans une grande bassine. Elle faisait sa toilette.

— A poil ?

— Pardi ! tu fais ta toilette tout habillé, toi ?

— Et qu'est-ce qu'elle t'a dit ?

— Rien. Elle ne m'a pas vu. Mais je peux te dire que j'ai pris mon temps pour la reluquer ! »

Il resta un long moment silencieux, perplexe, se demandant si je n'inventais pas toute cette histoire.

« Depuis ce jour-là, ajoutai-je, il y a eu quelque chose de changé dans ma vie.

— Et après, tu as essayé de la revoir ?

— J'ai essayé, mais tu sais, elle avait au moins vingt ans, alors pour qu'elle s'intéresse à moi...

— T'as même pas cherché à lui parler ?

— Si, mais j'ai bien vu que je ne lui plaisais pas. »

Nous nous tûmes quelques secondes, harcelés par des pensées troublantes. Benoît revint ensuite à son sujet de départ.

« Eh bien ! tu vois, moi, quand je suis triste, je pense à cette fille. Et j'oublie tous les autres trucs.

— L'as-tu embrassée, au moins ?

— Tu veux dire comme au cinéma ?

— Oui.

— Figure-toi qu'un soir, après l'école, je l'ai raccompagnée jusque chez elle. Et avant qu'elle ne rentre, on s'est embrassés. Ça n'a pas duré longtemps, mais on s'est embrassés sur la bouche. C'était bien. Tu vois, je ne suis pas près d'oublier, c'était tellement bien. C'est quelque chose qui m'a rendu vraiment heureux. Alors toi, dès que ça va pas, tu devrais penser à la fille à poil. »

Il se mit à rire et j'en fis autant. Nous rîmes très fort, histoire de sentir encore nos vies chauffer nos peaux.

« Tu crois qu'elles sont belles, les filles en Angleterre ? demandai-je.

— On peut toujours l'espérer. »

Nous nous remîmes à rire, d'un rire sincère, fort et sans retenue.

L'infirmière entra, nous ordonna d'une voix ferme de nous taire et de dormir. J'essayai d'oublier ces visions de volupté intempestive afin de trouver le sommeil. Je ne sais quels furent les rêves de Benoît ; mais, pour une fois, les miens eurent une douceur nostalgique, des couleurs suaves et un délicieux parfum de femme…

20

Le lendemain matin, une vieille dame au regard égaré nous apporta notre petit déjeuner. Elle déposa un plateau sur une table et sortit sans un mot. De toute évidence, on cherchait à nous éviter le contact avec les autres. Cela nous était égal. Nous étions d'excellente humeur. Nous avions encore mal un peu partout, mais le soleil qui illuminait la matinée nous revigorait.

Le malheur ne se fit pas attendre. La porte s'ouvrit et la surveillante générale entra. Un homme distingué, si grand qu'il dut courber le dos pour franchir le seuil, l'accompagnait. Il demeura un instant en retrait. La surveillante lui jeta un coup d'œil, puis nous adressa la parole.

« Jeunes gens, voici M. Lamartine, le directeur de cet institut. »

Il s'avança d'un pas mou, nous dévisagea tour à tour avec un sourire pincé, esquissa un signe de tête.

« Bonjour, les enfants. »

Il fronça les sourcils à la vue des marques sur nos visages.

« On m'a dit que vous étiez ici. Une bagarre, je crois...

— Oui, monsieur le directeur, répondis-je d'une voix placide.

— Rien de bien grave, ajouta la surveillante : une dispute qui s'est terminée par quelques coups ; des choses courantes, hélas…

— Tout de même, rétorqua-t-il d'une voix sèche, les blessures sont sérieuses. Cela va bien au-delà d'une simple rixe.

— Vous savez comment sont les enfants, toujours à s'insulter et…

— Ne vous fatiguez pas. L'homme de l'entretien m'a tout raconté. Je sais que, depuis leur arrivée, on n'a pas fait de cadeaux à ces deux petits. »

Elle baissa la tête, comme une fillette surprise les doigts dans la marmelade.

Le directeur avança encore. Benoît et moi étions assis l'un à côté de l'autre sur le même lit. Il prit place sur celui d'en face, se tourna vers la surveillante.

« Laissez-nous, je vous prie. »

Elle marqua une hésitation, dépitée par cet ordre bref, avant de quitter nerveusement la pièce.

Le directeur tritura sa montre. Il paraissait mal à l'aise. Il n'était pas vieux pour un homme aux responsabilités si importantes, mais il émanait de sa personne une dignité qui nous inspirait le respect.

« J'ai reçu un message ce matin : de mauvaises nouvelles. Mathilde et Bernadette ont été arrêtées il y a trois jours sur ordre de la Gestapo. C'est un ami de la prison d'Angers qui m'a informé : Mathilde s'y trouve depuis hier matin. »

Il marqua un temps d'arrêt pour nous permettre d'accuser le coup. J'avais la gorge serrée. Il poursuivit :

« Mathilde n'a rien dit. L'arrestation a eu lieu en plein jour, dans le calme. Elles traversaient Saumur en voiture. Les Allemands les ont interceptées à un barrage. Ils ont découvert l'identité de Mathilde. Ils savent qu'elle est juive.

J'ignore ce qu'est devenue Bernadette. Je n'ai pas eu d'information à son sujet. Ils l'ont emmenée, c'est tout. »

Il fit une nouvelle pause, visiblement accablé.

« J'ai appris qu'il s'était passé autre chose à Saumur. Des résistants ont tendu une embuscade à une garnison de la Wehrmacht. Des Allemands ont été tués, dont un officier. Le colonel responsable de la garnison de Saumur s'en est pris au SS chargé de débarrasser la ville des groupes de résistants. Le SS a reçu aussitôt l'ordre de retourner à Paris. On raconte qu'il aurait consacré trop de temps à lutter contre un petit groupe de terroristes, alors qu'un réseau plus actif préparait un attentat. Il risque d'être envoyé sur le front ou de se voir confier d'autres tâches. Voici la seule bonne nouvelle : vous en êtes débarrassés. »

Il soupira et conclut :

« C'est tout ce que je sais. J'aurai peut-être d'autres renseignements dans une semaine. »

Mes yeux se tournèrent vers la fenêtre que traversaient les rayons du soleil. La promesse du beau temps n'était qu'un leurre. J'avais cru à tort que l'on pouvait rêver. Ma voix trembla.

« Bernadette, ils vont la tuer ?

— Je ne vois pas pourquoi. Ce n'est qu'une enfant. Après le départ du lieutenant SS, la Gestapo se lassera peut-être. Du moins, espérons-le. »

Benoît intervint avec inquiétude.

« Mais qu'est-ce qu'on va devenir ?

— Je crains le pire. Tu es juif. C'est une raison suffisante pour que les Allemands te recherchent. Si, en plus, ils ont reçu l'ordre de s'intéresser à toi, on peut s'attendre à tout. Il va falloir trouver une solution. Vous allez devoir quitter l'institut, et sans tarder. »

Il se mit debout, alla doucement vers la fenêtre, les mains dans les poches. L'air méditatif, il s'absorba dans la contemplation du paysage. Lui aussi avait dû croire que la journée serait belle.

« Ne vous inquiétez pas, dit-il à voix basse. Un jour, ils paieront pour tout ça.

— Mais on va aller où ? insista Benoît, de plus en plus angoissé.

— Je n'ai pas encore d'idée là-dessus. J'ai pensé à un ami à Blois. Mais passer les barrages et les contrôles ne sera pas facile. Il me reste encore la solution de vous cacher ici. Cela comporte des risques. »

J'écoutai à peine ce qu'il disait. Je ne pensais qu'à Bernadette. Elle était brusquement devenue un fantôme, une apatride sans nom détachée de la terre, disparue comme un bateau en mer. J'avais envie de me jeter sur le directeur, de le frapper, de le malmener encore, de le forcer à user de son pouvoir pour la retrouver. Mais son autorité ne pesait pas lourd face à l'horreur qui nous entourait. Il fallait qu'on me rassure, que j'apprenne qu'elle était en prison, dans une maison spécialisée, quelque part. Je refusais cette incertitude affolante. Bernadette était mon unique sœur, le dernier lien de parenté qui m'unissait à ce monde. Je ne pouvais pas la perdre.

Mon cauchemar me revint en mémoire. Le lieutenant Hechler me fixait en souriant. J'aurai aimé braquer sur lui le canon d'une arme, laisser doucement glisser mon doigt sur la détente. La pression de mon index sur le bout de métal m'aurait apaisé, délivré de tout. Benoît me ramena à la réalité.

« Jacques !

— Oui !

— On ne peut pas rester, il faut partir ! »

Le directeur n'était plus là. Je n'avais même pas remarqué qu'il avait quitté la chambre. Mon ami se leva. L'ampleur de ses gestes trahissait son anxiété.

« Jacques, on ne peut pas faire comme il a dit. On ne va pas attendre la semaine prochaine !

— Tu as raison, la Gestapo sera bientôt là.

— Il faut partir, tout de suite !

— Non, un départ précipité, c'est débile. On attendra la nuit. Comme ça, on aura le temps de réfléchir, de s'organiser. »

Il se frotta la nuque. Il respirait bruyamment, parlait à toute allure.

« Il faut partir en Angleterre, comme le voulait Mathilde.

— L'Angleterre ? Sans papier, sans argent, c'est impossible !

— On se débrouillera. La mer n'est qu'à quelques kilomètres d'ici. On n'est pas loin du Croisic. Comme je te l'ai dit, je suis déjà venu à Nantes avec mon père, il y a longtemps. Je me souviens que, pour partir, nous avons filé vers l'ouest et pris un bateau. C'était au Croisic.

— En temps de paix, c'est très facile.

— On n'a pas le choix. Attendre ici, c'est la fin assurée. Partir, c'est un peu d'espoir. »

Il me regardait d'un air grave. Je n'osai pas lui dire ce que je ressentais. La vérité, c'est que tout cela me fatiguait. Il était temps d'arrêter de fuir, de retrouver des instants de paix. J'avais besoin de respirer, de dormir, de rêver. Et surtout, je voulais retrouver Bernadette, être à ses côtés à un moment où elle avait tellement besoin de moi. Tout le reste m'était égal.

« Jacques ! »

Je répondis avec lassitude :

« Oui, je crois que tu as raison. »

Il s'assit brusquement sur le lit d'en face, un peu soulagé. Petit à petit, sa respiration se calma. Il resta ainsi, les yeux dans le vague. Le silence se prolongea. J'avais envie de me taire pour toujours. Soudain, Benoît bougea la tête, bizarrement, comme quelqu'un qui émerge et prend conscience du temps qui a passé.

« Mathilde ? dit-il.

— Mathilde est morte. »

Il se leva comme un somnambule, fixa le mur sans vraiment le voir. Son teint changea, ses lèvres se mirent à trembler. Tout à coup, il hurla :

« Non ! Non ! Noooooonnn !

— Benoît, je t'en prie, calme-toi !

— Mathilde ! Mathilde ! Pourquoi ? Pourquoi ?

— Arrête de gueuler. Bon sang, calme-toi !

— Tout ça, c'est ta faute. Pourquoi es-tu venu me chercher ? J'étais bien, avant. Mais tu es venu et, depuis, la mort ! La mort ! C'est horrible, je la sens !

— Ecoute…

— Tais-toi ! Je te déteste… »

Les larmes couraient sur ses joues, sa bouche se tordait. Il eut quelques hoquets, renifla. Doucement, il se rassit, baissa la tête. Je le regardai, incrédule, espérant qu'il ne pensait pas ce qu'il venait de me crier. Pleine de sanglots, sa voix baissa d'un ton. Il bredouilla :

« Elle m'avait appris tellement de choses. Elle était l'espoir, la joie. Maintenant, maintenant… »

Il se remit à pleurer. Il me fallait absolument trouver les mots, les phrases qui l'apaiseraient.

« Benoît ! Rappelle-toi ce que tu m'as dit hier, rappelle-toi ! »

Il redressa un peu la tête.

« L'espoir ! Sinon, à quoi ça sert ? »

Il s'essuya la joue d'un revers de main et chuchota :

« J'ai peur, j'ai peur de mourir.

— Moi aussi Benoît, j'ai peur de mourir… Pourtant, c'est toi qui as raison. Il faut continuer, marcher toujours, sans s'arrêter, parce que les Boches, eux, ils ne nous feront pas de cadeau.

Je marquai un temps d'arrêt, guettant sa réaction. Mais il n'ajouta rien. J'insistai encore :

— Même si tous ceux que l'on aime sont morts, nous n'avons pas le droit d'abandonner. Nous devons vivre. C'est notre devoir.

— Et si la guerre continue ?

— Un jour, elle finira. Et tu verras, on n'aura plus peur de rien. On ira où on voudra, à la pêche comme deux vieux copains. On fera la fête dans les cafés, on chantera à tue-tête et tu joueras derrière ton piano. Et on sera fiers. Fiers de dire : “Ils nous ont pas eus. On était des gosses, mais ils nous ont pas eus !” »

Mes mots étaient si sincères, ma conviction si forte qu'une douce lueur égaya son regard.

« Tu as déjà vu la mer ? me demanda-t-il.

— Non, jamais. On m'a raconté. Il paraît que c'est beau.

— Oui, c'est beau. Quand on la regarde, on se sent différent. Il n'y a plus de malheur. C'est comme la fille dont je te parlais. Tout devient mieux. J'aimerais bien le voir, l'océan. J'ai très envie de sentir l'eau sur mes pieds.

— La mer, tu vas la revoir. On va partir cette nuit, direction Le Croisic. A la première occasion, on mettra le cap sur l'Angleterre. Là-bas, tu n'auras plus peur, ce sera fini. Plus jamais tu n'auras peur, plus jamais. Je te le jure. »

21

Dehors, c'était l'hiver. La nuit avait jeté sa draperie sur la ville et sur les hommes. Nous nous étions emmitouflés dans des manteaux à large col, fournis à notre arrivée par l'institut. Nous n'eûmes aucun mal à sortir de l'établissement. L'infirmerie étant au rez-de-chaussée, il nous suffit de passer par la fenêtre. Je ne regretterais pas cette école. Le soleil y était rare, les ombres trop nombreuses. Nous traversâmes la cour en silence et franchîmes rapidement une rangée de buissons. De l'autre côté s'étendaient de vastes champs. Une route vicinale coupait la campagne et se perdait à l'horizon, vers l'ouest, derrière une colline qui, quand le temps le permettait, s'empourprait de couleurs vives et de reflets d'argent. Benoît alluma la lampe torche qu'il avait dérobée à un camarade de dortoir. Il éclaira le sol, balaya le paysage :

« Il faut combien de temps pour arriver ?

— J'en sais rien. »

Nous marchions d'un pas rapide, cadencé. J'avais les doigts de pied gelés, les mains lourdes, engourdies.

« Dépêchons-nous, dis-je d'une voix essoufflée. Si l'infirmière passe nous rendre visite, elle verra bien qu'on a filé. Ce serait con de se faire prendre. »

Une chouette s'envola, passa au-dessus de ma tête. Hormis ce discret compagnon, la nuit était déserte. Il n'y avait que des fantômes égarés, le vent persistant, et le froid.

« Parle-moi de l'Angleterre, proposai-je pour me rassurer. C'est comment, Londres ?

— Londres ? C'est grand, avec des Anglais qui ne parlent pas comme nous.

— Ouais, t'as raison, rigole ! »

Il se mit à rire :

« Bon... Il y a plein de trucs à voir et à visiter. »

Il commença à énumérer les lieux mythiques que j'aurais le privilège de découvrir : le quartier de West End et de Bloomsbury avec ses vieux squares, ses immeubles de style et son université, le fabuleux British Museum, les bibliothèques, les librairies pleines de vieux livres en parchemin qui sentaient la naphtaline et le tabac à pipe. Il me parla des rencontres étonnantes qu'il avait faites avec son père dans les sociétés savantes, les consulats et les légations. Il me décrivit les Anglais, leurs coutumes, leur nourriture bizarre, l'amour qu'ils vouaient à leur roi. Plus rien ne pouvait l'arrêter. En l'écoutant, j'avais l'impression d'arpenter Oxford Street, de flâner librement comme un businessman à chapeau melon. Mon imagination s'enflammait. J'allais de désir fou en ravissement. C'était si agréable que la voix de Benoît se perdit avec le vent. Je marchais en souriant, oubliant les difficultés de notre projet, les embûches qui nous attendaient. Derrière nous, les kilomètres s'écoulaient, la mort s'éloignait sans regret. A l'horizon se profilaient des rêves de conquête et de liberté.

« Comment dit-on "bonjour" en anglais ? demandai-je.

— *Hello !*

— *Elau ?*

— Non, il faut que tu le dises comme si tu soufflais sur une vitre pour faire de la buée. Après, le son "o" s'allonge. *Hello !* »

Je répétai, ça l'amusa. Je ronchonnai, un peu vexé. Il tenta, une fois encore, de corriger mon accent ; la troisième fut la bonne.

« *Hello !*

— Voilà ! C'est parfait. Maintenant, tu sais dire bonjour en anglais. »

Nous nous mîmes à rire. Les leçons de langue nous firent oublier le temps qui passait. Pourtant, la fatigue commençait à se faire sentir. J'avais mal aux pieds. Benoît, lui, se plaignait de courbatures. L'horizon restait vide ; la ville aux lumières éteintes à cause du couvre-feu nous paraissait inaccessible, dissimulée derrière des pans de brume. Il nous fallait faire une halte. Nous vîmes, à quelques pas de là, une baraque de chasseur en bordure de route. Elle semblait inhabitée.

« On pourrait peut-être y passer le reste de la nuit ? proposa Benoît.

— Bonne idée. On repartira au lever du jour. »

Maintenue par un simple loquet, la porte s'ouvrait sur une pièce misérable, un établi, quelques outils disloqués. Dans un coin, un tapis de paille recouvrait un endroit sec et propre.

« Un excellent lit ! s'exclama Benoît.

— Il y a même un poêle et du bois. On pourra faire un feu ! »

Bientôt, le poêle ventru ronfla et craqua. Le sommeil nous tomba dessus comme un coup de masse.

A l'aube, ce ne fut pas le chant du coq qui nous réveilla, mais le canon froid et dur d'un fusil de chasse.

Un pied me secoua brusquement. Je crus que Benoît cherchait à me réveiller pour que nous repartions. Mais je sentais bien qu'il était trop tôt pour se lever. Je grognai sans bouger. Le geste, alors, se fit brutal, impétueux.

J'entrouvris les paupières ; deux yeux noirs aux pupilles dilatées me toisaient d'un air belliqueux. Me redressant vivement, je me retrouvai nez à nez avec le canon d'un fusil. Assis à côté de moi, Benoît, immobile, attendait en silence. Devant nous, un grand homme trapu à la face rude brunie par le soleil nous tenait en joue, la main tremblante.

« Saleté de voleurs ! Y sont venus encore pour me piquer des œufs, ou pour filer avec mes poules ! Fumiers, petites ordures ! Vous me prenez pour un con ? Vous croyez que le Ferdinand, il y fait pas attention, à ses poules ? J'y vais vous en donner, moi, des coups de fusil, ça va être fini, le chapardage ! »

Il brandissait son arme sans précaution. Le coup aurait pu partir tout seul.

« Non ! hurlai-je, non, monsieur, on n'est pas des voleurs. On vient de l'institut des Chevreuils, on a juste passé la nuit dans votre étable !

— Sacré fils de pute de menteur ! Vous allez venir avec moi voir la maréchaussée !

— Non ! cria Benoît. Surtout pas ! On veut pas être arrêtés !

— Sacré nom d'un chien, y seraient-ils recherchés, en plus ? »

Il prit le temps de nous examiner.

« C'est pourtant vrai qu'ils ont l'uniforme des Chevreuils ! A moins qu'ils aient volé ça aussi. La maréchaussée, c'est à sept kilomètres et ma jument est malade. Demain, avec la mule du gars Boitel, j'vous y emmènerai. En attendant, restez-y donc, dans l'étable. Et n'essayez pas de partir en douce. Le Ferdinand, il a l'œil ! »

Il sortit en claquant la porte. Nous l'entendîmes tourner le verrou.

« Attendez ! cria Benoît, Attendez !

— Vous pouvez gueuler comme des oies, personne ne vous délivrera. »

Nous nous mîmes à tambouriner contre la porte, mais il ne revint pas. Nous jetâmes un œil à travers les interstices. Nous le vîmes s'en aller en boitant. Il ne se retourna pas. Sa voix lourde nous parvint comme en écho.

« J'sais aussi que vous êtes des youpins ! »

Benoît sursauta. Il me regarda d'un air affolé, glissa fébrilement sa main dans la poche intérieure de son manteau :

« L'étoile ! Elle n'y est plus ! »

J'exhalai un soupir qui en disait long et retournai d'un air abattu m'asseoir dans la paille. Benoît vint me rejoindre.

« On est dans la merde ! m'écriai-je.

— Qu'est-ce qui va nous arriver ?

— Tu l'as entendu : il va nous emmener demain à la maréchaussée.

— Il faut essayer de s'enfuir !

— Et comment ?

— On n'a qu'à creuser un trou sous un mur.

— Il faudrait y passer la journée et la nuit. On n'aurait pas assez de temps. La terre est dure et on n'a pas de pelle. »

Il se mit à hurler à pleins poumons :

« Au secours ! Au secours ! On veut sortir !

— Arrête ! On est loin de tout ici, c'est inutile. »

J'essayai de me concentrer, de trouver un moyen de nous sortir de là.

« Fais comme moi, réfléchis. Tu auras peut-être une idée.

— J'ai faim. Je suis incapable de réfléchir quand j'ai faim.

— Moi aussi, j'ai faim. Il doit rester un bout de pain dans ma musette. On va se le partager. »

Nous mangeâmes sans entrain. Après ce maigre petit déjeuner, nous nous mîmes à broyer du noir. Il se passa bien deux heures avant que l'on entende une voix. Benoît se jeta en premier contre le mur, pour tenter de distinguer entre les lattes de bois le passant qui s'approchait.

« C'est le paysan, dit-il. Il est avec un autre gars. »

L'homme était bien habillé, plutôt jeune, l'allure d'un type de la ville.

« Deux cents poules, dit-il gaiement. De belles bêtes en parfaite santé et bonnes pondeuses !

— C'est sûr, répondit le paysan sur un ton plus neutre, j'vais y réfléchir. Mais le problème, c'est la place. J'en ai plus.

— Et derrière ? s'écria l'homme en tendant le bras. Vous avez un hectare entier qui ne sert à rien ! »

Le paysan haussa les épaules :

« Mais j'y peux point l'utiliser ce terrain, il est en friche !

— Remettez-le en état, que diable ! Deux cents poules ! Imaginez l'argent que les œufs vont vous rapporter ! »

Il n'avait pas l'air intelligent, le Ferdinand. Mais à la simple évocation du mot « argent », les couleurs de son visage changèrent. Il devint songeur. Sans doute rêvait-il déjà du magot grossissant qu'il aurait à cacher en lieu sûr. Un sourire joua sur ses lèvres :

« Evidemment, vu comme ça… Hier, j'ai déjà vendu toute ma camelote aux Allemands. J'ai même été obligé de dire non aux Chevreuils. Forcément, y avait plus rien… Mais pour défricher, il me faudrait une jument. La mienne, c'est sûr, elle va crever.

— Ferdinand, je suis certain que vous allez trouver la solution…

— Qu'il repasse dans un mois, j'en reparlerai.

— Dans un mois, mon offre ne sera plus la même. »

Ferdinand se mit à battre du pied.

« Bon Diou ! Y va point me plumer !

— A vous de réfléchir. Je repasserai la semaine prochaine. Mon offre tiendra encore. Ensuite… »

Il enfonça le clou.

« Deux cents poules, ça en fait des œufs. De quoi gagner beaucoup d'argent…

— Ouais. »

Ils se serrèrent la main. Le jeune homme s'apprêtait à partir lorsque le cri de Benoît lui fit marquer un temps d'arrêt.

« Au secours ! Au secours ! Venez nous sortir de là ! »

Il fit volte-face, chercha du regard d'où pouvaient bien émerger ces plaintes de gamin.

« Qu'est-ce qui se passe ? demanda-t-il.

— C'est rien, des voleurs de poules, j'les ai attrapés cette nuit. Demain, ils iront à la maréchaussée.

— Ah ! bon. »

Il n'insista pas et s'en alla. Le paysan fit de grands pas convulsifs dans notre direction. Il s'arrêta devant la porte et lança d'une voix prise par le fou rire :

« Vous pouvez braire, j'vous l'ai dit, personne viendra. Tout le monde s'en fout !

— Laissez-nous sortir ! vociféra Benoît. Vous n'avez pas le droit ! »

Ferdinand rit de plus belle, s'éloigna de la porte et disparut.

« S'il prévient les flics, fit Benoît, on est fichus. »

Une heure passa. Nous étions assis, muets et graves. Le loquet claqua doucement, la porte se mit à grincer. Un visage émacié apparut. Deux yeux solitaires nous enrobèrent avec attention. L'adolescente fit un pas dans la lumière éblouissante du soleil. Elle devait avoir le même âge que nous. Les cheveux défaits, elle portait une robe de calicot rognée à hauteur des chevilles, d'un tissu blanc râpé, taché de boue ; seule une ceinture couleur de palissandre en égayait la tristesse. Elle se rapprocha, déposa sur le sol tout ce qui encombrait ses bras : un pichet, un morceau de pain et je ne sais quoi d'enveloppé dans un linge. Elle nous dévisagea un instant, sans manifester d'émotion particulière. Notre présence n'avait pas l'air de l'inquiéter. Je fus frappé par son regard soutenu qui renfermait tous les mystères, toutes les peines. Ses lèvres voluptueuses firent naître en moi une langueur étrange. Elle avait des allures de petite paysanne, d'écorchée vive. Alors qu'elle me fixait en particulier, il me sembla distinguer une grimace, une moue : un sourire, peut-être… Elle fit volte-face, comme une girouette appelée par le vent, sortit de l'étable et referma le loquet.

« Attends ! » cria Benoît, qui tenta de la rattraper.

Elle ne répondit pas. J'étais resté en retrait, immobile, cloué par la surprise provoquée par cette apparition.

« Tu crois que c'est sa fille ? » me demanda Benoît.

Je l'avais à peine entendu. Je pensais à autre chose.

« Merde ! tu m'entends ?

— Hein ? Euh, je ne sais pas, peut-être.

— Si c'est sa fille, elle ne lui ressemble pas. Qu'est-ce qu'elle a apporté ?

— A manger, je crois.

— Ouais. Le vieux ne tient quand même pas à ce qu'on meure de faim. »

Il alla voir de plus près ce qu'elle avait laissé.

« Elle va peut-être revenir ! m'écriai-je.

— Et alors ?

— Elle est toute seule. A deux, on pourrait essayer de la coincer. »

Il redressa subitement la tête. Un gros morceau de pain lui gonflait déjà la bouche :

« C'est pas bête. Mais le père va vite s'en rendre compte. Il foncera prévenir la maréchaussée. On n'ira pas loin.

— Il faudra attacher la fille et la bâillonner. Quant au père, sa jument est malade. Il ne pourra pas nous suivre. Et le temps qu'il aille à pied prévenir les flics…

— Tu as raison. En plus, il boite. Ce n'est pas gagné pour lui. Comment comptes-tu t'y prendre ?

— Toi, tu resteras assis devant, l'air de rien. Quand elle rentrera, elle te verra. Je serai derrière la porte. Je me jetterai sur elle et tu viendras m'aider à l'attacher.

— Avec quoi ?

— J'en sais rien : un bout de ficelle ; il doit bien y avoir ça ici.

— Et si elle crie ? Elle va se débattre.

— Il ne faudra pas perdre de temps. Après, on coupera à travers champs. On évitera de prendre la route. »

Il se mit à réfléchir et ajouta :

« Pourquoi pas ? On peut toujours essayer. Tu crois qu'elle va revenir aujourd'hui ?

— Peut-être pour récupérer son pichet… »

Il coupa un morceau de pain, fourra du saindoux à l'intérieur.

« Tiens, mange. »

J'avais horreur du saindoux. J'acceptai quand même le casse-croûte et l'attaquai à pleines dents, hanté par des pensées voluptueuses. Je la voyais. Benoît commença à me parler, mais je ne l'écoutai pas. Je la revis qui s'éloignait, répandant son parfum ombrageux. J'en oubliai un instant les peurs qui m'empêchaient de rêver, le monde et ses cieux brunis.

« Tu crois qu'on peut essayer ? répéta Benoît d'une voix plus forte.

— Oui, je crois. »

Elle revint. De longues heures plus tard, mortelles d'attente et d'ennui, une main s'appesantit sur le loquet de la porte. Comme prévu, Benoît courut s'asseoir dans la paille. La porte s'ouvrit sans bruit. L'adolescente apparut, fragile et vulnérable, avança d'un pas. Lentement, la porte se referma derrière elle. Je me jetai sur le petit corps qui sursauta, l'entourai fermement du bras gauche tandis que ma main droite le bâillonnait. Elle eut un vif mouvement de recul, essaya de se libérer. Benoît se précipita à mon secours. Il dénoua le ruban qui entourait la robe afin d'attacher les mains de notre future prisonnière. Elle se débattit avec vigueur, administra un violent coup de pied dans le tibia de Benoît, qui n'avait pas terminé de serrer le nœud. Il fit un bon en arrière, trépigna et battit des talons. L'adolescente saisit aussitôt la main plaquée sur sa bouche et me tordit un doigt. Je lâchai prise en hurlant. Elle aussi poussa un cri, long et aigu. Je crus qu'elle ne s'arrêterait pas. D'un coup sec, je la frappai pour qu'elle se taise. Elle s'écroula dans la paille. Benoît tenta en vain de la maîtriser. Elle poussa un nouveau cri, si fort qu'elle aurait pu signaler à n'importe quel bateau en perdition le chemin de la côte.

Un coup de pied brutal fit sortir la porte de ses gonds. Le paysan jaillit dans l'étable comme une véritable tempête, tira un coup de feu en l'air. Une pluie de poussière macula sa veste de feutre brun.

« Vos gueules ! »

Nous nous immobilisâmes aussitôt. Ferdinand avait pointé le canon de son fusil vers nous.

« Marie ! Petite salope, sale petite putain ! Tu devais point revenir dans l'étable. Amène-toi, garce ! »

Elle se leva. Tête basse, elle alla vers lui.

« Salope ! »

Il la gifla : un coup sec qui lui dévissa la tête. Elle ne pleura pas.

« Et vous, petits fumiers, vous avez essayé de lui faire du mal, à ma petite Marie. Je vais vous le faire payer. Sortez de là ! Dépêchez-vous ! »

Il agita son fusil. La peur commençait à me raidir les membres. J'avais déjà ressenti une impression semblable avec les Allemands. Benoît ne semblait pas à l'aise non plus. Ferdinand beugla :

« Vite ! »

Dehors, il faisait froid. Le temps était à la pluie mais, dans le lointain, un rayon de soleil tranchait l'épaisseur des nuages.

« J'vais vous montrer, moi, comment on traite les voyous ! »

Il marchait derrière nous, soufflant et mugissant comme un taureau, nous poussait pour que nous avancions plus vite. A ses côtés, Marie l'observait avec une insistance soutenue, inquiète, interrogative. Je fus heureux de connaître au moins son prénom.

« Ferdinand, dit-elle d'une petite voix implorante, tu ne vas quand même pas les tuer ?

— Ta gueule !

— Si tu les tues, tu iras en prison !

— Ta gueule, je te dis ! »

Il nous emmena derrière, à l'abri de regards qui n'existaient pas. Nous nous retrouvâmes en lisière d'un champ en friche entouré de marronniers. Le vent se leva, les ramures s'agitèrent comme les bras des victimes qu'on achève. Ferdinand fouilla dans la poche de sa veste, en sortit deux cartouches.

« Y a ce qui faut ! »

Benoît et moi étions l'un à côté de l'autre, silencieux. Je me demandais à quoi pouvait bien ressembler une terre fertile et entretenue à la place de ce terrain hideux et moribond. J'imaginais des couleurs naissantes à l'heure dorée des ruches. Ici, des fleurs sauvages viendraient mêler leurs teintes à la verdure d'arbrisseaux et à celle d'un vaste tapis d'herbe.

« Ne les tue pas, Ferdinand ! supplia Marie. Je ferai tout ce que tu voudras, je travaillerai tout le temps. Mais ne les tue pas ! »

Il lui jeta un coup d'œil méprisant, glissa une cartouche dans son fusil.

« T'es bien qu'une sale putain, comme ta mère ! »

L'insulte ne l'offusqua pas : elle avait l'habitude.

« Attends, cria-t-elle alors qu'il ajustait l'arme. Les tuer, ça va te servir à rien, alors qu'ils pourraient travailler pour toi. Ça ne te coûterait pas un sou. »

Il ne lui prêtait qu'une oreille distraite, la crosse du fusil bien calée dans le creux de son épaule. Nous étions là, à dix pas de lui. Il me visait.

« Attends ! cria encore Marie qui s'était rapprochée de lui et lui secouait le bras. Tu ne peux pas les…

— Merde ! »

Il lui assena une bourrade et elle tomba. Elle se releva aussitôt.

« Ils pourraient travailler, refaire le champ en un mois. Tu y mettrais tes deux cents poules ! »

Il se tourna vers elle, le fusil toujours braqué sur moi. Elle insista :

« Un mois, à travailler, ce sera vite fait. Je les aiderai. C'est possible ! »

Il abaissa son arme, parcourut du regard le vaste champ désespérément en friche avant de fixer Marie avec une animosité inquiétante. Enfin, il déclara sur un ton menaçant :

« S'ils essaient encore de foutre le camp, ce ne sera pas les gendarmes, mais le flingue ! »

Il s'en alla de son pas rapide et désaccordé, disparaissant dans une cour entourée par une ferme dont la vigne et les plantes grimpantes festonnaient les murs. Nous nous retrouvâmes seuls, tous les trois, la respiration encore coupée. J'entendis doucement passer le vent.

22

Le maniement de la faucille est une pratique difficile qui exige force et habileté. J'avais les mains rougies, endolories. Sur la peau de mes phalanges, des ampoules poussaient comme les champignons après la pluie. Peu habitué aux travaux manuels, Benoît se montrait encore plus maladroit que moi, risquant, chaque fois qu'il ratait la mauvaise herbe, de se blesser les chevilles.

« Couillons ! aboya Ferdinand qui nous surveillait en roulant tranquillement une cigarette. Jamais vu des empotés pareils ! »

Il se plaignait, mais il était ravi. La situation lui offrait un plaisir inattendu : il prenait sa revanche sur ces sales petits bourgeois de la ville. Le pied posé sur une grosse pierre, il avait l'air fier et sûr de lui. Il était le maître des lieux, le seigneur du château. Il donna un bref coup de langue sur son papier à cigarette, acheva de rouler son clope, le colla au coin d'une lèvre tremblante. A côté de lui, mais à une distance suffisante pour échapper à ses imprévisibles accès de colère, Marie nous contemplait d'un air admiratif, sans rapport avec le plaisir sournois que ressentait son despote de père.

En dépit du vent glacial, elle n'avait pas froid dans son ensemble mi-saison. De temps à autre, je lui jetais un regard. Je découvrais alors ses yeux clairs et pénétrants braqués sur moi.

« Va les aider », ordonna sèchement son père.

Elle courut aussitôt vers moi, comme si elle avait prié pour qu'il lui donne cet ordre. Elle me retira la faucille des mains, décomposa lentement le geste pour me montrer comment faire. Un écart sur la droite, de l'élan, un retour vif, un coup sec du poignet et le tour était joué.

« Comme ça, expliqua-t-elle de sa toute petite voix. Hop, hop, hop. Tu vois, c'est facile. »

Elle me tendit l'outil. Un sourire illumina son visage gracieux. Le mien resta obstinément figé. Je n'avais pas envie d'être agréable.

« Où est la mer ? » demandai-je.

Benoît se redressa pour écouter sa réponse. J'avais parlé bas, mais cette charogne de paysan avait le vent pour lui.

« A neuf kilomètres d'ici, répondit-il. A pied, c'est vite fait. Mais n'essaie point, mon gamin, de filer en douce. Le Ferdinand, il est peut-être boiteux, mais à la chasse, y court pas après le lapin. C'est la balle qui le rattrape. Et le fusil du Ferdinand, il est fait pour ça. Jamais loupé un coup, jamais ! »

Il ricana et regagna sa ferme aussi délabrée que sa carcasse de vilain croque-mitaine. Il ne portait pas son fusil en bandoulière, mais je l'imaginais à portée de main, tout près.

Marie nous observait avec une insistance embarrassante, souriant toujours. Elle semblait heureuse de voir des jeunes de son âge. De toute évidence, elle avait envie de nous parler. Ce fut Benoît qui engagea la conversation :

« Tu crois qu'il nous aurait tués ?

— Je n'en sais rien. Il en est capable.

A la première occasion, je fous le camp ! »

Il se mit à battre les herbes avec acharnement. Soudain, il s'arrêta, se redressa et lança à Marie :

« Il est complètement cinglé, ton père !

— C'est pas mon père ! »

Sa réplique brutale le prit au dépourvu. Il resta une seconde à la dévisager, puis haussa les épaules :

« Oh, moi je m'en fous. De toute façon, à la première occasion, on mettra les voiles. On attendra la nuit pour partir. Qu'est-ce que tu en penses, Jacques ? »

J'hésitai un peu :

« Même si on arrive à s'enfuir, il ira prévenir les flics. Ils auront vite fait de nous rattraper. Pour l'instant, je ne vois pas comment on va pouvoir se sortir de là.

— On trouvera une solution. Ce type est fou. Il est capable de nous tuer. »

Marie écoutait notre conversation sans en perdre une miette. Benoît s'en aperçut. Il murmura sur le ton de la confidence :

« Vaut mieux se méfier d'elle.

— Je ne suis pas une rapporteuse, lui lança-t-elle. Et d'abord, c'est pas vrai ce qu'il a dit, le Ferdinand. La mer, elle n'est pas à neuf kilomètres. Elle est tout à côté, après le champ du père Favier. Quand j'y vais à pied, en coupant par chez lui, le soleil ne bouge pas beaucoup dans le ciel. »

Je renonçai aussitôt à mes progrès dans le maniement de la faucille.

« Le prochain village, comment s'appelle-t-il ?

— Le Croisic : c'est tout près. »

Je n'entendais pourtant pas le roulis des vagues, je ne sentais pas l'odeur du goémon. Soudain, un cri aigu, venu du ciel, retentit au-dessus de nous : une formation de pétrels filait vers le sud.

« Tu vois, dit Marie, c'est l'heure de la marée. »

C'était donc vrai. L'océan était là, à portée de main.

« Vous devriez travailler, conclut Marie. Si Ferdinand vous voit ne rien faire, il vous collera une correction. »

Nous suivîmes ses conseils et reprîmes notre tâche.

« Marie ! »

La voix venait de la ferme : le Ferdinand rappelait son esclave.

« Marie ! Reste pas, j'ai faim, j'ai soif ! »

Elle voulut partir en courant. Je l'arrêtai d'un geste.

« Marie, si ce n'est pas ton père, qui est-ce ?

— C'est Ferdinand. »

Elle s'empressa de s'en aller : l'appel se faisait plus pressant.

« C'est Ferdinand, cria-t-elle, le frère de mon père ! »

Elle disparut dans l'effroyable demeure.

« Tu crois qu'elle dit vrai ? me demanda Benoît.

— Sur son père ?

— Non, sur l'océan.

— Oui, je pense qu'elle dit la vérité. »

Nous nous remîmes à l'ouvrage. Benoît déchargea âprement sa rancune sur les mauvaises herbes qui tombèrent par paquets. Cette image de corps s'affaissant me fit penser à mon père. J'imaginai son ombre épaisse et drue, depuis le ciel où il n'avait pas cessé de veiller sur moi. Mais sa voix était pleine de reproche. Il exigeait que je retrouve ma sœur, que je prenne soin d'elle. Ne m'avait-il pas donné l'exemple ? N'avait-il pas, lui, combattu jusqu'au bout ? Ma mère ne disait rien. Près de lui, confiante et sereine, elle priait.

Cette prière me fit prendre conscience que je dormais. Il était tard. La journée passée à lutter contre les mauvaises herbes avait été épuisante. Marie nous avait prévenus. Le lendemain, la besogne reprendrait avant l'aube. Une aube sans oiseaux. Car le froid décourage le chant des fauvettes. Heureusement, il ne peut rien contre les voix d'enfants.

Dès l'aurore, une main fine et douce caressa mes joues. J'ouvris les yeux. Le visage de Marie était penché sur moi.

« Debout ! Debout ! Ferdinand arrive. »

Nous émergeâmes du pays des rêves et le paysan entra. Le chapeau ajusté sur sa grosse tête, il portait déjà son costume brun. Son œil brillait d'un éclat agressif et décidé.

« Debout ! Je nourris pas les fainéants. »

Il pivota, quitta l'étable. Marie nous servit à manger : un bol de lait chaud et un gros morceau de pain.

« Vous n'avez pas le temps de faire votre toilette, nous dit-elle, Ferdinand, le matin, il aime pas attendre. »

Elle quitta l'étable à son tour. Nous enfilâmes nos chaussures, la tête flottant dans un épais brouillard. Dehors, le soleil somnolait encore à l'horizon.

« Vous venez ? » hurla le paysan.

Il nous attendait dans le champ chaotique où il voyait déjà pousser des pièces de monnaie et des billets de banque. Il nous tendit brusquement les faucilles.

« Vous n'avez point fait grand-chose hier. Va falloir trimer, aujourd'hui. »

Marie était là, l'outil en main. Son visage luisait dans la semi-pénombre. Je vis le sourire qu'elle m'adressait.

Je me baissai, commençai à battre l'herbe, Benoît et Marie en firent autant. Le paysan resta un long moment à nous regarder. Il se dispensa de nous accabler de remarques sur notre façon de manier l'outil. Il faut croire que nous avions assimilé la technique. Il s'adressa à Marie.

« Je m'en vais. Le gars Boitel est de l'autre côté, il est venu avec sa mule. J'vais aller avec lui vendre les œufs. Fais attention aux juifs. S'ils s'échappent, la volée sera pour toi. »

Il s'en alla.

Nous restâmes actifs et silencieux un long moment. Marie guettait, à l'horizon, la silhouette de son oncle. Constatant qu'il était bien parti, elle cessa de donner des coups de faucille.

« Le gars Boitel, c'est un bavard et un buveur. Quand ils sont tous les deux, ils reviennent pas avant le midi, et rond comme des queues de pelle !

— Vaut mieux pas s'arrêter, conseilla Benoît en reprenant son souffle. S'il se rend compte que notre travail n'a pas avancé…

— Non ! m'écriai-je énergiquement. Si tu veux partir, il faut trouver une idée ! En allant visiter le coin, on découvrira peut-être quelque chose. »

Ma remarque le laissa perplexe. Il allait s'exprimer, mais Marie le devança :

« Je sais ce que tu veux, Jacques. Tu veux voir la mer. Le problème, ce sont les Allemands. Ils surveillent la côte.

— Tu connais un passage ?

— Bien sûr. De toute façon, avec moi, vous ne risquez rien. Les Allemands, ils me connaissent. T'auras qu'à voir, il y aura certainement dans la semaine un Boche qui viendra acheter des œufs au Ferdinand. Le Ferdinand, il est très ami avec eux. Il dit que c'est une grande armée et de bons clients. »

A l'horizon, les lueurs du soleil étalaient leurs rougeurs paisibles. La campagne s'étirait dans une demi-brume. La voix de Marie changea.

« Mais, à moins que ce soit vrai ce qu'il dit, le Ferdinand : c'est vrai que vous êtes juifs ? C'est quoi, juifs ? »

Je me souvins de la définition de Mathilde.

« Juif, c'est comme chrétien ou musulman, sauf que c'est "juif". »

Elle resta interloquée. Benoît ajouta malgré tout :

« De toute façon, il faut absolument éviter les Allemands !

— Mettons-nous d'accord, précisai-je. Pas plus d'une heure d'absence. Sinon, le Ferdinand, il va comprendre. »

Ils m'approuvèrent. Nous déposâmes les outils sur le sol. Marie commença à nous expliquer par où passer. Benoît ne semblait guère l'écouter.

« Attendez, dit-il. Finalement, j'ai une meilleure idée. Il vaudrait mieux que vous partiez tous les deux. C'est vrai, vous n'avez pas besoin de moi. Si je reste ici, je pourrai continuer le travail et vous prévenir au cas où Ferdinand reviendrait. »

Je pris une seconde pour réfléchir.

« Tu as peut-être raison. »

Marie me fit traverser des étendues d'herbes teigneuses couvrant un sol gras et spongieux. Heureusement, le soleil grossissait ; le paysage retrouvait ses teintes familières. Le passage déboucha sur un sentier sinueux, puis sur un parcours abrupt. Enfin, nous traversâmes un champ dont la terre argileuse colla à nos semelles.

Tout à coup, la lande disparut. Nous nous retrouvâmes sur la crête d'un promontoire qui dominait l'océan. Un souffle amer me fouetta les joues. Le désert houleux s'ouvrit, long, puissant et sauvage sous les feux d'un ciel coloré. Une clameur de joie, âpre, immense, monta en moi.

C'était le royaume des houles.

Des mouettes virevoltaient autour d'un bateau de pêche qui traînait derrière lui un sillage d'écume. Sur la plage, les flots poussés par le vent du large pressaient leurs plis et terminaient leur musique sur un doux tapis de sable. La mélodie était éternelle, et la chanson reprenait.

« C'est beau. »

J'avais les yeux grands ouverts, extatiques. Marie, pour qui la mer n'avait plus de secrets, me lorgnait avec incrédulité.

« Jacques, regarde là-bas, sur la plage. »

Très loin, des hommes marchaient le long du littoral.

« Ce sont des soldats allemands. Ils surveillent le littoral ; toute la journée et aussi la nuit.

— Impossible de fuir par ici.

— De jour, vous avez une chance. Ils me connaissent. Si vous êtes avec moi, cela se passera bien.

— Pas si sûr.

— Oui, mais la nuit, ils ne sont pas habitués. S'ils me voyaient, ils me poseraient des questions. »

Je m'assis dans l'herbe luisante rafraîchie par la rosée.

« Et si on coupait par les hauteurs ? »

Elle répondit, désabusée :

« Là aussi, ils surveillent. »

Elle s'assit en tailleur à côté de moi. Le froid et le vent nous cinglaient le visage. Je lui demandai :

« Tu voudrais venir en Angleterre avec nous ?

— Je ne sais pas. L'Angleterre, c'est loin et…

— Il paraît qu'il y a tout plein de trucs à voir et à visiter. C'est extraordinaire. Tu aimes la musique ?

— Ma mère avait un phonographe. On riait beaucoup quand elle chantait et dansait. »

Elle avait fait cet aveu avec un sourire nostalgique. Elle se tut, sentant qu'elle en avait trop dit. Je sautai sur l'occasion :

« Tu ne vis donc plus avec elle ?

— Non, elle est danseuse. Elle voyage beaucoup. »

Elle mentait ; j'en étais sûr. Pour ne pas l'ennuyer, j'enchaînai aussitôt :

« Le père de Benoît est chef d'orchestre. Sa mère est chanteuse. Eux aussi, ils parcourent le monde. »

Un goéland passa au-dessus de nous en poussant son cri. Il piqua, donna un brusque mouvement d'aile et retourna vers l'océan.

« J'aimerais que la guerre s'arrête, murmurai-je.

— La guerre, elle ne me rend pas malheureuse.

— Pourtant, on dirait.

— Jacques, regarde le ciel.

— Oui.

— J'aimerais… J'aimerais être un oiseau. »

Je laissai planer un silence pour l'encourager à continuer.

« Tu vois, ils sont libres et heureux. C'est très différent de ce que nous vivons.

— Viens avec nous en Angleterre.

— Je ne peux pas, j'attends ma mère.

— Ta mère ne reviendra pas. Tu es juive, je le sais.

— Non, je ne suis pas juive. J'attends ma mère, c'est tout. »

Je la regardai patiemment, attendant qu'elle me dévoile d'autres rêves. Mais il ne se passa rien. Il ne faut pas forcer la porte des secrets. Quand elle ne s'ouvre pas, il n'y a plus qu'à attendre l'instant où l'hôte est prêt à vous recevoir.

Marie finit par me parler de son père. Elle le décrivit comme un homme courageux, un pêcheur du Croisic bourru et solitaire, passant sa vie à traverser l'épaisseur du monde, défiant les éléments pour fuir les paroles traîtresses et la froideur des hommes. Il avait quitté la côte depuis plus d'un mois et personne ne savait quand il reviendrait. Je l'écoutai sans l'interrompre. Elle semblait heureuse de raconter l'histoire d'un homme qu'elle jugeait au-dessus des autres. Elle le disait bon, tranquille, généreux, rassurant, d'une grande douceur avec elle et sa mère. Au fond de moi, malgré tout le plaisir que me procurait un récit aussi merveilleux, je savais qu'il n'y avait rien de vrai dans tout cela. Marie avait construit un rêve autour de son père, une histoire inventée avec des départs déchirants au petit matin, en hiver, et des retours enflammés à l'heure où les primevères sortent à peine de terre. Il ne s'agissait pas d'un de ces mensonges qui cherchent à surprendre et séduire, mais d'un conte fait pour apaiser, pour donner un sens à une vie.

« Et tes parents, me demanda-t-elle ?

— Ils sont morts. Ils étaient résistants. »

Elle n'insista pas, ne se montra pas curieuse, peut-être pour éviter que j'en fasse autant.

« Regarde les oiseaux », me dit-elle.

Il y en avait une centaine dans le ciel. Ils se croisaient, piquaient, remontaient en un ballet merveilleux. Je me levai pour l'admirer. Elle se leva elle aussi. Nous contemplâmes le ciel en silence alors que les cris aigus retentissaient comme des appels. Me plaçant derrière Marie, j'ouvris doucement ses bras. Nous étions ainsi, face à la mer, bras écartés comme sur un crucifix. Doucement, je réussis à leur imprimer un mouvement harmonieux, une oscillation douce, une sorte de battement d'ailes. Le vent frais fit pleurer nos yeux.

« Regarde, Marie, tu voles ! »

Elle rit, s'ébroua. Le rêve, en cet instant, nous le vivions. Ainsi avons-nous communié avec la mer, le ciel et la terre. Marie fut la première à revenir à la réalité.

« Il faut rentrer, dit-elle. Retournons à la ferme, vite !

— Ne t'inquiète pas, il n'est pas midi.

— Ferdinand rentre presque toujours en milieu de journée, sauf si la vente des œufs n'a pas été bonne. Il est possible qu'il soit déjà là. »

Nous repartîmes d'un pas vif. Quand nous arrivâmes à la ferme, Benoît n'était plus au champ.

« Benoît ! Benoît ! »

Il ne répondit pas à mes appels. Marie partit explorer les environs. Quelques minutes plus tard, elle revint vers moi, essoufflée, sans dissimuler son inquiétude.

« Je ne l'ai pas trouvé !

— Tu as regardé dans la ferme du Ferdinand ?

— Non, il n'oserait jamais…

— Allons voir ! »

Nous courûmes vers la bâtisse. Marie me fit remarquer au passage que la carriole du gars Boitel n'était pas là, ce qui me tranquillisa un peu. En entrant dans la pièce qui servait de cuisine et de chambre à coucher, nous découvrîmes Benoît assis derrière une table recouverte de pièces de monnaie et de billets. Il leva le nez, sourit d'une oreille à l'autre.

« Regarde, Jacques, vise un peu tout ce pognon !

— Benoît !

— Avec ça, on peut partir en Angleterre !

— On verra le moment venu. Range cet argent. Ferdinand peut revenir à l'instant. »

Marie courut vers la table, prit le sac de toile à cordelette, commença à fourrer le précieux butin. Soudain, elle s'arrêta.

« Ecoutez ! »

C'étaient des bruits de sabots. Une mule se mit à braire, des rires gras fusèrent depuis la cour. Des bribes de voix masculines se rapprochaient.

« C'est eux ! s'exclama Marie. »

D'une main rapide, elle acheva d'enfouir l'argent dans le sac et remit le tout à sa place, dans l'anfractuosité d'un mur qu'elle reboucha avec une pierre.

« Asseyez-vous », dit-elle.

Elle attrapa trois bols, les fit glisser sur la table avant de se précipiter vers une marmite posée sur une cuisinière éteinte. Elle fit tomber dans chacun de nos bols une grosse louche de soupe froide.

« Mangez, vite ! »

Le Ferdinand nous découvrit à table. Très à l'aise, Marie lui lança un sourire de bienvenue.

« Vous voilà déjà ?

— Ouais. Qu'est-ce que ces sales juifs font ici ?

— Ils ont bien travaillé. Maintenant, il faut qu'ils mangent.

— On verra s'ils ont bien bossé… »

Ses yeux pétillaient, ses lèvres tremblaient. On l'aurait cru, debout dans l'encadrement de la porte, en équilibre sur un fil. Derrière lui, son comparse, un maigrelet au regard vide, souriait sans comprendre pourquoi.

« On a faim et on a soif. Va me chercher une bouteille ! »

Ils parvinrent tous les deux à tituber jusqu'à la table.

« Dehors, les pouilleux de juifs ! »

Nous abandonnâmes nos places. Les deux poivrots s'assirent.

« Même plus chez soi ! »

Je passai à côté de Ferdinand en m'efforçant de frôler le mur. Sur la table, un éclat vif-argent attira mon regard. Une pièce était restée là, oubliée, insolente, à la vue de tous. Si le bonhomme la repérait, on pouvait craindre le pire. Benoît m'attendait dehors. Je m'immobilisai tout près de Ferdinand. Il arracha des mains de Marie la bouteille qu'elle lui tendait, retira le bouchon avec les dents, le cracha par terre et fit couler d'une main hasardeuse le liquide pourpre dans le verre du gars Boitel, qui souriait de plus belle, comme si le jour était béni.

« La soupe ! »

Marie leur apporta des assiettes, y versa de bonnes louches. Gêné par une ombre, Ferdinand prit enfin conscience de ma présence.

« Qu'es' tu fous là, toi ? Y veut quoi ?

— Je… je voulais vous dire, j'ai… J'ai cassé… Ce matin, j'ai cassé une faucille. »

Ces yeux s'élargirent. Son corps se raidit. Pressentant que quelque chose de savoureux se préparait, le gars

Boitel se mit à ricaner. Il ne se trompait pas. Ferdinand se leva d'un bond et sa main s'abattit sur mon visage. Le coup fut si violent que mon corps alla percuter le mur avant de s'effondrer.

« Petit fumier ! Petit fumier ! »

Ferdinand hurlait comme un dément. J'avais l'impression qu'on lui arrachait la vie. D'un coup sec, il déchira mon chandail et ma chemise. Je me retrouvai torse nu. Il me jeta contre la table, plaqua ma joue contre le bois glacé, son autre main me maintenant la nuque. Je ne pouvais plus bouger. A l'autre bout de la table, Marie pleurait. Un verre à la main, Boitel riait sous cape. J'avais de la chance : la pièce de monnaie était là, à quelques centimètres de mon poignet. Je parvins à regarder par-dessus mon épaule. Avec une lenteur étudiée, Ferdinand défaisait son ceinturon. Je m'emparai discrètement de la maudite pièce et la gardai précieusement au fond d'une paume, en serrant les doigts.

« Tu sais combien ça coûte une faucille ! Tu sais combien ça coûte ? »

La lanière de cuir claqua sur mon dos, la douleur m'arracha un cri. Ce n'était qu'une mise en train : le paysan cherchait son rythme. Bientôt, les coups se mirent à tomber, plus réguliers, mieux appliqués.

« Tu l'as mérité ! » sifflait Ferdinand.

Enfin, essoufflé, il me laissa m'affaler sur le sol. L'épreuve du devoir accompli semblait l'avoir complètement rassasié. Il reprit calmement sa place à table, but une gorgée de vin, avala une bonne cuillère de soupe : elle était froide. Il la recracha violemment. Sans essuyer le liquide qui coulait sur son menton, il flanqua un revers de main dans l'assiette qui voltigea. Marie en reçut une pleine giclée. Son oncle se leva en beuglant :

« Dehors ! Dehors, incapable ! Ramasse ce pouilleux et fous le camp, salope ! »

Le gars Boitel riait toujours, mais avec moins de retenue, ce qui agaça Ferdinand.

« Ta gueule ! »

Je me redressai avec peine, aidé par Marie. Mes blessures me brûlaient aux épaules. Pourtant, malgré la douleur, j'étais content : j'avais pris la pièce sans que Ferdinand s'en aperçoive. C'était gagné.

Il nous jeta dehors comme on jette les mendiants sur le perron des châteaux. Marie me conduisit vers l'étable. Elle épongea mes plaies avec un linge mouillé à l'eau froide, me confia des vêtements propres. J'insistai pour reprendre le travail. J'avais besoin de me défouler, de laisser libre cours à ma rancœur. Les coups de pioche s'abattirent sur la terre dure comme de mauvais coups de ceinturon.

Le chantier avançait. Nous commencions à installer les fondations d'une longue cage à poules disposée sur trois étages. L'ensemble devait être établi sur un parterre que nous avions nettoyé, équarri, nivelé.

La porte de la ferme grinça. Boitel sortit en titubant, les cheveux ébouriffés, des cernes mauves sous les yeux. Il passa près de nous sans nous voir, contourna l'attelage avec indolence et, à notre grande surprise, repartit à pied. Peut-être avait-il proposé à Ferdinand de lui laisser la carriole jusqu'à la fin des travaux. La mule nous fixa de son œil stupide et continua, imperturbable, à mastiquer sa poignée de luzerne.

« Vous pouvez être sûrs que le Ferdinand, il cuve », commenta Marie.

Nous nous remîmes à la tâche jusqu'à la nuit. Après le dîner, Marie nous installa dans l'étable vide qui jouxtait la pièce où vivait son oncle. Le feu de l'imposante cheminée nous enverrait un peu de sa chaleur à travers les interstices du mur de pierre. Les deux pièces étaient séparées par une porte que l'adolescente nous recommanda de ne jamais ouvrir. Nous nous étendîmes dans la paille, tout habillés. Marie, elle, grimpa sur une échelle et disparut en haut d'une mezzanine qui se trouvait de l'autre côté du mur, chez Ferdinand. Elle couchait donc tout près de lui, mais hors de portée. De toute façon, il cuvait. Berçant ses rêves de richesse, ses ronflements ne nous empêchèrent pas, tous les trois, de nous endormir aussitôt.

23

Un bruit de moteur me réveilla en sursaut.

« Debout ! nous cria Marie en déboulant de son échelle. Les Allemands sont dehors ! Montez avec moi !

— Qu'est-ce qui se passe ? demanda Benoît.

— Grimpez, vite ! »

Nous obéîmes. En bas, Ferdinand était déjà habillé, attablé devant un bol de soupe, l'air nullement inquiet. On frappa à la porte.

« Gestapo !

— C'est ouvert... »

Trois hommes apparurent.

« Vous êtes Ferdinand Grillon ? demanda l'un d'eux.

— Oui. Qu'est-ce que vous voulez ?

— Nous recherchons deux garçons. Nous savons qu'ils sont passés par ici. Vous les avez peut-être vus ? »

Ferdinand avala une gorgée de soupe.

« On voit pas beaucoup de monde, dans le coin. Deux gamins... S'ils étaient venus, je m'en souviendrais. Qu'est-ce qu'ils ont fait ?

— Juifs. Ils doivent être arrêtés, rapidement.

— Juifs ? Tous des pouilleux, ces youpins. »

Il paraissait suffisamment sincère pour convaincre l'Allemand, qui insista quand même.

« Rappelez-vous que nous fusillons toutes les personnes qui aident des juifs.

— Tant mieux. Vous n'avez qu'à demander au village d'à côté. Tout le monde vous le dira : les juifs, les étrangers, je peux pas les blairer.

— Vous connaissiez le directeur de l'institut des Chevreuils ?

— J'connais tous les commerces de Carquefou : les hôtels, les restaurants, les écoles, les bordels. Je vends aussi mes œufs du côté de Nantes. Le père Lamartine, c'est point un ami, mais c'est un bon client. Comme les Allemands, d'ailleurs...

— Nous avons eu la preuve qu'il protégeait ces juifs. Depuis, c'est sa collègue qui le remplace...

— Fouillez la ferme si ça vous chante. Moi, j'ai du travail. »

Il se leva lourdement, s'essuya la bouche d'un revers de la main.

« Inutile, dit l'Allemand. Au besoin, on reviendra. »

Il fit claquer les talons, brandit le bras gauche. Ils pivotèrent tous les trois, disparurent comme un mauvais coup de vent.

Dehors, le moteur se mit à rugir. La voiture manœuvra en marche arrière et repartit en première. Le bruit s'éloigna rapidement, puis ce fut le silence. Ferdinand quitta la ferme d'un pas tranquille. Sa voix claironna au milieu de la cour :

« Au travail, les fainéants ! »

Mieux valait attendre un peu : les Allemands pouvaient revenir. Dix minutes plus tard, précédés par Marie, Benoît et moi descendîmes l'échelle. A présent, nous en étions sûrs : le lieutenant Hechler avait laissé des ordres ; le pire était à craindre. Nous passâmes dans la pièce où habitait Ferdinand. Marie fit couler du lait chaud dans des bols.

Soudain, on poussa de nouveau la porte. Ferdinand traversa calmement la cuisine.

« Vous voyez, les juifs, dit-il d'une voix paisible, ce serait facile pour moi de vous livrer aux Boches… »

Il saisit une bouteille de vin rouge déjà entamée, porta le goulot à ses lèvres et but avec avidité. Reposant la bouteille vide sur la table, il exhala un rot sonore. Voyant que je le fixais avec une moue de dégoût, il fit un pas vers moi.

« Dehors ! Dehors, dehors ! »

Sa main balaya la table, fit voltiger les bols. Nous nous précipitâmes hors de la ferme, courûmes vers la remise où l'on enfermait les outils avant de gagner le champ. Nous entendîmes le rire de Ferdinand, ses jurons. Enfin, il se tut. Benoît donna un coup de pioche dans la terre glacée, releva la tête.

« On ne l'entend plus. Il est parti ?

— Non, répondit Marie. Il picole. Vous pouvez être sûrs de ne pas le voir de la journée.

— C'est peut-être le moment ! m'écriai-je.

— Le moment de quoi ? demanda Benoît.

— De foutre le camp ! »

Silence. Puis :

« D'accord. Partons !

— Et moi, gémit Marie, qu'est-ce que je vais devenir ? »

Je me rapprochai d'elle, posai mes mains sur ses épaules. Elle était plus petite que moi :

« Viens avec nous ! »

Elle se détourna avec colère et me dit :

« Mon père va revenir très bientôt, ma mère sera ici dans trois mois. L'Angleterre, je ne veux pas y aller.

— Tu peux nous accompagner, proposa Benoît en laissant tomber son outil. Ensuite, tu n'auras qu'à choisir : partir ou revenir… »

Elle se mit à réfléchir.

« Je ne peux pas partir. Mais pour vous aider, il n'y a pas de problème.

— Et pour l'argent ? » demanda Benoît.

Elle haussa les épaules.

« Impossible de le prendre maintenant. Il va falloir s'en passer. »

J'extirpai la pièce de monnaie de ma poche, la lui montrai.

« C'est celle qui était restée sur la table. Qu'est-ce que je dois en faire ?

— Donne-la-moi. Tu ne peux plus la remettre avec les autres. Le danger, c'est que le Ferdinand va se rendre compte de sa disparition. Il sait exactement ce qu'il possède.

— Quand il s'en apercevra, ajouta Benoît, on sera loin. »

Nous n'osions plus bouger, comme si nous attendions que quelqu'un nous intime l'ordre de partir. Tout d'un coup, Marie battit des mains.

« Prenons la charrette ! Les Allemands ont l'habitude de me voir passer avec le Ferdinand pour aller livrer les œufs à Carquefou. C'est du tout cuit !

— Tu rêves, répondis-je. Les Allemands ne nous connaissent pas ! »

Elle monta dans la charrette sans tenir compte de ma remarque.

« Ne vous inquiétez pas.

— La Gestapo nous recherche », dit Benoît.

Elle ne l'écouta pas.

« Va chercher des paniers d'œufs et entasses-en quelques-uns à l'arrière. Quant à toi, Jacques, tu trouveras des vêtements à moi dans les vieux box à chevaux où j'étends le linge. Tu mettras un fichu sur tes cheveux et mon ensemble bleu. Tu es plus grand que moi, mais ce n'est pas grave : la robe est longue.

Je commençai à comprendre. Elle ajouta :

« Benoît se cachera derrière. Jacques, je n'aurai qu'à dire que tu es une cousine… Allez, dépêchez-vous ! »

Elle fit faire à la mule un demi-tour dans la cour. Puis elle descendit, aida Benoît à charger la charrette pendant que je m'habillais. Quand je revins, ils avaient réussi à confectionner une niche où pouvait se dissimuler une personne recroquevillée. Le tout était recouvert d'une couverture à côté de laquelle Marie rangea des outils et toutes sortes d'ustensiles.

« Monte, Jacques ! »

Je m'installai à côté d'elle, habillé en fille. Elle pouffa, fit claquer les rênes sur la croupe de la mule. La bête se mit mollement en marche, sortit de la cour et emprunta le chemin qui se dirigeait vers le nord. La route montait fortement avant de s'élargir en serpentant vers un vallon qui, coupé de landes, de futaies et de houx, débouchait sur une forêt.

« C'est un raccourci, dit Marie. Ici, je n'ai jamais vu d'Allemands. »

En dépit du soleil, il faisait froid. Les roues de la charrette craquèrent sur les roches de grès sombre. Franchissant parfois de maigres ruisseaux, la mule avançait péniblement sur le terrain glissant, jonché d'herbe trempée. Marie la menait d'une main ferme. De temps en temps, elle me jetait un coup d'œil furtif. Son sourire en coin me rassurait.

« Ça va, derrière ?

— Oui », répondit Benoît d'une voix étouffée par l'épaisseur de la couverture.

Tout à coup, un claquement sec retentit au milieu de la forêt. Je fixai Marie, incrédule, ne comprenant pas d'où venait ce bruit.

« Qu'est-ce que c'était ?

— Je n'en sais rien ! »

Il y eut un deuxième claquement, suivi d'une longue série de détonations qui éclatèrent derrière les arbres.

« Des coups de feu ! » criai-je.

Des Vert-de-gris sortirent des fourrés en courant, traversèrent le chemin pour s'enfoncer dans l'autre versant de la forêt. A quelques mètres, sans les apercevoir, je reconnus les moteurs d'un camion et d'un side-car. La voix rauque d'un officier couvrit un instant les détonations.

« Qu'est-ce qui se passe ? demanda Benoît.

— Il y a des Allemands dans toute la forêt ! »

Marie hésitait sur la mesure à prendre : continuer ou rebrousser chemin.

« Avance ! lui ordonnai-je. Ils ne tirent pas sur nous, mais on pourrait bien se prendre une balle ! »

Au pied d'un chêne, les hautes herbes se mirent à bouger. Les branches s'agitèrent, les rafales s'amplifièrent. Toute la forêt s'anima.

A ce moment-là, un homme au regard affolé sortit de nulle part. Il se jeta sur la mule, l'arrêta et tituba vers nous, la poitrine maculée de sang, la respiration oppressée.

« Je suis anglais, aidez-moi !

— Benoît, sors ! »

Tout alla très vite. Avec un calme qui me surprit, je sautai à terre, bondis vers l'homme qui chancelait et l'aidai à s'installer. Dans la forêt, les coups de feu reprirent. Un Allemand hurla. Une ombre passa en courant parmi les arbres, des soldats tentèrent de la rattraper. Nous recouvrîmes le corps du blessé avec la couverture. Benoît s'assit près de lui. Je repris place à l'avant et Marie fit avancer la mule.

« Non ! s'exclama l'Anglais. Pas par ici ! Il y a trop d'Allemands. Faites demi-tour. »

Marie me regarda d'un air interrogateur. Je hochai la tête. Elle manœuvra non sans mal à travers le chemin en cuvette. La charrette se retrouva finalement dans le sens opposé. Lentement, la mule se remit en marche.

24

Sur la route qui conduisait à la ferme, le side-car et le camion n'eurent aucun mal à nous dépasser. La moto ouvrait la route, le camion débâché suivait à faible distance. Des hommes étaient assis sur les banquettes en bois. Certains affichaient des visages de vaincus, d'autres arboraient casque, uniforme rutilant et fusil à l'épaule. On conduisait les Anglais vers les bureaux de la Kommandantur la plus proche.

« Vos camarades ont été pris », lançai-je tristement à l'adresse du blessé.

Il mit du temps avant de me répondre :

« Combien étaient-ils ?

— Trois, quatre…

— Quatre, précisa Marie.

— Quatre… Ils ont donc tous été arrêtés…

— Mais aucun d'eux n'est mort », dis-je.

Benoît nous interrompit :

« Maintenant, qu'est-ce qu'on va faire ? On retourne chez le Ferdinand ?

— J'ai bien peur que nous n'ayons pas vraiment le choix. Avec un peu de chance, il ne s'est peut-être pas rendu compte de notre disparition.

— Cela va faire deux bonnes heures que nous sommes partis, ajouta Marie. J'espère que tu as raison. »

Le trajet se poursuivit en silence. Après de longues minutes, la ferme apparut.

« On arrive, annonçai-je à l'Anglais. Ça va aller ?

— *Yes*... »

La cour et le champ étaient vides : Ferdinand se trouvait donc ailleurs.

« Il est encore dans la ferme, dit Marie. On a de la chance ! »

Comment pouvait-elle en être aussi sûre ? Peut-être avait-il déjà fourré son nez dehors et, ne nous apercevant pas, avait-il décidé d'aller prévenir quelqu'un.

« Tu t'arrêteras devant l'étable vide. »

Elle acquiesça et alla immobiliser la charrette près de la porte. Benoît et moi descendîmes pour aider l'Anglais à se dégager de son étroite cachette. Je retirai la couverture inondée de sang. Il eut un mal fou à se redresser. Son flanc gauche n'était plus qu'une flaque rouge. Il souffrait, respirait par saccades. Il bredouilla :

« La balle a traversé. C'est déjà ça... »

La porte de la ferme de Ferdinand était à quelques pas de nous, à l'autre bout de la cour. Il aurait pu sortir à n'importe quel moment, ou tout simplement nous apercevoir par la fenêtre. Nous ne nous sentions pas tranquilles.

Nous portâmes le blessé dans l'étable. J'avais remarqué qu'il portait un holster contenant encore son arme de poing. Quand le corps fut bien étendu dans la paille, Marie défit l'étui à revolver et acheva de déchirer la chemise, déjà en lambeaux. La plaie laissée par la balle se dessinait parfaitement : un trou noir, gros comme le bout du petit doigt, d'où le sang continuait lentement à s'échapper.

« Il faut faire des compresses. Sinon, il va continuer à se vider...

— Tu sais faire ça ?

— Oui. J'ai déjà soigné des animaux. »

Elle disparut et revint quelques minutes plus tard avec le nécessaire. Benoît l'aida à confectionner un pansement.

« Il faudra le changer régulièrement », dit-elle.

Les freins d'une Citroën couinèrent en amorçant la descente de gravier qui conduisait à la ferme. Elle s'arrêta devant la porte des pénates de Ferdinand. Trois gendarmes bedonnant en descendirent en soufflant. Ils prirent la peine de réajuster leur cravate et de se coiffer d'un képi. L'un d'eux frappa. Une voix forte les invita à entrer.

Marie murmura :

« Ce sont les gendarmes du coin. Ils connaissent bien Ferdinand. Ils viennent souvent le voir.

— Il les a peut-être appelés ?

— Je ne vois pas comment... »

Marie avait suspendu l'étui à revolver au clou à demi enfoncé dans le mur. Je retirai l'arme d'un coup sec, la coinçai dans mon pantalon.

« Au cas où... »

Elle me considéra d'un œil triste, comme pour me désapprouver :

« Que comptes-tu faire avec ce truc ?

— Rien. Mais si je dois en avoir besoin... »

Benoît, qui nous avait écoutés, me proposa :

« Pourquoi n'irais-tu pas dans l'étable à côté de chez lui ? En montant sur la mezzanine, tu pourrais écouter ce qu'ils disent !

— Tu as raison, j'y vais. »

Marie m'arrêta.

« Je viens aussi !

— Pour quoi faire ?

— Je viens, c'est tout !

— Je n'ai pas besoin de toi.

— C'est toi qui le dis. Je viens, que tu le veuilles ou non ! »

Nous traversâmes la cour, le dos courbé, longeant les murs. Je me retrouvai face à la porte de l'étable que je poussai sans bruit. Malgré l'épaisseur du mur qui séparait les deux pièces, les voix lourdes des hommes bourdonnaient par bribes incompréhensibles. J'escaladai doucement l'échelle. Marie me suivit en silence.

Les gendarmes et le Ferdinand étaient assis autour de la table, sirotant déjà le vin qui venait de leur être servi. Ils avaient dénoué leur cravate, posé leur képi à côté des verres que leur hôte s'empressait de remplir chaque fois que le niveau baissait.

« Non ! s'écria l'un d'eux en faisant claquer sa langue sous sa grosse moustache, tu n'as vraiment rien entendu ? »

Ferdinand eut l'air gêné.

« Non, rien du tout. La nuit, je dors comme un ours.

— Ils ont survolé la côte, ça a duré longtemps. Les Allemands ont envoyé des soldats, ils ont fouillé toute la forêt pour retrouver les parachutistes anglais. »

Le deuxième gendarme ajouta :

« On ne parle que de ça au village ! Les trois quarts des habitants n'ont rien vu, mais ils racontent qu'ils étaient sept, dix, ou deux...

— A cette heure-ci, fit le troisième, ils ont peut-être été capturés... »

Le Ferdinand leva le coude pour finir son verre, avant de beugler comme un prédicateur :

« Au village, y ont rien compris ! Y sont pas du côté du Maréchal ! »

Le gendarme moustachu reprit la parole.

« A ce propos, on a croisé l'instituteur. Il te rappelle que la loi t'oblige à envoyer Marie à l'école... Il dit qu'elle n'a même pas appris à lire. »

Ferdinand se figea, frappa la table du plat de la main.

« C'est point à lui de me donner des conseils ! L'éducation de Marie, je m'en occupe moi-même. Et c'est bien suffisant !

— Tout de même, insista le moustachu qui devait être le plus élevé en grade, tu n'es pas au-dessus des lois...

— Les lois, elles m'ont point aidé quand je me suis retrouvé avec la petiote sur les bras. Alors l'instituteur, il peut aller se faire voir ! »

Ferdinand se tut une seconde pour reprendre son souffle. Sa voix devint mielleuse.

« Marie... Je l'ai élevée comme ma fille... Elle a manqué de rien. Maintenant, elle est heureuse... »

Il cria en se martelant la poitrine :

« Et c'est grâce à moi ! »

Le débat était clos : Marie n'irait pas à l'école. A mes côtés, elle ne perdait pas une miette de la conversation. Elle s'était rapprochée un peu plus de moi. Le contact de nos corps lui donnait peut-être l'impression d'être moins seule, de se sentir plus forte.

Je croyais qu'ils en avaient terminé à son sujet. Je me trompais.

« Tu as revu sa mère ? demanda Ferdinand.

— Non, répondit le moustachu, pas depuis Nantes. Et toi, tu as des nouvelles ?

— Tu parles... Rien du tout. »

L'un des deux autres gendarmes, le plus jeune, fit part de son scepticisme.

« C'est pas ce que dit le facteur. Quand il y a du courrier pour les Blés mûrs, c'est rarement pour toi, Ferdinand. En revanche, il ne se passe pas une semaine sans que Marie reçoive une lettre... »

Je sentais sa main se crisper autour de mon bras. Son corps tout entier se mit à frémir. Dans la cuisine, le gendarme moustachu fusilla son subalterne du regard, lui ordonnant de se taire. Pour ne pas perdre le contrôle de la situation, il enchaîna aussitôt :

« Au fait, Marie, on ne l'a pas vue. Elle n'est pas malade, au moins ?

— Penses-tu ! Elle est partie livrer des œufs chez les Laurier. Vous pouvez parler tranquille, elle en a pour un bout de temps. »

Le moustachu baissa les yeux.

« Je t'ai menti. La Jeannette, elle est dans le coin. C'est pour ça qu'on t'a rendu visite : pour te le dire. »

Ferdinand resta calme. Il se pencha en avant, comme s'il avait mal entendu.

« Elle est revenue ?

— Oui, plusieurs personnes l'ont vue au village.

— Nom de Dieu !

— Tu penses qu'elle va débarquer ici ?

— Qu'elle se pointe ! cria Ferdinand en serrant le poing.

— Elle en a le droit, hasarda craintivement le troisième gendarme. Après tout, elle est aussi chez elle !

— Non, dit le gradé, soucieux de rattraper la bévue de son subordonné, elle ne viendra pas ici. Je la connais, la Jeannette. Elle ne viendra pas. Plus jamais…

— Mais qu'est-ce qu'elle fout dans le coin ? rugit Ferdinand.

— Elle n'arrête pas de bouger. A croire qu'elle suit les Allemands quand ils partent en manœuvres.

— Alors, elle fait toujours la pute ?

— Toujours. »

Marie se mit à trembler. Elle tourna vivement la tête vers moi, enfouit son visage dans le creux de mon épaule, cherchant à maîtriser ses sanglots. Ma main trouva la sienne. Je serrai ses doigts, mes bras l'enlacèrent. Sa joue humide posée sur ma poitrine mouillait mon paletot. Elle releva la tête, me laissa caresser ses cheveux. Nous étions si près l'un de l'autre… Sa bouche s'entrouvrit. Notre baiser fut tendre, doux comme les enfants que nous étions, et fort comme le sont nos colères.

Ferdinand versa du vin dans les verres des gendarmes.

« Ils veulent des œufs ? C'est moi qui offre ! »

Il alla ouvrir un placard, en sortit un panier qu'il présenta à la tablée.

« C'est du frais ! »

Les gendarmes sourirent. Le gradé saisit l'anse du panier. Ils se levèrent tous les trois en même temps, vidèrent leurs godets d'une traite.

« T'es bien gentil, Ferdinand. Mais maintenant, il faut qu'on te laisse.

— On repassera », promit le plus jeune.

Ils filèrent vers la porte. Ferdinand les raccompagna jusque dans la cour. Ils restèrent quelques instants à palabrer, puis la voiture quitta bruyamment la propriété.

Marie était toujours blottie contre moi. Avec précaution, je défis notre étreinte. Ma main essuya une larme sur sa pommette.

« Il faut redescendre. A présent, c'est sûr : Ferdinand va se demander où on est. »

Elle passa la première. Mon pied avait à peine eu le temps de fouler le sol de terre battue que la porte de l'étable s'ouvrit avec fracas. Ferdinand se rua sur nous, l'injure aux bords des lèvres, le geste menaçant.

« Vous me prenez pour un con ? Je vous ai entendus ! »

Il me tira par les vêtements, me décrocha une gifle, puis m'empoigna avec brusquerie pour me jeter vers la porte restée grande ouverte.

« Fous le camp ! »

Je me retrouvai dans la cour. Je sentais le froid du métal sur ma peau : l'arme me gênait. L'idée de la saisir et de tirer me traversa l'esprit. Quelque chose m'en empêcha.

J'étais pétrifié par ce qui se passait devant moi. Ferdinand malmenait Marie qui se débattait. Elle reçut une gifle, une deuxième, évita la troisième en repliant ses bras sur sa pauvre tête. Il parvint tout de même à l'empoigner par les cheveux. Elle cria. Lui cria plus fort qu'elle :

« Garce ! Sale petite garce ! Va me préparer à manger ! Tu devrais travailler pour me remercier de te nourrir. Au lieu de ça, qu'est-ce que tu fais ? Tu m'espionnes ! Si tu veux le savoir, ta mère elle t'a abandonnée ! Et tu veux savoir pourquoi ? C'est point pour aller faire la chanteuse, comme tu t'imagines, c'est pour aller faire la pute ! Oui, la pute ! »

Ils franchirent tous les deux la porte qui séparait les deux pièces.

« T'es bien une salope ! Tu vas voir, je vais m'occuper de toi. Et plus tard, je m'occuperai de ton amoureux ! »

Les coups s'enchaînèrent. J'entendais les cris, ceux de Marie qui couvraient le vacarme d'une course. Elle implorait Ferdinand, le suppliait d'arrêter. Ses mots me broyaient le cœur. Je restai ainsi, inerte devant cette porte fermée. J'avais sorti le revolver, le serrais en tremblant, prêt à viser. J'étais si proche de la porte… Il suffisait de la pousser pour mettre un terme à tout cela. Mais la force me manquait. J'eus subitement honte d'être le fils de mon père qui, lui, n'avait pas hésité à tuer pour une juste cause. J'étais incapable de marcher dans son sillage.

Soudain, la voix de Benoît retentit derrière mon dos. Il se tenait à quelques pas de moi, immobile dans la cour.

« Jacques, viens ! »

Il me serra le bras, m'entraîna fermement à l'intérieur de l'étable ou reposait l'Anglais, prit soin de refermer la porte.

« Tuer Ferdinand, me dit-il en s'accroupissant près du blessé, ce serait pire que tout. On aurait les gendarmes aux fesses jusqu'à la fin des temps… »

Il se redressa, marcha vers moi.

« Pour se tirer, on trouvera une autre occasion. »

Ses yeux s'arrêtèrent sur la crosse du revolver qui sortait de mon pantalon.

« Tu ferais mieux de remettre ça où tu l'as pris… Si tu n'as pas été capable de le tuer tout à l'heure, tu ne le feras jamais ! »

L'Anglais se mit à bouger, à gémir. Je demandai :

« Comment va-t-il ?

— Ça pourrait être pire. Et les gendarmes ?

— C'était pas pour nous. »

Cette fois, l'Anglais esquissa un geste : il leva un bras pour appeler. Benoît se rapprocha de lui.

« Soif… »

Benoît mouilla un chiffon, humecta les lèvres craquelées du blessé.

« Où suis-je ?

— Vous ne vous rappelez pas ? On vous a trouvé en forêt. Vous êtes dans une ferme. Les Allemands n'ont pas réussi à vous avoir. »

Il eut l'air hagard et hésitant, ne comprenant peut-être pas tout à fait le sens des mots. Pourtant, je sentais qu'il allait mieux. Il nous dévisagea rapidement et murmura :

« *Oh… My God !* »

Je décidai de lui parler.

« Je m'appelle Jacques. Lui, c'est Benoît. Et vous, c'est comment ? »

Il poussa une plainte, ferma les yeux. Puis :

« Je suis le major John Carpenter, officier de Sa Majesté. »

Nous nous tûmes un instant, fiers de contempler en chair et en os un vrai héros, un soldat qui combattait le grand Reich.

« Ne vous en faites pas, reprit Benoît. On n'est pas des collabos, on va vous aider. »

Il eut un pâle sourire, teinté d'un soupçon d'ironie.

« J'aime mieux ça… »

Il ne ressemblait pas à un héros, du moins tels qu'on se les imagine. Mais il nous en imposait ; d'autant qu'il parlait parfaitement français. Il expliqua en phrases courtes que le parachutage avait été effectué par erreur, quelques kilomètres trop loin, en plein cœur des lignes ennemies, alors qu'il aurait dû avoir lieu vers l'est, plus profondément à l'intérieur des terres. La capture de ses compagnons avait fait perdre sa raison d'être à leur mission de reconnaissance.

Je ne l'écoutais plus. Une heure s'était écoulée. Mon angoisse à propos de Marie me poussait à retourner errer du côté de chez Ferdinand. Sans dire un mot à Benoît, je sortis de l'étable afin de faire quelques pas dans la cour. Dehors, le froid devenu plus mordant pétrifiait la campagne. Tout n'était que silence. Marie n'avait pas quitté la ferme. Pourtant, plus aucun bruit ne franchissait la maudite porte. Le ciel était vide. Plus tard, au crépuscule, je tentai de trouver le sommeil dans l'étable qui jouxtait la ferme. En fait, j'espérais y surprendre un mot, un murmure. Mais rien. Benoît avait préféré rester dans l'autre étable, au chevet du parachutiste. J'étais seul, incapable de m'assoupir malgré la fatigue et mes paupières lourdes. Parfois, un craquement provoqué par un rongeur trottant entre les pierres sombres me faisait sursauter. L'échelle était tout près de moi. Mais je n'osais monter jusqu'à la mezzanine. Enfin, je m'endormis, hanté par des rêves noirs.

Au milieu de la nuit, une plainte me réveilla. Ce n'était pas un cri, ni le bruit d'un animal. C'était un souffle rauque, cadencé qui, par intervalles, s'activait et se prolongeait. Cette étrange mélopée venait de chez le Ferdinand. Ce qui m'inquiétait le plus, c'était de ne pas entendre la voix de Marie, de ne pas reconnaître ses pas. Lentement, je gravis un à un les échelons et arrivai sur le bois glissant de la mezzanine. Là, je retirai l'échelle. Et je me penchai pour voir.

La pièce baignait dans la pénombre. Sur la table reposait une petite lampe à pétrole au halo vacillant. Je reconnus, allongée sur le ventre, la forme grasse du Ferdinand. Le soleil des foins avait noirci sa nuque, ses bras, mais les épaules aux muscles saillants et le dos énorme modelé comme un torse d'animal étaient à peine hâlés. La couleur de sa peau se dégradait vers la descente des reins et le creux profond des aisselles, d'où jaillissaient deux buissons noirs trempés de sueur. Ses fesses nues, d'un blanc laiteux, répandaient une clarté presque incongrue. Elles s'activaient sans cesse, remontaient, redescendaient. Sa respiration devint plus bruyante et souleva ses flancs à une cadence plus rapide. Sous la masse énorme, j'aperçus la figure placide de Marie. Son bras était renversé comme celui d'une morte. Elle ne cherchait même plus à lutter. Ses yeux étaient figés, tournés vers un ailleurs. La nausée me souleva le cœur. D'un geste mécanique, je retirai le revolver et pointai le canon vers Ferdinand. Il accéléra le mouvement, sa cadence prit des allures brutales et ridicules. Tout son être se tendait, se durcissait. Enfin, le plaisir le foudroya. Il poussa un grognement, presque un cri, s'immobilisa d'un coup. Son corps bascula sur le côté. Marie était entièrement nue. Elle pleurait. Même si ma main continuait à trembler, je ne pouvais pas manquer ma cible. Mon doigt pressa la détente.

Ferdinand sursauta. La balle avait touché le mur, à un mètre au-dessus de sa tête. Marie resta impassible. Lui se redressa comme un pantin, se mit debout en un temps record. Son regard exprimait la terreur. Il avait vu d'où le coup était parti. Il passa par la porte qui donnait sur l'étable, fut surpris de ne pas trouver l'échelle, retourna chez lui avec une rapidité surprenante. Je tenais toujours l'arme pointée ; ma main tremblait plus que jamais. Il me contempla d'un air ahuri et me dit d'une voix blanche :

« Viens, viens ici… »

Ses gestes confus trahissaient un curieux mélange de colère et d'affolement. Mes doigts se crispèrent un peu plus sur le métal. La peur de Ferdinand me rendait ivre : sa vie s'offrait à moi. Il était nu, son ventre flasque débordant sur sa chose grotesque et pendante. Derrière lui, Marie tira doucement un pan de drap pour couvrir sa nudité. Les cheveux en désordre, elle s'assit dans le lit. Son visage retrouva sa placidité. Plus rien ne lui faisait peur. Je lui criai :

« Va-t'en ! »

Elle ne réagit pas.

« Va-t'en ! »

Rien à faire. Elle était comme sourde.

« Tais-toi, petit ! me lança Ferdinand sur un ton faussement enjoué. Tu vois bien qu'elle est point d'accord !

Il ne pouvait pas m'atteindre, et c'est ce qui l'agaçait le plus. Il regarda à droite, à gauche, marcha vers la lourde table de chêne, la poussa sous la mezzanine. Mais il surestimait sa taille. Il ajouta une chaise à l'édifice et commença à escalader le tout.

Je le regardai faire. Il tendit les bras, ses doigts tâtonnèrent sur le bois. Je devinai qu'il s'était dressé sur la pointe des pieds, car il avait du mal à se maintenir en équilibre. Il releva la tête. Son front était couvert de sueur. Ses yeux exorbités rencontrèrent les miens. Ses prunelles descendirent doucement vers le canon du revolver, le détaillèrent quelques secondes. Il comprit qu'il ne parviendrait pas à se hisser. Son attitude changea, sa voix prit une douceur enfantine :

« Jacques… Je t'en prie, Jacques… »

Il respira lourdement.

« Descends, Jacques, il faut que tu descendes… »

Je ne réagis pas. Il se mit à pleurer. Ses sanglots sonnaient faux.

« Donne-moi au moins le pistolet, donne-le-moi. »

Il resta ainsi à me regarder, comme un enfant au bord de la crise de nerfs. J'étais incapable de bouger. J'avais envie de tirer, mais mon index devenait plus lourd que la pierre. Alors, Ferdinand tenta le tout pour le tout. Il prit la force et l'élan suffisant pour pouvoir se hisser. D'un bond, ses pieds décollèrent de la chaise. Ses mains s'agitèrent sur le bois plat, cherchant désespérément une prise. Il se maintint une seconde en équilibre. Enfin, sa main se stabilisa, lui évitant la chute. Son visage rouge, gonflé par l'effort, m'apparut tout entier. Le canon de l'arme était si près de sa tête… Je devais faire feu, et maintenant. Ensuite, il serait trop tard.

Le torse collé au bois, il commença à se tortiller comme un serpent. J'eus un brusque mouvement de recul, car il aurait pu tenter de me saisir. Il n'essaya pas : il avait trop besoin de ses mains. Sa peur refluait : sa bonne étoile ne l'avait pas abandonné. Un effort, un autre. Brusquement, sans qu'il s'y attende, le bois craqua. D'un coup sec, la mezzanine s'inclina d'un cran en avant. D'instinct, Ferdinand recula. Sa terreur revint. Son torse glissait lentement vers le vide. Il comprit que quelqu'un était en train de tirer sur ses jambes. Mais il tenait à la vie ; il chercha à lutter. Quand il réalisa que rien n'y ferait, la panique le submergea. Il se mit à gémir, à pleurer. Il ne feignait plus ; son cri était sincère. Ce fut le dernier.

Ses mains s'envolèrent, toute sa masse bascula. Son corps pulvérisa la chaise et défonça la table. Sa tête se fracassa sur le sol, son sang s'éparpilla comme l'encre d'un poulpe.

Lâchant le revolver, je fermai les yeux, respirai à pleins poumons. En dessous, à côté du corps étendu, Marie, debout, attendait. Elle paraissait apaisée, comme plongée dans une sorte de béatitude.

La porte s'ouvrit. Benoît apparut, effaré, soutenant le parachutiste. Le bruit provoqué par la chute de Ferdinand les avait alertés. D'un regard, ils jugèrent la situation. Benoît n'osait plus bouger. Il inhala une grande bouffée d'air et s'écria :

« Partons… Partons ! »

25

« Non ! hurla Marie. Pas tout de suite ! »

Je me retrouvai en bas, intégrant le cercle silencieux qui entourait le cadavre. Marie s'était habillée, avait repris le dessus. Ferdinand était mort : elle ne le regretterait pas. Pourtant, quelque chose l'angoissait. Elle se mit à parcourir la pièce en longues enjambées nerveuses, rapides. Elle réfléchissait.

« Il faut partir, insista Benoît. Tout de suite. J'ai discuté avec le major. Il a une solution : on peut peut-être aller en Angleterre. »

Elle ne l'écoutait pas. Elle s'arrêta brusquement, ouvrit un placard. D'une main décidée, elle en sortit tout ce qu'il contenait : des casseroles, un tamis, une passoire… Elle soupira : ce qu'elle cherchait n'était pas là. Ses gestes devinrent plus rapides. Elle fit coulisser des tiroirs, déplaça une commode, inspecta un garde-manger. Elle retira le linge de toute une étagère, secoua des vêtements, vida des boîtes remplies de couverts. La chose restait désespérément introuvable. Elle poursuivit sa recherche avec frénésie. Bientôt, la pièce se retrouva dans un désordre indescriptible.

J'étais désemparé. Je ne comprenais pas ce qu'elle faisait et il me semblait que personne ne comprenait. Benoît finit par lui dire :

« Si c'est son argent que tu cherches, tu sais bien qu'il est dans le mur ! »

Elle cessa de secouer un sac de pommes de terre, se précipita, décoinça la pierre encastrée dans le ciment, prit le sac, s'en débarrassa comme on se débarrasse d'immondices, revint vers le trou, y plongea la main, fouilla à tâtons. Une lueur passa dans ses yeux : quelque chose d'autre était caché là. Elle extirpa un paquet entouré d'un morceau de ficelle. Des lettres : une cinquantaine. Aucune n'était ouverte : Ferdinand, lui non plus, ne savait pas lire. Marie en prit une au hasard, me jeta un regard implorant. Cette fois, je compris ce qu'elle voulait :

« Tu n'as qu'à me la donner. Je vais te la lire… »

Je la décachetai, la dépliai, la lus à haute voix.

Tout y était : la tendresse, des promesses de rencontres, des plaisirs à partager. Il était question de voyages, de lieux où les rêves se réalisent. Cela avait l'air sincère, mais rien n'était vraiment possible. Pourtant, les mots donnaient envie d'y croire.

Elle demanda :

« D'où viennent-elles ? »

Les enveloppes portaient le cachet des postes des villes environnantes. Elles venaient pour la plupart de Nantes, ou de Carquefou. Je repris ma lecture. Marie m'écouta avec une attention soutenue. Tout d'un coup, elle m'interrompit, m'arracha le paquet des mains.

« Arrête ! Arrête ! »

Se parlant à elle-même, elle murmura :

« Pourquoi ? »

L'Anglais s'impatientait.

« Il faut partir. Le jour va se lever.

— Prenons l'argent ! s'écria Benoît. Maintenant, il faut que vous nous écoutiez. L'Anglais et moi avons quelque chose à vous dire. »

Tous deux nous expliquèrent de quoi il retournait. Il s'agissait de partir à la recherche d'une voiture camouflée par la résistance locale et qui devait, à l'origine, servir au repli des soldats anglais. Ils avaient prévu de se rendre au village du Croisic, à l'hôtel *Belvédère*, munis d'autorisations et de faux papiers d'agents de la Gestapo. Là, un contact les attendait : un capitaine de chalutier chargé d'organiser, au large, une rencontre avec une vedette anglaise. Un atterrissage discret dans les parages étant hors de question, le retour ne pouvait se faire qu'en bateau.

C'était une occasion inespérée de quitter la France. La chance nous souriait : nous avions sauvé la vie d'un homme qui combattait dans le bon camp. Et le major Carpenter se sentait redevable de notre aide.

L'idée, bien que séduisante, comportait encore quelques points obscurs.

« Mais, si les Allemands nous arrêtent, on ne pourra pas se faire passer pour des types de la Gestapo !

— Tu as raison, acquiesça Benoît. Seul le major sera déguisé en Allemand. Nous, nous porterons des étoiles jaunes sur nos vêtements. En cas de contrôle, nous serons les juifs qu'il aura arrêtés... »

Marie avait terminé de préparer nos affaires. Nous nous empressâmes de découper et de broder des étoiles sur nos vestes. Cette fois, nous étions fin prêts.

A l'abri des regards, je pris Marie dans mes bras. Ce n'était pas seulement son corps que j'étreignais, mais son chagrin. Elle voulut me dire quelque chose, exprimer sa peine, son désarroi. Je la fis taire d'un index tendrement posé sur sa bouche. Son regard s'éternisa dans le mien, son souffle caressa doucement mes lèvres. Je chuchotai :

« Viens.

— Allez ! Allons-y ! » clama Benoît.

Il attrapa le sac, ouvrit la porte et sortit d'un pas décidé.

Chaudement vêtus, nous quittâmes la ferme sans nous retourner. Dans l'écurie, la mule nous attendait. L'officier anglais, muni d'une carte d'état-major, savait précisément où était cachée la voiture. Il nous proposa d'emprunter une route que nous connaissions et qui menait aux ruines d'une chapelle romane, vers le nord, en bordure de route. Nous bifurquerions ensuite vers l'est, à travers la forêt, jusqu'à une clairière signalée par un calvaire dressé sur un piton. Le trajet s'effectua sans incident. Je regardais Marie. Elle contemplait, rêveuse, la cime des arbres. Mais le calme du ciel et de la forêt ne suffirait pas à l'apaiser. Elle le savait. Je posai ma main sur la sienne. Elle ne bougea pas.

La mule avançait à son pas. De temps à autre, la terre grasse, gorgée de pluie, provoquait de brusques affaissements de roue. Nous atteignîmes la clairière. En son centre se dressait un crucifix en bois, vieux et vermoulu. Arrivé à son pied, l'officier sortit la carte de sa poche, la consulta.

« C'est tout droit ! »

Le chemin s'enfonçait dans la forêt. La boue luisante indiquait par endroits des trous profonds remplis d'eau.

« Il vaudrait mieux abandonner la charrette, conseilla le parachutiste. Ce n'est plus très loin.

Son accent *british* lui donnait un calme et une pondération qui nous rassuraient. Il n'était pas curieux, et nous lui en étions reconnaissants. Je sentais qu'il prenait un véritable plaisir à nous venir en aide. Mais son inquiétude ne nous échappait pas. Il lui faudrait annoncer à ses supérieurs la capture de ses hommes, leur exécution probable, affronter, épreuve plus douloureuse encore, l'hébétude de leurs familles. »

Nous rendîmes sa liberté à la pauvre mule et continuâmes le parcours à pied. Ce fut pénible et long. Nous nous retrouvâmes enfin devant une grosse butte de calcaire qui, recouverte d'arbres rabougris et d'une épaisse couche d'humus, dissimulait l'autre versant de la forêt. Pas de passage, pas de sentier : un cul-de-sac.

« Merde, grommela Benoît, on s'est plantés. Il faut rebrousser chemin. »

Le major n'en était pas convaincu. Sa carte, elle, ne se trompait jamais.

« Non, c'est quelque part par ici. »

Il commença à chercher. Nous l'imitâmes. Je ne me sentais pas très optimiste : une voiture, ça ne passe pas inaperçu. Et je n'en voyais pas la moindre trace dans les environs.

« Par ici ! »

C'était la voix de Benoît. Penché sur la roche, il écartait un fouillis de plantes et d'arbustes qu'une main avait posé là. Nous l'aidâmes à mettre au clair ce qu'il cachait. Bientôt, la lumière du jour illumina l'intérieur d'une caverne. Les chromes de la calandre d'une Citroën noire se mirent à briller. L'officier anglais entra, contourna la voiture, l'examina. Il ouvrit le coffre, y trouva des mitraillettes, des vêtements, une liasse de billets de banque entourée d'un élastique et des cartes d'identité d'officiers de la Gestapo. Il ôta ses vêtements, enfila un imperméable en cuir qu'il serra à la ceinture, se coiffa d'un chapeau mou. Il rangea son revolver et une des fausses cartes dans sa poche portefeuille.

« Fourrez vos affaires dans le coffre et asseyez-vous derrière. »

Il s'installa au volant, tira sur le démarreur. Il dut insister pour faire tourner le moteur. Le carburateur se décrassa. Il passa une vitesse et s'engagea dans le chemin. Les bouleaux, un à un, s'enfuirent derrière la voiture. La force du jour s'affirmait peu à peu. L'Anglais maîtrisait bien sa conduite. La Traction traversa à vive allure des chemins cabossés. Après quelques kilomètres, le manteau forestier perdit de son épaisseur, la végétation changea. Des arbres isolés parsemaient de maigres prés recouverts d'herbes desséchées par l'hiver. Un chemin de terre débouchait sur un croisement donnant sur des axes goudronnés. Un panneau indiquait, à droite : « Le Croisic, 17 kilomètres ». Le major tourna le volant d'un coup sec et la voiture s'élança en direction du village côtier. La route était déserte. Seul le bruit du moteur troublait le silence de la campagne. L'auto s'engagea dans une longue descente qui se terminait par un virage serré. Des hommes regroupés autour d'une barrière y montaient la garde, la mitraillette en bandoulière. A l'approche de la voiture, ils se groupèrent au milieu de la chaussée en ajustant leurs armes.

« Merde, s'écria le major. Un contrôle ! »

Il ralentit, s'arrêta. Un officier marcha calmement à sa rencontre. Il baissa la vitre.

« Heil Hitler ! » vociféra l'homme. L'Anglais se contenta du geste de rigueur.

« Gestapo ? »

Il acquiesça.

« Ausweis, bitte ! »

Il plongea la main dans sa poche, en sortit la carte officielle estampillée de l'aigle noir.

L'Allemand prit le temps d'examiner le document. Les secondes nous parurent longues. Il finit par le lui rendre, sans l'ombre d'un sourire. Le contrôle n'était pas terminé pour autant. L'Allemand se baissa pour voir qui occupait les places arrière, nous scruta avec une insistance embarrassante. Ses yeux s'arrêtèrent sur nos étoiles. Il tourna la tête vers le major.

« *Juden !*

— Mmmm… »

L'Allemand se lança alors dans un monologue interminable. L'Anglais, qui n'y comprenait rien, hochait la tête d'un air entendu. Le soldat éclata subitement de rire. Le major en fit autant. L'Allemand le remercia et lui montra la direction à prendre :

« *Danke, auf Wiedersehen. Hier lang, bitte…* »

La barrière rouge marquée d'un « Halt ! » en lettres noires se leva. Les soldats s'écartèrent. Le major soupira, accéléra. Le barrage s'éloigna puis disparut. Derrière, Marie et moi avions encore le souffle coupé. Benoît, lui, semblait s'amuser beaucoup. Il s'avança sur son siège et dit d'une voix guillerette :

« J'ai une bonne nouvelle ! »

L'Anglais lui jeta un coup d'œil dans le rétroviseur.

« Quoi ?

— Le Chleuh… Il vous a conseillé d'être très prudent. A cause des mauvaises rencontres… Quatre Anglais se sont évadés… »

Le parachutiste ne prononça pas un mot, mais un sourire flotta sur ses lèvres : il était heureux.

26

La route monta, les toits des maisons apparurent. Dans ma tête, l'église se rapprochait. J'entendais déjà grommeler le sacristain contre les pigeons qui souillaient le parvis. Le panneau indicateur mentionna le nom de la localité. Quelques paysans marchaient le long de la berge. La voiture s'engouffra dans les ruelles humides qui menaient au centre du bourg. Une rue principale conduisait à l'église, une pancarte en bois peinte à la main signalait le chemin de l'hôtel *Belvédère*. Sur les trottoirs, des soldats allemands grillaient tranquillement une cigarette ; des commerçants préparaient leur vitrine ou balayaient leur terrasse.

Juxtaposée à un bâtiment en ruine, une habitation spacieuse et très haute dominait une cour où s'épanouissaient des chênes centenaires. C'était un vieil hôtel. Le crépi extérieur, patiné par les injures du temps, laissait voir des briques d'adobe. Le toit ondulait au-dessus des lucarnes aux frontons délicatement ouvragés. Le major alla garer l'automobile dans la cour ceinturée de murs infranchissables ; des mains venues de l'intérieur fermèrent le grand portail. Depuis la rue, il était impossible de nous voir. Nous descendîmes tous les quatre de la voiture. Une femme plantureuse se jeta sur le major.

« Vous êtes ?

— Une poule qui picote du pain dur. »

Elle resta muette une seconde. Le code lui convenait, le ton changea.

« Depuis que vos camarades se sont échappés, les Allemands fouillent toutes les maisons ! »

Elle ouvrit la marche. Nous la suivîmes.

« Vous avez des informations ? » s'enquit l'Anglais.

Elle se retourna et le fixa, éberluée :

« On voit bien que vous n'êtes pas au courant ! Les Allemands sont venus à 6 heures ce matin pour inspecter tout l'hôtel et, une heure plus tard, vos amis sont arrivés !

— Ils sont arrivés ? »

Elle baissa la voix.

« Oui, ils sont là, cachés… »

Accélérant l'allure, elle nous fit traverser un patio. Après avoir escaladé un escalier en bois, nous traversâmes une pièce sombre tapissée de livres. La femme fit pivoter une applique. Un pan de mur glissa dans un mouvement circulaire, dévoilant une pièce adjacente. Là, une vingtaine de personnes, allongées, entassées, le visage creusé par la fatigue, redressèrent la tête avec nonchalance. Quatre gaillards sortirent du lot, se levèrent et s'avancèrent vers nous d'un pas joyeux. L'un d'eux appela :

« John ! »

Le major s'empressa de les rejoindre. Les retrouvailles, marquées par des accolades et des serrements de main, furent chaleureuses, animées. Les parachutistes s'exprimaient en anglais. Personne ne comprenait, mais leur bonheur faisait plaisir à voir.

« C'est incroyable, nous dit ensuite le major. J'ai cru… j'ai cru que c'était fini pour eux… »

La grosse femme expliqua :

« Tous ces gens sont là pour le passeur. Il doit venir demain soir. Certains attendent depuis deux mois… »

Dans la pièce enfumée, des enfants jouaient aux devinettes, des adultes tapaient le carton sur des tables de fortune. Dans la faible lumière passant par la toute petite lucarne, une femme nous dévisageait en silence. Elle se leva sans hâte, nous regarda encore.

« Jacques, Benoît !

— Mathilde ! »

Nous nous précipitâmes dans ses bras. Marie resta immobile au milieu de la pièce, à côté des Anglais qui prolongeaient leur conversation. Mathilde nous serra très fort, et très longtemps.

« Les enfants ! »

Nous pleurions à chaudes larmes, sans la moindre honte. Gardant les pieds sur terre, la patronne de l'hôtel nous invita à un peu plus de discrétion.

« Chut ! Je n'ai qu'une seule cliente, et elle vient d'arriver ! »

Nous continuâmes à embrasser Mathilde. Je n'arrivais pas à y croire. C'était plus fort qu'un rêve qui se réalise. Benoît fermait les yeux. Il souriait. Tout comme lui, je ressentais cette joie immense, ce sentiment de bonheur, si rare, si merveilleux. Mathilde caressa mes cheveux, posa un baiser sur la joue de Benoît.

« Vous allez rester avec les autres dans cette pièce, nous dit la grosse femme. Vous recevrez un repas, matin, midi et soir. Je n'ai pas grand-chose à vous proposer, mais personne ne se plaint. »

Elle avait un franc-parler qui lui allait bien. Elle ressemblait à ces femmes au visage rose et jovial qui sourient sur les paquets de riz. Elle ajouta en s'en allant, refermant soigneusement la porte derrière elle :

« Je viendrai prendre de vos nouvelles de temps en temps. »

Le jour déclinait. Dans la pièce, la lumière faiblit. La chaleur et les effluves des corps poisseux donnaient à l'atmosphère une lourdeur étouffante. Les fumeurs tiraient parcimonieusement sur leurs mégots, trouvant dans ce geste ordinaire un exutoire à l'ennui. Dans un coin, des vieillards parlaient en yiddish. Une femme berçait un bébé en fredonnant une berceuse. Juifs, communistes, résistants, fuyards, nous étions tous ici à cause de nos différences. Et nous partagions le même espoir : sauver nos vies, retrouver la liberté.

Les Anglais continuaient à discuter. Leur gaieté, tout comme notre joie, contrastait avec la torpeur de nos nouveaux compagnons. Je m'en sentis gêné. Mathilde était toujours aussi belle, mais son visage avait perdu ses couleurs. Sa silhouette, épaissie par ses pauvres vêtements, ne possédait plus l'énergie, l'élégance, que nous avions tant admirées. Je l'imaginais errant sur des routes désertes, seule et à pied, une valise à la main.

Elle nous invita à nous asseoir près d'elle. Elle laissa passer un silence puis commença à parler d'une voix douce, apaisante.

« Vous êtes vivants… Comme je suis heureuse ! »

Elle nous regarda tour à tour en souriant. Elle avait beaucoup de choses à nous dire. Ses yeux se posèrent sur moi.

« Jacques, je sais à quoi tu penses. »

Elle ne se trompait pas. Elle baissa pudiquement les paupières, ses traits s'assombrirent.

« Tu aimerais savoir ce que ta sœur est devenue. Malheureusement, je l'ignore. Les Allemands nous ont arrêtées toutes les deux à un barrage. Nous avons été séparées. »

Je l'écoutais avec un calme extraordinaire. Je n'avais même pas envie de lui poser des questions. Il fallait qu'elle parle, et que je l'écoute.

« J'ai été conduite en prison. Je n'ai reçu aucune nouvelle de Bernadette et personne ne m'en a donné. J'ai cru comprendre que les Allemands l'avaient confiée à une famille française. Je n'en suis pas vraiment sûre. Quant à moi, je m'attendais à un départ imminent pour un camp, quelque part à l'Est. Pourtant, un matin, quelqu'un est venu me chercher dans ma cellule. C'était un homme en civil, un Allemand. Je suis montée avec lui en voiture. Il m'a dit de ne pas m'inquiéter : le colonel Schmittbauer était intervenu en ma faveur. On m'a donc transférée à la Kommandantur de Saumur. J'y suis restée longtemps. Impossible d'entrer en contact avec vous. J'étais enfermée, surveillée. A présent, je suis certaine que ce transfert ne s'est pas fait de façon officielle. Peut-être même a-t-il eu lieu sans l'autorisation des autorités allemandes. » Elle fit une pause et poursuivit :

« J'avais peur pour vous. Après cet attentat, à Saumur, le lieutenant Hechler a été convoqué à Paris. J'ai cru, comme d'autres, qu'il serait muté, mais ce ne fut pas le cas. »

Silence. Puis :

« Il est ici, dans cette ville… »

Cette nouvelle nous pétrifia. J'étais incapable de parler.

« Dans cette ville ? bredouilla Benoît.

— Oui. De toute évidence, il vous cherche… »

Cette fois, je parvins à dire :

« Nous avons rencontré des agents de la Gestapo. Eux aussi nous cherchaient.

— Ils ont reçu des ordres », murmura-t-elle.

Elle acheva son histoire en nous racontant comment elle était parvenue à quitter la Kommandantur. Je devinai qu'elle avait acheté sa liberté au prix de quelques délicatesses offertes au colonel. Seul le hasard avait provoqué nos retrouvailles. Elle nous confia qu'elle avait envisagé de nous faire venir ici, au Croisic. Cet hôtel ne lui était pas inconnu, ainsi que les possibilités de prendre un bateau pour rejoindre les côtes anglaises. Mais le renseignement n'était pas fiable ; elle en avait simplement entendu parler. Il lui fallait donc prendre le temps de s'assurer de tout cela. C'est pour cette raison que nous devions rester à l'institut des Chevreuils. Mais rien ne s'était passé comme elle l'avait prévu. Il y avait eu son arrestation, et notre disparition de l'école. Puis le temps s'était écoulé. Aujourd'hui, elle n'avait plus un sou : les Allemands lui avaient tout pris. Elle n'était plus chanteuse, plus rien, simplement une femme seule, une pauvre juive obsédée par la peur du lendemain. Sa route se terminait ici ; il lui restait tout juste de quoi payer le passeur, qu'elle attendait depuis quinze jours. Elle n'espérait plus jamais nous revoir.

Je lui présentai Marie, sans m'étendre sur sa vie, trop malheureuse, trop brutale. Mathilde comprit, lui adressa un sourire amical. Elles échangèrent des propos affectueux et anodins.

Le passeur ne vint pas le lendemain soir. « Trop d'Allemands dans le coin », prétexta la patronne de l'hôtel. La femme au bébé nous confirma que, la veille, l'hôtel était complet, rempli de soldats. Mais, depuis la fuite des Anglais, l'autorité allemande avait exigé que tous les hommes disponibles soient dispersés dans le secteur, en patrouille sur le terrain. A part la cliente du troisième, l'hôtel était désormais vide et calme, ce qui soulageait tout le monde.

Dans l'après-midi, le major nous avoua que la situation, devenue particulièrement dangereuse, les obligeait, lui et ses compagnons, à abandonner leur mission, d'autant que sa blessure, même « propre », continuait à le faire souffrir : ils se rendraient donc en Angleterre avec nous. Le soir, Mathilde et Benoît lurent à Marie les lettres de sa mère. Elle écoutait en paix, cherchant à imaginer les traits de cette femme dont elle ne gardait qu'un souvenir flou. Au crépuscule, l'obscurité envahit notre réduit. Avisant une caisse dans un coin, je la posai sous la lucarne. Je grimpai sur le bois vermoulu et regardai dehors. Je découvris un port de pêche bien équipé où s'alignaient des rangées de chalutiers, de thoniers, colorés de la coque aux filets. Leurs noms allaient du cocasse au tendre. Au loin, le soleil descendait lentement, éclairant l'océan immense.

Je restai ainsi jusqu'à ce qu'il disparaisse. Ma petite sœur, la seule famille qui me restait, celle que j'aurais dû protéger, avait disparu. Comment vivre, à présent ? Comment supporter le remords, la honte d'avoir échoué dans la tâche que m'avait confiée mon père ? Pourrais-je un jour me pardonner cette faute ?

Une dame vint vers moi et boucha la lucarne avec un carton. On alluma des bougies. Les chuchotements s'amenuisèrent, puis cessèrent tout à fait. Je m'étendis sur la paillasse, recouvris mon corps d'une couverture puante. En dépit de ma peine, ou peut-être pour l'oublier, je m'endormis aussitôt.

Au milieu de la nuit, je fus réveillé par des cris. J'ouvris les yeux. Autour de moi, tout le monde tendait l'oreille. A l'étage, on entendait des pas, les vociférations d'une femme. Un homme lui répondait en allemand d'une voix pâteuse, comme prise de boisson. Il se mit à rire. La femme l'injuria, le chassa de sa chambre. Leurs voix se déplacèrent : ils étaient sur le palier. Ils s'insultèrent encore et les talons de l'homme martelèrent lourdement les marches de l'escalier. Il s'en allait. Il descendait trois marches, ensuite une, puis deux d'une traite. A un moment, il glissa, s'affaissa contre un mur. Il devait être gras, car la vieille bâtisse trembla. Il tomba, se releva en s'esclaffant.

« Salaud ! hurla la femme. Tire-toi ! »

Elle claqua la porte. On l'entendit marcher, puis ce fut le silence. Tout le monde se rendormit.

27

A l'aube, une lumière crue nous fit brusquement sortir du sommeil. Debout à côté d'un homme trapu portant des bottes et un ciré, la patronne s'écria :

« Vous partez maintenant !

— Ne perdez pas de temps, ajouta le marin. Prenez vos affaires, vite ! »

Pour la plupart d'entre nous, les bagages étaient déjà prêts. Les autres se préparèrent à la hâte, saisissant casquettes et manteaux.

« Allons-y ! » s'exclama la patronne.

Les Anglais ouvraient la marche. Benoît avait l'air inquiet. Au contraire, Mathilde et Marie paraissaient sereines. Nous descendîmes l'escalier, coupâmes à travers le patio pour nous retrouver dans la cour. La terreur s'empara brusquement de nous : un camion était là ; un camion allemand. Quatre soldats armés de mitraillettes en descendirent. L'image du piège qui se referme s'empara de tous les esprits et l'ensemble du groupe s'agita. Notre peur grandissante risquait de se transformer en panique. Le marin tenta de nous rassurer.

« Non ! non ! Ne craignez rien ! Ces Allemands sont avec nous ! Ils vont nous emmener jusqu'au bateau. »

Tous ces juifs, ces communistes, ces opposants au Reich eurent du mal à réprimer leurs tremblements. Je sentais que quelques-uns menaçaient même de partir en courant. Mais nul ne bougea.

« Qui veut monter en premier ? demanda la patronne. Il n'y a pas une minute à perdre. Le bateau vous attend sur une plage déserte. Elle ne le sera pas tout le temps. Montez ! »

Mathilde joua des coudes pour se frayer un chemin entre tous les corps immobiles. Nous grimpâmes derrière elle dans le camion. Malgré quelques cris de désapprobation, d'autres clandestins nous suivirent. Enfin, un à un, les gens se serrèrent sous la bâche. Bientôt, le véhicule se retrouva bondé. Seule la patronne de l'hôtel resta plantée au milieu de la cour. Le marin s'assit à côté de moi. Deux soldats allemands prirent place près de la porte, les deux autres s'installèrent à l'avant.

« Avec cet engin, me dit le marin, nous pourrons peut-être franchir les barrages éventuels. Mais les Allemands qui nous accompagnent savent comment les éviter. Tout se passera bien. »

Nous n'osions parler, imaginant le pire, le piège, l'odieuse machination.

La patronne nous regarda partir. Le camion quitta la cour.

Il n'avait pas fait cent mètres qu'une femme se mit à courir derrière nous, essayant de nous rattraper.

« Attendez ! Attendez ! »

Elle brandissait des papiers. Nous ne la connaissions pas. Le camion prit de la vitesse, la distance qui nous séparait devint trop importante. La femme, épuisée, abandonna sa course. Elle s'arrêta au milieu de la route, bras ballants, la mine désespérée. Le véhicule bifurqua à gauche, la femme disparut.

Tout le monde l'avait entendue. Un homme finit par demander :

« Qui était-ce ?

— Je ne sais pas, répondit quelqu'un.

— C'est la fille du troisième, lança un homme.

— Oui, c'est la pute de l'hôtel, précisa le marin. Elle voulait venir, mais j'ai refusé. Il paraît qu'elle fricote pas mal avec les Chleuhs... »

Ce qui m'étonnait dans tout cela, c'était les papiers qu'elle brandissait. Elle était en chemise de nuit, pieds nus, et il faisait froid. Comment pouvait-on songer à s'enfuir dans une telle tenue ? C'était insensé. Renonçant à me poser des questions, je me laissai emporter par la vitesse du camion qui, tressautant sur des ruelles pavées, sortit du bourg.

« Il faut payer les Allemands ! » dit le marin.

Nous fouillâmes nos poches, rassemblant la somme exorbitante qu'il exigeait. Il récupéra le tout, compta, redistribua la moitié de l'argent aux deux soldats, fourra l'autre moitié sous sa veste en attendant le moment ou il devrait graisser la patte des deux autres.

Après d'interminables cahots dans des chemins boueux, le camion se gara sur un terrain rempli de mauvaises herbes. Le marin nous ordonna d'une voix forte de mettre pied à terre. La peur nous tenaillait toujours. La descente se fit dans un silence lourd. Les quatre soldats se placèrent autour de nous, l'arme à la bretelle, nous observant d'un air désabusé. Impossible de prévoir ce qu'ils allaient faire. La main de Marie se crispa dans la mienne. Chacun se demandait ce qu'il adviendrait de sa propre vie dans les instants qui allaient suivre.

Le marin s'éloigna de quelques pas. Il se retourna brusquement et, avec un geste qui englobait l'horizon, s'écria :

« Voilà ! »

Du haut de ce promontoire couronné de landes, nous vîmes enfin l'océan, et une barque. A côté, les pieds dans l'eau, un homme nous sourit, nous fit un signe de la main. Au large, à une centaine de mètres, un chalutier se balançait, l'ancre à la mer, la coque balayée par le vent. Les Allemands nous observaient toujours, sans un mot, avec un calme angoissant. Le marin nous fit descendre un raidillon. Nos pas, bientôt, foulèrent un sable fin, couleur de miel. L'océan nous soufflait au visage son haleine humide et froide. Nous nous tassâmes dans la barque. Nous étions nombreux : il ne fallait pas bouger et garder son équilibre. Par chance, personne ne tomba.

Les quatre Allemands étaient restés près du camion. Impassibles, ils nous regardèrent partir. A mesure que les rames s'enfonçaient dans les vagues, notre peur s'estompait. La coque bleue du bateau se dressa devant nous. Le rameur fit pivoter sa barque et son bordage épousa celui du chalutier. Il y avait une échelle. Nous grimpâmes et quelqu'un, du bateau, nous tendit une main. Ce n'était pas un Allemand, mais un mousse d'une vingtaine d'années. La barque et son propriétaire retournèrent vers la côte. Le marin, capitaine du *Ténébreux*, resta avec nous. Sur le pont, une forte odeur de poisson nous incommoda aussitôt. Mais curieusement, les relents de combustible ne nous gênaient pas, et pour cause :

« Les Allemands nous ont interdit les moteurs, expliqua le capitaine. Nous naviguons à la voile. C'est pour cela que nous devons gagner le large le plus rapidement possible. Ce soir, si nous ne sommes pas rentrés au port à 6 heures, ils enverront les vedettes nous chercher. »

On leva l'ancre. Il y avait trois hommes d'équipage à bord, y compris le mousse. Le capitaine alla sur la passerelle et se mit au poste de pilotage. Il fit vivement tourner la barre vers tribord. Le bateau tourna sur lui-même, se retrouva dos à la plage. Toutes les voiles étaient en prise avec le vent. Poussée par ces courants forts, l'embarcation gagna de la vitesse et s'éloigna des récifs. Nous étions encore très près de la côte, suffisamment pour qu'un marcheur solitaire nous repère. Par précaution, le mousse nous invita à descendre dans les compartiments qui se trouvaient sous la ligne de flottaison. Il y en avait quatre. A l'arrière : le poste d'équipage, puis la chambre moteur, la glacière et le magasin avant ; c'était dans ce dernier que nous allions séjourner. Même si le capitaine, sans doute habitué à transporter des fuyards, l'avait fait vaguement aménager, le manque de confort et de place nous sauta aux yeux. L'endroit était sombre, exigu, recouvert d'un lambris foncé et poisseux qui n'était en réalité que la coque du bateau. Il y avait cette odeur de bois mouillé, de goudron et de poisson. Au plafond, une lampe à pétrole oscillait au rythme des vagues qui imprimaient au bateau un roulis cadencé. Quelques enfants piaillèrent, un vieillard marmonna un juron. Le major anglais ne put s'empêcher de dire en riant :

« Ce n'est que le début ! »

On se bousculait, dans la hâte et le besoin de s'approprier une petite place, un coin à soi. Deux femmes se disputèrent un emplacement. Après une demi-heure de confusion, un semblant d'ordre régna dans le compartiment.

« On peut remonter sur le pont ? demandai-je au mousse qui était toujours là.

— Impossible. Il faut attendre. Des vedettes allemandes circulent dans le coin. »

Il avait l'allure et le faciès des pêcheurs irlandais, la figure rose tendre, parsemée de taches de rousseur ; sa chevelure frisée se colorait parfois de reflets cuivrés. Il s'appelait Franck.

Le temps passa. Nous devions essayer de tuer l'ennui. Des hommes jouaient aux cartes, les femmes palabraient. Mathilde nous raconta comment elle avait improvisé un chant lors d'un concert privé chez un baron écossais à Lausanne. Le jeune mousse s'était mis à l'harmonica. Sa musique apaisa les esprits. Quant aux Anglais, deux d'entre eux dormaient. Les autres faisaient valser des osselets. Dans les soubresauts des vagues, le bois du bateau se mettait à chanter. Toute la carcasse réagissait aux appels du vent, aux vagues déferlantes. Quelques passagers, victimes du mal de mer, se soulagèrent dans une bassine, ajoutant à l'odeur de la peur et de la sueur la puanteur du vomi.

La trappe s'ouvrit, un vent glacial s'engouffra dans le réduit. Le capitaine descendit.

« Cette nuit, nous aurons mauvais temps. Pas de quoi s'inquiéter. Le *Ténébreux* en a vu d'autres… Simplement, personne ne devra sortir, à cause des vagues. »

Une femme l'interpella :

« S'il vous plaît ! Et l'Angleterre, on y sera vers quelle heure ?

— Je n'en sais rien. Un chalutier anglais à moteur doit nous retrouver ce soir vers les 5 heures. Quand les Allemands partiront à notre recherche, la tempête les retardera sûrement. C'est au moins un avantage. »

Il éclata de rire.

« En plus, les Chleuhs ne sont pas de bons marins ! »

Il repoussa la trappe et regagna le pont. Après trois bonnes heures, Franck, le mousse, nous informa que nous pouvions aller faire un tour sur le bateau. Benoît et moi fûmes les premiers à sortir. Dehors, les mains accrochées au bastingage, nous découvrîmes une mer agitée, captivante. La terre avait complètement disparu. Nous étions là, au milieu de l'océan, libres, le visage fouetté par les embruns, les doigts engourdis par le froid. C'était à peine croyable. Dans le ciel, des mouettes virevoltaient autour du chalutier et s'égosillaient en esquissant d'étranges figures. Marie et Mathilde nous rejoignirent d'une démarche incertaine. L'eau rendait le pont glissant.

« On gèle ! » s'exclama Mathilde.

Marie vint se blottir tout contre moi. Elle portait un manteau et une écharpe de laine.

« Je crois qu'il pleut, dit-elle.

— Non, répondis-je, ce sont les embruns. »

Elle avait quand même raison. Dans le ciel, de gros nuages venaient de crever. Nous dûmes rentrer. Dans le compartiment, Marie s'installa à côté de moi. Sa voix fut tendre :

« Il me reste des lettres à lire…

— Tu n'as qu'à me les donner, je vais m'en charger. »

Elle me remercia d'un sourire, fouilla dans son sac. Je m'attendais à ce qu'elle sorte aussitôt le paquet, mais elle tardait à le trouver. Elle dut bientôt se rendre à l'évidence : les lettres n'étaient plus là. Elle chercha alors dans les poches de son manteau. Sans succès. Elle recommença à explorer son sac, espérant avoir mal vérifié. Je lui demandai :

« Tu les as perdues ? »

Elle soupira :

« On dirait.

— Tu as une idée de l'endroit où elles pourraient être ?

— Si elles ne sont pas ici, c'est qu'elles sont restées à l'hôtel. Nous sommes partis si vite. »

Benoît, qui avait tout écouté, s'empressa de dire :

« Maintenant je comprends. Les papiers que brandissait la femme qui est sortie de l'hôtel, c'étaient tes lettres ! Elle venait de les trouver et voulait seulement te les rendre…

— Zut… », grommela Marie.

Je tentai d'apaiser son désarroi :

« Oublie tout ça, Marie. Il faut que tu penses à autre chose. Une nouvelle vie t'attend. »

Dans le fond du réduit, un bébé se mit à pleurer. Sa mère le berça quelques instants, l'enfant retrouva son calme. La jeune femme jeta sur nous un regard intéressé et déclara d'une voix tranquille :

« Vous la connaissiez, la femme du troisième ?

— Non, pourquoi ?

— Parce que je me demandais... Nous étions de bonnes camarades. Elle était revenue dans le coin pour voir sa fille... »

Je l'interrompis :

« Ecoutez, je ne comprends pas où... »

Elle ne me laissa pas continuer.

« Pendant trois mois, nous avons partagé une chambre à Nantes. Nous avons fait le chemin ensemble pour venir jusqu'au Croisic. Nous savions qu'il y avait cet hôtel et que l'on pouvait quitter le pays. Elle voulait fuir en Angleterre. Mais, à cause de sa mauvaise réputation, le passeur a refusé de l'emmener. Elle se prostituait et, c'est vrai, ses clients étaient des Allemands. Elle allait chercher l'argent où il se trouvait, comme elle disait. Pourtant, on ne peut pas dire qu'elle les aimait beaucoup, les Allemands. Si elle faisait ça, ce n'était pas pour le plaisir. Il lui en fallait, de la monnaie, pour partir et s'installer là-bas avec sa fille. Je crois qu'elle avait prévu d'aller la chercher aujourd'hui... »

Elle marqua une pause, mit la main sur un paquet de feuilles qu'elle avait rangé dans un coin. Elle le tendit à Marie et lui dit :

« Elles sont tombées de ton sac tout à l'heure. »

Sur la cinquantaine, c'étaient les deux seules lettres qui restaient. Les autres étaient à l'hôtel. Marie les prit sans un mot.

« Il m'arrivait parfois d'en poster une par jour, ajouta la femme. En allant travailler à l'épicerie, je les glissais moi-même dans la boîte… Le soir, de retour dans la chambre, je la voyais qui écrivait. Il m'arrivait aussi de lire… »

J'hésitai. La peur d'une révélation effarante me nouait la gorge.

« Cette femme, quel était son nom ?

— Je croyais que vous aviez compris. Elle s'appelait Jeannette. »

Brusquement, tout devint limpide. Je vis Marie : immobile, dure comme un caillou, le regard figé. Elle avait cessé de respirer. L'évidence absurde, impensable, s'imposait à elle : cette femme du troisième étage, celle qui avait tenté ce matin de rattraper le camion, c'était sa mère.

28

Le soleil se couchait, un vent furieux soulevait la mer. J'étais seul, les mains accrochées au bastingage. Près de la passerelle le fanal s'agitait, chahuté par la bourrasque. Engoncé dans un ciré poisseux couleur jaune d'œuf, le capitaine s'approcha de moi.

« Rentre, petit, j'ai quelque chose à vous dire. »

Nous descendîmes ensemble dans le réduit. J'allai prendre place à côté de Benoît. Le marin prit la parole.

« J'ai beau envoyer des messages en morse au chalutier anglais, je n'obtiens pas de réponse. Nous aurions dû le retrouver il y a une heure. A mon avis, avec la tempête qui se prépare, il ne viendra pas. »

Les commentaires hargneux ne se firent pas attendre. Des regards anxieux se posèrent sur le capitaine. Il poursuivit :

« Il va falloir se débrouiller. On ira quand même en Angleterre, mais avec Le *Ténébreux*. Ça prendra du temps, mais on y arrivera. La bonne nouvelle, c'est que les Allemands ne chercheront pas à nous rattraper. C'est trop dangereux… »

Fuyant les questions ou une nouvelle vague d'hostilité, il s'empressa de remonter. Dans le compartiment, tous les passagers voulaient donner leur point de vue sur la question. Le major anglais tenta de les calmer.

« Ne vous inquiétez pas ! Avec le vent, nous serons très vite en Angleterre. Quand nous approcherons des côtes, j'essaierai de contacter la marine britannique. »

Ses mots apaisèrent les tourments. Il est vrai que la situation n'avait rien de catastrophique. Nous allions simplement devoir attendre encore un peu avant d'atteindre la terre promise.

Le soir, le mousse nous servit une soupe et des légumes en purée. Après le dîner, il nous joua quelques morceaux d'harmonica. Très rapidement, la fatigue se fit sentir et l'on décida d'éteindre les feux. Je m'endormis sans tarder, me laissant bercer par les vagues. Les rêves s'installèrent et défilèrent jusqu'au milieu de la nuit, quand soudain…

Un tocsin sonna sur la mer. Nos corps et nos esprits émergèrent brusquement du sommeil. Tout le monde se demandait pourquoi quelqu'un s'évertuait ainsi à donner l'alerte. Il y eut un bruit, un ronflement qui oscillait avec le vent : un moteur. Un autre bateau approchait.

« Les Anglais ! Les Anglais ! » clama un vieillard, les larmes au bord des yeux.

Tous, du plus jeune au plus vieux, manifestèrent leur joie. Les hourras gonflèrent les poitrines. Chacun enlaçait son voisin, sa voisine. Mathilde nous serra très fort contre elle.

Et puis des coups de feu claquèrent. Il y eut une riposte depuis le chalutier. Le major anglais s'écria :

« Attendez ! »

Notre vacarme couvrait sa voix. Il répéta en hurlant :

« Attendez ! »

Tout le monde se tut. Dans le compartiment, ce fut l'épouvante.

« Prenez vos armes ! » ordonna l'Anglais à ses hommes.

Ils obéirent, s'habillèrent à la hâte et s'empressèrent de regagner le pont. Avant de repousser la trappe et de s'élancer à l'extérieur, le major nous recommanda :

« Restez tous ici ! Et ne laissez entrer personne ! »

Un paquet de mer les submergea, les fit tomber. Ils se relevèrent, un peu sonnés, et réussirent à sortir. La trappe se referma.

« Qu'est-ce qui se passe ? gémit une femme.

— Ce sont les Allemands ! » répondit quelqu'un.

Un choc d'une violence inouïe ébranla la carcasse. Le bois se déchira dans un craquement effroyable. L'arrêt brutal du navire projeta vers l'avant la plupart des passagers. Nous avions heurté quelque chose. La lampe à pétrole se brisa en tombant. De l'eau courait d'un bord du réduit à l'autre. Une voix hurla dans le noir :

« De l'eau ! Il y a de l'eau partout ! »

Une voie d'eau, à l'avant : un trou gros comme le poing.

« Il faut sortir ! brailla un vieillard.

— Mon bébé ! » supplia une femme.

Le bateau bougea, la coque trembla. Comme une bête vivante mais blessée, l'embarcation se remit fébrilement en route. Le bois craqua de nouveau, les coups de feu reprirent. J'avais les pieds trempés, glacés. Le niveau d'eau ne cessait de monter. La peur nous empêchait d'agir. Dans cette obscurité, il était impossible de voir quelqu'un, même une silhouette.

« Restez près de moi, nous dit Mathilde. Nous allons essayer de sortir. »

Des cris de panique montèrent : les pleurs d'une femme, une voix suppliante. Un bébé hurlait.

« Nous allons sortir ! lança Mathilde aux passagers affolés. En nous donnant la main, nous pourrons y parvenir ! »

L'eau atteignait nos genoux. Mathilde poussa la trappe. Malgré le vent, nous réussîmes, les uns après les autres, à nous extirper du réduit. Il faisait nuit. Le vent projetait des paquets de mer qui ne cessaient de soulever le bateau. Le *Ténébreux* était tantôt enlevé sur la crête d'une lame, tantôt précipité au fond d'un gouffre. Le pont était devenu une patinoire. Nous nous dirigeâmes gauchement vers la passerelle pour y trouver un abri. Le capitaine maintenait la barre. Il dut hurler pour se faire entendre.

« Ne venez pas ici, le poste d'équipage est inondé ! »

Les lames déferlaient. Le navire allemand ne devait pas être loin. On entendait toujours, porté par le vent, le ronronnement d'un moteur. Mais Le *Ténébreux* avait l'avantage du silence, ce qui donnait aux Allemands quelque difficulté à nous repérer.

Deux Anglais arrivèrent, semblant sortir de nulle part. Ils nous accompagnèrent jusqu'à la passerelle derrière laquelle nous nous réfugiâmes, espérant nous protéger des formidables coups de houle qui assaillaient le bateau.

« Qu'est-ce qui se passe ? demanda Mathilde au major.

— Nous avons heurté la vedette allemande qui nous recherchait ! On peut peut-être leur échapper. Ayez confiance ! »

Avant de repartir, son subalterne offrit son écharpe à la mère du bébé pour qu'il n'attrape pas froid. Elle le remercia.

« Ils reviennent ! » beugla le capitaine.

Le moteur se rapprochait. Cette fois, les Allemands étaient tout près. Nous nous serrâmes les uns contre les autres, tant pour nous abriter des vagues que pour éviter la pluie de balles qui s'annonçait. Soudain, la masse grise de l'avant d'un navire apparut comme un mur immense. Le bâtiment fonçait droit sur nous. Trop tard pour virer de bord. La vedette percuta de plein fouet le travers qui se broya dans un grondement effrayant. Le chalutier s'inclina dangereusement sur le flanc opposé. Je ne pus m'empêcher de hurler comme les autres. Le *Ténébreux* se redressa lentement, se retrouva à l'horizontale. On entendait des ordres hurlés en allemand. Des coups de feu éclatèrent, des balles ricochèrent sur le pont. Le chalutier tanguait comme une coquille de noix : une partie de la coque était déchiquetée. Ce n'était plus le gouvernail qui nous dirigeait, mais les assauts du vent. Garrotté par les tourbillons, Le *Ténébreux* échappait totalement au contrôle du capitaine.

« Il faut se rendre ou on va tous y passer ! »

Le major, qui avait entendu, hurla plus fort que lui :

« Ils ne viennent pas pour nous arrêter ! »

Il essuya une rafale, riposta aussitôt.

« Je ne sais pas ce qu'ils veulent ! précisa-t-il. Il faudrait prévenir l'armée anglaise. Essayez !

— L'appareil est endommagé et j'ai déjà envoyé deux messages ! »

Une voix émergea dans la nuit. Quelqu'un parlait dans un haut-parleur. C'était l'officier allemand.

« Votre bateau coule. Vous êtes perdus. Rendez-vous !

— D'accord ! abdiqua aussitôt le capitaine français.

— Non ! »

En se baissant, le major se faufila jusqu'à la passerelle :

« Vous n'avez donc rien compris ? Ce n'est pas normal. Je ne comprends pas pourquoi ils sont si résolus ! Quelque chose, sur ce bateau, les intéresse plus que des juifs ou des communistes ! »

Une série de balles traversa la passerelle et fit éclater le bois de la cabine. Un jet de sang éclaboussa les vitres. Le corps transpercé du capitaine fut projeté en avant. Sa tête fracassa le verre. Son cadavre, emporté par l'élan, traversa la cabine avant de s'écrouler devant la passerelle. L'Anglais eut tout juste le temps de se jeter au sol. Une rafale le manqua de peu. Il n'y eut aucune riposte : les autres soldats anglais étaient certainement morts. Il ne restait plus que le major, qui se redressa. La voix reprit dans le haut-parleur :

« Rendez-vous ! »

Les hommes d'équipage avaient tous disparu. Le vent s'était radouci. Les vagues et les paquets de mer se firent moins brutaux. Le *Ténébreux* s'inclina vers l'avant, se stabilisa. L'eau se glissait en masse à l'intérieur de la coque, le bateau s'enfonçait peu à peu. Une lumière éclaira toute la surface du pont. Les Allemands étaient équipés d'un projecteur, qui nous éblouit.

« Mettez les mains en l'air ! ordonna leur officier. Ou nous tirons sur vos juifs ! »

Le major resta silencieux et immobile. A présent, la vedette allemande était parfaitement visible. Son bordage touchait le nôtre. Des soldats attendaient l'ordre de tirer. Leur officier, le visage placide, nous fixait, une arme à la main. Tout comme Benoît, je reconnus sa silhouette, son regard vide. C'était le lieutenant Hechler… Mon sang se glaça. Cette rencontre n'était pas un hasard. Le SS avait fini par nous retrouver.

Le major sortit de la pénombre, les mains bien levées au-dessus de sa tête. Il toisa les Allemands avec cet air désabusé de ceux qui ne se font pas d'illusion sur leur sort.

« Bien, approuva le lieutenant. Je vous autorise à prendre votre arme et à la jeter loin devant vous… »

L'Anglais s'exécuta, remit ses mains au-dessus de sa tête.

« Maintenant, nous allons monter à bord. Si vous bougez, nous tirons. »

Deux hommes s'apprêtaient à grimper lorsque le major, d'un geste brusque, sortit un pistolet de nulle part. Une fusée éclairante fut projetée contre les soldats. Aussitôt, une boule de feu embrasa le groupe. Des hurlements éclatèrent, les flammes se propagèrent sur des corps qui se tordirent sous l'emprise de la douleur. Certains tirèrent en l'air, le doigt collé sur la détente. Leurs armes envoyaient des balles par dizaines vers un ciel où se dissipait déjà une odeur de chair brûlée. Entre-temps, le lieutenant avait disparu. Le major, lui, avait saisi de nouveau son arme. Il arrosa toute la surface du navire ennemi sans provoquer la moindre riposte. Mais les Allemands étaient nombreux. D'autres soldats firent feu. A ce moment-là, une vague nous détacha de l'étreinte de la vedette. Nous la vîmes s'éloigner, puis s'enfoncer dans la nuit.

« Ne bougez pas », déclara une voix sur un ton paisible.

Le lieutenant Hechler se tenait derrière le major. Il pointait une arme sur sa nuque. Surpris, l'Anglais laissa choir sa mitraillette et, sans hâte, leva les mains.

« Pas de chance, monsieur l'officier britannique ! »

Hechler avait échappé aux flammes. Une partie de son uniforme était en lambeaux et il n'avait plus de casquette. Sa chevelure avait dû s'enflammer : de courtes bouclettes s'étaient formées sur le devant de son crâne. Il n'avait pourtant pas l'air de souffrir. Il semblait détendu, comme à son habitude.

« Je ne comprends pas, répondit le major. Pourquoi vous acharnez-vous ainsi ?

— Vous ne pouvez pas comprendre... Il y a, parmi vos juifs, des enfants qui ne me sont pas inconnus. J'aimerais tellement les revoir ! »

Il savait où nous étions. Il nous regarda et appela :

« Par ici, les juifs ! Tous les juifs ! »

Il donna quelques coups de feu en l'air, pour nous faire presser le pas et signaler notre position au navire ennemi.

La vingtaine que nous étions se leva. Nous avions tous les bras au-dessus de la tête, la mine craintive, la peur au ventre.

« Avancez, avancez ! »

Nous entendîmes de nouveau le bruit d'un moteur, comme si la vedette allemande se rapprochait. Mais ce ronronnement-là, beaucoup plus fort, assourdissant, dominait totalement le fracas de la mer. Nous n'entendions que lui. Le lieutenant Hechler en fut aussi surpris que nous. Nos têtes se dressèrent vers le ciel d'où le bruit semblait provenir. Tout droit sorti de la nuit, un avion de combat passa au-dessus de nous.

« Un Spitfire ! » clama joyeusement l'officier anglais.

Il avait survolé le chalutier à une vitesse formidable. La visibilité étant mauvaise, il n'avait pas pu piquer, mais au moins, il nous avait vus.

« Scheisse ! » tempêta l'Allemand.

L'appareil s'éloigna. Au loin, des coups de feu retentirent. La marine allemande riposta pauvrement, submergée par les puissantes mitrailleuses de l'avion. Il y eut plusieurs passages. Les coups de feu perdirent en férocité, puis cessèrent. Le moteur de l'avion s'estompa. Celui de la vedette allemande s'était totalement éteint.

La colère envahit le regard du lieutenant Hechler. Le canon de son revolver était toujours appuyé sur la nuque de l'Anglais.

« Vos amis ont gagné, mais je suis encore là ! Vous, les juifs, je vous ai dit de venir ! »

Nous arrivâmes tout près d'eux. L'Allemand s'adressa au major :

« Je ne vais pas vous tuer. Je vais vous laisser une chance. Avancez ! »

L'Anglais obéit, sans comprendre où Hechler voulait en venir. Je me posai la même question. Ma vieille haine se ravivait. Le visage du lieutenant Hechler me rappelait les horreurs, l'angoisse de la mort et suscitait en moi un extraordinaire besoin de vengeance. Il obligea le major à avancer jusqu'au bastingage. De l'autre côté, c'était le vide, et la mer.

« Sautez ! » cria l'Allemand.

Il attendit.

« Sautez, j'ai dit ! »

L'Anglais tourna doucement la tête vers nous et posa un pied sur le bord du bateau. Il y avait dans son regard une paix singulière, comme s'il se retrouvait plongé dans un rêve connu de lui seul. Il se détourna, contempla les vagues et sauta. L'océan l'engloutit.

L'officier allemand resta une seconde immobile, fixant le néant. Lorsqu'il se retourna pour nous faire face, une désagréable surprise l'attendait. Ses yeux rencontrèrent l'œil noir d'une mitraillette. Il se figea, incapable de dire un mot. Un vieillard trouva un morceau de bois en guise de matraque, un second mit la main sur une hache. D'autres dénichèrent de quoi se défendre ou plutôt de quoi attaquer. Je tenais la mitraillette. Le groupe de juifs, d'apatrides et de communistes s'était transformé en une armée forte et solidaire.

« Sale petit juif, siffla Hechler, tu n'oseras pas me tuer. »

Je murmurai avec douceur :

« Vous avez assassiné mon père… »

Les yeux vitreux, il tournait le dos à la mer. J'avais encore plus peur que lui. Autour de moi, les passagers, brandissant leur arme de fortune, se rapprochèrent. Je n'en pouvais plus. J'étais trempé, couvert de pluie, d'eau de mer et de sueur. Je tremblais. Et puis, cette sensation de vouloir tuer et de ne pas en être capable, je la connaissais. La mitraillette était si lourde que j'avais du mal à la porter. Benoît me rejoignit, suivi par Mathilde et Marie. Personne n'osait parler. Le lieutenant Hechler lui-même s'était tu. Il y avait dans l'air comme un étrange parfum, quelque chose d'irréel. Le chalutier s'inclina un peu plus, un coup brusque faillit me faire perdre l'équilibre. L'arme braquée, j'éprouvais une sensation d'ivresse. Les images se mêlaient dans ma tête : mon père, ma mère, Bernadette, les horreurs que nous avions vécues… Tout le monde attendait. Il fallait en finir. Je bloquai ma respiration, fermai les yeux, appuyai d'un coup sec sur la détente. La série de balles traversa la rampe du bateau. Pas de doute, j'étais toujours aussi maladroit dans le maniement des armes. Le visage livide, déformé par la peur, le lieutenant Hechler me dévisagea comme pour se dire : « cette fois, c'est pour de bon. » Brusquement, il me tourna le dos, poussa un cri que renvoya l'écho.

Puis il plongea.

Ce ne fut pas un soulagement. C'était une injustice. Je n'en croyais pas mes yeux. Hechler venait de me priver de ma vengeance. Je savais que cette frustration me poursuivrait toute ma vie.

Mathilde se jeta sur moi, m'arracha la mitraillette des mains. Elle m'empoigna, me serra très fort contre elle. La joue contre son sein, j'entendais battre son cœur. Benoît et Marie m'étreignirent à leur tour. Leur chaleur, réconfortante, si apaisante, gagna chacune de mes fibres. Je me mis à pleurer.

Au loin, retentit le son lugubre d'une corne de brume. Un bateau arrivait. Sur le pont, ce fut la surprise. Le groupe se mit à bouger, tout le monde écoutait. Et si c'était un pavillon allemand ? Soudain, un passager s'époumona, lança des appels à la nuit. L'espérance devint contagieuse. Les cris se multiplièrent.

Une coque se dessina dans l'ombre, puis devint nette. C'était un grand navire. Les hommes d'équipage se tenaient sur le pont, immobiles. Leurs visages exprimaient le respect que nous leur inspirions. Je n'avais plus toute ma tête, mes yeux étaient gonflés de larmes. Mais aucun doute sur la nature du pavillon que le vent faisait claquer : il était anglais…

Epilogue

Le dos de ma main caresse le lambris. J'ai la tête inclinée. Une main se pose sur mon épaule. Je sursaute et me redresse. Quelle surprise de découvrir le visage de Benoît ! Il est entré sans que je l'entende. L'un comme l'autre, nous sommes des hommes entre deux âges à la silhouette lasse. Pourtant, il a toujours dans les yeux cette étincelle malicieuse qui brille et réchauffe celui qui les fixe. Sa présence ici est inattendue.

« C'est Matthieu qui t'a appelé ?

— Oui. »

Nous nous serrons la main. Nous nous voyons rarement, mais toujours avec plaisir. Mais cette fois, il n'est pas là par courtoisie. Il a l'air inquiet. Il me demande d'un air grave :

« Tu es au courant ?

— Non, Matthieu m'a téléphoné et…

— Marie n'est pas avec toi ?

— Elle dort. Je n'ai pas voulu l'ennuyer. »

Il baisse la tête. Quelque chose le tourmente. Ma voix se fait énergique.

« S'il y a un problème, tu n'as qu'à me le dire !

— Je… Ce n'est pas à moi de t'en parler. »

Des bruits de pas à l'étage. Quelqu'un descend l'escalier. C'est Marie. Elle entre dans le salon, s'étonne de nous voir ainsi. Elle me demande :

« Qu'est-ce qui se passe ?

Benoît lui répond :

« C'est à propos de Matthieu, il doit arriver car… »

La sonnette de la porte retentit ; un coup bref, impatient. Marie hésite une seconde, puis se dirige à grandes enjambées vers le corridor. J'entends la porte grincer. Quelques mots sont échangés, elle embrasse son fils. Ils entrent tous les deux. Matthieu nous adresse un sourire, prend le temps de poser sa sacoche et quitte son imperméable. La pluie n'a pas cessé. Il s'installe dans un fauteuil, je le sens fatigué : la route a été longue. Benoît s'assied près de la cheminée. Marie et moi prenons place dans le canapé. Matthieu se veut détendu, sa voix est calme :

« Avec Internet, on peut tout faire. On peut échanger des messages avec le monde entier. C'est ainsi que les services de police transmettent des renseignements. C'est utile, en particulier dans les affaires d'enlèvements d'enfant. Depuis quelques mois, ce réseau s'est considérablement amélioré. Il nous est facile de communiquer avec nos voisins de l'Est. Ainsi, j'ai décidé de… »

Il baisse les yeux, me fixe en particulier et continue :

« J'ai eu l'idée de rechercher ta sœur. »

Le silence est long. Je reste stoïque. Il poursuit :

« J'ai obtenu des réponses. La plupart étaient sans intérêt. Une seule a mérité une attention particulière. Une jeune femme polonaise, parlant très bien le français. Nous avons eu une conversation téléphonique. Elle est historienne et professeur dans une université de Varsovie. »

Il prend sa sacoche, en sort un objet. C'est une cassette. Il se lève et l'introduit dans le magnétoscope. L'image apparaît.

C'est une jeune femme. Elle est face à la caméra, l'air impressionné. On devine qu'elle n'a pas l'habitude. Elle fait un effort pour se détendre et commence à parler. Sa voix est douce, enrobée d'un accent, l'accent des pays de l'Est.

La lumière est pure dans ses pupilles. Ce regard m'est familier. Je commence à comprendre. Quelque chose se déverse en moi, comme un tourbillon qui ne cesse de prendre de l'ampleur et me pulvérise le cœur. J'ai la voix secouée par les sanglots :

« Bernadette ? »

Matthieu me répond :

« Non, papa, c'est sa fille, ta nièce… Ecoute ! Elle s'adresse à toi !

— Jacques, je suis la fille de votre sœur. Vous pensiez certainement qu'elle avait fini ses jours dans un camp de concentration ? En réalité, il y a eu une erreur. Les Allemands se sont trompés. Une malheureuse a été envoyée à sa place, les nazis l'ont prise pour une autre. Ma mère est morte il y a vingt ans. Toute petite, elle a été confiée à des agriculteurs polonais. Elle est restée chez eux pendant des années. Ils sont devenus sa famille. Jacques, vous êtes mon oncle. »

Marie glisse sa main dans la mienne. Je la serre très fort.

La femme poursuit :

« Ma mère a bien essayé de vous chercher, mais cela n'a pas abouti. Elle avait toujours beaucoup de chagrin quand elle me parlait de vous… »

Je la regarde en silence, puis jette un coup d'œil sur Benoît qui partage ce bonheur. Tout cela ressemble à un rêve auquel je n'ose croire. Depuis longtemps, l'horreur s'était encagée dans ma tête, et voilà que, soudain, une embrasure et toute la douleur s'échappe. C'est la conséquence d'une image, de paroles irréelles. Mon fils me fait la promesse d'organiser de vraies retrouvailles. Tout d'un coup, je me sens apaisé, le cœur libéré, heureux pour la première fois depuis des années. Je peux enfin me mettre à espérer, à croire en la vie.

Les loups ont cessé de rôder, de paver la nuit de leurs hurlements. Aujourd'hui, les enfants poussent entre les signes de la craie. Le ciel dessine les éclats de leurs rires… Et je vois venir les lumières.

Table

MIXTE
Papier issu de
sources responsables
FSC www.fsc.org FSC™ C003309

Composition et mise en pages
Nord Compo à Villeneuve-d'Ascq

Imprimé en Espagne par Cayfosa
Dépôt légal : février 2017